増補版

いちばんわかりやすい 俳句歳時記

辻 桃子・安部元気 著

主婦の友社

装丁　南　彩乃（細山田デザイン事務所）
装画　北原明日香

はじめに

俳句を始めた人は、「どんな歳時記を選んだらよいのだろう」と悩みます。書店には、監修者に著名な俳人が名をつらねた、カラー写真入りの豪華なものからポケットサイズのものまで、たくさんの歳時記が並んでいて、目移りしてしまいます。ではどうしたらいいのでしょうか。歳時記選びのコツは「自分の目的にあったものを選ぶ」ことです。

本書はまず、これから俳句を始めてみよう、とか、俳句を始めて数年ぐらいまでの初心者のために、親切でやさしい歳時記を心がけました。初心者は読めない漢字の季語に手こずります。そのためすべての季語にふり仮名をふりました。また、難しい漢字の「部首」から、だれでもその季語にたどりつけるように独自の検索（四五六〜四六三ページ）を設けました。

例句は、その季語を生かして使うための参考例です。多くの歳時記には、古今の名句が並んでいますが、その中には初心者には難しくて意味がわかりにくく、参考にしようのない句も少なくありません。そういう句のよさは、いずれわかるようになります。そのため本書では、近世、近代の名句と併せて、わかりやすく、なるほどこういう風に作ればよいのか、と思える現代の句も入れました。

ここには、本題・傍題あわせて八千以上の季語を収めています。ぶ厚い歳時記に匹敵する数です。季語の中には、時代の変化でいまはあまり使われなくなったものもありますが、過去の作品を読むためにそういう季語も落とさずに収録しました。また解説には、古い季語を現代に生かして使う考え方も盛りこみました。その意味では、中上級者の求めにも十分応じられる内容です。

本書を手がかりに、俳句という入りやすく、奥深い文芸になじんでいただければ嬉しいです。

辻　桃子・安部元気

新かなと旧かな

俳句の書き表し方には、「新かな」と「旧かな」があります。「旧かな」は古文で使われている文語の表記で、「歴史的仮名づかい」と呼ばれています。七十余年前まで日本語の表記は旧かな一本でしたが、昭和二十一年、国がGHQの意向を受けて「現代仮名づかい」を告示してからは、口語の表記「新かな」（現代仮名づかい）が使われるようになりました。

しかし、俳句では今も旧かながごくふつうに使われています。これは、五七五という短い言葉で表現するとき、そのほうが便利な面があるからです。たとえば、「といわれている」という意味の文語・旧かなは「てふ」「とふ」ですみます。こうした言葉を省略する技術は、長い伝統のある文語・旧かなのほうが蓄積が大きいといえます。芭蕉、蕪村、一茶、子規、虚子などの古今の名句は、すべて旧かなで書かれています。

新かなでは「蝶々」「ふわふわ」が、旧かなでは「てふてふ」「ふはふは」となります。

たましひのふうはり浮かぶ柚子湯かな　　菅　春江

やはらかに金魚は網にさからひぬ　　中村汀女

ゐもりゐるゐるゐるゐるゐるといへばゐぬ　　辻　桃子

などは、旧かなの効果、面白味を生かした句です。

一方、旧かなはなじみが薄く、古くさい、現代の息吹を表現するには新かなのほうがよい、と考える人たちも少なくありません。新かなの名句も次々に生まれています。

新旧どちらの仮名づかいを選ぶかは個人の自由です。ただし一句に新旧まぜて使うのはルール違反で、同じ人が作品によって使い分ける「両刀づかい」も避けたほうがいいでしょう。

凡例

一、季語は春・夏・秋・冬・新年の順に並べました。各季節の区分は原則、次のとおりです（四五二～四五五ページも参照）。

●春……立春（二月四日ごろ）から立夏（五月六日ごろ）の前日まで
●夏……立夏（五月六日ごろ）から立秋（八月八日ごろ）の前日まで
●秋……立秋（八月八日ごろ）から立冬（十一月八日ごろ）の前日まで
●冬……立冬（十一月七日ごろ）から立春（二月四日ごろ）の前日まで
●新年……正月（元日から十五日ごろまで）

一、各季節の季語は、**時候・天文・地理・人事・行事・忌日・動物・植物**の八項目で分類しました。同一系統の季語はなるべくまとめて、見やすいように努めました。

一、季語にはすべてふり仮名を付けました。主題のふり仮名は、現代仮名づかい（右）と歴史的仮名づかい（左）を併記しています。

一、主題季語の言い換えや関連のある季語は、傍（副）題として主題季語の下に示しました。傍題のふり仮名は、すべて現代仮名づかいです。

一、関連季語が別の季節にある場合は、⬇でその季節を示し、同じ季節にある場合は、⬇でその項目の頭文字（時候＝時、天文＝天）で示しました。

一、季語の解説は、簡単でわかりやすい記述を心がけました。解説は原則として現代仮名づかいです。難読や誤読のおそれのある文字にはふり仮名を付けました。

一、近世の俳人は号のみで、明治以降現代までの俳人は姓号で示しました。

一、例句の新旧仮名づかいは原句どおりです。

一、季語と例句は、原則として正字（一部旧字）を使用し、季語の解説については読みやすさを考えて一部新字体としています。

一、巻末の総索引は、本書に掲載された季語とその傍（副）題をすべて五十音順に並べました。主題の季語はゴシック体（太字）で示しています。巻頭の目次は、主題季語をページ順に並べました。

一、難読の漢字の季語は、冒頭の一文字から読み方がわかるように、「**字の形や部首から引く難しい漢字季語**」（四五六～四六三ページ）を付けました。読めないから調べようがない、というときに参照してみてください。

一、古代中国の季節区分である**二十四節気**（二十四気）と、それをさらに細分化し、一年を五～六日ごとに分けて、それぞれ時候の変化を知らせる**七十二候**は、四五四～四五五ページに示しました。七十二候には、中国本来のものと、日本の気候風土に合わせたものがありますが、本書では、日本式のものを載せました。

目次

はじめに 三
新かなと旧かな 四
凡例 五

春❖時候

春 三〇
初春 三〇
寒明 三〇
二月 三〇
立春 三〇
早春 三〇
佐保姫 三一
春浅し 三一
冴返る 三一
余寒 三一
旧正月 三一
春寒 三一
春めく 三二
如月 三二
魚氷に上る 三二
雨水 三二
獺魚を祭る 三二
二月尽 三二
三月 三三
啓蟄 三三
鷹化して鳩となる 三三
弥生 三三
春分 三三
彼岸 三三
春社 三四
木の芽時 三四
暖か 三四
晩春 三四
四月 三四
龍天に昇る 三四
麗か 三五
長閑 三五
春暁 三五
春は曙 三五
春昼 三五
日永 三五
遅日 三五
春の夕 三六
春の暮 三六
春の宵 三六
春の夜 三六
花時 三六
花冷 三六
花過ぎ 三七
目借時 三七
抱卵期 三七
春深し 三七
清明 三七
八十八夜 三七
春暑し 三八
弥生尽 三八
暮の春 三八
行く春 三八
春惜む 三八
夏近し 三八
穀雨 三八

春❖天文

春の日 三九
春光 三九
春の空 三九
春の雲 三九
東風 三九
涅槃西風 三九
貝寄風 四〇
比良八荒 四〇
春一番 四〇
春風 四〇
春嵐 四〇
春疾風 四〇
風光る 四一
春の雪 四一
雪の果 四一
春の霙 四一
春の霰 四一
春の霜 四一
初雷 四二
春塵 四二
霾 四二
霞 四二
陽炎 四二
蜃気楼 四二
春の夕焼 四三
春の月 四三
朧月 四三
朧 四三
春の星 四三
春の闇 四三
春雨 四四
春時雨 四四
菜種梅雨 四四
花曇 四四

鳥曇　四四
花の雨　四四
養花天　四五
春陰　四五
春の雷　四五
春の虹　四五

春❖地理

雪解　四六
凍解　四六
氷解く　四六
雪代　四六
雪崩　四六
流氷　四六
木の根開く　四七
雪間　四七
雪形　四七
斑雪　四七
残る雪　四七
笹起きる　四七
凍返る　四七
薄氷　四八
焼野　四八
山覚める　四八
春の山　四八
山笑う　四八
春の川　四八
春の野　四九
春田　四九
水温む　四九
春の水　四九
春泥　四九
春の土　四九
春の海　五〇
潮干潟　五〇
春潮　五〇
春の波　五〇
春の園　五〇
逃水　五〇

春❖人事

大試験　五一
受験　五一
入学　五一
卒業　五一
春休　五一
新社員　五一
春闘　五二
納税期　五二
春の風邪　五二
花粉症　五二
春袷　五二
春帽子　五二
春日傘　五三
春服　五三
花衣　五三
桜漬　五三
花菜漬　五三
蕗味噌　五三
木の芽和　五四
田楽　五四
青饅　五四
目刺　五四
干鰈　五四
干鱈　五四
白子干　五五
蜆汁　五五
浅蜊汁　五五
草餅　五五
鶯餅　五五
椿餅　五五
桜餅　五六
菜飯　五六
令法飯　五六
味噌豆煮る　五六
春燈　五六
春障子　五六
北窓開く　五七
目貼剝ぐ　五七
春の炉　五七
春火鉢　五七
春炬燵　五七
炬燵とる　五七
炉塞　五八
釣釜　五八
雪割　五八
雪囲解く　五八
垣手入　五八
屋根替　五八
麦踏　五九
野焼　五九
山焼　五九
畑焼　五九
芝焼　五九
農具市　五九
耕　六〇
畑打　六〇
物種　六〇
種選　六〇
種浸し　六〇
種蒔　六〇
苗床　六一
苗代　六一
田打　六一
畦塗　六一
植木市　六一
芋植う　六一
剪定　六二
根分　六二
挿木　六二
牧開　六二
羊の毛刈る　六二
霜くすべ　六二
蚕飼　六三
桑摘　六三
茶摘　六三
製茶　六三
猟名残　六三
魞挿す　六三
磯開　六四
海女　六四
磯焚火　六四
和布刈　六四
上り簗　六四
摘草　六四
蕨狩　六五
野遊　六五
遠足　六五
磯遊　六五
潮干狩　六五

磯菜摘 六五
観潮 六六
梅見 六六
春興 六六
青き踏む 六六
花見 六六
花人 六六
花筵 六七
花篝 六七
花守 六七
花疲れ 六七
風船 六七
風車 六七
石鹸玉 六七
ぶらんこ 六八
凧 六八
ボートレース 六八
遍路 六八
伊勢参 六八
朝寝 六八
春眠 六九
春の夢 六九
春愁 六九
杜氏帰る 六九
雁風呂 六九
出替 六九
春窮 六九

春❖行事

二月礼者 七〇
二日灸 七〇
絵踏 七〇
初午 七〇
針供養 七〇
建国記念の日 七〇
バレンタインデー 七一
涅槃会 七一
一夜官女 七一
雛市 七一
桃の節句 七一
雛祭 七一
雛 七二
菱餅 七二
白酒 七二
雛あられ 七二
雛納め 七二
雛流し 七二
曲水 七二
鶏合 七三
お水取り 七三
春日祭 七三
浪花踊 七三
彼岸会 七三
日迎 七三
開帳 七四
河豚供養 七四
四月馬鹿 七四
春祭 七四
謝肉祭 七四
復活祭 七四
仏生会 七五
花御堂 七五
甘茶 七五
義士祭 七五
蘆辺踊 七五
東踊 七五
都踊 七六
安良居祭 七六
御身拭 七六
十三詣 七六
壬生念仏 七六
聖霊会 七六
先帝祭 七七
水口祭 七七
鐘供養 七七
みどりの日 七七
昭和の日 七七
ゴールデンウィーク 七七
メーデー 七八
どんたく 七八
御影供 七八

春❖忌日

御忌 七九
光悦忌 七九
祇王忌 七九
西行忌 七九
利休忌 七九
其角忌 七九
人丸忌 八〇
小町忌 八〇
不器男忌 八〇
多喜二忌 八〇
立子忌 八〇
三鬼忌 八〇
虚子忌 八一
啄木忌 八一
阿国忌 八一
蓮如忌 八一
達治忌 八一
百閒忌 八一
荷風忌 八一
修司忌 八一

春❖動物

獣交る 八二
落し角 八二
猫の恋 八二
猫の子 八二
蛇穴を出る 八二
地虫穴を出る 八二
蜥蜴穴を出る 八三
蟻穴を出る 八三
熊穴を出る 八三
おたまじやくし 八三
蛙 八三
亀鳴く 八三
初蝶 八三
蝶 八四
蜂 八四
虻 八四
春の蚊 八四
蠅生る 八四
蚕 八四
春蟬 八五
春の鳥 八五
花鳥 八五
百千鳥 八五
鶯 八五

鶯 八五
頬白 八六
燕 八六
雲雀 八六
小綬鶏 八六
雉 八六
山椒喰 八六
鳥帰る 八七
海猫渡る 八七
鶴帰る 八七
雁帰る 八七
鴨帰る 八七
白鳥帰る 八七
残る鴨 八八
鳥雲に入る 八八
囀 八八
鳥交る 八八
鳥の巣 八八
雀の子 八八
巣箱 八九
桜鯛 八九
魚島 八九
眼張 八九
鰊 八九
鮊子 八九
白魚 九〇
諸子 九〇
公魚 九〇
柳鮠 九〇
乗込鮒 九〇
桜鯎 九〇
鱒 九一
若鮎 九一
螢烏賊 九一
花烏賊 九一
飯蛸 九一
蛤 九一
浅蜊 九二
蜆 九二
栄螺 九二
赤貝 九二
馬刀貝 九二
桜貝 九二
細螺 九三
寄居虫 九三
磯巾着 九三
海胆 九三
蜷 九三
望潮 九三

春・植物

梅 九四
白梅 九四
紅梅 九四
盆梅 九四
黄梅 九四
金縷梅 九四
山茱萸の花 九五
猫柳 九五
木五倍子の花 九五
ものの芽 九五
木の芽 九五
山椒の芽 九五
楤の芽 九六
五加木 九六
柳の芽 九六
雪間草 九六
雪割草 九六
草の芽 九六
蕗の薹 九七
萱草の芽 九七
薔薇の芽 九七
牡丹の芽 九七
菖蒲の芽 九七
蘆の角 九七
末黒の芒 九七
沈丁花 九八
辛夷 九八
椿 九八
落椿 九八
三椏の花 九八
桜 九八
花 九九
初桜 九九
彼岸桜 九九
枝垂桜 九九
夜桜 九九
山桜 九九
八重桜 九九
落花 一〇〇
花筏 一〇〇
桜蘂降る 一〇〇
残花 一〇〇
遅桜 一〇〇
下萌 一〇〇
春の草 一〇〇
若草 一〇一
古草 一〇一
若芝 一〇一
雀隠れ 一〇一
芹 一〇一
薺の花 一〇一
蘩蔞 一〇一
母子草 一〇二
仏の座 一〇二
嫁菜 一〇二
蓬 一〇二
いぬふぐり 一〇二
虎杖 一〇二
すかんぽ 一〇三
野蒜 一〇三
烏野豌豆 一〇三
菫 一〇三
蒲公英 一〇三
蒲公英の絮 一〇三
地獄の釜の蓋 一〇四
垣通 一〇四
紫雲英 一〇四
クローバー 一〇四
土筆 一〇四
杉菜 一〇四
薇 一〇五
蕨 一〇五
こごみ 一〇五
春蘭 一〇五
一輪草 一〇五
片栗の花 一〇五
海老根蘭 一〇六
華鬘草 一〇六
一人静 一〇六

二人静 一〇六
蝮草 一〇六
翁草 一〇六
熊谷草 一〇七
座禅草 一〇七
水草生う 一〇七
木瓜の花 一〇七
草木瓜 一〇七
杉の花 一〇七
桃の花 一〇八
木蓮 一〇八
白木蓮 一〇八
紫荊 一〇八
雪柳 一〇八
小粉団の花 一〇八
連翹 一〇八
土佐水木 一〇九
馬酔木の花 一〇九
海棠 一〇九
ミモザ 一〇九
リラ 一〇九
エリカ 一〇九
満天星の花 一一〇
藤 一一〇
躑躅 一一〇
山吹 一一〇
梨の花 一一〇
杏の花 一一〇
李の花 一一一
桜桃の花 一一一
林檎の花 一一一
楓の花 一一一
銀杏の花 一一一
枸橘の花 一一一
木苺の花 一一二
接骨木の花 一一二
通草の花 一一二
郁子の花 一一二
樒の花 一一二
山査子の花 一一二
松の芯 一一三
竹の秋 一一三
柳 一一三
柳絮 一一三
桑 一一三
蘖 一一三
春落葉 一一四
黄水仙 一一四
クロッカス 一一四
ヒヤシンス 一一四
チューリップ 一一四
パンジー 一一四
サイネリア 一一四
フリージア 一一五
オキザリス 一一五
スイートピー 一一五
アネモネ 一一五
桜草 一一五
君子蘭 一一五
デージー 一一六
金盞花 一一六
勿忘草 一一六
芝桜 一一六
都忘れ 一一六
十二単 一一六
苧環の花 一一六
諸葛菜 一一七
金鳳花 一一七
狐の牡丹 一一七
苺の花 一一七
菜の花 一一七
大根の花 一一七
豌豆の花 一一七
蚕豆の花 一一八
春の筍 一一八
春椎茸 一一八
春大根 一一八
三月菜 一一八
鶯菜 一一八
水菜 一一八
芥菜 一一九
三葉芹 一一九
レタス 一一九
春菊 一一九
茎立 一一九
韮 一一九
独活 一一九
アスパラガス 一二〇
胡葱 一二〇
葱坊主 一二〇
茗荷竹 一二〇
山葵 一二〇
クレソン 一二〇
防風 一二一
青麦 一二一
三月蜜柑 一二一
三宝柑 一二一
和布 一二一
荒布 一二一
海苔 一二二
石蓴 一二二
海雲 一二二
海髪 一二二
鹿尾菜 一二二
松露 一二二

夏❖時候

夏 一二四
卯月 一二四
清和 一二四
五月 一二四
夏めく 一二四
立夏 一二四
初夏 一二五
若夏 一二五
小満 一二五
苗代寒 一二五
薄暑 一二五
皐月 一二五
六月 一二五
仲夏 一二六
芒種 一二六
田植時 一二六
麦の秋 一二六
入梅 一二六
梅雨寒 一二六
夏至 一二七
水無月 一二七
七月 一二七

半夏生　一二七
小暑　一二七
梅雨明　一二七
盛夏　一二八
夏暁　一二八
炎昼　一二八
夏の夕　一二八
夏の夜　一二八
短夜　一二八
明易　一二八
白夜　一二九
土用　一二九
三伏　一二九
大暑　一二九
暑し　一二九
炎暑　一二九
極暑　一三〇
灼くる　一三〇
熱帯夜　一三〇
冷夏　一三〇
涼し　一三〇
夏の果　一三〇
晩夏　一三一
夏深し　一三一
夜の秋　一三一
秋近し　一三一

夏❖天文

夏の日　一三二
夏の空　一三二
夏の雲　一三二
雲の峰　一三二
夏の月　一三二
梅雨の月　一三二
梅雨の星　一三二
卯月曇　一三三
卯の花腐し　一三三
筍流し　一三三
茅花流し　一三三
風薫る　一三三
青嵐　一三三
南風　一三三
黒南風　一三四
白南風　一三四
夏の雨　一三四
青時雨　一三四
薬降る　一三四
虎が雨　一三四
雹　一三四
虹　一三五
走梅雨　一三五
梅雨　一三五
五月雨　一三五
五月闇　一三五
梅雨晴　一三五
空梅雨　一三六
梅雨の雷　一三六
旱　一三六
夕焼　一三六
炎天　一三六
朝曇　一三六
日盛　一三六
油照　一三七
片蔭　一三七
西日　一三七
熱風　一三七
涼風　一三七
土用東風　一三七
山背風　一三七
雷　一三七
日雷　一三八
喜雨　一三八
露涼し　一三八
夕立　一三八
驟雨　一三八
雷雨　一三八
夏霧　一三八
海霧　一三八
雲海　一三九
御来迎　一三九
朝凪　一三九
夕凪　一三九
風死す　一三九

夏❖地理

夏野　一四〇
夏の山　一四〇
五月富士　一四〇
雪渓　一四〇
お花畑　一四〇
滴り　一四〇
泉　一四一
清水　一四一
夏の川　一四一
梅雨出水　一四一
瀧　一四一
噴井　一四一
夏の海　一四二

夏の潮　一四二
卯浪　一四二
土用浪　一四二
苦潮　一四二
植田　一四三
青田　一四三
田水沸く　一四三

夏❖人事

更衣　一四四
夏服　一四四
白服　一四四
白靴　一四四
レース　一四四
袷　一四四
単衣　一四四
白地　一四五
羅　一四五
上布　一四五
夏羽織　一四五
帷子　一四五
夏帯　一四五
夏袴　一四五
浴衣　一四六
甚平　一四六
すててこ　一四六
腹当　一四六
半ズボン　一四六
夏シャツ　一四六
あっぱっぱ　一四六
夏手袋　一四六
夏帽子　一四七
日傘　一四七
サングラス　一四七
ハンカチ　一四七
水着　一四七
新茶　一四七
筍飯　一四七
麦飯　一四八
豆飯　一四八
夏料理　一四八
洗膾　一四八
晒鯨　一四八
鮓　一四八
新節　一四八
土用鰻　一四九
泥鰌鍋　一四九
土用蜆　一四九
冷索麺　一四九
冷し中華　一四九
冷奴　一四九
冷汁　一五〇
冷し瓜　一五〇
胡瓜揉　一五〇
瓜漬　一五〇
茄子料理　一五〇
飯饐ゆ　一五〇
干飯　一五一
冷酒　一五一
梅酒　一五一
梅漬く　一五一
梅干す　一五一
麦酒　一五一
焼酎　一五二
麦茶　一五二
冷し飴　一五二
ラムネ　一五二
サイダー　一五二
ソーダ水　一五二
氷菓　一五三
かき氷　一五三
氷旗　一五三
かちわり　一五三
心太　一五三
白玉　一五三
蜜豆　一五三
葛餅　一五四
水羊羹　一五四
麦こがし　一五四
夏館　一五四
夏燈　一五四
夏座敷　一五四
夏炉　一五四
泉殿　一五五
露台　一五五
蚊帳　一五五
蚊遣火　一五五
蒼朮を焼く　一五五
虫刺され　一五五
蠅叩　一五六
蠅帳　一五六
蠅取リボン　一五六
夏座布団　一五六
夏蒲団　一五六
花茣蓙　一五六
寝茣蓙　一五七
陶枕　一五七
籠枕　一五七
竹婦人　一五七
円座　一五七
籐椅子　一五七
簟　一五八
簾　一五八
葭簀　一五八
夏暖簾　一五八
網戸　一五八
日除　一五八
扇風機　一五九
風鈴　一五九
扇　一五九
団扇　一五九
冷房　一五九
花氷　一五九
冷蔵庫　一六〇
ギヤマン　一六〇
ハンモック　一六〇
釣忍　一六〇
箱庭　一六〇
作り瀧　一六〇
竹牀几　一六一
氷室　一六一
打水　一六一
撒水車　一六一
噴水　一六一
風炉茶　一六一
虫干　一六一
曝書　一六二
井戸替　一六二
風通す　一六二
梅雨籠　一六二

避暑　一六二
暑中見舞　一六二
夏休　一六二
林間学校　一六三
夏期講座　一六三
帰省　一六三
泳ぎ　一六三
プール　一六三
浮輪　一六三
海の家　一六三
砂日傘　一六四
波乗り　一六四
舟遊び　一六四
ボート　一六四
ヨット　一六四
登山　一六四
歩荷　一六四
キャンプ　一六五
バンガロー　一六五
捕虫網　一六五
夏芝居　一六五
流し　一六五
夜店　一六五
起し絵　一六六
金魚釣　一六六
釣堀　一六六
金魚玉　一六六
水遊び　一六六
水鉄砲　一六六
浮人形　一六七
水中花　一六七
水からくり　一六七
走馬燈　一六七
瀧行　一六七
暑気払　一六七
納涼　一六八
川床涼み　一六八
船料理　一六八
夜釣　一六八
花火　一六八
手花火　一六八
螢狩　一六九
草笛　一六九
ナイター　一六九
汗　一六九
裸　一六九
跣足　一六九
日焼　一七〇
肌脱　一七〇
昼寝　一七〇
昼寝覚　一七〇
三尺寝　一七〇
外寝　一七〇
日向水　一七〇
行水　一七一
髪洗う　一七一
桃葉湯　一七一
天瓜粉　一七一
香水　一七一
端居　一七一
夜濯　一七二
水売　一七二
夏風邪　一七二
水虫　一七二
日射病　一七二
寝冷　一七二
水中り　一七三
夏痩　一七三
土用灸　一七三
苗植う　一七三
菜種刈　一七三
豆蒔き　一七三
溝浚　一七四
代搔　一七四
田植　一七四
早乙女　一七四
余り苗　一七四
早苗饗　一七四
麦刈　一七五
麦打　一七五
麦焼　一七五
麦藁　一七五
袋掛　一七五
木の枝払う　一七五
草取　一七六
草刈　一七六
干草　一七六
芝刈　一七六
夏蚕飼う　一七六
上簇　一七六
繭　一七七
山繭　一七七
糸取　一七七
藻刈　一七七
田草取　一七七
牛馬冷す　一七七
誘蛾燈　一七八
雨乞　一七八
雨休み　一七八
水番　一七八
水喧嘩　一七八
鮎釣　一七八
魚簗　一七九
箱眼鏡　一七九
鵜飼　一七九
烏賊釣　一七九
天草干し　一七九
昆布干し　一七九

夏 ❖ 行事

こどもの日　一八〇
母の日　一八〇
父の日　一八〇
端午　一八〇
幟　一八〇
鯉幟　一八〇
吹流し　一八一
矢車　一八一
武者人形　一八一
菖蒲葺く　一八一
菖蒲湯　一八一
菖蒲酒　一八一
粽　一八二
柏餅　一八二
薬玉　一八二
薬の日　一八二
花田植　一八二
薪能　一八二
夏場所　一八三
鴨川踊　一八三

竹植うる日 一八三
祭 一八三
神輿 一八三
山車 一八四
宵宮 一八四
葵祭 一八四
競馬 一八四
ダービー 一八四
山開 一八四
海開 一八四
川開 一八五
三社祭 一八五
祇園祭 一八五
天満祭 一八五
御柱祭 一八五
朝顔市 一八五
四万六千日 一八六
鬼灯市 一八六
巴里祭 一八六
安居 一八六
夏書 一八六
夏花 一八六
夏越 一八七
茅の輪 一八七
形代流す 一八七

夏❖忌日

万太郎忌 一八八
朔太郎忌 一八八
たかし忌 一八八
辰雄忌 一八八
晶子忌 一八八
多佳子忌 一八八
鑑真忌 一八九
蟬丸忌 一八九
業平忌 一八九
桜桃忌 一八九
信長忌 一八九
光琳忌 一八九
芙美子忌 一九〇
鷗外忌 一九〇
茅舎忌 一九〇
河童忌 一九〇
谷崎忌 一九〇
左千夫忌 一九〇
露伴忌 一九〇

夏❖動物

袋角 一九一
鹿の子 一九一
蝙蝠 一九一
亀の子 一九一
雨蛙 一九一
河鹿 一九一
蟇 一九二
山椒魚 一九二
蠑螈 一九二
守宮 一九二
蜥蜴 一九二
蛇 一九二
蛇衣を脱ぐ 一九三
蝮 一九三
羽抜鶏 一九三
時鳥 一九三
郭公 一九三
筒鳥 一九三
十一 一九四
青葉木菟 一九四
老鶯 一九四
雷鳥 一九四
燕の子 一九四
鴉の子 一九四
海猫 一九五
鰺刺 一九五
夏燕 一九五
雨燕 一九五
葭切 一九五
翡翠 一九五
水鶏 一九六
鷭 一九六
浮巣 一九六
通し鴨 一九六
白鷺 一九六
青鷺 一九六
鵜 一九七
大瑠璃 一九七
駒鳥 一九七
目白 一九七
四十雀 一九七
濁り鮒 一九七
鯰 一九八
鮎 一九八
岩魚 一九八
山女 一九八
目高 一九八
緋鯉 一九八
金魚 一九九
熱帯魚 一九九
黒鯛 一九九
初鰹 一九九
鰺 一九九
鯖 一九九
飛魚 一九九
鱚 二〇〇
虎魚 二〇〇
べら 二〇〇
鱧 二〇〇
穴子 二〇〇
赤鱏 二〇〇
章魚 二〇一
烏賊 二〇一
鮑 二〇一
帆立貝 二〇一
海酸漿 二〇一
蝦蛄 二〇二
海鞘 二〇二
小蟹 二〇二
舟虫 二〇二
海月 二〇二
夜光虫 二〇二
夏の蝶 二〇二
揚羽蝶 二〇三
蛾 二〇三
火取虫 二〇三
毛虫 二〇三
尺取虫 二〇三
夜盗虫 二〇三
螢 二〇三
兜虫 二〇四

天牛　二〇四
玉虫　二〇四
金亀子　二〇四
天道虫　二〇四
斑猫　二〇四
源五郎　二〇五
鼓虫　二〇五
水馬　二〇五
落し文　二〇五
蟬生る　二〇五
蟬　二〇五
空蟬　二〇六
蟷螂生る　二〇六
蜻蛉生る　二〇六
糸蜻蛉　二〇六
川蜻蛉　二〇六
蠅　二〇六
蛆　二〇七
蚊　二〇七
孑孓　二〇七
ががんぼ　二〇七
蠛蠓　二〇七
蟻　二〇七
羽蟻　二〇八
蟻地獄　二〇八
薄翅蜉蝣　二〇八
優曇華　二〇八
草蜉蝣　二〇八
蜘蛛　二〇八
蠅虎　二〇九
百足虫　二〇九
蚰蜒　二〇九
蛞蝓　二〇九
蝸牛　二〇九
蚯蚓　二〇九
蚤　二一〇
御器囓　二一〇
穀象　二一〇
紙魚　二一〇
孫太郎虫　二一〇

夏❖植物

余花　二一一
葉桜　二一一
桜の実　二一一
金雀枝　二一一
牡丹　二一一
薔薇　二一一
野茨の花　二一二
新緑　二一二
新樹　二一二
若葉　二一二
椎若葉　二一二
柿若葉　二一二
若楓　二一二
芭蕉巻葉　二一三
青葉　二一三
青蔦　二一三
青桐　二一三
夏草　二一三
草いきれ　二一三
青芝　二一三
青歯朶　二一四
一つ葉　二一四
茂　二一四
万緑　二一四
緑蔭　二一四
木下闇　二一四
夏木立　二一四
夏落葉　二一五
松落葉　二一五
夏蕨　二一五
蕗　二一五
筍　二一五
篠の子　二一五
竹皮を脱ぐ　二一五
若竹　二一六
竹落葉　二一六
苗物　二一六
早苗　二一六
麦　二一六
茄子の花　二一六
瓜の花　二一七
南瓜の花　二一七
馬鈴薯の花　二一七
棉の花　二一七
麻　二一七
杜鵑花　二一七
渓蓀　二一八
卯の花　二一八
桐の花　二一八
樗の花　二一八
棕櫚の花　二一八
アカシアの花　二一八
花水木　二一九
泰山木の花　二一九
朴の花　二一九
山法師の花　二一九
柿の花　二一九
えごの花　二一九
梔子の花　二二〇
未央柳　二二〇
茉莉花　二二〇
蜜柑の花　二二〇
朱欒の花　二二〇
木の花　二二〇
栗の花　二二一
沙羅の花　二二一
海桐の花　二二一
合歓の花　二二一
石榴の花　二二一
花菖蒲　二二一
菖蒲　二二二
杜若　二二二
一八　二二二
射干　二二二
紫蘭　二二二
鈴蘭　二二二
著莪　二二三
水芭蕉　二二三
藺　二二三
青蘆　二二三
真菰　二二三
水草の花　二二三
睡蓮　二二四
河骨　二二四
沢瀉　二二四
蓮　二二四
蓮の浮葉　二二四
布袋草　二二四

萍　二二五
蛭蓆　二二五
蓴菜　二二五
青みどろ　二二五
莕の花　二二五
梅雨茸　二二五
黴　二二六
カーネーション　二二六
石竹　二二六
マーガレット　二二六
ガーベラ　二二六
グラジオラス　二二六
アマリリス　二二六
ジギタリス　二二七
芍薬　二二七
罌粟の花　二二七
罌粟坊主　二二七
矢車菊　二二七
鷺草　二二七
時計草　二二八
鉄線花　二二八
紫陽花　二二八
額の花　二二八
百合　二二八
雪の下　二二八
姫女苑　二二九
酢漿の花　二二九
羊蹄の花　二二九
擬宝珠　二二九
車前草の花　二二九
夏蓬　二二九
薊　二三〇
庭石菖　二三〇
捩花　二三〇
富貴草　二三〇
立浪草　二三〇
小判草　二三〇
靫草　二三一
蕺菜　二三一
現の証拠　二三一
踊子草　二三一
浦島草　二三一
フランネル草　二三一
破れ傘　二三二
新馬鈴薯　二三二
豌豆　二三二
蚕豆　二三二
キャベツ　二三二
蒜　二三二
辣韮　二三三
瓜　二三三
甜瓜　二三三
胡瓜　二三三
茄子　二三三
トマト　二三三
夏大根　二三三
夏葱　二三四
玉葱　二三四
茗荷の子　二三四
紫蘇　二三四
夏蜜柑　二三四
さくらんぼ　二三四
苺　二三五
蛇苺　二三五
木苺　二三五
桑の実　二三五
杏　二三五
李　二三五
山桜桃　二三六
楊梅　二三六
すぐり　二三六
枇杷　二三六
青梅　二三六
青柿　二三六
青胡桃　二三七
青葡萄　二三七
青林檎　二三七
メロン　二三七
バナナ　二三七
パイナップル　二三七
虎杖の花　二三八
独活の花　二三八
萱草の花　二三八
黄菅　二三八
蚊帳吊草　二三八
月見草　二三八
竹煮草　二三九
青芒　二三九
夏萩　二三九
葎　二三九
藜　二三九
昼顔　二三九
灸花　二四〇
忍冬の花　二四〇
螢袋　二四〇
烏瓜の花　二四〇
月下美人　二四〇
仙人掌の花　二四〇
ユッカの花　二四一
向日葵　二四一
松葉牡丹　二四一
ダチュラの花　二四一
葵　二四一
夏菊　二四一
蝦夷菊　二四二
花魁草　二四二
蛇の目草　二四二
金魚草　二四二
帚木　二四二
ダリア　二四二
サルビア　二四三
日日草　二四三
百日草　二四三
千日紅　二四三
百日紅　二四三
夾竹桃　二四三
凌霄の花　二四四
仏桑花　二四四
梯梧の花　二四四
浜木綿　二四四
玫瑰　二四四
唐黍の花　二四四
胡麻の花　二四五
煙草の花　二四五
韮の花　二四五
糸瓜の花　二四五
瓢の花　二四五
夕顔　二四五
新藷　二四六
青唐辛子　二四六

青鬼灯 二四六
青瓢 二四六
土用芽 二四六
病葉 二四六

秋❖時候

秋 二四八
文月 二四八
八月 二四八
立秋 二四八
今朝の秋 二四八
処暑 二四八
残暑 二四九
新涼 二四九
秋めく 二四九
初秋 二四九
八朔 二四九
八月尽 二四九
九月 二四九
葉月 二四九
二百十日 二五〇
白露 二五〇
仲秋 二五〇
九月尽 二五〇
十月 二五〇
長月 二五〇
雀蛤となる 二五一
霜降 二五一
秋色 二五一
秋気 二五一
爽やか 二五一
秋麗 二五一
秋分 二五一
秋彼岸 二五二
寒露 二五二
龍淵に潜む 二五二
秋の朝 二五二
秋の昼 二五二
秋の暮 二五二
釣瓶落し 二五三
秋の宵 二五三
秋の夜 二五三
夜長 二五三
冷やか 二五三
秋寒 二五三
漸寒 二五三
そぞろ寒 二五三
うそ寒 二五四
夜寒 二五四
身に入む 二五四
冷まじ 二五四
秋深し 二五四
龍田姫 二五四
芋の秋 二五五
晩秋 二五五
暮の秋 二五五
行く秋 二五五
秋惜しむ 二五五
冬近し 二五五

秋❖天文

秋風 二五六
秋の初風 二五六
秋の声 二五六
荻の声 二五六
初嵐 二五六
天の川 二五六
星月夜 二五六
流星 二五七
盆の月 二五七
盆の風 二五七
秋の空 二五七
天高し 二五七
秋の日 二五七
秋日和 二五七
秋晴 二五七
秋の雲 二五八
鰯雲 二五八
秋旱 二五八
秋乾く 二五八
爽籟 二五八
月白 二五八
月 二五八
月光 二五八
初月 二五九
三日月 二五九
待宵 二五九
名月 二五九
良夜 二五九
十五夜 二五九
無月 二五九
雨月 二六〇
十六夜 二六〇
立待月 二六〇
居待月 二六〇
臥待月 二六〇
更待月 二六〇
二十三夜 二六一
宵闇 二六一
十三夜 二六一
野分 二六一
台風 二六一

鮭颪 二六一
芋嵐 二六一
黍嵐 二六二
雁渡 二六二
秋の雨 二六二
秋霖 二六二
秋時雨 二六二
秋陰 二六二
稲妻 二六二
秋の虹 二六三
秋の夕焼 二六三
霧 二六三
露 二六三
露けし 二六三
芋の露 二六三

秋◆地理

水澄む 二六四
秋の水 二六四
水の秋 二六四
秋の川 二六四
秋出水 二六四
秋の野 二六四
花野 二六四
秋の山 二六五
山粧う 二六五
秋の田 二六五
刈田 二六五
穭田 二六五
秋の海 二六五
秋の波 二六六
盆波 二六六
秋の潮 二六六
葉月潮 二六六
秋の浜 二六六

秋◆人事

秋袷 二六七
新米 二六七
新酒 二六七
濁酒 二六七
温め酒 二六七
猿酒 二六七
新豆腐 二六八
薯蕷汁 二六八
うるか 二六八
鮞 二六八
茸飯 二六八
栗飯 二六八
零余子飯 二六八
柚味噌 二六九
干柿 二六九
新蕎麦 二六九
衣被 二六九
菊膾 二六九
夜食 二六九
秋の燈 二六九
燈火親しむ 二七〇
秋団扇 二七〇
秋扇 二七〇
秋簾 二七〇
火恋し 二七〇
松手入 二七〇
冬支度 二七一
障子洗う 二七一
風炉名残 二七一
秋耕 二七一
案山子 二七一
鳴子 二七一
添水 二七一
威銃 二七二
鹿火屋 二七二
鹿垣 二七二
落し水 二七二
稲刈 二七二
稲架 二七二
稲扱 二七三
籾 二七三
新藁 二七三
秋収 二七三
稲屑火 二七三
豊年 二七三
毛見 二七三
種採 二七四
蔓たぐり 二七四
牛蒡引く 二七四
菜種蒔く 二七四
大根蒔く 二七四
煙草干 二七四
豆引く 二七五
渋取 二七五
棉取 二七五
萩刈る 二七五
木賊刈る 二七五
萱刈る 二七五
蘆刈る 二七六
馬市 二七六
薬掘る 二七六
竹伐る 二七六
糸瓜の水 二七六
夜なべ 二七六
俵編 二七七
夜業 二七七
砧 二七七
下り簗 二七七
崩れ簗 二七七
鯊釣 二七七
根釣 二七八
初猟 二七八
囮 二七八
鳩吹 二七八
休暇明 二七八
虫籠 二七八
月見 二七九
運動会 二七九
夜学 二七九
菊作り 二七九
菊の宿 二七九
菊花展 二七九
菊人形 二七九
菊枕 二八〇
地芝居 二八〇
相撲 二八〇
海贏回し 二八〇
葡萄狩 二八〇
茸狩 二八〇
紅葉狩 二八一
秋祭 二八一
芋煮会 二八一
秋遍路 二八一

秋意 二八一
秋思 二八一

秋❖行事

硯洗 二八二
七夕 二八二
星祭 二八二
七夕竹 二八二
真菰馬 二八二
佞武多 二八二
原爆忌 二八三
盆用意 二八三
草市 二八三
盆路 二八三
盆棚 二八三
盆花 二八三
茄子の馬 二八四
迎鐘 二八四
迎火 二八四
盆 二八四
新盆 二八四
生身魂 二八四
燈籠 二八五
岐阜提灯 二八五
施餓鬼 二八五
川施餓鬼 二八五
墓参 二八五
中元 二八五
盆休 二八六
踊 二八六
送り盆 二八六
送り火 二八六
流燈 二八六
盆過 二八六
大文字 二八七
摂待 二八七
解夏 二八七
閻魔詣 二八七
虫送 二八七
終戦記念日 二八七
地蔵盆 二八八
震災記念日 二八八
生姜市 二八八
放生会 二八八
敬老の日 二八八
芋茎祭 二八八
重陽 二八九
高きに登る 二八九
おくんち 二八九
御命講 二八九
べつたら市 二八九
鹿の角切 二八九
時代祭 二九〇
鞍馬の火祭 二九〇
赤い羽根 二九〇
美術展 二九〇
ハロウィーン 二九〇
文化の日 二九〇

秋❖忌日

宗祇忌 二九一
鬼貫忌 二九一
世阿弥忌 二九一
守武忌 二九一
太祇忌 二九一
西鶴忌 二九一
定家忌 二九二
遊行忌 二九二
去来忌 二九二
鬼城忌 二九二
子規忌 二九二
賢治忌 二九二
蛇笏忌 二九三
爽波忌 二九三
白秋忌 二九三

秋❖動物

秋の蝶 二九四
蜻蛉 二九四
蜉蝣 二九四
秋の蟬 二九四
蜩 二九四
法師蟬 二九四
虫 二九五
虫時雨 二九五
蟋蟀 二九五
鈴虫 二九五
松虫 二九五
邯鄲 二九五
草雲雀 二九六
鉦叩 二九六
螽蟖 二九六
馬追 二九六
轡虫 二九六
飛蝗 二九六
蝗 二九六
浮塵子 二九七
蟷螂 二九七
茶立虫 二九七
放屁虫 二九七
芋虫 二九七
竈馬 二九七
秋蚕 二九八
秋の螢 二九八
秋の蠅 二九八
秋の蚊 二九八
秋の蜂 二九八
螻蛄鳴く 二九八
地虫鳴く 二九八
蚯蚓鳴く 二九九
蓑虫 二九九
稲雀 二九九
鵙 二九九
鵯 二九九
鶲 二九九
椋鳥 三〇〇
鶫 三〇〇
鶉 三〇〇
啄木鳥 三〇〇
渡り鳥 三〇〇
燕帰る 三〇〇
海猫帰る 三〇一
雁来る 三〇一
鴫来る 三〇一
鶴来る 三〇一
小鳥来る 三〇一
色鳥 三〇一
鶸 三〇二
連雀 三〇二
鶺鴒 三〇二

鳴来る　三〇二
落鮎　三〇二
紅葉鮒　三〇二
ままかり　三〇三
鰡　三〇三
鯊　三〇三
秋鯖　三〇三
鰯　三〇三
秋刀魚　三〇三
太刀魚　三〇三
鮭　三〇四
鹿　三〇四
猪　三〇四
馬肥ゆる　三〇四
蛇穴に入る　三〇四
穴惑　三〇四

秋❖植物

朝顔　三〇五
朝顔の種　三〇五
夜顔　三〇五
カンナ　三〇五
鳳仙花　三〇五
白粉花　三〇五
鶏頭　三〇六
葉鶏頭　三〇六
コスモス　三〇六
蘭　三〇六
秋の薔薇　三〇六
菊　三〇六
残菊　三〇七
秋海棠　三〇七
サフラン　三〇七
紫苑　三〇七
弁慶草　三〇七
風船葛　三〇七
初紅葉　三〇八
薄紅葉　三〇八
紅葉　三〇八
黄葉　三〇八
照葉　三〇八
桜紅葉　三〇八
蔦紅葉　三〇八
柞紅葉　三〇八
柿紅葉　三〇九
錦木　三〇九
紅葉かつ散る　三〇九
銀杏散る　三〇九
黄落　三〇九
柳散る　三〇九
桐一葉　三一〇
色変えぬ松　三一〇
木槿　三一〇
芙蓉　三一〇
臭木の花　三一〇
木犀　三一〇
竹の春　三一一
新松子　三一一
木の実　三一一
椿の実　三一一
橡の実　三一一
藤の実　三一一
櫨の実　三一二
樫の実　三一二
団栗　三一二
椎の実　三一二
椋の実　三一二
一位の実　三一二
楝の実　三一二
榧の実　三一三
榎の実　三一三
菩提子　三一三
無患子　三一三
臭木の実　三一三
枸杞の実　三一三
枳殻の実　三一四
瓢の実　三一四
桐の実　三一四
山椒の実　三一四
紫式部　三一四
七竈　三一四
梅擬　三一五
がまずみ　三一五
木瓜の実　三一五
皀莢の実　三一五
茱萸　三一五
茨の実　三一五
山葡萄　三一五
通草　三一六
郁子　三一六
秋草　三一六
秋の七草　三一六
撫子　三一六
桔梗　三一六
藤袴　三一七
女郎花　三一七
男郎花　三一七
葛　三一七
萩　三一七
芒　三一七
溝萩　三一八
水引の花　三一八
龍胆　三一八
吾亦紅　三一八
思草　三一八
みせばや　三一八
杜鵑草　三一九
松虫草　三一九
釣舟草　三一九
露草　三一九
鳥兜　三一九
富士薊　三一九
山薊　三二〇
曼珠沙華　三二〇
蓼の花　三二〇
赤のまま　三二〇
溝蕎麦　三二〇
茜草　三二〇
背高泡立草　三二一
野菊　三二一
藪枯らし　三二一
大文字草　三二一
貴船菊　三二一
血止草　三二一
草の花　三二二
草の穂　三二二
草の実　三二二
蓮の実　三二二
狗尾草　三二二
力草　三二二

牛膝 三一三
藪虱 三一三
巻耳 三一三
盗人萩 三一三
数珠玉 三一三
鬼灯 三一三
烏瓜 三一四
万年青の実 三一四
蘆 三一四
荻 三一四
茅萱 三一四
刈萱 三一四
蒲の穂 三一五
茗荷の花 三一五
辣韮の花 三一五
蕎麦の花 三一五
薄荷の花 三一五
棉吹く 三一五
西瓜 三一六
南瓜 三一六
冬瓜 三一六
糸瓜 三一六
瓢箪 三一六
種瓢 三一六
苦瓜 三一七
秋茄子 三一七
種茄子 三一七
オクラ 三一七
生姜 三一七
馬鈴薯 三一七
芋 三一八
芋茎 三一八
甘藷 三一八
自然薯 三一八
零余子 三一八
貝割菜 三一八
間引菜 三一九
紫蘇の実 三一九
唐辛子 三一九
稲の花 三一九
稲 三一九
早稲 三一九
落穂 三一九
玉蜀黍 三二〇
粟 三二〇
枝豆 三二〇
隠元豆 三二〇
小豆 三二〇
豇豆 三二〇
刀豆 三二〇
落花生 三二一
胡麻 三二一
桃の実 三二一
梨 三二一
洋梨 三二一
山梨 三二一
柿 三二二
熟柿 三二二
林檎 三二二
葡萄 三二二
栗 三二二
胡桃 三二二
柚子 三二三
酢橘 三二三
九年母 三二三
朱欒 三二三
金柑 三二三
檸檬 三二三
銀杏 三二四
棗 三二四
榠樝 三二四
榲桲 三二四
柘榴 三二四
無花果 三二四
青蜜柑 三二五
草紅葉 三二五
水草紅葉 三二五
敗荷 三二五
破芭蕉 三二五
末枯 三二五
菱の実 三二五
茸 三二六
松茸 三二六
毒茸 三二六

冬❖時候

冬 三三八
冬帝 三三八
神無月 三三八
立冬 三三八
初冬 三三八
十一月 三三八
冬ざれ 三三九
小春 三三九
冬ぬくし 三三九
冬の日 三三九
仲冬 三三九
小雪 三三九
霜月 三四〇
十二月 三四〇
極月 三四〇
大雪 三四〇
冬至 三四〇

晩冬 三四〇
師走 三四〇
年の暮 三四一
数え日 三四一
年惜しむ 三四一
行く年 三四一
小晦日 三四一
大晦日 三四一
年の空 三四一
除夜 三四一
一月 三四二
寒の入 三四二
小寒 三四二
大寒 三四二
寒の内 三四二
短日 三四二
寒暁 三四二
冬の暮 三四三
冬の夜 三四三
寒し 三四三
冷たし 三四三
凍る 三四三
冴ゆる 三四三
寒波 三四三
三寒四温 三四四
厳寒 三四四
冬深し 三四四
日脚伸ぶ 三四四
春を待つ 三四四
春隣 三四四
冬尽く 三四四

冬❖天文

冬日 三四五
冬の空 三四五
冬晴 三四五
寒晴 三四五
冬麗 三四五
冬旱 三四五
冬の雲 三四六
冬入日 三四六
冬夕焼 三四六
冬の月 三四六
冬の星 三四六
冬凪 三四六
御講凪 三四七
神渡 三四七
凩 三四七
寒風 三四七
北風 三四七
空風 三四七
北颪 三四八
たま風 三四八
隙間風 三四八
虎落笛 三四八
初時雨 三四八
時雨 三四八
冬の虹 三四九
冬の雨 三四九
寒の雨 三四九
霜 三四九
霰 三四九
霙 三四九
雪催 三五〇
雪 三五〇
初雪 三五〇
深雪 三五〇
根雪 三五〇
吹雪 三五〇
雪しまき 三五一
垂り雪 三五一
雪女 三五一
鎌鼬 三五一
雪晴 三五一
風花 三五一
冬の雷 三五二
鰤起し 三五二
冬霞 三五二
冬の霧 三五二
樹氷 三五二
ダイヤモンドダスト 三五二

冬❖地理

冬山河 三五三
冬野 三五三
雪野 三五三
枯野 三五三
枯園 三五三
冬田 三五三
冬の山 三五三
枯山 三五四
山眠る 三五四
雪山 三五四
水涸る 三五四
冬の水 三五四
冬の川 三五四
冬の泉 三五四
冬の海 三五五
寒潮 三五五
冬の波 三五五
波の花 三五五
凍土 三五五
霜柱 三五五
初氷 三五六
氷 三五六
氷柱 三五六
氷海 三五六
冬の瀧 三五六
凍瀧 三五六
狐火 三五六

冬❖人事

冬服 三五七
冬羽織 三五七
ちゃんちゃんこ 三五七
綿入 三五七
掻巻 三五七
蒲団 三五七
毛布 三五八
褞袍 三五八
ねんねこ 三五八
着ぶくれ 三五八
毛皮 三五八
コート 三五八
マント 三五九
角巻 三五九
ショール 三五九
マフラー 三五九
セーター 三五九
股引 三五九

手袋　三五九
冬帽子　三六〇
頬被　三六〇
耳袋　三六〇
マスク　三六〇
足袋　三六〇
ブーツ　三六〇
雪靴　三六〇
雪眼鏡　三六一
毛糸編む　三六一
春著縫う　三六一
餅　三六一
寒餅　三六一
水餅　三六一
熱燗　三六一
鰭酒　三六二
生姜湯　三六二
玉子酒　三六二
寒造　三六二
寒玉子　三六二
葛湯　三六二
蕎麦掻　三六二
蕎麦湯　三六三
夜鷹蕎麦　三六三
鍋焼　三六三
湯豆腐　三六三
焼芋　三六三
雑炊　三六三
鯛焼　三六四
蒸饅頭　三六四
河豚汁　三六四
粕汁　三六四
納豆汁　三六四
根深汁　三六四
蕪汁　三六四
闇汁　三六五
薬喰　三六五
鋤焼　三六五
鮟鱇鍋　三六五
牡丹鍋　三六五
寄鍋　三六五
煮凝　三六六
おでん　三六六
風呂吹　三六六
キムチ漬　三六六
大根漬　三六六
切干　三六六
茎漬　三六七
干菜　三六七
塩鮭　三六七
海鼠腸　三六七
霜囲　三六七
雪囲　三六七
風囲　三六八
雁木　三六八
藪巻　三六八
雪吊　三六八
北窓塞ぐ　三六八
目貼　三六八
冬座敷　三六九
冬構　三六九
冬館　三六九
冬籠　三六九
冬燈　三六九
障子　三六九
襖　三七〇
絨緞　三七〇
屏風　三七〇
暖房　三七〇
暖炉　三七〇
ストーブ　三七〇
炬燵　三七〇
火鉢　三七一
炉　三七一
温突　三七一
炭　三七一
炭焼　三七一
炭斗　三七一
炭火　三七二
埋火　三七二
練炭　三七二
榾　三七二
懐炉　三七二
湯婆　三七二
行火　三七三
湯気立　三七三
焚火　三七三
火事　三七三
火の番　三七三
樏　三七三
橇　三七四
除雪車　三七四
雪掻　三七四
雪下ろし　三七四
冬耕　三七四
蕎麦刈　三七四
大根引く　三七四
大根干す　三七五
菜洗う　三七五
蒟蒻掘る　三七五
蓮根掘る　三七五
車蔵う　三七五
池普請　三七五
杜氏来る　三七六
味噌搗　三七六
藁仕事　三七六
豆腐凍らす　三七六
寒天作る　三七六
紙漉　三七六
寒肥　三七七
網代　三七七
竹瓮　三七七
泥鰌掘る　三七七
狩　三七七
猟人　三七七
猟犬　三七八
鷹狩　三七八
水洟　三七八
嚔　三七八
咳　三七八
風邪　三七八
湯ざめ　三七八
息白し　三七八
木の葉髪　三七九
肌荒れ　三七九
悴む　三七九
霜焼　三七九
懐手　三七九
日向ぼこ　三七九
ボーナス　三八〇

掛乞 三八〇
歳暮 三八〇
事納 三八〇
御用納 三八〇
年用意 三八〇
畳替 三八一
煤払 三八一
煤籠 三八一
煤逃 三八一
年忘 三八一
社会鍋 三八一
年の市 三八二
飾売 三八二
暦売 三八二
古暦 三八二
日記買う 三八二
賀状書く 三八二
餅搗 三八三
餅配 三八三
門松立つ 三八三
注連作り 三八三
注連飾る 三八三
年木樵 三八三
年の米 三八四
年の宿 三八四
掃納 三八四
年守る 三八四
年越蕎麦 三八四
年の湯 三八四
年の火 三八四
避寒 三八五
探梅 三八五
寒施行 三八五
寒紅 三八五
寒稽古 三八五
寒泳 三八五
寒復習 三八六
寒声 三八六
寒見舞 三八六
寒灸 三八六
寒釣 三八六
冬休 三八六
夜話 三八七
竹馬 三八七
雪丸げ 三八七
雪達磨 三八七
雪兎 三八七
スキー 三八七
スケート 三八七
ラグビー 三八八
炉開 三八八
口切 三八八
敷松葉 三八八
温室 三八八

冬❖行事

神の旅 三八九
神迎 三八九
神在祭 三八九
十夜 三八九
十日夜 三八九
報恩講 三九〇
三河の花祭 三九〇
夷講 三九〇
鞴祭 三九〇
酉の市 三九〇
熊手 三九〇
神楽 三九一
御火焚 三九一
顔見世 三九一
七五三 三九一
牡丹焚火 三九一
勤労感謝の日 三九一
秩父の夜祭 三九二
臘八会 三九二
十二月八日 三九二
大根焚 三九二
討入の日 三九二
世田谷襤褸市 三九二
御祭 三九二
羽子板市 三九三
終大師 三九三
神農祭 三九三
柚子湯 三九三
冬安居 三九三
クリスマス 三九三
聖樹 三九四
札納 三九四
年越 三九四
年籠 三九四
除夜の鐘 三九四
雪祭 三九四
寒詣 三九四
寒行 三九五
柊挿す 三九五
節分 三九五
豆撒 三九五
厄落 三九五

冬❖忌日

達磨忌 三九六
芭蕉忌 三九六
空也忌 三九六
一茶忌 三九六
波郷忌 三九六
近松忌 三九七
一葉忌 三九七
憂国忌 三九七
漱石忌 三九七
蕪村忌 三九七
久女忌 三九七
草城忌 三九七

冬❖動物

かじけ猫 三九八
寒犬 三九八
兎 三九八
羚羊 三九八
熊 三九八
熊穴に入る 三九八
狐 三九九
狸 三九九
鼬 三九九
冬の鹿 三九九
むささび 三九九
狼 三九九
冬眠 三九九
水鳥 三九九
浮寝鳥 四〇〇
鴨 四〇〇

鴛鴦 四〇〇
鳰 四〇〇
千鳥 四〇〇
都鳥 四〇〇
冬鷗 四〇一
鶴 四〇一
凍鶴 四〇一
白鳥 四〇一
寒禽 四〇一
寒鴉 四〇一
寒雀 四〇二
鷹 四〇二
梟 四〇二
三十三才 四〇二
笹鳴 四〇二
鯨 四〇二
鮫 四〇三
鮪 四〇三
鱈 四〇三
鰤 四〇三
寒鯛 四〇三
鮟鱇 四〇三
河豚 四〇四
潤目鰯 四〇四
寒鯉 四〇四
寒鮒 四〇四
氷下魚 四〇四
魦 四〇四
海鼠 四〇五
牡蠣 四〇五
寒蜆 四〇五
蟹 四〇五
鰰 四〇五
残る虫 四〇五
冬の蠅 四〇六
冬の蝶 四〇六
冬の蜂 四〇六
冬の蚊 四〇六
枯蟷螂 四〇六
綿虫 四〇六

冬❖植物

水仙 四〇七
石蕗の花 四〇七
室の花 四〇七
シクラメン 四〇七
ポインセチア 四〇七
蝦蛄仙人掌 四〇七
冬薔薇 四〇八
枯菊 四〇八
枯芭蕉 四〇八
枯蓮 四〇八
冬菫 四〇八
冬珊瑚 四〇八
寒菊 四〇九
アロエの花 四〇九
藪柑子 四〇九
龍の玉 四〇九
冬蕨 四〇九
冬草 四〇九
冬萌 四一〇
枯草 四一〇
枯芝 四一〇
枯葎 四一〇
枯蘆 四一〇
枯荻 四一〇
枯芒 四一〇
寒椿 四一一
早梅 四一一
寒梅 四一一
寒紅梅 四一一
蠟梅 四一一
寒木瓜 四一一
寒牡丹 四一一
青木の実 四一二
茶の花 四一二
山茶花 四一二
八手の花 四一二
帰り花 四一二
枇杷の花 四一二
柊の花 四一二
冬桜 四一三
侘助 四一三
南天の実 四一三
冬青の実 四一三
冬紅葉 四一三
紅葉散る 四一三
霜枯 四一四
木の葉 四一四
落葉 四一四
銀杏落葉 四一四
柿落葉 四一四
朴落葉 四一四
枯葉 四一五
冬木 四一五
枯木 四一五
裸木 四一五
寒林 四一五
雪折 四一五
冬枯 四一五
枯蔦 四一六
冬柏 四一六
枯桑 四一六
枯芙蓉 四一六
冬木の芽 四一六
白菜 四一六
冬菜 四一六
ブロッコリー 四一七
葱 四一七
大根 四一七
人参 四一七
蕪 四一七
百合根 四一七
慈姑 四一七
寒独活 四一八
寒芹 四一八
冬苺 四一八
麦の芽 四一八
蜜柑 四一八
木守柿 四一八
冬林檎 四一八

新年❖時候

新年 四二〇
新玉 四二〇
初春 四二〇
正月 四二〇
去年今年 四二〇
元日 四二〇
元旦 四二一

初昔 四二二
二日 四二二
三日 四二二
三ヶ日 四二二
四日 四二二
五日 四二三
六日 四二三
七日 四二三
松の内 四二三
松過ぎ 四二三
餅間 四二三
小正月 四二三
骨正月 四二三

新年❖天文

初空 四二四
淑気 四二四
初茜 四二四
初東雲 四二四
初明り 四二四
初日 四二四
初晴 四二五
初東風 四二五
初凪 四二五
御降 四二五
初霞 四二五
初松籟 四二五
初星 四二五

新年❖地理

初景色 四二六
初富士 四二六
初比叡 四二六
若菜野 四二六
初山河 四二六

新年❖人事

門松 四二七
飾 四二七
飾海老 四二七
注連飾 四二七
蓬萊 四二七
鏡餅 四二七
若水 四二八
初竈 四二八
俎始 四二八
福沸 四二八
福茶 四二八
屠蘇 四二八
年酒 四二九
雑煮 四二九
太箸 四二九
喰積 四二九
数の子 四二九
田作 四二九
結昆布 四三〇
芋頭 四三〇
黒豆 四三〇
草石蚕 四三〇
年賀 四三〇
礼者 四三〇
年玉 四三〇
年賀状 四三一
初便 四三一
初電話 四三一
初刷 四三一
初写真 四三一
初暦 四三一
日記始 四三二
初湯 四三二
初鏡 四三二
初髪 四三二
春著 四三二
初夢 四三二
宝船 四三三
寝正月 四三三
着衣始 四三三
縫初 四三三

掃初　四三三
読初　四三三
書初　四三四
初硯　四三四
初笑　四三四
泣初　四三四
初喧嘩　四三四
姫始　四三四
初旅　四三五
乗初　四三五
初飛行　四三五
仕事始　四三五
学校始　四三五
新年会　四三五
初句会　四三五
初市　四三六
初荷　四三六
初売　四三六
福袋　四三六
福達磨　四三六
買初　四三六
鏡開　四三七
機始　四三七
鍬始　四三七
山始　四三七
漁始　四三七
万歳　四三七
獅子舞　四三八
猿回し　四三八
傀儡師　四三八
懸想文　四三八
歌留多　四三八
双六　四三八
福笑　四三九
羽根つき　四三九
手毬　四三九
独楽　四三九
投扇興　四三九
福引　四三九
稽古始　四四〇
泳初　四四〇
弾初　四四〇
舞初　四四〇
謡初　四四〇
能始　四四〇
初釜　四四〇
初芝居　四四一
初席　四四一
騎初　四四一
弓始　四四一

新年❖行事

四方拝　四四二
初詣　四四二
初護摩　四四二
初神籤　四四二
年棚　四四二
恵方詣　四四二
白朮詣　四四三
破魔矢　四四三
七福神詣　四四三
初閻魔　四四三
初観音　四四三
初大師　四四三
初天神　四四四
初不動　四四四
初地蔵　四四四
初勤行　四四四
松納　四四四
鳥総松　四四四
七種　四四五
七草粥　四四五
七草爪　四四五
鷽替　四四五
十日戎　四四五
宝恵籠　四四五
餅花　四四六
左義長　四四六
ちゃっきらこ　四四六
出初　四四六
十五日粥　四四六
かまくら　四四六
なまはげ　四四七
成人の日　四四七
藪入　四四七
初場所　四四七

新年❖忌日

夕霧忌　四四八
良寛忌　四四八
義仲忌　四四八
実朝忌　四四八

新年❖動物

初声　四四九
初鶏　四四九
初雀　四四九
初鴉　四四九
初鳩　四四九
嫁が君　四四九

新年❖植物

楪　四五〇
橙　四五〇
裏白　四五〇
穂俵　四五〇
福寿草　四五〇
若菜　四五〇
子の日の松　四五一
千両　四五一
万両　四五一
葉牡丹　四五一

季節の分け方と旧暦、新暦（二十四節気と七十二候）　四五二
索引を引きたいけれど漢字が難しくて読めない人のための
字の形や部首から引く
難しい漢字季語　四五六
総索引　四六四

春

春 はる

陽春《ようしゅん》、三春《さんしゅん》　⬇初春《はつはる》(新)

四季の最初。色でいえば青。立春(二月四日ごろ)から立夏(五月六日ごろ)の前日まで。昔は新年と同義だったが、今は初春は新年を指す。

蟇《ひき》ないて唐招提寺春いづこ　水原秋櫻子
バスを待ち大路の春をうたがはず　石田波郷
岸壁は波にまかせて島の春　辻　桃子

初春 しょしゅん

初春《しょしゅん》、仲春《ちゅうしゅん》、晩春《ばんしゅん》の三期に分けた春の初めの春で、立春から啓蟄の前日まで。

初春まづ梅に酒売るにほひかな　芭　蕉
枯枝に初春の雨の玉円《まど》か　高浜虚子
初春なりシャボンシャネルといふ匂ひ　藤本　則

寒明 かんあけ

寒明《かんあ》ける、寒過《かんす》ぐ、寒の明《かんのあ》け　⬇寒の入《かんのいり》(冬)

立春で、三十日間の寒が明けること。

川波の手がひら〳〵と寒明くる　飯田蛇笏
南門の鳥騒ぐや寒明くる　水木なまこ
寒明や左官は砂を二荷練りて　佐藤泰彦

二月 にがつ　にぐわつ

暦の上では春だが、寒気の厳しい季節。

栴檀のほろ〳〵落る二月かな　正岡子規
波を追ふ波いそがしき二月かな　久保田万太郎
二ん月や赤子やうやう薄目あき　ひらいその

立春 りっしゅん

春立《はるた》つ、春来《はるく》る、立春大吉《りっしゅんだいきち》

二月四日か五日。二十四節気の最初で、暦の上ではこの日から春。立春の日、禅家の門口に貼る札の文句が「立春大吉」。

何事もなくて春たつあしたかな　士　朗
立春の雑草園の草ごよみ　山口青邨
立春大吉無骨乱暴唐九郎　安部元気

早春 そうしゅん　さうしゅん

春《はる》さき

立春の後、二月いっぱいを指す。伸び始めた日差しの中に梅が咲き、うっすら春の気配が漂う。

早春の鳶を放ちて宝寺　阿波野青畝
早春や道の左右に潮満ちて　石田波郷
早春や風向き急に北北西　田島ことみ

佐保姫《さおひめ》《さほひめ》

➡龍田姫《たつたひめ》（秋）

春をつかさどる女神。平城京の東にある佐保山に鎮座する。古代中国の季節と方位の関係では、春は東にあたる。

佐保姫は白き障子を隔かな　成美

佐保姫の眠や谷の水の音　松根東洋城

佐保姫のはち切れさうなチャイナ服　佐保田乃布

春浅し《はるあさし》

浅《あさ》き春《はる》、浅春《せんしゅん》

沈丁花の芽がふくらみ始めるころ。立春後の、早春よりもっと短い期間を指す。

白き皿に絵の具を溶けば春浅し　夏目漱石

穴掘りて遊ぶ鶏春浅し　嶋田青峰

みづうみのあちらの岸の春浅し　高木恵子

二度寝してぽかんと起きて春浅し　大越マンネ

冴返る《さえかえる》《さえかへる》

寒《かん》の戻《もど》り

➡冴《さ》ゆる（冬）

いったん暖かくなったのに、寒さがぶり返すこと。透徹した寒さのことではない。

柊にさえかへりたる月夜かな　丈草

川底の明るく見えて冴返る　荻野おさむ

大鍋に寒の戻りのもつ煮込　西田東風

余寒《よかん》

残《のこ》る寒《さむ》さ

立春（寒明）後の寒さ。桜の開花に大きく影響する。

関守の火鉢小さき余寒かな　蕪村

鎌倉を驚かしたる余寒あり　高浜虚子

ふつふつと肉じやがたぎる余寒かな　瓜生律子

旧正月《きゅうしょうがつ》《きうしやうぐわつ》

旧正《きゅうしょう》、春節《しゅんせつ》、春節祭《しゅんせつさい》

➡正月《しょうがつ》（新）

陰暦の正月。陰暦を太陽暦に替えた明治五年以後にできた。中華街や南京街はいまも春節祭が元日でにぎわう。

旧正の草の庵の女客　高浜虚子

春節の唐人屋敷燭赤く　青山カレン

旧正や天下とる掌と占ひ師　小倉わこ

春節やはしやぐ子どものチャイナ服　今村眞澄

春寒《はるさむ》

春寒《しゅんかん》、春寒料峭《しゅんかんりょうしょう》、料峭《りょうしょう》

春らしさの中にある寒さ。余寒が寒さを強調するのに対し、春らしさを強調して使う。春先のつめたい風が料峭。

ありく間に忘れし春の寒さかな　樗堂

春寒やぶつかり歩く盲犬　村上鬼城

春寒のわが影法師たよりなげ　澤田佐和

料峭の逢へばよそよそしき人よ　松本てふこ

料峭の坂や芸妓の出張りくる　桜庭門九

春めく

はるめく ― 春動《はるうご》く、春《はる》きざす

寒さの中に、春らしさがきざしてくること。

春めきし箒の先を土ころげ　星野立子

春めくや退屈してる人見舞ひ　清水るり

春めくやうす桃色の蛸ご飯　芳賀枸杞

如月

きさらぎ ― 衣更着《きさらぎ》

陰暦二月の異称。陽暦の二月末から三月末にあたる。まだ寒く衣服を重ねて着ることから、衣更着とも書く。

如月の烈風釘を打つ音す　臼田亜浪

如月や十字の墓も倶会一処《くえいっしょ》　川端茅舎

如月や雪囲よりひかり漏れ　辻桃子

魚氷に上る

うおひにのぼる
うをひにのぼる ― 魚《うお》は氷《ひ》に

七十二候の一つで二月十四日から五日間。暖かくなってきて、魚が氷の上に跳ね出してくる季節の意。

魚の氷に上るや天下春の風　菅原師竹

魚は氷に裏の田んぼは氷解け　村田一亭

魚は氷に娘二人は三十に　依田小

雨水

うすい

二十四節気の一つで、立春後十五日目。降っても雪ではなく雨になり、草木が芽を出すころ。

薩埵富士《さったふじ》雪縞あらき雨水かな　富安風生

沢庵の樽臭くなる雨水かな　本間のぎく

雨水なり軽く押しくる猫車　前田風人

獺魚を祭る

かわうそうおをまつる
かはうそうをまつる ― 獺《おそ》の祭《まつり》、獺祭《おそまつり》、獺祭《だっさい》

七十二候の一つで二月十九日から五日間。獺が捕えた魚を並べるのを先祖に供えたようだ、と見立てた。

獺の祭みて来よ瀬田の奥　芭蕉

茶器どもを獺の祭の並べ方　正岡子規

獺祭や古今は古今續《しょく》萬《まん》葉《えふ》　加藤郁乎

二月尽

にがつじん
にぐわつじん ― 二月果《にがつは》つ、二月尽《にがつつ》く
↓八月尽《はちがつじん》(秋)

二月の終わりの日。厳しい寒さもようやく終わる感じが込められている。

二月尽里の葬りのながながと　奥出あけみ

二月尽きおまけにもらふ昆布飴　小田笑

二月尽かみなりおこしちと買うて　小松真帆

三月《さんがつ》《さんぐわつ》

暖かさが増してゆく月。

三月やモナリザを売るいしだたみ　秋元不死男

いきいきと三月生る雲の奥　飯田龍太

三月は嫌ひで好きや生まれ月　赤津遊々

啓蟄《けいちつ》

二十四節気の一つで三月六日ごろ。冬眠中の虫や蛇、蜥蜴《とかげ》などが穴から出てくること。

啓蟄の土洞然と開きけり　阿波野青畝

啓蟄の虫におどろく縁の上　臼田亜浪

啓蟄の仕舞ひ忘れの掛図かな　勉茶亜子

鷹化して鳩となる《たかかしてはととなる》《たかくわしてはととなる》

鷹鳩《たかはと》に

七十二候の一つで三月十六日から五日間。鷹もおだやかな鳩と化すような春らしさをいう。

観音の鳩にとくなれ馬糞鷹　一茶

鷹鳩に化して青天濁りけり　松根東洋城

鷹鳩と化すや小江戸の電気飴　石井渓風

弥生《やよい》《やよひ》

花見月《はなみつき》

陰暦三月の異称。陽暦の三月末から四月末にあたる。うらうらとした日差しの中に桜が咲き、春爛漫の趣がある。

終日の雨めづらしき弥生かな　信徳

濃《こまや》かに弥生の雲の流れけり　夏目漱石

ラジオから「卒業写真」弥生くる　白井薔薇

春分《しゅんぶん》

時正《じしょう》、春分《しゅんぶん》の日《ひ》

⬇秋分《しゅうぶん》（秋）

二十四節気の一つで三月二十一日ごろ。昼夜の時間が等しい。

時正の日猟師の茶の子貰ひけり　嘯山

春分の運河に入る海の水　田代草猫

春分の向ひの山はまだ雪で　滝沢水仙

彼岸《ひがん》

入《い》り彼岸《ひがん》、中日《ちゅうにち》、終《しま》い彼岸《ひがん》、彼岸寒《ひがんざむ》

⬇秋彼岸《あきひがん》（秋）

春分の日を中日としてその前後三日間。もともと仏教用語で、先祖の墓参りをする。ただ彼岸といえば春を指す。

毎年よ彼岸の入《いり》に寒いのは　正岡子規

山寺の扉に雲あそぶ彼岸かな　飯田蛇笏

彼岸寒む寺のポンプをがちやがちやと　鈴木潮

をみならの長湯を待つやお中日　かくち正夫

春社《しゅんしゃ》

—社日《しゃにち》、治聾酒《じろうしゅ》

春分の最も近い戊《いぬ》の日で、春の社日を春社という。土地の神を祀り、五穀豊穣を祈る種蒔きの日。この日酒を飲むと耳の聞こえがよくなるといい、治聾酒という。秋の社日は秋社という。

天井から卸す社日の古き膳　岡本癖三酔
治聾酒の酔ふほどもなくさめにけり　村上鬼城
やや酔うてきたる春社の宴かな　栢野木樵

木の芽時《このめどき》

木が芽ぶく時期。冬を耐えてきた人の体にも変調が起きやすい。

亡き人の眼鏡ですます木の芽時　湯浅洋子
木の芽時術後の姉に旅ごころ　久保のぞみ
木の芽時どかんとできるポップコーン　齋藤耕牛

暖か《あたたか》

—春暖《しゅんだん》、温《ぬく》し

ぽかぽかと気持ちのいい春の温度。

あたたかな雨がふるなり枯葎　正岡子規
暖かや飴の中から桃太郎　川端茅舎
刻告ぐる柱時計もあたたかや　江頭蓬

晩春《ばんしゅん》

—春終《はるお》わる

四月から立夏（五月六日ごろ）の前日まで。春が終わる淋しさがある。

晩春の瀬々のしろきをあはれとす　山口誓子
晩春の荷物小さき岬遍路　谷三喜
晩春のすぐ刈り終はる父の髪　辻桃子

四月《しがつ しぐわつ》

—四月来《しがつく》る

春たけなわの月。花が咲き、新学期が始まり、田畑の仕事も忙しくなる。

山葵田の水音しげき四月かな　渡辺水巴
妹の嫁ぎて四月永かりき　中村草田男
椅子一つ減らす人事も四月かな　谷いくこ

龍天に昇る《りゅうてんにのぼる》

—龍天《りゅうてん》に、龍天《りょうてん》に昇《のぼ》る

昔は、春の盛んな気に乗じて龍が昇天すると信じられた。そんな陽気。

龍天に黄帝の御衣《おんぞ》翻る　石井露月
龍天に昇る原発事故ありし　花眼亭椋鳥
龍天に荷物まとめて居候　森草二

麗か《うららか》

麗日《れいじつ》、うらら

ものすべてがうららかに、のどかに輝くような春の様子。

麗かや松を離るゝ鳶の笛　川端茅舎
うらゝかやうすよごれして足の裏　日野草城
麗らかや橋の手摺に金太郎　小野津弥香

長閑《のどか》

駘蕩《たいとう》、閑《のど》か

春風駘蕩。のんびりとおだやかな春の気分。

古寺の古文書もなく長閑なり　高浜虚子
のどかさに寝てしまひけり草の上　松根東洋城
長閑さやライオンにバス覗かれて　赤司広楽

春暁《しゅんぎょう》《しゆんげう》

春《はる》の暁《あかつき》

まだ明けやらぬ春の明方で、どことなく艶な感じがある。

色あひもわづかに春の夜明かな　園女
春暁や人こそ知らね木々の雨　日野草城
春暁や起きて炊けてる炊飯器　ほりもとちか

春は曙《はるはあけぼの》

『枕草子』の「春は曙。やうやうしろくなりゆく山際少しあかりて」をふまえている。春暁と同じだがやわらかな感じ。

春は曙あああんあああんと鳴く鳥よ　金子洒音留
春は曙めざめて耳をすましをり　ひろおかいつか
春はあけぼの点滴二本追加され　あべふみ江

春昼《しゅんちゅう》《しゆんちう》

春《はる》の昼《ひる》

のどかな春の昼間。日差しが明るく暖か。

春昼や廊下に暗き大鏡　高浜虚子
妻抱かな春昼の砂利踏みて帰る　中村草田男
春昼や孔雀の羽が小屋いつぱい　荻原玲香

日永《ひなが》

永日《えいじつ》、永《なが》き日《ひ》、日永《ひいなが》し

⬇短日《たんじつ》(冬)

日ごとに日が長く感じられることで、春分を過ぎたころから。

山の湯やだぶりだぶりと日の長き　一茶
永き日のにはとり柵を越えにけり　芝不器男
石ころを磨いて売つて日永かな　はらてふ古

遅日《ちじつ》

春日遅々《しゅんじつちち》、暮遅《くれおそ》し、遅《おそ》き日《ひ》、暮《くれ》かねる、夕永《ゆうなが》し

日永と同じように日の伸びたことだが、日暮れが遅くなったほうに重きをおいた言葉。

遅き日や谺《こだま》聞ゆる京の隅　蕪村
この庭の遅日の石のいつまでも　高浜虚子
遅き日の読経ややつと終りたる　高橋晴日

春の夕
はるのゆうべ
はるのゆふべ

春夕《はるゆうべ》、春夕《しゅんせき》

春の夕方。うっとりとかすむような情緒がある。

燭の火を燭にうつすや春の夕　蕪村
地震《なゐ》知らぬ春の夕の仮寝かな　河東碧梧桐
立札の悟り読み解き春の夕　北山日路地
魂を置きて離陸や春の夕　若松デンスケ

春の暮
はるのくれ

春暮《しゅんぼ》

春の夕と同じ。「暮の春」は春という季節の終わりを指す。

春の暮家路に遠き人斗《ばかり》　蕪村
天地《あめつち》に妻が薪割る春の暮　石田波郷
渚にて我が名呼ばるる春の暮　佐藤明彦

春の宵
はるのよい
はるのよひ

春宵《しゅんしょう》、宵《よい》の春《はる》

春の暮と春の夜の間の時間帯。「春宵一刻値千金《しゅんしょういっこくあたいせんきん》」の詩から出た。

漏る雨を人と語るや春の宵　太祇
うたゝ寝の肱のしびれや春の宵　佐藤紅緑
春宵のすると抜けたる烏賊の骨　島織布

春の夜
はるのよ

夜半《よわ》の春《はる》、春《はる》の夜《よる》

おぼろにかすみ、湿り気をおびた感じで艶っぽい。

春の夜や女をおどす作りごと　太祇
春の夜や子をあゆまする古畳　長谷川春草
春の夜を夫の残せし薬五種　西川千晶

花時
はなどき

桜時《さくらどき》、桜前線《さくらぜんせん》

さまざまな花の咲き出す時期。桜が中心だが、それだけには限らない。

花時の博物館をのぞきけり　青木月斗
花時の人迷ひくる裏戸かな　野村泊月
花時やがまの油の口上も　安部元気

花冷
はなびえ

花《はな》の冷《ひえ》
➡冷《ひ》え(冬)

桜の咲くころ急に冷え込むこと。夜桜見物で震え上がったりする。

花冷や熱き茶碗をもてあそび　山口青邨
花冷や剝落しるき襖の絵　水原秋櫻子
花冷や長持のなか掻きまはし　栢野木樵

花過ぎ《はなすぎ》

桜が咲き終わってしまったころを指し、花の盛りを惜しむ心がこもる。

花すぎの風のつのるにまかせけり　久保田万太郎
花過の柩へミルクあたためて　岩田美蜻
花過の湖北の波の荒びけり　藤なぎさ

目借時《めかりどき》

―蛙《かわず》の目借時《めかりどき》

蛙が人の目を借りるので眠くなるという俗説、蛙が異性を呼ぶ「妻《め》狩り」から来たなど諸説あるが、晩春、蛙の声を聞いていると、眠くてたまらなくなるころ。

落葉松に峡田のすきて目借時　飯田蛇笏
水いとゞうまし蛙の目かり時　増田龍雨
坊さまは電車で通ひ目借時　泉竹馬

抱卵期《ほうらんき》《はふらんき》

―⬇鳥《とり》の恋《こい》（動）

鳥が卵を抱く時期。

かたむきしまゝの巣箱や抱卵季　島崎秀風
抱卵期覗けば居留守してをりぬ　武藤猫車
一政《かずまさ》の絵も字も太き抱卵期　増田真麻

春深し《はるふかし》

―春闌《はるたけなわ》、春《はる》闌《た》く、春深《はるふか》む

春が闌けて盛りを過ぎるころ。

春深し松の花ちる城の堀　紫暁
春深し牛むらさきに野の畑　幸田露伴
目薬のつめたく沁みて春深む　井上明未

清明《せいめい》

二十四節気の一つで四月五日ごろ。万物が清々と明るい感じになってくる。清明より十五日後が穀雨。

清明や翠黴《すゐび》に岐《わか》る駅路《うまやみち》　松瀬青々
清明の紛々の雨先づ聴かむ　相生垣瓜人
清明や墓に婚約いたせしと　二川はなの

八十八夜《はちじゅうはちや》《はちじふはちや》

立春から数えて八十八日目で、五月二日か三日ごろ。茶摘みの最盛期で、種蒔きも盛んに行われる。

霜なくて曇る八十八夜かな　正岡子規
夕虹のくきと八十八夜かな　石塚友二
井戸蓋を替へて八十八夜かな　夏秋明子

春暑し《はるあつし》

春にしては暑く汗ばむような日。

梨棚の地に画く影は春暑き　富安風生

黒服の春暑き列上野出づ　飯田龍太

椰子の木も庭に一本春暑し　中村阿昼

弥生尽《やよいじん》《やよひじん》

——三月尽《さんがつじん》、四月尽《しがつじん》

陰暦三月の最後の日のことで、昔は春の終わりを感じさせる言葉だった。

怠りし返事かく日や弥生尽　几董

朧たけて紅の菓子あり弥生尽　水原秋櫻子

津軽ではまだ畑打や弥生尽　立松けい

暮の春《くれのはる》

——暮春《ぼしゅん》、春暮《はるく》るる

春という季節の終わり。春の夕方のことではない。

艸の葉も風癖ついて暮の春　一茶

子のために暮春の汽車の旅少し　中村汀女

春暮るる脱ぎしブーツのくたくたと　佐久間清観

行く春《ゆくはる》

——春《はる》の名残《なごり》、春《はる》の果《はて》、春尽《はるつ》く

春が過ぎ去って行くこと。惜春の感慨をこめた言葉。

行く春を近江の人と惜しみける　芭蕉

行春やメリケン波止場左手に　小原紀香

行く春の河口に残る貝の店　堀井英悟

春惜む《はるおしむ》《はるをしむ》

——惜春《せきしゅん》

美しかった春が終わるのを惜しむこと。

春惜むおんすがたこそとこしなへ　水原秋櫻子

人も旅人われも旅人春惜む　山口青邨

惜春や新治人《にいばりびと》に道たづね　佐藤明彦

夏近し《なつちかし》

——夏隣《なつどなり》

もう夏が近い感じのころ。

夏近き吊手拭のそよぎかな　内藤鳴雪

夏近し家々の灯のあかさま　佐藤紅緑

水切れのよき盆笊や夏隣　豊田のびる

穀雨《こくう》

二十四節気のひとつで、四月十九、二十日ごろ。雨がもろもろの穀物をうるおし、芽を出させるころという意味。

伊勢の海の魚介豊かにして穀雨　長谷川かな女

穀雨にてせかさるやうに種播けり　阿久津布文

散りしもの土に還りて穀雨かな　加々美槐多

春の日《はるのひ》

―春日《はるひ》、春日《しゅんじつ》、春日影《はるひかげ》、春入日《はるいりひ》

明るい春の日差しのことも、春の一日のこともいう。

春の日や庭に雀の砂あびて　鬼貫

石手寺へまはれば春の日暮れたり　正岡子規

友禅の板の絹布も春日に　森本遊染

春光《しゅんこう しゅんくわう》

光輝く春の日差し。また春の風光や景色のことも指す。

―春《はる》の色《いろ》、春色《しゅんしょく》、春景《しゅんけい》、春景色《はるげしき》

春光や遠まなざしの矢大臣　吉岡禅寺洞

春光やふにやつと飛びし鉋屑　石坂ひさご

春光のとどくブロンズ像の指　池田フラン

春の空《はるのそら》

よく晴れるが、どことなく白っぽく、天候も変わりやすい。

―春空《しゅんくう》、春天《しゅんてん》

大屋根に春空青くそひ下る　高浜虚子

たった今亡くなりました春の空　かたぎり夏実

春空やアコーディオンの指踊り　吉田金雀児

春の雲《はるのくも》

ふんわりやわらかな雲。

―春雲《しゅんうん》、春雲《はるぐも》

春の雲ながめてをればうごきけり　日野草城

土手の木の根元に遠き春の雲　中村草田男

帽子屋のミシンことこと春の雲　久門南

東風《こち》

春を運んでくるように、春先に吹く風。強東風は激しい。

―桜東風《さくらごち》、強東風《つよごち》、朝東風《あさごち》、夕東風《ゆうごち》
➡初東風《はつごち》（新）

東風吹くと語りもぞ行く主と従者《ずさ》　太祇

東風吹くや耳現はるゝうなゐ髪　杉田久女

夕東風や刃すらりと肥後の守　小早川忠義

涅槃西風《ねはんにし》

陰暦二月十五日の涅槃会のころ、一週間ほど吹きつづける西風。陽暦の彼岸のころなので彼岸西風ともいう。

―彼岸西風《ひがんにし》

自転車に括られ鶏や涅槃西風　清原枴童

千竿に主婦が嘆きや涅槃西風　石塚友二

百歳の軽き棺や涅槃西風　北前力

貝寄風《かいよせ／かひよせ》

——貝寄《かいよせ》

陰暦二月二十二日（現在は四月二十二日）ごろ、大阪湾などに吹く西風。西風に吹き寄せられた貝殻で大阪・四天王寺の聖霊会の造花を作った故事に基づいている。

貝寄風や鷗群れゐる流れ船　高田蝶衣
貝寄風に乗りて帰郷の船迅し　中村草田男
貝寄風に伯母さまたちの到着す　如月真菜

比良八荒《ひらはっこう／ひらはつくわう》

——比良八講《ひらはっこう》の荒《あ》れ

陰暦二月二十四日、比良大明神で叡山の衆徒が修した法華八講。この時期、寒気が戻って風雨が荒れることが多い。

丹波路や比良八荒のおすそ分け　西山泊雲
八荒や腹子まみれの鮒膾　山口草堂
八掛の緋とすれちがふ比良八荒　ふく嶋桐里

春一番《はるいちばん》

——春二番《はるにばん》

春になって最初に吹く南風。生暖かい強風で、本格的な春の訪れを告げる。

雀らも春一番にのりて迅し　皆吉爽雨
春一番や真間の古江の浪だてる　石井桐陰
ピンクかな春一番に飛びし物　田村三合

春風《はるかぜ》

——春《はる》の風《かぜ》、春風《しゅんぷう》

春の日に吹く風。やわらかくも強くも吹く。

春風や堤長うして家遠し　蕪村
春風や闘志いだきて丘に立つ　高浜虚子
紙芝居ゴーッと春の風吹き来　あべふみ江
春風に本採用を祝ひけり　髙橋冬扇

春嵐《はるあらし》

——春荒《はるあれ》

春先に吹く強い風。雨をともなうことが多い。

春嵐鳩飛ぶ翅を張りづめに　橋本多佳子
春あらし兄いもとしてまろびけり　安住敦
春嵐もろもろの蘂降らせては　伊野ゆみこ

春疾風《はるはやて》

——春北風《はるならい》

雨はともなわない春の埃っぽい突風。春北風は北風のことで、東北では特に寒く感じられる。

すべて斜に竹の切株春疾風　秋元不死男
川波を追ひかけ行くや春疾風　藤本砧
春はやて子規庵過ぎて根津あたり　澤田佐和

風光る　かぜひかる

春の日差しが強まり風が光るように感じられること。

装束をつけて端居や風光る　高浜虚子

ジュラルミン通勤電車風光る　坂本光世

風光る砂場の中に宝箱　こるると漣

春の雪　はるのゆき

淡雪《あわゆき》、春雪《しゅんせつ》、牡丹雪《ぼたんゆき》、綿雪《わたゆき》、沫雪《あわゆき》

湿っぽく、溶けやすい。降るそばから消えるので淡雪ともいう。牡丹の花のように大振りに重いのが牡丹雪。

あれなるが安房の岬か春の雪　白　雄

春雪の夜に熱の子をまかせおき　中村汀女

うつすらと焚火の灰に春の雪　志村喜三郎

雪の果　ゆきのはて

名残《なごり》の雪《ゆき》、名残雪《なごりゆき》、雪《ゆき》の別《わか》れ、忘《わす》れ雪《ゆき》

涅槃会（陰暦二月十五日）前後に降る雪で、このころが最後の雪になる。

雪の果山の日あたる障子かな　増田龍雨

雪の果て泣くだけ泣きし女帰す　大野林火

折詰の鯛の固さや雪の果　宮川魚板

飴釉の大甕丈夫雪の果　たなか迪子

春の霙　はるのみぞれ

春霙《はるみぞれ》

↓霙《みぞれ》（冬）

春でも冷え込むと一時雪になるが、すぐ雨に変わることが多い。春の雪と雨とが混じって降ること。

人恋し春の霙の桐火桶　奇　淵

もろ〱の木に降る春の霙かな　原　石鼎

松の葉にざらりと積もり春霙　笠原風凜

春の霰　はるのあられ

春霰《しゅんさん》

↓霰《あられ》（冬）

春に降る霰。伸びかけた作物の苗や芽を傷める被害が出る。

窓くらく春霰とばす雲出たり　富安風生

天守までのぼる間ふりし春霰　秋元不死男

サーカスのテントにつむや春霰　斎藤月子

春霰の卍が辻や出口どこ　番匠うかご

春の霜　はるのしも

春霜《はるしも》、別《わか》れ霜《しも》

↓霜《しも》（冬）

春になって突然降りる霜。農業の大敵。

浅漬のあさあさしさや春の霜　一　茶

西空の透け晴れゆくも春の霜　京極雲海

電柱の貼紙乾く春の霜　ひろおかいつか

初雷

はつらい

虫出《むしだし》、虫出《むしだし》の雷《らい》
⬇雷《かみなり》（夏）

立春後に初めて鳴る雷で、春の到来を告げる。啓蟄のころに鳴るので「虫出の雷」ともいう。

初雷のごろごろと二度鳴りしかな　河東碧梧桐

初雷や奥の桜の花三分　小沢碧童

虫出しに呵呵大笑や布袋さま　山田こと子

春塵

しゅんじん
しゅんぢん

春埃《はるぼこり》、春《はる》の塵《ちり》

強風に飛ぶ春の土ぼこり。

春塵の鏡はうつすひともなく　山口青邨

筆洗に春塵浮べ壁画模写　福田蓼汀

春塵の積もる仁王の力瘤　加々美槐多

霾

つちふる

霾天《ばいてん》、黄砂《こうさ》、黄沙《こうさ》、黄塵《こうじん》、胡砂《こさ》、つちぐもり、よなぼこり、蒙古風《もうこかぜ》、霾晦《よなぐもり》

強い季節風に巻き上げられて日本列島に飛んでくる大陸の砂塵。はげしいときは空が黄色くなる。

真円き夕日霾《つちふる》なかに落つ　中村汀女

黄沙ふる台湾メール沖を行く　吉岡禅寺洞

吉備古墳黄砂の中にしづもれる　吉田たまこ

霞

かすみ

朝霞《あさがすみ》、昼霞《ひるがすみ》、夕霞《ゆうがすみ》、遠霞《とおがすみ》、薄霞《うすがすみ》、棚霞《たながすみ》、鐘霞《かねかす》む、草霞《くさかす》む

急激な気温の変化でたちこめた水蒸気。景色や物音や色までぼんやりと感じられる。秋の霧とともに伝統的な季題。

春なれや名もなき山の薄霞　芭蕉

石上も冷たからずよ春霞　高浜虚子

日輪のふくらみしぼむ霞かな　松本正今日

陽炎

かげろう
かげろふ

糸遊《いとゆう》、かげろひ、水陽炎《みずかげろう》
⬇逃水《にげみず》（地）

よく晴れた日、地上の水蒸気が立ちのぼり、物の形がゆらゆらと揺らいで見える現象。水面の反射は水陽炎という。

枯芝ややや陽炎の一二寸　芭蕉

ギヤマンの如く豪華に陽炎へる　川端茅舎

かげろふや平城宮址朱雀門　夏秋明子

蜃気楼

しんきろう

海市《かいし》

光線の屈折で、海上や砂漠に船や景色などの像が浮かんだり、ゆらめいたりする。国内では、晩春の富山湾が有名。

同舟の人の見付けし蜃気楼　鈴木花蓑

蜃気楼たつてふ海に不思議なし　福田蓼汀

蛤を彫りし欄間や蜃気楼　伊出檀

春の夕焼《はるのゆうやけ はるのゆふやけ》

春夕焼《はるゆやけ》
↓夕焼《ゆうやけ》（夏）

他の季節の夕焼よりやわらかい感じがある。

想ふこと春夕焼より美しく　富安風生
雪山に春の夕焼瀧をなす　飯田龍太
春夕焼うすれてきたる海とろり　三島ひさの

春の月《はるのつき》

春月《しゅんげつ》

漢詩の時代から春の月は「朧なるを賞す」といわれる。一方、秋の月は「さやけきを賞す」といわれた。

紺絣春月重く出でしかな　飯田龍太
春月や甲羅に酒をなみなみと　國分香穂
春月や喧嘩したから別に寝て　林　響き

朧月《おぼろづき》

月朧《つきおぼろ》、朧月夜《おぼろづきよ》

光がぼんやりと滲んだ春の月。

大原や蝶の出て舞ふ朧月　丈　草
踊子の負はれて戻る朧月　大須賀乙字
下《しも》總《ふさ》国《の》葛《かつ》餝《しか》郡《ごほり》月朧　西川千晶

朧《おぼろ》

朧夜《おぼろよ》、草朧《くさおぼろ》、灯朧《ひおぼろ》

大気が水蒸気を含んで、万物がぼんやりと見える様子。鐘の音や影などにもいう。

辛崎の松は花より朧にて　芭　蕉
風呂の戸にせまりて谷の朧かな　原　石鼎
国宝の壺を眺めて外《と》の朧　大貫詩雨

春の星《はるのほし》

春星《しゅんせい》

おぼろに柔らかい感じ。冬の星は冷たく鋭く、夏の星は燃えるよう。

火の山の太き煙に春の星　高野素十
乗鞍のかなた春星かぎりなし　前田普羅
春星や家路に重き引き出物　小原紀香

春の闇《はるのやみ》

↓五月闇《さつきやみ》（夏）

月のない春の夜のしっとりとした暗さ。

灯をともす指の間の春の闇　高浜虚子
をみなとはかゝるものかも春の闇　日野草城
灯明に阿弥陀うかべる春の闇　奥出あけみ

春雨 はるさめ

―春《はる》の雨《あめ》、春霖《しゅんりん》

しとしとと音もなく降り、どことなく艶な感じもある雨。春の雨は春に降る雨一般、春霖は春の長雨をいう。

春雨や蜂の巣つたふ屋根の漏り　芭蕉

春雨や傘高低に渡し舟　正岡子規

春雨にけば立つてをる雀かな　芳之畦木

春時雨 はるしぐれ

―春《はる》の驟雨《しゅうう》

⬇驟雨《しゅうう》(夏)、時雨《しぐれ》(冬)

通り過ぎるようにさっと降るが、冬の時雨と違って明るい。雨足が強いのは春驟雨。

いつ濡れし松の根方ぞ春時雨　久保田万太郎

広野行く幾春時雨幾夕立　星野立子

鳥鳴くや止んでゐたりし春時雨　古川くるみ

菜種梅雨 なたねづゆ

―花菜雨《はななあめ》

菜の花が種になるころに降りつづく雨。うっとうしいが草木の成長を促す。

坂山はふるさと四方に菜種梅雨　松村蒼石

菜種梅雨どこまでもなほ華南にて　酩酊散人

菜種梅雨赤き煉瓦の窯場なり　冬の紅葉

花曇 はなぐもり

―桜曇《さくらぐもり》

桜が咲くころの曇り空。

音のみの昼の花火や花曇　巌谷小波

ペン皿のうすき埃や花曇　富安風生

バス停の長椅子きしみ花曇　宮原美枝

花曇り羽二重餅の粉はらひ　番匠雪山

鳥曇 とりぐもり

―鳥風《とりかぜ》

⬇鳥雲《とりくも》に入《い》る(動)

春、渡り鳥が春に北へ帰るころの曇天。帰る鳥の羽音が風のように聞こえるのを鳥風という。

海に沿ふ一筋町や鳥曇　高浜虚子

毎日の鞄小脇に鳥曇　富安風生

故郷に病める父ゐて鳥曇　岡田ころん

花の雨 はなのあめ

―桜雨《さくらあめ》

桜の花に降りかかる雨。また、桜の咲く頃の雨のこともいう。

花の雨買ひきし魚の名は知らず　安住敦

花の雨相合傘に疲れけり　藤本則

八戸山の八つの谷戸や花の雨　さいとう二水

養花天《ようかてん》

桜の時期の曇天。

浮かばせて鳴門二枚や養花天　如月真菜
菓子型に雌型雄型や養花天　北柳あぶみ
膏薬のかぶれ痒しや養花天　高橋晴日

春陰《しゅんいん》

—鰊曇《にしんぐもり》

曇りがちの春の天候をさし、物憂い感じがある。春先、鰊が群れて寄せてきていた昔は、これを鰊曇りともいった。

春陰や秘仏の耳の大いなる　相島虚吼
春陰や祈れば鐘の鳴り出せる　黒瀬あさみ
春陰や目深に豹のハンチング　瀬戸雅風

春の雷《はるのらい》

—春雷《しゅんらい》
↓雷《かみなり》(夏)

春も夏近くになると鳴り、春の終わりを告げる。

下町は雨になりけり春の雷　正岡子規
春雷や三代にして芸は成る　中村草田男
春雷やするめ大きく反りかへり　鈴木潮

春の虹《はるのにじ》

—初虹《はつにじ》
↓虹《にじ》(夏)

明るい春に出る虹。その春初めての虹は初虹という。

うすかりし春の虹なり消えにけり　五十嵐播水
春の虹消ゆまでを子と並び立つ　大野林火
やはらかきギプスに替はり春の虹　白井薔薇

雪解　ゆきどけ

雪消《ゆきげ》、雪解《ゆきげ》、雪解雫《ゆきげしずく》、雪解風《ゆきげかぜ》、雪解水《ゆきげみず》、雪解川《ゆきげがわ》

冬の間ずっと積もっていた根雪が解けだすこと。冬の長い北国では待望の季節。

雪とけて村一ぱいの子どもかな　一茶

雪解やひよろ〳〵と鳶の声　村上鬼城

もう来ずの瞽女まちわびる雪解かな　水上黒介

「いやなこと進んでします」雪解晴　谷すみれ

凍解　いてどけ

凍《いて》ゆるむ、冱解《いてどけ》
↓凍土《とうど》(冬)

地面の凍結が解け、空気もゆるんでくること。

駅頭の凍解をふみもとほりて　高田蝶衣

凍てゆるむどの道もいま帰る人　大野林火

凍てゆるむ鈴の緒すこし湿りをり　藤井なづ菜

氷解く　こおりとく　こほりとく

浮氷《うきごおり》

川や湖の氷が解け出すこと。

氷とくる水はびいどろながしかな　貞徳

土管には土管の形《なり》の浮氷　辻桃子

氷解く生国違ふ十二人　三橋浩二

雪代　ゆきしろ

雪代水《ゆきしろみず》、雪濁《ゆきにごり》、雪汁《ゆきじる》、春出水《はるでみず》

山の雪が解けて野原や田を浸し、川が増水し一気に海に出る。川や海に氷塊などが混じり濁るので雪濁ともいう。雪代がぐんぐんと増すと春出水になる。

雪代に戸開けて女映りをり　高野素十

雪しろの匂ひかすかに昼の風呂　井手口俊子

流木を越えて流木雪濁　柳川昤

雪崩　なだれ

屋根雪崩《やねなだれ》

山や豪雪地の傾斜地で、積雪がゆるんで滑り落ちるもの。屋根雪の雪崩もある。

天懸る雪崩の跡や永平寺　皆吉爽雨

青天に音を消したる雪崩かな　京極杞陽

沢底に雪崩とどろく尾根にかな　澤野禾穎

流氷　りゅうひょう　りうひよう

流氷期《りゅうひょうき》

北海道オホーツク海沿岸などに寄せて漂流する氷塊。

流氷や宗谷の門《と》波《なみ》荒れやまず　山口誓子

流氷のうちあふこだま宙に消え　橋田高

流氷や越後から来て住んでをる　高杉空彦

木の根開く《きのねあく》

木《き》の根明《ねあ》く、根開《ねあけ》、根開《ねびらき》

木の根もとの雪が丸く解けること。それが進んで雪解けが始まる。地方によって根開《ねあけ》ともいう。

踏み入りて土なつかしく木の根開く　本間のぎく

細き木の一つ一つの木の根開く　古川くるみ

根開きの庭をあちこち二羽の鳩　上原和沙

雪間《ゆきま》

雪《ゆき》のひま
➡雪間草《ゆきまぐさ》(植)

雪が解けてところどころに土が現れた状態。

四五枚の田の展けたる雪間かな　高野素十

ふんはりと濡れて雪間の土であり　板藤くぢら

雪間来て雪間帰るや無人駅　西山鳥海

雪形《ゆきがた》

農鳥《のうとり》、農男《のうおとこ》

山腹の雪の消え具合によってできる形。これによって、田植えの時期をはかる。

雪形の話賑やか畦昼餉　永山喜楽

雪形に出窓並ぶや湯治宿　石井みや

句碑開く日や雪形の岩木山　夏秋明子

斑雪《はだれ》

はだら雪《ゆき》、斑雪野《はだれの》、斑雪山《はだれやま》

まだらに積もった雪、解け残ってまだらになった雪の両方。

安達太良は夜雲被《かつ》きぬ斑雪村　石田波郷

湯疲れの二重瞼や斑雪山　池　蘭子

あの時のままの木の駅はだら雪　園田こみち

残る雪《のこるゆき》

残雪《ざんせつ》、日陰雪《ひかげゆき》
➡雪渓《せっけい》(夏)

家の裏や植え込みなどに汚れて残っている雪。

雪残る頂一つ国境　正岡子規

一枚の餅のごとくに雪残る　川端茅舎

残雪やがれき燃やしてみな無言　城野三四郎

笹起きる《ささおきる》

熊笹などに積もった雪が解け、冬中押し倒されていた笹が起き上がること。

笹起きて切岸に風荒きこと　岩倉淡凪

笹起きて笹にあまたの畳皺　竹南寺摩耶

熱つこを計れと医者や笹起きる　辻　桃子

凍返る《いてかえる・いてかへる》

冱返る《いてかえ》
➡冴返る《さえかえ》(時)

いったんゆるんだ凍てがぶり返すこと。「凍て」は土や水にいうことが多く、空気は「冴返る」を使う。

冱て返りがらんと夜の古本屋　石塚友二

どの鉢もどのはちもみな凍返る　薗部庚申

凍かへる朱き鳥居に朱き塔　高橋　涼

薄氷

うすらひ

薄氷《うすごおり》、春《はる》の氷《こおり》
↓厚氷《あつごおり》(冬)

春になってからまた改めてうっすらと張る氷のことで、冬の薄い氷は指さない。

薄氷の草を離るゝ汀かな　高浜虚子
薄氷の裏を舐めては金魚沈む　西東三鬼
薄氷をくぐりて鯉の歪みけり　野賀秋乃夫

焼野

やけの

末黒野《すぐろの》
↓末黒《すぐろ》の芒《すすき》(植)

早春、野火で枯草を焼き払ったあとの黒々とした野原や河川敷のこと。飼料の草を育てたり、害虫を駆除する狙い。焼け残って先が黒くなった芒を末黒という。

しののめに小雨降り出す焼野かな　蕪村
昼ながら月かゝりゐる焼野かな　原石鼎
末黒なる渡良瀬川原まだぬくき　立松けい

山覚める

やまさめる

↓山眠《やまねむ》る(冬)

眠っていた山(山眠るは冬の季語)が、春になって目覚めること。根雪も解け始め、木々も芽吹き始め、まだ寒々としているがどこかに春の気配のある山。

チェンソーの遠くで唸り山覚める　袖山篠
山覚めて熊笹の生臭きこと　酒井はまなす
山覚めて麓に火の見櫓かな　富樫風花
山覚めてこんなところに家がある　尾花ゆう香

春の山

はるのやま

春山《しゅんざん》、春嶺《しゅんれい》、弥生富士《やよいふじ》
↓夏山《なつやま》(夏)

春らしいのどかな山。

草籠の蔭に雉子《きぎす》や春の山　飯田蛇笏
薩摩の国の昔ばなしの春の山　春日つる
三味線の時報流るや春の山　秋野かをり

山笑う

やまわらう
やまわらふ

↓山粧《やまよそお》う(秋)

漢詩の「春山淡冶《たんや》にして笑うが如く」からきた。山いちめん芽吹き始め淡い色合いが美しい。

故郷やどちらを見ても山笑ふ　正岡子規
音たてて筑紫次郎や山笑ふ　熊本たろう
山笑ふ上り框に靴そろへ　中野ましろ

春の川

はるのかわ
はるのかは

春江《しゅんこう》

のどかに流れる春らしい川。小川にも大河にも使う。

さま〴〵のもの流れけり春の川　二柳
海に入ることを急がず春の川　富安風生
トンネルを出て鉄橋や春の川　岩崎ふかみ

春の野

はるのの

春野《はるの》、弥生野《やよいの》、春郊《しゅんこう》
↓青野《あおの》(夏)

萌え始めた草を摘んだり、野遊びをしたりする。晩春には花が咲き蝶が舞い、雲雀が鳴く。

鞘赤き長刀行くや春の野辺　闌更
春の野に人散らばりて所得し　星野立子
弥生野に群れて山羊やら羊やら　中小雪

春田

はるた

春《はる》の田《た》
↓冬田《ふゆた》(冬)

苗を植える前の田。

みちのくの伊達の郡の春田かな　富安風生
道辺より鋤き初めたる春田かな　小沢碧童
たづね行く春田の奥や蟹《かに》満《まん》寺《じ》　空野草子

水温む

みずぬるむ
みづぬるむ

井水温《いみずぬる》む

春になって温もりはじめた水。川、池、沼などが主だが、家事に使う水道の水にも実感する。

水ぬるむ頃や女のわたし守　蕪村
水底に映れる影もぬるむなり　杉田久女
水温み砥石に残る父の癖　石坂陽太郎

春の水

はるのみず
はるのみづ

春水《しゅんすい》、水《みず》の春《はる》
↓寒《かん》の水《みず》(冬)

雪解けや春の雨で満々とした湖沼や川の水、冷たさを感じなくなった井戸や水道水もいう。「水の春」はたっぷりと水のある春の景や雰囲気に重きを置いたいい方。

春の水ところどころに見ゆるかな　鬼貫
一つ根に離れ浮く葉や春の水　高浜虚子
春水に雑巾洗ふ手に力　櫻内朝

春泥

しゅんでい

春《はる》の泥《どろ》

雪解けや凍解《いてど》けで生まれたぬかるみ。

春泥に押し合ひながらくる娘　高野素十
春泥に子等のちんぽこならびけり　川端茅舎
春泥の坂をのぼれば母校かな　ほりもとちか

春の土

はるのつち

土匂《つちにお》う、土《つち》の春《はる》
↓凍土《いてつち》(冬)

日差しにぬくもった土も、春になってもまだ固い土も指す。

鉛筆を落せば立ちぬ春の土　高浜虚子
開け放つ土間のむかうの春の土　亀村唯今
かかとから春の赤土踏みにけり　木葉陽なた

春の海

はるのうみ

春《はる》の渚《なぎさ》、春《はる》の磯《いそ》、春《はる》の浜《はま》

のんびりとおだやかに広がる春らしい海。

春の海終日《ひねもす》のたりのたりかな　蕪村

長江の濁りまだあり春の海　高浜虚子

しわしわともんでひろげて春の海　はらてふ古

潮干潟

しおひがた
しほひがた

潮干《しおひ》（汐干《しおひ》）、汐干潟《しおひがた》、干潟《ひがた》
➡潮干狩《しおひがり》（人）

陰暦三月三日ごろの大潮で、遠くまで引いた干潟のこと。潮干は干潟にも、潮干狩のことも指す。潮干とも汐干とも書く。

青天のとつぱづれなり潮干潟　一茶

干潟はやみち潮の帆の縦横に　鈴木花蓑

大干潟残りたるものなべて濡れ　高橋羊一

春潮

しゅんちょう
しゆんてう

春《はる》の潮《しお》、彼岸潮《ひがんじお》
➡観潮《かんちょう》（人）

春の潮流。干満の差が激しいのが特徴で、渦潮が生まれるところもある。

春潮といへば必ず門司を思ふ　高浜虚子

春潮や根といふ長きかくれ礁　小杉余子

渦潮よりまなこ離さず虚子先生　小川春休

春の波

はるのなみ

春《はる》の浪《なみ》、春濤《しゅんとう》

海だけでなく、湖や川にも立つ。きらきらと春の精気に満ちている。

春の浪舸子《かこ》楫取《かんどり》はみな立てり　山口誓子

春濤をのぞく絶壁に誘《いざな》はれ　秋元不死男

春の波来るや攩網《たもあみ》くつと向け　根岸かなた

春の園

はるのその
はるのゑん

春苑《しゅんえん》、春《はる》の庭《にわ》、春《はる》の園《その》
➡枯園《かれその》（冬）

木々が芽吹き花が咲き、水が温み、人々が出歩くようになった春らしい庭園。

春園のホースむく〳〵水通る　西東三鬼

春苑に七面鳥啼きひと死せり　山口誓子

春苑や社中そろひの青海波　井ケ田杞夏

東屋は茸のかたち春の苑　星野満月

逃水

にげみず
にげみづ

➡陽炎《かげろう》（天）

舗装路の上に起こる陽炎で、遠くの路面に水溜りがあるように濡れた光が見える。近づくと逃げるように遠のくのでこの名がある。かつては「武蔵野の逃水」といって名物だった。

逃水や人を恃《たの》みて旅つづく　角川源義

逃水のごと燦々と胃が痛む　佐藤鬼房

逃水や農民馬場でありし道　小野津弥香

大試験《だいしけん》

入学《にゅうがく》試験《しけん》、卒業《そうぎょう》試験《しけん》、及第《きゅうだい》、落第《らくだい》、合格《ごうかく》

入学、進級、就職など人生の節目にあたる大事な試験。

大試験山の如くに控へたり　高浜虚子

山の手の旗雲一つ試験すむ　久米三汀

設問はたつた一問大試験　山田こと子

受験《じゅけん》

受験子《じゅけんし》、受験生《じゅけんせい》、受験宿《じゅけんやど》

入学や就職などの試験を受けること。

くるはくるは皆背高き受験生　安部元気

受験子の火打石など探しもし　中泉さえ

ドーナツの店で仕上げや受験生　京野菜月

入学《にゅうがく》《にふがく》

入学子《にゅうがくし》、新入生《しんにゅうせい》、一年生《いちねんせい》、入園児《にゅうえんじ》

小学校から大学まで、四月に入学式が行われる。

入学子はやも私党を樹てにけり　相島虚吼

入学式の幕ふくれきて頻にふるゝ　皆吉爽雨

次々に泣き始めたり入園児　宮口とりむ

卒業《そつぎょう》《そつげふ》

卒業子《そつぎょうし》、卒業生《そつぎょうせい》、卒業式《そつぎょうしき》、卒園《そつえん》

学校を卒業すること。義務教育から高等教育、社会教育まですべてにいう。

卒業の兄と来てゐる堤かな　芝　不器男

卒業子頤にひげもち恩を謝す　山口青邨

卒業やこれが最後の寮の飯　石坂陽太郎

出荷する牛と写真や卒業子　佐藤しずか

春休《はるやすみ》

学年末から新学期までの休み。夏休みと違いあっけなく終わる。

下駄はいて土手をゆくなり春休　木村遥雲

校庭の隅ずみ見えて春休　江頭　蓬

笹藪を隠れ家として春休　松本正今日

新社員《しんしゃいん》《しんしやゐん》

新教師《しんきょうし》

初々しい入社したての社員。

たんぽゝの折目乳出て新社員　平畑静塔

コンタクトレンズ捜すや新社員　深沢のりこ

新社員蒼き眉根をよせにけり　長坂一進

春闘《しゅんとう》

賃上げや待遇改善を求める労働組合の一斉闘争。

春闘の白壁をして叫ばしむ　阿部宵人

春闘の鉢巻なればきりきりと　篠井　良

春闘にうしろ手組むや警備員　小川邦抹

納税期《のうぜいき》《なふぜいき》

申告期《しんこくき》

所得税などの申告期で、例年二月十六日から一カ月間。税務署や市役所に行列ができる。近年はパソコンを使った自宅での申告も増えている。

午後よりの風の強しや納税期　岸　風三楼

駅前に溜まる自転車納税期　池田秀水

矢印の駅よりつづく納税期　長谷川ちとせ

春の風邪《はるのかぜ》

↓風邪《かぜ》(冬)

冬の風邪と違い、命にかかわるほどではない。

蜜柑くうて咳入春の風邪《ふうじゃ》かな　正岡子規

病にも色あらば黄や春の風邪　高浜虚子

気散じにジャックレモンを春の風邪　ロバート池田

花粉症《かふんしょう》《くわふんしやう》

杉《すぎ》花粉症《かふんしょう》、花粉《かふん》マスク

春は杉の花が咲くので、杉花粉による花粉症に悩まされる人が多い。

黒繻子の襟掛けなして花粉症　石井みや

全員が花粉マスクや向かう側　小林タロー

集まれば三人は居て花粉症　三橋浩二

春袷《はるあわせ》《はるあはせ》

↓袷《あわせ》(夏)

春に着る華やかな明るい紋様や色の袷の着物。

扇面を千ほどちらし春袷　雨漏庵雨露

畳紙の母の名前も春袷　いさ桜子

自転車にぱと跨がりて春袷　舟　まどひ

春帽子《はるぼうし》《はるばうし》

春《はる》ショール

春寒のころ、また、春の強い日差しにかぶる帽子。

地下鉄を下へ下へと春帽子　島　織布

春帽子買ふルノアール展見ては　久保のぞみ

春ショールいくらなんでも笑ひすぎ　小田　笑

春日傘 はるひがさ

⬇日傘《ひがさ》（夏）

晩春の日差しにさす日傘。明るい色がいかにも春らしいが、近年は紫外線カットの黒も増えている。

くたびれて来てたゝみたる春日傘 久保田万太郎
稚児祭小さき蛇の目の春日傘 安達韻颯
春日傘美術館への道きかれ 井沢うさ子

春服 しゅんぷく

春《はる》の服《ふく》、春装《しゅんそう》、春《はる》コート

春の衣服。男女ともにあるが、色柄ともに軽く明るい女ものがふさわしい。

春服にきはどき色をあしらひし 星野立子
テーラーの春の服地や紺勝ちに 夏秋明子
新しきチャコすべらせて春の服 石田あき水

花衣 はなごろも

桜襲《さくらがさね》、花《はな》の袖《そで》

花見に着る晴着。

花衣ぬぐやまつはる紐いろ〳〵 杉田久女
今宵死ぬ人もやあらん花衣 大谷句仏
フレンチやイタリアンやと花衣 銀河みゆ

桜漬 さくらづけ

桜湯《さくらゆ》

八重桜の花を塩漬けにしたもの。熱湯を注ぐと花が開き、花の香が立つ。めでたい席でよく使う。

いと軽き石のおもしや桜漬 高浜虚子
やはらかく開きて八重や桜漬 竹田こと
本郷の旅《は》籠《たご》訪ねて桜漬 菊地しをん

花菜漬 はななづけ

⬇菜《な》の花《はな》（植）

菜の花の漬物。

上《カミ》京《ギヤウ》の花菜漬屋に嫁入りし 高浜虚子
花菜漬遠《おん》忌《き》の箸にあはあはし 大野林火
花菜漬朝の雀が庇より 石坂ひさご

蕗味噌 ふきみそ

⬇蕗《ふき》の薹《とう》（植）、蕗《ふき》（夏）

育ちすぎない蕗の薹を細かく刻み、味噌とあわせた料理。ほろ苦さが独特の風味。

蕗味噌の方は皆へのかたみかな 東　鶯
蕗味噌のほろにがきをば麦飯に 栗生純夫
手土産の蕗味噌あてにまづ酌みぬ 泉　竹馬

木の芽和

きのめあえ
きのめあへ

木《き》の芽《め》煮《に》
⬇木《き》の芽《め》（植）

春先の山椒の木の芽をすりつぶし、魚や野菜と和えた料理。

木の芽和厨に酢の香ゆきわたり　辻　桃子
木の芽和なりとて祖母の出番かな　清水　萌
民宿の丼盛りや木の芽和　高橋　涼

田楽

でんがく

木《き》の芽《め》田楽《でんがく》、田楽焼《でんがくやき》

竹串にさした豆腐に味噌をつけて焼いたもの。味噌に山椒の芽をすりこんだのが木の芽田楽。

田楽の串こちらむけ運びくる　後藤夜半
田楽や板一枚の下は谷　永田青嵐
田楽や禅僧ふらとたづねきし　桜庭門九

青饅

あおぬた
あをぬた

青菜や青葱をゆで、貝の身、烏賊、筍などと酢味噌で和えた料理。「あおまん」と読み間違えないように。

青ぬたに焼きさましなる鯵古し　原　月舟
青ぬたや仏へ日供の一とつまみ　麻田椎花
青饅に馬鹿貝くはへ母のこと　鈴木　孝

目刺

めざし

頰刺《ほおざし》
⬇鰯《いわし》（秋）

干した鰯などの目に藁や竹串を刺して連ねたもの。頰を刺したのは頰刺。

重なりて同じ反りなる目刺かな　篠原温亭
串竹にきしりてもげし目刺かな　芝　不器男
横須賀はあのあたりよと目刺干す　二川はなの

干鰈

ほしがれい
ほしがれひ

鰈干《かれいほ》す、蒸鰈《むしがれい》、でべら

干した鰈。瀬戸内では小さい鰈をでべらといい美味。

神饌の中のひとつに干鰈　畑　みどり
口刺しの篠の太さよ干鰈　井手口俊子
魚屋の軒にゆれたり干鰈　堀　睦水

干鱈

ひだら

鱈干《たらほ》す、乾鱈《ほしだら》、棒鱈《ぼうだら》、芋棒《いもぼう》
⬇鱈《たら》（冬）

塩づけにして干した鱈。頭とはらわたを取って干し固めたものが棒鱈。芋棒はエビイモと煮あわせた京都の名物。

信楽の茶うりが提げし干鱈かな　暁　台
棒鱈をかむやほろりとほぐれたる　桜庭門九
干鱈をつまみにしたりあぐら酒　野風さやか

白子干《しらすぼし》

白子漁《しらすりょう》、白子干《しらすほ》す、白子《しらす》、ちりめん雑魚《じゃこ》

鰯などの稚魚を煮て干したもの。酒のつまみ、飯のおかずにして美味。

白子干す低き庇に浪荒び　福田蓼汀

箸つけて飯をこぼるる白子干　石井みや

大漁に女総出やしらす漁　高木恵子

蜆汁《しじみじる》

蜆の味噌汁。家庭らしい味。

蜆搔《しじみかき》、蜆掘《しじみほ》り、蜆舟《しじみぶね》、蜆売《しじみうり》、蜆取《しじみとり》

⬇土用蜆《どようしじみ》(夏)、寒蜆《かんしじみ》(冬)

ほんの少し家賃下りぬ蜆汁　渡辺水巴

蜆汁はや子も揃ふことまれに　中村汀女

鍋底のべこんと鳴つて蜆汁　安部元気

浅蜊汁《あさりじる》

春らしい香りの浅蜊の味噌汁。

浅蜊売《あさりうり》、浅蜊飯《あさりめし》

⬇浅蜊《あさり》(動)

うちそろひ墓参のあとの浅蜊汁　久住ことみ

真黒な大鉄鍋に浅蜊汁　松本光史

亡き父の塗りし椀なり浅蜊汁　贄川いずみ

草餅《くさもち》

蓬の葉を搗きこんだ餅。米の粉を練って蒸かせば簡単にでき、昔は家庭でよく作った。蓬の春らしい色と香りがたのしい。

蓬餅《よもぎもち》、草《くさ》の餅《もち》

両の手に桃と桜や草の餅　芭蕉

草餅や二三本ある草の筋　相島虚吼

骨揚がるまでを配られ草の餅　横山宵子

鶯餅《うぐいすもち》《うぐひすもち》

青黄粉をまぶして鶯色にし、鶯の形に似せた餅。春の一定期間しかない。

街の雨鶯餅がもう出たか　富安風生

鶯餅の持重りする柔らかさ　篠原温亭

さはりたや鶯餅の腹あたり　大野勝山

椿餅《つばきもち》

椿の葉ではさみ、道明寺粉で作った餅菓子。

妻在らず盗むに似たる椿餅　石田波郷

いささかの香をなつかしみ椿餅　中田余瓶

仏像に序列ありけり椿餅　松原功仙

桜餅　さくらもち

餡を薄皮でくるみ、塩漬の桜葉で包んだ菓子。紅白二色あり、隅田川べりの長命寺が有名。

三つ食へば葉三片や桜餅　高浜虚子

さくら餅食ふやみやこのぬくき雨　飯田蛇笏

カルメンが桜餅食ふ楽屋かな　笹岡明日香

菜飯　なめし

―菜飯茶屋《なめしちゃや》

青い小松菜や大根葉、あるいは漬け込んだ高菜などを細かくきざみ、飯に炊きこんだもの。

さみどりの菜飯が出来てかぐはしや　高浜虚子

菜飯なり黄色き花のまじりたる　白井薔薇

菜飯して母より長く義母とゐて　松尾むかご

令法飯　りょうぶめし　りやうぶめし

―令法摘《りょうぶつみ》、令法茶《りょうぶちゃ》

令法の芽を炊きこんだ飯で、野趣がある。令法の葉で作った茶が令法茶。

山里や旅にしあれば令法飯　塘　雨

訪ねれば令法飯など炊きくれし　梶山一泉

ひろびろと清めし畳令法飯　北野貴子

味噌豆煮る　みそまめにる

―味噌玉《みそだま》
↓味噌搗《みそつき》(冬)

味噌を作るために豆を煮てつぶし、玉にして軒に干す。

煮え加減みし味噌豆の甘かりき　三浦　蕗

岳かすみ軒の味噌玉乾く日々　池田風信子

味噌作り蔵にとぢこめられしこと　ささ南風

春燈　しゅんとう

―春燈《はるともし》、春《はる》の灯《ひ》、春《はる》の燭《しょく》

春の灯火。室内でも屋外でもいい。

障子今しまり春の燈ほとともり　高浜虚子

春燈やはなのごとくに嬰《ご》のなみだ　飯田蛇笏

春灯のざわざわ映る川面かな　高杉空彦

春障子　はるしょうじ　はるしやうじ

―↓障子《しょうじ》(冬)

さんさんと春の日を受けた明るい障子。

指軽く触れてすべりて春障子　富安風生

春障子隅の一枚あたらしき　富樫風花

縮緬のお手玉はづむ春障子　後藤喜志子

北窓開く《きたまどひらく》

冬の間、寒気や風を防ぐために閉めきっていた北側の窓を開けること。

北開《きたひら》く

⬇北窓塞《きたまどふさ》ぐ（冬）

北窓を開け父の顔母の顔　阿波野青畝

北窓開くおまへとは別れたい　如月真菜

北窓を開き御山に一礼す　城野三四郎

目貼剝ぐ《めばりはぐ》

隙間風や風雪を防ぐために貼っておいた目貼を剝がすこと。室内がさっぱりする。

⬇目貼《めばり》（冬）

張合ひのありし暮しの目貼剝ぐ　高浜虚子

いくどかの目貼りの上の目貼剝ぐ　村山咲

目貼剝ぎ量り売りして池田炭　森本遊染

春の炉《はるのろ》

春になっても使っている暖炉やストーブ。

春《はる》ストーブ、春暖爐《はるだんろ》

⬇炉《ろ》（冬）

少しの書小さき春炉の主かな　松本たかし

熊の出た話も春の炉辺かな　桜庭門九

フレスコのマリアに近く春暖炉　夏秋明子

春の炉や炎立てるをただ見入り　草野小象

春火鉢《はるひばち》

春になっても置かれている火鉢や火桶。

春火桶《はるひおけ》

⬇火桶《ひおけ》（冬）

春火鉢なにかといへば泣く男　大野朱香

かたちよく男座すなり春火桶　古川くるみ

熊の胆を買ふかと尋ね春火鉢　山田いく穂

春炬燵《はるごたつ》

春になっても使っている炬燵。

⬇炬燵《こたつ》（冬）

書を置いて開かずにあり春炬燵　高浜虚子

縁広き春の炬燵によばれけり　安部元気

亡き人をしのぶ火のなき春炬燵　加藤のぶ

もう駄目といふふりをして春炬燵　バロン金沢

炬燵とる《こたつとる》

置炬燵の櫓を取り外し、掘炬燵も塞ぐ。

炬燵《こたつ》の名残《なごり》、炬燵塞《こたつふさ》ぐ、ストーブしまう

⬇炬燵出《こたつだ》す（冬）

昼過ぎの火燵塞ぎぬ夫の留守　河東碧梧桐

手焙りや炬燵塞ぎて二三日　小杉余子

なんとまあ勝手な人よ炬燵取る　矢花美奈子

炉塞《ろふさぎ》

— 炉《ろ》の名残《なごり》、暖炉塞《だんろふさ》ぐ
↓炉開《ろびらき》(冬)

冬の間使いなれた炉を塞ぐこと。茶道ではこのあと風炉に代わる。

炉塞ぎの日や来合はせる畳さし　也　有
炉を塞ぎ八畳の間は四角なり　澤野禾頴
椅子あればそこに座るや炉の名残　富樫風花

釣釜《つりがま》

茶の湯で冬は炉の五徳に釜をかけるが、三月、花便りを聞くころには、五徳を外し、天井から下げた自在に釜を釣る。

釣釜の落ちつきなさや炉の名残　中野琴石
釣釜のゆれや熾れる火に委ね　冨山いづこ
よく動く釣釜に手を焼きにけり　長谷川ちとせ

雪割《ゆきわり》

— 雪切《ゆききり》

長い冬の間に踏み固められ、がちがちに凍りついた雪を、つるはしなどで割ったり切ったりして捨てること。

雪割つて百万遍の鉦鳴らす　堅香子
雪切は家の前だけ後知らん　桜庭門九
雪割つて回覧板を届けけり　佐伯悠太

雪囲解く《ゆきがこいとく》《ゆきがこひとく》

— 雪除取《ゆきよけと》る、雪吊解《ゆきつりと》く、霜除解《しもよけと》く

家屋や庭木の雪囲いを外すこと。室内が明るくなり、春を実感する。

雪囲解くやぺろりと傷なめて　富樫風花
雪囲ひ解いて明るき目覚めかな　石井蕾児
雪囲とるや風呂場に風流れ　あべふみ江

垣手入《かきていれ》

— 垣繕《かきつくろ》う

冬の間に風雪でいたんだ垣根を修理すること。

青竹を曲げ繕ふや垣の角　高浜虚子
山茱萸《さんしゅゆ》の垣直角に繕へる　横山宵子
猫の道すこし残して垣手入　前　壽人

屋根替《やねがえ》《やねがへ》

— 葺替《ふきかえ》、屋根葺《やねふ》く、屋根繕《やねつくろ》う

雪や風でいたんだ屋根を修繕したり、葺き替えたりすること。

屋根替へて雨だれそろひ落つる朝　阿波野青畝
葺き替へて煙上れる藁屋かな　山口青邨
二人下り三人上り屋根替へる　松村けい

麦踏《むぎふみ》

↓青麦《あおむぎ》（植）、麦《むぎ》（夏）

霜柱で浮き上がった麦の根を定着させるため、麦の芽を踏んでいくこと。かつての農村ではよく見られたが、近年は機械化されている。

歩み来し人麦踏をはじめけり　高野素十
幼な顔ときどきに上げ麦踏めり　後藤夜半
麦踏むや今日の日の出は六時半　高橋晴日

野焼《のやき》

野火《のび》、土手焼《どてや》く、焼野《やきの》

野の枯草を焼くこと。害虫駆除になり、灰は肥料になる。場所によって畑焼、畦焼ともいう。

野を焼いて帰れば燈下母やさし　高浜虚子
古き世の火の色うごく野焼かな　飯田蛇笏
山風に野火見る人の動き出す　松尾むかご

山焼《やまやき》

奈良《なら》の山焼《やまやき》、お山焼《やまやき》、山火《やまび》、焼山《やけやま》

本来は、蕎麦などを蒔くために山の下草を焼くこと。「お山焼」は奈良の若草山の山焼のこと。

山やくや夜はうつくしきしなの川　一茶
山焼く火檜原に来ればまのあたり　水原秋櫻子
山焼の飛び火に犬の後ずさり　小林さゆり

畑焼《はたやき》

焼畑《やきはた》つくる、畦焼《あぜや》く、畦火《あぜび》

畑や畦の枯草や雑草を焼くこと。

畠焼くや一本の梅に凝る煙　高田蝶衣
三輪山を隠さうべしや畦を焼く　阿波野青畝
百姓のはしくれなれば畦焼きぬ　田代早苗

芝焼《しばやき》

草焼《くさや》く、芝火《しばび》

土手や庭先の枯芝、枯草を焼くこと。

芝焼いて旧居のままのたたずまひ　高浜虚子
芝を焼く美しき火の燐寸かな　中村汀女
芝焼の果てあたたかき吾の肌　白井薔薇

農具市《のうぐいち》

かつては鍬、鎌といった農具や木製品などの市だったが、いまは植木、種、様々な生活用具の市になってきた。

売りながらつくる木槌や農具市　青木芳草
人ごみを転がす臼や農具市　林　蓼雨
農具市播州弁の荒きこと　田代早苗
講釈も世辞もいはずよ農具市　佐藤千鶴子

耕

たがえし
たがへし

冬の間にかちかちになった田の土を耕すこと。かつては一鍬ずつ人力でおこす重労働だったが、いまは農機であっという間に終わる。

春耕《しゅんこう》、耕人《こうじん》、たがやし、春田打《はるたうち》
⬇秋耕《しゅうこう》(秋)、冬耕《とうこう》(冬)

耕すやむかし右京の土の艶　太　祇

耕人の長靴土間に倒れあり　毛塚紫蘭

春耕のぶるんと掛かる発動機　石井野里子

畑打

はたうち

種をまく前に畑を打ち返すこと。

畑打《はたう》つ

動くとも見えで畑打つ男かな　去　来

天近く畑打つ人や奥吉野　山口青邨

昨日寒む今日は温しと畑打てり　吉田たまこ

物種

ものだね

春に蒔く穀物や野菜、草花の種のこと。

種物《たねもの》、花種《はなだね》、種売《たねうり》、種袋《たねぶくろ》、種物屋《たねものや》
⬇種取《たねと》る(秋)

ものの種にぎればいのちひしめける　日野草城

袋より煙のやうな物の種　ひろおかいつか

暗がりに物種育つ農の小屋　高橋　涼

種選

たねえらみ

種籾を塩水に浸し、浮いた種は捨て、丈夫な種を選ぶ作業。豆などにも行う。

種選《たねえり》、籾選《もみえり》

種選りの灯の籠鳥のおびえかな　高田蝶衣

種選み浮きが多しとつぶやけり　さいとう方ゆみ

種選びどれもこれもが不満足　あべふみ江

種浸し

たねひたし

籾浸《もみつ》ける、種井《たねい》、種案山子《たねかかし》、種俵《たねだわら》、種池《たないけ》

種籾の発芽を促すため、袋に入れた籾を池、川、桶、井戸などの水に浸すこと。その目印のために立てる札、案山子を種案山子という。

古河の流引きつつ種ひたし　蕪　村

物種をどぶりと浸しありにけり　今井桃青

さざなみの立ちて種井の淀みかな　たなか迪子

種蒔

たねまき

種降《たねおろ》し、籾蒔《もみま》く、籾《もみ》おろす、花種蒔《はなだねま》く、野菜種蒔《やさいたねま》く
⬇種採《たねとり》(秋)

苗代に籾をまくこと。野菜や草花の種を蒔く場合は、朝顔蒔く、瓜蒔くなどと具体的にいう。

種まきや一つかみづゝ雨の音　卜　水

花種を蒔くや蔓あるものばかり　川口未来

倒れたら倒れたときと種蒔けり　北柳あぶみ

苗床《なえどこ なへどこ》

種床《たねどこ》、温床《おんしょう》、苗障子《なえしょうじ》、苗行灯《なえあんどん》

籾や野菜や果物、植木などの苗を育てる仮床。

苗床や風に解けたる頬かむり　阿部みどり女
立てかけて苗障子ありかくれんぼ　高野素十
苗床へ猫車ごとふらつきぬ　市川耕丹

苗代《なわしろ なはしろ》

苗田《なえだ》、苗代田《なえしろだ》
⬇苗代寒《なわしろざむ》、代田《しろた》(夏)

稲苗を育てる田。かつては各戸で短冊形に仕切った田(苗床)に種籾を蒔いて育てたが、いまは専業業者がハウスで育てた箱栽培の苗を買うことが多い。

苗代に雨緑なり三坪程　正岡子規
苗代や長靴の泥草で拭き　藤　なぎさ
苗代搔嬶《かか》やと呼べばあいと言い　ロバート池田

田打《たうち》

田打女《たうちめ》
⬇田搔き《たがき》(夏)

田植の前に鋤で田を打ち返すこと。いまは農機具で行う。

生きかはり死にかはりして打つ田かな　村上鬼城
田打して畝の短き在所かな　堅　香子
塔見ゆる暮らしのひとひ田を打てり　黒田こよみ

畦塗《あぜぬり》

塗畦《ぬりあぜ》

田の水漏れを防ぐため、畦を塗り固めること。かつては一鍬ずつ塗ったが現在は農機具にその機能がついている。

畦塗るや首をかしげて懇《ねんごろ》に　高浜虚子
雨雲のはしりとぶなり畦を塗る　阿波野青畝
畦塗を終へれば映る青き天　高田真津

植木市《うえきいち うゑきいち》

苗箱《なえばこ》、苗札《なえふだ》、苗木植う《なえぎう》、苗木市《なえぎいち》

彼岸のころの寺社の縁日などに立つ苗木を売る市。草花、野菜の苗は夏季。

植木市水は神域より流れ　織田一郎
客来ぬとぼやいてゐたり植木市　夏秋明子
無い物は無いと並べて苗木市　来住雷子

芋植う《いもうう》

種芋《たねいも》

里芋や八つ頭の種芋を植えること。馬鈴薯は「薯植《いもう》う」、甘藷は「藷植《いもう》う」という。

清明節の朝しめりよし芋を植う　西山泊雲
芋植うるあなうら土を愉しめり　大沢きよし
種薯の真黒なるが小屋ぢゅうに　前田風人

剪定　せんてい

剪枝《せんし》、楉切《すわえき》る
➡木《き》の枝払《えだはら》う（夏）

芽吹きの前に、林檎、梨、葡萄などの果樹の枝を刈り込むこと。その巧拙が実の付き方に大きく響く。

剪定の脚立の足の掻きし土　波多野爽波
剪定の切るかと見れば眺めをる　森　草二
剪定のお人に道を尋ねけり　奥出あけみ

根分　ねわけ

菊根分《きくねわけ》、萩根分《はぎねわけ》、菖蒲根分《しょうぶねわけ》

春、多年草の草花の新しい芽が出てきたとき、芽ごとに株を分けること。

根分せるもの何々ぞ百花園　高浜虚子
古園や根分菖蒲に日高し　吉岡禅寺洞
菊根分けひとまづおいて木馬座へ　たなか迪子

挿木　さしき

接木《つぎき》

先端を鋭く切った細枝を、土や砂に挿して根付かせるのが挿木、近縁の植物に接ぎ合わせるのが接木。

さし木すや八百万《やをよろづ》神《がみ》見そなはす　前田普羅
接木終へたる十本の渋柿ぞ　松尾むかご
俳諧は其角の流れ挿木翁　三浦茫々

牧開　まきびらき

厩出《うまやだ》し、まや出《だ》し

雪などに降り籠められて閉鎖していた山の牧場を開き、里に連れ帰っていた牛馬を早春の山野へ放つこと。

牧開泉声《せんせい》馬をみちびける　水原秋櫻子
千頭の牛の鼻息牧開　越渡あざみ
一文字眉の父子や厩出し　竹内真実子

羊の毛刈る　ひつじのけかる

緬羊《めんよう》の毛刈《けか》る、羊刈《ひつじか》る

四、五月ごろ、緬羊の毛を刈ること。

毛を刈りし羊の背の傷だらけ　久米幸叢
落葉松の芽を被きてぞ羊刈る　山本嵯迷
毛を刈れる羊の腹に胎児をり　清水雪花

霜くすべ　しもくすべ

➡別《わか》れ霜《じも》（天）

山間の養蚕地帯で、桑の葉が霜にやられるのを防ぐため、桑畑で、もみがらやタイヤなどを燃やすこと。いまはほとんど見られない。

霜くすべ三里かなたに信濃口　飯田龍太
暗がりに人声のする霜くすべ　町田勝彦
黒々と煙上がるや霜くすべ　黒川　了

蚕飼

こがい

絹糸をとるために蚕を飼うこと。

養蚕《ようさん》、飼屋《かいや》、蚕屋《こや》
⬇蚕《こ》(動)

高嶺星蚕飼の村は寝しづまり 水原秋櫻子
道照りてはなはだ暗き飼屋かな 阿波野青畝
香奠の額を飼屋へ聞きにくる 波多野爽波

桑摘

くわつみ
くはつみ

蚕の成長にあわせて、だんだんと大きな葉を摘み、日ごとに太る蚕に与える。最盛期には夜も摘んだ。

桑籠《くわかご》
⬇桑《くわ》(植)

桑摘むや桑に隠れて妙義の頭《づ》 松根東洋城
毎日の同じ時刻の桑摘女 高野素十
桑摘のはかどつてゐる笑ひ声 小沢政代

茶摘

ちゃつみ

一番茶《いちばんちゃ》、茶摘時《ちゃつみどき》、茶摘女《ちゃつみめ》、茶摘唄《ちゃつみうた》、茶摘籠《ちゃつみかご》、茶摘笠《ちゃつみがさ》、茶山時《ちゃやまどき》
⬇新茶《しんちゃ》(夏)

八十八夜から摘み始め、最初の十五日間を一番茶、それから二番茶、三番茶と順次摘んでいく。かつては手摘みだったが、機械摘みが増えている。

菅笠を着て鏡見る茶摘かな 支考
向きあうて茶を摘む音をたつるのみ 皆吉爽雨
汽笛鳴る車窓に見えて茶摘籠 清水うさぎ

製茶

せいちゃ

茶《ちゃ》づくり、茶揉《ちゃも》み、焙炉《ほいろ》、利茶《ききちゃ》
⬇口切《くちきり》(冬)

摘んだ茶の葉を蒸し、焙炉であぶり、乾かしながら揉む。地域ごとに製茶工場があり、そこへ一斉に持ち込む。

もみあげて針のごとくに玉露かな 水内鬼灯
製茶場に茶の香ただよひ山の晴れ 西村のぼる
摘みし葉を箒で寄せて製茶かな 如月真菜

猟名残

りょうなごり
れふなごり

二月十五日に、狩猟法が定めた三か月間の猟期が終わるが、その直前の狩猟。

猟期終《りょうきおわ》る
⬇猟期《りょうき》(冬)

牧がすみ西うちはれて猟期畢《お》ふ 飯田蛇笏
甕底にのこる漬菜や猟期果つ 安部元気
すれ違ふけはしき顔も猟名残 薗部庚申

魞挿す

えりさす

小魚を捕る竹の簀を湖や川、沼に通路のように立てる。三月ごろの琵琶湖が有名。

魞場《えりば》、魞簀《えりす》
⬇柴漬《ふしづけ》(冬)

打よする連銭波や魞を挿す 西山泊雲
魞挿しに別の舟来て舳出し 高野素十
丁字屋を通り抜けして魞場へと 守わこ

磯開

いそびらき

磯《いそ》の口開《くちあけ》、初磯《はついそ》、口明祭《くちあけまつり》
➡海開《うみびらき》（夏）

鮑や天草などの貝、海藻の資源保護のため、地元で採る時期を決めている。その採集解禁の日に皆が一斉に浜に出る。

灘の波あつまる礁や磯びらき　水原秋櫻子

太郎鮫血祭にして磯びらき　野見山朱鳥

海女小屋に炎の見えて磯開　糸井潮村

海女

あま

海女《あま》の笛《ふえ》、磯嘆《いそなげ》き、磯笛《いそぶえ》、海人《あま》、磯人《いそど》

磯開の後、潜水して貝や海藻を採る女。浮き上がった海女が息を吐くひゅーという音を、海女の磯笛、磯嘆きという。

海女沈む海に遊覧船浮《うか》む　高浜虚子

腰巻をたかだか干して海女の家　石川　妙

海女の昼セールスマンを取り囲み　井ケ田杞夏

磯焚火

いそたきび

磯竈《いそかまど》

志摩の海女が浜であたる焚火のこと。磯竈ともいう。

命綱枝に干しては磯焚火　辻　水音

磯竈ほどけば髪のたつぷりと　篠原喜々

磯焚火こどもの頃の呼名にて　今　九葉

和布刈

わかめがり

若布干《わかめほ》す、若布売《わかめうり》、和布刈舟《めかりぶね》、和布干《わかめほ》す
➡若布《わかめ》（植）

若布を刈り取ること。竹の先に鎌をつけた竿で刈る。和布とも若布とも書く。

和布《め》を刈るや霞汲むかと来て見れば　巣　兆

潮の中和布《め》を刈る鎌の行くが見ゆ　高浜虚子

潜《かず》くほど舟傾きぬ和布刈　岡田四庵

上り簗

のぼりやな

➡下《くだ》り簗《やな》（秋）

川の両岸を堰き止め、流れの真ん中に簀の子状の台を沈め、溯上する鮎を採る。秋の簗には鮭、鱒などがかかる。

上り簗花に夕日の残りけり　長谷川零余子

舟棹を右方左方や上り簗　原　月舟

水厚く真向ひ来るや上り簗　岡本　基

摘草

つみくさ

草摘《くさつ》む
➡若菜摘《わかなつみ》（新）

春の野に出て、蓬、芹、嫁菜など食用になる若草を摘むこと。

摘草やよそにも見ゆる母娘　太　祇

草摘の負へる子石になりにけり　川端茅舎

摘草の摘みつみ来ては籠遠く　久保のぞみ

蕨狩《わらびがり》

—— 蕨和《わらびあえ》 ⬇蕨《わらび》(植)

柔らかな春先の蕨を摘むこと。

山寺を本陣とする蕨狩　山口青邨

ちらばりて皆が見えをりわらび狩　皆吉爽雨

山菜のあいこは無くて蕨取り　白戸京香

野遊《のあそび》

—— 山遊《やまあそび》、野《の》がけ

春の野原に出かけ、食べたりあそんだりすること。いまは春のハイキング、ピクニックと考えてもいい。

野遊びや草のむしろも譲り合ひ　雙　鳥

野遊や赤子の口に箸入れて　安部元気

野遊の子供に長き紐つけて　毛塚紫蘭

遠足《えんそく ゑんそく》

—— 遠足子《えんそくし》

主に学校で、野山や海へ一日の行楽をすること。秋にもあるが、その場合は「秋の遠足」という。

遠足の女教師の手に触れたがる　山口誓子

遠足の列伸ぶところ走りをり　波多野爽波

遠足の子ら大仏の背中から　西田東風

磯遊《いそあそび》

—— 磯祭《いそまつり》

春の大潮のころ磯にでて貝を拾ったり海藻を摘んだりして遊ぶこと。

磯遊び二つの島のつゞきをり　高浜虚子

浪白くなりて寒しや磯遊び　福田蓼汀

御神火《ごじんか》のけふは静かや磯遊　中村時人

潮干狩《しおひがり しほひがり》

—— 汐干狩《しおひがり》、潮干貝《しおひがい》、汐干籠《しおひかご》、浅蜊掘《あさりほり》、貝拾《かいひろ》い ⬇潮干潟《しおひがた》(地)

汐の引いた干潟で浅蜊や蛤《はまぐり》を掘る春の楽しみ。

歩み来ぬ岬のなりに潮干狩　白　雄

汐干狩夫人はだしになりたまふ　日野草城

汐干狩海の鳥居の根本まで　宗石みずえ

磯菜摘《いそなつみ》

—— 磯菜《いそな》

潮の温んだ磯に出てさまざまな海藻を摘みとること。

防人の妻恋ふ歌や磯菜つむ　杉田久女

ぬるぬるの岩にのつては磯菜摘　松尾むかご

船神に自転車預け磯菜摘む　小川春休

観潮　かんちょう　くわんてう

渦潮《うずしお》、観潮船《かんちょうせん》

⬇舟遊《ふなあそ》び（夏）

干満の差が大きくなる彼岸の大潮の時、渦が大きい。この渦潮を観るのが観潮。鳴門海峡が有名。

観潮や赤前垂の婢も乗せて　高野素十

渦潮へものを投げたる掌のひらき　波多野爽波

また次の大渦そこに観潮船　松下藍

梅見　うめみ

観梅《かんばい》、梅園《ばいえん》

⬇梅《うめ》（植）、探梅《たんばい》（冬）

庭園や、山野の梅を訪ね歩き、見て楽しむこと。

むくつけき僕《しもべ》倶したる梅見かな　蕪村

オーナーは金兵衛ちうて梅の園　西川千晶

若福の海老てんぷらも梅のころ　篠原喜々

玉堂翁下駄で梅見や雨あがり　梶川みのり

春興　しゅんきょう

春愉《はるたの》し、春意《しゅんい》、春情《しゅんじょう》

山野に出たり、町歩きをしたり、会食、演芸など春をさまざまに楽しむこと。また、その心もいう。

春興の秘むるものあり蕗の薹　小杉余子

春興の手品のタネを明かしけり　ひろおかいつか

春興やアメ市の飴どんと買ひ　水木なまこ

青き踏む　あおきふむ　あをきふむ

踏青《とうせい》

三月三日、山野で野遊びをして詩を詠んだ唐の習慣からきている。春の野遊びでも、詩歌を詠む心を持ってつかう。

蝦夷館てふ砦あり青き踏む　船水以南

踏青や野守の鏡これかとよ　松本たかし

友黙し我も黙して青き踏む　松永月海

花見　はなみ

桜狩《さくらがり》、観桜《かんおう》、花見弁当《はなみべんとう》、花見茶屋《はなみぢゃや》、花見舟《はなみぶね》

桜の花を愛でること。集団で飲んで騒ぐのも、こころ静かに花を愛でて歩くのもいう。

何事ぞ花見る人の長刀　去来

たらちねの花見の留守や時計見る　正岡子規

鍋抱へ来ては花見のはじまれり　黒木千草

花人　はなびと

花見人《はなみびと》、桜人《さくらびと》

花見をする人。

花人の酔に与《くみ》せず汽車にあり　松本たかし

錦帯橋上錦帯橋上花のひと　京極杞陽

降り立てば吾もたちまち花の人　赤川蓉

花筵《はなむしろ》

花見《はなみ》茣蓙《ござ》、花《はな》の幕《まく》

花見のために敷いた筵。茣蓙やビニールシートでもいい。紅白の幕を張ることもあり、これが花の幕。

花莚ひきずつてきし水辺かな　野村泊月
お互ひに屋号で呼ぶや花莚　鈴木潮
休講と聞けば敷くなり花筵　河英美

花篝《はなかがり》

花雪洞《はなぼんぼり》

花の名所で夜焚く篝火のこと。桜の花の下の雪洞は花雪洞。

燃え出づるあちらこちらの花篝　日野草城
篝して黄泉《よみ》の桜といふべかり　高橋睦郎
花篝花より松を照らしけり　桜庭門九

花守《はなもり》

花《はな》の主《あるじ》、桜守《さくらもり》

花の名所で所有する人は主。番をする人や園丁のことは守。

一里はみな花守りの子孫かや　芭蕉
花守や銀の梯子を横抱きに　田代草猫
菜つ葉服長身痩躯桜守　矢野みぷり

花疲れ《はなづかれ》

花見疲《はなみづか》れ

心浮きたつ花見のあとの疲れ。

花疲頓阿法師の墓はこれ　阿波野青畝
土手につく花見づかれの片手かな　久保より江
つけ睫毛ゆるゆるはづす花疲　こると漣

風船《ふうせん》

風船売《ふうせんうり》、紙風船《かみふうせん》、ゴム風船《ふうせん》

暖かになると子供らは戸外に出て風船などで遊ぶ。

もう一度紙風船を打ち上げぬ　芳之畦木
持たさるる風船の紐ぴんと張り　梶川みのり
紙風船ひろへばふつと空気ぬけ　難波慶子

風車《かざぐるま》

風車売《かざぐるまうり》

セルロイドや紙でつくったおもちゃ。春風に吹かれて回るさまが春らしい。電力用の巨大風車は季語にならない。

廻らぬは魂ぬけし風車　高浜虚子
風車まはり消えたる五色かな　鈴木花蓑
母と子に影冷えて来し風車　石橋秀野

石鹸玉《しゃぼんだま》

ストローの先に石鹸液をつけて吹く。春風に吹かれて石鹸玉が飛ぶ。季節がよくなった春先らしい戸外の遊び。

姉ゐねばおとなしき子やしやぼん玉　杉田久女
流れつつ色を変へけり石鹸玉　松本たかし
しやぼん玉滑り台から降つてくる　鈴木清月

ぶらんこ

鞦韆《しゅうせん》、ふらここ、半仙戯《はんせんぎ》

古代中国が北方の民族から取り入れた大人の習俗がその源。一年中あるが、戸外で軽やかに春を歓び迎えるのが本意。

鞦韆は漕ぐべし愛は奪ふべし　三橋鷹女

手に残る鉄のにほひや半仙戯　中村時人

ふらここにゴンドラの唄ひよいと出て　武石法周

凧《たこ》

凧揚《たこあ》げ、凧《いかのぼり》、紙鳶《いかのぼり》、いか、はた、懸《か》かり凧《だこ》、絵凧《えだこ》、凧合戦《たこがっせん》

種類が多く、各地に行事がある。春風に揚げる春の遊び。

凧きのふの空のありどころ　蕪村

夕空や日のあたりゐる凧一つ　高野素十

がつつんと地に降りくるやいかのぼり　西沢爽

ボートレース

競漕《きょうそう》、レガッタ

数多く行われるのは春。有名なのは隅田川、戸田のレース。関西では琵琶湖、瀬田川など。

競漕や午後の風波立ちわたり　水原秋櫻子

競漕の空しき艇庫潮さしぬ　山口誓子

競漕の川や川波あふれたる　田木順

遍路《へんろ》

遍路宿《へんろやど》、遍路道《へんろみち》

➡秋遍路《あきへんろ》(秋)

心願を籠めて、四国の札所八十八か所を順拝して回ること。春が本番。歩いて回る徒《かち》遍路が本来だが、観光バスや車で回る形も増えている。

道のべに阿波の遍路の墓あはれ　高浜虚子

雨やどりやがて立ちゆく遍路かな　清原枴童

一塊となりて遍路の徒《か》歩《ち》埃《ぼこり》　井上論天

伊勢参《いせまいり・いせまゐり》

伊勢詣《いせもうで》、お陰参《かげまいり》、抜参《ぬけまいり》

春になって伊勢神宮に参詣すること。伊勢神宮へ群参するのがお陰参。抜参は親や主人の許可を受けずに家を抜け出て伊勢参をすること。

春めくや人さまざまの伊勢まゐり　荷兮

このたびは伊勢詣とて又も留守　高浜虚子

伊勢参とて前の日ももうそぞろ　梶山一泉

朝寝《あさね》

大朝寝《おおあさね》

➡昼寝《ひるね》(夏)

気持よい春の朝ゆえの寝坊。

美しき眉をひそめて朝寝かな　高浜虚子

一番にカーテンひらきまた朝寝　木村遥雲

朝寝して蜜吸ひに鳥来てるらし　久保のぞみ

朝寝してほつたらかしにされて吾　佐藤泰彦

春眠《しゅんみん》

唐の孟浩然の詩の「春眠暁を覚えず」から来た季題。寝心地の良い春の眠り。

金の輪の春の眠りにはひりけり　高浜虚子
旅終へて春の眠りの中にかな　高木恵子
春眠の庭掃く夢に疲れけり　森野この実

春の夢《はるのゆめ》

春眠に見る夢。「春の夜の夢」といえばはかないことのたとえ。

春の夢心驚けば覚めやすし　富安風生
春の夢みてゐて瞼ぬれにけり　三橋鷹女
亡き人のつぎつぎ出でて春の夢　大久保りん

春愁《しゅんしゅう／しゅんしう》

―春愁《はるうれ》い、春怨《しゅんえん》

春の何とはなしにもの憂い感じ。

春愁のしみじみ眉の薄さかな　野坂真理
春愁や草の柔毛のいちしるく　芝不器男
春愁や麒麟の首の交差して　堀内夢子

杜氏帰る《とうじかえる／とうじかへる》

↓杜氏《とじ》　杜氏来る《とうじくる》（冬）

酒の仕込みを終えた季節労働者の杜氏が郷里に帰ることで、三月が多い。

杜氏の名は雪三郎ぞ帰りけり　田代草猫
大いなるトランク提げて杜氏帰る　松原文子
帰りたる杜氏の忘れ帽子かな　横井慎一郎

雁風呂《がんぶろ》

↓雁供養《かりくよう》　雁帰る《かりかえ》る（動）

雁は海上で翼を休めるために木片をくわえて渡って来て、みちのくの浜辺にその木を落として行く。春先に帰るときは、それを拾って飛んで行く。拾われずに残った木片は死んだ鳥たちのもの。供養のためにその木片で風呂を焚く、という哀切な伝説による季語。

雁風呂や海あるゝ日はたかぬなり　高浜虚子
雁風呂に雨や降る山近く見ゆ　佐藤紅緑
雁風呂のもう一焼《く》べのほしかりき　辻　桃子

出替《でがわり／でかはり》

―居《い》なり、新参《しんざん》

農村から都市の商家などに稼ぎに来た奉公人の契約更改のこと。半期勤めが原則で、二月、八月がその時期だった。現代でも臨時雇用やパートタイマーなどに使ってもいい。

出がはりの酒しゐられて泣きにけり　白　雄
新参の湯をつかひ居る灯かげかな　芥川龍之介
出替の白衣うはばき特大で　水上黒介

春窮《しゅんきゅう》

麦の取り入れ前の主食物の欠乏する時期。春の端境期《はざかいき》。いまは流通が盛んで少なくなったが、それでもこの時期、青物が品薄になったりすることがある。

春窮やコンビニで買ふ青バナナ　寺山きらら
春窮のうなりにうなる冷蔵庫　前川一碧

二月礼者

にがつれいじゃ
にぐわつれいじゃ

—— ↓礼者《れいじゃ》(新)

正月に年始回りができなかった者が、二月一日に行う風習。本来、正月が忙しい役者や料理屋を指したが、正月に休めない職種は増えており、現代に置き換えても使える。

心ならず二月礼者となりてけり　平岡喜久乃
タイシルク纏ひて二月礼者かな　うな浅黄
とび入りの二月礼者の点前かな　井ケ田杞夏

二日灸

ふつかきゅう
ふつかきう

—— 二日《ふつか》やいと ↓寒灸《かんきゅう》(冬)

陰暦二月二日に据える灸。普段の倍の効果があるといわれた。

二日灸花見る命大事なり　几董
温泉を出でし疲れや二日灸　吉野左衛門
二日灸生まれ変はれば恋もせむ　森嶋伊佐雄

絵踏

えぶみ
ゑぶみ

—— 踏絵《ふみえ》

キリスト教を禁じた江戸時代、信者でない証を立てさせるため、マリア像やキリストの十字架像を刻んだ木版などを踏ませた。いまも踏絵板は残っている。

足袋はかぬ天草をとめ絵踏かな　青木月斗
小さなる小さなる主を踏まさるる　中村汀女
銀の踏絵も巴里の寺院かな　白井三声

初午

はつうま

—— 一《いち》の午《うま》、二《に》の午《うま》、三《さん》の午《うま》、初午詣《はつうまもうで》

二月初めの午の日。京都の伏見稲荷や各地の稲荷神社の初午祭が賑やか。

初午や神主もする小百姓　村上鬼城
巫女は髪太々束ね一の午　辻　桃子
正一位稲荷明神一の午　清水泰丞

針供養

はりくよう
はりくやう

—— 針納《はりおさ》め、針祭《はりまつり》、針祀《はりまつ》る

二月八日。関東ではこの日、古針や折れ針を、豆腐や蒟蒻《こんにゃく》にさして淡島堂に納め、裁縫の上達を願う。関西では十二月八日のところもある。

針供養女の齢《よわひ》くるぶしに　石川桂郎
針納めちらつく雪に詣でけり　高橋淡路女
赤糸を通せしままに納め針　小野津弥香

建国記念の日

けんこくきねんのひ

—— 紀元節《きげんせつ》、建国《けんこく》の日《ひ》

二月十一日。戦前は紀元節といった。

建国の日なり榊の弓も見し　百合山羽公
建国の日やばうばうと山の風　澤野禾穎
日の丸の影日の丸に紀元節　依田　小

バレンタインデー

―バレンタインの日《ひ》、バレンタインチョコ

二月十四日。ローマの聖バレンタイン殉教の日。鳥が交尾をはじめる日といわれ、女性が男性に愛を打ち明けてよいとされ、チョコレートの贈り物をしたりする。

老夫婦映画へバレンタインの日　景山筍吉
それではとバレンタインの日の受話器　石井みや
佛壇へバレンタインのチョコレート　佐久間清觀

涅槃会

ねはんえ
ねはんゑ

―涅槃像《ねはんぞう》、涅槃図《ねはんず》、涅槃寺《ねはんでら》、お涅槃《ねはん》、寝釈迦《ねじゃか》

陰暦二月十五日。釈迦が入滅した涅槃の日で、寺院でいろいろな催しがある。死の床に横たわった釈迦像が涅槃像、絵が涅槃図。釈迦の周りに生きとし生けるものすべてが集まって哀しみに耽っている。その日、団子や菓子が配られる。

土不踏ゆたかに涅槃したまへり　川端茅舎
なつかしの濁世の雨や涅槃像　阿波野青畝
焙りたる涅槃団子は耳の形《なり》　堀なでしこ

一夜官女

いちやかんじょ
いちやかんぢよ

―一時上臈《いっときじょうろう》

二月二十日、大阪・西淀川の住吉神社の奇祭。氏子の少女七人が巫女姿で献饌を行う。その日、団子や菓子が配られる。

あら薦にをさな官女や春冴ゆる　松瀬青々
鼻白く頬紅一夜官女かな　松澤静聴
眠さうに歩みて一夜官女かな　如月真菜

雛市

ひないち

―雛店《ひなだな》

雛祭の雛や道具類を売る市。デパートなどの人形売り出しセールも含めていい。

雛市の燈《ひとも》しころを雨が降る　石井露月
人の立つ後ろを通る雛の市　高浜虚子
雛市の一つ買ふのに迷ひけり　武田多美子

桃の節句

もものせっく

―桃《もも》の日《ひ》、雛《ひな》の節句《せっく》
⬇菊《きく》の節句《せっく》(秋)

三月三日の女の子の節句。雛祭の別名。

しめやかな雨も女の節句かな　蝶夢
桃の日や深草焼のかぐや姫　一茶
桃の日や蒸籠に荒き湯気立つて　川口未来

雛祭

ひなまつり

―雛《ひな》の客《きゃく》、雛《ひな》の宿《やど》、雛《ひな》の間《ま》、雛《ひな》の宴《えん》、雛遊《ひなあそび》

三月三日。雛を飾り、客をよんでご馳走し楽しく過ごす。

裏店《うらだな》や箪笥の上の雛まつり　几董
子なき人さびしからめと雛まつる　野見山朱鳥
雛祭男ばかりを育てあげ　瓜生律子

雛

ひな

雛人形《ひなにんぎょう》、内裏雛《だいりびな》、貝雛《かいびな》、立雛《たちびな》、紙雛《かみびな》、ひひな、古雛《ふるびな》、雛段《ひなだん》、雛飾《ひなかざ》る、雛道具《ひなどうぐ》

雛人形。内裏さまを中心に、官女、五人囃子、矢大臣、仕丁などを雛段に飾る。

草の戸も住み替はる代ぞ雛の家　芭　蕉

雛の座にかちかち山の屛風かな　相島虚吼

享保の雛を真中に二十畳　米田木綿

菱餅

ひしもち

白、緑、紅の三色の菱形の餅。三枚重ねて雛段に供える。

菱餅や雛なき宿もなつかしき　一　茶

菱餅や荒れに荒れたる沖つ波　梶川みのり

菱餅や家長は祖母の姉であり　小早川忠義

白酒

しろざけ

雛《ひな》の酒《さけ》、桃《もも》の酒《さけ》

蒸したもち米と味醂で作った甘い酒で、雛段に供える。

白酒の紐の如くにつがれけり　高浜虚子

白酒の酔ほのめきぬ長睫毛　富安風生

白酒や花の名もてる三姉妹　塚原琢ジロヲ

雛あられ

ひなあられ

雛菓子《ひながし》

雛段に供える美しい色のあられ。

雛あられ両手にうけてこぼしけり　久保田万太郎

雛あられ散らかしゆきし座敷童子《ざしきぼこ》　小原啄葉

見るたびに減りたる壇のひなあられ　幸田美沙

雛納め

ひなおさめ
ひなをさめ

雛祭の後、雛や道具類をしまうこと。また、その日。

老妻のひゝなをさめも一人にて　山口青邨

雛納め銚子はなさぬ官女たち　桜庭門九

雛納めみちのくはまだ深雪にて　堅　香子

雛流し

ひなながし

流《なが》し雛《びな》、雛送《ひなおく》り、捨雛《すてびな》

雛人形は本来、人のけがれを引き受けてくれる形代だったので、けがれた紙雛を三月三日の夕、川へ流す行事。

女の雛の髪ほぐれつつ波の間に　山口誓子

大部屋の役者来てゐる雛流し　田代早苗

舟までは巫女に抱かれて内裏雛　阿部もとみ

曲水

きょくすい

曲水《ごくすい》、曲水《きょくすい》の宴《えん》、盃流《さかずきなが》し

桃の節句に、平安の貴族が庭園の曲水に臨み、上流から流す盃が自分の前へ来るまでに詩歌を作り、盃を飲み干して、次へ流す宴を開いた。

曲水やひとりは酔ひて折烏帽子　麦　水

曲水の詩や盃に遅れたる　正岡子規

曲水や金鶏山を来し流れ　酒井四郎

鶏合《とりあわせ》《とりあはせ》

―闘鶏《とうけい》、賭鶏《かけどり》、勝鶏《かちどり》、負鶏《まけどり》

三月三日、宮中で行われた闘鶏。軍鶏を闘わせることは民間でいまも行われる。

蹴上げざま血に羽ばたける鶏合　福田蓼汀

闘鶏の眼つむれて飼はれけり　村上鬼城

鶏合せ金目のものを質に入れ　たなか迪子

お水取り《おみずとり》《おみづとり》

―修《しゅ》二《に》会《え》

三月十三日未明、奈良・東大寺二月堂で行われる修二会の中の行事。堂前の若狭井の水を汲み加持する儀式。大松明をふりかざすので「おたいまつ」ともいわれる。

水取りや氷の僧の沓の音　芭蕉

飛ぶ如き走りの行もお水取　粟津松彩子

お水取果てて撫でやる夜の鹿　佐保田乃布

春日祭《かすがまつり》

―申祭《さるまつり》

三月十三日の奈良春日大社の大祭。陰暦二月の上申の日を祭日としたので、申祭ともいう。

馬酔木咲く春日祭のまだ寒し　辻桃子

かんざしの額打つ春日祭かな　篠原喜々

長く垂れ春日祭の花あせび　野崎青山

浪花踊《なにわおどり》《なにはをどり》

三月十五日から十日間、大阪花街の春の踊り。

浪華踊見つゝはあれど旅疲れ　富安風生

舞の手や浪花踊は前へ出る　藤後左右

幕上がり浪花踊は花の中　大島幸景

彼岸会《ひがんえ》《ひがんゑ》

―彼岸参《ひがんまいり》、彼岸寺《ひがんでら》、彼岸講《ひがんこう》
➡彼岸《ひがん》(時)

春の彼岸に寺で先祖の供養をすること。

命婦よりぼた餅たばす彼岸かな　蕪村

彼岸会や一族のみな小柄なる　中小雪

長いこと座せる人あり彼岸寺　高橋涼

日迎《ひむかえ》《ひむかへ》

―日《ひ》送《おく》り

彼岸の中日に日の影を追って歩く古い習慣。午前を日迎え、午後を日送りという。

日迎への婆休みをり道の石　滝沢伊代次

神主も氏子も老いてお日迎　伊本乃笛

日迎や何でもつつむ新聞紙　富樫風花

開帳《かいちょう》《かいちやう》

―出開帳《でかいちょう》、居開帳《いかいちょう》

寺院で厨子を開き、秘仏を拝ませること。秘仏を他の地に移し、拝観させるのを出開帳という。

開帳や大きな頬の観世音　阿波野青畝

炎上をまぬがれたまひ出開帳　清原枴童

御開帳仏の鼻と真向へり　笠原風凜

河豚供養《ふぐくよう》《ふぐくやう》

―↓河豚《ふぐ》(冬)

三月下旬、下関で河豚を扱う業者が行う放生会。

大き河豚沈みて供養了りけり　水原秋櫻子

河豚供養六尺僧の眉の濃く　冨山いづこ

昼月の白々とある河豚供養　山崎冬雨

四月馬鹿《しがつばか》《しぐわつばか》

―エイプリル・フール、万愚節《ばんぐせつ》

四月一日。この日は相手をかついだり驚かしてもとがめられないという西洋の風習。

みごもりしことはまことか四月馬鹿　安住　敦

四月馬鹿梅大福の中に種　豊田のびる

格好の相手不在も万愚節　石井鐐二

春祭《はるまつり》

―↓祭《まつり》(夏)

春に行われる祭。本来、作物の豊穣を祈ることが主だった。

谷々に乗鞍見えて春祭　前田普羅

春祭宿の障子をあけて見る　大野林火

くり返し掏摸に注意と春祭　脇坂うたの

謝肉祭《しゃにくさい》

―カーニバル

カトリックの四旬節の前の祭。仮面をつけて飲み、踊る。ブラジル、リオのカーニバルが有名。

巨いなる木沓ひきずり謝肉祭　影山俊介

花器の肌黒く冷たく謝肉祭　金子篤子

金色の羽毛ゆれくる謝肉祭　相沢　碧

復活祭《ふっかつさい》《ふつくわつさい》

―イースター、染卵《そめたまご》、イースターエッグ

キリストの復活を祝う祭日。色づけした卵を贈答する風習がある。

百穴に百の顔ありて復活祭　西東三鬼

藪を透く桃のさかりよ復活祭　木下夕爾

階段は大理石にてイースター　増田真麻

仏生会《ぶっしょうえ》《ぶつしやうゑ》

灌仏会《かんぶつえ》、花祭《はなまつり》、誕生仏《たんじょうぶつ》、浴仏《よくぶつ》、誕生会《たんじょうえ》

四月八日の釈迦の誕生を祝う法会。

ぬかづけばわれも善女や仏生会　杉田久女
跣足にて婆が物売る仏生会　阿部みどり女
花まつり頭陀袋から電話鳴り　村田かつら

花御堂《はなみどう》《はなみだう》

高花《たかばな》、天道花《てんとうばな》、花《はな》の塔《とう》

さまざまな花で屋根を葺いた仏生会の御堂。中に子どもの姿をした誕生仏を安置し、参詣人が甘茶をそそぐ。

山寺や五色にあまる花御堂　蓼太
門前にあをあをと海花御堂　高野素十
花御堂細き柱に守られて　田口ひいな

甘茶《あまちゃ》

甘茶寺《あまちゃでら》、甘茶仏《あまちゃぶつ》

木甘茶の葉と甘草の根を煎じたもので薄甘い。釈迦の産湯になぞらえた。

雀らがざぶざぶ浴びる甘茶かな　一茶
地を指せる御手より甘茶おちにけり　中村草田男
淹れたての湯気立つ桶や甘茶仏　下泉暁

義士祭《ぎしまつり》

義士祭《ぎしさい》
➡討入《うちいり》の日《ひ》、義士会《ぎしかい》（冬）

吉良上野介《きらこうずけのすけ》を討ち果たした赤穂義士隊をしのぶ祭。東京・高輪の泉岳寺や赤穂義士ゆかりの赤穂城跡などで四月一日から行われる。

義士祭香煙帰り来ても匂ふ　石田波郷
曇天の花重たしや義士祭　石川桂郎
ぬかるみに足をとらるも義士祭　田代草猫

蘆辺踊《あしべおどり》《あしべをどり》

四月一日から。大阪・南の芸妓が文楽座で演じる。

誘ひたる蘆辺踊に誘はるる　高浜虚子
かんばせに蘆辺踊のはねの雨　後藤夜半
そろひては蘆辺踊の指す手かな　伊藤嘉子

東踊《あずまおどり》《あづまをどり》

四月一日から。東京・新橋の芸妓が新橋演舞場で演じる。

わが知れる東踊の老妓はも　山口青邨
たれかれのうはさの東踊かな　下田実花
浜町の生まれと東踊の妓　倉田百生

都踊

みやこおどり
みやこをどり

――都《みやこ》をどり

四月一日から。祇園の芸妓が京都の歌舞練場で演じる。

都踊はヨーイヤサほゝゑまし　京極杞陽

傘さして都をどりの篝守　後藤夜半

都踊おいど低くと八千代師は　柳川一球

安良居祭

やすらいまつり
やすらゐまつり

――今宮祭《いまみやまつり》、花踊《はなおどり》

四月十日。京都の今宮神社の花鎮めの祭。

やすらひの花よふまれな跡なる子　暁台

囃されて安良居の花に転びけり　松瀬青々

安良居の紅《くれなゐ》の傘見えるのみ　下沢みか

御身拭

おみぬぐい
おみぬぐひ

四月十九日、京都・嵯峨の清涼寺釈迦堂で、本尊の扉を開き紫衣の寺僧が白布で仏身を拭く儀式。

食うて寝は牛になりけり御身拭　高浜虚子

垂れたまふみ手にかくれて御身拭　田中王城

御仏のふし眼に御身拭はるる　伊本萌黄

十三詣

じゅうさんまいり
じふさんまゐり

――知恵貰《ちえもら》い、知恵詣《ちえもうで》

四月十三日。十三歳の男女が着飾って虚空蔵菩薩に詣で知恵を貰い福徳を祈る。京都・嵯峨の法輪寺が盛ん。

人の子の花の十三参かな　松根東洋城

臈たけし母をしたがふ智恵詣　後藤夜半

沓脱に十三詣の紅鼻緒　横山信子

壬生念仏

みぶねんぶつ

――壬生狂言《みぶきょうげん》、壬生祭《みぶまつり》、壬生《みぶ》の鉦《かね》

四月二十一日から七日間、京都・壬生寺で行われる大念仏会。面をつけた無言の狂言が有名。

鬼が出て泣く子笑ふ子壬生念仏　中田余瓶

壬生念仏楽屋でどんと何の音　大倉濠

路地までを壬生念仏の鉦の音　鹿野貞々

聖霊会

しょうりょうえ
しやうりやうゑ

――太子会《たいしえ》、太子忌《たいしき》、貝《かい》の華《はな》

四月二十二日、大阪・四天王寺での聖徳太子の忌日法会。四隅に貝殻の華を立てた舞台で舞楽が行われる。法隆寺でも行われる。

そこを掃けかしこを拭へ聖霊会　杏廬

太子会の夢殿秘仏現じけり　水原秋櫻子

貝の華てふ菓子売りて聖霊会　永井珠

先帝祭《せんていさい》

先帝会《せんていえ》

四月二十三日から三日間、下関・赤間神宮で。壇ノ浦に入水した安徳天皇を弔う法会。女臈道中や船合戦がある。

春の潮先帝祭も近づきぬ　高浜虚子

波うれふ藻屑いろ屑先帝祭　庄司瓦全

島蔭に夕日落ちゆく先帝祭　山本青彦

水口祭《みなくちまつり》

さんばい祭《まつり》、苗代祭《なわしろまつり》、田祭《たまつり》

苗代の水口に幣《ぬさ》や五十串《いぐし》、花枝などを立てて田の神、水の神、さんばい様を祀ること。

小魚まで遊ぶ水口祭かな　柳几

撒き米の白く水口祭られし　丹野斗星

水口の水のさざめく祭かな　岩田玲子

鐘供養《かねくよう》《かねくやう》

晩春に寺で行われる梵鐘の供養。和歌山県の道成寺や東京・品川の品川寺《ほんせんじ》が有名。

畑打や木の間の寺の鐘供養　蕪村

座について供養の鐘を見上げけり　高浜虚子

いつせいに鳩飛び立つや鐘供養　窪田十六

みどりの日《みどりのひ》

五月四日。国民の祝日。

虎の尾の増えすぎたるもみどりの日　藤本則

磯波は石ころがしてみどりの日　二川はなの

プランターに蒔かぬ芽の出てみどりの日　山内雅子

昭和の日《しょうわのひ》《せうわのひ》

四月二十九日。六十四年にも及んだ昭和時代を記念する国民の祝日で、もとは昭和天皇の誕生日を寿ぐ祝日、天皇誕生日だった。

昭和の日あせし写真の原節子　小野寺真弓

志ん生に聴き入る夜も昭和の日　大谷朱門

遺言の下書終へて昭和の日　阿部もとみ

ゴールデンウィーク

黄金週間《おうごんしゅうかん》

四月二十九日の昭和の日から始まり、憲法記念日、みどりの日、こどもの日をつなぐ長い休日。土日の休みを含めると一週間をこす大型連続休暇も可能。

黄金週間この草にこの名あり　坂谷小萩

ゴールデンウィーク南座に鴫きて　辻桃子

大連休太腿なんと無責任　草野ぐり

メーデー

労働祭《ろうどうさい》、メーデー歌《か》

五月一日、労働者が集まる祭日。

ねむき子を負ひメーデーの後尾ゆく　佐藤鬼房

貨車行くに線路あまたやメーデー歌　ささ南風

メーデーのとん汁二杯おかはりす　あべふみ江

どんたく

五月三日、九州・博多の祭。松囃子がにぎやか。

どんたくの鼓の音のもどりたる　吉岡禅寺洞

どんたくの鼓をさげてはぐれたる　井上烏三公

どんたくの紅い電気が灯りたる　芹野はつ

御影供《みえいく》

空海忌《くうかいき》、みえく、御室詣《おむろもうで》、高雄山女詣《たかおさんおんなもうで》、弘法忌《こうぼうき》、大師忌《だいしき》

四月二十一日。真言宗の宗本山、京都・東寺で行われる弘法大師空海の忌日法会。高野山でも行われる。

御影供や人に埋もるる壬生朱雀　太祇

御影供やさらぬ小寺の花も見る　松瀬青々

嗚呼嗚呼と鴉呼び交ふ空海忌　平岡喜久乃

御忌《ぎょき》

――法然忌《ほうねんき》、御忌小袖《ぎょきこそで》、弁当始《べんとうはじめ》、衣裳競《いしょうくら》べ

四月二十五日。浄土宗寺院で行われる法然上人の忌日法会。京都では行楽のための弁当始、衣裳競べともいう。

なには女や京を寒がる御忌詣　蕪村

ぞろぞろと弁当始の女坂　横井葵

かつがれて片寄る餅や法然忌　夏秋明子

光悦忌《こうえつき》《くわうえつき》

陰暦二月三日。江戸初期の芸術家、本阿弥光悦の忌日。京都市北区の光悦寺で修忌。

洛北の径知り来つ光悦忌　松瀬青々

光悦忌光悦垣に添うて来し　辻桃子

羹にそよぐ金箔光悦忌　井ケ田杞夏

祇王忌《ぎおうき》《ぎわうき》

陰暦二月十四日。『平家物語』で有名な白拍子、祇王の忌日。京都・嵯峨の祇王寺に隠栖したといわれる。

祇王忌や有髪ながらに弟子の尼　森桂樹楼

祇王忌の象牙色して尼の肌　いさ桜子

祇王忌の障子を閉めよ香焚かむ　前壽人

西行忌《さいぎょうき》《さいぎやうき》

陰暦二月十五日。西行法師の忌日。〈願はくは花の下にて春死なむそのきさらぎの望月のころ〉の歌から、この日を忌日としている。

かわ〳〵と松に鴉や西行忌　阿波野青畝

栞して山家集あり西行忌　高浜虚子

西行忌吉野全山さへづれり　松永月海

利休忌《りきゅうき》《りきうき》

陰暦二月二十八日。茶人、千利休の忌日。三月二十七、八日に墓所のある京都・大徳寺で追善茶会が行われる。

利休忌のわが庭一塊の石もおかず　山口青邨

利休忌や織部の庭にをみならは　中村若沙

利休忌の忌む花あれば心せよ　立松けい

其角忌《きかくき》

――晋翁忌《しんおうき》

陰暦二月二十九日、芭蕉の高弟、宝井其角の忌日。

其角忌や燕出そめし芝の浦　増田龍雨

わびさびはふどしのあたり晋翁忌　加藤郁乎

其角忌や加藤郁乎と飲むことも　青沼克

人丸忌《ひとまるき》

――人麿忌《ひとまろき》

陰暦三月十八日。万葉集の代表的な歌人、柿本人麿の忌日。四月十八日、兵庫県明石市の柿本神社で例祭がある。

石見のや月も朧の人丸忌　召　波
人麿とつたへし像をまつりけり　水原秋櫻子
明石には大橋かかり人丸忌　大塚純一

小町忌《こまちき》

――小野小町忌《おののこまちき》

陰暦三月十八日、平安時代の歌人、小野小町の忌日。『古今集』などの作者であり、絶世の美女とされるが没年はわからない。

小町忌の干菓子ぞ舌にとろけたる　伊野ゆみこ
小町忌やゆるりゆるりと糸車　浅野洋子
小町忌の鯛めし少し焦がしけり　山田こと子

不器男忌《ふきおき》

二月二十四日。俳人、芝不器男の忌日。〈あなたなる夜雨の葛のあなたかな〉などの句で彗星の如く現れ、明治四十二年に二十七歳で没。

みつけても紛るる星や不器男の忌　小川邦抹
慟哭も溜息もまた不器男の忌　倉持万千
草の芽を籠に摘みては不器男の忌　瀬田鹿の子

多喜二忌《たきじき》

二月二十日。『蟹工船』で知られ、官憲の拷問で虐殺されたプロレタリア作家、小林多喜二の忌日。

多喜二忌や糸きりきりとハムの腕　秋元不死男
裏路地はぬかるみしまま多喜二の忌　黒木千草
漫画版『蟹工船』も多喜二の忌　谷　いくこ

立子忌《たつこき》

三月三日。俳人、星野立子の忌日。虚子の娘で「玉藻」を主宰。

立子忌と思へば雛の顔淋し　山本竜雄
立子忌の雪解かす雨頼もしく　安部元気
雛飾り終へて立子の忌なりけり　永井　珠

三鬼忌《さんきき》

四月一日。新興俳句運動の旗手、西東三鬼の忌日。

三鬼忌のハイボール胃に鳴りて落つ　楠本憲吉
支那街に揺るる焼肉西東忌　秋元不死男
三鬼忌の明日神戸へ行くといふ　夏秋明子

虚子忌《きょしき》―椿寿忌《ちんじゅき》

四月八日。俳人、高浜虚子の忌日。俳誌「ホトトギス」を継承。客観写生、花鳥諷詠を唱え、多くの弟子を育てた。

虚子忌とは斯く墨すりて紙切りて　星野立子
虚子の忌のさくら漾《ただよ》ふ水の面　石塚友二
虚子の忌ののどにかかりし鯛の骨　いけだきよし

啄木忌《たくぼくき》

四月十三日。歌人、石川啄木の忌日。

啄木忌われから捨てし職を恋ふ　安住　敦
世渡りの下手な吾なり啄木忌　前　壽人
抽斗に貝殻一つ啄木忌　吉田さよこ

阿国忌《おくにき》―阿國忌《おくにき》

四月十五日。出雲の阿国の忌日。

お国忌や旅に果つべき下座あはれ　吉田狂草
阿国忌や旅路の中の杉並木　北野民夫
伴奏は手拍子なるぞ阿国の忌　鈴木　潮

蓮如忌《れんにょき》

陰暦三月二十五日。浄土真宗中興の祖、蓮如上人の忌日。

なつかしき鐘の蓮如忌曇りかな　大谷句仏
蓮如忌やをさな覚えの御文章　富安風生
蓮如忌を降りては雪のまた晴れて　下條かほる

達治忌《たつじき》―鷗忌《かもめき》

四月五日。詩人、三好達治の忌日。鷗忌とも呼ぶ。

達治忌の旅の鷗を見て立てり　平野玄三
はなびらのあはれと声や達治の忌　涌井百星
達治忌の四隅にしかと蔵書印　ふく嶋桐里

百閒忌《ひゃくけんき》

四月二十日。小説家、内田百閒の忌日。

からかひて虎魚に刺さる百閒忌　飯塚すなお
万愚節すぎて二十日や百閒忌　いけだきよし
こりこりと固きさざえも百閒忌　根岸かなた

荷風忌《かふうき》

四月三十日。小説家、永井荷風の忌日。

ぬんめりと鯉が顔出す荷風の忌　辻　桃子
かつ丼を食うてロック座荷風の忌　亀尾馬空
荷風忌の金春通り金春湯　藤井なづ菜

修司忌《しゅうじき》

五月四日。詩人、俳人、劇作家寺山修司の忌日。

納屋にある人力飛行機寺山忌　ロバート池田
追ひかける麦藁帽子修司の忌　河原阿也
修司忌やハッカパイプをすうと吸ひ　斉藤夕日

獣交る《けものさかる》

狐、狸、栗鼠、猿、犬、馬、牛などの動物の交尾期。鳴き声がうるさくなる。

犬交《いぬさか》る、獣《けもの》つるむ、かまい時《どき》、種付《たねつ》け

東京湾だるま船上犬交る　辻　桃子
種つけの医師の来てをる牛舎かな　黒川　了
獣交る動物園は裏山に　日野春日子

落し角《おとしづの》

晩春から初夏にかけて抜け落ちる牡鹿の角。秋口に新しい角が生える。

鹿《しか》の角落《つのお》つ、忘《わす》れ角《づの》
⬇袋角《ふくろづの》（夏）、鹿《しか》の角切《つのきり》（秋）

角おちてはづかしげなり山の鹿　一　茶
角落す鹿や嵯峨野の草の雨　紫　暁
角落とし鹿さわさわとかけゆけり　天野更紗

猫の恋《ねこのこい》《ねこのこひ》

恋猫《こいねこ》、浮《う》かれ猫《ねこ》、猫《ねこ》の彼《かれ》、猫《ねこ》の夫《つま》、猫《ねこ》の妻《つま》、通《かよ》う猫《ねこ》、猫《ねこ》さかる、春《はる》の猫《ねこ》

早春の猫の発情期。うるさく鳴き、家を出て何日も帰らないこともある。

順礼の宿とる軒や猫の恋　蕪　村
おそろしや石垣崩す猫の恋　正岡子規
鎌倉の長谷に宿れば猫の恋　中村時人
恋猫に育てられぬといひ聞かせ　大島　節

猫の子《ねこのこ》

猫は一年中生まれるが春が一番多い。一回に四〜六匹生まれ、三週間ほどで遊び始める。

子猫《こねこ》、馬《うま》の仔《こ》、犬《いぬ》の仔《こ》、猫《ねこ》の親《おや》、親猫《おやねこ》、孕猫《はらみねこ》、仔馬《こうま》、孕馬《はらみうま》

猫の仔の鳴く闇しかと踏み通る　中村草田男
竹藪を子猫の出るはまた出るは　中　小雪
顔中でミルクのみをる子猫かな　山田こと子

蛇穴を出る《へびあなをでる》

冬眠していた蛇は、暖かくなると穴を出てくる。

蛇出《へびい》づ
⬇蛇《へび》（夏）

蛇穴を出でて石垣の春の水　河東碧梧桐
蛇穴をいでて耕す日に新た　飯田蛇笏
蛇穴を出て水音をききにけり　三橋鷹女

地虫穴を出る《じむしあなをでる》《ぢむしあなをでる》

冬の寒い間は地中にいた虫の幼虫、さなぎ、成虫が陽気に釣られて地上に出てくること。

地虫出《じむしい》づ
⬇地虫鳴《じむしな》く（秋）

東山はればれとあり地虫出づ　日野草城
走り根のがんじがらめを地虫出づ　倉橋羊村
穴を出て何の地虫ぞころころと　前田風人

蜥蜴穴を出る
とかげあなをでる

蜥蜴《とかげ》出《い》づ
➡蜥蜴《とかげ》（夏）

冬眠していた蜥蜴が穴から出てくること。

蜥蜴出て既に朝日にかがやける　山口誓子
蜥蜴出て砂糖工場の裾を攀づ　石田波郷
蜥蜴出て執事のごとく進みけり　高橋らら

蟻穴を出る
ありあなをでる

蟻《あり》出《い》づ
➡蟻《あり》（夏）

穴で冬ごもりしていた蟻が、ぞろぞろ穴から出てくること。

蟻穴を出でぬゆたかに松老いて　山田文男
蟻出でし穴は日照りて濃紫　中村汀女
蟻穴を出てすぐ蟻とすれ違ふ　山崎ひさを

熊穴を出る
くまあなをでる

熊《くま》出《い》づ、出熊猟《でぐまりょう》

雪解けのころ、熊が大木の根元の洞から出てくること。雌は子犬のような子熊を連れていることもある。

熊穴を出るや節々痛みたる　伊藤敏太
熊穴を出づや宮沢賢治読む　岡田龍子
熊穴を出づる錆びつく熊の檻　津島　泉

おたまじやくし

お玉杓子《たまじやくし》、蝌蚪《かと》、蛙の子《かわず》、蛙子《かえるご》、蝌蚪《かと》の紐《ひも》、数珠子《じゅずこ》、蛙生《かえるうま》る

蛙の子。蝌蚪の紐、数珠子は孵化前の紐状の卵。

川底に蝌蚪の大国ありにけり　村上鬼城
おたまじやくし集つてゐる甕のふち　大久保りん
蝌蚪以上蛙未満や足尻尾　星野満月

蛙
かえる
かへる

かわず、初蛙《はつかわず》、昼蛙《ひるかわず》、夕蛙《ゆうかわず》、遠蛙《とおかわず》、牛蛙《うしがえる》
➡雨蛙《あまがえる》（夏）

冬眠からさめ、地上に出ると鳴き始める。産卵するとまた地中に戻る。

見返るや我が足ふんでゆく蛙　信　徳
蛙啼く田の水うごく月夜かな　闌　更
眠からう眠たからうと遠蛙　畔倉あやめ

亀鳴く
かめなく

亀《かめ》の看経《かんきん》

亀は鳴かないが、春の夕方、なんだか亀が鳴いているようだという空想的な季語。藤原為家の〈川越のをちの田中の夕闇に何ぞと聞けば亀の鳴くなる〉の歌が典拠とされる。

亀鳴くや皆愚かなる村の者　高浜虚子
亀鳴くや言へば角立つことばかり　安住　敦
亀鳴けり忘るなとはた忘れよと　佐藤明彦

初蝶
はつちょう
はつてふ

蝶生《ちょううま》る、初蝶来《はっちょうく》

その年に初めて見る蝶。三月中に出ることが多い。

初蝶来何色と問ふ黄と答ふ　高浜虚子
初蝶のぎくしやくよぎる竹林　岡　ともこ
初蝶にてふてふてふてふとうたひけり　渡辺はな

蝶　ちょう　てふ

蝶々《ちょうちょ》、紋白蝶《もんしろちょう》、胡蝶《こちょう》
↓凍蝶《いてちょう》(冬)

蝶は四季見られるが、蜜を吸いに花に集まる姿などから、単に蝶といえば春の季語。

蝶々や昼は朱雀の道淋し　麦水
とらへたる蝶の足《あ》がきのにほひかな　中村草田男
蝶々の影のぺたりと土の上　小川春休

蜂　はち

蜜蜂《みつばち》、足長蜂《あしながばち》、熊蜂《くまばち》、蜂《はち》の子《こ》、蜂《はち》の巣《す》、すがる、蜂飼《はちかい》、蜂《はち》の箱《はこ》
↓冬《ふゆ》の蜂《はち》(冬)

国内だけでも千種を超す。よく目につくのは足長蜂、蜜蜂。四季見られるが目につきやすくなるため春の季語。

腹立てて水呑む蜂や手水鉢　太祇
蜂の尻ふはふはと針をさめけり　川端茅舎
やりすごす蜂に重たき唸りあり　空野草子

虻　あぶ

花虻《はなあぶ》、牛虻《うしあぶ》

ぶーんとうなりながら勢いよく飛び、人や牛馬を刺して血を吸う。目につきやすいのは、花の蜜を吸う花虻。

草の戸や花を尋る虻の声　圃丈
開けはなす障子に虻の流れ入る　本田あふひ
花虻や遍路の水に浮かびけり　安部元気

春の蚊　はるのか

初蚊《はつか》、春蚊《はるか》
↓蚊《か》(夏)

成虫で冬を越した蚊。声は弱々しい。

春の蚊の行灯にとまる雨夜かな　袴仙
春の蚊よ竹林に風呂焚きつけて　北原白秋
春の蚊や暗がり出でて暗がりへ　ふく嶋桐里

蝿生る　はえうまる　はへうまる

春《はる》の蝿《はえ》、蝿《はえ》の子《こ》
↓蝿《はえ》(夏)

暖かくなるとともに生まれた蝿。寒さに耐えて生き残ったのは「春の蝿」。

つくばひの杓に点じて蝿生る　富安風生
生れたるばかりの光る蝿一つ　後藤夜半
なま乾く馬糞うましや春の蝿　中島斌雄

蚕　かいこ　かひこ

蚕《こ》、春蚕《はるこ》
↓夏蚕《なつご》飼《か》う(夏)

四月ごろ孵化し、絹糸を吐いて繭を作り、蛹になる。単に蚕といえば春蚕を指し、夏蚕、秋蚕と区別する。

月更けて桑に音ある蚕かな　召波
宵からの雨に蚕の匂かな　成美
そろそろとお蚕さまの透けてきし　関口こごみ

春蝉

はるぜみ

春蝉《しゅんせん》、春《はる》の蝉《せみ》、松蝉《まつぜみ》
⬇蝉《せみ》(夏)

蝉の一種。松林でぎいーぎいーと鳴く。普通の蝉は夏に生まれる。

春蝉にひる三日月のたしかさよ　石橋秀野
春の蝉餉をとる母子に遠きより　飯田龍太
春蝉の声やら山の音なるや　宮島としを

春の鳥

はるのとり

貌鳥《かおどり》、呼子鳥《よぶこどり》、春禽《しゅんきん》

繁殖期に入り、渡りをし、換羽して美しくなった鳥一般を指す。

顔鳥に顔を並べて長閑《のどか》なり　成美
行《ゆき》〳〵て道失へば呼子鳥　伊藤松宇
客去れば春禽石に降りきたる　水原秋櫻子
なつかしき声たてたるよ春の鳰　西沢爽
春禽のさわがしきほど東大寺　麦野秋

花鳥

はなとり

花《はな》に鳥《とり》

古来花と鳥、また花に宿る鳥を指す。花鳥風月、花鳥画などの言葉もある。

花鳥に何うばはれてこのうつつ　鬼貫
花に入る鳥や招かん須磨の緑　惟然
あけがたの花に鳥来てにぎはしや　松野久治

百千鳥

ももちどり

いろいろの小鳥が群れて囀ること。

河上は柳かうめか百千鳥　其角
百千鳥杣も知らざる径なり　佐藤紅緑
茶畑を走り飛び散り百千鳥　藤野靖也

鶯

うぐいす
うぐひす

初音《はつね》、鶯《うぐいす》の谷渡《たにわた》り、鶯合《うぐいすあわせ》
⬇老鶯《ろうおう》(夏)、笹鳴《ささなき》(冬)

初音は、その年初めてきく鶯の声。ケキョケキョケキョと続けざまに鳴くのを「鶯の谷渡り」という。

鶯や浅香の山のふところに　宗因
ほのかなるうぐひす聞きつ羅生門　来山
うぐひすや一寸鳴いてみ隠れてみ　藤森かずを

鷽

うそ

琴弾鳥《ことひきどり》
⬇鷽替《うそかえ》(新)

雀よりやや大きく黒、青灰色や紅の美しい鳥。ヒューヒューと悲しげに鳴き、大群で渡ってくる。

鷽鳴くや八角堂の朝ぼらけ　淡々
啄みて啄みて鷽近づき来　安部元気
鷽飛ぶや御詠歌の鈴一斉に　大島節

頬白《ほおじろ／ほほじろ》

雀大で、目の上下に白斑が目立つ。各地の低山で年中見られるが、囀りを主として春季とする。

頬白や下枝下枝の芽ぐむ間を　中村汀女

暮れかねて鳴く頬白に田の青し　阿部ひろし

頬白に蜜柑を付けてやりにけり　津田久史

燕《つばめ》

燕《つばくら》、燕《つばくらめ》、燕《つばくろ》、燕来《つばめく》る、初燕《はつつばめ》、乙鳥《つばめ》、朝燕《あさつばめ》、夕燕《ゆうつばめ》、岩燕《いわつばめ》

↓燕帰《つばめかえ》る(秋)

尾の長いスマートな体ですいすいと飛ぶ。人家の軒下などに巣を作る。ほとんどの燕は春、南から来て、秋に帰る。

酒旗につばめ吹かるる夕かな　召波

新しき黒き頭の燕かな　相島虚吼

駅長の見守る燕みな育つ　井上雅

雲雀《ひばり》

初雲雀《はつひばり》、揚雲雀《あげひばり》、雲雀籠《ひばりかご》、雲雀笛《ひばりぶえ》

垂直に舞い上がり、とどまりながら朗らかに囀る。世界中で詩歌に詠われる。雲雀を呼ぶために鳴声に擬して作った笛が雲雀笛。

朝ごとに同じ雲雀か屋根の空　丈草

くさめして見失うたる雲雀かな　也有

雲雀鳴く双眼鏡をまたかざし　西川千晶

小綬鶏《こじゅけい》

きじ科で矮鶏《ちゃぼ》ほどの大きさ。雑木林などで「ちょっとこい」と聞こえるのですぐわかる。近年外国から入って繁殖した。

小綬鶏の筍掘りをおどろかす　遠藤正年

声高に小綬鶏が統ぶ雑木山　いけだきよし

小綬鶏の歩み止め鳴く木の間かな　上田寿々女

雉《きじ》

雉子《きじ》、きぎす、山鳥《やまどり》

本州、四国、九州にしかいない日本の固有種。鋭くケンケンと鳴き、長い尾で高い羽音をたてて飛び立つ。

雉啼くやけふも人なき関を守る　大魯

雉子おりて長き尾をひく岩の上　村上鬼城

雉子鳴くや津軽家御用なる菓子舗　今泉如雲

山椒喰《さんしょくい／さんせうくひ》

鵙《もず》くらいの大きさの鳥。「山椒を喰って、ひーからから」と鳴くといわれる。

山椒喰櫟は花を垂れそめし　山谷春潮

風くれば檜原したたり山椒喰　石田波郷

昼の湯や山椒喰のひりひりりん　篠原喜々

鳥帰る

とりかえる
とりかへる

帰《かえ》る鳥《とり》、鳥《とり》引《ひ》く、引鳥《ひきどり》
⬇渡《わた》り鳥《どり》（秋）

日本で越冬した渡り鳥が、春、繁殖地の北方へ帰ること。

岩木峰を目の下にして鳥帰る　辻　桃子
鳥帰る西郷どんは踏んばつて　佐保田乃布
鳥帰る首の長いの短いの　小野内雅子

海猫渡る

うみねこわたる

海猫《ごめ》渡《わた》る、ごめ渡《わた》る、ごめ来《く》る
⬇海猫《ごめ》帰《かえ》る（秋）

鷗の仲間の海猫が、北から繁殖のために渡ってくること。

海猫渡る煉瓦倉庫を列ねては　北野耿々子
海猫渡る港の凪へ船入り来　亀谷麗水
風紋に轍くつきり海猫渡る　伊野ゆみこ

鶴帰る

つるかえる
つるかへる

引鶴《ひきづる》、鶴《つる》引《ひ》く、帰《かえ》る鶴《つる》
⬇鶴《つる》来《く》る（秋）

三月ごろ、繁殖地の北方へ帰る鶴。

引鶴や蘆辺を出て浦の松　官　橋
鶴引くや丹頂雲を破りつつ　松根東洋城
鶴引いて幔幕風に煽らるる　藤　なぎさ

雁帰る

かりかえる
かりかへる

帰雁《きがん》、行《ゆ》く雁《かり》、名残《なごり》の雁《かり》、春《はる》の雁《かり》、残《のこ》る雁《かり》
⬇雁《かり》来《く》る（秋）

三月下旬ごろ、北へ帰る雁。帰らずに残っているのは、「春の雁」「残る雁」。

雨と見て戸ざす茶店や雁帰る　佐藤紅緑
大山の全き日なり雁帰る　田村木国
かりがねの帰る湯香の湯気ほのと　小枝八重

鴨帰る

かもかえる
かもかへる

引鴨《ひきがも》、鴨《かも》引《ひ》く、帰《かえ》る鴨《かも》、行《ゆ》く鴨《かも》
⬇鴨《かも》来《く》る（秋）

越冬していた鴨は三月から五月にかけて、風を見て一群ずつ繁殖地の北方へ帰ってゆく。

鴨帰り俄に青し土手の草　石塚友二
風除を出てかざす手に鴨引くよ　皆吉爽雨
鴨帰る大河を白き帯として　今井桃青

白鳥帰る

はくちょうかえる
はくてうかへる

残《のこ》る白鳥《はくちょう》

群れごとに北へ飛び立ってゆく。残っているのは、「残る白鳥」という。

白鳥は帰りつつ月育ちつつ　村上三良
白鳥の帰る仕度か集ひ啼き　酒井秋涼
大き影落とし白鳥帰り行く　富樫風花
白鳥の残つてをるが泥まみれ　斉藤夕日

残る鴨

のこるかも

春《はる》の鴨《かも》、残《のこ》り鴨《がも》
⬇通《とお》し鴨《がも》（夏）

北に帰らず残っている鴨。遅くまでいる小鴨のほか、怪我などで渡りができない鳥もある。軽鴨は留鳥だから、これにあたらない。

つらなれる芥の沖の残り鴨　五十嵐播水

残る鴨禁猟の日のまぢかにて　野田遊星

鳥雲に入る

とりくもにいる

鳥雲《とりくも》に
⬇鳥曇《とりぐもり》（天）

雁や白鳥が一群ずつ雲間に消えて見えなくなること。

鳥雲に入りて草木の光りかな　闌更

ぐんぐんと高度を上げて鳥雲に　笛木かりん

上ばきの一足のこり鳥雲に　菅原よし乃

囀

さえずり
さへづり

囀《さえず》る

春の繁殖期に、小鳥が求愛や縄張り誇示のため高く鋭く鳴くこと。春らしくのどかな感じ。

囀やあはれなるほど喉ふくれ　原石鼎

囀の怱ち止みし羽音かな　篠原温亭

囀や其角一門てふ旧家　田村三合

鳥交る

とりさかる

鳥《とり》つるむ、鶴《つる》の舞《まい》、鳥《とり》の恋《こい》

鳥の交尾期。孔雀の雄が羽を広げたり、鶴が雌の前で求愛のダンスをするなど種々の動作をする。

夜明より声を尽しぬ交り鳥　高田蝶衣

塵取に尚吹く風や鳥交る　飯田蛇笏

ぬかるみのあらかた乾き鳥の恋　田口ひいな

鳥の巣

とりのす

燕《つばめ》の巣《す》、巣籠《すかご》、雀《すずめ》の巣《す》、鴉《からす》の巣《す》、古巣《ふるす》、孕鳥《はらみどり》、鳥《とり》の卵《たまご》、鳥《とり》の雛《ひな》、ひよこ

樹上、藪、畑、人家などに作り、雛を育てる。

鳥の巣にあてがうておく垣根かな　一茶

鳥の巣の中をさらして育てをり　如月真菜

鳥の巣をオペラグラスの十四人　桜庭門九

雀の子

すずめのこ

子雀《こすずめ》、雀《すずめ》の雛《ひな》、親雀《おやすずめ》

約十日で孵化、二週間ほどで巣立つと、親鳥が飛び方、餌の取り方などを教える。

すずめ子や書写の机のほとり迄　召波

子雀や遠く遊ばぬ庭の隅　尾崎紅葉

雀の子熱ある我に声やまず　とどろき琴

巣箱　すばこ

野鳥のために掛ける。場所、高さなどを選ばないと、上手に入ってこない。

病室に巣箱作れど燕来ず　石田波郷
かたむきしまゝの巣箱や抱卵期　島崎秀風
椋の木の高きにかけし巣箱かな　木下あろ波

桜鯛　さくらだい　さくらだひ

花見鯛《はなみだい》
➡寒鯛《かんだい》（冬）

産卵期の鯛。腹が桜色を帯び、内海に群をなして来る。

庖丁を取りて打撫で桜鯛　松本たかし
この浦の旅籠の古りて桜鯛　岩倉淡風
酢に〆てしろがね光り桜鯛　糸井潮村

魚島　うおじま　うをじま

魚島時《うおじまどき》

鯛や鰆が産卵に押し寄せ、海面が盛り上がって島のように見えること。またその時期も指す。

魚島や伊豫の松山温泉の国　高浜虚子
魚島の潮かがやきに網入るる　竹下陶子
魚島や寺の太鼓を叩きもし　辻　桃子

眼張　めばる

黒《くろ》めばる、赤《あか》めばる、金《きん》めばる、目張船《めばるせん》

フサカサゴ科、全長約20㎝。目玉が大きく、煮つけにすると美味い。磯に住む。

裏口をとんとん叩くめばる売　田代草猫
かみさんは幼馴染みやめばる買ふ　橋本　薫
なつかしき古九谷皿やめばる盛る　飯山ゆうこ

鰊　にしん

春告魚《にしん》、鰊群来《にしんくき》、鰊干《にしんほ》す、鰊漁《にしんりょう》、鰊空《にしんぞら》
➡数《かず》の子《こ》（新）

ニシン科。約35㎝。かつての北海道は豊漁で賑わった。群で押し寄せるのが鰊群来。全く獲れなくなったが、近年は回復の兆しが見えている。

樺太の天ぞ垂れたり鰊群来　山口誓子
鰊くさき雨が降るなり礼文島　明石黙堂
鰊来ず亡き姑の浜ことば　川村すずらん
焼きたての春告魚《にしん》の焦げも夕の市　古川くるみ

鮊子　いかなご

こうなご、かますじゃこ、鮊子干《いかなごほ》す

イカナゴ科。約25㎝。稚魚の佃煮が「くぎ煮」で、明石あたりの名産。

働けるいかなご舟の四人見ゆ　星野立子
鉄枴の下にいかなごすなどれり　阿波野青畝
賑ひは鮊子舟の五六艘　杉山流堂

白魚 しらうお しらうを

しらお、しろお、白魚網《しらおあみ》、白魚汲《しらおく》む、白魚舟《しらおぶね》

シラウオ科。約10cm。体が半透明で、春先河口をさかのぼるところを獲る。「シロウオ」はハゼ科。

曙や白魚白きこと一寸　芭蕉
外海は荒れてゐるなり白魚とり　五十嵐播水
白魚のまなこ小さしや椀の中　横山宵子

諸子 もろこ

諸子魚《もろこざかな》、初諸子《はつもろこ》、柳諸子《もろこ》、諸子釣《もろこづり》

コイ科モロコ属の総称。柳の葉に似た淡水魚で美味。琵琶湖産が有名。

湖やもろこ釣る日の薄曇り　正岡子規
リヤカーに集まつて来て初諸子　藤なぎさ
はらからの集へる宿や焼諸子　岩本桂

公魚 わかさぎ

公魚釣《わかさぎつり》、公魚舟《わかさぎぶね》

キュウリウオ科。15cm。結氷湖の氷に穴をあけて釣るので有名。

わかさぎやしづかにかかる舟の影　佐野良太
籠《こ》にあふれ公魚山の湖より来　山口青邨
公魚をちりりりと揚げてすぐ食へと　坪内れんげ

柳鮠 やなぎはえ

鮠《はや》、鯎《はえ》、はや

柳の葉のような形をした鮠などの小魚の総称。

水門に少年の日の柳鮠　川端茅舎
もやひすて沈める舟や柳鮠　寒川鼠骨
鮠の子らなにを急いで向かうへと　久門南

乗込鮒 のっこみぶな

初鮒《はつぶな》、春《はる》の鮒《ふな》、春鮒釣《はるぶなつり》、鮒膾《ふななます》
➡寒鮒《かんぶな》(冬)

産卵を前に、浅瀬へ移動してきた鮒。動きがめだち、釣りにもよくかかる。

乗込の鮒焼く香なり布佐安食　水原秋櫻子
二月堂出て春鮒の川に沿ひ　浜崎素粒子
春鮒のゆらりくらりと釣れあがる　佐藤信
水中に鱗光れば春の鮒　柳瀬姫香

桜鯎 さくらうぐい さくらうぐひ

花石斑魚《はなうぐい》、赤魚《あじゃお》、赤腹《あかはら》

コイ科の淡水魚。産卵期、雌雄とも腹に赤い縦線があらわれるので、この名がある。

花うぐひ山々雨ににじみけり　百合山羽公
花鯎とて金鱗に朱一線　福田蓼汀
ぬつときて桜うぐひやひるがへり　鈴木孝

鱒
ます

サケ科。春、海から川口に集まるときが旬。養殖も多い。

本鱒《ほんます》、虹鱒《にじます》、桜鱒《さくらます》、あめ鱒《ます》、姫鱒《ひめます》、鱒池《ますいけ》、上《のぼ》り鱒《ます》

風青く鱒の子はやも人に怖づ　清水基吉

鱒池の鱒のまばらなところかな　辻　桃子

鱒漁や真つ新の箱うづたかく　水木なまこ

若鮎
わかあゆ

春先、川をさかのぼってくる。これをすくい取るのが鮎汲。小鮎の放流も盛ん。

小鮎《こあゆ》、鮎《あゆ》の子《こ》、稚鮎《ちあゆ》、上《のぼ》り鮎《あゆ》、鮎放流《あゆほうりゅう》、鮎汲《あゆくみ》

⬇鮎《あゆ》(夏)、落鮎《おちあゆ》(秋)

若鮎の鰭ふりのぼる朝日かな　蓼　太

若鮎の二手になりて上りけり　正岡子規

若鮎に橋より糸を垂れてをり　藤野チエ

螢烏賊
ほたるいか

6㎝ぐらいの小さな烏賊。体が発光し、夜の海に光をちりばめたように光る。富山湾の名産。

まついか

螢烏賊つぎ〳〵櫂にもつれつつ　迷　人

ほたるいか波の形にひかりけり　安部元気

螢烏賊村の入江に灯のともり　安達　祥

花烏賊
はないか

花時、産卵のため群れて岸に来る烏賊。

桜烏賊《さくらいか》

花烏賊のいでゐる息の墨の泡　阿波野青畝

花烏賊を煮て吹き降りの夕なり　百合山羽公

花烏賊に夕べの冷えをいひあへる　冨山いづこ

飯蛸
いいだこ
いひだこ

マダコ科。25㎝。腹に持つ卵が飯粒に似ている。

大漁の飯蛸届く厨口　嶋谷木実女

飯蛸のぬると動くや買手つく　大橋とし

いいだこのめしのま白くやはらかく　岡田龍子

蛤
はまぐり

マルスダレガイ科。約8㎝。日本中で採れる二枚貝。滑らかな殻に褐色の模様がある。

蛤汁《はまぐりじる》、蛤吸《はますい》、蛤《はま》つゆ、焼蛤《やきはまぐり》

蛤や潮干に見えぬ沖の石　西　鶴

舌やいて焼蛤と申すべき　高浜虚子

蛤の中にうすもいろの蟹　中　小雪

浅蜊

あさり

浅蜊舟《あさりぶね》
⬇浅蜊汁《あさりじる》（人）

マルスダレガイ科。約5㎝。日本各地の河口の砂泥で採れる。潮干狩の一番の収獲物。浅蜊汁をはじめ、佃煮などにして食べる。

松籟をききもやひゐる浅蜊舟　大野林火
ちゆと啼くやほかの浅蜊もちうちうと　山口珊瑚
木更津の腰巻き網の浅蜊かな　加藤晃規

蜆

しじみ

真蜆《ましじみ》、紫蜆《むらさきしじみ》、瀬田蜆《せたしじみ》、業平蜆《なりひらしじみ》
⬇土用蜆《どようしじみ》（夏）

シジミガイ科。2、3㎝。淡水または汽水産で味噌汁にする。

紫の水吐いてゐる蜆かな　安部元気
みづうみの蜆の桶に出刃包丁　篠原喜々
桶あげて松原蜆とぞまうし　佐藤明彦

栄螺

さざえ

つぶ、栄螺《さざえ》の壺焼《つぼやき》、焼栄螺《やきさざえ》

海底の岩場にいる棘のある巻貝。角のあるものとないものがある。

海凪げるしづかさに焼く栄螺かな　飯田蛇笏
抜けてきて肝太々と栄螺かな　たなか迪子
壺焼や汁で一献身で一献　阪口桜花

赤貝

あかがい
あかがひ

血貝《ちがい》、蚶《きさ》

フネガイ科の二枚貝。約10㎝。全国で採れ、鮨だねにして美味。

赤貝の紐を嚙むなり神楽坂　佐川昭吉
皿の上の石見赤貝口揃へ　前田風人
赤貝や裸電球並ぶ市　平野耕

馬刀貝

まてがい
まてがひ

馬刀《まて》、馬刀突《まてつき》、馬刀掘《まてほり》、馬蛤貝《まてがい》

マテガイ科。約12㎝。直立して砂中に潜む。美味。

面白や馬刀の居る穴居らぬ穴　正岡子規
企救の女はあらき言葉に馬刀ひさぐ　吉野一雨
馬刀売の否応もなく置き行けり　藤原たかし

桜貝

さくらがい
さくらがひ

花貝《はながい》、紅貝《べにがい》

ニッコウガイ科。約3㎝。うす紅色の美しい殻が貝細工に使われる。

ひく波の跡美しや桜貝　松本たかし
手にあまるほどもひろうて桜貝　関戸このみ
地袋の碁石に混じり桜貝　長澤ゆふみ

細螺《きさご》

きしやご、ぜぜ貝《がい》、ながらみ

ニシキウズガイ科。2㎝前後。子どもがおはじきにして遊んだ。

浪退けば細螺おびたゞしきことよ　阿波野青畝

ひろはれて来しきさごなり冷たかり　飯山摩衣

おはじきの細螺に海のにほひかな　永井　珠

寄居虫《ごうな》《がうな》

ごうな売《うり》、宿借《やどかり》

エビ、カニの類。空の巻貝に棲み、成長すると大きな殻に棲み替える。

やどかりの中をやどかり走り抜け　波多野爽波

やどかりに色塗りて売る祭来ぬ　佐々木麦童

やどかりの赤き目が先づ覗きたる　はらてふ古

磯巾着《いそぎんちゃく》

磯の岩石の割れ目などにくっついている花虫類の総称。ひらひらした触手があり、さわると縮む。

虫吐いて磯巾着の花ゆるゝ　今村野蒜

磯巾着にはたいくつな話かも　松尾むかご

夕潮にいそぎんちやくのほぐるるよ　安部元気

海胆《うに》

海栗《うに》、粒雲丹《つぶうに》、海胆《うに》の棘《とげ》

棘皮動物。丸い殻が栗のいがのようなとげで覆われている。「雲丹」はその生殖巣を塩漬けにしたもの。

海胆の角たがひちがひに動きをり　鈴木柏葉

赤海胆も紫海胆も生簀中　川口未来

雲香と雲丹とについて疾く述べよ　植松孫一

蜷《にな》

みな、海蜷《うみにな》、川蜷《かわにな》、蜷《にな》の道《みち》

海と淡水の両方にいる2、3㎝の巻貝。俳句では主にカワニナを指す。泥にうねうねと這った跡が残るのが蜷の道。

悉くこれ一日の蜷の道　高野素十

砂川の蜷に静かな日ざしかな　村上鬼城

川蜷のすすむや泥をはじきつつ　根岸かなた

望潮《しおまねき》《しほまねき》

汐《しお》まねき

スナガニ科の蟹。干潮のとき、体ほどもあるはさみを動かす様子が潮を招くように見えて、この名がある。

しほまねき百の穴より出でにけり　湯浅洋子

潮まねき安芸の宮島そこに見え　片岡芝桜

逃ぐる時はさみ抱へて汐まねき　宇田秋思

梅《うめ》

花《はな》の兄《あに》、野梅《のうめ》、野梅《やばい》
↓実梅《みうめ》（夏）、探梅《たんばい》（冬）

早春、ほかの花に先がけて気品のある花をつけ、香りもよい。昔から詩歌に多く詠まれてきた。

梅若菜鞠子の宿のとろろ汁　芭蕉
山川のとどろく梅を手折るかな　飯田蛇笏
梅ながめつつ猫車押し行けり　荻原玲香
梅咲いて旅行ができる貯金かな　相田淳
ガレの灯と天金の書と梅の庭　飯塚千寿

白梅《はくばい》

白梅《しらうめ》

花の白い梅。

しら梅や北野の茶店にすまふ取　蕪村
白梅のりりしき里に帰りけり　横光利一
大甕の底の暗さや梅白し　荻野おさむ
白梅に色白の姉逝きにけり　水上黒介

紅梅《こうばい》

薄紅梅《うすこうばい》

花が赤い梅。白梅より遅く咲き、花期も長い。

紅梅の紅の通へる幹ならん　高浜虚子
紅梅に雪のふる日や茶のけいこ　永井荷風
紅梅やまづしき鶏の駆けまはり　中小雪

盆梅《ぼんばい》

鉢《はち》の梅《うめ》

盆栽仕立てにした鉢植えの梅。丈の低い木に咲くのが見事。

盆梅の枝垂れし枝の数へられ　松本たかし
盆梅のとぼしき花を日にあてぬ　中尾白雨
盆梅やふるまひ餅の熱きこと　高橋らら

黄梅《おうばい》《わうばい》

迎春花《げいしゅんか》

モクセイ科の落葉小木。葉に先立って鮮黄色の六弁花がなだれるように咲く。早春に開くので、迎春花ともいう。

この門を通るたのしみ迎春花　山内洹女
黄梅や四角の鉢が値打物　井ケ田杞夏
黄梅の一輪流れ雨の道　黒岩くに子

金縷梅《まんさく》

雪の残るような山地に、細くちぢれた黄花が裸木に群がって咲く。春真っ先に咲く「先ず咲く」からこう呼ばれる。

まんさくに水激しくて村しづか　飯田龍太
まんさくや春の寒さの別れ際　籾山梓月
まんさくの下や紙屑燃やしをる　斎藤月子
金縷梅の花にふうんというて過ぐ　小林タロー

山茱萸の花 さんしゅゆのはな

春黄金花《はるこがねばな》

ミズキ科の小高木。早春、葉に先立って、枝先に小さな黄花が毬状に咲き、木全体が黄色く見えて美しい。

山茱萸にけぶるや雨も黄となんぬ　水原秋櫻子
山茱萸の黄や町古く人親し　大野林火
山茱萸を仏のためにと一と枝乞ふ　中田みづほ

猫柳 ねこやなぎ

えのころ柳《やなぎ》

水辺に生える柳の一種。早春、猫の毛のような銀鼠色の花穂をつける。枯れた草木の中で目につく。

ときをりの水のささやき猫柳　中村汀女
猫柳高嶺は雪をあらたにす　山口誓子
田の神のしやくれし鼻や猫柳　袖山　篠

木五倍子の花 きぶしのはな

木付子《きぶし》

キブシ科。高さ2、3m。春、葉に先立って淡黄色のかんざし状の花が穂状に垂れる。

木五倍子咲く道の左右に海見えて　木村緑枝
見渡して木五倍子煙れる谷一つ　持田妙庵
木五倍子咲く湯治手拭はや乾き　安部元気

ものの芽 もののめ

物芽《ものめ》

木の芽、草の芽もひっくるめた総称。何の芽かわからない気持ちをこめた幅広い言い方。

物芽出て指したる天の真中かな　松本たかし
ほぐれんとして傾ける物芽かな　中村汀女
何か芽が出れば竹立て老博士　中田みづほ

木の芽 このめ

芽立《めだ》ち、芽吹《めぶ》く、木《こ》の芽風《めかぜ》、木《こ》の芽晴《めばれ》、木《こ》の芽雨《めあめ》、木《こ》の芽山《めやま》

春先、いっせいに吹く木の芽。

美しく木の芽の如くつつましく　京極杞陽
移植すと決めし銀杏の芽吹きかな　谷　いくこ
雲西へ西へ流れて木の芽吹く　茂木孤杉

山椒の芽 さんしょのめ　さんせうのめ

芽山椒《めさんしょ》、山椒《さんしょ》の木《き》の芽《め》、木《き》の芽《め》
➡木《き》の芽和《めあえ》(人)

ミカン科。全国に自生し、独特の香気があって田楽、和え物などにする。

被《かぶ》りたる手拭くはへ山椒摘む　福田蓼汀
山椒の芽さゞ波立てゝ拡ごりぬ　渡辺桂子
夕刊をとりて山椒の芽をとりて　高野富士子

楤の芽《たらのめ》

多羅《たら》の芽、たら芽《め》、楤摘《たらつ》む

ウコギ科。独活《うど》に似た香気があり、てんぷら、和え物、汁物、煮つけなどに珍重される。

多羅の芽の十や二十や何峠　石田波郷

貨車に曙丘上の楤の芽も　飯田龍太

山畑の水の奔るや楤芽ぶく　安野宏

五加木《うこぎ》

五加《うこぎ》、五加摘《うこぎつ》む、五加飯《うこぎめし》、むこぎ

ウコギ科。若葉は茹でて、浸し物にしたり、飯に炊きこんだり、五加茶にしたりする。

白粉をつければ湯女や五加木つむ　高浜虚子

炊き上げて五加木の飯の湯気ぬくし　高桑綾子

垣なして低き五加木の芽吹きかな　北野阿弥

柳の芽《やなぎのめ》

芽柳は糸のように細く、風になびく風情は格別。

ほつかりと黄ばみ出でたり柳の芽　暁台

売家や芽を吹く柳涸るる井戸　阪本四方太

古書店に探す荷風や柳の芽　石井渓風

雪間草《ゆきまぐさ》

↓雪間《ゆきま》（地）

まだらに解けた雪の間の土から芽吹く草。

行き行きてこの谷にして雪間草　茂里露城

雪間草見しが今朝よりまた雪に　和田暖泡

雪間草まばゆき黄いの花つけて　佐谷洋次

雪割草《ゆきわりそう》《ゆきわりさう》

州浜草《すはまそう》、三角草《みすみそう》

キンポウゲ科。残雪の間から葉に先駆けて白や淡紅、紫の小花を咲かせる。

佐渡にある三角草のことならん　中田みづほ

雪割草小鉢に植ゑて持ち来たる　安藤さひめ

この島へ雪割草の白を見に　品川告春子

草の芽《くさのめ》

名草《なぐさ》の芽《め》

春先に芽吹く草や花の芽。

草の芽ははや八千種の情けあり　山口青邨

甘草の芽のとびとびのひとならび　高野素十

羚羊の棲みたる崖も芽吹きたり　池蘭子

蕗の薹

ふきのとう
ふきのたう

蕗《ふき》の芽《め》、蕗《ふき》の姑《しゅうとめ》

⬇蕗《ふき》(夏)

早春、雪の間などに出る球状の蕗の花芽。うす緑色が美しく、摘んで蕗味噌などにする。

ほとばしる水のほとりの蕗の薹　野村泊月
ぱつくりと何が喰ひしや蕗の薹　辻　桃子
荷を解くそばから売れて蕗のたう　江田みどり

萱草の芽

かんぞうのめ
くわんざうのめ

山野に自生するユリ科の多年草ヤブカンゾウの芽。若芽を浸し物などにする。薬用の甘草（マメ科・夏季）とは別種。

萱草の芽やごまあへにもう固く　中島　愛
萱草の芽のたたへたる雨あふれ　辻　桃子
萱草の芽や豚小舎のありしとこ　梶山一泉

薔薇の芽

ばらのめ

⬇薔薇《ばら》(夏)

紅みを帯びた、柔らかい芽。

妻のみが働く如し薔薇芽立つ　石田波郷
ばらの芽の盛り上りたる籬《まがき》かな　長谷川小草女
声かけて水やる鉢や薔薇芽ぶく　片山草香

牡丹の芽

ぼたんのめ

⬇牡丹《ぼたん》(夏)

早春、つんつんと赤い芽を出す。

鎌倉の古き土より牡丹の芽　高浜虚子
吹き落ちて松風さはる牡丹の芽　日野草城
結縁のちさき菩薩や牡丹の芽　西山鳥海

菖蒲の芽

しょうぶのめ
しやうぶのめ

⬇菖蒲《しょうぶ》(夏)

花菖蒲の芽。青々として鋭い。

青みどろもたげてかなし菖蒲の芽　高野素十
水の面の日はうつりつつ菖蒲の芽　長谷川素逝
金堂のほとりの水に菖蒲の芽　星野立子

蘆の角

あしのつの

蘆《あし》の芽《め》、角組《つのぐ》む蘆《あし》、蘆《あし》の錐《きり》

⬇蘆《あし》(秋)

早春、水辺に出る青い蘆の芽。牛の角のように見えるのでこう呼ばれる。

ちくちくと潮満ち来るや蘆の角　尾崎紅葉
やゝありて汽艇の波や蘆の角　水原秋櫻子
蘆の角水はさわぎて流れけり　本間のぎく

末黒の芒

すぐろのすすき

すぐろ

⬇末黒野《すぐろの》(地)

野焼に焼け残った芒の芽。先端が黒く焦げていたりする。

暁の雨や末黒の薄はら　蕪　村
すぐろなる遠賀の萱路をただひとり　杉田久女
ひろびろと黒生《くろふ》の芒萌え出せり　池乃　波

沈丁花

じんちょうげ
ぢんちやうげ

沈丁《ちんちょう》、沈丁《ぢんちょう》、丁字《ちょうじ》

小さい花が毬状に咲く。香りが高く、遠くからでも匂う。

沈丁の香の強ければ雨やらん　松本たかし

沈丁の花をじろりと見て過ぎる　波多野爽波

沈丁に七畳半の下宿かな　安部元気

辛夷

こぶし

花辛夷《はなこぶし》

モクレン科。高さ10mに達する落葉高木。葉に先駆けて、木蓮に似た香りのよい六弁の白花が開く。

花籠に皆蕾なる辛夷かな　正岡子規

一弁の疵つき開く辛夷かな　高野素十

山辛夷花パラパラとハイカラに　中田みづほ

椿

つばき

白椿《しろつばき》、紅椿《べにつばき》、八重椿《やえつばき》、乙女椿《おとめつばき》、藪椿《やぶつばき》、山椿《やまつばき》

➡椿《つばき》の実《み》（秋）

常緑樹で、赤や白のぽってりとした花をつける。

水入れて鉢に受けたる椿かな　鬼貫

大雪にうづまつて咲く椿かな　村上鬼城

山浅き鎌倉山の藪椿　藤野靖也

落椿

おちつばき

地に落ちた椿。花弁が散るのではなく、花ごとぽったりと落ちる。

落椿投げて煖炉の火の上に　高浜虚子

赤い椿白い椿と落ちにけり　河東碧梧桐

掃きよせてひとつ拾ふや落椿　黒田こよみ

三椏の花

みつまたのはな

枝がすべて三またに分かれているのですぐわかる。花は小さく白っぽい黄色や橙色。樹皮は和紙の原料になる。

三椏や粟田屋敷の透《すひ》囲《がこひ》　籾山梓月

三椏や皆首垂れて花盛り　前田普羅

三椏の花に読経のうねりくる　日村恵蔵

桜

さくら

桜山《さくらやま》、楊貴妃桜《ようきひざくら》、鬱金桜《うこんざくら》

➡桜狩《さくらがり》（人）

日本の春を代表する花。花の盛りも散りぎわのよさも愛される。

さま〴〵の事思ひ出す桜かな　芭蕉

日もすがら鳶啼く島の桜かな　潁原退蔵

哲学の道の流れに桜かな　鈴木清月

花《はな》

花片《はなびら》、花盛《はなざかり》、花《はな》の蔭《かげ》、花《はな》の雲《くも》、花埃《はなぼこり》

俳句で花といえば、一般には桜を指すが、春の花の総称と考えてもよい。桜が爛漫と咲いたさまを花の雲、花どきの埃を花埃という。

これはこれはとばかり花の吉野山　貞室
花の幹に押しつけて居る喧嘩かな　田村木国
花開くとなりの花を押しながら　中村阿昼

初桜《はつざくら》

初花《はつはな》

その年、初めて咲いた桜。

初桜折しも今日はよい日なり　芭蕉
咲きたれてそよりともせず初ざくら　清原枴童
待賢門院璋子とおもふ初桜　辻桃子

彼岸桜《ひがんざくら》

緋寒桜《ひかんざくら》

桜では一番早く、彼岸のころに咲く。高さ5、6m。花は一重で目立たない淡紅色。緋寒桜は別種、濃紅で沖縄などに二月ごろ咲く。

尼寺や彼岸桜は散りやすき　夏目漱石
明るさの彼岸桜や人恃まず　山口草堂
実直に見あげて彼岸桜かな　高橋創

枝垂桜《しだれざくら》

糸桜《いとざくら》、紅枝垂《べにしだれ》

巨木になる江戸彼岸桜の変種で、枝が垂れて優美。

まさをなる空よりしだれざくらかな　富安風生
糸桜夜はみちのくの露深く　中村汀女
一山が枝垂桜や坊埋もれ　井沢うさ子

夜桜《よざくら》

朝桜《あさざくら》、夕桜《ゆうざくら》、花月夜《はなづきよ》、夜《よ》の桜《さくら》

夜に桜を愛でること。また、その桜を指す。朝に愛でる桜は朝桜、夕に愛でる桜は夕桜という。

夜ざくらや三味線弾いて人通る　蓼太
夜桜のぼんぼりの字の粟おこし　後藤夜半
人肌の酒に酔うたる夜の桜　大川しじみ

山桜《やまざくら》

花より先に葉が出る桜の一種。また山地に咲く桜のこともいう。

うかれける人や初瀬の山桜　芭蕉
弔問に行く山深き桜かな　中田みづほ
上からも下からも声山桜　田中ねお

八重桜《やえざくら　やへざくら》

花びらが八重で、重くぼってり咲く桜。花期が遅い。

奈良七重七堂伽藍八重桜　芭蕉
満ち足らふことは美し八重桜　富安風生
大層な裏門であり八重桜　常田すすむ

落花《らっか》

——散《ち》る桜《さくら》、花吹雪《はなふぶき》、飛花《ひか》、花散《はなち》る、花屑《はなくず》、花《はな》の塵《ちり》

桜の花びらが散ること。また散る花びらそのものも指す。地に散り落ちたものは花屑、花の塵という。

散る花の間はむかしばなしかな　越　人

空をゆく一とかたまりの花吹雪　高野素十

落花地に一面にして雨止みぬ　松瀬青々

花筏《はないかだ》

水面に散った桜の花びらが、流れや風に寄せられ、筏のようにかたまったり、まとまって流れていくこと。

花筏天龍川へ流れ込み　本間のぎく

夕風にこみ合ひにけり花筏　笹岡明日香

堰越ゆるときに解けて花筏　木島くにを

桜蘂降る《さくらしべふる》

——桜蘂《さくらしべ》

桜の花が散ったあと、蘂がこぼれ散ること。地面が赤く見えるほど落ちる。

花びらに早や桜蘂ふりまじる　川口未来

うな重に桜蘂ふる三回忌　ひろおかいつか

桜蘂よせては舟の着きにけり　ふく嶋桐里

残花《ざんか》《ざんくわ》

——残《のこ》る花《はな》、名残《なごり》の桜《さくら》

咲き残っている桜。

みちのくの残りの花を見つつ行く　松崎香袋

来てみれば岬の残花石に散る　川越古境

花残る隣は米軍弾薬庫　清水初代

遅桜《おそざくら》

ほかの桜が咲き終わったころ、遅れて開く桜。

一もとの姥子の宿の遅桜　富安風生

遅桜遅椿遅わらびなど　高野素十

傘買うて雨に詣でぬ遅桜　横井迦南

下萌《したもえ》

——草萌《くさもえ》、草青《くさあお》む、畦青《あぜあお》む

早春の大地から草の芽が萌え出すこと、またその芽。

下萌にねぢ伏せられてゐる子かな　星野立子

草萌に立てかけてあり一輪車　小林菜月

下萌や敷藁すこし押し上げて　松本正今日

春の草《はるのくさ》

——春草《しゅんそう》、芳草《ほうそう》、草芳《くさかんば》し

萌え出すさまざまな草。

春草は足の短き犬に萌ゆ　中村草田男

放牛放馬波の際まで春の草　大野林火

春草に飛んでくるなり切れた弦　高野虹子

ずつしりと土ついてきし春の草　麦　野　秋

若草

わかくさ

草若葉《くさわかば》 ↓青草《あおくさ》(夏)

萌え出したばかりの春の草で、その若々しさを愛でた言葉。

若草に口ばしぬぐふ烏かな 凡兆

若草に麒麟の首が下りてくる 神谷九品

若草の一本づつの微光かな 柳瀬姫香

古草

ふるくさ

こまがえる草《くさ》

萌え出した若草にまじって残っている去年の枯草。

掃けば減るけふこの頃の古草よ 石塚友二

古草や町裏なれば女走る 中村草田男

海沿ひは古草吹かれ五能線 神野清秀

若芝

わかしば

春《はる》の芝《しば》、芝青《しばあお》む、芝萌《しばも》ゆる ↓青芝《あおしば》(夏)

冬の間は枯れて茶色だったが、芽吹いて薄緑になった芝生。

若芝を見ればころげる子どもかな 須藤えりか

はづれ矢はまだ震へをり芝青む 髙野虹子

ひととほり遊具試すや芝若し 豊田まつり

雀隠れ

すずめがくれ

春の草の丈が伸び、雀が隠れるほどになったこと。

春ふかし雀がくれを沓にふみ 富安風生

利休邸すずめ隠れに井戸のみが 藤　なぎさ

移植鏝すずめがくれに見失ひ 齋藤藻湖

芹

せり

根白草《ねじろくさ》、根芹《ねぜり》、田芹《たぜり》、水芹《みずぜり》、芹摘《せりつみ》

セリ科。春の七草の一つ。独特の香気があり、和え物や浸し物にする。

水門や行かれぬ処芹多し 羅　蘇山人

芹青き水にうつれる逢瀬かな 宗田美智

芹の香や真清水の音きこえくる 難波慶子

薺の花

なずなのはな
なづなのはな

花薺《はななずな》、三味線草《さみせんぐさ》、ぺんぺん草《ぐさ》、薺摘《なずなつみ》

アブラナ科。春の七草の一つ。白い四弁の小花が咲く。三角形の莢が三味線のばちに似ているところから三味線草、ぺんぺん草ともいう。

よく見れば薺花咲く垣根かな 芭　蕉

庵を出て道の細さよ花薺 河東碧梧桐

馬蹄形なる貝塚や花なづな 小川こう

蘩蔞

はこべら

ひよこ草《ぐさ》

ナデシコ科。春の七草の一つ。野原や道端の至るところにあり、花は白く小さい。葉は鶏の餌なのでひよこ草ともいう。

はこべらや川岸のなの澱町《よどみまち》 中村汀女

はこべらの花咲くみちを産見舞 富岡砧女

なにによりもはこべの好きな小鳥飼ふ 天野郁子

母子草《ははこぐさ》

御行《ごぎょう》、御行《おぎょう》、ほうこぐさ

キク科。春の七草の一つ。葉や茎に白い綿毛があり、黄色の小花をたくさんつける。

母子草やさしき名なり莟もち　山口青邨
母子草利根の船路はすたれける　水原秋櫻子
しつこてふ泉のありぬ母子草　池田永江

仏の座《ほとけのざ》

シソ科。春の野や畑にふつうに見られる雑草で、紅紫色の小さな唇形の花を輪状につける。春の七草の「仏の座」とは別種。

日の光にあそぶ雀や仏の座　本土みよ治
仏の座石見瓦を遠く見て　松尾むかご
仏の座つめたき土に根を深く　磯辺紫月

嫁菜《よめな》

よめがはぎ

キク科。一般にいわれる野菊。浸し物や和え物にする。香りのよい若菜は炊き込んだり、混ぜて嫁菜飯《よめなめし》にする。

紫を俤にして嫁菜かな　松根東洋城
市振《いちぶり》やはらはら雨の嫁菜菊　福島小蕾
よめがはぎこんなちひさな葉も摘んで　茶谷由璃

蓬《よもぎ》

餅草《もちくさ》、艾《もぐさ》、さしも草《ぐさ》、艾草《がいそう》、蓬生《よもぎう》、蓬摘《よもぎつ》む
➡草餅《くさもち》（人）

キク科。どこにでもある草。若葉は独特の香りがあり、摘んで草餅にする。乾かして灸の艾にもする。

籠あけて蓬にまじる塵を選る　高浜虚子
蓬生やまき散らしある貝の殻　佐藤明彦
自転車をねかせて蓬摘みにけり　佐野　虹

いぬふぐり

おおいぬのふぐり

俳句でいうイヌフグリは植物学的には、帰化植物のオオイヌノフグリ。早春、地面に群がり空色の花をつける。実の形からこの名がある。

古利根の春は遅々たり犬ふぐり　富安風生
犬ふぐり咲けりと棺に従ひて　京極杞陽
いぬふぐり梅見の人に踏まれける　吉田たまこ

虎杖《いたどり》

➡虎杖《いたどり》の花《はな》（夏）

タデ科の多年草。山野や田の畦に生える。つんと出てくる紅色の若茎を食べる。

山蔭に虎杖森の如くなり　正岡子規
いづこにもいたどりの紅木曾に泊つ　橋本多佳子
翻車魚も虎杖も食ひなほ生きむ　田中　杏

すかんぽ

酸葉《すいば》、すいすい

タデ科の多年草。酸味のある茎の皮をむいて、子どもたちがかじる。

すかんぽを皆くはへて草摘めり　松本たかし

すかんぽのひる学校にゆかぬ子は　長谷川素逝

すかんぽやボート水面を滑り出し　宮原さくら

野蒜《のびる》

山蒜《やまびる》、野蒜引《のびるひ》く

至るところに生えるヒガンバナ科の多年草。辣韮に似た鱗茎に生味噌などをつけて食べる。

こりや辛き坊主をつけし野蒜かな　安達韻颯

昼飯は野蒜味噌にて済ませけり　袖山　篠

やうやくに野蒜の青に出会ひけり　ささ南風

烏野豌豆《からすのえんどう／からすのゑんどう》

雀野豌豆《すずめのえんどう》、雀《すずめ》の鉄砲《てっぽう》

路傍で見かけるマメ科の草。葉先が巻きひげになり、葉のつけ根に紅紫色の花をつける。雀野豌豆はさらに小型の草。雀の鉄砲はイネ科の雑草。

すわりたる草に烏野豌豆が　宮野蒼湖

せいいつぱい咲いて雀野豌豆で　中　小雪

月島の路地に雀の鉄砲が　塚田紀典

菫《すみれ》

菫草《すみれぐさ》

スミレ科。濃紫、淡紫、白などの可憐な花が咲く。日本には約五十種ある。

山路来て何やらゆかし菫草　芭　蕉

かたまつて薄き光の菫かな　渡辺水巴

城山の裾にひしめく菫かな　中林三石

蒲公英《たんぽぽ》

たんぽぽ、鼓草《つづみぐさ》

キク科。花はふつう黄色。繁殖力の強い帰化植物の西洋たんぽぽが増え、日本たんぽぽは珍しくなった。地上に生じた形が鼓面に似ているために鼓草ともいう。

たんぽぽや長江濁るとこしなへ　山口青邨

潮騒にたんぽぽの黄のりんりんと　阿波野青畝

たんぽぽのこの地続きや地震《なゐ》つづく　杉本登志姫

蒲公英の絮《たんぽぽのわた》

たんぽぽの種子についた綿毛。風に乗って軽々と種を運ぶ。ぷっと吹くと面白いように飛ぶ。

あぶれゐて蒲公英の絮髪につく　佐野まもる

葬列にたんぽぽの絮百二百　水上黒介

たんぽぽの絮つまみつつ歩みけり　松本正今日

地獄の釜の蓋《じごくのかまのふた／ぢごくのかまのふた》

——金瘡小草《きらんそう》

至るところにあるシソ科の多年草。茎や葉がべったり地面に広がるので、この名がある。花は濃い紫。

この村を出でん地獄の釜の蓋　川口未来

踏み込みてそこは地獄の釜の蓋　脇　和登

きらん草畦の地べたに咲くあはれ　山川静人

垣通《かきどおし／かきどほし》

シソ科の蔓性多年草。垣根を通り越して、蔓が伸びるのでこの名がある。花は淡紫色で唇形。

ひざ小僧に赤チンつけて垣通し　千葉みちる

お隣の子のよく泣いて垣通　篠田　香

摘草に来てすこし摘む垣通　小坂春野

紫雲英《げんげ》

——蓮華草《れんげそう》、れんげ、げんげん、げんげ摘《つ》む、げんげ田《た》

マメ科。稲刈の済んだ田に蒔き、翌春、鋤きこんで肥やしにする。花は紅紫色。一面に咲くと田んぼ中が紅色の絨毯を敷いたようで美しい。

白帆にもげんげ明りのあるごとし　福田蓼汀

踏み込んで大地が固しげんげ畑　橋本多佳子

塔見えてげんげ田広き備前かな　高橋幹之進

クローバー

——馬肥《うまごやし》、苜蓿《うまごやし》の花《はな》、白詰草《しろつめくさ》、赤詰草《あかつめくさ》

マメ科。白詰草の別称。葉は三葉。四つ葉のクローバーは幸運のしるしとされる。白色の蝶形花を多数球状に集めてつける。馬肥、苜蓿は俗称で本来は別種。

クローバに青年ならぬ寝型残す　西東三鬼

ビルの影みな劃然とうまごやし　木下夕爾

摘んでゐるクローバーとは苜蓿《うまごやし》　川越古境

土筆《つくし》

——土筆坊《つくしんぼう》、土筆野《つくしの》、つくづくし、土筆摘《つくしつ》む

トクサ科。畦や土手に生える筆に似た杉菜の胞子茎。若いうちに摘んで食べる。

土筆煮て飯食ふ夜の台所　正岡子規

まま事の飯もおさいも土筆かな　星野立子

固まつて土筆摘みをりつくし組　石井渓風

杉菜《すぎな》

トクサ科。土筆の後に同じ地下茎から生える。はびこりやすく根絶やしにするのがむずかしい。

すさまじや杉菜ばかりの丘一つ　正岡子規

水源は墓の下なり杉菜生ふ　伊藤なづな

杉菜長《た》くけふのいとまを野に来れば　伊藤無門

薇《ぜんまい》

干薇《ほしぜんまい》

湿った山野に生えるゼンマイ科の多年草。渦巻形の白い産毛でおおわれた若葉を出す。

ぜんまいののの字ばかりの寂光土　川端茅舎

ぜんまいや深谷底を電車ゆき　猪熊晶三

薇の灰汁いまひとつぬけきれず　斎藤月子

蕨《わらび》

蕨手《わらびて》、早蕨《さわらび》、干蕨《ほしわらび》、鬼蕨《おにわらび》
➡蕨狩《わらびがり》(人)

ほぐれない小さな握りこぶしのようなうちに採って食べる。芽が出たばかりのものが早蕨。干蕨にして貯蔵する。

又来よと蕨うる子を撫にけり　支鳩

山の湯や初蕨とて夕の膳　皆木朝声

干蕨呉れまだ何か呉るゝらし　中田みづほ

初蕨とらんと丘をかけのぼり　杢重なごみ

こごみ

草蘇鉄《くさそてつ》、こごみ狩《がり》

歯朶《しだ》の一種。くるっと巻いた新芽は、和え物にすると美味。

袋ちと大きすぎしよこごみ刈　桓内友也

一椀はこごみの酢味噌山の寺　戸田耕人

そこらぢゅうこごみなりしよこの谷は　小林文彦

春蘭《しゅんらん》

ほくり、ほくろ

ラン科。山野に自生。淡黄緑色の香りのある小さな蘭形の花が咲く。盆栽として珍重される。

春蘭の花とりすつる雲の中　飯田蛇笏

春蘭や雨をふくみてうすみどり　杉田久女

交りや春蘭掘りてくれしより　高田つや女

一輪草《いちりんそう》《いちりんさう》

一華草《いちげそう》、二輪草《にりんそう》

キンポウゲ科。20㎝ほどの茎に、梅に似た白や淡紅紫色の花が一輪咲く。二輪咲くのは二輪草。

一輪草御堂のうすき日の中に　岡部小富

一輪草当主は其角門下なり　関口こごみ

裏山の一輪草のひたしもの　高水藤世

片栗の花《かたくりのはな》

堅香子《かたかご》の花《はな》

ユリ科。山野に自生。二枚の葉の間に、姫百合に似た紅紫色の小さい花をつける。地下茎から片栗粉を採る。

日治し片栗の葉に花に葉に　石井露月

片栗の一つの花の花盛り　高野素十

かたかごの花やもうそこ日本海　神保矢帆

海老根蘭《えびねらん》 ― 化偸草《えびね》

ラン科。20〜30㎝の花茎に、紫、黄、白などの花が咲く。葉は長い笹形。

わが庭にいついづこよりの化偸草《えびねらん》　富安風生
海老根蘭えび茶の花のむらがれる　清野恭子
海老根蘭骨董好きはすぐ通じ　林　鳥園

華鬘草《けまんそう》《けまんさう》 ― けまん、鯛釣草《たいつりそう》、黄華鬘《きけまん》、紫華鬘《むらさきけまん》

ケシ科。淡紅色の房状の花の形が仏頭を飾る華鬘に似ている。鯛をぶら下げたようにも見え、鯛釣草ともいう。

幼らに花むしらるるけまんかな　一　鶯
一列にむらさきけまん倦怠期　涌井百星
掃ききよむ氏神様や華鬘草　石山純一

一人静《ひとりしずか》《ひとりしづか》

センリョウ科。林中で花穂に小さな白い花をつける。

一人静咲きいで旅のことときまる　水原秋櫻子
一人静咲く道祖神二人連れ　小沢政子
岬へと一人静の径つづく　井上共生

二人静《ふたりしずか》《ふたりしづか》

センリョウ科。一人静に似ているが、二本の花穂を出し、白い細かい花を開く。一人静より遅く咲く。

道のべやふたりしづかに山の蝶　石川桂郎
山住の暁けても二人静かな　伊藤虚舟
人呼べり二人静の満ちあれば　谷川春響

蝮草《まむしぐさ》

サトイモ科。暗い山林や湿地に生える。紫緑色の苞をつけ、茎に蝮のような斑紋があって気味が悪い。

珈琲や夜に入るまでの蝮草　桂　信子
植物園その真中に蝮草　宮野蒼湖
牧場の柵のかたへよ蝮草　三井みどり

翁草《おきなぐさ》

キンポウゲ科。日当たりのよい山野に自生。アネモネに似た花が終わると、雌しべの先に白い羽毛が残り、翁の銀髪を思わせる。

名所やいつの世よりの翁草　乙　由
土の香のなにかたのしく翁草　飯田蛇笏
風吹けば老い深むかに翁草　清水八栄

熊谷草《くまがいそう》《くまがいさう》

山野に自生する蘭の一種。紅紫色の異様な花弁を、熊谷直実の母衣《ほろ》にみたてた。

文字ある温泉宿の主人熊谷草　富安風生
熊谷草鉤の手廊下きしみけり　鈴木寿美子
お社の熊谷草を拝みに来　二川はなの

座禅草《ざぜんそう》《ざぜんさう》

サトイモ科。湿地帯に生え、大きな暗紫色の苞が達磨の座禅の姿に似る。異臭がある。

座禅草咲く耕耘機《こううんき》来ぬところ　平畑静塔
湯小屋へと渡れる橋や座禅草　島田俊山
そこいらの水の冷たき座禅草　田中光太

水草生う《みくさおう》《みくさおふ》

水草《みずくさ》、萍生う《うきくさお》、蓴菜生う《じゅんさいお》、蓴生う《ぬなわお》

金魚藻、萍《うきくさ》、蛭蓆《ひるむしろ》、蓴菜《じゅんさい》、河骨《こうほね》、蓮《はす》、慈姑《くわい》などの水草が生えること。一面に生い茂ると水底が明るい緑色になる。

ゆふぐれのしづかな雨や水草生ふ　日野草城
跳ぶ妻のどこ受けとめむ水草生ふ　秋元不死男
水草生ふ庫裏に桃いろねずみの子　いけだきよし

木瓜の花《ぼけのはな》

緋木瓜《ひぼけ》、白木瓜《しろぼけ》、更紗木瓜《さらさぼけ》

バラ科。高さ1～2m。枝に棘がある。花は一重と八重があり、色も濃紅、白、白に紅など。林檎に似た堅い果実ができる。

土近くまでひしひしと木瓜の花　高浜虚子
肩を越す木瓜のまぶしき中通る　篠原梵
つうかあの仲でありしよ木瓜の庭　北村しんや

草木瓜《くさぼけ》

櫨子の花《しどみのはな》

バラ科。木瓜に似た朱色の五弁花。丈が低く草に埋まって咲く。

草木瓜や故郷のごとき療養所　石田波郷
真下は六浦の海や花しどみ　本田あふひ
草木瓜やくはへし釘が歯を削り　長沢常良

杉の花《すぎのはな》

杉花粉《すぎかふん》
➡杉花粉症《すぎかふんしょう》（人）

スギ科。枝先に米粒大の花が群がり咲く。大量の黄色い花粉が風に舞い、花粉症を引き起こす。

一すぢの春の日さしぬ杉の花　前田普羅
峡空へ吹きぬけ杉の花けぶる　山口草堂
伊勢講や杉の花粉を浴びながら　いとう紫

桃の花《もものはな》

緋桃《ひもも》 ↓桃《もも》の実《み》(秋)

バラ科。梅と桜の間の時期に咲く。濃紅色の緋桃、紅白がまじって咲く源平桃もある。

海女とても陸《くが》こそよけれ桃の花　高浜虚子

山奥へ入り来て雨の桃の花　松瀬青々

車窓には信濃の山と桃の花　佐藤ゆふべ

木蓮《もくれん》

紫木蓮《しもくれん》

モクレン科。葉に先立ち、紫紅色の大きな花が空に向かって一斉にひらき豪華。

木蓮と大きな門の記憶のみ　富安風生

木蓮や卒寿の恩師顔みせて　三島ひさの

紫木蓮和服着もせず捨てもせず　荻原玲香

白木蓮《はくれん》

白木蓮《はくもくれん》

モクレン科。木蓮の一種で花が白い。

白木蓮の散るべく風にさからへる　中村汀女

はくれむや起ち居のかろき朝来り　臼田亜浪

白木蓮に上向きをれば息深く　菊地のはら

紫荊《はなずおう》

蘇枋《すおう》の花《はな》

マメ科。裸の枝にびっしりと紅紫色の蝶形花がつく。

紫荊枝の元末余すなく　西山泊雲

ちらと見し蘇枋に相違なき色を　中田みづほ

曲りてもどこの家にも花すはう　明石倫子

雪柳《ゆきやなぎ》

小米花《こごめばな》、小米桜《こごめさくら》、米柳《こめやなぎ》

バラ科。早春、葉にさきがけて雪が降ったように白々と咲く。

朝より夕が白し雪柳　五十嵐播水

花屋の荷花をこぼすは雪柳　大谷碧雲居

咲き満ちてさびしや路地の雪柳　矢花美奈子

小粉団の花《こでまりのはな》

団子花《だんごばな》

バラ科。たわんだ枝に白い花が小さい毬状に咲く。

小てまりや上手に咲いて垣の上　嵐雪

小でまりの一花づつを賀の膳に　高野素十

こでまりの咲きつつ風に散りつつに　柳沢沙衣

連翹《れんぎょう》

れんげう

モクセイ科。勢いよく伸びた枝に、明るい黄色の花が群がって咲く。

連翹の縄をほどけば八方に　山口青邨

連翹の雨にいちまい戸をあけて　長谷川素逝

連翹のかぶさる門や傘すぼめ　安部蘇葉

土佐水木　とさみずき　とさみづき

―日向水木《ひゅうがみずき》

マンサク科。淡黄色の花が枝からぶら下がってけぶるように咲く。日向水木は土佐水木に似るが、花も葉も少し小さく、花数も二、三個と少ない。

とさみづき男傘さし池めぐる　草村素子

東京の水になれしと土佐水木　西原恒春

土佐水木咲き庭隅の照るやうな　水谷美江

馬酔木の花　あしびのはな

―あしび、あせび、花馬酔木《はなあしび》

ツツジ科。鈴蘭のような壺形の白い花が集まって垂れる。有毒で馬が葉を食べると酔ったようになるという。

馬酔木咲く金堂の扉にわが触れぬ　水原秋櫻子

花ぶさの雨となりたる馬酔木かな　大谷碧雲居

奈良に来て天長節や花馬酔木　赤星水竹居

海棠　かいどう　かいだう

―➡秋海棠《しゅうかいどう》（秋）

バラ科。中国原産。淡紅色、濃紅色の房状の花が艶やか、華やかで、東洋の名花とされる。

海棠や紅粉《べに》少しある指の腹　太祇

海棠や女妬《ねた》さにくゞり来る　長谷川零余子

海棠の素直なる木を見るはじめ　松瀬青々

ミモザ

―花《はな》ミモザ、銀葉《ぎんよう》アカシア

アカシアの一種。マメ科オジギソウ属。細い枝に黄色い花が球のように咲く。香りがよく、香水の原料になる。

水割りの水にミモザの花雫　草間時彦

花ミモザ海見んとして来てみれば　長江弘奈

ミモザ咲き中学生の笑ひ声　船田美鈴

リラ

―ライラック、紫丁香花《むらさきはしどい》

モクセイ科。薄紫や白の花が総状に咲く。芳香を放つ。

低音を好みてリラを愛しけり　後藤夜半

リラ冷えや擦りたる墨の香り立ち　櫻内朝

これがその「リラ咲く頃」の花なのか　椎名こはる

エリカ

―ヒース

ツツジ科。低木で淡いぼおっとした薄紫色、ばら色、白色などの細かい花が咲く。

横文字の名札に翳すエリカかな　吉田洋一

水兵の休日丘はエリカ咲く　町野けい子

玄関へ石段五段エリカ咲く　三河ゆう

満天星の花《どうだんのはな》

満天星躑躅《どうだんつつじ》

ツツジ科。馬酔木に似た壺形の白花をびっしりつける。庭園や植込みに多い。

触れてみしどうだんの花かたきかな　星野立子

満天星の花のこぼれて代替り　小坂昌代

媼住む満天星垣のその奥に　佐々木紫乃

藤《ふじ ふぢ》

山藤《やまふじ》、白藤《しろふじ》、藤浪《ふじなみ》、藤棚《ふじだな》、藤房《ふじふさ》、藤《ふじ》の宿《やど》

マメ科。山野に自生するが、庭園にも多い。薄紫や白の花が房状に垂れる。藤波は房が風に吹かれるさま。

くたびれて宿借るころや藤の花　芭蕉

白藤や揺りやみしかばうすみどり　芝不器男

藤棚や誰も通らぬこの場所に　富樫風花

躑躅《つつじ》

山躑躅《やまつつじ》、霧島《きりしま》

山野に自生し、庭園に植えられ、赤、白、桃色と種類が多い。山全体をおおって咲く所もあって美しく、各地に名所がある。

大原や躑躅の中に蔵たてて　蕪村

日の昏れてこの家の躑躅いやあな色　三橋鷹女

昼告げる湯の町小唄つつじ山　野風さやか

山吹《やまぶき》

八重山吹《やえやまぶき》、濃山吹《こやまぶき》、白山吹《しろやまぶき》

バラ科。一重と八重があり、花は黄色で鮮やか。白花もある。

山吹やこぼれて泥のうはがはき　北枝

あるじよりかな女が見たし濃山吹　原石鼎

嵐山のふところを黄に濃山吹　前川おとじ

山吹や留守頼まれし山荘に　福田秀樹

梨の花《なしのはな》

梨花《りか》、花梨《はななし》

↓梨《なし》(秋)

バラ科。薄緑色の葉が出るとすぐに白い清楚な五弁の花が開く。

青天や白き五弁の梨の花　原石鼎

梨咲くと葛飾の野はとのぐもり　水原秋櫻子

連山のかがやき増すや梨の花　倉持万千

杏の花《あんずのはな》

花杏《はなあんず》、杏花村《きょうかそん》、杏子の花《あんずのはな》

↓杏《あんず》(夏)

バラ科。梅に似た白、淡紅の五弁の花。古名、からもも。

花杏受胎告知の翅音びゞ　川端茅舎

外厠杏の花の上に月　大野林火

花あんず髪結ふ腕たくましく　有山薫糸

李の花《すもものはな》

花李《はなすもも》
➡李《すもも》（夏）

バラ科。早春に桃や梅、梨の花に似た白色、五弁の花が咲く。

わらくさき宿や李の花ざかり　左　涯
多摩の瀬の見ゆれば光り李咲く　山口青邨
李咲く丘や雨降り鳥鳴きて　久門　南

桜桃の花《おうとうのはな》《あうたうのはな》

桜《さくら》ん坊《ぼ》の花《はな》、さくらんぼの花《はな》、西洋実桜《せいようみざくら》の花《はな》

バラ科。花は桜に似ていて、白か淡紅色だが、桜より地味。

月山の裾桜桃の花浄土　阿部月山子
白ければ花桜桃と断じたる　辻　桃子
花桜桃スコップを斜に立てかけて　齋藤炉美

林檎の花《りんごのはな》

花林檎《はなりんご》
➡林檎《りんご》（秋）

バラ科。蕾は濃い紅色。開くと白い五弁の花。

みちのくの山たゝなはる花林檎　山口青邨
林檎咲きたちまち白し林檎山　辻　桃子
屋根石を浮かべて四方の花林檎　田中素耕

楓の花《かえでのはな》《かへでのはな》

花楓《はなかえで》、楓《かえで》咲《さ》く
➡若楓《わかかえで》（夏）

カエデ科。暗紅色の小花で目立たない。やがてプロペラ形の実になって飛散する。

花楓新婚のふたり椅子に揺れ　山口誓子
花楓こまかこぼるる又こまか　皆吉爽雨
送膳すみし閑あり花楓　茅　花女

銀杏の花《いちょうのはな》《いてふのはな》

公孫樹《いちょう》の花《はな》
➡銀杏《ぎんなん》（秋）

イチョウ科。雄花は薄黄色、雌花は緑色で、いずれも目立たない。

銀《ぎん》杏《なん》の花や鎌倉右大臣　内藤鳴雪
行商の風呂敷解くやはないてふ　伊藤なづな
銀杏咲く舞殿に今挙式中　亀村唯今

枸橘の花《からたちのはな》

枳殻《きこく》の花《はな》

ミカン科。蜜柑の花に似た純白の五弁花。甘い香りを放つ。

からたちの花のほそみち金魚売　後藤夜半
小学校からたち垣のどこまでも　佐々麗子
からたちの家を取り巻き咲きにけり　松野春月

木苺の花

きいちごのはな

↓木苺《きいちご》（夏）

バラ科。山野に自生。小さな白色五弁花。

燈台の子に木苺の花早し　高野素十

木苺の花を日照雨の濡らし過ぐ　金子伊昔紅

木苺の花咲くボート乗場かな　伊藤賢子

接骨木の花

にわとこのはな
にはとこのはな

たずの花《はな》

スイカズラ科。早春、枝の先に緑がかった花が群がり咲く。

にはとこの花や土間土黒々と　ますぶち椿子

接骨木の咲くや鶏小舎にほふ　辻　桃子

接骨木の茂り隣りの見えずなり　小倉三輪

通草の花

あけびのはな

三葉通草《みつばあけび》
↓通草《あけび》（秋）

アケビ科。蔓性の落葉木。四月ごろ、細い花茎に目立たない三弁花がつく。雌花は濃い紫、雄花は薄紫色。

疱瘡の神にまきつく花通草　冨山いづこ

雲深し通草の花の雨ためて　安藤甦浪

奥峯に雨雲かかり花あけび　熊井正蔵

郁子の花

むべのはな

うべの花《はな》
↓郁子《むべ》（秋）

アケビ科。蔓性で常緑。白く淡紫色の目立たない花をつける。

むべ咲くや鳶は足場を軽々と　梶川みのり

郁子咲いて引戸があれば引いてみる　しの緋路

郁子咲いて隠れがちなる御門かな　嶋田いね

樒の花

しきみのはな

花《はな》しきみ、こうしば、花樒《はなのみ》

シキミ科。常緑の葉に香気があり、淡黄白色の小花をつける。寺院や墓地に多い。

ゆかしさよ樒花咲く雨の中　蕪　村

花ながら枯れし地蔵の樒かな　高浜虚子

樒咲く陵径は昼暗く　高山　幽

山樝子の花

さんざしのはな

バラ科。棘のある低木に白い小花が群がって咲く。

山樝子の花に岨路夜明けたり　紀野自然生

山樝子や子を嘆く日の手に刺さる　武井与始子

さんざしの花より蝶の離れけり　山形風童

松の芯

まつのしん

緑立《みどりた》つ、若松《わかまつ》、松《まつ》の緑《みどり》、松《まつ》の花《はな》、緑摘《みどりつ》む

松の新芽。晩春、枝先につんつんと立つ。

松の芯群れて鳥の音へだてけり　久保田万太郎

緑なす松や金欲し命欲し　石橋秀野

數台に松の花粉や道明寺　片岡敏子

竹の秋

たけのあき

竹秋《ちくしゅう》、笹《ささ》の秋《あき》

➡竹《たけ》の春《はる》(秋)、笹散《ささち》る(夏)

竹は春、地中の筍に栄養分をとられて葉が黄ばむ。他は緑の中に竹だけはまるで秋のようだとしてこの名がある。

夕方や吹くともなしに竹の秋　永井荷風

掘りあてし井戸の深さや竹の秋　長谷川零余子

刻刀のリズム変はるや竹の秋　中辻左門

柳

やなぎ

枝垂柳《しだれやなぎ》、糸柳《いとやなぎ》、青柳《あおやなぎ》、柳《やなぎ》の糸《いと》、門柳《かどやなぎ》、川端柳《かわばたやなぎ》、泥柳《どろやなぎ》

ヤナギ科。高さ10mにもなる。芽吹き始めの枝は糸のように風になびく。枝垂柳のほかに枝垂れない柳もあり、漢字では楊を当てる。

引きよせて放しかねたる柳かな　丈草

雪どけの中にしだるる柳かな　芥川龍之介

川波を立てて船行く柳かな　浅野るり

柳絮

りゅうじょ
りうじょ

柳《やなぎ》の絮《わた》、柳《やなぎ》の花《はな》、柳絮飛《りゅうじょと》ぶ

柳の種子。綿毛にくるまれており、風に乗って一斉に飛ぶ。

ある時は柳絮に濁る山おろし　前田普羅

柳絮飛ぶ大河静かに合ふところ　丸山好江

柳絮とぶ西湖の橋を渡りきて　笛木かりん

桑

くわ
くは

桑《くわ》の芽《め》、桑《くわ》の花《はな》、山桑《やまぐわ》、桑畑《くわばたけ》

➡桑摘《くわつみ》(人)

蚕の飼料とする。淡い黄色の小花が穂状につく。

桑畑に人の足音夜明星　飯田龍太

その昔桑畑なりし名残り桑　山岡寿

桑畑を抜けたところが中学校　園山楓

蘖

ひこばえ
ひこばゆ

ひこばゆる

春先、樹木の切株や根元から萌え出た芽や枝。「ひこばゆる」とも使う。

大木の蘖したるうつろかな　高浜虚子

蘖にしては大きな木でありぬ　安部元気

ひこばえの茶筅のごとき柳かな　原あやめ

春落葉《はるおちば》

―↓常盤木落葉《ときわぎおちば》（夏）

椎、樫、檜など常緑樹の落葉。春先に新芽と交代する。

池乾き春の落葉を転ばせる　富安風生

跼《かが》みては佇《た》ちては春の落葉焚　石田波郷

ビストロの昼の灯や春落葉　篠原喜々

黄水仙《きずいせん》

―喇叭水仙《らっぱずいせん》
↓水仙《すいせん》（冬）

三月ごろ、香りのよい黄色の六弁花をつける。

突風や算を乱して黄水仙　中村汀女

黄水仙に尚霜除のありにけり　長谷川零余子

新聞にどつと巻きては黄水仙　西川千晶

クロッカス

―春咲《はるざ》きサフラン

アヤメ科。鉢植えや水栽培される球根。黄、紫、白色など香りのよい花が咲く。サフラン（オランダ語）のラテン名。

クロッカス天円くして微風みつ　柴田白葉女

日が射してもうクロッカス咲く時分　高野素十

雪積りつゝクロッカスまだ見ゆる　中田みづほ

ヒヤシンス

―風信子《ふうしんし》

ユリ科の球根植物。百合状の小花が総状に群がり咲き香りがよい。水栽培にもし、白い根が美しい。

いたづらに葉を結びありヒヤシンス　高浜虚子

眼をとむるヒヤシンスあり事務の閑　日野草城

一日に一つやり遂げヒヤシンス　吉田　空

チューリップ

―鬱金香《うっこんこう》

ユリ科の球根植物。春の花壇を代表する花。色は紅、紫、黄、白、絞り、斑入りとりどりで明るく楽しい。

鉛筆で書く音静かチューリップ　星野立子

チューリップ花びら外れかけてをり　波多野爽波

庭芝の果ては海なりチューリップ　神田丙車

パンジー

―三色菫《さんしきすみれ》、三色菫《さんしょくすみれ》

スミレ科。紫・白・黄の三色を一花に持つ。花壇に多い。

パンジーの畑蝶を呼び人を呼ぶ　松本たかし

パンジーに妻が放てる水曲る　摂津幸彦

パンジーの縁取つてゐる花時計　白井美佳

サイネリア

―シネラリア

キク科。紅、藍、紫、白などの華麗な頭状花をつける。

サイネリア花たけなはに事務倦みぬ　日野草城

サイネリア女声十色にこぼれけり　関　清子

ひしめきてさらに蕾やサイネリア　堀切玄蕃

フリージア

アヤメ科。筒状の白や黄、紫の香り高い清楚な花。

フリージアのあるかなきかの香に病みぬ　阿部みどり女

フリジヤにかひなきことは言はでけり　中尾白雨

扉開くフリージアの香わつとくる　中村あやね

オキザリス

カタバミ科。かたばみより大きな白、黄、桃色などの五弁花。日がかげるとしぼむ。

病院の中庭にしてオキザリス　神谷みよし

オキザリス雨の茶房に人在らず　中谷朔風

山荘にまだ人居らぬオキザリス　和賀礼子

スイートピー―スヰートピー

マメ科。豌豆に似た白、淡紅、紅紫などの蝶形花をつける。

スヰートピーの紅白罌粟《けし》に負けじとす　松瀬青々

花揺れてスイートピーを束ね居る　中村汀女

夫の亡き庭の手入れやスイートピー　天沢浩子

アネモネ―紅花翁草《べにばなおきなぐさ》、はないちげ

キンポウゲ科。芥子に似た白、淡紅、濃紅、紫などの五弁の萼をつける。八重もある。華やかでエキゾチックな感じ。

アネモネのむらさき濃くて揺らぐなし　水原秋櫻子

アネモネの花にはじまる一講話　京極杞陽

アネモネの黒きところの恐ろしき　草島夢

桜草《さくらそう/さくらさう》―プリムラ

桜に似た薄紅の花をつける。種類が多く、栽培のものには、白、紅、濃紫、黄、絞りなどもある。

咲きみちて庭盛り上る桜草　山口青邨

まのあたり天降りし蝶や桜草　芝不器男

切手買ふ窓口にありさくら草　石坂ひさご

君子蘭《くんしらん》

ヒガンバナ科。太い茎の先に筒状の赤橙色の花が十数個、総状に集まって咲く。葉は剣状で厚く太く、鉢植えが多い。

自動ドア過敏にあくや君子蘭　星野恒彦

語りかけ手入れをしたり君子蘭　石居雪明

君子蘭まで登りきし蟻ひとつ　川崎由紀

デージー《ひなぎく》——雛菊

キク科。菊に似た白花で芯は明るい黄色。園芸種が多く大輪、八重、花色もさまざまある。

雛菊や子の作文に大志あり　大原　勉

雛菊や亡き子に母乳滴りて　柴崎左田男

デージーの中に離れ家ひっそりと　小松　静

金盞花《きんせんか》《きんせんくわ》

キク科。濃い橙黄色の花で、房総半島や淡路島で切花として栽培されている。

金盞花いよいよ金に昼深し　田村木国

仏壇に供へ短き金盞花　安田　裕

金盞花剪《き》りに明け暮れ島乙女　中川忠治

勿忘草《わすれなぐさ》

ムラサキ科。藍色の小花をつける。花言葉は「私を忘れないで」。

勿忘草わかものゝ墓標ばかりなり　石田波郷

その中の勿忘草がとくに好き　景山香衣

駒歩く勿忘草の水辺かな　浜崎素粒子

芝桜《しばざくら》

ハナシノブ科。茎は地を這い、白、淡紅、紫の小花をつける。花壇や石垣を毛氈を敷いたように覆って咲く。

芝桜安全剃刀捨て場なし　宮脇白夜

一山も二山もみな芝桜　牧田さとこ

芝桜垣あふれては道に這ひ　堀　十華

都忘れ《みやこわすれ》

深山嫁菜の園芸種で、野菊に似た紫色の花。

紫の厚きを都忘とて　後藤夜半

人恋し都忘れが庭に咲き　高橋淡路女

都忘れ江戸紫でありにけり　熊田のどか

十二単《じゅうにひとえ》《じふにひとへ》

シソ科。淡紫色の小さい唇形の花を穂状につける。

汝にやる十二單といふ草を　高浜虚子

十二単活けては日差しには当てず　須藤　武

むらさきの一色十二單なる　辻　桃子

苧環の花《おだまきのはな》《をだまきのはな》——糸繰草《いとくりそう》、深山苧環《みやまおだまき》

キンポウゲ科。青紫、桃、白などの糸巻（苧環）に似た花をつける。

をだまきや乾きてしろき吉野紙　水原秋櫻子

妻見入るをだまきに雨さかんなり　大野林火

苧環の八重も一重も裏庭に　門田桂史

諸葛菜《しょかつさい》

アブラナ科。青紫色の花。大根の花に似ているが、食用の大根の花のことではない。

草庵の春らんまんと諸葛菜　富安風生
諸葛菜また咲きいでて忌の日来る　角川源義
玉垣のざつくりくづれ諸葛菜　たなか迪子

金鳳花《きんぽうげ》

馬《うま》の脚形《あしがた》

晩春、黄色のてらてらした五弁花が咲く。有毒植物。

だんだんに己かがやき金鳳花　中村汀女
揃ひなば発つとて煙草金鳳華　中村若沙
半島のどこまでゆけどきんぽうげ　大貫晶

狐の牡丹《きつねのぼたん》

キンポウゲ科。山道や野原に多く金鳳花に似た五弁花で有毒。

狐にも狐の牡丹咲きにけり　相生垣瓜人
おぼえなき狐の牡丹庭に咲き　武井洋子
ここよりは登り狐の牡丹照り　菊野慶舟

苺の花《いちごのはな》

花苺《はないちご》、蛇苺《へびいちご》の花《はな》
⬇苺《いちご》(夏)

オランダ苺、草苺、野苺などの花の総称で白い五弁の小さい花。

夕風にしきわらみだれ花いちご　久保より江
苺咲く館の主はどんな人　井上明未
二株はもうひらきをる花苺　宮野陵太郎

菜の花《なのはな》

菜種《なたね》の花《はな》、花菜《はなな》、菜《な》の花明《はなあか》り、菜《な》の花月夜《はなづくよ》

畑に一面に黄色く咲く。菜種油を採るためだったが、最近は切花、食用も多い。

菜の花や月は東に日は西に　蕪村
菜の花に埋もれて握飯を食ふ　大野洒竹
菜の花に日出で日の入る在所かな　松瀬青々

大根の花《だいこんのはな》

すずしろの花《はな》

取り残した畑の大根の花。白や淡紫色で十字形をしている。

大根の花紫野大徳寺　高浜虚子
花大根黒猫鈴をもてあそぶ　川端茅舎
大根の花咲く畑を見て通る　小沢あい

豆の花《まめのはな》

豆《まめ》の蔓《つる》

豆類の花の総称。蝶形で、色が美しく可憐。

豆の花海にいろなき日なりけり　久保田万太郎
金ほしくなくなる帰路に豆の花　秋元不死男
豆の花ふいに訪ねてお留守なる　辻桃子

豌豆の花《えんどうのはな　ゑんどうのはな》

花豌豆《はなえんどう》
⬇豌豆《えんどう》(夏)

スイートピーに似た赤紫や白の蝶形花。

豌豆の咲く土ぬくゝ小雨やむ　飯田蛇笏
また来るよ豌豆の花咲く頃に　さいとう二水
豌豆の花や今日三つ昨日四つ　橋元水流

蚕豆の花《そらまめのはな》

➡蚕豆《そらまめ》（夏）

葉のわきに淡紫色に黒い目のような点の入った淡紫色の蝶形花をつける。

そら豆の花の黒き目数知れず 中村草田男

蚕豆の花の吹降り母来て居り 石田波郷

おんぶの子蚕豆の花ゆびさせる 酒井はまなす

春の筍《はるのたけのこ》

春筍《しゅんじゅん》
➡筍《たけのこ》（夏）

春にとれる筍。小さく柔らかく、香りがよい。

春筍は犀の角ほど曲りをり 福田甲子雄

芋頭ほどの春笋刻みけり 織田烏不関

春筍の二日つづきも楽しかり 幸崎桂花

春椎茸《はるしいたけ はるしひたけ》

春子《はるこ》
➡椎茸《しいたけ》（秋）

春にとれる椎茸。出来る時期により、春子、秋子という。

よべの雨榾場の春子匂ひ出す 山口紫甲

たれも居ぬ山の春子の直売所 浦野藍子

持てるだけ春子をお持ちくだされと 須藤かほる

春大根《はるだいこん》

三月大根《さんがつだいこん》

秋に種を蒔き、春収穫する大根。細く味も落ちる。

しなしなとして春大根かはれけり 秋元不死男

水やはらかき春大根を洗ふとき 草間時彦

春大根畑のむかう島見えて 安田種竹

三月菜《さんがつな さんぐわつな》

春菜《はるな》

春先の菜の総称。新鮮で柔らか。

よし野出て又珍しや三月菜 蕪村

ベランダに鳥の来る日や三月菜 星きらら

春菜畑沖に向かひてうねりつつ 竹内怜子

鶯菜《うぐいすな うぐひすな》

小松菜や水菜などの小さいころのもの。春先に出荷されるものを指す。

摘みそへよ膳のむかひの鶯菜 白雄

洗ひ場に水ほとばしり鶯菜 矢沢淳

うぐひすなとて味噌汁のたのしかり 前田風人

水菜《みずな みづな》

京菜《きょうな》

京菜、千筋菜ともいう。近年は水耕栽培で安価に年中出回っている。壬生《みぶ》菜は別種。

水菜採る畦の十字に朝日満ち 飯田龍太

水菜など大抱へして作務僧は 石塚宗作

水菜畑日ごと日ごとに色あふれ 井口やすみ

芥菜 からしな

菜辛子《ながらし》

葉に辛みがあり、浸し物にする。種子の粉末が香辛料の辛子。黄色小型の十字花をつける。

辛菜も淋しき花の咲きにけり　一茶
擂粉木をもて辛菜を叩くなり　しみず屯児
芥菜のおひたし上手大伯母は　湯川めぐみ

三葉芹 みつばぜり

みつば、根三葉《ねみつば》

セリ科。茎の先に葉が三枚つき、葉、白い茎ともに香り高い。

根三葉の屑も香にたち夕厨　石塚友二
母の忌の目の中にほふ三葉芹　秋元不死男
取箸をながなが添へて三葉芹　花輪陽酔

レタス

萵苣《ちしゃ》、玉《たま》ぢしゃ、サラダ菜《な》

球状の野菜で、サラダに向く。結球しないものはサラダ菜。

レタス噛む寝起き一枚のシャツ纏ひ　堀風祭子
万葉の沙弥の浜萵苣摘みて来し　安藤老蕗
レタスかむ喋りすぎたと気落ちして　岡田ころん

春菊 しゅんぎく

菊菜《きくな》

菊の葉に似た香りの強い野菜。黄色い花が咲く。

春菊の大きな花は黄が褪めし　高野素十
このスープ春菊なりとシェフ若し　大久保りん
花咲いて春菊太き木《ぼく》なせり　原あいさ

茎立 くくたち

大根、蕪、菜類の茎に薹が立つこと。

茎立やきのふの雨のあさぼらけ　阿波野青畝
茎立や泥靴乾く薪の上　石塚友二
茎立や首に傷ある軍鶏が鳴き　水上黒介
茎立や陸《くが》より暮るる九十九里　いとう紫

韮 にら

かみら、みら　↓韮《にら》の花《はな》（夏）

ユリ科。濃い緑の葉は柔らかく独特の臭みがある。

韮生えて枯木がもとの古畑　村上鬼城
貧農は弥陀にすがりて韮摘める　飯田蛇笏
青韮にはらりと反す中華鍋　村木光人

独活 うど

山独活《やまうど》、もやし独活《うど》、独活掘《うどほ》る、芽独活《めうど》　↓独活《うど》の花《はな》（夏）

ウコギ科。長い茎が白く柔らかい。日を遮った地下で栽培される。自生の山独活は香りが高い。

雪間より薄紫の芽独活哉　芭蕉
笊の上にのせわたしある長き独活　鈴木花蓑
山独活の出る頃月山まだ白く　小林芙蓉

アスパラガス ― アスパラ、松葉独活《まつばうど》、西洋独活《せいよううど》

ユリ科。若い緑色または白の細長い茎を食用にする。

うつくしき雪いただくや松葉独活　渡辺白泉

立子の墓アスパラガスの供へある　辻　桃子

烟るごとアスパラガスの畑かな　岡田　龍

胡葱《あさつき》 ― 浅葱《あさつき》、糸葱《いとねぎ》、分葱《わけぎ》

ネギ類では一番ほそい。葉と辣韮《らっきょう》に似た鱗茎を食用にする。

君が来てあさつき曲げる女かな　信　徳

あさつきの葉を吹き鳴らし奉公す　高野素十

分葱の根白き玉なしみな光る　坊野　幸

葱坊主《ねぎぼうず ねぎばうず》 ― 葱《ねぎ》の花《はな》、葱《ねぎ》の擬宝《ぎぼ》

葱の花。つんと立った袋状の苞を坊主頭に見立てた。中に白い小花の蕾が球状につまっている。

夜が来る数かぎりなき葱坊主　西東三鬼

菜畑の隣さびしや葱坊主　柳田國男

薄皮のうすうすすけて葱坊主　辻　桃子

茗荷竹《みょうがたけ めうがだけ》

ショウガ科。地中から芽吹いた茗荷の若芽。香気があり、薬味にしたり吸い物に入れる。

茗荷竹普請も今や音こまか　中村汀女

一面に出かゝつてゐて茗荷竹　高橋春灯

茗荷竹むかひの婆が取り呉るる　岩田洋子

山葵《わさび》 ― 山葵沢《わさびさわ》、山葵田《わさびだ》、山葵漬《わさびづけ》

渓流に自生し、栽培もされる。晩春から初夏に白い小花をつける。地下茎が薬味の「わさび」。強い辛みがある。

水あさし影もとどめず山葵生ふ　松本たかし

雪いくたび降りし山葵ぞ抜かれたる　渡辺白泉

花山葵摘みはるばると伯耆より　吉田たまこ

クレソン ― 洋芹《ようぜり》、和蘭芥子《おらんだがらし》

明治初期に導入されたが、いまは各地の清流や湿地に自生。葉や茎に独特の辛みと香りがあり、肉料理の付け合わせに使う。

クレソンに水うなづきて流れゆく　山田みづえ

クレソンを引けば髭根に山の泥　越野ちえこ

厨房は和蘭芥子仕分け中　川村すずらん

防風《ぼうふう ばうふう》

浜防風《はまぼうふう》、はまにがな、防風掘《ぼうふうほ》る

セリ科。浜辺の砂地に自生。葉や茎に香りがあり、刺身のつまにする。

美しき砂をこぼしぬ防風籠　富安風生
防風を掘るやそこまで潮満ちて　大井月居
防風の上にどさりと塩叺　安部元気

青麦《あおむぎ あをむぎ》

麦青《むぎあお》む
➡麦《むぎ》（夏）

青々と伸びた麦。穂が出るまでをいう。

青麦や火の見しづかに村はづれ　長谷川素逝
百姓の血筋の吾に麦青む　高野素十
青麦や讃岐の国は汽車ゆるく　平田　翠

三月蜜柑《さんがつみかん さんぐわつみかん》

春蜜柑《はるみかん》、名残蜜柑《なごりみかん》

三月の名残の蜜柑。水気が少ない。

海そこに暮れて三月蜜柑かな　篠原太平
大いなる三月蜜柑ぶはと剝き　三上冬華
別れ来てむけば三月みかんかな　飯山摩衣

三宝柑《さんぽうかん》

伊予柑《いよかん》、八朔柑《はっさくかん》、でこぽん、ネーブル

三、四月ごろに熟す甘い柑橘類。近ごろはさまざまな種類がある。

三宝柑三箇の向こう海の青　奥野美枝子
座りよきネーブル選りて墓に置く　名取文子
でこぽんに文学論の飛び交へる　中村阿昼

和布《わかめ》

若布《わかめ》、新和布《しんわかめ》
➡和布刈《わかめがり》、若布干《わかめほ》す（人）

春は新物でとくに柔らかい食用の海藻。

春深く和布の塩を払ひけり　召　波
みちのくの淋代の浜若布寄す　山口青邨
観世音下の市場の和布かな　國吉七赤
豆腐屋のがんもに並び新和布　小林さゆり

荒布《あらめ》

荒布舟《あらめぶね》、荒布刈《あらめがり》、黒布《くろめ》、搗布《かじめ》

荒磯の岩礁に生える海藻で食用、肥料。似た種類の黒布はヨードの原料。

荒布干す女の他は磯動かず　大野林火
怒濤来てゆるがす磯の荒布干　水原秋櫻子
かぢめ鎌銜へて髪をなほしゐる　安田源二郎
朝磯の竿にからめて荒布採り　笠間あんず

海苔《のり》

岩海苔《いわのり》、海苔舟《のりぶね》、海苔掻《のりか》く、海苔干《のりほし》

食用の海藻。栽培の浅草のりは、海中に海苔篊《ひび》や海苔粗朶《そだ》を立てて着生させる。天然の岩海苔は稀少品。

衰ひや歯に食ひあてし海苔の砂　芭蕉
海苔干すや町の中なる東海道　百合山羽公
岩海苔を掻きつついつか隔りて　中田みづほ

石蓴《あおさ》《あをさ》

石蓴汁《あおさじる》

海岸の岩につく緑色の海藻。味噌汁などにする。

杖つきつ石蓴蓆をかたづくる　京極杞陽
どの浜も石蓴を干してあるばかり　石田由紀
ひとつまみ石蓴入れれば汁香る　伊藤荘

海雲《もずく》《もづく》

水雲《もずく》、海蘊《もずく》、海雲採《もずくとり》、海雲売《もずくうり》、海雲籠《もずくかご》

内湾のホンダワラ類に着生する海藻。細くぬるぬるしていて、酢の物にする。

波立てば逆立ちもする海雲かな　岡田耿陽
海雲売る市の女の無口なる　大橋ごろう
黒雲のやうなる海雲玻璃の中　永井珠

海髪《うご》

江蘺《おごのり》、海髪《おご》

刺身のつまや酢の物にする細い髪状の海藻。熱湯をかけると鮮緑色に変わる。

雨けぶる音戸は海髪を刈つてをり　萩原麦草
海中の黒雲と見え海髪そよぐ　森本茉衣
ずるずると引き来しものが海髪なると　山科一湖

鹿尾菜《ひじき》

ひじき刈《がり》、ひじき干《ほ》す

岩礁につく海藻。生のときは黄褐色、干すと黒くなる。惣菜としてなじみ深い。

鹿尾菜刈るや岩間落ちあふ汐となり　原月舟
鹿尾菜干す磯は荒れたり人住まず　山口草堂
ひじき採るその褐色の房長く　竹内怜子

松露《しょうろ》

松露《しょうろ》掻《か》く、松露《しょうろ》掘《ほ》る

海浜の松林に生ずる球状の茸で、ほとんど砂の中に埋まっている。

宿までを案内してくれ松露掻　後藤いづみ
この寺の住職変はり松露掘る　嶋田緑雨
鹿島灘けふは静かや松露掻く　あべはこべ

夏

夏《なつ》

三夏《さんか》、朱夏《しゅか》、炎帝《えんてい》、夏場《なつば》

立夏（五月六日ごろ）から立秋（八月八日ごろ）の前日まで。陰暦の四～六月、陽暦では五～七月を指す。初夏、仲夏、晩夏に分ける。朱夏は漢名。

少年の早くも夏は腋にほふ　山口誓子
戸隠の夏は短しさるをがせ　阿波野青畝
足で足洗ふ子供ら夏来たる　清水白水

卯月《うづき》

卯《う》の花月《はなづき》、卯月尽《うづきじん》

陰暦四月の異名で卯の花の咲く時期。陽暦のほぼ五月にあたる。

さまざまに橋普請ある卯月かな　梅室
たそがれの草花売も卯月かな　富田木歩
石庭の大海原も卯月かな　赤川蓉
くつ下を脱げば卯月の土ふまず　牟田京子

清和《せいわ》

気候の清らかで温和なこと。陰暦四月の候。

竹林の闇のあはさも清和かな　古賀まり子
蛸飯の塩味ほどよき清和かな　大橋とし
清和かな横浜港に汽笛ポと　立松けい

五月《ごがつ ごぐわつ》

聖五月《せいごがつ》、聖母月《せいぼづき》

この月の初旬から夏。緑の美しい季節で、カトリックでは聖母月という。

藍々と五月の穂高雲をいづ　飯田蛇笏
えにしだの黄にむせびたる五月かな　久保田万太郎
初産みの卵小さく聖五月　清水雪花

夏めく《なつめく》

夏兆《なつきざ》す

あたりが夏らしくなってくること。春の花が終わり、草木が緑一色となる。

夏めきて人顔見ゆるゆふべかな　成美
寺清浄僧等清浄夏めきぬ　高野素十
取り替へる眼鏡の色も夏めけり　西川千晶

立夏《りっか》

夏立《なつた》つ、夏《なつ》に入《い》る、夏来《なつく》る、今朝《けさ》の夏《なつ》

二十四節気の一つ。五月六日ごろ。暦の上ではこの日から夏。

瀧おもて雲おしうつる立夏かな　飯田蛇笏
おそるべき君等の乳房夏来たる　西東三鬼
一艇のマストを高く夏立てる　にしな帆波

初夏　しょか——初夏《はつなつ》、夏始《なつはじめ》、首夏《しゅか》

立夏からほぼ一カ月間を指す。入梅前の心地よい季節。

初夏や蝶に眼やれば近き山　原　石鼎
初夏の山立ちめぐり四方に風の音　水原秋櫻子
自転車に初夏のリュックをどんとかな　茶谷由璃

若夏　わかなつ——うりずん

沖縄語のなつぐち（初夏）にあたる。そのころの沖縄の清々しく気持ちのいい風光をいう。

若夏の魔除獅子《シーサー》いかる屋根の上　角川源義
若夏《うりずん》や熱き電球掴み消す　中村盛宜
若夏や水牛の尾を切り揃へ　はらてふ古

小満　しょうまん　せうまん

二十四節気の一つ。五月二十一日ごろ。このころから走り梅雨になる年が多い。

小満やあやめにまじる薄荷草　那須弥生
潮引いて小満の砂あらはれぬ　黒川　了
小満の粘菌図鑑ぶ厚かり　増田静乃

苗代寒　なわしろざむ　なはしろざむ

苗代時の寒さ。梅雨前に雨が降って、肌寒い日がある。

この里の苗代寒むといへる頃　高浜虚子
女らも苗代寒の頰かむり　熊谷伊佐緒
お厠は苗代寒の畳敷き　谷口　征

薄暑　はくしょ——軽暖《けいだん》

初夏の少し暑く感じられる気候。

はんけちのたしなみきよき薄暑かな　久保田万太郎
人々に四つ角ひろき薄暑かな　中村草田男
ほつそりと銀座の猫や夕薄暑　舟　まどひ

皐月　さつき——五月雨月《さみだれづき》、早苗月《さなえづき》

陰暦五月の異名で、現在の六月ごろ。田植えの時期なので早苗月の略ともいわれる。

さりながら雨暗からぬ五月かな　闌　更
深川や低き家並のさつき空　永井荷風
門川の勢ひづいて早苗月　井上ろびん

六月　ろくがつ　ろくぐわつ——↓小六月《ころくがつ》（冬）

仲夏の梅雨に入る月にあたる。

六月を奇麗な風の吹くことよ　正岡子規
河口や六月の雲涌上る　篠原温亭
六月や百草いよよ所占め　あさみ　岬

仲夏《ちゅうか》

——夏半《なつなか》ば

五月雨の降る六月ごろ。夏の半ば。

飛ぶ雲や仲夏の夜半の薄明り　長谷川春草
青釉のあくまで青き仲夏かな　黒木千草
廃線の小さな記事や夏半ば　三島ひさの

芒種《ぼうしゅ》《ばうしゆ》

二十四節気の一つで、六月六日ごろ。芒《のぎ》のある穀物を播種するころ。

芒種けふ半月にして瑞々し　古賀まり子
足跡を深く芒種の畑の土　牧田雅生
古甕に芒種の水を満たしけり　天野更紗

田植時《たうえどき》《たうゑどき》

——田植寒《たうえざむ》

田植用の苗を、苗代から本田に植えるころ。ふつう六月上旬。東北では五月半ばごろ。

田植季わが雨傘もみどりなす　橋本多佳子
田植どき夜は月かげ田をわたり　石田波郷
俺さまとのたまひし兄田植時　倉持万千

麦の秋《むぎのあき》

——麦秋《むぎあき》、麦秋《ばくしゅう》

麦の取り入れどき。初夏だが実りの秋のように、麦畑が黄金色に熟れるので、この名がある。

兀山のてかてかとして麦の秋　正岡子規
麦の秋大利根ゆるく流れたり　小絲源太郎
馬子唄のハーの稽古や麦の秋　池田正宏

入梅《にゅうばい》《にふばい》

——梅雨《つゆ》に入《い》る、梅雨入《ついり》

梅雨に入ること。暦の上では立春から百二十七日目、六月十一、二日ごろ。しかし実際には、この日から梅雨が始まるわけではない。

焚火してもてなされたるついりかな　白雄
入梅やのれんの藍の濃きうれひ　川口松太郎
入梅のどうでもいいを回覧す　うな浅黄

梅雨寒《つゆざむ》

——梅雨冷《つゆびえ》

梅雨時の寒さ。長く続くと冷夏となる。

梅雨寒のたびをはなさず恙妻　樋口玉蹊子
今日もまた白き蝶来て梅雨寒し　武田鶯塘
梅雨寒や練つて封して飯の粒　石川妙

夏至《げし》

⬇冬至《とうじ》(冬)

二十四節気の一つで、六月二十一、二日ごろ。北半球では昼が一番長い。

夏至の雨山ほととぎす聴き暮らし　田村木国

「かくも長き不在」を夏至の映画館　安部元気

夏至やわが正中線に息通す　高杉空彦

水無月《みなづき》

常夏月《とこなつづき》、青水無月《あおみなづき》

陰暦六月の異名。陽暦の七月ごろにあたる。

水無月や伏見の川の水の面　鬼貫

水無月や青嶺つゞける桑のはて　水原秋櫻子

こゑひそめ青水無月の巫女たちは　梶川みのり

七月《しちがつ》《しちぐわつ》

梅雨が明け、極暑の日が続く。もっとも夏らしい月。

七月や赤き木屑を撒き散らし　山口誓子

七月や銀のキリスト石の壁　大野林火

七月やパンをはみ出す色野菜　石田ゆたか

半夏生《はんげしょう》《はんげしやう》

⬇半夏《はんげ》、半夏草《はんげそう》、半夏雨《はんげあめ》(天)

夏至から十一日目の七月二日ごろ。毒草の烏柄杓《からすびしゃく》(漢名・半夏)や、葉が白くなる半夏生(半夏草)の生えるころ。

風鈴の夜陰に鳴りて半夏かな　飯田蛇笏

病室に降る煤のあり半夏生　石田波郷

口開けて息する鶏や半夏生　贄川いずみ

小暑《しょうしょ》《せうしよ》

二十四節気の一つで、七月七日ごろ。そろそろ梅雨が明け、盛夏の太陽が照りつけ、暑さがだんだん本格的になる。

部屋ぬちへ小暑の風の蝶ふたたび　皆吉爽雨

古井戸の中に草生へ小暑かな　瀬間五月

小暑かな歯医者の椅子につと眠り　前原水緒

梅雨明《つゆあけ》

⬇梅雨《つゆ》あがり、梅雨《つゆ》の雷《らい》(天)

平均三十日間の梅雨が明けること。暦の上では七月十日ごろ。雷が鳴り一気に暑くなる。

梅雨明けぬ猫が先づ木に駈け登る　相生垣瓜人

梅雨明けの草木図太くなつてをり　安藤ちさと

梅雨明やたうたうと川押しきたる　篠原喜々

盛夏《せいか》

夏旺《なつさか》ん、真夏《まなつ》

夏の真っ盛り。

闊歩する孔雀に天も地も盛夏　福田蓼汀

夏旺ん駅舎の影の尖りたる　北山日路地

床屋より盛夏の頭出て来たる　中　小雪

夏暁《なつあけ》

夏《なつ》の朝《あさ》、夏《なつ》の夜明《よあけ》

朝の訪れが早く、早朝から日が高く晴れ渡っていることが多い。

夏の朝病児によべの灯を消しぬ　星野立子

夏暁や地面すれすれ牛の乳　越渡あざみ

こそばゆき雨の匂ひや夏の朝　若松デンスケ

炎昼《えんちゅう／えんちう》

夏《なつ》の昼《ひる》、夏《なつ》の午《ひる》

焼けつくような夏の真昼の暑さ。「日盛り」に比べいっそう暑さが激しい感じがする。

みじろぎもせず炎昼の深ねむり　野見山朱鳥

炎昼の円形劇場にて悲劇　土田紫葉

炎昼や仁王の白き歯と爪と　武田　周

夏の夕《なつのゆう／なつのゆふ》

夏《なつ》の宵《よい》、夏《なつ》の暮《くれ》

夏の夕暮。日中の暑さもいくらかしのぎやすくなる。

水色のものなべてよし夏の夕　武田鶯塘

すがる子のありし浴みや夏の夕　石橋秀野

笊竹をざらりと揉むや夏夕べ　藤野靖也

夏の夜《なつのよ》

夜半《よわ》の夏《なつ》

暑さが夜になっても残り、つい夜更かしをしてしまう。

夏の夜や崩れて明けし冷し物　芭　蕉

夏の夜の湖白し松の間　佐藤紅緑

夏の夜のラフマニノフはまだ序章　八坂煌誠

短夜《みじかよ》

↓夜長《よなが》(秋)

短い夏の夜のこと。短夜は夜が短いこと、明易しは明けるのが早いことに思いをおいた言葉。

みじか夜や枕にちかき銀屏風　蕪　村

短夜のあけゆく水の匂かな　久保田万太郎

短夜や志ん生の声とぎれ気味　竹内怜子

明易《あけやす》

短夜と同じことだが、たちまち夜明けを迎えてしまうことに思いを込めた言い方。

明易や花鳥諷詠南無阿弥陀　高浜虚子

足音は屋根の鴉や明易し　藤野チエ

できたての豆腐ごろりと明易し　こると　漣

白夜《はくや》

白夜《びゃくや》

北極、南極に近い地帯で、夏の日没後も明るさが残り、薄明のまま朝になる現象。

わが泊つる森のホテルの白夜かな　山口青邨

サーカスの娘が出て遊ぶ白夜かな　角　杏子

日本に帰化して白夜なつかしみ　水上黒介

土用《どよう》

土用入《どよういり》、土用太郎《どようたろう》、土用明《どようあけ》、土用照《どようでり》、暑中《しょちゅう》

七月二十一日ごろから立秋前までの十八日間。その間が暑中で酷暑の時期。土用入の日を土用太郎、二日目を土用次郎、三日目を土用三郎と呼ぶ。

小豆買うて煮んとぞ思ふ土用入　高浜虚子

土用太郎一日熱き茶でとほす　石川桂郎

土用太郎医者の梯子をいたしけり　奥出あけみ

三伏《さんぷく》

夏至の後、第三の庚《かのえ》の日を初伏、第四の庚の日を中伏、立秋後の第一の庚の日を末伏といい、総称して三伏という。酷暑の候にあたる。

三伏の夕べの星のともりけり　吉岡禅寺洞

三伏の回覧板は至急なる　栢野木樵

三伏のきはだの粉の薬かな　城野三四郎

大暑《たいしょ》

二十四節気の一つで、七月二十三日、四日ごろ。この後十五日間が暑さの頂点。

念力のゆるめば死ぬる大暑哉　村上鬼城

水晶の念珠つめたき大暑かな　日野草城

床に落つ月の光も大暑かな　辻　桃子

暑し《あつし》

暑気《しょき》、暑苦《あつくる》し、蒸暑《むしあつ》い

➡寒《さむ》し（冬）

夏の気温の高いこと。

暑き日を海に入れたり最上川　芭　蕉

蝶の舌ゼンマイに似る暑さかな　芥川龍之介

草鞋《わらんじ》の暑苦しかろ仁王尊　袖山　篠

母の忌の今年も同じ暑さかな　齊藤樹里

炎暑《えんしょ》

炎熱《えんねつ》

真夏の燃えるような暑さ。

薬草の湯に子を浸す炎暑かな　福田甲子雄

生きてまた炎暑の畑の中にかな　藤本　則

ビル影のゆらめいてゐる炎暑かな　池　蘭子

極暑《ごくしょ》

最も極まる暑さ。むし暑さ。

酷暑《こくしょ》、溽暑《じょくしょ》

月青くかかる極暑の夜の町　高浜虚子

誰も来ず何処へも行かぬ酷暑かな　野崎芙蓉

見舞ふ師の両手つめたき酷暑かな　國吉七赤

灼くる《やくる》

真夏の盛りの激しい炎えるような暑さ。

熱《あつ》し、熱砂《ねっさ》、灼岩《やけいわ》、炎《も》ゆる

岩灼けて賽の河原の赤蜻蛉　遠藤梧逸

鉄柵の灼くるにふれて船着場　三宅美也子

竿も灼けばりばり乾くバスタオル　矢代ひるね

熱帯夜《ねったいや》

最低気温が摂氏25度以上の夜。夜に入っても涼しくならず、熱帯のように寝苦しい。

潜航の潜水艦も熱帯夜　田代草猫

熱帯夜古きテレビの厚きこと　松本てふこ

熱帯夜銀座の路地の角曲り　田中とこ

冷夏《れいか》

低温の夏。農作物は被害をうける。

夏寒《なつさむ》し、冷害《れいがい》

夏寒み蘆火焚くべき松蔭や　尾崎紅葉

夏さむくあるく園生の青すゝき　飯田蛇笏

雨降ればみちのくは夏寒かりき　大久保りん

夏寒し末寺に万年茸ひとつ　水木なまこ

涼し《すずし》

朝涼《あさすず》し、夕涼《ゆうすず》し、晩涼《ばんすず》し、庭涼《にわすず》し、鐘涼《かねすず》し

⬇新涼《しんりょう》(秋)

暑さの中に見つける一抹の涼味。さまざまなものに感じられる。

涼しさやほの三日月の羽黒山　芭蕉

飛騨涼し朴葉にのせてものひさぐ　大野林火

下駄音の大股に来る涼しさよ　鈴木潮

涼しかり大礼服の銀刺繡　高橋晴日

夏の果《なつのはて》

夏果《なつはて》、夏終《なつおわ》る、夏《なつ》の別《わか》れ、夏行《なつゆ》く、夏惜《なつお》しむ

日中はまだ暑いが、朝晩は涼しくなる。

水は水洲は洲の夏の果つるかな　久保田万太郎

本ばかり読んでゐる子の夏畢る　安住敦

潮騒に我が身ゆるるや夏の果　大木葉薄

晩夏《ばんか》

夏《なつ》の末《すえ》、晩夏光《ばんかこう》

七月半ばから八月初めのころ。暑さの盛りだが、暦の上では夏の終わり。

晩夏光バットの函に詩を誌す　中村草田男
紅くして黒き晩夏の日が沈む　山口誓子
黄い帯びし朝日となりて晩夏かな　沖塚一歩
読み終へ眼鏡を拭けば晩夏かな　東　あふひ

夏深し《なつふかし》

夏深《なつふか》む、なつさぶ

夏も深まり、盛りの土用のころをいう。

夏深し熱きを啜る豆腐殻《おから》汁《じる》　日野草城
あけくれや独語に夏も深く過ぎ　斎藤空華
夏深し木道ゆける処まで　久保のぞみ

夜の秋《よるのあき》

夜《よ》の秋《あき》
⬇秋《あき》の夜《よ》(秋)

夏も終わりのころ、夜はもう秋のような感じがする。

家ぬちの物音ばかり夜の秋　星野立子
ナースコール押す指先に夜の秋　今井桃青
観劇にたつぷり笑ひ夜の秋　奥寺ひろ子
夜の秋の古き友来る古き廊　辻　桃子

秋近し《あきちかし》

秋《あき》を待《ま》つ、秋隣《あきどなり》
⬇春隣《はるどなり》(冬)

夏が終わり、秋が間近に感じられる季節。

秋近き心の寄るや四畳半　芭　蕉
すいと出て名も知らぬ草秋近し　久保田九品太
秋近くすぐに消えゆく鳥の水脈　桜庭門九

夏の日《なつのひ》

――夏日《なつび》、夏日《なつひ》

夏の一日も夏の強い日差しも指す。

夏の日や薄苔つける木木の枝　芥川龍之介

夏の日や屋根にてらてらペンキ塗り　いさか小夜

来た道の二倍帰るや夏日射　村上たつを

夏の空《なつのそら》

――夏空《なつぞら》、夏《なつ》の天《てん》

梅雨明け後の晴れ渡った空。入道雲が湧き、まぶしい。

わが浴むたくましき身に夏の空　飯田蛇笏

夏空へ雲の落書奔放に　富安風生

夏空や球児のタオルでつかくて　清水白水

夏の雲《なつのくも》

――夏雲《なつぐも》

夏空にでる雲。明るくまぶしい。

夏の雲朝からだるう見えにけり　一茶

父のごとき夏雲立てり津山なり　西東三鬼

夏雲や楼門の奥ひつそりと　安藤ちさと

雲の峰《くものみね》

――入道雲《にゅうどうぐも》、積乱雲《せきらんうん》、峰雲《みねぐも》、雷雲《らいうん》

山か巨大な塔のようにむくむくと盛り上がった入道雲。

雲の峰幾つ崩れて月の山　芭蕉

厚餡割ればシクと音して雲の峰　中村草田男

たたなづく山おのおのに雲の峰　依田　小

夏の月《なつのつき》

――月涼《つきすず》し

暑さの残る夜の月もあれば、涼しくなった夜の月もある。

蛸壺やはかなき夢を夏の月　芭蕉

なほ北に行く汽車とまり夏の月　中村汀女

万華鏡めくや田毎の夏の月　吉池遊

梅雨の月《つゆのつき》

――梅雨月夜《つゆづきよ》、梅雨月《つゆづき》

珍しく梅雨どきに現れる月。

寺の子にむさゝび鳴いて梅雨の月　田村木国

春の月ありしところに梅雨の月　高野素十

母の家の流しの低し梅雨の月　夏秋明子

梅雨の星《つゆのほし》

――梅雨星《つゆぼし》

梅雨どきの雲間からふともれる星。

ひとところ密雲洩るる梅雨の星　道部臥牛

梅雨星や扱くたび光る麦の芒　岸田優

ひとり居は自由で淋し梅雨の星　大久保りん

卯月曇《うづきぐもり》

—卯《う》の花曇《はなぐもり》

陰暦四月(卯月)ころの曇りがちな空模様。

湖や卯月曇のきのふけふ　高浜虚子

牛蒡たく匂ひに卯月曇かな　青木月斗

提灯に灯の入り卯月曇かな　梶川みのり

卯の花腐し《うのはなくたし》

—卯《う》の花降《はなくだ》し
⬇卯《う》の花《はな》(植)

卯月のころのうっとうしい雨模様。卯の花を腐らせるように降りつづく。

さす傘も卯の花腐しもちおもり　久保田万太郎

足袋ぬいで卯の花腐し行く娘かな　麻田椎花

泣きやまぬ赤子卯の花腐しなる　斎藤月子

筍流し《たけのこながし》

—筍梅雨《たけのこづゆ》
⬇筍《たけのこ》(植)

なま暖かい雨まじりの南風。筍が生えるころに吹く。

筍流し石廊岬へと這ひ上り　小島愛袈

斎竹の撓ふ筍流しかな　前川おとじ

不覚なる筍梅雨の病臥かな　加藤晃規

茅花流し《つばなながし》

湿気の多い雨まじりの南風。茅花の白い絮《わた》がほぐれるころに吹く。

吊橋の真中はつばな流しかな　斎藤月子

江の島の参道茅花流しなる　白井薔薇

船下りて茅花流しに吹かれゆく　西川千晶

風薫る《かぜかおる》《かぜかをる》

—薫風《くんぷう》

青葉が匂うように晴れて吹き渡る南風。

風絶えてひそかに風の薫りけり　春面

風呂出でし裸は神や風薫る　松根東洋城

薫風や眼下の黒部川青し　鹿間夏紅

青嵐《あおあらし》《あをあらし》

—青嵐《せいらん》、風青《かぜあお》し、夏嵐《なつあらし》、メーストーム

青葉の林や野を、青々と吹き渡る強い風。

青嵐もつとも朴を吹き白め　富安風生

夏嵐机上の白紙飛び尽す　正岡子規

高楼や昼も灯す青嵐　高浜虚子

南風《みなみ》

—南風《みなみかぜ》、南風《なんぷう》、南風《はえ》、まじ、まぜ、大南風《おおみなみ》、荒南風《あらはえ》

南の海から吹く暖かく湿った季節風。

尻ふりて蛤ふむや南風　涼菟

南風や石の本読む二宮金次郎《きんじろう》　田代草猫

巻きのこすわたあめのすぢ南風吹く　小川春休

黒南風《くろはえ》

―黒南風《くろばえ》

梅雨入りのころに吹く南風。黒雲を伴ってざわざわと吹き、空が暗くなる。

黒南風や島山かけてうち暗み　高浜虚子
黒ばえに山かつの井をのぞきけり　吉岡禅寺洞
黒南風に船の遅れを告げにくる　増田真麻

白南風《しろはえ》

―白南風《しらはえ》

梅雨明けのころの南風。真白な雲が湧き、空が明るい。

白南風の夕浪高うなりにけり　芥川龍之介
白南風や訪へば男の部屋昏く　草野ぐり
白南風や洗濯物に白増えて　如月真菜

夏の雨《なつのあめ》

―半夏雨《はんげあめ》
⬇半夏生《はんげしょう》(時)

夏に降る雨。半夏生の日に降る雨が半夏雨。

夏の雨きらりきらりと降りはじむ　日野草城
夏の雨明るくなりて降り続く　星野立子
扇子屋の暖簾しつとり夏の雨　澤田佐和

青時雨《あおしぐれ あをしぐれ》

―青葉時雨《あおばしぐれ》、樹雨《きさめ》

木々の青葉にたまった雨が、ぱらぱらと降りかかること。

結界の身に青時雨埒もなや　角川源義
枢行くなり青時雨浴びながら　宮原美枝
脳天に命中するも青時雨　清水雪花

薬降る《くすりふる》

⬇薬の日《くすりひ》(行)

陰暦五月五日の午の刻(正午)に降る雨。そのときに雨が降ると、五穀豊穣とされた。

薬園に雨降る五月五日かな　蕪　村
薬降る人なきときの切通し　鈴木六林男
薬降る松に梯子をかけしまま　たなか迪子

虎が雨《とらがあめ》

―虎《とら》が涙雨《なみだあめ》

曾我兄弟が討たれた陰暦五月二十八日に降る雨。兄十郎の愛人虎御前の涙の雨だという伝説にもとづく。

しんみりと虎が雨夜の咄《はなし》かな　路　通
ひとたびの虹のあとより虎が雨　阿波野青畝
墓石の丸くなりしよ虎が雨　袖山　篠

雹《ひょう へう》

雷鳴とともにばらばらと降る氷の塊。豆粒大、鶏卵大、ときに拳大のものまであり、果樹や野菜に被害が出る。

烈日やころげし雹に草の影　原　石鼎
龍巻に雹まで来たりなにごとぞ　安部元気
大粒の雹降る夜や肉焼いて　ささ南風

虹　にじ

朝虹《あさにじ》、夕虹《ゆうにじ》

雨あがりの空にかかる。朝虹は雨の前触れ、夕虹は晴れとされる。虹は四季立つが、夕立のあとなどに多く見られるところから夏季。

虹立ちて忽ち君の在る如し　高浜虚子

夕暮れの虹棒立ちにオホーツク　しみず亀児

虹の根のぢりぢりこちへ近づき来　はらてふ古

走梅雨　はしりづゆ

梅雨《つゆ》の走《はし》り、前梅雨《まえづゆ》、迎《むか》え梅雨《づゆ》、送《おく》り梅雨《づゆ》、戻《もど》り梅雨《づゆ》

梅雨入り前に降りつづく梅雨のような雨。梅雨があがる時期のは送り梅雨。一度明けてまた降るのが戻り梅雨。

戻り梅雨寝てるて肩を凝らしけり　臼田亜浪

走り梅雨麒麟の首のおよぎくる　波多野爽波

こんな日に別れ話や走梅雨　泉　竹馬

梅雨　つゆ

梅雨《ばいう》、黴雨《ばいう》、梅雨空《つゆぞら》、梅雨雲《つゆぐも》、梅《うめ》の雨《あめ》、梅霖《ばいりん》、青梅雨《あおつゆ》、梅雨《つゆ》じめり

一か月近くつづくじめじめした雨の季節。

北海の梅雨の港にかゝり船　高浜虚子

家ひとつ沈むばかりや梅雨の沼　田村木国

降り立つや日本の梅雨のまとひつく　空野草子

五月雨　さみだれ

五月雨《さつきあめ》、さみだるる、五月雨傘《さみだれがさ》、五月雨髪《さみだれがみ》

梅雨どきの雨。「さ」は稲の植え付け、「みだれ」は雨の意で、田植えのころの雨を意味した。湿気を帯びてうっとうしい女の髪が五月雨髪。

五月雨を集めて早し最上川　芭　蕉

五月雨や上野の山も見あきたり　正岡子規

五月雨のひとり暮しのくさめかな　藤森かずを

五月闇　さつきやみ

梅雨闇《つゆやみ》

⬇春《はる》の闇《やみ》（春）

五月雨のころの暗い昼や、月の出ない闇夜。

五月闇より石神井の流れかな　川端茅舎

大黄の広葉にたまる五月闇　前田普羅

五月闇まなこ凝らせば海であり　佐保田乃布

梅雨晴　つゆばれ

梅雨晴間《つゆはれま》、五月晴《さつきばれ》、五月空《さつきぞら》

梅雨の中休みの晴れ間。いそいそと溜まったものを洗濯したりする。

梅雨晴や鵜の渡り居る輪島崎　前田普羅

梅雨晴や小村ありける峠口　水原秋櫻子

梅雨晴の比叡の山のカかな　黒田こよみ

空梅雨《からつゆ》

旱梅雨《ひでりつゆ》

梅雨どきに雨が降らないこと。水不足が起きる。

空梅雨や松にかけたる雀の巣　相島虚吼

塩鯖にあぶら浮き出て旱梅雨　いけだきよし

空梅雨の錆色深き手風琴　吉田金雀児

梅雨の雷《つゆのらい》

梅雨雷《つゆかみなり》、梅雨雷《つゆらい》

⬇雷《かみなり》（天）

雷が鳴ると梅雨が明けるといわれている。

梅雨の雷いま脳天を渡りくる　石川桂郎

梅雨雷や煙突の煙横にのび　西田佐喜

いくたびか文書き直す梅雨の雷　笠原風凜

旱《ひでり》

旱空《ひでりぞら》、旱天《かんてん》、大旱《おおひでり》、旱畑《ひでりばた》、旱田《ひでりだ》、旱草《ひでりぐさ》、旱雲《ひでりぐも》、旱星《ひでりぼし》、旱月《ひでりづき》

⬇秋旱《あきひでり》（秋）、寒旱《かんひでり》（冬）

何日も雨が降らず、からからに乾き切ること。

天広く湖青々と旱かな　松根東洋城

大《たい》旱《かん》の赤牛となり声となる　西東三鬼

大旱鶏は卵を産みつづけ　はらてふ古

夕焼《ゆうやけ ゆふやけ》

大夕焼《おおゆうやけ》、夕焼雲《ゆうやけぐも》、梅雨夕焼《つゆゆやけ》

⬇寒夕焼《かんゆうやけ》（冬）

日没に西空が紅く染まること。梅雨どきの夕焼は梅雨夕焼。

歩を進めがたしや天地夕焼けて　山口誓子

夕焼や楽屋の前の水車　中村吉右衛門

夕焼や甲の形《なり》の甲山　ほりもとちか

炎天《えんてん》

⬇炎昼《えんちゅう》（時）

太陽が照りつけ、燃えるような空。

炎天の空美しや高野山　高浜虚子

炎天の遠き帆やわがこころの帆　山口誓子

炎天に逆らふごとし川滾る　大槻独舟

朝曇《あさぐもり》

厳しい暑さになる日の朝、あたりがぼーっと靄《もや》をかけたようになること。「旱の朝曇り」という。

前向ける雀は白し朝ぐもり　中村草田男

持て出たる傘が荷となる朝曇　来住雷子

朝曇り風に馬糞のにほひして　あさみ岬

日盛《ひざかり》

日《ひ》の盛《さか》り

夏の日の盛り。太陽が真上に来る正午から二、三時間がことに暑い。

日盛りに蝶のふれ合ふ音すなり　松瀬青々

日盛や松脂匂ふ松林　芥川龍之介

日盛の横断歩道往く鴉　藤野チエ

油照《あぶらでり》

じりじりと照らされ、脂汗のにじむような暑さ。

大阪や埃の中の油照 青木月斗
油照日蔭の草のまつさをに 中村草田男
短身の我に厳しき油照 中原たいへい

片蔭《かたかげ》

片《かた》かげり、日陰《ひかげ》
↓緑蔭《りょくいん》(植)

炎暑の日中、道の片側にのみ樹木や家の日陰ができること。

片蔭の子とあとになりさきになり 後藤夜半
片かげを早行く夜店車かな 富安風生
片蔭の大きい方を譲りけり 三島ひさの

西日《にしび》

大西日《おおにしび》

沈みかけた太陽。夏はとくに、その暑さが耐えがたいので夏の季語。

病院の西日の窓の並びたる 五十嵐播水
争ひて無数の西日入り来る 相生垣瓜人
容赦なく西日射し込む無菌室 澤田佐和

熱風《ねっぷう》

炎風《えんぷう》、乾風《かんぷう》

真夏の乾いた熱い風。

熱風の樹に倚り白き麺麭《パン》を食む 三谷　昭
熱風や家屋を壊す機械が来 岩崎ふかみ
熱風や砂にくつきり土踏まず 前　壽人

涼風《りょうふう りやうふう》

↓新涼《しんりょう》(秋)

暑さの中で、ほっと涼味を感じさせる風。

涼風の曲りくねつて来たりけり 一　茶
涼風に口開けて差す歯痛止め 原子公平
涼風の運ぶ木の香や曲げわつぱ 吉田たまこ

土用東風《どようごち》

青東風《あおごち》
↓東風《こち》(春)

夏の土用に吹く東風。台風がそれたときに多い。

道々の涼しさ告げよ土用東風 来　山
通り抜けだけのデパート土用東風 鈴木真砂女
ばりばりのシーツ取り込む土用東風 堀なでしこ

山背風《やませ》

土用《どよう》あい

五、六月ごろ、東北地方に吹く冷たい東または東北の風。つづくと冷害になる。土用中に吹く涼しい北風は土用あい。

津軽女等やませの寒き頰被 富安風生
やませ来るいたちのやうにしなやかに 佐藤鬼房
やませ吹く酒なぞ飲んでゐるときか 安部元気

雷《かみなり》

神鳴《かみな》り、いかづち、雷《らい》、はたたがみ、鳴神《なるかみ》、遠雷《えんらい》、雷鳴《らいめい》
↓稲妻《いなづま》(秋)

積乱雲に伴う放電現象。

夜の雲のみづみづしさや雷のあと 原　石鼎
はたゝ神七浦かけて響みけり 日野草城
遠雷のやはり一雨来ますかね 植松孫一

日雷《ひかみなり》

日雷《ひいかづち》

晴天に起こる雷。

夏旅や温泉山出てきく日雷　飯田蛇笏

塩ひさぐ婆の地べたに日雷　石橋秀野

日雷友去るごとく響き合ひ　大橋とし

喜雨《きう》

⬇喜雨休《きうやす》み、雨休《あめやす》み（人）

旱のあとにやっと恵まれた、農家にとって喜びの雨。ひびわれた田畑が潤い、作物が息を吹き返す。

ふるさとの喜雨の山王村役場　高野素十

喜雨の来てそこらいそがし草の宿　五十崎古郷

喜雨降らす威風堂々たる雲よ　田代草猫

露涼し《つゆすずし》

夏《なつ》の露《つゆ》

⬇露《つゆ》（秋）

夏の朝、葉や草にびっしりと降りて涼しげ。

露涼し形あるもの皆生ける　村上鬼城

露涼し鎌にかけたる葛の蔓　飯田蛇笏

露涼し子規庵の庭ひとめぐり　今井しづか

夕立《ゆうだち》《ゆふだち》

夕立《ゆだち》、よだち、白雨《はくう》、夕立雲《ゆだちぐも》、夕立晴《ゆだちばれ》、夕立風《ゆだちかぜ》

夏の夕方、ざっと降る大粒の激しい雨。雷を伴うことも多い。

夕立や砂に突き立つ青松葉　正岡子規

祖《そ》母《ば》山《ざん》も傾《かたむく》山《さん》も夕立かな　山口青邨

夕立のいま過ぎゆくや竹生島　夏秋明子

驟雨《しゅうう》《しうう》

通《とお》り雨《あめ》、スコール

急に降り出し、すぐに止む夏の雨。夕立や雷雨を指す。

包丁を持つて驟雨にみとれたる　辻　桃子

急いでも急がなくても驟雨中　雷　淑子

保育園一人残りて驟雨来る　黒木千草

雷雨《らいう》

大雷雨《だいらいう》

雷鳴を伴う激しい雨。

大雷雨ばりばり芭蕉八つ裂きに　川端茅舎

庭下駄を叩き雷雨の来たりけり　黒川　了

雷雨来る鯉一毛もたじろがず　小早川忠義

夏霧《なつぎり》

山霧《やまぎり》

⬇霧《きり》（秋）

山や海辺で夏にでる霧。ただの霧は秋の季語。

夏霧にぬれてつめたし白い花　乙　二

野麦下駄売る夏霧の峠茶屋　寺島初巳

夏霧や湖より湧きて湖に入り　坊野　幸

海霧《じり》

海霧《うみぎり》、ガス、霧笛《むてき》

オホーツク海や三陸海岸などに見られる濃霧。暖かく湿気の多い南風が、寒流や冷水域に冷やされて生ずる。

親馬は海霧のしづくの音にも覚め　福田甲子雄

馬の歯のがしがしむしる海霧の草　辻　桃子

海霧深く大き笑ひの叔父帰る　三島ひさの

雲海《うんかい》

高い山の上から見下すと、足下に見える雲の連なりで、海のように見える。

雲海に礁なしけり八ヶ岳　本田一杉
雲海や国後青く浮かばせて　石井みや
雲海やまた来ましたとケルン撫で　山田めだか

御来迎《ごらいごう》《ごらいがう》

―御来光《ごらいこう》、ブロッケン

高い山の頂で日の出を迎えること。日の出と反対側の雲の上の光の中に、自分の姿が映し出されるのがブロッケン。

雪渓をさきだつ禰宜や御来迎　皆吉爽雨
御来迎涼しきまでに燃ゆるかな　大谷碧雲居
奥宮は山頂にあり御来迎　風早ゆき

朝凪《あさなぎ》

―➡冬凪《ふななぎ》（冬）

海辺で、日の出後にぱたと風がやむこと。朝凪のあとに海風が吹き出す。

列車より母の在所や朝の凪　藤野チエ
朝凪や九十九島にふねをやり　林 ゆたか
朝凪やどの島も雲ひとつのせ　はらてふ古

夕凪《ゆうなぎ》《ゆふなぎ》

海辺で、夏の夕方に風が絶えること。昼の海風から夜の陸風にかわる間の現象で、三、四時間続く。

夕凪や仏づとめも真つ裸　宮部寸七翁
夕凪の人みな寡黙襟裳岬　大槻独舟
夕凪や古き家並の行き止まり　立松けい
夕凪のかすめる果てや淡路島　山中則房

風死す《かぜしす》

盛夏の真昼間、風がやんで耐えがたい暑さになること。

風が死し草々も死を装へり　相生垣瓜人
烏骨鶏駆け抜けし庭風死せり　倉橋羊村
風死してコーラン響き渡りけり　白井薔薇

夏野
なつの

夏野原《なつのはら》、青野《あおの》、卯月野《うづきの》、五月野《さつきの》

夏草が茂り、むんむんと草いきれのするような野原や草原。

一すぢの道はまよはぬ夏野かな 蝶夢

贖罪のごとし夏野へ妻子率て 楠本憲吉

滑走路夏野の靄に消えにけり 岡田四庵

夏の山
なつのやま

夏山《なつやま》、夏嶺《なつね》、青嶺《あおね》、夏山家《なつやまが》、青山河《あおさんが》

緑あふれる山。高山ではお花畠が広がり、雲海が見られる。

夏山や一足づつに海見ゆる 一茶

しだの葉もいろいろ楽し夏山路 高野素十

夏の峰鳥海山と申さるる 黒木千草

五月富士
さつきふじ

皐月富士《さつきふじ》、夏富士《なつふじ》、雪解富士《ゆきげふじ》、赤富士《あかふじ》

➡初富士《はつふじ》(新)

雪が消え、夏めいてきた陰暦五月ごろの富士。朝日で山肌が真っ赤に染まるのが赤富士。

豪華な愚かさ夏富士のいただきまで 飯田龍太

五月富士富士電鉄のあともどり 宮城静子

一列に牛もどりくる夏の富士 柳川恵実梨

雪渓
せっけい

➡氷河《ひょうが》

➡残雪《ざんせつ》(春)

高山の斜面、渓谷に残った万年雪。白馬岳、立山など有名。

戸の前に太刀の雪渓さかしまに 阿波野青畝

落石と声して雪渓を岩が飛び 池ノ谷笑子

頂上やところどころに雪渓が 赤沼てる葉

お花畑
おはなばたけ

➡花野《はなの》(秋)

標高二千五百メートル以上の高山で、雪解け後、一斉に高山植物が咲き乱れたところ。「おはなばた」ともいう。

ねころんであげゐる杖やお花畑 皆吉爽雨

お花畑霧湧くところ流れあり 本田一杉

火の山の風吹き抜けてお花畑 西川千晶

滴り
したたり

滴《したた》る、山滴《やましたた》り、苔滴《こけしたた》り

崖や岩の苔などから涼しげに滴る水。

つく息にわづかに遅れ滴れり 後藤夜半

滴りの打ちては揺るる葉一枚 富安風生

滴りのそばを歩むや鳳来寺 尾花ゆう香

泉《いずみ / いづみ》

泉川《いずみがわ》
↓泉殿《いずみどの》(人)

地下から清らかな水が湧き出している所。またはその水のことを指す。

紺青の蟹のさみしき泉かな　阿波野青畝
かゞまりて水皺したしき泉かな　日野草城
ふつふつと砂巻きて湧く泉かな　本間のぎく

清水《しみず / しみづ》

山清水《やましみず》、草清水《くさしみず》、岩清水《いわしみず》、苔清水《こけしみず》、清水茶屋《しみずぢゃや》

地中から湧き出した澄んだ水。

ひとり言いうて立ち去る清水かな　太祇
絶壁に眉つけてのむ清水かな　松根東洋城
秩父路のご詠歌聞こゆ岩清水　門明美

夏の川《なつのかわ / なつのかは》

夏川《なつがわ》、五月川《さつきがわ》、夏河《なつがわ》

五月雨で水かさの増した川、真夏の水の乏しい川、渓谷の清流などさまざま。

夏河を越すうれしさよ手に草履　蕪村
夏の河赤き鉄鎖のはし浸る　山口誓子
逢引の出窓の下の夏の川　篠原喜々

梅雨出水《つゆでみず / つゆでみづ》

出水《でみず》、夏出水《なつでみず》、水害《すいがい》、水禍《すいか》、梅雨川《つゆがわ》、梅雨穴《つゆあな》、出水川《でみずがわ》、水見舞《みずみまい》
↓秋出水《あきでみず》(秋)

梅雨どきの豪雨による川の氾濫。台風による出水は「秋出水」という。

田の上を小舟行くなり梅雨出水　青木月斗
木曾川の出水告げ去る小作かな　松本たかし
出水川鯉三匹が流れ来し　武田多美子

瀧《たき》

瀑《たき》、瀑布《ばくふ》、瀧《たき》しぶき、瀧壺《たきつぼ》、瀧道《たきみち》、瀧茶屋《たきぢゃや》
↓瀧殿《たきどの》(人)

涼しいしぶきを上げて落ちる。その清涼な感じから夏の季語。

瀧落ちて群青世界とゞろけり　水原秋櫻子
瀧しぶきあびて登つて来たりけり　矢花美奈子
土砂降りを約束なれば瀧を見に　赤川蓉

噴井《ふけい / ふけゐ》

噴井《ふきい》

地下水の噴き出している井戸。一年中出ているが、夏は水のあふれ出るさまが涼し気。

噴井あり凌霄花《のうぜん》これを暗くせり　富安風生
森の中噴井は夜もかくあらむ　山口青邨
たひらかに水あふれくる噴井かな　梶山一泉

夏の海《なつのうみ》

夏海《なつうみ》、夏《なつ》の波《なみ》

強い日差しの下、波が輝き躍動感にあふれている。浜辺は人々で賑わう。

島々や千々に砕けて夏の海　芭蕉

乳母車夏の怒濤によこむきに　橋本多佳子

屋根黒きむかうに青き夏の海　北野賢太

夏の潮《なつのしお》《なつのしほ》

夏潮《なつじお》、青葉潮《あおばじお》

明るく輝く五月の潮、暗さを映す梅雨の潮、七月の波しぶきをあげる群青の潮などがある。

夏潮の今退く平家亡ぶ時も　高浜虚子

夏じほの夕とゞろきとなりにけり　久保田万太郎

夏潮や音なくふくれ立ち上がる　境桂子

卯浪《うなみ》

卯月浪《うづきなみ》、卯浪皐浪《うなみさなみ》、皐月浪《さつきなみ》

➡卯月《うづき》（時）

陰暦四月（卯月）ごろの波。低気圧の通過でしばしば荒れる。皐月波は陰暦五月ごろ、梅雨どきで荒れやすい。

岬より折れ曲り来る卯浪かな　高浜虚子

舷《ふなばた》のわが影走る卯浪かな　野見山朱鳥

奉納の油揚乾《から》ぶ卯波かな　川口未来

土用浪《どようなみ》

➡土用《どよう》（時）

南方洋上に発生した台風の影響による高波。土用のころ、太平洋岸に見られる。

土用波はるかに高し見えて来て　久保田万太郎

浜草の塩たれ伏すや土用浪　嶋田青峰

土用波赤褌の子が一人　安部元気

苦潮《にがしお》《にがしほ》

海中プランクトンの異常発生で、海水の色が変わって見えること。汚染によることが多く、魚介類に大きな被害がでる。

苦潮のひたひた寄する破船かな　原川一草人

苦潮をまたぎて長き橋一つ　芹野はつ

苦潮や頂にして浦祠　遠藤正己

植田《うえた》《うゑた》

早苗田《さなえだ》、五月田《さつきだ》

田植えが終わったばかりの田。苗はまだ短く、たっぷりと張った水に周囲の景色が映る。

潮急に植田は鏡より静か　川端茅舎

いとけなく植田となりてなびきをり　橋本多佳子

母訪へば山の映れる植田かな　松永月海

青田《あおた／あをた》

青田風《あおたかぜ》、青田波《あおたなみ》、青田道《あおたみち》

青々と苗が伸び育ち田の面を覆い、水が見えなくなった水田。

傘さしてふかれに出でし青田かな　白雄

善光寺平青田の照り曇り　徳川夢声

六道てふバス停に降り青田風　斎藤月子

田水沸く《たみずわく／たみづわく》

➡田水落《たみずおと》す（秋）

強い日差しで水がぬるま湯のようになった状態。土中の切株などが分解し、ぷくぷくと泡がわく。

荼毘煙匍《は》ひゆく方の田水沸く　村上四明

下毛野一の宮なる田水沸く　古木はるか

田水沸き妙所にいたる一講座　佐藤明彦

更衣《ころもがえ》 ころもがへ

――衣更《ころもが》う

春服を夏服に替えること。昔の宮中では、陰暦四月一日を更衣の日とした。

越後屋に衣さく音や更衣　其角

更衣二間つづきの母の部屋　波多野爽波

広げれば風をはらみて更衣　遠山ひすい

夏服《なつふく》

――麻服《あさふく》、サマードレス、夏衣《なつごろも》、夏衿《なつえり》

涼しい麻、木綿など薄い布地の服。

誰よりも先に夏服来て寒し　田代草猫

麻を着て齢を秘することもなし　池蘭子

夏服やすこし高めに髪結うて　花井あき

白服《しろふく》

着心地も見た目も涼しい夏用の白い洋服。盛夏に好んで着用される。

星満つ夜汝が白服の白極まる　楠本憲吉

白服に去年の皺の残りける　たなか迪子

さう言えばちやうちん袖の白き服　宮原さくら

白靴《しろぐつ》

夏用の白い靴。

白靴の中なる金の文字が見ゆ　波多野爽波

亜米利加より帰国したるや白靴で　西川千晶

白靴の立ち竦みたる東尋坊　佐藤ゆり

レース

透かし模様をほどこした涼しげな布地や編み物。

レースのスカアト拡がりゐて妊む　山口誓子

レース傘レースの影をこぼしけり　辻桃子

どれもみな編みかけなりしレース編む　小林つくし

袷《あわせ》 あはせ

――初袷《はつあわせ》、古袷《ふるあわせ》、素袷《すあわせ》
↓秋袷《あきあわせ》(秋)

裏地のついた夏用の着物。素肌に着るのが素袷。

寝て見れば畳のかたき袷かな　闌更

袷着て袂に何もなかりけり　高浜虚子

粉つぽき顔を扇ぐも初袷　草野ぐり

単衣《ひとえ》 ひとへ

――セル、単物《ひとえもの》

裏地をつけない夏用の着物。

松籟に単衣の衿をかき合はす　阿部みどり女

セルを着し父の袂のふくらめり　小原紀香

白地《しろじ》《しろぢ》

——白絣《しろがすり》、白重《しろがさね》

地の白い着物。白地に絣を織り出したものは白絣。単衣に仕立てる。

妻なしに似て四十なる白絣 石橋秀野

やつと出す祖母の白地と妣の帯 ともりもと

白絣文士のやうにはだけたる 白井薔薇

羅《うすもの》

——絽《ろ》、紗《しゃ》、薄物《うすもの》、薄衣《うすぎぬ》、薄衣《うすごろも》、軽羅《けいら》

薄い絹の単衣もののこと。見た目も着心地も涼しい。

羅をゆるやかに着て崩れざる 松本たかし

羅にほそぼそと身をつつみたる 高野素十

羅を縫うてゐる手が透けて見ゆ 岩田美蜻

上布《じょうふ》《じやうふ》

——芭蕉布《ばしょうふ》、生布《きぬの》、晒布《さらし》、縮布《ちぢみふ》

細い麻糸をつかった上等の麻織物。芭蕉布は芭蕉の繊維を用いる。草木の繊維を織って晒さないのが生布で、晒した布は晒布。

うち透きて男の肌《はだへ》白上布 松本たかし

芭蕉布や厄年なんぞとうに過ぎ はらてふ古

形見なる父の上布や五寸の余 岡田四庵

夏羽織《なつばおり》

——単羽織《ひとえばおり》、絽羽織《ろばおり》

単衣の羽織で夏用。

綻びを人なとがめそ夏羽織 蕪村

座を立てば畳み置かれぬ夏羽織 小杉余子

道夫来る絽の羽織着て下駄はいて 藤野靖也

帷子《かたびら》

——黄帷子《きかたびら》、白帷子《しろかたびら》、染帷子《そめかたびら》

生絹や麻や苧《からむし》で作った単衣もの。

青空のやうな帷子きたりけり 一茶

頑丈の身に帷子や錨紋 松藤夏山

旧家なり絰帷子は反のまま 空野草子

夏帯《なつおび》

——単帯《ひとえおび》

絽や紗で作った夏用の帯。涼しげな模様をあしらう。

どかと解く夏帯に句を書けとこそ 高浜虚子

嵩もなう解かれて涼し一重帯 日野草城

道連れは酒田のひとや単帯 中小雪

夏袴《なつばかま》

——単袴《ひとえばかま》、麻袴《あさばかま》、夏足袋《なつたび》、単足袋《ひとえたび》

薄手の夏用の袴。夏むきの一重の足袋が夏足袋。

夏袴見台の書は書か礼か 藤野古白

老いて猶浮世のさがや夏袴 籾山梓月

兄弟や色ちがひなる夏袴 本間のぎく

浴衣《ゆかた》

木綿の単衣の着物。湯上がりに着た湯帷子の略。夕涼みや盆踊に着る。

湯帷子《ゆかたびら》、藍浴衣《あいゆかた》、浴衣掛《ゆかたがけ》

しろじろと古き浴衣やひとり者　原　石鼎

生き堪へて身に沁むばかり藍浴衣　橋本多佳子

浴衣着て少女の足に絆創膏　亀村唯今

甚平《じんべい》

羽織のような筒袖の単衣。涼しいので老人や子どもがよく着る。

甚兵衛《じんべえ》、甚平《じんべ》

甚平の紐むすびやる濡手かな　皆吉爽雨

甚平やすこしおでこで愛らしき　日野草城

引き連れし犬が止まれば甚平も　赤川　蓉

すててこ

夏の男性用下穿《ば》きで、着物やズボンの下にはく。

荒縄に漁夫のすててこ乾きけり　本多　脩

芸なしと太鼓のちがひすてゝこに　加藤郁乎

すててこがお稲荷さんのいはれなど　石井渓風

腹当《はらあて》

金太郎腹掛《きんたろうはらがけ》、腹巻《はらまき》、寝冷知《ねびえし》らず

腹の冷えを防ぐための腹掛。子どもに着せるとかわいい。

腹巻のむかし憲兵粉挽き唄　佐々木紫乃

手招けば這うて来る子や腹当す　高橋淡路女

腹当の丸に金の字なつかしき　矢野　芹

半ズボン《はんズボン》

丈が膝より上の短いズボン。

ショートパンツ

ちらと見ゆ今朝の阿闍梨《あじゃり》の半ズボン　木村日出夫

半ズボン蚋に食はれし跡の足　七戸初子

力こぶ見せ合うてをり半ズボン　京野菜月

夏シャツ《なつシャツ》

ニットのスポーツシャツやTシャツなど。白い綿製が定番。

タンクトップ、Tシャツ、白《しろ》シャツ、アロハシャツ、開襟《かいきん》シャツ

少年の夏シャツ右肩裂けにけり　中村草田男

通る電車白シャツぎつしり充ちて過ぐ　山口誓子

アロハシャツ遅れ来てよく喋ること　大越マンネ

あっぱっぱ

夏に女性が家で着るだぶだぶの簡単な服。

簡単服《かんたんふく》、アッパッパー

アッパッパ思ひ邪なき娘かな　松瀬青々

アッパッパーアッパッパーに行き遭ひぬ　花眼亭椋鳥

あつぱつぱ男前には縁のなく　ひろおかいつか

夏手袋《なつてぶくろ》

レース手袋《てぶくろ》、夏手套《なつしゅとう》

➡手袋《てぶくろ》(冬)

薄地の絹やレース製が多く涼しげ。本来は礼装用だが、いまは女性のお洒落の一つ。

新刊書夏手袋のまま読める　池上浩山人

お見合の夏手袋を求めをり　大谷朱門

オペラグラス夏手袋の中にかな　島　織布

夏帽子《なつぼうし》《なつばうし》

夏帽《なつぼう》、パナマ帽《ぼう》、かんかん帽《ぼう》、麦藁帽子《むぎわらぼうし》
➡冬帽子《ふゆぼうし》（冬）

強い日差しを避けるために かぶる帽子。色も形もさまざま。

浅草や買ひしばかりの夏帽子　川口松太郎
むざうさに夏帽投げてすわりけり　渋沢秀雄
馬の背に胸はつてをり夏帽子　塚原琢ジロヲ

日傘《ひがさ》

日傘《ひからかさ》、パラソル、絵日傘《えひがさ》
➡春日傘《はるひがさ》（冬）

夏の日を防ぐためにさす傘。いまは材質も色、柄も様々にある。

話し来る一つ日傘に出つ入りつ　高浜虚子
日傘さし月光荘をさがしけり　斎藤月子
絵日傘や坂それぞれに名のつきて　井沢うさ子

サングラス

➡雪眼鏡《ゆきめがね》（冬）

夏の強烈な紫外線から目をまもるための色付き眼鏡。

サングラス泉をいよゝ深くせり　水原秋櫻子
サングラス偽りもなく女なり　不破博
知りたくて知られたくなくサングラス　舟まどひ

ハンカチ

汗巾《あせふき》、手巾《はんけち》、ハンカチーフ、汗拭《あせぬぐ》い

汗や手を拭く布。一年中使うが、本来「汗をふく」ためなので夏季。

ハンケチ振つて別れも愉し少女らは　富安風生
御仏に忘れてありし汗拭ひ　高野素十
縁台にハンカチ置いて呼びにゆく　ふく嶋桐里

水着《みずぎ》《みづぎ》

海水着《かいすいぎ》、海水《かいすい》パンツ、海水帽《かいすいぼう》、ビーチコート

泳ぐときに着る。

まつはりて美しき藻や海水着　水原秋櫻子
椅子ふかく水着のままに熟睡《うまい》せる　大野林火
水着も居シスターも居て駅舎かな　井上和奏

新茶《しんちゃ》

走り茶《はしりちゃ》、古茶《こちゃ》
➡茶摘《ちゃつみ》（春）

新芽で製したその年の最初の茶。香りも色も新鮮。前年とれた茶が古茶。

新茶の香真昼の眠気転じたり　一茶
夜も更けて新茶ありしをおもひいづ　水原秋櫻子
まづ愛でて針のごときを走りの茶　山田こと子

筍飯《たけのこめし》

とれたての筍を炊き込んだ飯。初夏らしい味と香りを味わう。

七賢は笋飯に胃を損ず　松瀬青々
雨ごもり筍飯を夜は炊けよ　水原秋櫻子
おもたせで筍飯をつくりけり　吉村淳

麦飯《むぎめし》

麦をまぜて炊いた飯。一年中あるが、新麦が穫れるのは夏なので夏季。栄養があり素朴な味。

京まではまだ二日路や麦の飯　草　　　斧
麦飯や廂に垂るる栗の花　松藤夏山
麦飯や座禅のあとの昼の餉の　柳瀬姫香

豆飯《まめめし》

⬇蚕豆《そらまめ》、豌豆《えんどう》（植）

蚕豆や豌豆をまぜて、醤油や塩で味つけしたご飯。

客あれば炊《かし》ぐ豆飯豆腐汁　高浜虚子
柔らかに出来しと詫びて豆の飯　高野素十
蓋とれば萌黄色なり豆の飯　永松　史

夏料理《なつりょうり》《なつれうり》

水鱧《みずはも》、水貝《みずがい》

見た目の涼しさを大切にした料理。材料、調理法、器も工夫する。鱧や鮑を薄く賽の目に切り、冷水に浮かべたものが水鱧、水貝。

美しき緑走れり夏料理　星野立子
鐘の音や箸待つのみの夏料理　中村草田男
水貝や浦にゆつくり夜の来て　山口珊瑚

洗膾《あらい》《あらひ》

⬇洗鯉《あらいごい》、寒鯉《かんごい》（冬）

冷水で洗って肉を締めた刺身。鱸《すずき》、鯉などが美味。

洗ひ鯉日は浅草へ廻りけり　増田龍雨
三代に亘る砥石や洗鯉　薗部庚申
盛りつけて鯒の洗を真ん中に　白井薔薇

晒鯨《さらしくじら》《さらしくぢら》

⬇鯨《くじら》（冬）

鯨の肉と皮の間の脂肪を晒したもの。酢味噌和えがうまい。

さらしくぢら浅草に来てすこし酔ふ　草間時彦
浜町のをんなと晒鯨かな　辻　桃子
ぎやまんの青きにさらし鯨かな　弘田朋泉

鮓《すし》

馴鮓《なれずし》、鮒鮓《ふなずし》、柿《かき》の葉鮓《はずし》、鮨《すし》、箱鮓《はこずし》、握鮓《にぎりずし》、稲荷鮓《いなりずし》、五目鮓《ごもくずし》、ばら鮓《ずし》、鮓桶《すしおけ》

寿司、鮨とも書く。押し鮨、なれ鮨などさまざまあるが、にぎり鮓が代表的。本来は夏に馴酢を作ったから。

鮒ずしや彦根が城に雲かかる　蕪　　村
仏間より風よく通ひ鮓馴るる　皆吉爽雨
笹鮓を食うて楽しき顔並ぶ　黒岩くに子

新節《しんぶし》

鰹節《かつおぶし》つくる、生節《なまりぶし》、なまり

その夏獲れた鰹で作った鰹節。味もつやもよい。

生節や黒木の御所の台所　嘯　　山
新節の硬き血色を削りけり　岡田四庵
水に凝り酢に凝つて炊く生節　井ケ田杞夏

土用鰻《どよううなぎ》

鰻飯《うなぎめし》、鰻《うなぎ》の日《ひ》

夏負けを防ぐとして、土用丑の日に食べる鰻。鰻は夏に多く獲れる。今はほとんど養殖もの。

土用鰻店ぢゆう水を流しをり　阿波野青畝

琳派よし鰻またよし上野山　仁田逸

櫃いつぱい鰻ちらすも土用かな　吉川康剣

泥鰌鍋《どじょうなべ　どぢやうなべ》

泥鰌汁《どじょうじる》、柳川鍋《やながわなべ》

丸のままの泥鰌を浅鍋で煮たもの。泥鰌汁は泥鰌とささがきごぼうを入れた味噌汁。体力補強のため夏によく食べる。

くらくらと煮えかへりけり鰌汁　村上鬼城

泥鰌鍋のれんも白に替りけり　大野林火

枡酒や七輪に乗せ泥鰌鍋　緑川かづ

土用蜆《どようしじみ》

土用蜆汁《どようしじみじる》

➡蜆《しじみ》(春)、寒蜆《かんしじみ》(冬)

夏の土用に食べる蜆。滋養がある。

振り声も土用蜆や明石町　小坂順子

高波を見つつ土用の蜆汁　桜田宗平

黒々と土用蜆や十《と》三《さ》湊《みなと》　牧原成

冷索麺《ひやそうめん　ひやさうめん》

冷素麺《ひやそうめん》、冷麦《ひやむぎ》、切麦《きりむぎ》、流《なが》し素麺《そうめん》

暑さで食欲がないときの冷素麺が夏の季語だが、素麺だけでも夏季に使っている。竹筒に流しつつ食べる流し素麺は涼味満点。

ざぶざぶと索麺さます小桶かな　村上鬼城

さうめんを浸して居たり十二橋　佐藤春夫

みちのくの仏壇大き冷索麺　草野ぐり

冷し中華《ひやしちゅうか　ひやしちゆうくわ》

冷麺《れいめん》、冷《ひや》しそば

➡新蕎麦《しんそば》(秋)

水洗いした中華麺に夏野菜をのせさっぱりした汁で食べる。和風の冷しそばもある。

冷し中華運ぶ笑顔でぞんざいで　星川佐保子

いよよ年金冷し中華の辛子効き　奈良比佐子

冷やし中華くひをへ皿の龍猛ける　大野朱香

冷奴《ひややっこ》

冷豆腐《ひやどうふ》

➡新豆腐《しんどうふ》(秋)

水や氷で冷やした豆腐。生姜や葱などの薬味を加え、醤油でさっぱりと食べる。

冷奴減私奉公なんて嘘　中島鳥巣

冷奴はや硝子皿のみ残る　徳永山冬子

薬味盛りもう出すばかり冷奴　赤司広楽

冷汁

ひやじる

冷《ひや》しスープ

冷やした汁物で、味噌汁、清汁、スープなどがある。

ひや汁にうつるや背戸の竹林　来山

冷汁に宵月浅し貝杓子　島田五空

一椀の冷汁飯や神仕へ　岡田四庵

冷し瓜

ひやしうり

冷《ひや》し西瓜《すいか》、冷《ひや》しメロン、瓜冷《うりひや》す

⬇瓜《うり》(植)

つめたく冷した瓜。清水や井戸水につけるのが楽しいが、冷蔵庫でもいい。

瓜冷やす井戸借りに来る小家かな　几董

故郷や瓜も冷して手紙書く　長谷川零余子

祖母山の影うすれゆく冷し瓜　黒田こよみ

胡瓜揉

きゅうりもみ
きうりもみ

瓜揉《うりもみ》

⬇胡瓜《きゅうり》(植)

塩でさっともんだ胡瓜。夏の一品として簡単でうまい。

湖の雨の涼しき胡瓜揉　富安風生

平凡でいいが口ぐせ胡瓜揉　橋本薫

一生を官舎住まひや胡瓜もみ　鈴木瑠花

瓜漬

うりづけ

胡瓜漬《きゅうりづけ》

さまざまな瓜を塩漬け、糠《ぬか》漬け、奈良漬けなどにしたものの総称。

中々に忘れじ瓜の漬けかげん　大魯

瓜漬もつましく食ぶるべかりけり　行方南魚

瓜漬のこのひんやりが有難く　井ケ田杞夏

茄子料理

なすりょうり
なすれうり

茄子漬《なすびづけ》、茄子汁《なすじる》、鴫焼《しぎやき》、焼茄子《やきなす》

茄子は、煮る、炒める、焼くなど、さまざまに調理して食べる。皮付きのまま二つ割りして焼き、味噌だれをつけたものが鴫焼。

命日のけふは夕餉も茄子汁　小松月尚

茄子漬けて木曽は早寝の家ばかり　浜崎素粒子

愛しむや焼茄子のこの翡翠色　高尾野圭子

飯饐ゆ

めしすゆ

饐《す》え飯《めし》、飯《めし》の汗《あせ》

飯粒が暑さで汗をかいたり、腐ること。冷蔵庫の普及であまり見かけなくなったが、昔は笊《ざる》に入れて日陰におくなど工夫した。

腹立ちのおさまらなくて飯饐える　湯浅洋子

饐飯を笊に広げて浦暮し　隠岐ひろし

かすかにも仏の飯の饐えてをり　田代早苗

干飯 ほしいい ほしいひ

乾飯《かれいい》、かれい、道明寺《どうみょうじ》、飯笊《めしざる》

天日で乾燥させた飯。夏、水に浸して食べたり菓子の材料にした。古くは旅の弁当にした。

枳殻垣雀の餌ほど飯を干す 相島虚吼
生垣の内はしづけき乾飯かな 籾山梓月
干飯の笊を回すや山の風 梶山一泉

冷酒 ひやざけ

冷酒《れいしゅ》、冷し酒《ひやざけ》 ➡熱燗《あつかん》(冬)

暑気払いに飲む。本来は燗をしない日本酒を指したが、近年は冷やしたり、氷を入れたりする。

冷酒に澄む二三字や猪口の底 日野草城
ひやし酒その日その日のさびしをり 加藤郁乎
ひやし酒馬のとむらひあるといふ 浜崎素粒子

梅酒 うめしゅ

梅酒《ばいしゅ》、梅酒漬《うめしゅつ》く

梅の実を焼酎と氷砂糖でつけた酒。本来、暑気払いに飲んだ。

貯へておのずと古りし梅酒かな 松本たかし
とろとろと梅酒の琥珀澄み来る 石塚友二
御自慢の三十年の梅酒かな 日野洸太

梅漬く うめつく

梅漬《うめづけ》 ➡青梅《あおうめ》(植)

青梅を塩漬けにすること。二、三日で梅酢ができる。

木の下に其の梅漬ける小庭かな 尾崎紅葉
梅漬けて余りし塩も青々し 百合山羽公
順礼の手伝つて梅漬けにけり 水上黒介

梅干す うめほす

梅莚《うめむしろ》、干梅《ほしうめ》、梅干《うめぼし》

塩漬けした梅を真夏の強い天日や夜露にさらし、梅酢に漬け込む。これを繰り返し保存用の梅干を作る。

渓の瀬の巌の上にも梅を干す 小沢碧童
梅干して人は日陰に隠れけり 中村汀女
梅干すや托鉢僧が足早に 宮原さくら

麦酒 ビール

ビヤガーデン、生《なま》ビール、黒《くろ》ビール

麦芽とホップを原料とした酒。冷やして飲むところから夏の季語になっているが、実際は一年中飲む。

敗れたりきのふ残せしビール飲む 山口青邨
通ひ婚ぐらるがよろし麦酒酌む 富樫風花
天命じや大往生じや麦酒干せ 城野三四郎

焼酎《しょうちゅう せうちう》

―泡盛《あわもり》

藷、麦、米など各種あり、本来は暑気払いに飲んだ。

焼酎や頭の中黒く蟻這へり　岸　風三楼

泡盛やくさやは粗くむしるべし　はらてふ古

泡盛をなみなみ注ぐも沖縄忌　木瀬晴也

麦茶《むぎちゃ》

―麦湯《むぎゆ》

殻つきの大麦を炒って煮出した香ばしい飲み物。冷して飲む。熱いまま飲むのは麦湯。

厨西日明日の麦湯の麦を煎る　高浜虚子

麦茶よく冷えたる農事試験場　京極杞陽

降りてまた駅のベンチに麦茶飲む　中村阿昼

冷し飴《ひやしあめ》

―飴湯《あめゆ》

水飴をとかして生姜のしぼり汁を加え冷したもの。腹薬や暑気払いとして飲んだ。祭の夜店や神社などでよくみかける。

眦《まなじり》を汗わたりゆく飴湯かな　阿波野青畝

誘はれてぞろぞろときて冷しあめ　秋津美鳥

みづうみの入日見てゐる飴湯かな　小原紀香

ラムネ

「レモネード」の訛りで、レモン香料入りの炭酸清涼飲料水。ガラス玉の入った独特な形の瓶が特徴。

ラムネ壜高だか積まれ北の駅　柏　禎

ラムネのむ泡くちびるをはじくなり　篠原　梵

水底に横たふラムネ夜の色　菊地のはら

サイダー

―シトロン、レモン水《すい》、コーラ

甘味炭酸飲料水。注ぐとしゅわしゅわと気泡がたつ。

サイダー売一日海に背をむけて　波止影夫

サイダーやしじに泡だつ薄みどり　日野草城

夕日見るサイダーの泡はじけつつ　山上綾乃

ソーダ水《ソーダすい》

―レモンスカッシュ、クリームソーダ、ニッキ水《すい》

炭酸ソーダが原料。果汁やアイスクリームなどを加えるとおいしい。

一生の楽しきころのソーダ水　富安風生

娘等のうかうかあそびソーダ水　星野立子

ソーダ水べつに何でもない二人　ほりもとちか

氷菓《ひょうか》《ひようくわ》

アイスクリーム、ソフトクリーム、シャーベット、アイスキャンディー

アイスキャンディー、アイスクリーム、シャーベット、ソフトクリームなどの総称。

六月の氷菓一盞の別れかな　中村草田男
自転車の木箱の青しキャンデー屋　根岸かなた
椰子高き城への市の氷菓売　小川こう

かき氷《かきごおり》《かきごほり》

氷水《こおりみず》、削氷《けずりひ》、氷《こおり》いちご、宇治金時《うじきんとき》

氷を削り、イチゴシロップやミルクなどをかけたもの。抹茶と甘い小豆入りが宇治金時。

匙なめて童たのしも夏氷　山口誓子
宇治金時みどりの水となりにけり　辻　桃子
削氷は死語に近きと言ひつ掻く　岡田四庵
釈迦堂の前の茶店のかき氷　袖山　篠

氷旗《こおりばた》《こほりばた》

氷店《こおりみせ》、氷屋《こおりや》

氷屋や氷菓の店の旗。鮮やかに「氷」と染め抜かれ、涼味をさそう。

地下深き駅構内の氷旗　福田甲子雄
氷店秩父の石を飾り立て　山口青邨
氷旗見えきて子らの走り出す　中山鈴香

かちわり

ぶっかき氷《ごおり》、夏氷《なつごおり》

荒くかち割った氷。関東で「ぶっかき」、関西で「かちわり」。

かちわりや九回表一点差　安部元気
ぶつ欠きの角のたちまち丸きかな　鈴木　孝
頬返しできぬぶつ欠き氷かな　高瀬武治郎

心太《ところてん》

心太突《ところてんつ》き

天草《てんぐさ》の煮汁を冷やし固めて突き、酢や醤油、蜜をかけて食べる。

ところてん逆しまに銀河三千尺　蕪　村
ところてん煙のごとく沈みをり　日野草城
瑕おほき玻璃の器や心太　石黒浮木

白玉《しらたま》

もち米の粉を丸めて茹で、冷やして砂糖、蜜などをかけ、冷水に浮かして食べる。

白玉や奥の小部屋の自堕落に　いさ桜子
白玉や肥えたる姉のよく喋り　荻原玲香
白玉や気分屋にして着道楽　井上ろびん

蜜豆《みつまめ》

餡《あん》蜜《みつ》豆

寒天、豌豆、苺、求肥などに蜜をかけた冷たい菓子。

蜜豆を食べるでもなくよく話す　高浜虚子
あんみつや無口な母のよく笑ひ　北島きりは
蜜豆やそれからと声つまらせて　伊野ゆみこ

葛餅《くずもち》

葛桜《くずざくら》、葛饅頭《くずまんじゅう》、葛切《くずきり》

葛粉で作った菓子。ふつう三角に切り、黒蜜や黄粉をまぶして食べる。細く切り蜜を添えて食べるのが葛切。葛まんじゅうを桜の葉で包んだものが葛桜。

葛餅や老いたる母の機嫌よく　小杉余子
葛ざくら濡れ葉に氷残りけり　渡辺水巴
お帰りと書き置きのあり葛桜　清水雪花

水羊羹《みずようかん／みづやうかん》

金玉糖《きんぎょくとう》

水気を多くした羊羹で、冷して食べる。金玉糖は寒天と砂糖を煮つめ型に入れて冷したもの。

かげ口は寂しきものや水羊羹　長谷川春草
窮屈な客三人や水羊羹　加藤良彦
気乗りせぬ今日の稽古や水羊羹　田中とこ

麦こがし《むぎこがし》

麨《はったい》、麦香煎《むぎこうせん》、新麦《しんむぎ》

新麦を炒って粉に挽き、砂糖を混ぜて食べる。麦落雁にする。

鉢の底見えて残れる麦こがし　高浜虚子
大いなる栗の木鉢や麦こがし　村上鬼城
兄弟の口いつぱいに麨粉　土田紫葉

夏館《なつやかた》

夏邸《なつやかた》

室内を夏らしくしつらえ、涼しげな庭や池もある邸宅。

中の間に蔵あり古き夏邸　高浜虚子
ロンロンと時計鳴るなり夏館　松本たかし
描きかけの薔薇の絵遺る夏館　尾崎雄光

夏燈《なつともし》

夏《なつ》の燈《ひ》
↓春燈《しゅんとう》（春）、秋燈《しゅうとう》（秋）

涼しげに灯る夏の灯火。

とゞめたる男のなみだ夏燈　飯田蛇笏
雨の日の少し早めの夏灯　たなか迪子
家広く一灯は夏灯かな　依田小

夏座敷《なつざしき》

↓冬座敷《ふゆざしき》（冬）

襖や障子を外し、簾や風鈴を下げて涼しくしつらえた座敷。

行く雲を寝てゐて見るや夏座敷　野坡
来てすぐに水飲む音や夏座敷　高木恵子
夏座敷足袋はきかへて客一人　毛塚紫蘭

夏炉《なつろ》

↓炉《ろ》（冬）

夏でも焚く炉。夏の短い北国や山国、山荘などでみる。

みちのくの朝の手かざす夏炉の火　高野素十
夏炉焚くうすき煙とうすき湯気　佐藤信
夏炉して北へ流れし者同士　今泉如雲

泉殿 いずみどの／いづみどの

瀧殿《たきどの》
➡泉《いずみ》（地）

涼をとるために、池の上や泉のほとり、瀧に面して建てた離れ家。

天人の胸乳こぼるゝ泉殿　松瀬青々
泉殿をりをり鯉の寄りくるも　辻　桃子
瀧殿や石の下より水湧いて　石井みや

露台 ろだい

バルコニー、ベランダ、テラス

西洋建築様式の一つで、バルコニーやベランダ、テラスのことを指す。本来涼をとるために部屋の外側に設けた。

灯の中に船の灯もある露台かな　福田蓼汀
ベランダや潮錆びてきしパイプ椅子　佐藤暁子
露台にてまるでロメオとジュリエット　伊吹　葵

蚊帳 かや

幮《かや》、母衣蚊帳《ほろがや》、青蚊帳《あおがや》、麻蚊帳《あさがや》、古蚊帳《ふるがや》

蚊を防ぐために吊る。もともとは麻や木綿製。幼児用のものは母衣蚊帳。近ごろでは珍しくなった。

蚊帳の内に朧月夜の内侍かな　蕪　村
どの部屋も蚊帳吊る宿を立ちにけり　小杉余子
蚊帳吊つて青白くあり奥の部屋　黒川　了

蚊遣火 かやりび

蚊火《かび》、蚊火《かび》の宿《やど》、蚊取線香《かとりせんこう》、蚊遣豚《かやりぶた》

蚊をふせぐために松や杉の葉、干した蓬《よもぎ》などを焚いた。最近は蚊取線香。化学薬品をしみ込ませた電気式もある。

長生きをせよといはるゝ蚊遣かな　久保田万太郎
蚊遣火のゆつくり消えて夜明けまだ　菅　春江
風のよくめぐる家なり蚊遣豚　笠間あんず

蒼朮を焼く そうじゅつをやく／さうじゆつをやく

蒼朮とは朮《おけら》の根を干したもの。梅雨どきに焚き、室内の湿気や虫の害を防いだ。

蒼朮はけむりと灰になりにけり　阿波野青畝
妻の家に蒼朮を焼く仕ふかに　石田波郷
去年までうけら焼きしと漢方医　谷　いくこ

虫刺され むしさされ

蚤取粉《のみとりこ》

蚊、蚤、蚋《ぶよ》、虻《あぶ》などに刺されること。赤くはれてかゆい。

造り瀧見てゐて蚋に螫《さ》されけり　富安風生
ぷつくりとふくれ赤子の虫さされ　白井薔薇
僕だけがなんでこんなに虫刺され　三上まる子

蠅叩
はえたたき
はへたたき

蠅打《はえうち》、蠅取器《はえとりき》、蠅取瓶《はえとりびん》

蠅を叩く道具。金網製やビニール製がある。

蠅叩もつてすわつてゐるばかり　増田龍雨
ふりかぶる此の必殺の蠅叩　高柳重信
蠅叩き右手にパンは左手に　植松孫一

蠅帳
はえちょう
はへちやう

蠅入《はえい》らず、蠅除《はえよけ》

蠅を防ぐために紗や金網を張った小型の戸棚。傘の形をした折りたたみ式もある。

蠅帳といふわびしくて親しきもの　富安風生
蠅帳の中なにもなくかたづける　下田実花
蠅帳のかぶせてあるがふかし芋　大野まゆみ

蠅取リボン
はえとりリボン
はへとりリボン

蠅取紙《はえとりがみ》

飛び回る蠅を捕る粘着質の液をつけたテープ。天井からぶら下げる。

一つ捉へて蠅取リボン揺るるなり　奈良文夫
蠅取紙飴色古き智恵に似て　百合山羽公
蠅取リボン蠅付くところもう無かり　辻桃子

夏座布団
なつざぶとん

麻座布団《あさざぶとん》、藺座布団《いざぶとん》、革座布団《かわざぶとん》

麻や藺、革を使った夏用の涼しい座布団。

おちかゝる夏座布団や縁の端　松本たかし
あらあらと夏座布団の配りあり　茶村梓
革座布団冷たきところ欲りにけり　梶川みのり

夏蒲団
なつぶとん

夏衾《なつぶすま》、麻布団《あさぶとん》、夏掛《なつがけ》、タオルケット
➡蒲団《ふとん》（冬）

薄い夏向きの布団。綿が主流だったが、軽い合成繊維綿も多い。

夏布団あさきゆめみし恋もせず　永田青嵐
夏蒲団ふはりとかゝる骨の上　日野草城
波に鯉はねたる柄や夏蒲団　鈴木清月

花茣蓙
はなござ

絵茣蓙《えござ》、絵筵《えむしろ》

赤や緑に染めた藺草《いぐさ》を編み込み、模様を浮き出させた茣蓙。縁側や座敷などに敷くと涼しげ。

花茣蓙にわがぬくもりをうつしけり　阿部みどり女
何となうけむたがられて花茣蓙に　立松けい
瀧よりのしぶき花茣蓙濡らしけり　関口こごみ

寝茣蓙《ねござ》

寝筵《ねむしろ》

藺草で織った薄い敷物。寝苦しさをしのぐため、布団の上に敷いたり昼寝に使ったりする。

草の戸に買ひ戻りたる寝茣蓙かな　松藤夏山
かさなりて寝茣蓙の厚きところかな　小原啄葉
捨てろてふ寝茣蓙であれど敷き呉れぬ　水上黒介

陶枕《とうちん たうちん》

青磁枕《せいじちん》

ひんやり感じる陶製の枕。山水画などが描かれ、見た目も涼しげ。

陶枕の冷えのまにまにわが昼寝　皆吉爽雨
陶枕や真逆様に落ちる夢　安部元気
陶枕に頭しびれてきたりけり　ひろおかいつか

籠枕《かごまくら》

籐枕《とうまくら》
➡菊枕《きくまくら》(秋)

竹や籐で編んだ夏用の枕。冷ややかな感触が好まれる。

月影の洩れて涼しや籠枕　利会
するすると涙走りぬ籠枕　松本たかし
籠枕父の頭の凹みあり　遠藤百合根

竹婦人《ちくふじん》

竹夫人《ちくふじん》、抱籠《だきかご》、添寝籠《そいねかご》

竹や籐で編んだ細長い籠。夏の寝苦しさを防ぐため抱いて寝る。

抱籠やひと夜ふしみのさゝめごと　蕪村
竹婦人枯木の足をのせにけり　島田五空
貸したるを戻してきたり竹夫人　堀なでしこ

円座《えんざ ゑんざ》

藺《い》、蒲《がま》、藁などで過巻形に編んだ円い敷物。縁台などに敷くと涼しい。

君来ねば円座さみしくしまひけり　村上鬼城
蕎麦をまづつきあへといふ円座かな　龍岡晋
波酔ひのまだ続きをる円座かな　北柳あぶみ

籐椅子《とういす》

籐寝椅子《とうねいす》

籐で編んだ椅子。涼しいので夏に愛用される。寝ることもできる大型が籐寝椅子。

籐椅子を立ちて来し用忘れけり　安住敦
籐椅子に今ならわかる母の恋　佐保田乃布
寝返りを打つは難し籐寝椅子　福田秀樹

簟《たかむしろ》
——籐筵《とうむしろ》、蒲筵《がまむしろ》

竹を細く割って筵のように編んだ、夏用の敷物。籐製や蒲で編んだものもある。

窓なりに昼寝の台や簟　芭蕉
棕櫚の葉を打つ雨粗し簟　日野草城
たかむしろ師の書付を軸にして　安部元気

簾《すだれ》
——青簾《あおすだれ》

竹、葭《よし》などで作り、夏季に障子や襖の代わりに下げる。

簾して涼しや宿のはひり口　荷兮
一階も二階も青き簾かな　辻桃子
簾して白熱灯の五つ六つ　柴田けふこ

葭簀《よしず》
——葭簀張《よしずばり》、葭簀茶屋《よしずちゃや》、葭戸《よしど》、簀戸《すど》、葭屏風《よしびょうぶ》、葭障子《よししょうじ》

葭を荒く編んだ簾。立てかけて夏日を遮る。海の家などに多い。精緻な葭簀細工をはめ込んだ葭障子、葭屏風、葭戸は上品で涼しげ。

影となりて茶屋の葭簀の中にをる　山口誓子
葭戸入れ終りていつか草の雨　波多野爽波
葭簀して猿も来ますと嵐山　松谷もえ

夏暖簾《なつのれん》
——麻暖簾《あさのれん》

麻や木綿の暖簾で、色、柄もさっぱりと涼しげ。

吹き上げて廊下あらはや夏暖簾　高浜虚子
夏暖簾河童三匹ひらひらす　福田蓼汀
百歳の母に添寝や夏のれん　脇坂うたの

網戸《あみど》

蚊や蠅、蛾を防ぐため、網を張った戸。窓やドアの外側に取り付ける。

たらたらと星流れたる網戸かな　高野素十
待てど暮らせど来ぬ人を待つ網戸かな　山口珊瑚
網戸して風の細かくなりにけり　石井渓風

日除《ひよけ》
——日覆《ひおおい》

夏の日差しを防ぐ覆いで、材質、形はさまざま。窓、店先、歩道などに取り付ける。

その穴は日除けの柱立てる穴　高浜虚子
昨日より日除をしたり農学校　前田普羅
日覆の影プールより離れけり　辻桃子

扇風機《せんぷうき》

かつては夏の必需品だったが、クーラーの普及で減った。

何もなき袂吹かるる扇風機　日野草城
馬小屋の一頭ごとの扇風機　村井あきつ
皆去りし家の広さや扇風機　菅原よし乃

風鈴《ふうりん》

風鈴売《ふうりんうり》

軒や窓に吊り、風が吹くと涼しげな音を立てる。ガラスや鉄製が多い。

風鈴や花にはつらき風ながら　蕪　村
風鈴のもつるるほどに涼しけれ　中村汀女
風鈴や軒の高さを都電行き　石坂ひさご

扇《おうぎ》《あふぎ》

扇子《せんす》、白扇《はくせん》、絵扇《えおうぎ》、古扇《ふるおうぎ》
↓秋扇《あきおうぎ》（秋）

扇子のこと。男物、女物、用途に応じて、材質、形、大きさはさまざま。

やす扇ばりばり開きあふぎけり　高浜虚子
帯の上の乳にこだはりて扇さす　飯田蛇笏
銀箔に古びきてをる扇子かな　薗部庚申

団扇《うちわ》《うちは》

絵団扇《えうちわ》、絹団扇《きぬうちわ》、渋団扇《しぶうちわ》、水団扇《みずうちわ》、古団扇《ふるうちわ》、団扇掛《うちわかけ》

扇は外出中に、団扇は家の中で用いる。方形、円形、楕円形などがある。水を吹きかけてあおぐのは水団扇。

金銀のうちはつらなる小舟かな　闌　更
柄を立てて吹き飛んでくる団扇かな　松本たかし
二人して団扇ぱたぱたぱたぱたす　田村三合

冷房《れいぼう》《れいばう》

クーラー、冷房車《れいぼうしゃ》

室内をクーラーやエアコンで冷やすこと。

冷房や売子が耳の土耳古《トルコ》玉　石塚友二
冷房の中に死にゆく父とゐる　佐藤　信
先生にやや打ちとけて冷房車　三宅美也子

花氷《はなごおり》《はなごほり》

氷柱《ひょうちゅう》

花を入れて凍らせた氷や氷の彫り物。見た目の美しさと涼味がある。

花氷仮の玉座の左右かな　松根東洋城
花氷ひとのいのちのかたはらに　田村木国
花氷うたげそろそろ終るころ　湯浅津留

冷蔵庫《れいぞうこ》《れいざうこ》

一年中使うが、夏の季語。

鯛入れて他はとりいだす冷蔵庫　水原秋櫻子

十年を過ぎてうるさき冷蔵庫　村杉踏青

この家にやつと入れるや冷蔵庫　雷　淑子

ギヤマン

びいどろ、カットグラス、切子《きりこ》

涼しげなガラスの器類。オランダ語のダイヤモンドのことで、ガラスを切るのに使ったことから、器自体もそう呼ぶようになった。

古渡りの切子玲瓏そのものに　青木月斗

ぎやまんの注げばたちまち曇りけり　辻　桃子

桃山のぎやまん青きものたたへ　佐藤明彦

ハンモック

吊床《つりどこ》

暑さしのぎのため立木や柱に吊る網。昼寝、読書によい。

山彦のゐてさびしさやハンモック　水原秋櫻子

庭に入る蘆《ろ》荻《てき》の風やハンモック　山地白雨

兄病めば弟さびしハンモック　篠原喜々

釣忍《つりしのぶ》

軒忍《のきしのぶ》

シダ類の忍や苔を植え込んだもの。軒に吊るして涼を楽しむ。

自ずからその頃となる釣葱　高浜虚子

裏はすぐ鉄道線路釣葱　宮田重雄

釣忍水やればぱ水たらしけり　辻　桃子

箱庭《はこにわ》《はこには》

水盤《すいばん》

涼しげなミニチュアの自然の景。箱に土を入れ、草花、石、庵、人形などを置く。水盤は、水草を盛ったりする。

箱庭とまことの庭と暮れゆきぬ　松本たかし

箱庭や人をおかねばさびしくて　龍岡　晋

箱庭に芭蕉の道やなんと長が　増田真麻

作り瀧《つくりだき》

作《つく》り雨《あめ》

水を引いて作った人工の瀧。公園、駅、ホテル、料亭などで見かける。作り雨は、庭に仕掛けをつくって降らせる雨。

庇間の青き空より作り雨　富安風生

雨くるや勢ひつきし作り瀧　鈴木　潮

作り瀧ふいに静かになりにけり　久米正巳

竹牀几《たけしょうぎ》《たけしやうぎ》

竹製の腰掛。路地などに持ち出し、涼みに使う。

➡納涼《すずみ》（人）

竹牀几出だしあるまま掛けるまま　高浜虚子
訪ふたびの常座や尼寺の竹牀几　木村日出夫
竹牀几人入れかはり立ちかはり　白井薔薇

氷室《ひむろ》

氷室守《ひむろもり》、氷室山《ひむろやま》

➡氷《こおり》（冬）

天然氷を夏まで保存貯蔵しておく室や山蔭の洞窟など。

一本の大杉ありぬ氷室あと　高浜虚子
氷室守出て来て径を教へけり　前田普羅
裏庭の裏山下の氷室かな　峰山紅弓

打水《うちみず》《うちみづ》

暑い日の夕方などに、庭や道路に水をまくこと。

水撒《みずま》く、水打《みずう》つ

うち水や水のくぼみに朝の月　其程
打水や萩より落ちし子かまきり　高野素十
水打つてみすゞ生家の静まれり　坂田金太郎

撒水車《さんすいしゃ》

街路や公園に水を撒く車。通ったあとは涼しくなる。

散水車過ぎ息づける舗道かな　大久保りん
撒水車の後ゆくよきことある如し　立木青葉郎
散水車通りし後の黄土かな　酩酊散人

噴水《ふんすい》

庭園や公園の池などに設置され、涼しげに水を吹き上げる仕掛け。

噴水のしぶけり四方に風の街　石田波郷
噴水の穂さきもう行きどころなく　山口誓子
噴水の宙にとどまり玉と散り　岡　ともこ

風炉茶《ふろちゃ》

五月から九月まで、風炉でお茶の手前をすること。

初風炉《はつぶろ》、風炉手前《ふろてまえ》、夏茶《なつちゃ》の湯《ゆ》、夏茶碗《なつちゃわん》、朝茶《あさちゃ》の湯《ゆ》

➡風炉名残《ふろなごり》（秋）

風炉かけてさびしき松の雫かな　支考
初風炉や支藩の殿の別邸に　安部元気
庭の花選みて摘みて風炉手前　三浦蕗

虫干《むしぼし》

黴や虫害を防ぐため、衣類や書画を干すこと。寺社の宝物類も土用に干す。衣紋竹は衣類を吊る竹のハンガー。

土用干《どようぼし》、蟲払《むしはら》い、衣紋竹《えもんだけ》

➡紙魚《しみ》（動）

虫干や白粉の花さきこぼれ　村上鬼城
虫干やつなぎ合はせし紐の数　杉田久女
虫干や畳紙ばかりが新しく　井ケ田杞夏

曝書 ばくしょ

書《しょ》を曝《さら》す、風入《かぜい》れ

書画の虫干しのこと。

雲通る百姓寺の曝書かな　飯田蛇笏

親鸞の御ン八十の書を曝す　大橋櫻坡子

曝す書に父の書込みあまたなる　三島ひさの

井戸替 いどがえ ゐどがへ

晒井《さらしい》、井戸浚《いどさらえ》

井戸水を汲みほし、底を掃除して、湧く水を清らかに保つようにする。

井戸替のをはりし井戸を覗きけり　日野草城

晴天の村中そろひ井戸浚　後藤喜志子

井戸替を終へて朝粥ふるまはれ　豊田のびる

風通す かぜとおす かぜとほす

かざとおし、風通《かぜとお》り、襖取《ふすまと》る

部屋の戸や窓を開け放ち、風通しをよくすること。

風通しよし西洋の弥次郎兵衛　久保田万太郎

外したる襖山湖の近づけり　岡安仁義

魯山人来し店なりと風通し　根岸かなた

梅雨籠 つゆごもり

➡冬籠《ふゆごもり》(冬)

梅雨どき、雨に降り込められ、家に籠っていること。

喪にこもり梅雨にこもりて経し日かな　安住敦

こもりゐて梅雨うべなへり耳順ふ　大石白夢

久々に針を持つ手や梅雨籠　藤井渚

避暑 ひしょ

避暑地《ひしょち》、避暑《ひしょ》の宿《やど》、避暑客《ひしょきゃく》、避暑名残《ひしょなごり》、山荘《さんそう》

➡避寒《ひかん》(冬)

暑さを避け、海辺や山間、高原に出掛けること。

曇の魚を湖に戻して避暑名残　富安風生

避暑たのしたりなきものは隣より　星野立子

山荘や一日人に出会はざる　佐保田乃布

暑中見舞 しょちゅうみまい しよちゆうみまひ

夏見舞《なつみまい》、土用見舞《どようみまい》

➡寒見舞《かんみまい》(冬)

暑中に、親しい人に物を贈ったり、見舞状を出すこと。

添書に招き文あり夏見舞　富田潮児

黒焼の山椒魚を暑の見舞　安部元気

投函は富士山頂や夏見舞　久保のぞみ

夏休 なつやすみ

暑中休暇《しょちゅうきゅうか》

➡冬休《ふゆやすみ》(冬)

七月二十日ごろから八月いっぱいまでの学校の夏期休暇。

朝顔に口笛ひようと夏休　中村汀女

大学生髪油にほはす夏休み　山口誓子

夏休み最後の夜の畳かな　中村阿昼

夏休み牛当番に来たりしと　唐木トム

林間学校《りんかんがっこう／りんかんがつかう》

サマースクール、臨海学校《りんかいがっこう》

夏休みに高原や海辺で開く小中学生のための課外活動。集団生活を体験する。

日蔭蝶追うて林間学校へ 高浜虚子

林間学校椅子の傾斜に石かませ 寺松健

林間学校吾輩ハ猫デアル 如月真菜

夏期講座《かきこうざ／かきかうざ》

夏期大学《かきだいがく》

夏休み中に開かれる、いろいろな講習会。

開放の夏期大学を覗くもの 山口誓子

白髪の最前列や夏期講座 吉田小次郎

少しづつ絵巻のばすや夏期講習 水上黒介

帰省《きせい》

帰省子《きせいし》

暑中休暇のとき、都会から故郷に帰ること。鉄道、道路、空の便に帰省ラッシュが起きる。

月見草萎れし門に帰省せり 前田普羅

さきだてる鵞鳥踏まじと帰省かな 芝不器男

真先に悪友を訪ふ帰省かな 浜田節

泳ぎ《およぎ》

海水浴《かいすいよく》、クロール、背泳《せおよぎ》、平泳《ひらおよぎ》、バタフライ、遠泳《えんえい》、競泳《きょうえい》、潜り《もぐ》、泳ぎ子《およご》
➡寒泳《かんえい》(冬)

泳法はクロール、平泳ぎ、バタフライ、背泳など。

泳ぎ女の葛隠るまで羞ひぬ 芝不器男

暗闇に眼玉濡らさず泳ぐなり 鈴木六林男

姑が真顔で来たる平泳ぎ 小川春休

プール

泳いだり、飛び込んだりするための施設。

ピストルがプールの硬き面にひびき 山口誓子

ライターをつけてプールに未だ濡れず 平畑静塔

影に居る我耻ずかしきプール端 北山日路地

浮輪《うきわ》

浮袋《うきぶくろ》

空気を入れて膨らまし、浮力をつけた水遊びの道具。

胴体にはめて浮輪を買つてくる 辻桃子

息入れて気の遠くなる浮輪かな 草野ぐり

色白な父に手曳かれ浮輪の子 柴田美代子

海の家《うみのいえ／うみのいへ》

海水浴客などのために更衣室や軽食を提供する、夏の時期だけ開く店。

男女来て夜の起居透く海の家 横山房子

青々とうすべり敷かれ海の家 佐藤信

今はまだ柱ばかりや海の家 持主次郎

砂日傘
すなひがさ

浜日傘《はまひがさ》、ビーチパラソル

砂浜に立てて、涼しい陰をつくる。

影遠く逃げてゐるなり砂日傘　松本たかし

埋められし子がむつくりと砂日傘《ビーチパラソル》　安部元気

砂日傘ひとつひとつに日蔭あり　しの緋路

波乗り
なみのり

サーフィン、サーファー、サーフボード

板（ボード）を使って波に乗る遊び。板に帆を立て、風を捉えて走るのはウィンドサーフィン。

サーフィンに直立白馬躍る時も　富安風生

サーファーに膨るる波のきたりけり　ますぶち椿子

波乗りの一部始終をみて一日　井ケ田杞夏

舟遊び
ふなあそび

遊船《ゆうせん》、舟遊山《ふなゆさん》

納涼のため、海や川に船を浮かべて遊ぶこと。遊船はそのための船。

遊船のさんざめきつつすれ違ひ　杉田久女

案外に華奢な棹なり遊び舟　井ケ田杞夏

遊び舟やつしようまかしよとて着きぬ　谷　いくこ

ボート

貸《か》しボート、モーターボート

川、池、沼、湖などに浮かべて涼しく遊ぶ小型の船。

ボート裏返す最後の一滴まで　山口誓子

貸馬のひだるく行くをボートより　辻　桃子

二た三言交しボートの離れゆく　夏秋明子

ヨット

ヨットパーカー

帆で走らせる船。全長4～5mの小型から、寝泊まりできる大型まである。

ヨットのみ抜け出る朝の船溜り　貞弘　衛

いつまでもませたこどもでヨットかな　如月真菜

ジグザグと海縫ひあはせヨットゆく　小林つくし

登山
とざん

山小屋《やまごや》、登山口《とざんぐち》、登山靴《とざんぐつ》、登山帽《とざんぼう》、登山地図《とざんちず》
⬇山開《やまびらき》（行）

現在はスポーツ、レジャーだが、もとは信仰だった。

髯白きまで山を攀ぢ何を得し　福田蓼汀

橋に出て星降るごとし登山宿　田村木国

橋失せし川に始まる登山かな　礒部あかね

歩荷
ぼっか

強力《ごうりき》

山小屋へ物資を運んだり、道案内したりする人。

わが前に歩荷の胸裸立ち憩ふ　杉山岳陽

強力のあえぎや天に近くして　堀内　香

燧岳より高々と歩荷の荷　清水初代

キャンプ

野営《やえい》、テント、キャンプファイヤー

涼しい海や山の野外にテントを張り、火を焚き野営を楽しむこと。

風吹いてテントの脚の浮き上る　高浜虚子

キャンプに寝て太白西に落ちゆけり　山口誓子

キャンプファイヤー杉山君は火の向う　しの緋路

バンガロー

高原、海浜など避暑地の木造の小屋。

バンガロー隣といふも蔦がくれ　鳥居ひろし

バンガローより荷の届きバンガロー　梶川みのり

発つ人の発つてひつそりバンガロー　大野朱香

捕虫網《ほちゅうあみ》

昆虫採集《こんちゅうさいしゅう》、植物採集《しょくぶつさいしゅう》、捕虫網《ほちゅうもう》

虫や蝶を採集するための柄のついた網。

捕虫網踏みぬ夜更の子の部屋に　石田波郷

捕虫網持ち母親が後ろから　山田琉

捕虫網立てて切符を買つてをり　光尾倫

夏芝居《なつしばい》《なつしばゐ》

夏狂言《なつきょうげん》、土用芝居《どようしばい》、水狂言《みずきょうげん》

夏に行われる演劇。歌舞伎では若手中心の、怪談、早変わり、水狂言など涼を誘う出し物を揃える。

利根堤くらさもくらし夏芝居　水原秋櫻子

やや無理な筋書なれど夏芝居　高橋羊一

ござ敷いて観る夏芝居ヨッと声　濵田ゆふ

流し《ながし》

新内流《しんないなが》し

➡流《なが》し踊《おどり》(秋)

客を求め花街や盛り場で、新内節や歌謡曲を流して歩くこと。

ヴィオロンの反逆の唄の流しかな　相島虚吼

一夕立過ぎたる街のながしかな　富安風生

路地簾すれすれにゆく流しかな　ふく嶋桐里

夜店《よみせ》

夏祭の夜、寺社の参道などに立つ露店。

曾て住みし町よ夜店が坂なりに　波多野爽波

さはつたら買はないかんと夜店姿　安部元気

康雄がな夜店に茂子連れてつた　橋本命綱

起し絵《おこしえ／おこしゑ》

立版古《たてばんこ》

切抜絵を組み立て、芝居の舞台などを立体的に見せるミニチュア。縁日などで見せた。頁を開くと立体的な景色や動物が飛び出す絵本もその一つとみていい。

起し絵の男を殺す女かな　中村草田男

起し絵の武者ゆらゆらと戦へり　蘭部庚申

琵琶歌の一節ほしき立版古　岡田四庵

金魚釣《きんぎょつり》

箱釣《はこづり》、金魚掬い《きんぎょすくい》
↓金魚《きんぎょ》(動)

縁日の夜店で、水槽の金魚を掬い取る遊び。

箱釣や頭の上の電気燈　高浜虚子

掬へずに泣きし子金魚貰ひけり　池田世津子

箱釣や立ちたる人の背の高き　依田　小

釣堀《つりぼり》

料金を取って放した魚を釣らせる池。涼みがてらに楽しむ。

釣堀の魚に聞こゆる話し声　籾山梓月

釣堀の四隅の水の疲れたる　波多野爽波

釣堀に猫をり猫の皿のあり　中村阿昼

金魚玉《きんぎょだま》

金魚鉢《きんぎょばち》
↓金魚《きんぎょ》(動)

金魚を入れて楽しむ丸いガラスの器。

金魚玉天神祭映りそむ　後藤夜半

金魚玉とり落しなば鋪道の花　波多野爽波

龍宮の石も入れたり金魚玉　西田東風

水遊び《みずあそび／みづあそび》

水戦《みずいくさ》、川遊《かわあそ》び、如雨露《じょうろ》、如露《じょろ》

プールや水辺や庭での夏の遊び。草木に水をかけたり、遊んだりするのが如雨露。

水遊びする子に滑川浅く　高浜虚子

街の子や雨後の溜りの水遊び　石塚友二

水遊びお尻ばかりが真つ白で　黒田恭女

水鉄砲《みずでっぽう／みづでつぱう》

ポンプの原理で水を飛ばして遊ぶおもちゃ。昔は竹の筒だったが、現在はプラスチックのピストル型が主流。

樹に池に降り来る音や水鉄砲　鈴木花蓑

庭土の辷りやすさよ水鉄砲　増田龍雨

今生に弟ひとり水鉄砲　皆川　燈

浮人形《うきにんぎょう》《うきにんぎやう》

――浮《う》いてこい、樟脳舟《しょうのうぶね》

水に沈めたり浮かしたりして遊ぶおもちゃ。プラスチックの人形、金魚、水鳥、船などが多い。

右肩を聳やかしつゝ浮いて来る　高浜虚子

浮人形に雨強く来し盥かな　富安風生

浮いてこい浮きつぱなしに売られをり　舟まどひ

水中花《すいちゅうか》《すいちゆうくわ》

水に沈めるとぱっと開く造花。

水中花ひらき終へては所在なき　はらてふ古

これがかうなりますと売り水中花　舟まどひ

水中花開く間あひの泡一つ　西堀愛美

水からくり《みずからくり》《みづからくり》

――水絡繰《みずからくり》

容器に入れた水を細い管で落とし、水車を回したり、玉を吹き上げさせたりするおもちゃ。

水からくり燈下に鳴るを見て通る　西村公鳳

水からくり規則正しくいつついつも　佐藤明彦

気の毒な水からくりとなりにけり　雪我狂流

走馬燈《そうまとう》

――回《まわ》り燈籠《どうろう》

影絵がくるくる回る灯籠。薄紙をはった枠の内側に、金魚や馬や人、景色を切り抜いた黒紙の筒を立て、蝋燭の火力で中の風車を回す。

走馬燈灯して売れりわれも買ふ　杉田久女

ゆつくりと昼を廻るや走馬燈　天野更紗

走馬燈一つつまづく回り方　三井あさみ

瀧行《たきぎょう》《たきぎやう》

――瀧垢離《たきごり》

瀧に打たれて行をすること。

忽ちに憤怒の那《な》吒《た》や瀧行者　川端茅舎

南無と念じて虹かかげたる瀧行者　原子公平

瀧行の顔真青な女かな　永井珠

暑気払《しょきばらい》《しょきばらひ》

――暑《しょ》気《き》下《くだ》し

暑さしのぎに薬や酒を飲むこと。またその集まり。

残生をおろそかにせじ暑気払　富安風生

人くさく人に混れり暑気払　石塚友二

対岸の灯の煌々と暑気払　嶋原燕風

納涼《すずみ》

納涼《のうりょう》、夕涼《ゆうすず》み、門涼《かどすず》み、夜涼《よすず》み、納涼舟《すずみぶね》、涼《すず》み台《だい》、橋涼《はしすず》み、川涼《かわすず》み

暑さ凌ぎに、庭先、木蔭、橋、海岸、川岸、舟などで涼むこと。

更くる夜を隣にならふ涼みかな　去来

提灯の同じ家並や夕涼み　佐藤紅緑

門燈の電球替へて夕涼み　今泉如雲

川床涼み《ゆかすずみ》

川床《ゆか》、床《ゆか》、床涼《ゆかすず》み、納涼床《すずみゆか》

川に張り出して設けた桟敷や床几で涼むこと。京都・四条河原の川床が有名。

川風に雪洞運ぶ床涼み　高浜虚子

川床に逢ひその後幾日夜が暗し　波多野爽波

川床涼み隣りの川床はしんみりと　松田順子

船料理《ふなりょうり　ふなれうり》

船生洲《ふねいけす》、生簀船《いけすぶね》、沖膾《おきなます》

船に座敷を作り、納涼の客に料理を出す。大阪の堂島川や道頓堀が知られる。

料理屑流れ行くあり船料理　高浜虚子

月の夜の水の都の生簀船　鈴木花蓑

澄まし汁大遥れするも船料理　丹羽比佐

夜釣《よづり》

夜釣舟《よづりぶね》、夜釣火《よづりび》、夜振《よぶり》、夜振火《よぶりび》、夜焚《よたき》、漁火《いさりび》
⬇根釣《ねづり》(秋)

夜の魚釣り。夜振は夜、火を焚いて魚を釣ること。夜焚は、海で夜、火を焚き漁をすること。

水番と夜振と交す会釈かな　齋藤耕牛

突提の灯の輪の外に夜釣人　安部森人

犬猛る夜釣に向かふ爺様に　岡　ともこ

花火《はなび》

揚《あ》げ花火《はなび》、遠花火《とおはなび》、昼花火《ひるはなび》、仕掛花火《しかけはなび》、花火舟《はなびぶね》、花火屑《はなびくず》

大きな打上花火が代表的。夜空に大輪のように開く艶やかさと、たちまち消える儚さを愛で、川開きや夏祭に合わせ、各地で催しが開かれる。

海の上に指輪ほどなる遠花火　大橋櫻坡子

揚げ花火果てて波音すぐそこに　黒田こよみ

ありつたけ花火打ち終へたれば闇　楠本たつゐ

手花火《てはなび》

線香花火《せんこうはなび》、鼠花火《ねずみはなび》、庭花火《にわはなび》

手に持って楽しむ花火。線香花火や鼠花火など、子どもを交え家族で夏の夜を楽しむ。

手花火を命継ぐごと燃やすなり　石田波郷

手花火にうたた寝くおとなしく　中村汀女

手花火や僅か五人の子供会　佐久間清観

螢狩《ほたるがり》

螢見《ほたるみ》、螢箒《ほたるぼうき》、螢葱《ほたるねぎ》
➡螢《ほたる》(動)

螢を捕えたり見たりしに行くこと。

ほたる見や船頭酔ておぼつかな　芭蕉
ひとつるて帰りそびれし螢狩　石井みや
螢狩むかう夜汽車の灯の流れ　宗石みずえ

草笛《くさぶえ》

草矢《くさや》、麦笛《むぎぶえ》

蘆などの草の葉を鳴らす。薄《すすき》、茅萱《ちがや》、菅《すげ》などの葉を指にはさんで飛ばすのが草矢。麦の茎で作り、笛のように吹き鳴らすものが麦笛。

吹き習ふ麦笛の音はおもしろや　杉田久女
わが鳴らす麦笛びびと手にこたへ　中村汀女
草笛のあきらめをれば不意に鳴り　荻原玲香

ナイター

ナイトゲーム

野球の夜間試合で、正式にはナイトゲーム。最近はサッカーや競馬のナイターもある。

ナイターに見る夜の土不思議な土　山口誓子
ナイターの八回まては勝ちゐるしを　大島民郎
ナイターの片隅で打つ小ばくち　村田休亭

汗《あせ》

汗《あせ》ばむ、玉《たま》の汗《あせ》、汗疹《あせも》

暑さで出る。汗疹は汗による発疹。

滂沱たる汗のうらなる独り言　中村草田男
汗引いて山河やうやく故里ぞ　皆吉爽雨
汗灼けて塩の結晶真つ四角　豊田まつり

裸《はだか》

裸子《はだかご》、裸身《らしん》

暑いときは裸になってくつろぐことが多い。

おちんこも欣々然と裸かな　相島虚吼
裸人みなよろめいて鮫計る　阿波野青畝
バスタオル裸に巻きて友迎ふ　野賀秋乃夫

跣足《はだし》

素足《すあし》

夏は素足でいることが多い。

溶岩の上を跣足の島男　高浜虚子
海までの素足に刺さる砂の熱　植松孫一
ペディキュアの色とりどりの素足かな　久米正巳

日焼《ひやけ》

日焼子《ひやけご》、潮焼《しおやけ》、日焼止《ひやけど》め、サンオイル

直射日光にあたって皮膚が変色すること。適度の日焼けは健康的だが、急激な日焼けは火傷と同じ、紫外線の浴びすぎも皮膚がんの原因になる。

わが子寝て日焼の髪膚夜もほてる　秋元不死男

二の腕の涼しき日焼のびやかに　中村汀女

一心に網つくろへる日焼かな　倉持万千

肌脱《はだぬぎ》

上半身の衣類を脱ぐこと。片方の肩を出すのが片肌脱。

片肌脱《かたはだぬぎ》、諸肌脱《もろはだぬぎ》

肌脱やうらはづかしき乳二つ　日野草城

肌脱ぎを入れて仏飯まゐらする　皆吉爽雨

肌脱ぎの胸板薄き湯治人　中　小雪

昼寝《ひるね》

昼寝人《ひるねびと》、午睡《ごすい》、昼寝村《ひるねむら》

暑い時期の日中、短時間睡眠をとること。

この頃のかりそめならぬ昼寝かな　小杉余子

家中が昼寝してをり猫までも　五十嵐播水

昼寝して顔の上なる湖の荒れ　松尾むかご

昼寝覚《ひるねざめ》

昼寝から覚めること。

昼寝起《ひるねおき》

中年やよろめき出づる昼寝覚　西東三鬼

昼寝より覚めれば父も母もゐず　安部元気

昼寝覚壜の内側くもりをり　田村三合

三尺寝《さんじゃくね》

そこらでごろりと横になる短い昼寝。外仕事の男たちが多い。

鉋とぎし榛の木かげや三尺寝　三宅孤軒

親方は廊下に涼し三尺寝　岡田　匠

三尺寝たちまち木陰移りけり　酒井静草

外寝《そとね》

暑いときに戸外で寝ること。

十字星外寝の人を守りにけり　永田青嵐

老婆外寝奪はるべきもの何もなし　中村草田男

外寝して院の廻廊長々と　森山　照

日向水《ひなたみず》《ひなたみづ》

炎天下に水を張った桶や盥《たらい》を出しておき、温まった水を行水などに使う。

土砂降りや日向水にも容赦なく　森　草二

叱る声やがて泣く声日向水　山口珊瑚

ぽつと雨きてすぐあふれ日向水　沢　ちゑ

行水《ぎょうずい》《ぎやうずい》

夕方、庭先などで盥に湯を満たし、昼間の汗を流した。シャワーの普及であまり見かけなくなった。

行水の捨てどころなきむしのこゑ　鬼貫

行水や黍畑から裸にて　岡本癖三酔

そそくさと行水すませ不意の客　清水まもる

髪洗う《かみあらう》《かみあらふ》

——洗《あら》い髪《がみ》

夏はよく汗をかくため、髪を洗う回数も増える。

髪洗ひ生き得たる身がしづくする　橋本多佳子

気乗りせぬ行先なれど髪洗ふ　藤井なづ菜

髪洗ふくつと上腕二頭筋　岩崎金魚

桃葉湯《とうようとう》《たうえふたう》

——枇杷葉湯《びわようとう》

桃の葉を入れた風呂。暑気払になり、汗疹を防ぐ。枇杷の葉を煎じて飲むのは枇杷葉湯。

桃葉湯丁稚つれたる御寮人　高浜虚子

桃葉湯少年の肌なま臭し　森本柿郎

台詞誦す桃葉湯にひたりつつ　梶川みのり

天瓜粉《てんかふん》《てんくわふん》

——汗《あせ》しらず、ベビーパウダー、シッカロール

汗疹を防ぐため首などにはたく白い粉。昔は黄烏瓜の根から採った澱粉。いまはいろいろの原料から作られる。

鏡にも手のあと白し天瓜粉　岡本松浜

子の中の愛憎淋し天瓜粉　高野素十

鼻すじの通る娘になれ天瓜粉　五十七五三

香水《こうすい》《かうすい》

——オーデコロン

古い歴史をもつ香りをつけるための液体。種類が多い。一年中使うが、汗をかく夏は使う量が増えるため夏季。

香水やまぬがれがたく老けたまひ　後藤夜半

香水の香ぞ鉄壁をなせりけり　中村草田男

香水の名は毒といふ吹きにけり　稲田れお

端居《はしい》《はしゐ》

——夕端居《ゆうはしい》

縁先などにでてくつろぎ涼むこと。夕端居は、夕方、端居すること。

ゆふべ見し人また端居してゐたり　前田普羅

端居してただ居る父の恐ろしき　高野素十

臨月の人のとなりに夕端居　ひらいその

夜濯《よすすぎ》

夜干《よぼし》

昼間の暑さを避け、夜に洗い物をすること。

夜濯の潮の香りをすすぎけり　佐保田乃布

夜濯ぎの空を仰げばまだ青き　ひろおかいつか

夜濯やお隣の灯のふいに消え　ふく嶋桐里

水売《みずうり》《みづうり》

冷水売《ひやみずうり》、砂糖水《さとうみず》、振舞水《ふるまいみず》

江戸の町には砂糖と白玉を入れた冷水売りがいた。冷えたミネラルウオーターなどの販売は、現代の水売り。

月かげや夜も水売る日本橋　一茶

富士山の御神水なり振舞ひぬ　佐保田乃布

家々の振舞水も島ならひ　舟まどひ

夏風邪《なつかぜ》

夏《なつ》の風邪《かぜ》

↓風邪《かぜ》（冬）

夏にひく風邪。治りにくく長引く。

夏風邪はなかなか老に重かりき　高浜虚子

夏風邪にチョークのやうなはつか糖　長谷川ちとせ

夏風邪や熱収まればまた生きて　空野草子

水虫《みずむし》《みづむし》

白癬菌による皮膚病でかゆい。慢性化するが、汗をかく夏は悪化しやすい。

水虫がほのかに痒しレビウ見る　富安風生

足投げて水虫ひそかなるを病む　皆吉爽雨

年金で水虫薬なんぞ買ひ　三島ひさの

日射病《にっしゃびょう》《につしやびやう》

熱射病《ねっしゃびょう》、霍乱《かくらん》

夏の直射日光に当たりすぎて、めまい、発熱を伴い卒倒することがある。霍乱ともいう。

かくらんに町医ひた待つ草家かな　杉田久女

たちまちに天真黒に日射病　小宮山池生

気がつきし瞳に緑葉や日射病　中村峡野

寝冷《ねびえ》

寝冷子《ねびえご》

寝苦しさに布団をはいで寝て、風邪をひいたり下痢を起こしたりする。

寝冷子の大きな瞳に見送られ　橋本多佳子

蹠《あなうら》の白きまで子の寝冷えして　山口誓子

寝冷して胸の水晶おほつぶに　いさ桜子

水中り

みずあたり　みづあたり

暑気中《しょきあた》り、疫痢《えきり》、赤痢《せきり》

飲み水にあたって腹痛を起こすこと。疫痢、赤痢は夏に多い病気。

へこみたる腹に臍あり水中り　高浜虚子

水中りして素直なる妹よ　梶川みのり

脛毛にも白髪まじる水中り　小林タロー

夏痩

なつやせ

夏負《なつま》け、夏《なつ》ばて

夏の暑さや睡眠不足で痩せ、体力を失うこと。

夏痩やほのぼの酔へる指の先　久保田万太郎

夏痩せて嫌ひなものは嫌ひなり　三橋鷹女

夏痩といふ美しき鎖骨かな　笹岡明日香

土用灸

どようきゅう　どようきう

土用艾《どようもぐさ》

⬇二日灸《ふつかきゅう》(春)、寒灸《かんきゅう》(冬)

夏の土用にすえる灸。夏ばてに効果があるといわれる。

二つ三つあまりてすみぬ土用灸　村上鬼城

いかなこと動ぜぬ婆々や土用灸　飯田蛇笏

姉も吾もその後ひとりや土用灸　桑原いろ葉

苗植う

なえうう　なへうう

茄子苗植《なすなえう》う、藷挿《いもさ》す、苗売《なえうり》

⬇苗木植《なえぎう》う(春)

初夏に茄子、胡瓜、朝顔などの苗を植えること。

茄子植うる人に尋てさがの庵　士朗

はらばひとなり藷を挿す吉野山　阿波野青畝

苗植うるすぐに猫来て掻き出せる　平田登与

菜種刈

なたねがり

菜殻《ながら》、菜種干《なたねほ》す、菜殻火《ながらび》、菜種焼《なたねや》く

⬇菜《な》の花《はな》(春)

花を終えた菜種の刈り取り。干して種から油を搾る。肥料にするため畑で殻を燃やすのが菜殻火。

燎原の火か筑紫野の菜殻火か　川端茅舎

菜種刈菜殻を踏んで下りきし　池　蘭子

菜殻焼く婆ひとりきりつきつきり　小山佳栄

豆蒔き

まめまき

大豆蒔《だいずま》く、小豆蒔《あずきま》く

⬇大豆《だいず》、新小豆《しんあずき》(秋)

初夏に大豆、小豆、隠元などの種を蒔くこと。

西鶴も蒔きし刀豆われも蒔く　山口青邨

岨畑に白峰人は豆植うる　城村貞子

五十年けんくわしつつに豆蒔けり　吉田たまこ

溝浚

みぞさらえ
みぞさらへ

農村で水の流れをよくするため、田植え前に用水路の清掃をすること。町中でも側溝の泥やゴミを取り除き、蚊の駆除剤をまいたりする。

溝浚へして相似たる家並かな　高浜虚子

汽車通るたびに手を振り溝さらひ　福田甲子雄

土地つ子の指図どほりに溝浚　荻原玲香

代搔

しろかき

田搔《たが》き、代馬《しろうま》、代田《しろた》、田水張《たみずは》る、水田《みずた》

➡苗代《なわしろ》(春)

田植え前に、水を入れた田を搔きならす作業。代搔きを終えて田植え準備のできた田が代田。

代搔いてをるや独りの手力男《たぢからお》　京極杞陽

代馬の泥の鞭あと一二本　高野素十

代搔の一歩一歩に水濁る　袖山篠

田植

たうえ
たうゑ

田植衆《たうえしゅう》、田植唄《たうえうた》、田植機《たうえき》、田主《たあるじ》、田人《たうど》

➡早苗《さなえ》(植)

稲の苗を植えること。昔はすべて手植えで、集落、一家こぞって行い、にぎやかだったが、近年は農機であっという間に植え終わり、昔の風情は薄れた。

田一枚植ゑて立ち去る柳かな　芭蕉

田植女の手にひらひらと鮒あたり　高野素十

田植待つちりめん皺の水面かな　船田美鈴

早乙女

さおとめ
さをとめ

そうとめ、五月女《さつきめ》、植女《うえめ》

田植えをする女。昔は紺絣の着物に紺の手甲、脚絆、菅笠、赤いたすき姿で田植歌を歌いながら植えた。

かつしかや早乙女がちの渉し舟　一茶

早乙女の一枚の田に下りそろふ　後藤夜半

早乙女の草履ならぶや畦の端　江頭蓬

余り苗

あまりなえ
あまりなへ

捨苗《すてなえ》

田植えのあとに余った苗。田の隅にかためて植えたり、畦道に捨ててあったりする。

植余る早苗赤らむ径《こみち》かな　嘯山

捨苗のただよひ子等の船来る　高野素十

青々と育つてしまひ余り苗　佐藤信

早苗饗

さなぶり

田植仕舞《たうえじまい》、さのぼり

田植えの終わりに田の神を送る祭。転じて田植え後の一日を休み、早乙女を上座に宴をもうけて祝った。

早苗饗や神棚遠く灯ともりぬ　高浜虚子

ざんざ降り止む早苗饗の木樵小屋　萩原麦草

会津より早苗饗の品届きたり　泉竹馬

麦刈《むぎかり》

麦車《むぎぐるま》
➡青麦《あおむぎ》(春)

麦の刈り入れ。梅雨入り前に行う。昔は手刈り、いまはほとんど機械で刈る。

裾とほくライ麦刈れる浅間山　石田波郷
麦車馬におくれて動き出づ　芝　不器男
農捨てし友の色白麦を刈る　高井稲子

麦打《むぎうち》

麦扱《むぎこき》、麦埃《むぎほこり》

刈った麦を麦扱機で扱いで穂を落とし、竿で打ち、実を落とす作業。麦埃が激しい。

軽々と浮き重なりぬ麦埃　高浜虚子
麦を打つ頃あり母はなつかしき　高野素十
突き降ろす竿のひびきや麦を打つ　いしざわ小春

麦焼《むぎやき》

麦殻《むぎがら》

麦打ちで出た麦の殻を焼くこと。

麦焼の阿修羅の如く火をくぐり　山口青邨
上州や麦焼の火の這ひまはる　川口未来
ゆふぐれの車窓に麦を焼く火かな　広瀬牛歩

麦藁《むぎわら》

麦藁籠《むぎわらかご》、麦藁馬《むぎわらうま》、ストロー

実を落とした後の麦の茎。籠や玩具の馬などを作る。

麦藁もそこらちらばふ庵かな　路　通
倒れやすしよ麦藁の交み馬　辻　桃子
麦藁で編みたる籠ややや歪つ　小沢政子

袋掛《ふくろかけ》

梨、桃、葡萄、林檎などの果物を鳥や虫から守るため、一つ一つに袋をかぶせること。

梨袋かけて角兵衛獅子の村　齋藤耕牛
会社休ませて林檎の袋掛　工藤義介
掛け終へて花とも見えて袋掛　芹澤淳子

木の枝払う《きのえだはらう／きのえだはらふ》

枝払う《えだはらう》
➡剪定《せんてい》(春)

日当たり、風通しをよくするため庭木などの茂った枝を刈り払うこと。

八一《やいち》歌碑覆ふ木の枝払ひけり　大島民郎
枝払ふ木の香の中に梯子立て　日比野里江
瘤つくり血豆こしらへ枝払ひ　濵田ゆふ

草取　くさとり

草《くさ》むしり、草引《くさひ》き、除草《じょそう》、除草剤《じょそうざい》

田畑や庭、道の雑草を抜き取ること。

墓起す一念草をむしるなり　臼田亜浪
草取の膝敷茣蓙の小ささよ　高倉観崖
草取の人も着替へて法話きく　秋津美鳥

草刈　くさかり

草刈女《くさかりめ》、下刈《したがり》、草刈機《くさかりき》、朝草《あさくさ》、草刈籠《くさかりかご》、草刈鎌《くさかりがま》

家畜の餌の干草や堆肥用の草を刈ること。かつては、まだ涼しく、露で草が濡れている早暁から村総出で刈った。

草刈りしあとに蕗の葉裏返る　山口青邨
現れて二人づつなり草刈女　高野素十
草刈の男衆そろひ雨上る　袖山　篠

干草　ほしくさ

刈干《かりほし》、草干《くさほ》す

飼料用に刈った草を広げて干す。香ばしい草の匂いがたちこめる。

干草の山が静まるかくれんぼ　高浜虚子
姨捨のひとつ家草を刈りて干す　山口青邨
庭先に牛四頭分草干せり　湯浅洋子

芝刈　しばかり

芝刈機《しばかりき》

庭や庭園、土手の芝生を刈り込むこと。

芝を刈る折りしく膝のただしさに　山口青邨
まつさをな微塵とびたち芝刈機　阿波野青畝
芝刈のすみたればすぐ犬走る　有元悠美

夏蚕飼う　なつごかう　なつごかふ

二番蚕《にばんこ》
➡秋蚕《あきご》（秋）

夏に飼う蚕。生糸の量も質も劣る。

灯一つに夏蚕飼ふ家隣りけり　大谷句仏
夏蚕終ふ二階うつろに開けはなち　皆吉爽雨
米櫃の底に遺言夏蚕飼ふ　あべふみ江

上簇　じょうぞく　じやうぞく

蚕《かいこ》のあがり、上簇《あがり》、上簇祝《じょうぞくいわい》

育った蚕に繭を作らせるため、簇《まぶし》と呼ぶ「床」に入れること。養蚕農家の忙しさはこれで一段落になるため、上簇祝をした。

上簇す鳳凰三山照るなかに　福田甲子雄
上簇さかん魚売りが声隣より　林　仙里
裏庭で婆髪梳くや上簇す　井口あい

繭《まゆ》

繭掻《まゆかき》、繭市《まゆいち》、繭買《まゆがい》、繭干《まゆほ》す、新繭《しんまゆ》、屑繭《くずまゆ》、白繭《しろまゆ》、玉繭《たままゆ》
➡繭玉《まゆだま》(新)

蚕が蛹になるときに糸を吐き籠る巣。生糸を採る。玉繭は美称。

道ばたに繭干すかぜのあつさかな　許六
ふるさとや障子にしみて繭の尿　阿波野青畝
竹籠に繭たつぷりと出荷かな　本間のぎく

山繭《やままゆ》

山蚕《やまがいこ》、天繭《やままゆ》、山蚕《やまこ》、樟蚕《くすさん》

黄緑色の野生の蚕。絹糸は強靭で光沢がある。

山繭のひとつづつ居て垂れさがる　阿波野青畝
樹々の青照るに山蚕《やまこ》も息づける　塚原夜潮
山繭の小さきが二ついびつ三つ　はらてふ古

糸取《いととり》

糸引《いとひき》、糸取女《いととりめ》、新糸《しんいと》、新真綿《しんまわた》

繭から生糸を取る作業。繭を煮て糸口から糸を引き出す。繭一つから約1200mの糸が採れる。できたての生糸が新糸、真綿が新真綿。

糸取の三人家のものばかり　高野素十
一社一寺そのほかはみな糸を取る　大橋櫻坡子
糸取の女ときどき唄ひつつ　増村節江

藻刈《もかり》

藻刈船《もかりぶね》、刈藻屑《かりもくず》、藻刈棹《もかりざお》、藻刈鎌《もかりがま》

川や沼、池に生い茂った藻を棹や鎌で刈る。かつては舟が通りやすくするためだったが、現在は景観、環境保全のために行われる。

腰蓑の雫烈しき藻刈かな　西山泊雲
藻を刈ると舳《みよし》に立ちて映りをり　杉田久女
刈藻より高梁川の匂ひかな　伊東伸介

田草取《たくさとり》

一番草《いちばんぐさ》、二番草《にばんぐさ》、三番草《さんばんぐさ》、田草引《たくさひき》

田の雑草を取り除く作業。田植え後二十日ごろの一番草から、十日おきに三回程度行った。炎暑の中かがんでする重労働だったが、除草剤の普及で減った。

山ひとつ背中に重し田草取　蓼太
田草取蛇うちすゑて去りにけり　村上鬼城
靴跡のずぼりと大き田草取　深津あづき

牛馬冷す《ぎゅうばひやす》《ぎうばひやす》

牛馬洗《ぎゅうばあら》う、冷《ひや》し牛《うし》、冷《ひや》し馬《うま》、冷《ひや》し犬《いぬ》

大事な労働力だった農耕用の牛馬を川や海で洗い、暑さをしのがせること。

冷し馬馬首ともすれば陸に向く　山口誓子
冷やされて牛の貫禄しづかなり　秋元不死男
夕暮れの手綱をひいて馬冷す　ささ南風

誘蛾燈《ゆうがとう／いうがとう》

虫篝《むしかがり》

⬇虫《むし》(秋)

作物を食い荒らす蛾や金亀虫などの害虫を捕る仕掛け。灯で集め、水を入れた器で殺した。虫寄せに焚くのが虫篝。

村の者来て夜語りや誘蛾燈　高野素十
死にさそふものゝ蒼さよ誘蛾燈　山口草堂
草や葉のざわめき寄せ来誘蛾燈　皆川燈

雨乞《あまごい／あまごひ》

祈雨《きう》、祈雨経《きうきょう》

⬇喜雨《きう》(天)

旱つづきの農村で、氏神や水神、仏に降雨の祈りを捧げること。地域ごとにさまざまに伝承されている。

俄雨と触れて歩くや小山伏　一茶
薪負うて雨乞の人つづきけり　西山泊雲
雨乞の笹をまとひし龍蛇行く　斉藤小桐

雨休み《あめやすみ》

喜雨休《きうやす》み、雨喜《あまよろこ》び、雨祝《あめいわい》

雨が降って一日田畑の仕事を休むこと。農家の臨時の休日。旱の後の降雨を喜んで休むのは喜雨休み。

草よりも人のはかなき雨祝ひ　一茶
雨脚のさらにせはしき雨祝　木内怜子
ひさびさに本をひらくも喜雨休み　本橋游路

水番《みずばん／みづばん》

水盗《みずぬす》む、水守《みずまも》る、夜水番《よみずばん》、水番小屋《みずばんごや》

田に引く水がよその田に盗まれないように見張ること。

水番の大ごゑわたる朝田かな　五十崎古郷
蓑敷いて長脛抱きぬ夜水番　野村泊月
その家の水案じつつ水盗む　あべふみ江

水喧嘩《みずげんか／みづげんくわ》

水争《みずあらそ》い、水論《すいろん》、水敵《みずがたき》

旱魃の際、田水の分配について争うこと。

水喧嘩恋のもつれも加はりて　相島虚吼
ごくだうもときにたよりや水喧嘩　岡田瀉人
裏の田の一枚分の水喧嘩　中津重好

鮎釣《あゆつり》

鮎漁《あゆりょう》、鮎解禁《あゆかいきん》、鮎《あゆ》の竿《さお》、鮎《あゆ》の宿《やど》

⬇鮎《あゆ》(動)

春に海から遡上した鮎は、上流で川苔などを食べて成育する。それを釣る。解禁日、有名な川には竿が林立する。釣り方は毛針釣り、友釣りなど。

四方の山うす曇りして鮎解禁　前田普羅
巌がくれ下りし舟や鮎の宿　田中王城
鮎釣の黙りこくつて松の風　小林さゆり

魚簗《やな》

魚簗番《やなばん》、簗守《やなもり》、簗瀬《やなせ》、魚簗掛《やなか》ける
⬇上《のぼ》り簗《やな》（春）、下《くだ》り簗《やな》（秋）

石を積んで川幅を狭め、一部だけ流れるようにした所に竹の簀を張って、主に鮎を捕る仕掛け。その場で焼いて食べさせる観光の魚簗が各地にある。

簗見廻りて口笛吹くや高嶺晴　高浜虚子
手に足に逆まく水や簗つくる　西山泊雲
吸ひ込まれ来る水青き簗瀬かな　青柳幣太郎

箱眼鏡《はこめがね》

水中眼鏡《すいちゅうめがね》

箱の底にガラスを張り、水中を透かし見て魚を捕る道具。潜水するときは、水中眼鏡を使う。

箱眼鏡少年ふぐり憚らず　樋口玉蹊子
盛りあがる黒き沖波箱眼鏡　いさ桜子
箱眼鏡越しの栄螺の大きかり　森田遊介

鵜飼《うかい》《うかひ》

鵜舟《うぶね》、鵜篝《うかがり》、鵜匠《うしょう》、鵜遣《うづかい》、鵜川《うがわ》、荒鵜《あらう》、疲鵜《つかれう》、鵜籠《うかご》、離《はな》れ鵜《う》
⬇鵜《う》（動）

鵜の首に縄をつけ、鵜がつかまえた鮎などを吐かせる漁法。

おもしろうてやがて悲しき鵜舟かな　芭蕉
風吹きて鵜篝の火のさかだてる　阿波野青畝
鵜篝に鮎吐く首の細さかな　坪内れんげ

烏賊釣《いかつり》

烏賊舟《いかぶね》、烏賊火《いかび》、烏賊干《いかほ》す
⬇烏賊《いか》（動）

夜、海面近くに浮き上がってくる烏賊を、集魚灯を使って獲る。烏賊釣の漁火が烏賊火。

天に海に烏賊船の灯のともりそむ　原石鼎
烏賊釣の月あるうちに白みけり　河原白潮
一生を日本海見て烏賊干せり　山野通子

天草干し《てんぐさほし》

天草採《てんぐさと》り

寒天の材料になる天草を採って、浜一面に広げて干すこと。乾くと濃い紅色になる。

見るうちにてん草を乾し拡げたり　高浜虚子
ふんばれる天草採りに次の波　辻桃子
音立てて天草乾く昼寝村　田代草猫

昆布干し《こんぶほし》

舟で刈り取ったり、磯で引いたりした昆布を、浜辺に広げて干すこと。

昆布干す襤褸のやうにひきずつて　桜庭潮
昆布干す門なく塀もなく住みて　井ケ田杞夏
頑迷にして分厚かり昆布刈る　佐藤明彦

こどもの日《こどものひ》

五月五日。国民の祝日の一つ。子どもの人格を重んじ、幸福をはかる狙いで、昭和二十三年（一九四八年）に制定。

子供の日一ト癖もてる顔並《な》めて　榎本虎山
こどもの日ひとりぼっちのアジア象　杉ひめか
山鳩のででつぽつぽうこどもの日　井上明未

母の日《ははのひ》

↓カーネーション（植）

五月の第二日曜日。母の愛に感謝を捧げる日。アメリカで始まった。母の愛を意味するカーネーションを胸につける。

母の日の母のピアスを借りて来し　佐保田乃布
母の日や錆びゆく銀のコンパクト　岡　ともこ
母の日や土偶の腰のどつしりと　牧島りょう

父の日《ちちのひ》

六月の第三日曜日。父に感謝する日。

悲壮なる父の為にもその日あり　相生垣瓜人
父の日や千人針を出してきし　あべふみ江
父の日や目を見ず渡す贈り物　榛澤雅子

端午《たんご》

五月五日《ごがついつか》、五月《ごがつ》の節句《せっく》、菖蒲《しょうぶ》の節句《せっく》、菖蒲《しょうぶ》の日《ひ》

五月五日。男の子の健やかな成長を祈り、邪気を払う菖蒲を軒に差したり風呂に入れる。

四辻や匂ひ吹きみつあやめの日　闌　更
町の名のそれぞれに佳き端午かな　波多野爽波
真榊の真青にして端午かな　岡田四庵

幟《のぼり》

幟市《のぼりいち》、幟店《のぼりみせ》、幟店《のぼりだな》、幟竿《のぼりざお》

端午の節句に立てる定紋や鍾馗の絵などを染めた幟。

笈も太刀も五月にかざれ紙幟　芭　蕉
我高く立てんとすなる幟かな　河東碧梧桐
この村や鍾馗幟のはためきて　本間のぎく

鯉幟《こいのぼり こひのぼり》

五月鯉《さつきごい》

端午の節句に揚げる。鯉の形をした吹き抜き。小さな座敷飾りから数メートルの大型まであり、たかだかとした幟竿の先で、五月の空に翻る姿は美しい。

鯉幟岳麓の田植始まれり　渡辺水巴
鯉幟黒き片目をして廻る　篠原　梵
腹に名の太々とあり鯉のぼり　こると漣

吹流し《ふきながし》

鯉幟と一緒に幟竿に付ける紅白や五色の布。

吹流し一旒《りゅう》見ゆる樹海かな　鈴木花蓑
雀らも海かけて飛べ吹流し　石田波郷
山風の止めば垂るるよ吹流し　弘田朋泉

矢車《やぐるま》

矢羽根を放射状に並べたもので鯉幟の竿の先につける。からからと音をたてて回る。

矢車の金の暗さよ昼の酒　石川桂郎
矢車の音高まりてきたりけり　山本林雨
矢車やひこ孫を抱く役目にて　藤森かずを

武者人形《むしゃにんぎょう》《むしやにんぎやう》

五月人形《ごがつにんぎょう》、兜人形《かぶとにんぎょう》、武具飾《ぶぐかざ》る、鎧飾《よろいかざ》る

端午の節句に男の子のいる家で飾る。甲冑や武具も飾る。

出陣の稚き眉目武者人形　橋本多佳子
日月をいたゞく兜飾りけり　大橋櫻坡子
階段の上まつ暗や武者人形　牧やすこ

菖蒲葺く《しょうぶふく》《しやうぶふく》

菖蒲挿《しょうぶさ》す、軒菖蒲《のきしょうぶ》、蓬葺《よもぎふ》く
➡菖蒲《しょうぶ》（植）

端午の節句に、軒に菖蒲をさす風習。

人の妻の菖蒲葺くとて楷子かな　正岡子規
菖蒲葺く庇つづきの湯殿にも　高野素十
屋根神は屋根に古りたり菖蒲葺く　吉野蘭

菖蒲湯《しょうぶゆ》《しやうぶゆ》

菖蒲湯《そうぶゆ》、蘭湯《らんとう》

端午の節句に、菖蒲の根と葉を入れた風呂。邪気を払い、心身を清めるとされる。いまも広く行われている。

さうぶ湯やさうぶ寄りくる乳のあたり　白雄
菖蒲湯を出てかんばしき女かな　日野草城
菖蒲湯と風呂屋に貼つて墨黒く　川村文世

菖蒲酒《しょうぶざけ》《しやうぶざけ》

菖蒲酒《あやめざけ》、菖蒲酒《そうぶざけ》

菖蒲の根を刻んで浮かべた酒。端午の節句に飲み、供え物にもした。

菖蒲酒金時酔うて裸かな　青木月斗
くちつけてすみわたりけり菖蒲酒　飯田蛇笏
菖蒲酒朱塗りの盃にいただくも　永井珠

粽《ちまき》

茅巻《ちまき》、笹粽《ささちまき》、粽結《ちまきゆ》う、粽解《ちまきと》く

端午の節句の食べ物。糯《もち》米と粳《うるち》の粉を混ぜて練り、茅《かや》や笹の葉で包んで蒸す。

粽結ふかた手にはさむ額髪　芭蕉
客を待つ粽にかけしぬれぶきん　武原はん
手の技はなほざりにせじ粽解く　佐藤明彦

柏餅《かしわもち・かしはもち》

端午の節句に食べる。しん粉の餅に小豆餡や味噌餡を入れ、柏の葉で包んで蒸した餅菓子。

酒好の家にも出来て柏もち　塩原井月
てのひらにのせてくださる柏餅　後藤夜半
青き香の近づきくるや柏餅　コスモメルモ

薬玉《くすだま》

五月《さつき》の玉《たま》、掛香《かけこう》

端午の節句のとき、柱や床に掛けたり、身につけたりした。邪気を払う蒼朮《そうじゅつ》、艾《もぐさ》、香料などを袋に入れ、五色の糸を垂らしたもの。開店祝いなどの装飾として残っている。同じ用途で、香を入れたものを掛香という。

薬玉の人うち映えてゆきゝかな　高浜虚子
孔雀の尾薬玉の緒と美しう　志田素琴
薬玉や琴は奥伝までこなし　辻桃子

薬の日《くすりのひ》

薬狩《くすりがり》、薬草摘《やくそうつみ》
➡薬降《くすりふ》る(天)、薬掘《くすりほ》る(秋)

五月五日。山野で薬草や鹿の角を採る風習があった。この日に採った薬草や角は効きめが大きいとされた。

薬園に雨ふる五月五日かな　蕪村
古図に見る大和菟野《うだの》の薬狩　青木月斗
薬の日葛根湯に蜜入れて　三浦かほる

花田植《はなたうえ・はなたうゑ》

御田植《おたうえ》、御田《おんだ》、御田祭《おんだまつり》、花田牛《はなたうし》

各地の神社に残る御田植神事。花をつけた牛が田掻きを、神前で早苗を受け取った植女が田植歌に合わせて田植えをする。

一の牛金の鞍締め花田植　石谷秀子
御田植やあんころ餅に指のあと　水上黒介
御田植の気難しげな飾牛　小林つくし

薪能《たきぎのう》

芝能《しばのう》、能篝《のうかがり》

五月(古くは旧暦二月)、奈良・興福寺で行われた能。最近は各地の夜間の野外能もいう。

暗きより出でし貴人や薪能　石井露月
笛方のかくれ貌なり薪能　河東碧梧桐
薪能草のゆるるが照らされて　上原和沙

夏場所《なつばしょ》

五月場所《ごがつばしょ》、名古屋場所《なごやばしょ》、七月場所《しちがつばしょ》

五月に東京・両国の国技館で行われる大相撲本場所。昔は正月と夏の二場所だったが、現在は六場所。七月には名古屋で七月場所が行われる。

夏場所やひかへぶとんの水あさぎ　久保田万太郎

トラクターのラジオに聞くや五月場所　村上　咲

夏場所や団扇せはしくいつせいに　小島愛袈

鴨川踊《かもがわおどり》《かもがはをどり》

四月十五日から五月十五日まで、京都・先斗町の芸妓が歌舞練場で開く催し。

京に着くいざや鴨川踊りへと　水本晴朗

白き手のそろふ鴨川踊かな　錦織　鞠

青々と鴨川をどり衣裳かな　高野　恵

竹植うる日《たけうるひ》

竹酔日《ちくすいじつ》

➡竹伐る《たけき》(秋)

陰暦五月十三日、この日に竹を植えるとかならず根づくといわれた。中国の俗説からきており竹酔日ともいう。

そこ退いて竹植ゑさせよ蟇　樗　堂

戸袋にあたる西日や竹植うる　飯田蛇笏

竹植うる日の竹林にどしやぶりが　尾崎澄女

祭《まつり》

祭笛《まつりぶえ》、祭太鼓《まつりだいこ》、陰祭《かげまつり》、祭衣《まつりぎぬ》、祭提灯《まつりちょうちん》

夏祭を指す。神輿や山車が出、笛太鼓の祭囃子が流れ、祭衣に祭髪の人で賑わい、町には祭提灯が下がる。

祭笛吹くとき男佳かりける　橋本多佳子

月番の祭提燈とぼしゆく　石井みや

蛇革の財布をほいと夏祭　岩﨑金魚

神輿《みこし》

神輿舁《みこしかき》、神輿渡御《みこしとぎょ》、船渡御《ふなとぎょ》

祭礼のとき、ご神体を乗せて担ぎ、ときに激しく練る。黒漆に金銅の金具、屋根に鳳凰をいただき、きらびやか。大きいものは一トンを超し、酒樽を使った子ども用の樽神輿もある。

あとじさる足踏みあひぬ荒神輿　阿波野青畝

御神輿に遺影掲げて佃かな　飯塚千寿

横町へ曲る神輿を見送りぬ　小原紀香

お神輿の横を妓《ねえ》さんおつとめに　飯田閃朴

山車《だし》

だんじり、曳山《ひきやま》、山笠《やまがさ》

祭礼のとき、さまざまな飾り物をつけ、笛、太鼓、鉦《かね》の囃子で引き回す車。関西、西日本のだんじり、曳山、山笠もその一種。

煽ぎ立て山車を動かす大団扇　長谷川かな女

山車に描く蒙古襲来絵巻かな　篠原喜々

曳山やひだるき稚児をのせもどる　如月真菜

宮を出し山笠《やま》にたちまち勢ひ水　安部元気

宵宮　よいみや　よひみや

宵祭《よいまつり》、夜宮《よみや》

祭の前夜の祭事。単なる前夜祭ではなく、夜の間に大事な神事が行われることが多い。

潮騒と宵宮と遠きことといづれ　永井龍男

宵祭神馬ときどきいなないて　山岡蟻人

宵宮やガラスモンドといふを売り　勉茶亜子

宵宮の骨組ほどく飴屋かな　斉藤夕日

葵祭　あおいまつり　あふひまつり

賀茂葵《かもあおい》、賀茂祭《かもまつり》、葵鬘《あおいかずら》、諸鬘《もろかずら》

五月十五日、京都の上賀茂神社、下鴨神社の祭。ただ祭といえばこの祭を指した。

桐の花葵祭はあすとかや　河東碧梧桐

うちゑみて葵祭の老勅使　阿波野青畝

小姑と踈まる葵祭かな　大野朱香

競馬　くらべうま

賀茂《かも》の競馬《けいば》、競馬《きそいうま》、勝馬《かちうま》、負馬《まけうま》

五月五日、京都・賀茂別雷神社で行われる神事。

競べ馬一騎遊びてはじまらず　高浜虚子

四囲の山あをあをとある競馬かな　鈴木花蓑

雲切れて別《わけ》雷《いかづち》の競馬　庄野ゆき絵

ダービー

東京優駿競走《とうきょうゆうしゅんきょうそう》、日本《にほん》ダービー

五月の最終日曜日に府中競馬場で開くサラブレッド三歳馬の重賞レース。英国のダービー伯爵が始めた。

ダービーや双眼鏡に皇太子　佐保田乃布

銀座雑踏ダービーに沸く群れもゐて　河野南畦

ダービーの騎乗のみんな佳き男　長谷川ちとせ

山開　やまびらき

開山祭《かいざんさい》、富士《ふじ》の山開《やまびらき》、富士詣《ふじもうで》、ウエストン祭《さい》
➡登山《とざん》(人)

夏山の登山開始日。富士山は七月一日。昔の登山は信仰行事で、登拝の解禁を山開きといった。

榊にて外天を祓ふ山開　平畑静塔

この町の電車をかしや山開　山口誓子

山開き熊授かつたてふまたぎ　佐久間清観

海開　うみびらき

湖開《うみびらき》

海水浴場のオープン。七月一日が多い。山開きになぞらえて名付けられた。

海開きなど思ひつゝ遠くあり　石塚友二

蓋取ればカレーたつぷり海開　高橋らら

海開き島の神鶏鳴きやまず　黒田こよみ

川開
かわびらき　かはびらき

—両国《りょうごく》の花火《はなび》

七月下旬から八月。大きな川の納涼始で、大花火を揚げる隅田川の川開きが有名。禊ぎのために川で泳ぐ風習から。

満ち汐にすでに灯つらね川開　原　石鼎
川開き玉屋と小さくつぶやくも　薗部庚申
川開き大きな煤が降つてくる　花眼亭椋鳥

三社祭
さんじゃまつり

—浅草祭《あさくさまつり》、神田祭《かんだまつり》、山王祭《さんのうまつり》

五月十八日に近い金土日。東京・浅草、浅草神社の祭礼。活気ある江戸っ子の祭。

三社まつり山王まつりともに雨　室積徂春
神田川祭の中をながれけり　久保田万太郎
提灯屋三社祭が中止だと　薗部庚申

祇園祭
ぎおんまつり　ぎをんまつり

—祇園会《ぎおんえ》、宵山《よいやま》、鉾立《ほこたて》、宵飾《よいかざ》り、祇園囃《ぎおんばやし》、鉾祭《ほこまつり》、鉾囃《ほこばやし》、屏風祭《びょうぶまつり》

京都・八坂神社の祭。七月一日から一か月にわたり、さまざまの神事が行われるが、最も賑わうのは十七日の山鉾巡行。

鉾にのる人のきほひも都かな　其　角
祇園会や二階に顔のうづたかき　正岡子規
老妓より祇園祭の届けもの　稲畑汀子

天満祭
てんままつり

—天神祭《てんじんまつり》、船祭《ふなまつり》、鉾流《ほこなが》し、どんどこ船《ふね》

七月二十五日。大阪・北区の天満宮の祭。どんどこ船など百艘を超える船団が大川をさかのぼる川渡御で知られる。

人形の宿禰はいづこ祭舟　後藤夜半
川も狭にどんどこ舟はあばれもの　本田一杉
この暑さ天満祭のきのふけふ　安達岩太郎

御柱祭
おんばしらまつり

—御柱《おんばしら》

寅と申の年（六年に一度）、四月上旬から約一か月行われる諏訪大社の祭。樅の巨木を山から切り出し、急坂を下ろして上下二社に建てる勇壮な神事。

これやこの御柱立つる祭びと　水原秋櫻子
締込みの若きはきつく御柱　ふく嶋桐里
観客もヨイサヨイサと御柱　松原波月

朝顔市
あさがおいち　あさがほいち

➡朝顔《あさがお》（秋）

七月六日から八日まで、東京・入谷の鬼子母神境内で。鉢植えの朝顔の市が立つ。

朝顔を見にしのゝめの人通り　久保田万太郎
通り雨朝顔市を濡らしけり　辻　桃子
子規庵へ朝顔市を通りぬけ　小川こう

四万六千日
しまんろくせんにち

七月九、十日。東京・浅草寺にこの日参詣すると四万六千日分の功徳があるとされる観音の縁日。

四万六千日の暑さとはなりにけり　久保田万太郎
あをあをと四万六千日の寺　石塚友二
切りつづけ四万六千日の藷　水上黒介

鬼灯市
ほおずきいち
ほほづきいち

——酸漿市《ほおずきいち》
➡鬼灯《ほおずき》(秋)

七月九、十日。浅草寺縁日で、まだ青い鬼灯を売る市。

夫婦らし酸漿市の戻りらし　高浜虚子
朱に交り鬼灯市に無頼たり　久米三汀
門前に鬼灯市と貼り出しぬ　田中とこ

巴里祭
パリさい

——巴里祭《パリーさい》

七月十四日。フランス革命記念日。

汝が胸の谷間の汗や巴里祭　楠本憲吉
巴里祭やLPレコードしやりしやりと　白井薔薇
オムレツのとろとろ崩れ巴里祭　田口ひいな

安居
あんご

——夏《げ》の入《い》り、夏《げ》の始《はじめ》、夏籠《げごもり》、夏行《げぎょう》、一夏《いちげ》、雨安居《うあんご》、夏百日《げひゃくにち》
➡冬安居《ふゆあんご》(冬)、解夏《げげ》(秋)

仏教各宗派の本山などで、僧を集め、外出を禁止して行う講義や修行。古くは陰暦四月十六日から七月十五日までの約九十日間だったが、現在は宗派により違う。

しばらくは瀧に籠るや夏の初め　芭蕉
夏籠や月ひそやかに山の上　村上鬼城
夏籠や布団かついで部屋替へて　藤　なぎさ

夏書
げがき

——夏経《げぎょう》、夏断《げだち》

安居の間に経文を書写すること。夏断はこの期間中、酒や肉を断って精進すること。

たもとして払ふ夏書の机かな　蕪村
をしみなく夏書の墨のまがりける　阿波野青畝
宇和海の風吹きこめる夏書かな　阿部もとみ

夏花
げばな

——夏花摘《げばなつみ》、夏花籠《げばなかご》

夏の安居のときに供える花や樒《しきみ》。畑や野で摘むのが夏花摘。

わざわざに蝶も来て舞ふ夏花かな　一茶
或時は谷深く折る夏花かな　高浜虚子
夕刊のなき村にして夏花摘む　水谷みもざ

夏越《なごし》

大祓《おおはらえ》、夏越《なごし》の祓《はらえ》、みそぎ、夏祓《なつはらえ》、夏神楽《なつかぐら》、川社《かわやしろ》、水無月祓《みなつきはらえ》、六月祓《みなつきはらえ》

陰暦六月晦日に行う祓いの神事。神社では参拝者に茅の輪をくぐらせる。

草の戸や畳かへたる夏祓　太　祇

竹さやぎ夏越の星の流れたる　久米三汀

裃をつけし従兄も夏越かな　竹南寺摩耶

茅の輪《ちのわ》

菅貫《すがぬき》、菅抜《すがぬき》、茅《ち》の輪《わ》くぐり

夏越の祓の呪法。鳥居の下に設けた大きな茅の輪を参詣者にくぐらせ、けがれを祓う。ほとんどの神社で行われる。

一円をたてゝ茅の輪に内外あり　松本たかし

大金をもちて茅の輪をくぐりけり　波多野爽波

お水屋の水の冷たき茅の輪かな　伊野ゆみこ

形代流す《かたしろながす》

撫物《なでもの》

人形に切った白紙（形代）に名を書き、それで体を拭ったり息を吹きかけて、けがれを祓って川に流す。

形代にさらばさらばをする子かな　一　茶

形代の男女と流れけり　富田うしほ

形代にして両腕のなかりけり　川口未来

形代のたぷん男の沈みをり　舟　まどひ

万太郎忌《まんたろうき》——傘雨忌《さんうき》

五月六日、文学座を創立した小説家・劇作家、久保田万太郎の忌日。俳誌「春燈」主宰。

こでまりの花の雨憂し傘雨の忌　安住　敦
あぢさゐの色には遠し傘雨の忌　鈴木真砂女
傘雨忌や法被の背なに万一字　佐保田乃布

朔太郎忌《さくたろうき》

五月十一日。『月に吠える』などで知られる詩人、萩原朔太郎の忌日。

節冷えて朔太郎忌の若竹ぞ　岡田貞峰
朔太郎忌ゆるく噛みあふ連結器　島　青峰
遠く重く朔太郎忌の犬の声　相島　弘

たかし忌《たかしき》——牡丹忌《ぼたんき》

五月十一日。俳人、松本たかしの忌日。宝生流の役者の家に生まれた。高浜虚子門。牡丹忌ともいう。

遅れ咲く牡丹白したかしの忌　下村非文
たかし忌のけふを茅舎の山墓に　島村茂雄
たかし忌の父の形見の能衣裳　井上房子

辰雄忌《たつおき たつをき》

五月二十八日。『風立ちぬ』などで知られる小説家、堀辰雄の忌日。

旅にして聞く筒鳥も辰雄の忌　安住　敦
辰雄忌の林に羽搏《う》つもの多し　山田みづえ
辰雄忌のふと降り立ちて軽井沢　堀　ひさみ

晶子忌《あきこき》

五月二十九日。『みだれ髪』などで知られる歌人、与謝野晶子の忌日。

晶子忌や針をつきさす赤い布　藤岡筑邨
音高く日傘ひらきぬ晶子の忌　渡辺千枝子
鬘屋に髢《かもじ》たっぷり晶子の忌　舟　まどひ

多佳子忌《たかこき》

五月二十九日。独自の情念の叙情句で知られる俳人、橋本多佳子の忌日。山口誓子門。

多佳子忌や野司の蝶純白に　秋元不死男
晴れて汗すげなく多佳子忌日すぎ　平畑静塔
死ぬことは悲しくないと多佳子の忌　黒木千草

鑑真忌《がんじんき》

陰暦五月六日。律宗の祖で唐招提寺を建立した唐僧、鑑真の忌日。暴風、失明の苦難をおかして来日した。

藻の匂ひ町にひろがり鑑真忌　桂信子
膝行の礼をとりけり鑑真忌　横山嘉子
襖絵の怒濤を拝す鑑真忌　井ケ田杞夏

蟬丸忌《せみまるき》

没年不詳で陰暦五月二十四日が忌日とされている。琵琶の名手。音曲芸道の神としてあがめられる。謡曲『蟬丸』などに登場する。

逢坂に雲たちわかれ蟬丸忌　山本象夢
姉様に三年あはず蟬丸忌　安部元気
君がためとて一曲や蟬丸忌　安達韻颯

業平忌《なりひらき》　―在五忌《ざいごき》

陰暦五月二十八日、平安の歌人、在原業平の忌日。『伊勢物語』の主人公で美男の典型とされる。

山寺に絵像かけたり業平忌　高浜虚子
在五の忌同じことして別れけり　加藤郁乎
若き日の写真選ぶや業平忌　清水まもる

桜桃忌《おうとうき》《あうたうき》　―太宰忌《だざいき》

六月十三日。小説家、太宰治の忌日。忌日の名は晩年の短編『桜桃』による。東京・三鷹の禅林寺で十九日に修忌。

黒々とひとは雨具を桜桃忌　石川桂郎
ため息の息の長さや桜桃忌　佐保田乃布
上水にざんざの雨や桜桃忌　槇村潜魚

信長忌《のぶながき》

陰暦六月二日。戦国時代を統一目前に、本能寺で倒れた織田信長の忌日。

信長忌真鯉眉間の傷は何　宮脇白夜
信長忌敵と呼ぶべき一人あり　山科藍
研ぎ上げし刃うつくし信長忌　前川達也

光琳忌《こうりんき》《くわうりんき》

陰暦六月二日、江戸時代の画家、「紅梅白梅図屏風」で有名な尾形光琳の忌日。

群青をゆたかに溶かし光琳忌　高浜虚子
かへるでの花の紅さの光琳忌　松本たかし
鶴くびの花入れ錆びて光琳忌　袖山篠

芙美子忌《ふみこき》

六月二十八日。小説家、林芙美子の忌日。

あてどなき旅に出でたし芙美子の忌 四方　格

芙美子忌の夜店に買ふや絵らふそく ふく嶋桐里

芙美子忌の船の出るのを待つてをり 井上ろびん

鷗外忌《おうがいき》《あうぐわいき》

七月九日、文学者、森鷗外の忌日。夏目漱石とともに、明治、大正の文豪。

団子坂上り下りや鷗外忌 高浜虚子

ルビ読みて注釈読みて鷗外忌 藤井なづ菜

鷗外忌谷中のひとは姉御肌 今泉如雲

茅舎忌《ぼうしゃき》《ばうしやき》

七月十七日、俳人、川端茅舎の忌日。岸田劉生に師事し、画家を志したが断念。高浜虚子門。

茅舎忌の朝開きたる百合一花 高野素十

金剛茅舎朴散れば今も可哀さう 中村草田男

くもの囲に露ひしめくや茅舎の忌 松岡亀雄

河童忌《かっぱき》

七月二十四日。小説家、芥川龍之介の忌日。俳句は虚子門。俳号の我鬼にちなみ我鬼忌ともいう。

我鬼忌《がきき》、芥川忌《あくたがわき》、龍之介忌《りゅうのすけき》

河童忌やあまたの食器石に干す 飯田蛇笏

へこへこと我鬼忌の青き蛙かな 安部元気

河童忌や影の痩せたる竹箒 たなか迪子

谷崎忌《たにざきき》

七月三十日。『春琴抄』などの作家、谷崎潤一郎の忌日。

夕萱に日のあかあかと谷崎忌 青木綾子

葛切に歯ごたへしかと谷崎忌 桑原いろ葉

左千夫忌《さちおき》《さちをき》

七月三十日、歌人で小説家、伊藤左千夫の忌日。アララギ派の写生に長じた歌を詠み、小説に『野菊の墓』。

左千夫忌の泥鰌の汁の尊さよ 斎藤茂吉

山蟬がうなじ掠りて左千夫の忌 ますぶち椿子

露伴忌《ろはんき》

七月三十日、小説家・歴史家、幸田露伴の忌日。『五重塔』など。

露伴忌の茄子紺しかと畳縁 井ケ田杞夏

古文書のひしめく書庫や露伴の忌 梶山一泉

袋角　ふくろづの

鹿《しか》の若角《わかづの》、鹿茸《ろくじょう》
⬇落《お》とし角《づの》(春)

春から夏にかけて生えかわった鹿の新しい角。柔らかくてあたたかい。生えた角は小さく茸に似て、鹿茸と呼ばれる。

二俣にわかれ初《そめ》けり鹿の角　芭蕉
袋角熱あるごとく哀なり　中田みづほ
枝分れしかけて温し袋角　夏秋明子

鹿の子　かのこ

鹿《しか》の子《こ》、小鹿《こじか》、親鹿《おやじか》
⬇鹿《しか》(秋)

初夏に通常一匹生まれる。体の白い斑点が保護色になる。

うれし気に回廊はしる鹿の子かな　蝶夢
鹿の子のふんぐりもちてたのもしき　村上鬼城
鹿の子や尻おしてえさ催促し　矢花美奈子

蝙蝠　こうもり　かうもり

かわほり、蚊喰鳥《かくいどり》

長く飛べる唯一のほ乳類。夏の日暮れに飛ぶことが多い。昆虫を食べる。

蝙蝠に手元もくらし油売り　北枝
蝙蝠や昼も灯ともす楽屋口　永井荷風
蝙蝠をとつさにかはし東門　今井桃青

亀の子　かめのこ

子亀《こがめ》、銭亀《ぜにがめ》

季語の亀の子は石亀の子。形が硬貨に似ているので銭亀と呼ばれ、夜店などで売られる。

亀の子の歩むを待つてひきもどし　中村汀女
銭亀に玻璃器すべりてかなしけれ　富安風生
亀の子の小さき鼻より小さき泡　藤井なづ菜

雨蛙　あまがえる　あまがへる

青蛙《あおがえる》、枝蛙《えだかわず》
⬇蛙《かえる》(春)

体長4cmほどの小さな蛙。枝に張りつき大きな声で鳴く。通常緑色。

雨蛙芭蕉にのりてそよぎけり　其角
鬱として樗の雨や枝蛙　岡本癖三酔
凹みより凹み凹みへ雨蛙　長谷川ちとせ

河鹿　かじか

初河鹿《はつかじか》、河鹿蛙《かじかがえる》、河鹿笛《かじかぶえ》、夕河鹿《ゆうかじか》、河鹿宿《かじかやど》

渓流に棲む小さな蛙で、雄はコロコロと涼しい声で鳴く。鳴き声が河鹿笛。

よき河鹿痩せていよいよ高音かな　原石鼎
夕河鹿百のランプを配り初む　山口青邨
初河鹿一つは草に鳴きにけり　高橋らら

蟇

ひきがえる
ひきがへる

蟇《ひき》、蟾《ひき》、蝦蟇《がま》、いぼがえる、がまがえる

体長10数cmの大型の蛙。産卵期以外は草むらに隠れ、夜、虫を捕って食べる。

這ひ出でよ飼屋が下のひきの声　芭蕉
釣月軒手斧柱や蟇の声　大橋ごろう
蟇出しと婆の呼びをる日暮かな　橋元水流

山椒魚

さんしょううお
さんせうを

はんざき

渓流に棲む両生類。数cmから1mを超すものまでいる。体に山椒のようなにおいがある。

はんざきに真清水今も湧き流れ　臼田亜浪
山椒魚の水に鬱金の月夜かな　飯田龍太
はんざきの居さうな岩の傾ぎかな　池蘭子

蠑螈

いもり
ゐもり

赤腹《あかはら》、井守《いもり》

両生類。井戸や池、沼などに棲むので「井守」の名がある。腹が赤い。

浮み出て我を見てゐるゐもりかな　高浜虚子
石の上にほむらをさます井守かな　村上鬼城
赤腹の即かず離れずつがひなる　久門南

守宮

やもり

爬虫類。家の中に棲み、ガラスや壁に張りつく。害虫を食べるところから「家守」の名がある。

守宮啼くやヒマラヤ杉の深き燈に　渡辺水巴
守宮来て我が家を終のすみかとし　浅見麻子
守宮きゆきゆ軒に灯りのつきたれば　はらてふ古

蜥蜴

とかげ

瑠璃蜥蜴《るりとかげ》、青蜥蜴《あおとかげ》、縞蜥蜴《しまとかげ》
➡蜥蜴穴《とかげあな》を出《で》る(春)、蜥蜴穴《とかげあな》に入《い》る(秋)

全長約20cmの爬虫類。敵に襲われると、尾などの体の一部を切って逃げる。

薬師寺の尻切れとかげ水飲むよ　西東三鬼
乾きたる赤土にゐて瑠璃蜥蜴　佐藤信
毎回よ蜥蜴くはへて猫帰る　三宅美也子

蛇

へび

くちなわ、青大将《あおだいしょう》、山楝蛇《やまかがし》、長虫《ながむし》、縞蛇《しまへび》、地潜り《じむぐ》、飯匙倩《はぶ》、毒蛇《どくへび》
➡蛇穴《へびあな》を出《で》る(春)、蛇穴《へびあな》に入《い》る(秋)

日本には十数種いる。冬眠し、春穴を出て、夏に活動する。飯匙倩は奄美大島や沖縄にいて猛毒を持つ。

蛇逃げて我を見し眼の草に残る　高浜虚子
無花果にゐて蛇の舌見えがたし　飯田蛇笏
透きとほる眼うつくし若き蛇　今井桃青

蛇衣を脱ぐ

へびきぬをぬぐ——蛇《へび》の衣《ころも》、蛇《へび》の殻《から》、蛇《へび》の脱《もぬけ》

初夏の蛇の脱皮。抜け殻(蛇の衣)が木の枝にかかっていたりする。

御仏の膝の上なり蛇の衣　一茶
蛇の衣瀧を見ずして返しけり　正岡子規
蛇衣を脱いでまなこの濁りけり　松尾むかご

蝮

まむし——蝮蛇《まむし》、蝮捕《まむしとり》、蝮酒《まむしざけ》、赤《あか》まむし、黒《くろ》まむし

毒蛇。三角の頭を持ち攻撃的。

曇天や蝮生き居る壜の中　芥川龍之介
飛鳥路を逸れてであふや蝮捕り　浜崎素粒子
蝮取る青大将もゆらと出て　小林タロー

羽抜鶏

はぬけどり——羽抜鳥《はぬけどり》、羽抜鴨《はぬけがも》

古い冬羽が抜け、夏羽が生えそろわない時期の鶏でみすぼらしい。他の鳥類は「羽抜鳥」と書く。

首筋の今猶寒し羽抜鳥　大魯
羽抜鶏高き巌に上りけり　前田普羅
山頂を大きく舞ふや羽抜鳶　山岡蟻人

時鳥

ほととぎす——子規《ほととぎす》、不如帰《ほととぎす》、杜鵑《とけん》、山時鳥《やまほととぎす》

初夏、南方から渡ってくるので、古来、夏を告げる鳥として多くの詩歌に詠まれた。鳴き声は「てっぺんかけたか」などと聞こえる。

野を横に馬牽《ひ》き向けよほととぎす　芭蕉
杉谷や山三方にほととぎす　正岡子規
宿坊の朝は早くてほととぎす　前田風人

郭公

かっこう
くわくこう——閑古鳥《かんこどり》

五月中旬、南方から渡来し、カッコー、カッコーと鳴く。

うき我をさびしがらせよかんこ鳥　芭蕉
郭公や何処までゆかば人に逢はむ　臼田亜浪
郭公が鳴いたぞ畔《くろ》に豆植ゑろ　本間のぎく

筒鳥

つつどり——ぽんぽん鳥《どり》、ふふ鳥《どり》

体長約30㎝。高原地帯に棲み、ポンポン、ポンポンと低い声で鳴く。

つつ鳥や木曽の裏山木曽に似て　白雄
筒鳥の霧重くなりし声音かな　大須賀乙字
ほら鳴いてるるがぽんぽん鳥なりと　北沢たまき

十一《じゅういち》《じふいち》

慈悲心鳥《じひしんちょう》

初夏、南から渡来し、山地に生息してジュウイチー、ジュウイチーと鳴く。慈悲心鳥は古名。

蚊も喰はで慈悲心鳥の鳴く音かな　闌更

十一や那須雲上の宿に著く　皆吉爽雨

慈悲心鳥霧吹きのぼり声とほき　水原秋櫻子

青葉木菟《あおばずく》《あをばづく》

⬇木菟《みみずく》、梟《ふくろう》(冬)

鳩ぐらいの大きさの木菟の一種。青葉のころの夜、ホーホーと淋しげに鳴く。

こくげんをたがへず夜々の青葉木菟　飯田蛇笏

夫恋へば吾に死ねよと青葉木菟　橋本多佳子

雨あとの蒸して来し夜や青葉木菟　久保のぞみ

老鶯《ろうおう》《らうあう》

夏鶯《なつうぐいす》、老鶯《おいうぐいす》、残鶯《ざんおう》

⬇鶯《うぐいす》(春)

夏の鶯は平地から山に移り、声に生気が失われるとして、この名がある。が、実際には大きく、美しい声で囀る。残鶯は平地に残った鶯。

老鶯や行くほどに減る渓の水　佐藤紅緑

老鶯や般若寺奥は人見えず　北山日路地

老鶯やこの一湾の油凪　大神龍

雷鳥《らいちょう》《らいてう》

高山の這松《はいまつ》に棲む。冬羽は白いが夏羽は褐色。数が少なく特別天然記念物。

雷鳥を追ふ谺日の真上より　河東碧梧桐

天地霧に消えて雷鳥と我とかな　大町桂月

雷鳥や雨に倦む日をまれに啼く　石橋辰之助

燕の子《つばめのこ》

子燕《こつばめ》、親燕《おやつばめ》

⬇燕来る《つばめく》(春)

産卵は六、七月に二度。軒下などに巣を懸けるので、ふ化した雛が大きな口を開けて餌を待つ姿が見られる。二十日ほどで巣立つ。

飛び習ふ青田の上や燕の子　麦水

肩車して数へるはつばめの子　白井薔薇

後継ぎのなき医院なり燕の子　宮川魚板

鴉の子《からすのこ》

子鴉《こがらす》、親鴉《おやがらす》、鴉《からす》の子別《こわか》れ

夏、樹上の粗大な巣で育つ。鴉の子別れは夏の終わりごろ。

口あけて屋根迄来るや烏の子　正岡子規

烏の子一羽になりて育ちけり　村上鬼城

とんとんと歩く子鴉名はヤコブ　高野素十

海猫

うみねこ
ごめ

➡海猫渡る《ごめわた》（春）、海猫帰る《ごめかえ》（秋）、冬鷗《ふゆかもめ》（冬）

鷗の一種。鳴き声が猫に似ている。夏に見られる鷗はすべて海猫で、他の鷗は冬、北方から渡ってくる。

海猫の巣立つ怒濤の日なりけり　水原秋櫻子
一羽鳴き一万羽鳴き島の海猫《ごめ》　ロバート池田
下北やオトーチャンとぞ海猫は　如月真菜

鰺刺

あじさし
あぢさし

鮎刺《あゆさし》、小鰺刺《こあじさし》

急降下して鰺や鮎をつかまえ、また舞い上がる。日本で繁殖するのは小鰺刺。

鰺刺の宙にある身を一擲す　百合山羽公
水面を滑空するや小鰺刺　須藤ひばり
鰺刺や真直に沼めざしたる　伊藤　淳

夏燕

なつつばめ

➡燕《つばめ》（春）

夏、せわしなく巣を飛びかい、雛を育てている時期の燕。

むらさきのこゑを山辺に夏燕　飯田蛇笏
夏燕去年の軒のなかりけり　岩崎ふかみ
漬物用酒粕入荷夏燕　小林さゆり

雨燕

あまつばめ

➡岩燕《いわつばめ》（春）

燕より少し小さく、渓流の岸壁や洞窟に巣を作る。

あまつばめ怒濤がふさぐ洞の門　原　柯城
雨燕ダム湖にもとの村見えて　夏秋明子
あまつばめ雲の遠《をち》より明けそめて　望月たかし

葭切

よしきり

大葭切《おおよしきり》、行々子《ぎょうぎょうし》、葦原雀《あしはらすずめ》、葦雀《あしすずめ》、麦熟《むぎう》らし

夏、水辺の葭の茂みに巣を作る。ギョッギョッとやかましく鳴きたてる。行々子はその鳴き声からついた名。

よしきりの鳴き止むかたや筑波山　大　江　丸
蘆原の中に家あり行々子　正岡子規
葭切のをちの鋭声《とごえ》や朝ぐもり　水原秋櫻子

翡翠

かわせみ
かはせみ

しょうびん、翡翠《ひすい》

渓流の鳥。羽が宝石の翡翠のような緑で、くちばしが赤い。水中の魚を狙い一直線に飛ぶ。姿の涼味で夏季。

翡翠の打ちたる水の平かな　松根東洋城
翡翠の影こんこんと溯り　川端茅舎
翡翠が掠めし水のみだれのみ　中村汀女

水鶏《くいな》《くひな》

水鶏《くいな》たたく、水鶏笛《くいなぶえ》、緋水鶏《ひくいな》

ふつうはヒクイナのこと。水辺で、カタカタ、キョッキョッと連続して、高音で戸をたたくように鳴く。

曇る日や水鶏ちらりと麦の中　惟然
日も暮れぬ人もかへりぬ水鶏なく　召波
水鶏の巣こゝにあり苗すてゝあり　鈴木花蓑

鷭《ばん》

川鳥《かわがらす》、鷭《ばん》の笑《わら》い

泳ぎも、潜るのも上手。尾を上下に動かし、コロロコロロと鳴く。これを俗に「鷭の笑い」という。

雨催ひ鷭の翅に猶暗し　嘯山
から川のけふは流れて鷭の宿　中勘助
どこからが木霊なりしや鷭笑ふ　佐藤明彦

浮巣《うきす》

水鳥《みずどり》の巣《す》、鳰《にお》の浮巣《うきす》

鳰などの水鳥の巣。枯れ蘆などで作り、水に浮いている。

五月雨に鳰の浮巣を見に行かむ　芭蕉
人下りて浮巣見の舟かへりゆく　高野素十
浮巣よりゆるるさざなみ澪標《みおつくし》　水越創泉

通し鴨《とおしがも》《とほしがも》

夏鴨《なつがも》、軽鴨《かるがも》、鴨《かも》の子《こ》、かるの子《こ》
⬇鴨《かも》（冬）

鴨類は春先、北方へ帰るが、一部の真鴨は上高地、尾瀬、日光などに残る。それが通し鴨。渡りをしない軽鴨はこれにあたらず、夏鴨という。

暮らすには一人がましか通し鴨　一茶
あからさまに子は率て居りぬ通し鴨　松根東洋城
しづかさや山蔭にして通し鴨　松瀬青々

白鷺《しらさぎ》

五位鷺《ごいさぎ》

全身白色の鷺。青田などで見かける姿はいかにも夏らしい。五位鷺は背は緑黒色、翼・腰・尾は灰色、後頭に二、三本の白羽がある。

杜を過ぎ杜を過ぎ鷺白さ増す　山口誓子
上向いてどじやう飲むなり白鷺は　伊藤沙枝
白鷺の巣や足よりも細き枝に　藤本砧

青鷺《あおさぎ》《あをさぎ》

蒼鷺《あおさぎ》

日本の鷺の中では最も大きい。灰青色。鶴に似る。鶴は飛ぶとき首を真っ直ぐ伸ばすが、青鷺は首をS字に曲げる。

夕風や水青鷺の脛を打つ　蕪村
青鷺の吹き分かれしは離宮かな　阿波野青畝
青鷺の濁声ひびく雲の下　渡邉海詩

鵜《う》

➡海鵜《うみう》
鵜飼《うかい》(人)

くちばしが長く、水に潜ってよく魚を捕まえる鳥。川鵜、海鵜、姫鵜がある。鵜飼に使うのは海鵜。

首たてて鵜のむれのぼる早瀬かな　浪化
昼の鵜の現《うつ》に鳴くか籠のうち　青蘿
鵜の森のあはれにも亦騒がしく　高浜虚子

大瑠璃《おおるり》

五月ごろ渡来し、渓流沿いの高い木の梢で、高く澄んだ声で囀る。鶯、駒鳥と並ぶ三鳴鳥の一つ。

瑠璃啼いて青嶺閃く雨の中　秋元不死男
奥の湯へすぐる岩の門瑠璃《るり》鳥高音　皆吉爽雨
この沢やいま大瑠璃のこゑひとつ　水原秋櫻子

駒鳥《こまどり》

亜高山帯の渓流で繁殖し、ヒンカラカラと高く鳴く。鳴き声が馬の嘶《いなな》きに似ているとしてこの名がある。

駒鳥の声ころびけり岩の上　園女
駒鳥の日晴れてとよむ林かな　闌更
駒鳥や霧熊笹をぬらしすぐ　原柯城

目白《めじろ》

雀より小さく目の周りが白い。背は黄緑色で、鶯とまちがえやすい。チーチルチーツーとからむように鳴く。

食うただけしづく落として目白去ぬ　永吉二支
雑巾と目白籠のみ誰もゐず　辻桃子

四十雀《しじゅうから》《しじふから》

五十雀《ごじゅうから》、山雀《やまがら》、日雀《ひがら》、小雀《こがら》

雀ほどの大きさ。四季至るところで見かけるが、夏はツピーッ、ツピーッという明るい声がはっきり聞こえる。

老の名のありともしらで四十雀　芭蕉
暫くは四十雀来てなつかしき　高浜虚子
神宿る樹を見上ぐるや四十雀　富樫風花

濁り鮒《にごりぶな》

➡春《はる》の鮒《ふな》(春)、寒鮒《かんぶな》(冬)

梅雨どきの増水した川を産卵のためにさかのぼっていく鮒。

濁り鮒腹をかへして沈みけり　高浜虚子
顔を出すバケツの水の濁り鮒　高野素十
手の中の濁り鮒なり目をひらく　辻桃子

鯰

なまず
なまづ

梅雨鯰《つゆなまず》、ごみ鯰《なまず》

淡水魚。頭が大きく、口ひげがあり。体はぬらぬらし、白身で美味。叉手網《さであみ》で捕らえるのがごみ鯰。

鯰見てもの書けぬ時慰みぬ　山口青邨

暗き口ひらきて梅雨の鯰かな　安部元気

洗ひ場に鯰のひげの伸びてをり　いさか小夜

鮎

あゆ

香魚《こうぎょ》、年魚《ねんぎょ》
⬇鮎解禁《あゆかいきん》、鮎釣《あゆつり》、鮎《あゆ》の宿《やど》(人)、若鮎《わかあゆ》(春)

清流に棲む。ほっそりと美しく味もよい。苔を主食とし、独特の香りがある。塩焼き、鮨などに珍重される。

鮎くれてよらで過ぎ行く夜半の門　蕪村

山の色釣り上げし鮎に動くかな　原石鼎

笹づとを解くや生き鮎真一文字　杉田久女

岩魚

いわな
いはな

巌魚《いわな》、岩魚取《いわなとり》、岩魚串《いわなぐし》

渓流魚。山女より上流に棲む。体は暗褐色で、腹に赤っぽい斑点がある。

百姓のうりに来りし岩魚かな　吉岡禅寺洞

二三顆のあけびさげたる岩魚釣　飯田蛇笏

八海《はっかい》山の水ほとばしる岩魚宿　岩田美蜻

山女

やまめ

山女魚《やまめ》、山女釣《やまめつり》、山女串《やまめぐし》

日本特産の渓流魚。稚魚を放流し、養殖も行われている。鮎より上流にいる。

山女の斑《ふ》明らかに水の底ゆけり　大谷碧雲居

山女釣り去るや山女がみんな出て　辻桃子

山の湯や釣りし山女を辛く煮て　安部元気

目高

めだか

緋目高《ひめだか》

体長約3㎝。体は透き通り、体のわりに目が飛び出して大きい。絶滅危惧種。

菱の中に日向ありけり目高浮く　村上鬼城

緋目高の小さなるほどせはしなや　星野立子

喩《たと》ふれば粒子の泳ぎめだかの子　志村喜三郎

緋鯉

ひごい
ひごひ

錦鯉《にしきごい》、鯉涼《こいすず》し
⬇寒鯉《かんごい》(冬)

赤、白、雑色、斑入りなど種々いる。涼しげに泳ぐさまから、とくに夏季としている。

映りたるつゝじに緋鯉現れし　高浜虚子

鯉涼し置けるごとくに縦に横に　富安風生

芋売の今は緋鯉を売つてをり　水上黒介

金魚

きんぎょ

出目金《でめきん》、和金《わきん》、琉金《りゅうきん》、蘭鋳《らんちゅう》、金魚売《きんぎょうり》、金魚屋《きんぎょや》、金魚田《きんぎょだ》
➡金魚玉《きんぎょたま》(人)

鮒の変種。色鮮やかで種類が多い。

底を行く金魚に動く真砂かな　岡本松浜
いつとなく金魚の水の上の煤　阿波野青畝
水槽の角を見てゐる金魚かな　草野ぐり

熱帯魚

ねったいぎょ

闘魚《とうぎょ》、天使魚《てんしうお》、グッピー

熱帯産の観賞魚。エンジェルフィッシュ、グッピーなど色鮮やかで、目で涼を楽しむ。

熱帯魚青きひかりを藻に点ず　水原秋櫻子
灯をいれて縞目鮮烈熱帯魚　牧野寥々
どくどくと腸透けて熱帯魚　竹内真実子

黒鯛

くろだい
くろだひ

黒鯛《ちぬ》、黒鯛釣《くろだいつり》
➡桜鯛《さくらだい》(春)、寒鯛《かんだい》(冬)

体長約30㎝。小さいうちはちんちん、少し大きくなったものをかいづ、成長したものが黒鯛という。関西ではちぬと呼ぶ。

恙もなく黒鯛一尾釣り戻る　浜崎素粒子
包丁の研ぎし光や黒鯛《ちぬ》開く　北山日路地
ちぬ一尾買ふためだけの途中下車　木島くにを

初鰹

はつがつお
はつがつを

初松魚《はつがつお》、鰹《かつお》、鰹釣《かつおつり》、鰹船《かつおぶね》
➡新節《しんぶし》(人)

その夏初めて獲れた走りの鰹。

目には青葉山郭公《ほととぎす》初鰹　素堂
初鰹観世太夫が端居かな　蕪村
藁足して炎を高く初鰹　石井みや

鯵

あじ
あぢ

真鯵《まあじ》、室鯵《むろあじ》、小鯵《こあじ》、鯵釣《あじつり》、鯵売《あじうり》、夕鯵《ゆうあじ》

近海魚。干物、たたきなどで食べる。昔、夕方に売り歩いた鯵を夕鯵といった。

小鯵焼く妻や厨の片襷　巌谷小波
草臥れて腰越辺り小鯵買ふ　金子樹泉
ひねもすや三尾の鯵を釣りしのみ　加藤ときこ

鯖

さば

鯖船《さばぶね》、鯖火《さばび》
➡秋鯖《あきさば》(秋)

沿岸近くで獲れるのがホンサバ、沖を回遊しているのがゴマサバ。秋鯖は油が乗って美味。

海上も静に並ぶ鯖火かな　橘中
鯖の旬即ちこれを食ひにけり　高浜虚子
帰省子やけふは波止場の鯖釣に　隠岐ひろし

飛魚

とびうお
とびうを

とびの魚《うお》、つばめ魚《うお》

トビウオ科。約30㎝。大きな胸びれで空中を長く飛ぶ。

飛魚の浪高ければ高く飛び　関圭草
飛魚や船が逆立つうねり波　大谷秋葉子
飛魚や浦島といふ宿であり　阿部もとみ

鱚《きす》

—— きすご、真鱚《まぎす》、白鱚《しろぎす》、青鱚《あおぎす》、鱚釣《きすつり》

淡い黄青色をした細長い浅海魚。夏中釣れる。群れをなして泳ぐ。てんぷら、刺身で美味。

鱚釣つて八重渦潮の上をいでず　橋本多佳子
手に軽く握りて鱚といふ魚　波多野爽波
お造りの鱚も波除神《なみよけさま》の頃　篠原喜々

虎魚《おこぜ／をこぜ》

—— 鬼虎魚《おにおこぜ》

頭がでこぼこした魚。味は淡白で上等。背に毒針があり刺されると死ぬこともある。

闇市の燈の煌々とわが虎魚　佐藤鬼房
鬼おこぜ怒らすや水噴きあぐる　大橋敦子
茜さす海広々と虎魚食ふ　高橋呂々子

べら

—— 青《あお》べら、赤《あか》べら、べら釣《つり》

体長20㎝ほどの沿岸魚。青、赤、黄、紫など極彩色が美しい。雄は青べら、雌は赤べら。

べら釣の波乗小舟島端に　松本たかし
赤べらの上に青べら魚籠の中　吉野十夜
べら釣るや天守は山の上に小さく　中塚黙史

鱧《はも》

—— 鱧《はも》の皮《かわ》、祭鱧《まつりはも》、鱧鮨《はもずし》

鰻に似た形で1m以上になる。関西では夏祭の料理に珍重される。小骨が多く骨切りをして、ちりや焼物にする。

飯鮓鱧なつかしき都かな　其角
鉤うつて生けるを示す鱧三尺　青木月斗
強力な協力者《パトロン》もをり鱧の皮　梶川みのり

穴子《あなご》

—— 海鰻《あなご》、穴子釣《あなごつり》、穴子鮨《あなごずし》、焼穴子《やきあなご》

鰻に似た魚。一年中獲れるが夏が一番うまい。てんぷら、鮨にして美味。

裂かれたる穴子のみんな目が澄んで　波多野爽波
商ふは一口穴子てふ小店　伊野ゆみこ
鰻よりやや硬派なる穴子かな　伊東伸介

赤鱏《あかえい》

—— 鱝《えい》

アカエイ科の海水魚。50㎝ほどの体に長い尾がある。尾には毒針がある。酢味噌、刺身、煮物にする。

ぺたぺたと地を打つ鱝の尾鰭かな　岡田耿陽
赤鱏の眼のひとつある切身かな　茨木和生
赤鱏の腹の黄色や裏返り　根岸かなた

章魚《たこ》

蛸《たこ》、章魚壺《たこつぼ》、真蛸《まだこ》、水蛸《みずだこ》
⬇飯蛸《いいだこ》（春）

日本近海には四十種類ほどいる。古くから食用とされてきた。

章魚突の潜けり肢体あをくゆれ　山口草堂
中年の逢瀬の夜市蛸を購ふ　宮武寒々
箱いつぱい広がる蛸を積み上ぐる　田代草猫

烏賊《いか》

やり烏賊《いか》、するめ烏賊《いか》、烏賊《いか》の墨《すみ》
⬇花烏賊《はないか》、螢烏賊《ほたるいか》（春）、烏賊釣《いかつり》（人）

ヤリイカ、スルメイカ、モンゴウイカ、ケンサキイカなど種類が多い。焼く、煮る、刺身などさまざまに調理する。干したものが鯣《するめ》。

島は皆同姓にして烏賊を吊す　清田柳水
舟板を張りたる小屋や烏賊さばく　安部元気
呼ばれたる番屋の昼の烏賊づくし　泉沢継治

鮑《あわび あはび》

鮑取《あわびとり》

岩に吸いついている。殻は耳形で平たく15㎝くらい。生でも塩蒸しでも美味。

水眼鏡して顔小さし鮑とり　平松竈馬
採りたての鮑に刃さし入れぬ　大久保りん
鮑採る村長にしていとこかな　安藤牧太

帆立貝《ほたてがい ほたてがひ》

貝柱が大きく美味。最近は養殖ものが多い。

荒々と帆立はみ出す帆立網　蠣崎允
海底の砂の色なる帆立貝　木村春
ぼくのだけ開いてるない帆立貝　花眼亭椋鳥

海酸漿《うみほおずき うみほほずき》

巻貝の卵嚢。赤、紫、黄色などに染め、夜店などで売っている。口にふくんでブーブーと鳴らして遊ぶ。

妹《いも》が口海酸漿の赤きかな　高浜虚子
海ほほづき流れよる木にひしと生え　杉田久女
一聯《れん》の泡酸漿の林より　長谷川素逝

蝦蛄《しゃこ》

蝦や蟹に似た甲殻類。体長は約15㎝。沿岸の海底の泥に棲む。鮨種にする。

先生の馬に似し歯や蝦蛄を食ふ　吉岡禅寺洞
下北や盥の蝦蛄のさりさりと　草野ぐり
ハロン湾蝦蛄売舟の近づき来　井上すずこ

海鞘
ほや

真海鞘《まほや》

東北以北の海中の岩につく尾索《びさく》類の動物。体色は赤く、皮をむき、肉を食べる。独特の風味がある。

海鞘噛んで牧に畑に雨が降る　飯田龍太
盤台にほやがごろんと出船の笛　阿部脊人
みちのくは鮫の港や海鞘すする　安部元気

小蟹
こがに

山蟹《やまがに》、沢蟹《さわがに》、川蟹《かわがに》、磯蟹《いそがに》、蟹《かに》の子《こ》、ざり蟹《がに》
⬇蟹《かに》（冬）

川や磯にいる小さなカニ類。沢蟹はから揚げにする。

瓜刻む足もとに来て蟹可愛　富安風生
追はれたるままに磯蟹潮にのる　佐藤信
蟹の子の名づけられては弱りけり　中村ふみ

舟虫
ふなむし

船蟲《ふなむし》

体長3㎝ほどのわらじ形の虫。海岸、岸壁、船板などに群れ、素早く動く。

舟虫や岸濁らせて走る波　三宅孤軒
舟虫や莫蓙に揃へし禰宜の沓　田代早苗
舟虫の這ひをる梁の太きかな　関戸このみ

海月
くらげ

水母《くらげ》

色も大きさもさまざま。浅海にも深海にも棲む。食用になるもの、触手に毒のあるものもある。

わだつみに物の命のくらげかな　高浜虚子
波ゆきて波ゆきて寄る海月かな　高野素十
街の灯のたゆたふ中を海月かな　浦野せつを

夜光虫
やこうちゅう
やくわうちゆう

直径1、2㎜の虫。夜、海面に浮遊して青白く光る。

船は今対馬にそひぬ夜光虫　高浜虚子
月の出の漸くさびし夜光虫　原石鼎
濤青く藻に打上げし夜光虫　杉田久女

夏の蝶
なつのちょう
なつのてふ

夏蝶《なつちょう》、梅雨《つゆ》の蝶《ちょう》
⬇初蝶《はつちょう》、蝶《ちょう》（春）

梅雨どきに飛ぶ蝶は梅雨蝶。低いところを重く漂うように飛ぶ白い蝶を多く見かける。

叢にこまごま飛ぶや夏の蝶　西山泊雲
夏蝶や歯朶揺りてまた雨来る　飯田蛇笏
目の前はセメント山や梅雨の蝶　岩﨑金魚

揚羽蝶《あげはちょう》《あげはてふ》

——烏蝶《からすちょう》、黒揚羽《くろあげは》、黄揚羽《きあげは》

大型の蝶。黒条、黒斑点のあるものなどさまざま。

前山を躍り落ちくる揚羽かな　野村泊月

黄揚羽を追ひかけてをり黒揚羽　高橋晴日

揚羽ゆく巨石にあはき影落し　吉田さよこ

蛾《が》

——毒蛾《どくが》、夕顔別当《ゆうがおべっとう》、天蛾《すずめが》

日本に約五千種いる。夜、灯にむかって飛んでくる。

うらがへしまたうらがへし大蛾掃く　前田普羅

渓の蛾は扇にとりて美しき　富安風生

オオミズアオ蛾バレエスタジオにて死せり　しの緋路

火取虫《ひとりむし》

——火取蛾《ひとりが》、灯取虫《ひとりむし》、灯虫《ひむし》、灯蛾《とうが》、火蛾《ひが》、夏虫《なつむし》

夏の夜、灯火に集まってくる虫。電灯の周りを飛び回り、落ちて死ぬ。

稲妻の誘ひ出してや火取虫　丈草

金粉をこぼして火蛾やすさまじき　松本たかし

ボーカルの顔を掠めて火取虫　堀なでしこ

毛虫《けむし》

——毛蟲《けむし》、松毛虫《まつけむし》、金毛虫《きんけむし》、茶毛虫《ちゃけむし》、毛虫焼《けむしや》く

蛾や蝶の幼虫。植物の葉や茎を食い荒らす。

朝風に毛を吹かれ居る毛むしかな　蕪村

短夜や焼酎瓶の青毛虫　北原白秋

山椒の葉を喰ひつくしまだ毛虫　花畑つくし

尺取虫《しゃくとりむし》

——尺蠖虫《しゃくとりむし》、寸取蟲《すんとりむし》

指で尺を測るような格好で這う尺蛾の幼虫。

動く葉は尺蠖虫の居りにけり　高浜虚子

尺蠖の哭くが如くに立ち上り　上野泰

尺取に測られてゐる枝の先　植松孫一

夜盗虫《よとう》《よたう》

——夜盗虫《よとうむし》、やとう、根切虫《ねきりむし》

夜盗蛾、金亀子《こがねむし》の幼虫など、農作物の根を食いちぎる害虫の総称。

るるはずの根切虫なりをらざりき　坊城俊樹

夜盗虫下弦の月になりにけり　森脇埴雄

今朝からは仇と思ふ夜盗虫　かわしま道子

螢《ほたる》

——ほうたる、初螢《はつぼたる》、螢火《ほたるび》、源氏螢《げんじぼたる》、平家螢《へいけぼたる》
➡螢狩《ほたるがり》（人）、秋螢《あきぼたる》（秋）

水辺の草むらに光を点滅させながら飛ぶ。大きいのは源氏螢。小さいのは平家螢。

蚊遣火の烟にそるる螢かな　言水

波に飛ぶ螢を見たり五大堂　寺田寅彦

山霧に螢きりきり吹かれたり　臼田亜浪

兜虫
かぶとむし
——甲虫《かぶとむし》、源氏虫《げんじむし》、鍬形虫《くわがたむし》

角が兜のようで力強い。子どもが糸をつけて遊ぶ。

ひつぱれる糸まつすぐや兜虫　高野素十

兜虫み空へ兜ささげ飛ぶ　川端茅舎

音あるは虫籠《むしこ》の中の兜虫　如月真菜

天牛
かみきり
——髪切虫《かみきりむし》、天牛《てんぎゅう》

触覚が非常に長く、髪の毛をはさむと噛み切るのでこの名がある。天牛は漢名。

髪切虫逆髪立てて風に飛ぶ　山口誓子

飛んできし天牛飛んでゆきにけり　北柳あぶみ

天牛の飛びこんできし雑魚寝かな　ふく嶋桐里

玉虫
たまむし
——玉蟲《たまむし》

金緑色の光沢があり、光の加減で緑色や紫色に見える甲虫の一種。箪笥に入れると着物がふえるといわれる。装飾にも用いた。

玉虫の光を引きて飛びにけり　高浜虚子

玉虫の羽のみどりは推古より　山口青邨

玉虫の来てとびつきし団扇かな　富安風生

金亀子
こがねむし
——黄金蟲《こがねむし》、かなぶん、ぶんぶん

金属的な色と光沢を持ち、夏の夜、灯火を慕ってぶんぶんとうなり飛んで来る。

金亀子擲《なげう》つ闇の深さかな　高浜虚子

ねぐるしき夜や金亀子かけめぐり　中尾白雨

かなぶんや二晩泊り帰りたる　矢花美奈子

天道虫
てんとうむし
てんたうむし
——瓢蟲《てんとうむし》、てんとむし

七星瓢虫など種類が多い。瓢虫だましといわれるものもいる。

翅わってTてんたう虫の飛びいづる　高野素十

てんと虫一兵われの死なざりし　安住　敦

のぼりゆく草細りゆく天道虫　中村草田男

斑猫
はんみょう
はんめう
——道教《みちおし》え、道《みち》しるべ

体長2㎝ほどの美しい甲虫。山道で人の先へ先へと飛び、その格好が道を教えているようだとされる。

道作りみなひだるしやみちをしへ　阿波野青畝

斑猫や松美しく京の終《はて》　石橋秀野

斑猫にいそいそとして惹かれゆく　相生垣瓜人

源五郎《げんごろう》《げんごらう》

源五郎虫《げんごろうむし》

池や水田に棲む体長3cmほどの楕円形の黒い虫。櫂のような後脚を動かしながら泳ぐ。

代掻けばおどけよろこび源五郎　富安風生

巻き尺を伸ばしてゆけば源五郎　波多野爽波

水草の茎伝ひ浮く源五郎　木島寿水

鼓虫《まいまい》《まひまひ》

渦虫《うずむし》、まいまい虫《むし》、水澄《みずすまし》

光沢のある小さな楕円状の虫。水面を忙しく旋回する。関東では水澄という。

まひまひや深く澄みたる石二つ　村上鬼城

まひまひや雨後の円光とりもどし　川端茅舎

まひまひの水に透けたる影泳ぐ　梅津つばな

水馬《あめんぼう》《あめんばう》

川蜘蛛《かわぐも》、みずすまし、あめんぼ、水澄《みずすまし》

2cmほどの胴体に長い六本の足を持ち、水面をすいすいと泳ぎまわる。関西では水澄という。

水馬かさなり合うて流れけり　内藤鳴雪

水馬流るゝ黄楊の花を追ふ　高野素十

いつからの一匹なるや水馬　右城暮石

落し文《おとしぶみ》

鶯《うぐいす》の落《おと》し文《ぶみ》、時鳥《ほととぎす》の落《おと》し文《ぶみ》

栗、桜、楢、樺、櫟《くぬぎ》などの葉が、筒状に巻かれ、地上に落ちている。甲虫が中に卵を生みつけたもの。

落し文端やゝとけて拾へとや　皆吉爽雨

落し文ありころころと吹かれたる　星野立子

最後まで隠しとほせよ落し文　島織布

蟬生る《せみうまる》

蟬《せみ》の穴《あな》、初蟬《はつぜみ》

↓秋蟬《あきぜみ》(秋)

蟬は地中で数年、幼虫として過ごし、地上にでてくる。

蟬生まれ石ある方へ這ひにけり　原石鼎

山寺の日々ふえゆける蟬の穴　夏秋明子

肩書のなきは気楽や蟬生る　藤本則

蟬《せみ》

油蟬《あぶらぜみ》、みんみん蟬《ぜみ》、蟬時雨《せみしぐれ》、唖蟬《おしぜみ》、夜蟬《よぜみ》、蟬取《せみとり》

↓春蟬《はるぜみ》(春)

セミ科の昆虫の総称。鳴くのは雄だけ。夏の代表的な昆虫。

閑かさや岩にしみ入る蟬の声　芭蕉

二三日再た沸きかへし油蟬　阿波野青畝

爆音の雲間はるかや蟬時雨　岡部郁

空蟬 うつせみ

蟬《せみ》の殻《から》、蟬《せみ》の脱殻《ぬけがら》

蟬の幼虫が脱ぎ捨てた殻。中はからっぽで、蟬そっくりの形をしている。

空蟬のふんばつて居て壊れけり 前田普羅

空蟬やひるがへる葉にとりついて 高野素十

岩に爪たてて空蟬泥まみれ 西東三鬼

蟷螂生る とうろううまる たうらううまる

子蟷螂《こかまきり》、鎌切《かまきり》 ⬇蟷螂《とうろう》(秋)

五月半ば、葉や梢についた麩のような卵から、数百の子蟷螂がぶら下がって出てくる。

蟷螂や生れ出ると斧をふる 夕口

かまきりも青鬼灯も生れけり 百合山羽公

葉裏にも葉表にもる子かまきり 伊藤逸斎

蜻蛉生る とんぼうまる

やご、蜻蛉《とんぼ》の子《こ》

水中のやごが脱皮を繰り返した後、水から這いだし、翅のある成虫になる。

蜻蛉の日出る国に生れけり 島田五空

蜻蛉生れ水草水になびきけり 久保田万太郎

藺を伝ひ生るる蜻蛉に水鏡 松本たかし

糸蜻蛉 いととんぼ

灯心蜻蛉《とうしんとんぼ》、とうすみ蜻蛉《とんぼ》、とうしみ蜻蛉《とんぼ》 ⬇蜻蛉《とんぼ》(秋)

糸のように細く、薄い翅をひらひらさせて飛び、止まるとき翅を立てる。

とうすみはとぶよりとまること多き 富安風生

つるみゐて重くはないか糸蜻蛉 竹南寺摩耶

とうすみの翅漆黒や谷戸の夕 亀村唯今

川蜻蛉 かわとんぼ かはとんぼ

鉄漿蜻蛉《おはぐろとんぼ》、鉄漿付蜻蛉《かねつけとんぼ》、おはぐろ

水辺に多い。黒か茶褐色の翅の色から「おはぐろ」「かねつけ」の名がある。糸蜻蛉より大きい。

おはぐろや旅人めきて憩《やす》らへば 中村汀女

川蜻蛉木深き水の急ぎをり 能村登四郎

十あまりおはぐろとんぼ行きそろふ 樋口若灯

蠅 はえ はへ

家蠅《いえばえ》、金蠅《きんばえ》、糞蠅《くそばえ》、蒼蠅《あおばえ》、五月蠅《さばえ》 ⬇蠅生《はえうま》る(春)

最もよく見かける虫。種類が多く、伝染病を媒介するものもあり、嫌われる。

やれ打つな蠅が手をすり足をする 一茶

一つ追ひをれば二つに夜の蠅 久保田万太郎

蠅を追ふほかに看取りのすべはなく 安部元気

蛆

うじ——蛆虫《うじむし》

蝿の幼虫。腐敗物にわいて動きまわる。

蛆虫のちまむちまむと急ぐかな　松藤夏山

ふとわれの死骸に蛆のたかる見ゆ　野見山朱鳥

蛆虫のかはいくなくも効かり　宗石みずえ

蚊

か——藪蚊《やぶか》、蚊柱《かばしら》、縞蚊《しまか》、蚊《か》の声《こえ》

血を吸うのは雌。交尾のために群飛し、柱のように群れるのが蚊柱。

頬の蚊の鳴く音をかへて飛びにけり　宮部寸七翁

叩かれて昼の蚊を吐く木魚かな　夏目漱石

動きつつ蚊柱太くなりにけり　鈴木潮

孑孑

ぼうふら——ぼうふり、棒振虫《ぼうふりむし》

蚊の幼虫。池や溝、水槽や溜まり水に発生し、体をくねらせて泳ぐ様子が、棒を振るように見えるところから、この名がある。蛹は鬼子子。

孑孑や日にいく度のうきしづみ　一茶

我思ふまゝに孑孑うき沈み　高浜虚子

孑孑は蚊になる紙魚は何になる　阪本四方太

ががんぼ

蚊《か》の姥《うば》、蚊蜻蛉《かとんぼ》

蚊を大きくしたような虫。細くて長い足がすぐもげる。

ががんぼの脚の一つが悲しけれ　高浜虚子

ががんぼに熱の手をのべ埒もなし　石橋秀野

弾みつゝががんぼ水を渉るなり　井桁蒼水

蠛蠓

まくなぎ——めまとい、糠蚊《ぬかか》

群がって飛ぶ、ごく小さな虫。顔にあたったり、目の周りにまといついたりして鬱陶しい。

まくなぎの阿鼻叫喚をふりかぶる　西東三鬼

目まとひを忘れゐる間も払ひをり　藤本南斗

まくなぎの髪にまつはる重さかな　二川はなの

蟻

あり——蟻《あり》の道《みち》、蟻塚《ありづか》、蟻《あり》の塔《とう》、黒蟻《くろあり》、蟻《あり》の列《れつ》、山蟻《やまあり》

四季、至るところにいるが、活動の最も盛んなのが夏。日盛りの庭土や道路を、忙しげに餌を運んでいく姿が見られる。

木蔭より総身赤き蟻出づる　山口誓子

大蟻の雨をはじきて黒びかり　星野立子

切爪をナイフのごとくくはへ蟻　吉野里音

羽蟻《はあり》

飛蟻《はあり》、羽虫《はむし》、白蟻《しろあり》

交尾期に翅が生えた蟻。大量発生して灯や網戸に群れ、暑苦しい。白蟻は木材を食い害を与える。

羽蟻立つ家にとつがぬ美人あり　大江丸

夕刊をひろぐ羽蟻のこぼれ落つ　伊野ゆみこ

羽蟻飛ぶ気がつけばこの部屋中に　市川悦史

蟻地獄《ありじごく／ありぢごく》

あとさり虫《むし》

薄翅蜉蝣の幼虫。約2cm。すり鉢形の穴の中心にひそみ、すべり落ちた蟻や蜘蛛などを素早く捕食する。

縁下に祭車や蟻地獄　相島虚吼

蟻地獄松風をきくばかりなり　高野素十

蟻地獄水神様の鈴の下　米本桐子

薄翅蜉蝣《うすばかげろう／うすばかげろふ》

蟻地獄の成虫。3cmほどで翅は薄く透明、体は茶褐色か黒褐色。

毒ありてうすばかげろふ透きとほる　山口誓子

母老いてうすばかげろふさへ怖る　平間真木子

雪隠に潜みてうすばかげろふは　ますぶち椿子

優曇華《うどんげ》

草蜉蝣の卵。電灯の笠や障子に産みつけられ、短い糸の先端に白くて丸い球が付き花のように見える。

優曇華や壁のうしろに雨の音　井沢正江

優曇華や父亡き家に母ひとり　辻　桃子

うどんげの一灯暗くありにけり　たなか迪子

草蜉蝣《くさかげろう／くさかげろふ》

緑色した小型昆虫。網目のある翅は透き通って弱々しい。

草蜉蝣吹かれ曲りし翅のまゝ　中村草田男

公衆電話草蜉蝣とともに出る　小西領南

祈る手に吹かれて来たり草蜉蝣　山田みづえ

蜘蛛《くも》

女郎蜘蛛《じょろうぐも》、蜘蛛《くも》の子《こ》、蜘蛛《くも》の囲《い》、毒蜘蛛《どくぐも》、袋蜘蛛《ふくろぐも》

種類が多く、生態もさまざま。四対の脚があり、多くは尻から粘る糸を出して巣を張る。

蜘蛛掃けば太鼓落して悲しけれ　高浜虚子

くもの糸一すぢよぎる百合の前　高野素十

かまきりの骸ふはりと蜘蛛の囲に　堀　あつこ

蠅虎　はえとりぐも　はへとりぐも

蠅取蜘蛛《はえとりぐも》

蠅ほどの大きさ。短い脚でよく走り、虫を捕える。巣は張らない。

草むらや蠅取蜘《ぐも》の身づくろひ　史邦

蜘蛛の中で蠅虎は愛すなれ　青木月斗

蠅虎鉄斎の書にはしりけり　阿波野青畝

百足虫　むかで

百足《むかで》、蜈蚣《むかで》、馬陸《やすで》

体長7cm前後。数十対の脚があり、湿気の多い日陰に棲む。刺されると痛い。馬陸は触れると球状になる。

夕刊におさへて殺す百足虫の子　富安風生

ひげを剃り百足虫を殺し外出す　西東三鬼

小むかでを摶《う》つたる朱の枕かな　日野草城

蚰蜒　げじげじ

げじ

3cmほどの節足動物。正式名ゲジ。百足虫に似ているが異なる。人には無害。襲われると脚を残して逃げる。

蚰蜒に這はれし避暑の枕上ミ　吉岡禅寺洞

げじげじが出でて厠の恐かりき　宮堂遊朗

蚰蜒が出るや事情のありさうな　冨山いづこ

蛞蝓　なめくじ　なめくぢ

なめくじり、なめくじら

かたつむりと同じ軟体動物。殻がなく這い跡に銀色のすじが残る。湿った所が好きで、野菜などを食べる。

銀光る夕べなめくぢ這つたらし　小林ほうめい

蛞蝓のはかなき西日青胡桃　飯田蛇笏

夫逝くや蛞蝓さへもいとほしく　宮原美枝

蝸牛　かたつむり

かたつぶり、でで虫《むし》、でんでんむし

殻を背負い、長短二本の触覚を持つ軟体動物。梅雨どきに多く見られる。

ころころと笹こけ落ちし蝸牛　杉風

雨の森恐ろし蝸牛早く動く　高浜虚子

葉の裏や米粒ほどの蝸牛　西澤ます子

蚯蚓　みみず

縞蚯蚓《しまみみず》、糸蚯蚓《いとみみず》

⬇蚯蚓《みみず》鳴《な》く(秋)

畑や溝に棲み、種類が多い。土の通気性をよくし、土壌を作る。釣りや金魚の餌にする。

出るやいな蚯蚓は蟻に引かれけり　一茶

みちのくの蚯蚓短かし山坂勝ち　中村草田男

わが影の頭を蚯蚓這つてゐる　森川美衣

蚤《のみ》

猫蚤《ねこのみ》、犬蚤《いぬのみ》
➡蚤取粉《のみとりこ》(人)

体長約2㎜。ぴょんぴょん跳ね、刺されるとかゆい。

蚤虱馬の尿する枕もと　芭蕉
庵主のさびしく蚤をふるひけり　村上鬼城
蚤殺すにも渾身の力以て　山口誓子

御器噛《ごきぶり》

油虫《あぶらむし》、御器《ごき》かぶり

台所に出没する害虫。体全体が油のように光っている。お椀を齧ることから御器かぶり、略してごきぶり。

ねむたさの灯の暗うなる油虫　中村汀女
ごきぶりの髭見えゐるや宵の口　植松孫一
衆目を集めごきぶり退治かな　黒木千草

穀象《こくぞう》《こくざう》

穀象虫《こくぞうむし》、象鼻虫《ぞうはなむし》、米《こめ》の虫《むし》、よな虫《むし》

米につく赤黒い小さな虫。象の鼻に似た長い口を持つ。

穀象の唐箕《とうみ》の先の日に這へり　吉岡禅寺洞
穀象やひろげし米の上走る　辻　桃子
穀象のすつかり流れ磨ぎあがる　たなか迪子

紙魚《しみ》

紙《かみ》の虫《むし》、雲母虫《きららむし》、衣魚《しみ》

のりづけした和紙などを食う虫。銀色に光っているので雲母虫ともいう。衣につくのは衣魚。

紙魚のあとひさしのひの字しの字かな　高浜虚子
ひもとける金槐集のきらゝかな　山口青邨
フサ・コウメ・サトの着継ぎし衣魚走る　山口珊瑚

孫太郎虫《まごたろうむし》《まごたらうむし》

蛇蜻蛉《へびとんぼ》の幼虫。干したものは子どもの疳の薬として用いられ、昔は行商人が売り歩いた。

孫太郎虫売りの来て昼遣ふ　齋藤那久
爺さまや何かといへば孫太郎虫　うな浅黄
孫太郎虫みやげ屋の棚のすみ　岡田　龍

余花　よか よくわ

余花《よか》の宿《やど》
⬇残花《ざんか》(春)

初夏に咲き残っている桜の花。盛んな周囲の青葉にくらべ力はなく、淡い感じ。

余花の峯うす雲城に通ひけり　飯田蛇笏

ぱらぱらと人帰りそむ余花の市　橋田實

北上の太き濁りや余花の頃　安部元気

葉桜　はざくら

桜若葉《さくらわかば》、花《はな》は葉《は》に

花が散って若葉になった桜。花の終わったさびしさ、青葉の清しさがある。

はざくらや青き巌に青き影　麦水

葉桜の中の無数の空さわぐ　篠原梵

葉桜や長田紺屋に世継るて　谷音符

桜の実　さくらのみ

実桜《みざくら》、桜《さくら》は実《み》

花を愛でる桜の実。黒く熟したものを小鳥が食べるが、人は食べない。

実桜やいにしへきけば白拍子　麦水

桜の実紅経てむらさき吾子生る　中村草田男

桜の実ばらばら落ちて砂場かな　吉沢あき

金雀枝　えにしだ

マメ科。初夏、蝶形の黄色の花をつけ、輝くように明るい。

えにしだの花も過ぎたり籬《かき》の雨　禄翁

金雀枝や基督に抱かると思へ　石田波郷

金雀枝のきらめく中を宅配便　栢野木樵

牡丹　ぼたん

ぼうたん、牡丹園《ぼたんえん》、白牡丹《はくぼたん》
⬇寒牡丹《かんぼたん》(冬)

ボタン科。紅、緋、白など華麗で大輪の花をつける。「花の王」といわれ、名園も多い。

牡丹散つてうちかさなりぬ二三片　蕪村

門へ来し花屋に見せる牡丹かな　太祇

荷車の大鉢ゆるゝ牡丹かな　武田鶯塘

薔薇　ばら

そうび、蔓薔薇《つるばら》

四季咲きもあるが、初夏が最も盛ん。「花の女王」といわれ、色も形も多種多様。

椅子を置くや薔薇《そうび》に膝の触るゝ処　正岡子規

蛮カラな友でありしが薔薇の主　斎藤月子

薔薇咲くや解体中の角の家　大久保彦左

野茨の花《のいばらのはな》

花茨《はないばら》、茨《いばら》の花《はな》、花《はな》うばら

バラ科。原野に自生。初夏、薔薇に似て小さな白く香りよい花をつける。

茨さくや茶碗のかけも散りまじり　素　丸

道のべの低きにほひや茨の花　召　波

多摩川のこつと開けて花いばら　内田陽子

新緑《しんりょく》

みどり、緑雨《りょくう》、緑《みどり》さす

初夏のまだ初々《うい》しい木々の緑。単に「緑」といえば、もう少し育ち、青葉に近い。緑雨は緑に降る雨。緑を通してさす光が「緑さす」。

新緑や水こぼしつつ鶏小屋へ　笠原風凜

緑さす紙芝居屋のバイク来て　北山日路地

新緑に紅茶のみほし美術館　尾花ゆう香

新樹《しんじゅ》

新樹冷《しんじゅびえ》

みずみずしい新緑の樹木。

白雲を吹尽したる新樹かな　才　麿

筏師の腕伸びきつて新樹光　鈴木　潮

シーソーの上がれば触るる新樹かな　飯田閃朴

若葉《わかば》

山若葉《やまわかば》、谷若葉《たにわかば》、若葉風《わかばかぜ》、若葉雨《わかばあめ》、若葉晴《わかばばれ》、若葉冷《わかばびえ》

みずみずしい初夏の木々の葉。

若葉して御目の雫拭はばや　芭　蕉

若葉して手のひらほどの山の寺　夏目漱石

若葉風どの塔婆やらかたこと　三井ひさし

椎若葉《しいわかば》《しひわかば》

樟若葉《くすわかば》、欅若葉《けやきわかば》、橅若葉《ぶなわかば》

➡椎《しい》の実《み》(秋)

椎は常緑だが、初夏、淡い緑の若葉を茂らせる。

椎若葉一重瞼を母系とし　石田波郷

椎若葉万葉集のひらきあり　矢野萌芽

水たまり椎の若葉をうつしては　笛木かりん

柿若葉《かきわかば》

もえぎ色のつやつやした葉。日を受けると美しく光って見える。

茂山やさては家ある柿若葉　蕪　村

柿若葉まぶしき言葉ずばり言ふ　大久保りん

一口の番茶をふくみ柿若葉　岡　ともこ

若楓《わかかえで》《わかかへで》

青楓《あおかえで》、楓若葉《かえでわかば》

楓の若葉。青々と気持ちがよい。

若楓一降り降つて日が照つて　来　山

若楓石の凹みに水たまる　大野洒竹

若楓鉦のやみては経やみて　岡田四庵

芭蕉巻葉《ばしょうまきは》《ばせうまきは》

玉巻《たまま》く芭蕉《ばしょう》、玉解《たまと》く芭蕉《ばしょう》、青芭蕉《あおばしょう》

初夏、芭蕉の中央に出る新しい葉。固く巻いているので玉巻く芭蕉という。だんだんほぐれ広がったのが玉解く芭蕉。

唐寺の玉巻芭蕉肥りけり　芥川龍之介

玉解いて即ち高き芭蕉かな　高野素十

その人と玉巻く芭蕉見るばかり　三尾さと

青葉《あおば》《あをば》

青葉山《あおばやま》、青葉寒《あおばざむ》、青葉冷《あおばびえ》

茂って緑を濃くした木々の葉。

心よき青葉の風や旅姿　正岡子規

磯づたひ歩いてゆくや青葉山　水上黒介

若葉より青葉にうつる昏さかな　菅　春江

青蔦《あおづた》《あをづた》

蔦若葉《つたわかば》、蔦繁《つたしげ》る、蔦青《つたあお》し
↓蔦紅葉《つたもみじ》(秋)

青い蔦。壁や塀などに一面に青々とからみつく。

青蔦にほのぼの赤き杉の幹　高浜虚子

青蔦のまだ届かざる風見鶏　村杉踏青

尾道のガウディハウス蔦青し　吉田金雀児

青桐《あおぎり》《あをぎり》

梧桐《ごとう》、梧桐《あおぎり》
↓桐の花《きりのはな》(植)、桐一葉《きりひとは》(秋)

初夏、緑の大きな葉が茂る。

梧桐に灯の点く家と教へけり　永井東門居

青桐のあをあをとして中学校　辻　桃子

青桐や主は笛をとり出して　佐久間清観

夏草《なつくさ》

青草《あおくさ》

夏に茂るあらゆる草をいう。

夏草や兵《つはもの》どもが夢の跡　芭　蕉

夏草に汽罐車の車輪来て止る　山口誓子

夏草や鎌倉武士の切通し　井沢うさ子

草いきれ《くさいきれ》

草《くさ》のいきれ、草《くさ》の息《いき》

炎天下、夏草の茂りがむせかえること。

畠見にむせるばかりや草の息　杉　風

草いきれ鉄材錆びて積まれけり　杉田久女

あの嶺はかつて登りし草いきれ　たなか迪子

青芝《あおしば》《あをしば》

夏芝《なつしば》
↓若芝《わかしば》(春)、枯芝《かれしば》(冬)

一面、広々と広がる青い芝生。

青芝の真昼に近き海の音　原　石鼎

青芝を踏み急ぎ来て客となる　久米三汀

青芝の方へ二三歩芭蕉堂　さいとう二水

青歯朶

あおしだ
あをしだ

歯朶若葉《しだわかば》
↓歯朶刈る《しだか》（冬）

青々と茂った涼しげな夏の歯朶。

山鳥の首立ててゆく歯朶若葉　渡辺立男

青歯朶や眼の神さまと呼ばれたる　斉藤夕日

青歯朶や小川の底の土赤き　京野菜月

一つ葉

ひとつば

山野に群生するシダ類。一本の柄に細長い葉を一枚ずつつける。

夏来てもたゞ一つ葉の一葉かな　芭蕉

一つ葉や忿怒相して磨崖仏　南上北人

一つ葉の水《み》分石《くまりいし》に育ちけり　赤沼てる葉

茂

しげり

茂山《しげりやま》、草茂《くさしげ》る、結葉《むすびば》

樹木の枝葉が生い茂ったさま。葉が重なりあって結ばれたような形になるのが結葉。

たうたうと瀧の落ちこむ茂りかな　士朗

飛鳥行く茂りは墳と決めもして　笹岡明日香

草茂る天覧山に登りけり　加藤みどり

万緑

ばんりょく

草木が一斉に、目にしみるばかりの緑になっているさま。見渡すかぎりの緑。

万緑の中や吾子の歯生え初むる　中村草田男

万緑のかぶさつてゐるトタン屋根　高橋みづき

万緑にくんづほぐれつ兄《あに》弟《おとと》　加藤良彦

緑蔭

りょくいん

↓片蔭《かたかげ》（天）

夏の緑の木蔭。日陰だが緑がしたたり明るい。

緑蔭に三人の老婆わらへりき　西東三鬼

緑蔭に吹いて音出る瓶の口　はらてふ古

緑蔭やこの風がまた風を呼び　山本呆斎

木下闇

こしたやみ

下闇《したやみ》、木《こ》の暗《くれ》、青葉闇《あおばやみ》、木暗《こぐら》し

枝葉が茂り、ひんやりとほの暗い樹木の蔭。

杉並木三百年の木下闇　安達韻颯

下闇に墨の匂ひや奈良のまち　水越創泉

烏鳴く境内すべて木下闇　中山茶花

夏木立

なつこだち

夏木《なつき》、夏木蔭《なつこかげ》

林というほどではなく、何本かの木々。夏木は一本の木。

先づたのむ椎の木もあり夏木立　芭蕉

あつけなく向かうに抜けて夏木立　澤野禾穎

代々の蔵を大事と夏木立　平井たまき

夏落葉《なつおちば》

→椎落葉《しいおちば》、樫落葉《かしおちば》、常磐木落葉《ときわぎおちば》、杉落葉《すぎおちば》

杉、樫、椎、樟など常緑樹の落葉。夏に古い葉をばらばらと落とす。

をろがめる人に神杉落ちやまず　竹下しづの女

坊屋根につもりて夏の落葉かな　金森竹子

椎落葉だんだらに坂占めにけり　柳瀬姫香

松落葉《まつおちば》

→散松葉《ちりまつば》
→敷松葉《しきまつば》(冬)

新しい葉に代わって落ちる松の古葉。

清瀧や波にちり込む青松葉　芭蕉

大方は松の落葉よ戸樋掃除　福田無声女

汝が胸にひつかかりては松落葉　佐保田乃布

夏蕨《なつわらび》

→蕨《わらび》(春)

夏に出る蕨。若葉は食用になり、根茎から蕨粉を作るが、春の蕨のほうがあくが少なく柔らか。

長靴で夏の蕨を刈りにゆく　三宅茂

夏蕨湯宿の前に干しありぬ　小林真理

一つ採るあとはきりなし夏蕨　上原和沙

蕗《ふき》

蕗《ふき》の葉《は》、蕗刈《ふきが》り、蕗《ふき》の雨《あめ》
→蕗《ふき》のとう(春)

キク科。野山や畦、庭先に生える。葉は丸く大きい。ほろ苦く香りがよいので、摘んで伽羅蕗《きゃらぶき》などにして食べる。

伽羅蕗の滅法辛き御寺かな　川端茅舎

もう一本蕗の傘にと切りやりぬ　小早川忠義

蕗原の下の暗さや刈りはじめ　辻桃子

筍《たけのこ》

竹《たけ》の子《こ》、たかんな、笋《たかうな》、淡竹《はちく》の子《こ》
→筍飯《たけのこめし》(人)

竹の子が地面に頭を出したころ掘って食べる。

筍の光放つてむかれけり　渡辺水巴

猪にやられ竹の子根つこだけ　城野嘉舟

筍を四つ背負ひて三つ提げ　荻原玲香

篠の子《すずのこ》

笹《ささ》の子《こ》、芽笹《めざさ》、根曲竹《ねまがりだけ》

根曲竹は山菜の珍味。

篠の子の果して出でし膳の上　細川加賀

篠の子の水に浸けあり坊泊り　角田昌五

根曲りをたつぷり採りて下り来し　長山咲

竹皮を脱ぐ《たけかわをぬぐ》《たけかはをぬぐ》

竹《たけ》の皮《かわ》散《ち》る、竹皮《たけかわ》

筍が成長し、下の節から皮を落とすこと。

竹の皮落ちて音する人のごと　松本たかし

竹皮を脱ぐやそこなる嵐山　青木雲水

竹皮を脱ぐとき横を通りけり　武田多美子

若竹

わかたけ

今年竹《ことしだけ》
⬇竹《たけ》の春《はる》(秋)

青々とした若竹。生い育った筍からあっという間に成長する。

若竹や夕日の嵯峨と成りにけり　蕪村
若竹や鞭の如くに五六本　川端茅舎
実方の墓への径や今年竹　加藤晃規

竹落葉

たけおちば

笹散《ささち》る、竹散《たけち》る
⬇竹《たけ》の秋《あき》(春)

新しい葉が出ると散る古い葉。

竹落葉ひらりと蝌蚪の水の上　山口誓子
瑠璃光る薬師仏や竹落葉　百日鬼強
露天湯の肩にはりつく竹落葉　難波慶子

苗物

なえもの
なへもの

瓜苗《うりなえ》、胡瓜苗《きゅうりなえ》、瓢苗《ひさごなえ》、糸瓜苗《へちまなえ》、茄子苗《なすなえ》、朝顔苗《あさがおなえ》
⬇苗売《なえうり》(人)、苗木市《なえぎいち》(春)

植物の苗の総称。店先にさまざまな苗が並ぶと夏が来たという感が深まる。

さみどりの瓜苗運ぶ舟も見し　松本たかし
仏壇に伝ふ茄子苗植ゑしこと　荻原玲香
葱苗のいつちよまへなる白さかな　こるど漣

早苗

さなえ
さなへ

玉苗《たまなえ》、早苗籠《さなえかご》
⬇田植《たうえ》(人)

苗代から田に移し植えるころの稲の苗。玉苗の「玉」は美しく大切なものを指し、苗の美称。

早苗束はふりたる手の残りけり　田村暁雨
早苗籠負うて走りぬ雨の中　高浜虚子
早苗より早苗の影のくつきりと　中村阿昼

麦

むぎ

穂麦《ほむぎ》、麦《むぎ》の穂《ほ》、黒穂《くろほ》、今年麦《ことしむぎ》、大麦《おおむぎ》、小麦《こむぎ》
⬇青麦《あおむぎ》(春)、麦《むぎ》こがし(人)

イネ科。夏に金色に熟して刈り取る。黒穂は病気になった麦。

見送りの手拭ふるや麦のたけ　中村吉之丞
子は母と麦の月夜のねむい径　長谷川素逝
麦嚙めばまだ温かき甘さかな　宮川魚板

茄子の花

なすのはな

なすびの花《はな》、花茄子《はななすび》、トマトの花《はな》
⬇茄子《なす》(植)

初夏から秋にかけて咲き、紫色で芯が黄色い。目立たないが、趣がある。トマトはナス科。古名は赤茄子。

またおちてぬれ葉にとまる茄子の花　飯田蛇笏
人来れば鳴く鶏や茄子の花　田代早苗
茄子の花茄子紫の濃かりけり　石田晶子

瓜の花《うりのはな》

蔓に黄色の花が開く。

胡瓜《きゅうり》の花《はな》、西瓜《すいか》の花《はな》
↓瓜《うり》（植）

鶏小屋をここにうつして瓜の花　中村吉右衛門

瓜の花今朝三十を数へけり　宗田力雄

瓜咲いて猫の額のほどの畑　真村ひろ

南瓜の花《かぼちゃのはな》

黄色のラッパ形の大きな花。

花南瓜《はなかぼちゃ》、とうなすの花《はな》
↓南瓜《かぼちゃ》（秋）

斑鳩の塔をかなたに花南瓜　渡辺泉水子

母けふは南瓜の花を仏壇に　宗石みずえ

雨止んで南瓜の花のびつしよりと　日野小枝

馬鈴薯の花《ばれいしょのはな》

薄紫や白やピンクの可憐な花が畑一面に咲く。

じゃがたらの花《はな》、馬鈴薯《じゃがいも》の花《はな》
↓新馬鈴薯《しんばれいしょ》（植）、馬鈴薯《ばれいしょ》（秋）

じやがいもの花の三角四角かな　波多野爽波

じやがいもの咲いて讀本文字大き　山口昭男

馬鈴薯の花美しや蝦夷に生く　瀬戸雅風

棉の花《わたのはな》

花は葵に似て淡黄色。

↓綿入《わたいれ》（冬）

大坂の城見えそめてわたの花　几董

浪音も静かに暑し棉の花　高浜虚子

何の畑かとたづぬれば棉の花　和田キヌエ

麻《あさ》

麻《あさ》の花《はな》、麻畑《あさばたけ》、大麻《おおあさ》、麻《あさ》の葉《は》

アサ科。高さ2、3m。楓に似た掌形の葉をもち、淡黄色の花をつける。

夕暮やかならず麻の一嵐　正岡子規

鶏の離れて一羽麻の花　織田綾名

織りもして染めもして麻育てをり　須藤飛燕

杜鵑花《さつき》

ツツジ科。赤、白、桃色の花を皐月（陰暦五月）のころに咲かせる。花期が遅く、庭園や植え込みに多い。

↓躑躅《つつじ》（春）

満開のさつき水面に照るごとし　杉田久女

大樹めき咲き満つ杜鵑花盆栽ぞ　澤田淑子

入院をするやさつきに水やつて　大森まり

渓蓀

あやめ

花渓蓀《はなあやめ》、野渓蓀《のあやめ》、あやめ草《くさ》、黄《き》あやめ

アヤメ科。乾燥した山地に生える花菖蒲や燕子花《かきつばた》を「あやめ」と呼んだ。昔は水辺など湿地に生えることが多いが、例句はたいがいこれ。

なつかしきあやめの水の行方かな　高浜虚子

牧の駒あやめの沼の岸に来る　長谷川素逝

めし粒の流れてゆけり黄のあやめ　辻桃子

卯の花

うのはな

空木《うつぎ》の花《はな》、花空木《はなうつぎ》、卯《う》の花月夜《はなづきよ》
⬇卯《う》の花腐《はなくた》し（天）

ユキノシタ科。五月ごろ、枝垂れた小枝にびっしり白い五弁花をつける。陰暦四月を卯月というのはこの花に由来する。

卯の花は日をもちながら曇りけり　千代女

卯の花の夕べの道の谷へ落つ　臼田亜浪

鉤の手に卯の花垣のまだ続き　田口ひいな

桐の花

きりのはな

花桐《はなぎり》
⬇青桐《あおぎり》（植）

初夏、高い木の梢に淡紫色の筒状の香りのよい花を咲かせる。

熊野路に知る人もちぬ桐の花　去来

水郷の堀行く舟や桐の花　小林さゆり

桐咲くや亡き父の下駄大きかり　小松真帆

樗の花

おうちのはな
あふちのはな

梅檀《せんだん》の花《はな》、花棟《はなおうち》
⬇棟《おうち》の実《み》（秋）

樗は梅檀のこと。初夏、樹上に淡紫色や白色の小さな花をつける。ほろほろと散る。「樗」とも「棟」とも書く。

流れつぐ樗の花や十二橋　岡田耿陽

老眼のきざし確かや花樗　加藤かづ乃

自転車が踏んで樗のこぼれ花　ますだ稲子

棕櫚の花

しゅろのはな

棕櫚《すろ》

五月ごろ、直立した幹の頂に、魚卵が集まったような、黄色の大きな花序を出す。

棕櫚咲けば棕櫚咲く頃と思ふかな　後藤夜半

棕櫚咲くや昭和の頃は医院なり　篠田孤生

花棕櫚や朝から日差し強うして　玉木すずろ

アカシアの花

アカシアのはな

針槐《はりえんじゅ》の花《はな》、ミモザの花《はな》

高枝に蝶形をした香りのよい白い花が房状に咲き、よく散る。ふつうに見かけるのはニセアカシア。ミモザはギンヨウアカシアのフランス名。

アカシアの白々散りて並木道　齋藤梨菜

アカシアの花こぼれ敷き露人住む　北添鏡川

アカシアの並木の先や康楽館　野村栗子

花水木《はなみずき》《はなみづき》

アメリカヤマボウシ

北アメリカ産。庭木、街路樹に多い。白または淡桃色の四枚の苞に包まれた花をつける。

覗きしは老いの描く絵や花水木　北山日路地
骨董の品々ひろげ花水木　長井まどか
退屈な街ではあれど花水木　中谷健歩

泰山木の花《たいさんぼくのはな》

梅雨のころ、高い木に香りのよい大きな白い花をつける。遠くからよく目立つ。

泰山木天にひらきて雨を受く　山口青邨
窓開けて泰山木の花にほふ　森田文介
訪ね来し泰山木の花目当て　佐々木まつ

朴の花《ほおのはな》《ほほのはな》

山野に生える落葉高木。初夏、香りのよい黄白色の花をつける。

朴散華即ちしれぬ行方かな　川端茅舎
火を投げしごとくに雲や朴の花　野見山朱鳥
母上を逝かせてあげて朴の花　三宅美也子

山法師の花《やまぼうしのはな》

山野に自生するが、庭木にもする。白い四枚の苞が花のように目立つ。

裏山の山ふところの山法師　満田かほる
山法師咲きたる蔵を茶房とし　清水五月女
古井戸の蓋しつかりと山法師　黒木千草

柿の花《かきのはな》

➡柿《かき》（秋）

淡い黄色の小花で目立たず、ぽろぽろ落ちる。

大柿の斯くぞあるべき落花かな　相島虚吼
柿の花ゆきかふ人もなかりけり　山田みづえ
まつすぐに落ちて弾むや柿の花　秋津美鳥

えごの花《えごのはな》

ろくろぎ、ちしやの木《き》、山苣《やまぢさ》

五月ごろ、枝先に白い五弁の花があふれるほどぶらさがる。昔は実を水に浸してシャボン玉の液を作った。

えご咲くや井戸掘りのもうはじまつて　西沢　爽
満開のえごに避けたる日差しかな　篠原喜々
おにぎりはおかかに限るえごの花　柚木ひさを

梔子の花

くちなしのはな

花山梔子《はなくちなし》

花は白く六弁型。甘く強い香りがある。

今朝咲きしくちなしの又白きこと　星野立子

口なしの花はや文の褪せるごと　中村草田男

くちなしの白まぶしかりあいの風　松本みち

未央柳

びようやなぎ
びやうやなぎ

美容柳《びようやなぎ》

オトギリソウ科。柳に似た葉をつけ、鮮やかな黄色い五弁花を開く。金糸のような長い雄蕊《おしべ》が伸びて美しい。

蕊張つて未央柳の花無数　米田ありあけ

大学の門まで未央柳かな　福山眩

梅雨晴の未央柳やほつと息　横溝友希

茉莉花

まつりか
まつりくわ

ジャスミンの花《はな》

モクセイ科。白や紫の小さな花から香料のジャスミンがとれる。乾燥させて茉莉花茶を作る。

ジャスミンの生垣たれのお住まひぞ　牧やすこ

ジャスミンや還暦過ぎて付け睫毛　橋本薫

伊豆泊りジャスミンの香に闇深く　日向葵

蜜柑の花

みかんのはな

柚子《ゆず》の花《はな》、金柑《きんかん》の花《はな》、橙《だいだい》の花《はな》、橘《たちばな》の花《はな》、檸檬《れもん》の花《はな》、花橘《はなたちばな》、オレンジの花《はな》
⬇蜜柑《みかん》（冬）、レモン（秋）

柑橘類の花。香気のある白色五弁の花をつける。花橘は蜜柑の花の古名。

花みかん鶏鳴土をつたひくる　ながさく清江

花みかん巡視船にもにほひくる　関戸このみ

ましろなる紀州手毬やみかん咲く　門明美

朱欒の花

ざぼんのはな

文旦《ぶんたん》の花《はな》
⬇朱欒《ざぼん》（秋）

五月ごろ、南国的な強い香りの白色五弁花を開く。

朱欒咲く五月となれば日の光り　杉田久女

朱欒咲く港ばかりが賑ひて　鶴岡大

島墓のうらや朱欒の花ざかり　細木ひより

木の花

きのはな

槐《えんじゅ》の花《はな》、白樺《しらかば》の花《はな》、栃《とち》の花《はな》、胡桃《くるみ》の花《はな》、黐《もち》の花《はな》、南天《なんてん》の花《はな》、榊《さかき》の花《はな》、樫《かし》の花《はな》、椎《しい》の花《はな》、菩提樹《ぼだいじゅ》の花《はな》

初夏、椎、欅、樫などの木に咲く花。

雲飛んで岸辺の桷《ずみ》の花咲けり　野村栗子

雪よりも寂《しづ》か槐《えんじゅ》の花降るは　姜琪東

楠咲いて卒寿あつまる茶会かな　中辻左門

栗の花
くりのはな

花栗《はなぐり》
➡栗《くり》（秋）

ブナ科。梅雨のころ、黄色みを帯びた白い毛虫のような花をふさふさとつける。独特の青臭い匂いがする。

栗の花紙縒《こより》の如し雨雫　杉田久女
何もせず一日は栗の花の香に　橋田風遊女
正門に負けじ裏門栗咲けり　加藤かづ乃

沙羅の花
しゃらのはな

夏椿《なつつばき》、沙羅《さら》の花《はな》

ツバキ科の落葉高木。梅雨のころ、椿より小さい白い五弁花をつける。毎日、ほたほたと落ちる。

踏むまじき沙羅の落花のひとつふたつ　日野草城
退院は沙羅咲く頃と電話かな　矢花美奈子
奥深き庭でありしよ夏椿　安部蘇葉

海桐の花
とべらのはな

花海桐《はなとべら》

トベラ科。海岸に多い常緑低木。六月ごろ、枝先に香りのある白い花が開く。

門入れば錨置きあり花海桐　加畑葉女
花とべら海女に潜《かづ》かぬ日のつづき　黛　執
海桐咲きウェットスーツぬれぬれと　樋口みさを

合歓の花
ねむのはな

合歓《ねぶ》の花《はな》、花合歓《はなねむ》

日没前に、薄紅色の糸状の花弁が球状に開き日中閉じる。マメ科の落葉樹。夜、葉が閉じるのが眠るように見える。

象潟や雨に西施がねぶの花　芭　蕉
見送りはいつもここまで合歓の花　森野この実
林道のゲートに散るやねぶの花　山岡蟻人

石榴の花
ざくろのはな

花石榴《はなざくろ》
➡柘榴《ざくろ》（秋）

ザクロ科。夏、鮮やかな赤い花が咲く。

五月雨にぬれてや赤き花石榴　野　坡
門掃いて憎まれ住めり花石榴　嶋笛みつ子
石榴咲くひと日をゆだね水枕　たなか迪子

花菖蒲
はなしょうぶ
はなしやうぶ

菖蒲園《しょうぶえん》、菖蒲池《しょうぶいけ》、菖蒲田《しょうぶだ》

アヤメ科。園芸品種で、六月ごろ、紫、白、絞りなどの大型であでやかな花をつける。

花菖蒲たゞしく水にうつりけり　久保田万太郎
きれぎれの風の吹くなり菖蒲園　波多野爽波
てぬぐひの如く大きく花菖蒲　岸本尚毅

菖蒲《しょうぶ しやうぶ》

→菖蒲葺《しょうぶふ》く（行）、菖蒲湯《しょうぶゆ》（行）

サトイモ科。芳香のある緑色の剣状の葉が特徴。花は小さく観賞に値しない、端午の節句に用いる。

菖蒲田を整然と行く人たちよ　鈴木　潮
菖蒲にもめだたぬ花の付いてあり　川上文谷
青々と菖蒲の葉組み几帳面　赤川　蓉

杜若《かきつばた》

—燕子花《かきつばた》

アヤメ科。水辺に栽培される。花が飛燕の色や形を思わせるので、燕子花の名がある。

眉白き茶屋の主や杜若　田畑三千女
天上も淋しからんに燕子花　鈴木六林男
生涯を和服一途や杜若　島　千津子

一八《いちはつ》

—鳶尾草《いちはつ》

アヤメ科。花は白や紫で燕子花に似ているが、葉が扇状に重なっているのが特徴。

一八や錦鯉飼ふ大藁屋　吉井莫生
一八や寺の裏庭明るうす　北澤巻葉
一八に洗濯干すやありつたけ　佐藤　貢

射干《ひおうぎ ひあふぎ》

—檜扇《ひおうぎ》、うばたま、射干玉《ぬばたま》、烏羽玉《うばたま》

アヤメ科。菖蒲に似た葉が扇のように開き、茎の先端に鮮やかな朱色の花をつける。秋、漆黒の実をつけるところから、丸くて黒い烏羽玉《うばたま》ともいわれる。

射干の花大阪は祭月　後藤夜半
射干のまはりびつしより水打つて　波多野爽波
ひあふぎの咲きて四十の見合かな　桑原いろ葉

紫蘭《しらん》

ラン科。細長い葉の間から直立した茎に、紅紫色の花が咲く。湿原や崖などに自生、観賞用に庭に植える。

紫蘭咲き満つ毎年の今日のこと　高浜虚子
いつのまに増え窓下の紫蘭かな　斎藤豊子
紫蘭咲くどこかでチエロの音のして　橋本　薫

鈴蘭《すずらん》

—君影草《きみかげそう》

ユリ科。鈴に似た白い可憐な花が下向きに咲く、香りがよく、天使や乙女の清純さの象徴にもなっている。

晩鐘は鈴蘭の野を出でず消ゆ　斎藤　玄
鈴蘭の間ひを抜けゆくガイド嬢　大森やすき
鈴蘭や汽車は登りをつゞける　芝野金太郎

著莪《しゃが》

―胡蝶花《しゃが》、姫著莪《ひめしゃが》

アヤメ科。菖蒲のような葉は一年中緑で、初夏、山陰などに蘭に似た花をひっそりと咲かす。花片は白紫、中心が黄色。

林泉の渓ふかきところ著莪の花　山口青邨

山の娘は犬がお供や著莪の花　田畑三千女

著莪の花どちらともなくもう帰ろ　二川はなの

祠にはなにもおはさず著莪の花　濵田ゆふ

水芭蕉《みずばしょう みつばせう》

―蛇《へび》の枕《まくら》

サトイモ科。山地で、雪解け後の沼や湿原に咲く。白い花のように見えるのは苞。花が終わると、芭蕉に似た大きな葉が伸びるが、この葉を見立てて蛇の枕という。

やうやくに雪の解けたり水芭蕉　山形孝

踏み入ればずぶりと泥や水芭蕉　斉藤夕日

水芭蕉開拓村のその奥の　松村貞代

藺《ゐ》

―藺《い》の花《はな》、藺草《いぐさ》、灯心草《とうしんそう》、藺田《いだ》、藺刈《いか》る、太藺《ふとい》

イグサ科。畳表にするために田に栽培する。緑色で1m以上に伸びる。

藺の花に夕べの蝶のとまりゐる　増田龍雨

藺の花のほかに家とてなかりけり　森田峠

細やかに風のきてゐる藺草かな　中村阿昼

青蘆《あおあし あをあし》

―青葦《あおあし》、青蘆原《あおあしはら》、芦茂《あししげ》る　⬇蘆《あし》(秋)

青々と茂った蘆。夏には2mほどに伸びる。

青蘆や白髯垂れて四手守　上ノ畑楠窓

青蘆に夕波かくれゆきにけり　松藤夏山

青蘆や竿持つ父の後につき　小原紀香

真菰《まこも》

―真菰刈《まこもがり》、粽草《ちまきぐさ》　⬇真菰馬《まこもうま》(秋)

イネ科。沼や湿地に生え青々と美しい。盆の敷物などにした。

真菰中杭並びたる船着場　高浜虚子

盆用意せんと真菰を刈りゐたる　天野十造

青々と真菰茂りて菜洗ひ場　大場次郎

水草の花《みずくさのはな みづくさのはな》

―水草《みくさ》の花《はな》、藻《も》の花《はな》、菱《ひし》の花《はな》、梅花藻《ばいかも》

水中に生える藻や水草の花の総称。

路の辺の刈藻花咲く宵の雨　蕪村

古池に水草の花さかりなり　正岡子規

沼一つひつたり埋めて菱の花　浅野そよ

睡蓮

すいれん
すゐれん

―― 未草《ひつじぐさ》

池や沼の水面に葉を浮かべ、赤、黄、白色などの花をつける。未の刻(午後二時ごろ)に花開くので、未草ともいう。

睡蓮や鯉の分けゆく花二つ 松本たかし

木洩れ日のまだらまだらの未草 小川こう

睡蓮の白は一重や黄いは八重 上田まきこ

河骨

こうほね
かうほね

―― 河骨《かわほね》

スイレン科。水草。蓮に似た小型の葉の間からつんと柄がたち、先端に黄色い花をつける。

河骨の金鈴ふるふ流れかな 川端茅舎

河骨の花に住みなす蜘《くも》のあり 村上過去

河骨や亀の子門は古き門 辻桃子

沢瀉

おもだか

―― 花慈姑《はなくわい》

夏、水辺や田の中に三弁の白い花をつける。葉を図案化したのが家紋の沢瀉。

沢瀉をうなぎが濁す沢辺かな 嵐蘭

沢瀉や芥《あくた》流るゝ朝の雨 佐藤紅緑

藺を刈りてより沢瀉の咲きつづけ 中田みづほ

蓮

はす

―― はちす、蓮《はす》の花《はな》、蓮見茶屋《はすみぢゃや》、蓮池《はすいけ》

↓蓮根《はすね》掘《ほ》る(冬)

スイレン科。夏、水面をおおった葉の間に白や紅色の美しい花をつける。地下茎が蓮根。

蓮の香や水をはなるゝ茎二寸 蕪村

皆立ちて舟のとゞまる蓮見かな 皆吉爽雨

蓮花弁淀みにこぼれ舟なせり 菊地のはら

蓮の浮葉

はすのうきは

―― 蓮巻葉《はすまきは》、浮葉《うきは》

初夏、水面に浮かんだ蓮の若葉。水からぬきん出て巻葉となったあと、大きく開く。

悉《ことごと》く蓮浮葉となりにけり 小杉余子

思ふさまのけぞり巻葉一つ離れ 中田みづほ

舟ゆれて蓮の浮葉のゆれにけり 本間のぎく

布袋草

ほていそう
ほていさう

―― 布袋草《ほていそう》の花《はな》、布袋葵《ほていあおい》、和蘭水葵《おらんだみずあおい》

ミズアオイ科。淡紫の花が咲く水草。観賞用に金魚鉢に入れたりする。葉柄の下が布袋の腹のようにふくれている。

布袋草魚通ればゆれにけり 石居雪明

天水の水ぬくもるや布袋草 あべはこべ

夕方の風にうごくや布袋草 篠原喜々

萍《うきくさ》

浮草《うきくさ》の花《はな》、根無草《ねなしぐさ》

淡水の水面に浮き、漂っている小さな水草。

浮草や蜘蛛渡りゐて水平ら　村上鬼城

浮草をくるりとまはす風ありぬ　吉田小次郎

萍を目高仲間に分けにゆく　月野　球

蛭蓆《ひるむしろ》

蛭藻《ひるも》、藻畳《もだたみ》

ヒルムシロ科。蓆を敷きつめたように茂る水草。楕円形の葉がびっしり水面を埋め、黄緑色の小花をつける。

雨雲のおろしくる風蛭蓆　石田波郷

馴れたればよく見えてきし蛭蓆　深沢豆風

畑かとまがふ沼なり蛭蓆　赤川　蓉

蓴菜《じゅんさい》

蓴《ぬなわ》の花《はな》、蓴採《ぬなわと》る

⬇蓴生《ぬなわお》う（春）

スイレン科の水草。淡緑色の楕円形の葉が水面に浮く。茎や葉は透明な粘着物で覆われ、ぬめぬめした若葉は食用。

昼からは笠をかむりぬ蓴とり　中田みづほ

蓴菜の葉の吸ひ付ける水面かな　中沢さえ

ぬなは舟舵取棒に迷ひけり　柏谷木実

青みどろ

あおみどろ
あをみどろ

水田、池、沼などに繁茂する、緑色で糸状の藻。

舵取りの棹にべたりと青みどろ　富樫風花

あをみどろ舟来れば波打ちにけり　白井薔薇

この川や青みどろなす水の皺　伊野ゆみこ

苔の花《こけのはな》

青苔《あおごけ》、苔茂《こけしげ》る、苔青《こけあお》し

夏、青々と茂った苔。また、その花。

苔さくや仏うするゝ石の面　石橋秀野

霊泉は蓋されてあり苔青し　秋野かをり

苔咲くやボードレールに少し飽き　小林タロー

梅雨茸《つゆだけ》

梅雨茸《つゆきのこ》、梅雨菌《つゆきのこ》

⬇茸《きのこ》（秋）

梅雨のころに生える茸。多くは有毒。

梅雨茸の人にも見せて捨てらるる　後藤夜半

夭折の画家の生家や梅雨茸　西尾　輝

ほつそりと白々として梅雨茸　滋里いほり

黴《かび》

青黴《あおかび》、黴《かび》の香《か》、黴《かび》けむり、黴《か》びる

梅雨ごろから盛夏の時期に多く出る、菌類のうち茸にならないものの総称。食物、衣類などあらゆるものに発生する。

黴の香のバッグ開ければ黴の紙幣《さつ》　佐保田乃布

黴の門より斎館の大構　増田真麻

取り出すや黴のにほへる『資本論』　粟津まこと

カーネーション

和蘭石竹《おらんだせきちく》
➡母の日《ははのひ》(行)

ナデシコ科。赤、白、桃色などさまざま。母の愛の象徴とされ、「母の日」に贈られる。

灯を寄せしカーネーションのピンクかな　中村汀女

売れ残るカーネーションの紅き束　相田小鹿

カーネーション如きに母はよろこべる　飛鳥紫苑

石竹《せきちく》

ナデシコ科の多年草。カーネーションに似て小さな花をつける。撫子にも似て唐撫子《からなでしこ》という。

石竹やおん母小さくなりにけり　石田波郷

水やりに出て石竹に裾がふれ　篠原喜々

石竹や三人姉妹似て非なり　ふく嶋桐里

マーガレット

木春菊《わくしゅんぎく》

キク科。初夏、茎の先に除虫菊に似た白い花をつける。

門入ればマーガレットに宿直《とのい》室　佐藤明彦

草の中マーガレットの吹かれをり　中村阿昼

マーガレット束ね陣痛待つてゐる　石田るり

ガーベラ

アフリカ千本槍《せんぼんやり》

キク科。浜菊に似て、赤、白、黄、桃などの八重咲もある。

ガーベラ見んと窓までの歩を抱へられ　多田裕計

ガーベラの真紅《まくれなゐ》なり首折れし　小金嵐草

ガーベラに顔色悪しき男なる　金井功司

グラジオラス

和蘭《おらんだ》あやめ

アヤメ科。六、七月ごろ、紅、淡白、黄などさまざまな六弁の大きな花が真っ直ぐに咲く。

ひとりだけグラジオラスに浮かぬ顔　斎藤月子

庭畑の今はグラジオラス盛ん　大木真里

持ちにくしグラジオラスの花束は　星 多代乃

アマリリス

ヒガンバナ科。百合に似た大きな紅色の花で、茎が太く豪華。

病室の隅の未明やアマリリス　石田波郷

弟に彼女ができてアマリリス　音羽紅子

アマリリスそこに群れるや島祠　植木やすえ

ジギタリス

ジギタリスの花《はな》、きつねのてぶくろ

ゴマノハグサ科。薬用。高さ1m。茎の先に穂状に釣鐘状の花をつける。下から逆に咲きのぼる。

本日は物理休講ジギタリス　たなか迪子

円柱の並ぶ廻廊ジギタリス　石沢ひなた

蜂ひとつ入るきつねの手袋に　町田園子

芍薬《しゃくやく》

ボタン科。初夏、大きく派手な白、淡紅、紅の花をつける。牡丹は木だが、芍薬は草。

しやくやくの芯《しべ》の湧き立つ日南かな　太祇

芍薬やおくに蔵ある浄土寺　大江丸

芍薬のゆれてはおばあさまのこと　吉田羽衣

罌粟の花《けしのはな》

芥子《けし》の花《はな》、ポピー、雛罌粟《ひなげし》、虞美人草《ぐびじんそう》、野罌粟《のげし》の花《はな》

ケシ科。未熟の果実から阿片が採れるため、一般栽培は禁じられている。ふつう見られるのは雛芥子。一重や八重のはかなげな花弁の薄い花。

船乗りの一浜留守ぞ罌粟の花　去来

雛罌粟や明日咲く首をくともたげ　井ケ田杞夏

捨ててある椅子むかひあふ野芥子かな　長谷部恵

罌粟坊主《けしぼうず》《けしばうず》

罌粟《けし》の実《み》

罌粟の花の後の固く丸い実。熟れて黄色くなり、振るとからから鳴る。

花散りてうなづく芥子の坊主かな　高浜虚子

夕暮やけしの坊主の又植ゆる　長谷川零余子

小坊主のすでにひかへて罌粟の花　須藤諸人

矢車菊《やぐるまぎく》

矢車草《やぐるまそう》

キク科。矢車に似た藍、紫、桃色のなど美しい花をつける。本来の矢車草はユキノシタ科で山中に生える別種。

書に飽きて矢車草の青に目を　伊本武雄

矢車草花咲きをるに引越しぬ　志鳥あゆみ

ここよここよ揺れてゐますと矢車草　市川七菜

鷺草《さぎそう》《さぎさう》

ラン科。白鷺の飛ぶような姿の白い花をつける。よく盆栽につくる。

鷺草や風にゆらめく片足だち　嘯山

風が吹き鷺草の皆飛ぶが如　高浜虚子

鷺草に身の上話ちよつとして　諸住みなこ

時計草《とけいそう／とけいさう》

トケイソウ科。蔓草で、蕊《しべ》が時計の長針、短針に見える。

鐘《かね》撞《つき》の窓に開くや時計草　花晩

朝霧の晴れてきたれば時計草　田嶋みつる

時計草秒針もまたきらきらと　山野富貴

鉄線花《てっせんか／てつせんくわ》

てっせん、クレマチス

キンポウゲ科。鉄のような強い蔓で巻きついて伸び、六弁の紫や白の初夏らしいすっきりとした花を咲かす。

てつせんのほか蔓ものを愛さずに　安東次男

鉄線花鋼のごとき蔓窓に　勝見利子

住む人は知らずてつせん濃紫　水田仁

紫陽花《あじさい／あぢさゐ》

七変化《しちへんげ》、四葩《よひら》

ユキノシタ科。開花して順に色が変わるので七変化ともいう。花の少ない梅雨どきに、大きな青紫色の毬状の花が目立つ。

花二つ紫陽花青き月夜かな　泉鏡花

紫陽花に秋冷いたる信濃かな　杉田久女

深く手を入れて紫陽花切りにけり　北島きりは

額の花《がくのはな》

額紫陽花《がくあじさい》

紫陽花に似ているが毬状にはならず、清楚な青紫の花が平らに咲く。

いつまでも一人娘や額の花　柴原保佳

それぞれの家の色して額の花　瓜生律子

町古く銭湯二軒額の花　小原紀香

額咲くや仁王の足のひび深し　贄川いずみ

百合《ゆり》

鬼百合《おにゆり》、鉄砲百合《てっぽうゆり》、白百合《しらゆり》、姫百合《ひめゆり》、山百合《やまゆり》、透百合《すかしゆり》、姥百合《うばゆり》
➡百合根《ゆりね》（冬）

ユリ科。直立した茎の先端に一つから数個のラッパ状の花をつける。匂いが強い。

ひだるさをうなづきあひぬ百合の花　支考

突き出でて雄蕊に触れず百合雌蕊　清水初代

山百合も添へ山菜を売りに来る　辻桃子

雪の下《ゆきのした》

虎耳草《ゆきのした》、鴨足草《ゆきのした》

ユキノシタ科。湿った場所に生える草。全体に毛があり、葉は丸く裏が赤く食用になる。花は白い大文字形。

日さかりの花や涼しき雪の下　呑舟

井戸端はいつも濡れをり雪の下　六条宣子

山鳩の鳴きに来てゐる鴨足草　小松真帆

姫女苑《ひめじょおん》《ひめぢよをん》

キク科。野原や道端にあり、白、淡紅の花をつける。花期が早く、茎の髄が中空なのは春紫苑《はるじおん》。

姫女苑雪崩れて山の風青し　阿部みどり女
一畑はもう耕さず姫女苑　今井春潮
摘んできて投げ入れにして姫女苑　赤司広楽

酢漿の花《かたばみのはな》

どこでも見かける丈の低い草。ハート形の三小葉に黄色い五弁花をつける。

蔵のかげかたばみの花めづらしや　荷兮
酢漿になにごとか鶏駆けり来る　辻桃子
かたばみにこどもらのこの頃見えず　田所芳乃

羊蹄の花《ぎしぎしのはな》

川原などに緑色の穂状の花を一本ずつ立てて咲かす。緑の夏の盛り、穂が枯れ、茶色くなって目立つ。

羊蹄に雨至らざる埃かな　青夷
ぎしぎしや煙のやうな種こぼし　安部元気
羊蹄や草刈車よりこぼれ　篠井香子

擬宝珠《ぎぼうし》《ぎばうし》

花擬宝珠《はなぎぼし》

ユリ科。先のとがった楕円形の葉が、橋の欄干の「ぎぼし」に似ているのでこの名がある。百合に似た淡紫色の花。

這入りたる虻にふくるる花擬宝珠　高浜虚子
花売りの擬宝珠ばかり信濃乙女　橋本多佳子
戦国の時代の屋根や花ぎぼし　福井公女

車前草の花《おおばこのはな》《おほばこのはな》

おんばこ、かえるば、車前草相撲《おおばこずもう》

オオバコ科。楕円形の葉を密生し、茎の頂に穂状の小さな白い花が咲く。茎をからめて引っ張り合って遊ぶのを車前草相撲という。

おほばこを涵《ひた》せる雨や盆三日　飯田蛇笏
おほばこの花に組みある足場かな　藤野チエ
車前草の相撲に負けてすねてをる　安部元気

夏蓬《なつよもぎ》

蓬《よもぎ》長《た》く
⬇蓬《よもぎ》(春)

伸び長けた夏の蓬。

蓬々と夏の蓬の古りにけり　うな浅黄
またひとつ草魚跳びけり夏蓬　中村時人
夏蓬路線二た手に別れけり　古瀬匡

薊《あざみ》

夏薊《なつあざみ》

キク科。薊は春から秋まで咲くが、盛りは夏。

ほこりだつ野路の雨あし夏薊　飯田蛇笏
温泉へあとは歩きや夏薊　柴山洋香
夏薊雲ともみえて絮噴ける　大沢あゆみ

庭石菖《にわぜきしょう／にはぜきしよう》

アヤメ科。芝生などに生え、あやめに似た細い葉で、小さく目立たない紫色の花をつける。花は一日で終わる。

一片の雲あれば閉づ庭石菖　宮原美枝
離れへと飛石つづき庭石菖　村田ゆかり
よく見れば庭石菖の蕊黄色　今井春潮

捩花《ねじばな／ねぢばな》

文字摺草《もじずりそう》、もじずり

ラン科。畦道や芝などに自生。茎の先にねじれた螺旋状の穂をつけ、桃色の小さな花を咲かす。

芭蕉曾良もじずり草の長短か　百合山羽公
捩花を登つてゆける小虫かな　須藤ミヨ
老人は水ねんごろに捩り花　高橋耕

富貴草《ふっきそう／ふつきさう》

吉字草《きちじそう》

ツゲ科。庭園の植え込みのまわりなどに、短い花穂を出して白や臙脂《えんじ》の花を密生させる。

宴へと三三五五に富貴草　渡辺泉水子
別棟の低きお縁や富貴草　古瀬夏子
ああこれが富貴草ねと穂にふれて　三尾さと

立浪草《たつなみそう／たつなみさう》

シソ科。山野に自生。初夏、茎の頂に穂状の紫色の唇形花を開く。花の姿が立ち上がった波頭に似ているところから、この名がある。

立浪草鳴門は紫外線に満ち　上崎暮潮
スコップの上に一株立浪草　滋里いほり
乙姫を祀る社や立浪草　内田陽子

小判草《こばんそう／こばんさう》

俵麦《たわらむぎ》

イネ科。山野に自生し、葉は麦に似て、小判形をした穂を垂らす。熟すと黄色になり、風に揺れる。

小判草束ねてこの身ゆるるなり　鈴木節子
小判草五百両ほどそれ以上　岡田四庵
小判草小判重たく熟るるなり　金井功司

靫草《うつぼぐさ》

シソ科の多年草。紫色の唇形花が、茎の先に集まって咲く。花穂が、靫《うつぼ》、羽壺《うつぼ》（矢を入れる道具）に似ていることからこう呼ばれる。

尋ね行く武庫の山路や靫艸　素丸
うつぼ草手つなぎて行く子が二人　細木ひより
水番の廻り来るなりうつぼ草　日野たんぽぽ

蕺菜《どくだみ》

―十薬《じゅうやく》、どくだみの花《はな》

ドクダミ科。十種の薬を合わせた薬効があるといわれる。白い十文字の苞の上に黄色い穂の花をつけ、強い独特の香りがある。

十薬や夏のものとて花白し　鳳朗
どくだみや真昼の闇に白十字　川端茅舎
どくだみを活けある宿や子沢山　鈴木潮

現の証拠《げんのしょうこ》

―医者《いしゃ》いらず、神輿草《みこしぐさ》、風露草《ふうろそう》

フウロソウ科。道端にある野草で、白や桃色の小さな五弁の花。茎や葉は煎じて飲む。別名医者いらず。

因幡なるげんのしようこは花細し　篠原梵
通り雨ありたる現の証拠かな　右城暮石
この村の現の証拠の真紅《くれな》る　田所芳乃

踊子草《おどりこそう／をどりこさう》

―踊草《おどりそう》、おどりこそう、踊花《おどりばな》

シソ科の多年草。高さ約50㎝。初夏、葉の付け根に薄紅か白い唇形の花をつける。近年、都会の草むらに目立つのは丈が低く濃いピンクの花をつける帰化植物の姫踊子草で、これも踊子草と呼んでいる。

袖振つて蝶もならふや踊艸　民古
今度いつ逢へると聞けず踊子草　久門南
書に倦んで踊子草へぬけて来し　安部元気

浦島草《うらしまそう／うらしまさう》

サトイモ科。湿った竹藪などに生える毒草。仏焔苞《ぶつえんほう》の花軸の先が、糸のように伸びているのを浦島太郎の釣糸に見立てた。

奥宮や浦島草は糸からめ　辻桃子
大石が径の真中や浦島草　永井珠
アメリカへ帰るというて浦島草　平野かほる

フランネル草《フランネルそう／フランネルさう》

―水仙翁《すいせんのう》、酔仙翁《すいせんのう》草

ナデシコ科の多年草。葉と茎の、織物のネルに似た白い柔毛が特徴。紅や白の五弁花を開く。

薔薇垣をくぐればフランネル草が　西尾輝
水撒きの露にまみれてフランネル草　相田小鹿
ふらんねる草むかしのネルの布に似て　鶴岡大

破れ傘
やぶれがさ

狐《きつね》の傘《かさ》

キク科の多年草。山野の樹下などに自生。葉は掌状に深く裂け、破れた番傘を広げたように見える。

埒あけてよしなしごとや破れ傘　加藤郁乎
立札に破れ傘とて大切に　深田やよひ
破れ傘五右衛門風呂を庭に据ゑ　西川千晶

新馬鈴薯
しんばれいしょ

新馬鈴薯《しんじゃが》、新馬鈴薯《しんじゃがいも》

ナス科。まだ若いうちに掘った馬鈴薯で、みずみずしい風味がある。

新じやがのえくぼ噴井に来て磨く　西東三鬼
段畑の新馬鈴薯や砂こぼれ　高城美沙江
新じやがの小粒ばかりを煮含めし　毛塚紫蘭

豌豆
えんどう
ゑんどう

莢豌豆《さやえんどう》、絹莢《きぬさや》、グリンピース
↓豌豆《えんどう》の花《はな》（春）

マメ科。柔らかく、莢ごと食べるものが絹莢。実を食べるグリーンピースや赤豌豆など、多くの品種がある。

ひとづまにゑんどうやはらかく煮えぬ　桂　信子
一面に実り豌豆取りきれず　浅井白舟
ゑんどうを散らし一品できあがり　末広あすみ

蚕豆
そらまめ

はじき豆《まめ》、かいこ豆《まめ》
↓蚕豆《そらまめ》の花《はな》（春）

マメ科。初夏、ぶ厚い莢の中に、薄緑色の豆が実る。

そら豆やただ一色に麦のはら　白　雄
そら豆はそら豆を恋ひ焦がれ居り　花眼亭椋鳥
蚕豆の殻を大きな舟といふ　井口つね

キャベツ

甘藍《かんらん》、球菜《たまな》、キャベツ畑《ばたけ》

アブラナ科。明治になって普及した野菜。生食、炒め物、漬け物などに広く使われる。

親雀キャベツの虫を喰へ飛ぶ　杉田久女
浅間峯へ広がつてゆくキャベツ畑　高田ななみ
生でよし煮てよし揚げてよきキャベツ　関根三歩

蒜
にんにく

大蒜《にんにく》、葫《にんにく》

ユリ科の多年生植物。地下の鱗茎を夏に収穫する。強い独特の香りがある。古くから料理、強壮剤に使う。

夕風や蒜の根を干し並べ　須藤飛燕
草薬は蒜《ひる》なりといふ蒜を播る　角田昌五
新葫《にんにく》淡むらさきのはしりけり　辻　桃子

辣韮《らっきょう／らつきやう》

辣韮漬《らっきょうづけ》
↓辣韮《らっきょう》の花《はな》(秋)

ユリ科。蒜に似た卵形の白い小鱗茎を塩や酢で漬けて食べる。独特の強い香りがある。

辣韮を一日は洗ふ一日漬く　吉畑忽城
くるぶしの砂に埋もれ辣韮掘る　たなか迪子
納屋の戸を開く辣韮漬け匂ふ　亀村唯今

瓜《うり》

初瓜《はつうり》、そうめん瓜《うり》、越瓜《しろうり》、瓜畑《うりばたけ》
↓苦瓜《にがうり》(秋)

ウリ科。果物、野菜の両方あり、古くから食され種類が多い。

水桶にうなづきあふや瓜茄子　蕪村
うつくしく手入れすみあり瓜畑　中村水清
提げ来たる越瓜に日のぬくみかな　篠原喜々

甜瓜《まくわうり／まくはうり》

真桑瓜《まくわうり》、真瓜《まくわ》

メロンの一変種。晩夏に黄色く熟れて甘く芳香がある。

初真桑たてにや割らん輪に切らん　芭蕉
吹井戸やぽこりぽこりと真桑瓜　夏目漱石
金色の真桑好みぬ亡き母は　前壽人

胡瓜《きゅうり》

↓胡瓜揉《きゅうりもみ》(人)

ウリ科。なじみの夏野菜。

胡瓜いでて市四五日のみどりかな　大江丸
朝に見て夕べに採りし胡瓜かな　弥生まお
葉隠れの胡瓜の棘にやられけり　中島爽々

茄子《なす》

なすび
↓茄子料理《なすりょうり》(人)

ナス科。夏の代表的な野菜の一つ。

採る茄子の手籠にきゆァとなきにけり　飯田蛇笏
エプロンに初なり茄子畑帰り　難波慶子
糠床や茄子の形に茄子の色　滝ノ川愛

トマト

蕃茄《とまと》、赤茄子《あかなす》、ミニトマト

ナス科の果菜。最近は一年中出回っているが、本来は夏季。

虹たつやとりどり熟れしトマト園　石田波郷
濡れてゐる朝日の中のトマト買ふ　加藤晃規
大鍋にトマトぎつしりにつこりと　音羽紅子

夏大根《なつだいこん》

↓春大根《はるだいこん》(春)、大根《だいこん》(冬)

アブラナ科。夏に掘る。辛みが強く味はよくない。

夏大根かりりと噛んで浅酌す　栗生純夫
昼月ひやり夏大根を農婦提げ　大野林火
大切に包みくるるが夏大根　戸内香代

夏葱《なつねぎ》

ユリ科多年草。葉が細く、白い部分が少ない。固くて味はよくない。

↓葱《ねぎ》(冬)

夏葱に鶏裂くや山の宿　正岡子規
夏葱を白し固しとさびしめり　青木清糸
夏葱を刻み夫婦を五十年　久岡甲水

玉葱《たまねぎ》

ユリ科。多くは夏に採り、乾燥させて貯蔵する。

玉葱を吊す必ず二三落ち　波多野爽波
機窓より玉葱畑どこまでも　矢花美奈子
泥付きの新玉葱の甘きこと　とどろき琴

茗荷の子《みょうがのこ めうがのこ》

七月ごろ出る、茗荷の花穂。香りがよく薬味にする。

茗荷汁《みょうがじる》
↓茗荷竹《みょうがだけ》(春)、茗荷《みょうが》の花《はな》(秋)

茗荷汁にうつりて淋し己が顔　村上鬼城
山荘に懐古夜明かす茗荷汁　山口草堂
茗荷の子さぐりつホ句を案じもし　柳川昤

紫蘇《しそ》

シソ科。青紫蘇、赤紫蘇のほかに、葉の縮む縮緬紫蘇がある。

青紫蘇《あおじそ》、赤紫蘇《あかじそ》
↓紫蘇《しそ》の実《み》(秋)

紫蘇もんでゐる老人の地獄耳　飯田龍太
紫蘇畑を吹き抜けゆくや風熱き　遠山玲
青紫蘇の木《ぼく》となりしを打ちにけり　雷淑子
門前に紫蘇売る店や買ふ人も　上原和沙

夏蜜柑《なつみかん》

ミカン科。橙より皮が厚く、酸味が強い大型柑橘類。酸っぱさがみずみずしい。

夏橙《なつだいだい》、夏柑《なつかん》、甘夏《あまなつ》
↓伊予柑《いよかん》(春)

ころびたる児に遠ころげ夏蜜柑　皆吉爽雨
夏みかん落ちしを一つ石塀に　髙野虹子
谷戸深くもぐ人なくて夏蜜柑　日向葵

さくらんぼ

バラ科。生食用に栽培される桜の実。

アメリカン・チェリー、桜桃《おうとう》、さくらんぼう

美しやさくらんぼうも夜の雨も　波多野爽波
桜ん坊やさしき文を読み返し　栢野木樵
四十八名さくらんぼ狩山梨へ　丸山長恵

苺《いちご》

苺摘《いちごつみ》、苺《いちご》ミルク
➡苺《いちご》の花《はな》（春）

バラ科。粒々のある甘く真っ赤な実。

山もとは日照雨ふるいちごかな　乙二
苺煮る香りの家となりにけり　志村喜三郎
許す気になれるケーキの苺かな　嶋　文之

蛇苺《へびいちご》

蛇苺《くちなわいちご》
➡蛇苺《へびいちご》の花《はな》（春）

野原や道端を這う草。春、黄色の花をつけ、夏、紅い小さな実を結ぶ。食べられるがうまくない。

ふるさとの沼のにほひや蛇苺　水原秋櫻子
猫探す貼り紙ありぬ蛇苺　柳瀬姫香
島裏へ抜ける小径や蛇苺　小林タロー

木苺《きいちご》

➡木苺《きいちご》の花《はな》（春）

山野に自生するバラ科の落葉低木で、苺に似た実をつける。

木苺の熟れしあはれをまのあたり　後藤夜半
木苺のぼたぼた落ちて極楽寺　安部元気
木苺のこぼれボート屋今日休み　河村まり

桑の実《くわのみ／くはのみ》

桑苺《くわいちご》

クワ科の落葉高木。熟すと黒紫色になり甘酸っぱい。

桑の実や馬車の通ひ路行きしかば　芝　不器男
婆たちがほらほらと指し桑いちご　住安安子
桑の木の届かぬ高き実りかな　安達韻颯

杏《あんず》

杏子《あんず》
➡杏《あんず》の花《はな》（春）

バラ科。梅より大きく、橙色に熟し、甘酸っぱい。ジャム、果実酒にする。

医者どのと酒屋の間の杏かな　召　波
落ち杏足の踏み場もなかりけり　後藤東俚
たっぷりと杏をもぎて月謝だと　黒木あやめ

李《すもも》

李子《すもも》、巴旦杏《はたんきょう》、牡丹杏《ぼたんきょう》
➡李《すもも》の花《はな》（春）

バラ科。果肉は赤、黄で固い。酸味が強く、初夏らしい果物。

葉隠れの赤い李になく子犬　一　茶
みちのくの鹿角《かづの》花輪《はなわ》や李売　高杉空彦
巴旦杏母の昔は知らざりし　佐伯まゆ子

山桜桃《ゆすらうめ》

ゆすら

バラ科の落葉樹。梅に似た花をつける。実は小さく、熟すれば深紅色で甘く渋い。

ゆすらの実麦わら籠に余りけり　五十崎古郷

ゆさゆさとゆすればこぼれゆすらうめ　深沢のりこ

鈴なりに熟るるゆすらや姉癒えよ　久保のぞみ

楊梅《やまもも》

ヤマモモ科。温暖な地に多い。実は丸く粒々があり、暗紅紫色で甘酸っぱい。酒を作る。

磯ぎはをやまももも舟の日和かな　惟然

楊梅を茶うけにせるも札所かな　永山愛

拾ふべしやまももの実の深き紅　いけだきよし

すぐり

グーズベリー、西洋《せいよう》すぐり、カラント、ハスカップ

ユキノシタ科。実は甘酸っぱく、ジャムなどにする。

午後の卓すぐりのジャムは暗きいろ　中西三穂子

熟しけり忘られてるしすぐりの木　対馬ことり

赤々とそれでも酸つぱ紅すぐり　勉茶亜子

枇杷《びわ／びは》

枇杷《びわ》の実《み》、青枇杷《あおびわ》

⬇枇杷《びわ》の花《はな》(冬)

バラ科。十一月ごろに花が咲き、初夏、実を結ぶ。

やはらかな紙につつまれ枇杷のあり　篠原梵

小さき枇杷むけば大きな種三つ　牧やすこ

枇杷熟るる馬鹿な馬鹿なと言うて逝き　石毛らく

青梅《あおうめ／あをうめ》

梅《うめ》の実《み》、実梅《みうめ》

⬇梅漬《うめつ》く(人)

バラ科。入梅のころ太り始める。固くしまって酸味が強く、梅干や梅酒、煮梅などにする。

うれしきは葉がくれ梅の一つかな　杜国

実梅売り乗替駅の朝市に　高橋涼

青梅の歯形つきしが縁台に　ふく嶋桐里

青柿《あおがき／あをがき》

⬇柿《かき》(秋)

カキノキ科。まだ熟さない柿。

青柿を落す虫ゐる夜空かな　吉本伊智朗

青柿や風呂場の屋根に夜もすがら　牧田わたる

葬式の準備はじまり柿青し　前川裕

青胡桃《あおくるみ／あをくるみ》

↓胡桃《くるみ》(秋)

クルミ科。まだ熟していない青い胡桃。

半年は留守の住まひや青胡桃　岩本幸美
青胡桃墓への道の目印に　山口真沙
近海に台風生ず青胡桃　梶川みのり

青葡萄《あおぶどう／あをぶだう》

↓葡萄《ぶどう》(秋)

ブドウ科。まだ熟していない固くて青い葡萄。

濁流に日のあたりけり青葡萄　山口誓子
奥の間の障子開ければ青葡萄　棟方しづか
青ぶだう葉の碧ければ空青く　藤田こくりこ

青林檎《あおりんご／あをりんご》

↓早生林檎《わせりんご》　林檎《りんご》(秋)

バラ科。夏に出荷する林檎の早生種。まだ色づかず、味は酸っぱく、歯ざわりも固いが新鮮。

大籠にあふれて青きりんごかな　清田徹
青林檎雨の山畑うそ寒く　川本照峰
青林檎おしらの神に供へあり　島田公子

メロン

マスクメロン

ウリ科。マスクメロンは高級果実。

籐椅子にペルシャ猫をるメロンかな　富安風生
メロン切る初めはすこし大きめに　清水雪花
銀の匙メロンすくふにほしけれど　村上千穂

バナナ

実芭蕉《みばしょう》

バショウ科。熱帯産の果実。生食用に輸入されているが、現地では料理にも使う。

川を見るバナナの皮は手より落ち　高浜虚子
丑三つの厨のバナナ曲るなり　坊城俊樹
バナナ食ふ父の戦死の島の名の　岡田四庵

パイナップル

鳳梨《あななす》

パイナップル科。甘酸っぱい熱帯の果物。多くは輸入で、缶詰もある。

鳳梨を切るや日除を深くして　深田かほる
卓上に鳳梨くさき子どもの手　中村ふみ
鳳梨の輪切りの中の虚空かな　小早川忠義

虎杖の花 いたどりのはな

明月草《めいげつそう》
⬇虎杖《いたどり》（春）

山野に自生するタデ科の多年草。穂状に白または淡紅色の小花が密生する。

いたどりの花月光につめたしや　山口青邨

虎杖の花や林道ここに尽き　安部元気

虎杖の咲く有線に猪出しと　広瀬高安

独活の花 うどのはな

花独活《はなうど》、獅子独活《ししうど》の花《はな》
⬇独活《うど》（春）

ウコギ科の多年草。小さな淡緑色の花が玉形に集まって咲く。

バス囃《はや》す小わっぱどもや独活の花　富安風生

札幌はたそがれ寒き独活の花　種田幾代

独活咲くやケーブルカーを降りたれば　飯名洋

萱草の花 かんぞうのはな くわんざうのはな

野萱草《のかんぞう》、忘れ草《わすれぐさ》

ユリ科。オレンジ色の百合に似た花を開く。一日でしぼむ。花は憂いを忘れさせるとの意味で忘れ草とも呼ばれる。

萱草の中なる石に座りけり　井手口俊子

萱草に鶏舎の今はからっぽで　向山加栄

姑の好きな萱草花ふゆる　高井さやか

黄菅 きすげ

夕菅《ゆうすげ》

ユリ科。花は淡黄色で百合に似る。夕方開花し、翌日午前中にしぼむ。香りが強い。

お迎へに出て夕菅はまだ莟　松尾むかご

夕菅に佇ちをり泣いてゐるらしき　千木風子

夕管や一夜の宿を所望して　米田木綿

蚊帳吊草 かやつりぐさ

カヤツリグサ科。道端や畑、荒地に生える雑草。茎を裂いて広げると、蚊帳を吊った形になるところから名がついた。

淋しさの蚊帳釣草を割きにけり　富安風生

銭湯ののれんの揺れて蚊帳吊草　西脇はじめ

蚊帳吊草蚊帳のやぶれてしまひけり　西山悠

月見草 つきみそう つきみさう

待宵草《まつよいぐさ》、大待宵草《おおまつよいぐさ》

アカバナ科の帰化植物。夕方咲き、朝しぼむ。本物はほとんど見られず、黄色い花の待宵草や大待宵草をふつうに月見草と呼んでいる。

月見草ランプのごとし夜明け前　川端茅舎

雨きざす昼の暗きに月見草　菅野くに子

月見草夜中の雨にひらきしや　沖塚一歩

竹煮草《たけにぐさ》

ケシ科。高さ2m。葉裏が白く、折ると竹を煮たときに似た茶色い汁が出る。毒草。

裏山の竹煮草抜け建長寺　亀村唯今
竹煮草ささやきぐさとつぶやくも　竹南寺摩耶
竹煮草古き鳥居のあるばかり　今井きよ女

青芒《あおすすき》《あをすすき》

青薄《あおすすき》、芒茂る《すすきしげ》
➡芒《すすき》(秋)

イネ科。まだ穂の出ない青々とした芒。高さ1mほどになり涼しげ。

青芒三尺にして乱れけり　正岡子規
青芒月いでて人帰すなり　橋本多佳子
いつせいにゆれて静かや青芒　長谷川一華

夏萩《なつはぎ》

青萩《あおはぎ》、さみだれ萩《はぎ》
➡萩《はぎ》(秋)

マメ科。夏に花の咲く萩。

累代の墓碑によりては夏の萩　岡田麦酔
夏萩や隠居所なりし縁側に　落合あけみ
夏萩のこぼれ本日休診日　大島節

葎《むぐら》

八重葎《やえむぐら》、金葎《かなむぐら》

アカネ科。ぼうぼうと茂りあい、からまりあった雑草をいう。

いづこより月のさしぬる葎かな　前田普羅
八重葎犬のお墓のありしとこ　小川弥栄
八重葎爺の一人が残されて　加田友束

藜《あかざ》

藜《あかざ》の杖《つえ》

アカザ科。畑や裸地に自生する。若芽は美しい紅紫色で食用。若芽の紅くならないのはシロザ。育った茎は、杖になるほど固くなる。

隠栖に露いつぱいの藜かな　阿波野青畝
藜生え防空壕の跡一つ　立松けい
老い母の畑一面の藜かな　広野道女

昼顔《ひるがお》《ひるがほ》

浜昼顔《はまひるがお》

ヒルガオ科。朝顔よりやや小さな桃色の花が、昼間開く。

海荒るゝ浜昼顔に吹く風も　藤松遊子
昼顔に砂鉄の浜のつづきけり　山岡蟻人
昼顔や畑に家の建つらしき　高橋なつ

灸花《やいとばな》

屁糞葛《へくそかずら》

アカネ科。藪などでよく見かける。小花は灰色で中央が紅紫色。子どもがお灸に見立てて遊ぶ。茎や葉が臭く、へくそかずらともいう。

名をへくそかづらとぞいふ花盛り　高浜虚子
引きたればこれは隣の灸花　井ケ田杞夏
弟は蔵に入れられ灸花　中小雪

忍冬の花《すいかずらのはな　すひかづらのはな》

金銀花《きんぎんか》、忍冬《にんどう》

スイカズラ科。蔓で伸び、初夏、葉のつけ根に二つずつ香りのよい筒形の花をつける。花の底に蜜があり、甘い。

すひかづらたまの揚羽のながくゐず　中村汀女
ばらばらと鳥の飛び込む忍冬　三条洋子
路地裏や香りの先の忍冬　吉澤晴美

螢袋《ほたるぶくろ》

釣鐘草《つりがねそう》、提灯花《ちょうちんばな》、風鈴草《ふうりんそう》、カンパニュラ、カンパネルラ

キキョウ科。茎の頂に乳白色や薄紫色をした釣鐘形の花をつける。花の中に螢を入れて遊んだので、この名があるとも。

あかるさはほたるぶくろの中にこそ　辻桃子
蜂入りて螢袋の震へかな　豊田のびる
山太郎ヤほたるぶくろヲモッテマイレ　如月真菜

烏瓜の花《からすうりのはな》

↓烏瓜《からすうり》(秋)

縁が網の目のように細く裂けた繊細な白い花。夜開く。

ほのぼのと泡かと咲けり烏瓜　松本たかし
烏瓜よごとの花に灯をかざし　星野立子
蔵壁に夕ぐれ烏瓜の花　笠山蘇鳥

月下美人《げっかびじん》

サボテン科。夏の夜、豪華な白い花が開き、四時間ほどでしぼむ。

月下美人力かぎりに更けにけり　阿部みどり女
ほぐれたる月下美人の白さかな　成田やすの
抱へ来し月下美人の咲きかけを　久野龍一

仙人掌の花《さぼてんのはな》

乾燥地帯の棘のある多肉植物で、夏、鮮やかな赤、黄、白などの花が咲く。色も花の姿もさまざま。

サボテンの指のさきざき花垂れぬ　篠原鳳作
仙人掌の白き花咲く忘れ鉢　薗部庚申
海鳴りに開く仙人掌棘さかん　たなか迪子

ユッカの花

ユッカのはな ―― 糸蘭《いとらん》

リュウゼツラン科。六月ごろ高さ1mほどの花茎に、円錐状に百個近い六弁の白花が咲く。葉は尖った剣形で棘があり固い。

ユッカ咲く庭芝広く刈られけり　西島麦南
ぬけらるる路地や火鉢に花ユッカ　安部元気
ユッカ咲き動物園の匂ひくる　直島かほり

向日葵

ひまわり　ひまはり ―― 日車《ひぐるま》、日輪草《にちりんそう》

キク科の一年草。見上げるほどに丈高く、黄色く大きな花。夏の太陽に向かって首を回すといわれる。

向日葵の蕊《しべ》を見るとき海消えし　芝　不器男
向日葵やかつて玉音聞きし庭　伊野ゆみこ
伯父さまは向日葵好きや夏に逝く　瓜生律子

松葉牡丹

まつばぼたん ―― 日照草《ひでりそう》

スベリヒユ科の一年草。松葉に似た肉質の葉をもち、日盛りの庭に、丈低く小さな牡丹のような花をつける。

手に余る仕事に松葉牡丹かな　中村汀女
松葉牡丹遊女の墓の五つほど　小原紀香
開発の看板松葉牡丹咲き　松本正今日

ダチュラの花

ダチュラのはな ―― 朝鮮朝顔《ちょうせんあさがお》、曼荼羅華《まんだらげ》、エンジェルストランペット

ナス科。夏から秋にかけ、白、黄、薄紅などの漏斗形で香りの強い花をつける。気違茄子《きちがいなすび》とも呼ばれる。

ダチュラ咲き石積み壁の島の家　清水えりこ
エンゼルス・トランペットや林なし　安達天香
大学のダチュラの花の開きけり　いさ桜子

葵

あおい　あふひ ―― 立葵《たちあおい》、花葵《はなあおい》、銭葵《ぜにあおい》、紅蜀葵《こうしょっき》、紅葉葵《もみじあおい》、黄蜀葵《おうしょっき》

アオイ科。草丈高い。立葵はハート形の葉のわきに、大型の美しい花が下から順に咲く。いかにも夏らしい。

立葵咲き終りたる高さかな　高野素十
紅蜀葵ベンガラ塗りの町並に　松沢沙紀
通りには猫さへ居らず立葵　石坂陽太郎

夏菊

なつぎく

キク科。六月ごろ花を開く菊。薄紅、黄、白など八重が多い。墓や仏壇に使われ、日常的な平凡な感じ。

夏菊や遠き野川に油浮く　秋元不死男
受付に活けていつもの夏の菊　片山千枝
夏菊や無口な人と小半日　武田江雲

蝦夷菊《えぞぎく》

――翠菊《えぞぎく》、アスター

キク科。六、七月ごろ、淡紅、紫、白など、さまざまな色の菊に似たひなびた花を咲かせる。

蝦夷菊に日向ながらの雨涼し　内藤鳴雪

翠《え》菊《ぞ》や妻の願はきくばかり　石田波郷

蝦夷菊は庭にあふれて津軽かな　垣内琴

花魁草《おいらんそう》《おいらんさう》

――草夾竹桃《くさきょうちくとう》

ハナシノブ科の多年草。真赤や桃色の小花が群がって、かんざし状に咲く。農家の庭先などに見られ、はなやかだがひなびた感じ。

一とむらのおいらん草に夕涼み　三橋鷹女

旧道の道におい らん草の花　右城暮石

花魁草小姑として家に居り　しの緋路

蛇の目草《じゃのめそう》《じやのめさう》

――孔雀草《くじゃくそう》、波斯菊《はるしゃぎく》

キク科の一年草。花は黄色の縁どりのなかに赤黒色があり、蛇の目傘を開いたように見える。

蕊の朱が花弁にしみて孔雀草　高浜虚子

土壁の細工むきだし蛇の目草　辻由美

おとなりの婆は元気よ蛇の目草　塚田紀典

金魚草《きんぎょそう》《きんぎよさう》

ゴマノハグサ科。穂状の花の形が金魚に似ている。

金魚草よその子すぐに育ちけり　成瀬櫻桃子

母たふれ空家となりて金魚草　三宅美也子

金魚草水をやる日に雨降つて　しの緋路

帚木《ははきぎ》

――箒草《ほうきぐさ》、帚草《ほうきぐさ》

アカザ科。夏、丸く茂り、穂状の黄緑色の小花をつける。細く枝分かれした茎を乾燥させ、草箒にする。実は食用のとんぶり。

帚木に影といふものありにけり　高浜虚子

天と地の間に丸し帚草　波多野爽波

喪の家の吹かれまろべる帚草　石田波郷

ダリア

――ポンポンダリア

キク科の球根植物。一重、二重など一万種以上の園芸品種がある。

東京へ帰るやダリア咲き出せば　田代草猫

一滴の雨もとどめず緋のダリア　中村菊太郎

散骨やダリアの肥えとなるもよし　石井鐐二

サルビア

セージ

シソ科の観賞用一年草。夏から秋にかけ、緋、紫色の唇形の花が咲く。葉は薬用や料理の香料にする。

サルビアの花の衰へ見れば見ゆ　五十嵐播水
サルビアの蜜吸ひあうていとこたち　遠藤　茜
パン焼くやサルビアの緋の庭見えて　平野かほる

日日草《にちにちそう》《にちにちさう》

初夏から秋まで、小さな朝顔状の花が毎日咲きつづける。

日日草なほざりにせし病日記　角川源義
花の名の日日草の凋《しぼ》みけり　後藤夜半
伏したれば身内やさしき日々草　安水せせらぎ

百日草《ひゃくにちそう》《ひやくにちさう》

キク科の一年草。百日咲きつづけるというのでこの名がある。菊に似た花で、一重や八重、色もさまざま。

百日草がうがう海は鳴るばかり　三橋鷹女
これよりの百日草の花一つ　松本たかし
百日草雀に影を作りけり　藤野チエ

千日紅《せんにちこう》

千日草《せんにちそう》

ヒユ科の一年草。百日草より長く咲くのでこの名がある。紅や紫や白の毬形の花。

一日千秋千日重ね千日草　富安風生
旅疲れ尾をひく朝の千日紅　小沢政子
夏果つに千日紅はなほ紅く　日野たんぽぽ

百日紅《さるすべり》

百日紅《ひゃくじつこう》、百日白《ひゃくじつぱく》、百日白《しろさるすべり》

ミソハギ科の落葉高木。幹がつるつるで、猿も滑って登れない、ということから名がついた。紅色の細かい花は花期が長いため百日紅と書く。白花はしろさるすべり、百日白。

散れば咲き散れば咲きして百日紅　千代女
ゆふばえにこぼるゝ花やさるすべり　日野草城
訪ふたびによくなられたり百日紅　清水みつゑ

夾竹桃《きょうちくとう》《けふちくたう》

キョウチクトウ科。濃い緑の葉に、桃に似た紅や白色の花が咲く。炎暑の青空に似合う。有毒。

病人に夾竹桃の赤きこと　高浜虚子
夾竹桃花のをはりの海荒るる　桂　信子
母一人子一人なれど夾竹桃　平松みち

凌霄の花《のうぜんのはな》

凌霄《のうぜん》、凌霄葛《のうぜんかずら》

ノウゼンカズラ科。茎が樹木や屋根にまきついて上り、じょうご形をした橙色の花をつける。実によく散る。

凌霄や問ふべくもなき門つづき　中村汀女
雨のなき空へのうぜん咲きのぼる　長谷川素逝
凌霄の落下を掃くや蟻も掃く　安部元気
凌霄花《のうぜん》やかつて郭の町社　滝沢水仙

仏桑花《ぶっそうげ》《ぶつさうげ》

扶桑花《ふそうか》、ハイビスカス

アオイ科。常緑低木。大きなラッパ形の赤、白、黄、絞りなどの南国らしい花。花弁の外に突きでた赤く長い蘂が目立つ。

母子像もハイビスカスの花も詠む　後藤夜半
水牛のふぐりのゆらと仏桑花　辻　由美
仏桑花御殿のやうなお墓なる　綿貫やえこ

梯梧の花《でいごのはな》

海紅豆《かいこうず》、海豇豆《かいこうず》

沖縄などに見られるマメ科の落葉高木。三月から六月にかけ、真紅の花をつける。海紅豆はアメリカデイゴ。

海紅豆さつま隼人の血汐なり　百合山羽公
梯梧咲く堺港の潮の香に　佐藤明彦
どの花もしづくを溜めて海紅豆　江頭　蓬

浜木綿《はまゆう》《はまゆふ》

浜万年青《はまおもと》

ヒガンバナ科、常緑大型の多年草。暖かい海辺の砂地に生え、直立した茎に、百合に似て、白い、切れこんだ花が咲く。

浜木綿に流人の墓の小ささよ　篠原鳳作
浜木綿や畳に塩のざらざらと　如月真菜
浜木綿の乱れ咲きたる磯辺かな　小島愛袈

玫瑰《はまなす》

浜梨《はまなし》

バラ科の落葉小低木。関東以北の海浜に生える灌木。薔薇に似た紅色の花をつけ、枝には棘がある。

玫瑰の丘を後にし旅つゞく　高浜虚子
玫瑰や今も沖には未来あり　中村草田男
玫瑰や一二里行けば鮫の市　ロバート池田

唐黍の花《とうきびのはな》《たうきびのはな》

玉唐黍《とうもろこし》の花《はな》、なんばんの花《はな》
➡唐黍《とうきび》（秋）

イネ科。茎の頂に芒の穂のような雄花と赤毛の雌花が垂れる。

もろこしの雄花に広葉うちかぶり　高浜虚子
唐黍の花や馬小屋ありし跡　齋藤耕牛
頭見え花なんばんの下通る　髙野虹子

胡麻の花

ごまのはな

↓新胡麻《しんごま》(秋)

ゴマ科の一年草。盛夏のころ、桐の花に似た淡紫色の唇形の花をつける。

胡麻の花を破りて蜂の臀《ゐしき》かな　西山泊雲

胡麻咲いて胡麻のにほひのしてゐたる　齋藤みほ

胡麻の花五十をすぎて恋をして　牧　やすこ

煙草の花

たばこのはな

花煙草《はなたばこ》

↓煙草干《たばこほし》(秋)

ナス科の一年草。晩夏、丈高い茎の頂に淡紅色の漏斗状の花をたくさんつける。

日田越えの峠の小村花たばこ　吉田南窓

花煙草ここらも法《のり》の山畑　柴原保佳

次々と流れて来たり花煙草　佐藤　類

韮の花

にらのはな

花韮《はなにら》

↓韮《にら》(春)

ユリ科の多年草。伸びた茎の頂に白い小花がかたまり、夏から秋にかけて咲く。

足許にゆふぐれながき韮の花　大野林火

駅前に飯屋一軒韮の花　小林さゆり

ただ濡れてしよぼしよぼ雨の韮の花　笛木かりん

糸瓜の花

へちまのはな

↓糸瓜《へちま》(秋)

晩夏、蔓にそって鮮やかな黄色の花をつける。

糸瓜咲いて痰のつまりし仏かな　正岡子規

ポカポカと雲浮く屋根の花糸瓜　富田木歩

縁下のこぼれ糸瓜も花つけし　坂本見山

瓢の花

ひさごのはな

ふくべの花《はな》、花瓢《はなひさご》、瓢箪《ひょうたん》の花《はな》

↓瓢箪《ひょうたん》(秋)

夏の夕暮れに、夕顔に似て小さめの白い花を開く。

ともしびを瓢の花に向けにけり　千　止

曲りたる海街道の花ひさご　天野更紗

たのもしく瓢は花を終へにけり　川久保雨若

夕顔

ゆうがお

ゆふがほ

夕顔《ゆうがお》の花《はな》、夕顔棚《ゆうがおだな》

↓夜顔《よるがお》、夜会草《やかいそう》(秋)

ウリ科。朝顔に似た大きな白い花が夕方開き、一夜でしぼむ。

夕がほやあからさまなる閨むしろ　暁　台

夕顔に水《みず》仕《し》もすみて佇めり　杉田久女

宿に着く頃や夕顔ひらきをり　藤　なぎさ

新藷

しんいも

ヒルガオ科。収穫前の若いさつまいも。筋が多いが甘い。

➡甘藷《かんしょ》（秋）
走《はし》り藷《いも》、新甘藷《しんいも》

新藷に夕餉すゝみしうれしさよ　中尾白雨

新藷の湯気を吹きつつ王手飛車　福見一歩

俎に走りの藷のむらさきが　宇田むつこ

青唐辛子

あおとうがらし
あをたうがらし

ナス科。熟していない青い唐辛子。

➡唐辛子《とうがらし》（秋）
青蕃椒《あおとうがらし》、獅子唐《ししとう》

添へ干して青唐辛子ありにけり　高浜虚子

青蕃椒二つ並んで皿の中　加賀谷凡秋

激辛の青唐辛子その中に　水島てふな

青鬼灯

あおほおずき
あをほほづき

ナス科。まだ熟さない鬼灯の青い実。

➡鬼灯《ほおずき》（秋）

青鬼灯病みつつ淡くありしひと　壺中

叢《くさむら》に鬼灯青き空家かな　正岡子規

うかゞへば青鬼灯の太りかな　高浜虚子

青瓢

あおふくべ
あをふくべ

まだ熟していない青い瓢。緑の葉とともに涼しげな感じ。

➡瓢箪《ひょうたん》（秋）

喪の庭にまばらなりしよ青ふくべ　平岡実也

狐雨過ぎし雫や青ふくべ　辻　桃子

下宿人またかはりけり青瓢　川口未来

土用芽

どようめ

➡木《き》の芽《め》（春）、冬木《ふゆき》の芽《め》（冬）

夏の土用のころに出る新芽。真赤な芽が出たりする。

土用芽の中の山椒の芽を摘まな　戸井田和子

土用芽やかんばせ蒼き稚児大師　三上冬華

ひたすらに寄生木《やどりぎ》として土用の芽　梶川みのり

病葉

わくらば

いろいろな木の、病気で垂れたり、縮まったり、はらはら落ちたりした葉。

➡落葉《おちば》（冬）
虫喰葉《むしくいば》

病葉を振り落しつゝ椎大樹　高浜虚子

病葉や学問に古る白浴衣　原　石鼎

病葉のゆつくり流れ東山　北山日路地

秋

秋《あき》

——金秋《きんしゅう》、白帝《はくてい》、爽節《そうせつ》、三秋《さんしゅう》

初めは夏らしく、終わりは冬めいてくる季節。立秋（八月八日ごろ）から立冬（十一月七日ごろ）の前日まで、陽暦の八、九、十月にあたる。

送られつ送りつ果ては木曾の秋　芭蕉

くろがねの秋の風鈴鳴りにけり　飯田蛇笏

隅田川越えれば何となう秋や　藤井なづ菜

文月《ふみづき》

——文月《ふづき》、七夕月《たなばたづき》

陰暦七月の異称で、陽暦の八月上旬から九月上旬ごろにあたる。

文月や六日も常の夜には似ず　芭蕉

文月の梶の実あかき御山かな　富安風生

文月やぶ厚き本を閉ぢたれば　佐藤明彦

八月《はちがつ はちぐわつ》

上旬は一年で最も暑い日がつづくが、月末には秋の気配を感じる。

八月や潮のさばきの山かづら　去来

八月や楼下に満つる汐の音　正岡子規

八月や白紙一片骨箱に　高橋耕

立秋《りっしゅう りつしう》

——秋立《あきた》つ、秋来《あきく》る、秋《あき》に入《い》る

二十四節気の一つ、八月八日ごろで暑さのピーク。暦の上ではこの日からが秋。暑中見舞は残暑見舞に変わる。

秋立つと仏こひしき深大寺　石橋秀野

今朝秋のすとんと何か落つる音　齋藤藻湖

プリンスのパープル・レイン秋来る　小林長生

今朝の秋《けさのあき》

——今日《きょう》の秋《あき》

立秋の日の朝。古人は風の音に秋を感じ取ってきた。

浪ひとつ岸打ちこしぬ今朝の秋　大魯

けさ秋の一帆生みぬ中の海　原石鼎

五分粥の喉越しほどや今朝の秋　瀬戸雅風

処暑《しょしょ》

二十四節気の一つで八月二十四日ごろ。「処」は落ちつくの意味で、暑さがおさまってくるころ。

老犬や処暑の大地にはらばひて　細谷喨々

処暑の句座金太郎とて名告りけり　飯田閃朴

半分はすだれ越しなり処暑の庭　篠原喜々

残暑《ざんしょ》

残《のこ》る暑《あつ》さ、秋暑《あきあつ》し、秋暑《しゅうしょ》

立秋以後の暑さ、真夏より暑い日もあり、しのぎがたい。

梢まで来て居る秋の暑さかな　支考

朝夕がどかとよろしき残暑かな　阿波野青畝

次の間を開ければ残る暑さかな　佐保田乃布

新涼《しんりょう》《しんりやう》

秋涼《あきすず》し、秋涼《しゅうりょう》、初涼《しょりょう》、涼新《りょうあら》た

⬇涼《すず》し（夏）

秋に入って感じる新鮮な涼しさ。肌に触れる空気がさっぱりと心地よい。

秋涼し手毎にむけや瓜茄子　芭蕉

新涼や白きてのひらあしのうら　川端茅舎

新涼の砂利へ切つたる筰の水　井ケ田杞夏

秋めく《あきめく》

秋《あき》づく

暑さの中に日一日と秋の気配が濃くなる感じ。

書肆の灯にそぞろ読む書も秋めけり　杉田久女

秋づくと昆虫の翅想はるる　石田波郷

秋めくや化石のやうな鯉が浮き　西沢爽

初秋《しょしゅう》《しよしう》

初秋《はつあき》、新秋《しんしゅう》、秋初《あきはじ》め、秋浅《あきあさ》し、盆秋《ぼんしゅう》、秋口《あきぐち》

初秋、仲秋　晩秋に分けた初めの秋。八月半ばごろ。

日の色にまづ初秋の哀れなり　越人

初秋の蝗つかめば柔かき　芥川龍之介

透くほどの和紙に初秋のたよりかな　竹内真実子

八朔《はっさく》

八朔盆《はっさくぼん》

陰暦の八月朔日（一日）の略。陽暦の九月初旬。実りを待つ時期で、農家は八朔の節供を祝った。

八朔や犬の椀にも小豆《あづき》飯　一茶

八朔の鯛の器に鯛ごはん　矢花美奈子

八朔の米十キロを当てにけり　笠原風凛

八月尽《はちがつじん》《はちぐわつじん》

⬇二月尽《にがつじん》、弥生尽《やよいじん》（春）

八月の最後の日。暑さがようやく終わる感じ。

八月尽の赤い夕日と白い月　中村草田男

冷汁に胃の腑息づく八月尽　宮川魚板

糠床のずるりとゆるび八月尽　藤井なづ菜

九月《くがつ》《くぐわつ》

いよいよ秋めいてくる月。中旬からは残暑も和らぐ。

九月の地蹠《あうら》ぴつたり生きて立つ　橋本多佳子

陶枕のかたきを得たる九月かな　安住敦

葉月《はづき》

月見月《つきみづき》、秋風月《あきかぜづき》、雁来月《かりくづき》

陰暦八月の異称で、陽暦の九月上旬から十月上旬のころ。

二度目には月ともいはぬ葉月かな　一茶

葉月なる竪縞あらし男富士　富安風生

貴婦人と呼ばれし汽車や葉月尽　泉竹馬

二百十日《にひゃくとおか》《にひやくとをか》

――二百二十日《にひゃくはつか》

立春から二百十日目の九月一日、二日ごろ。台風シーズンで、二百二十日と併せて農家の厄日。

風少し鳴らして二百十日かな　尾崎紅葉

荒れもせで二百二十日のお百姓　高浜虚子

北前と呼ばれし海や厄日荒れ　北前　力

白露《はくろ》

二十四節気の一つで、九月七日ごろ。草木の露が秋の到来を感じさせる。

蜘蛛の囲の穂草をつゞる白露かな　順　園

白露過ぎ闇の濃かりと思ふかな　菅　春江

白露かな白き玉子をこんと割り　江田みどり

紫の雲の流るる白露かな　石郷岡芽里

仲秋《ちゅうしゅう》《ちゆうしう》

――秋半《あきなか》ば

初秋と晩秋にはさまれた秋の中ごろ。

仲秋や月明かに人老いし　高浜虚子

仲秋や土間に掛けたる山刀　原　石鼎

仲秋や薬種にコブラ人参も　北山日路地

仲秋や饅頭《マントー》割れば黄身いでて　小倉わこ

九月尽《くがつじん》《くぐわつじん》

――九月果《くがつは》つ

もともとは陰暦九月の末日で、秋の終わりを意味したが、現在は陽暦九月の終わりを詠むことが多い。

九月尽遙に能登の岬かな　暁　台

雨降れば暮るる速さよ九月尽　杉田久女

九月尽難聴のまま退院し　矢花美奈子

十月《じゅうがつ》《じふぐわつ》

山野は秋深くなり、空気が澄み、紅葉してくる。

十月のしぐれて文も参らせず　夏目漱石

芒原十月の雲流れけり　松浦為王

十月やお焼をたんと座敷神　大石多佳

長月《ながつき》

――菊月《きくづき》、菊《きく》の秋《あき》、寝覚月《ねざめづき》

陰暦九月の異称で、陽暦十月上旬から十一月上旬のころ。夜が長くなるのでこの名があり、菊の最盛期であることから菊月ともいう。

長月の空色袷きたりけり　一　茶

菊月や葬斎場に湯のたぎる　川口未来

長月の人皆塔をめざしをり　宮原さくら

雀蛤となる《すずめはまぐりとなる》

七十二候の一つで、陽暦の十月十三日から十七日ごろ。古い中国の暦にある「爵《すずめ》大水に入りて蛤となる」による。

雀蛤となるべきちぎりもぎりかな　河東碧梧桐
蛤に雀の斑《ふ》あり哀れかな　村上鬼城
雀蛤となるや恋文代筆で　たなか迪子

霜降《そうこう・さうかう》

二十四節気の一つで、陽暦の十月二十三日ごろ。霜が降り、寒くなる時期。

霜降の陶《すゑ》ものつくる翁かな　飯田蛇笏
霜降や大樹に耳を押し当てて　藤　なぎさ
霜降や太極拳の身に力　西川千晶

秋色《しゅうしょく・しうしよく》

秋の景色、気配。

秋の色《あきのいろ》、秋光《しゅうこう》、秋景色《あきげしき》

秋の色糠味噌壺もなかりけり　芭蕉
裏門に秋の色あり山畠　支考
きんぴらににんじん多き秋の色　加藤良彦

秋気《しゅうき・しうき》

爽やかに澄んだ気配が秋らしい感じ。

秋気澄む《しゅうきすむ》、秋澄む《あきすむ》

水涼し秋澄む関のかざり鎗　蓼太
秋澄むや佃の露地のけんけんぱ　石坂ひさご
眼鏡屋にレノンの写真秋気満つ　田口ひいな

爽やか《さわやか・さはやか》

爽気《そうき》、さやか、さやけし

秋の澄んだ空気がもたらす爽快感。

爽やかに病むやみとりの人もなく　高橋淡路女
さはやかにおのが濁りをぬけし鯉　皆吉爽雨
爽かに日向の冷えて来たりけり　舟　まどひ

秋麗《あきうらら》

うららかに晴れた秋の日。

秋麗《しゅうれい》
↓麗か《うらら》（春）

天上の声の聞かるゝ秋うらゝ　野田別天楼
秋麗やアレキサンダー家の写真　斉藤夕日
秋麗や泣く子の口に鯛の身を　木林みんと

秋分《しゅうぶん・しうぶん》

二十四節気の一つで、九月二十二、三日ごろ。秋の彼岸の中日にあたり、昼と夜の長さが同じ。

秋分の日《しゅうぶんのひ》
↓春分《しゅんぶん》（春）

秋分の日のすぢかひや鳴子縄　織田烏不関
嶺聳《そばだ》ちて秋分の闇に入る　飯田龍太
秋分のぎぎぎぎぎぎと連結器　藤　なぎさ

秋彼岸《あきひがん》

秋分の日を中日とした一週間。このころから徐々に涼しさを増してくる。ただ「彼岸」といえば春の彼岸を指す。

後《のち》の彼岸《ひがん》
➡彼岸《ひがん》(春)

秋彼岸にも忌日にも遅れしが　高浜虚子
南無秋の彼岸の入り日赤々と　宮部寸七翁
とん汁に一味を添へて秋彼岸　城野三四郎

寒露《かんろ》

二十四節気の一つで、十月八日ごろ。露が寒々と降りる感じ。

茶の木咲きいしぶみ古ぶ寒露かな　飯田蛇笏
水底を水の流るる寒露かな　草間時彦
寒露かな試飲の酒にむせもして　島織布

龍淵に潜む《りゅうふちにひそむ》

中国最古の字書『説文解字』に、「龍は春分に天に昇り、秋分に淵に潜む」とあるのによる。秋も深くなって水が深く澄む感じがある。

龍淵《りゅうふち》に、龍淵《りょうふち》に潜《ひそ》む

龍淵に潜みて深む水の色　戸田白雅
龍淵に潜む怪文届きけり　黒木千草
龍淵に潜み水草くろぐろと　小倉わこ

秋の朝《あきのあさ》

秋の明けがた。日中はまだ暑くても、朝は秋の到来を感じさせる。

秋暁《しゅうぎょう》、秋《あき》の夜明《よあけ》

砂の如き雲流れ行く朝の秋　正岡子規
秋朝や痛がりとかす縺れ髪　杉田久女
秋暁の鐘をかすかに寝返りぬ　草野ぐり

秋の昼《あきのひる》

爽やかで、日ざしも明るく、落ち着いた秋の昼。

秋の昼一基の墓のかすみたる　飯田蛇笏
びいどろの花器からつぽの秋まひる　楠本憲吉
口すぼめ釘吐く大工秋の昼　脇坂うたの

秋の暮《あきのくれ》

秋の日暮れ。独特の寂しさを伴う情景が、昔から多くの詩歌にうたわれてきた。

秋《あき》の夕《ゆう》、秋《あき》の夕暮《ゆうぐれ》

此の道や行く人なしに秋の暮　芭蕉
秋の暮大魚の骨を海が引く　西東三鬼
何年になるかとぽつり秋の暮　宮川魚板

釣瓶落し《つるべおとし》

日暮急《ひぐれきゅう》

秋の日の暮れやすさを、井戸に釣瓶が落ちる早さにたとえた。

釣瓶落しといへど光芒しづかなり　水原秋櫻子
海の面や釣瓶落しの日の名残　石居雪明
集合は釣瓶落しの錦糸町　黒木千草

秋の宵《あきのよい》《あきのよひ》

宵《よい》の秋《あき》

秋の日が暮れ、夜になってゆくころ。虫の音が聞こえ始める。

夜着の香もうれしき秋の宵寝かな　支考
語り出す祭文は何宵の秋　夏目漱石
四つ辻に赤提灯や秋の宵　荻野おさむ

秋の夜《あきのよ》

秋《あき》の夜《よる》、秋夜《しゅうや》、夜半《よわ》の秋《あき》
⬇春《はる》の夜《よ》（春）

涼しくなって月はさやかに、灯火に親しむころ。

秋の夜や旅の男の針仕事　一茶
どの道も秋の夜白し草の中　渡辺水巴
夜半の秋吸取紙は文字を吸ひ　小原紀香

夜長《よなが》

長《なが》き夜《よ》、夜長人《よながびと》

秋の夜の長い感じをいう。実際に夜が一番長いのは冬至前後だが、夜の短い夏の後なので、めっきり夜を長く感じる。

汽車過ぐるあとを根岸の夜ぞ長き　正岡子規
長き夜や桶の泥鰌のひるがへり　いけだきよし
部屋中にひろげ夜長の形見分け　大空如那

冷やか《ひややか》

冷《ひ》ゆる、ひやひや、秋冷《しゅうれい》、朝冷《あさびえ》、下冷《したびえ》
⬇冷《つめ》たし（冬）

朝夕ひえびえとしてくること。

紫陽花に秋冷いたる信濃かな　杉田久女
秋冷の海薄々と佐渡を置き　安原葉
朝冷やアールグレイの香り立つ　小林津也

秋寒《あきさむ》

秋に入って覚える寒さで、秋も半ばすぎの感じ。

日のにほひいただく秋の寒さかな　惟然
秋寒し此頃あるる海の色　夏目漱石
秋寒の書店にゐるたか笠智衆　石井進

漸寒《ややさむ》

やや寒《さむ》し、漸《よう》く寒《さむ》し、肌寒《はださむ》

秋の半ばから晩秋にかけて覚える寒さ。冬が近い感じがある。

やゝ寒み襟を正して坐りけり　正岡子規
やや寒の床にごろりと鉄亜鈴　亀村唯今
やや寒の屋根裏部屋に探し物　渡部一穂

そぞろ寒《そぞろさむ》

鶏皮《そぞろさむ》、すずろ寒《さむ》

思わず衿をかき合わせるような寒さ。鶏皮と書くのは鳥肌が立つような感じ。

そぞろ寒鶏の骨打つ台所　寺田寅彦
雲二つ割れて又集るそゞろ寒　原石鼎
煙突の太き煙もそぞろ寒　池田芯

うそ寒《うそさむ》

薄寒《うすさむ》、うすら寒《さむ》

晩秋に感じるうすら寒さ。漸寒《ややさむ》より心情的な思いがこもる。

うそ寒や黒髪へりて枕ぐせ　杉田久女
うそ寒や障子の穴を覗く猫　富田木歩
うそ寒や耳はピアスの穴だらけ　泉　竹馬

夜寒《よさむ》

宵寒《よいさむ》、朝寒《あささむ》、雁寒《かりがねさむ》、夜《よ》寒《さむ》さ
➡寒夜《かんや》(冬)

秋の夜の寒さ。昼夜の気温の差が大きいためにことに感じる。吐く息がわずかに白く見えるころ。雁寒は雁が渡ってくるころの寒さをいう。

書《ふみ》つづる師の鼻赤き夜寒かな　蕪　村
あはれ子の夜寒の床の引けば寄る　中村汀女
袴ひらひらと夜寒の太郎冠者　竹内怜子

身に入む《みにしむ》

秋が深まり、冷たさが身に沁むこと。心情的な響きが強く、身にしみてもののあわれが思われること。

野ざらしを心に風のしむ身かな　芭　蕉
さり気なく聞いて身にしむ話かな　富安風生
身に入むや節子二十歳の庇髪　ふく嶋桐里

冷まじ《すさまじ》

冬まじかの寒さで、荒涼とした心細い感じに使うことが多い。

冷まじや吹出づる風も一ノ谷　才　麿
山畑に月すさまじくなりにけり　原　石鼎
すさまじや弁財天は琵琶を抱き　たなか迪子

秋深し《あきふかし》

秋《あき》闌《た》くる、秋《あき》さぶ、深秋《しんしゅう》、秋更《あきふ》くる

秋も深まるにつれ、わびしく、秋を惜しむ感慨がわく。

秋深き隣は何をする人ぞ　芭　蕉
秋深しわが子やさしう抱かるゝ　長谷川春草
秋深しちぢびた束子と母在し　三島ひさの

龍田姫《たつたひめ》

➡佐保姫《さおひめ》(春)

奈良盆地の西の龍田山に鎮座する女神。古代中国の季節と方位の関係では、秋は西にあたるところから、古来、秋を司る姫神とされる。

思ふままに松のみ染ます龍田姫　三　蔵
龍田姫月の鏡にうち向ひ　青木月斗
龍田姫お目当ての絵へまつしぐら　井上和奏

芋の秋《いものあき》

⬇芋嵐《いもあらし》(天)

里芋を収穫するころの候。

百姓の命かしこみ芋の秋　石塚友二

芋の秋七番日記読み得るや　石田波郷

腰ひくき行商人や芋の秋　加藤のぶ

晩秋《ばんしゅう》《ばんしう》

晩秋《おそあき》、末《すえ》の秋《あき》

秋の終わり。立冬前の時期を指すことが多い。

晩秋の園燃ゆるものみな余燼　山口青邨

晩秋の思ひおもひに船のみち　佐藤明彦

晩秋や問診表に少し嘘　草野ぐり

暮の秋《くれのあき》

暮秋《ぼしゅう》、秋暮《あきく》るる

秋という季節の終わりに近いころ。「秋の暮」(秋の日暮れ)とは違う。

松風や軒をめぐつて秋暮れぬ　芭蕉

人を呑んで海静まらず暮の秋　日上日石

秋暮るる筆の穂先の開きたる　牧やすこ

行く秋《ゆくあき》

秋行《あきゆ》く、秋《あき》の名残《なごり》、秋過《あきす》ぐ、秋《あき》の果《はて》、行秋《ゆくあき》

秋が過ぎ去ろうとするころ。終わりゆく秋を惜しむ思いが込められている。

行く秋や抱けば身に添ふ膝がしら　太祇

行く秋や博多の帯の解け易き　夏目漱石

ゆく秋や掘出し物の徳利買ひ　奥出あけみ

秋惜しむ《あきおしむ》《あきをしむ》

⬇春惜《はるお》しむ(春)

過ぎていく秋を惜しむ心をいう。古来、とくに春と秋を惜しんだ。

秋をしむ戸に訪づるる狸かな　蕪村

秋惜しみをれば遙かに町の音　楠本憲吉

性に合ふ畑土いぢり秋惜しむ　藤本則

冬近し《ふゆちかし》

⬇冬隣《ふゆどなり》
⬇春近《はるちか》し(冬)

晩秋、風の冷たさ、空や草木の色などに冬の気配を感じる。冬仕度を急かされる気持ちになる。

物いはば雲はしぐれん冬近し　樗良

学寮に菜粥たく日や冬隣　岩谷山梔子

陸羯南《くがかつなん》津軽漢《をとこ》ぞ冬近し　藤野靖也

秋風　あきかぜ

秋風《しゅうふう》、秋《あき》の風《かぜ》、風《かぜ》の秋《あき》、色《いろ》なき風《かぜ》、素風《そふう》、金風《きんぷう》

身にしみ、哀れをそそる風。古くから多くの詩歌の題材となってきた。古代中国の五行説では、秋は色でいえば白なので素風、万物の組成としては金にあたるので金風ともいう。

石山の石より白し秋の風　芭蕉
秋風や模様のちがふ皿二つ　原石鼎
生きのびしおまけ金魚や秋の風　板藤くぢら

秋の初風　あきのはつかぜ

秋の到来を感じさせる初秋のそよ風。

初風や回り灯籠《とうろ》の人いそぐ　几董
家中に秋の初風廻りけり　平岡喜久乃
初風や木戸より入る露月庵　加藤吟遊

秋の声　あきのこえ　あきのこゑ

秋声《しゅうせい》、秋《あき》の音《おと》

風雨、草木のそよぎ、人の声など、秋の爽やかさと寂しさを感じさせる物音。

帛《きぬ》を裂く琵琶の流れや秋の声　蕪村
北上の渡頭に立てば秋の声　山口青邨
筆硯の明け暮れにある秋のこゑ　岩岡中正
秋声や剣もて舞ひ納めたり　立松けい

荻の声　おぎのこえ　をぎのこゑ

荻《おぎ》の風《かぜ》、荻吹《おぎふ》く

荻の葉を吹く風の寂しい音。

荻を見に来れば道々荻の声　月居
荻吹くや葉山通ひの仕舞馬車　高浜虚子
日の暮れの木曽の五木に荻の声　岡田麦酔

初嵐　はつあらし

秋の初めのかなり強い風。

丹波路へ伯母の戻りやはつ嵐　素丸
浅間山夕焼ながら初嵐　村上鬼城
吹きとびし蝶のむくろや初嵐　佐藤明彦

天の川　あまのがわ　あまのがは

銀河《ぎんが》、銀漢《ぎんかん》
➡冬銀河《ふゆぎんが》（冬）

天空に川のように延びる銀河。七夕の伝説が思いうかぶ。

荒海や佐渡に横たふ天の川　芭蕉
美しき俳句づきあひ天の川　星野立子
釣人のたばこの明かり天の川　山﨑影絵

星月夜　ほしづきよ

星明《ほしあ》かり、秋《あき》の星《ほし》、星月夜《ほしづくよ》

澄んだ秋の夜空の満天の星が、月のように明るいこと。

吾が庭や椎の覆へる星月夜　河東碧梧桐
恋文のごとき遺言星月夜　髙野虹子
大沼の夜のクルーズや星月夜　酒井ゆき

流星《りゅうせい》《りうせい》

秋は大気が澄んでいるので目につきやすい。

流《なが》れ星《ほし》、夜這星《よばいぼし》、星流《ほしなが》る、星飛《ほしと》ぶ

星一つ命燃えつつ流れけり　高浜虚子

星流る疑ふこともなく生きて　山口青邨

亡き人にちと悪たれて夜這星　谷いくこ

盆の月《ぼんのつき》

陰暦七月十五日、盂蘭盆会《うらぼんえ》の夜の満月。

↓盆《ぼん》（人）

浴《ゆあ》みして我が身となりぬ盆の月　一茶

盆の月拝みて老妓座につきし　高野素十

田の水を止め忘れたる盆の月　日野たんぽぽ

盆の風《ぼんのかぜ》

盂蘭盆のころに吹く風。盆東風は東風、盆北風は北風。盆のころの悪天候は盆荒という。

盆東風《ぼんごち》、盆北風《ぼんきた》、盆荒《ぼんあれ》

↓盆波《ぼんなみ》（地）

盆東風やすがしき寺の石畳　一笠

盆東風や見知らぬ客に会釈して　田中吾空

潮満ちて浸かる鳥居や盆の風　東あふひ

秋の空《あきのそら》

高く澄んだ秋の大空。定めなきことのたとえにもなる。

秋空《あきぞら》、秋天《しゅうてん》

によつぽりと秋の空なる不尽の山　鬼貫

秋天に聳ゆる峰の近さかな　原石鼎

秋天や万里の長城ひた歩き　笛木かりん

天高し《てんたかし》

大気が澄み、空が高く感じられること。

秋高《あきたか》し、空高《そらたか》し

天高し雲行くままに我も行く　高浜虚子

わが庭の真中に立てば天高し　山口青邨

峡下る天の高きが暮れ残り　高橋涼

秋の日《あきのひ》

秋の太陽と、暮れやすい秋の一日との両方を指す。

秋日《あきび》、秋日影《あきひかげ》、秋日向《あきひなた》

秋の日やちら〳〵動く水の上　荷兮

白豚や秋日に透いて耳血色　杉田久女

秋の日の襲名披露成駒屋　柏もち

秋日和《あきびより》

秋晴れで、風もないおだやかな日のこと。

菊日和《きくびより》

傘立に杖も箒も秋日和　黒木千草

黒髪をくるりと上げて菊日和　池田淑子

アルバムに不器用な笑み菊日和　あさみ岬

秋晴《あきばれ》

秋のすっきりとした晴天。

秋晴《あきは》るる

秋晴れて凌雲閣の人小さし　正岡子規

秋晴やむらさきしたる唐辛子　後藤夜半

秋晴の棚の羽根つき帽子かな　甲野弥生

秋の雲《あきのくも》

澄んだ空に、高く、くっきりと白く、変化も多い。

──秋雲《あきぐも》、秋雲《しゅううん》

停りてほぐれつつあり秋の雲　高野素十
秋雲のいわしの上のひつじかな　花輪陽酔
夜には夜の空の広さや秋の雲　石井渓風

鰯雲《いわしぐも》

高空に現れる秋の雲。小さな白雲が魚の鱗のように群れて、鰯や羊の群、鯖の背の斑紋にもたとえられる。

──鱗雲《うろこぐも》、鯖雲《さばぐも》、羊雲《ひつじぐも》

大阪やけぶりの上にいわし雲　阿波野青畝
電工の登り切ったる鰯雲　西東三鬼
雲の中より鰯雲の出てきたる　浜崎素粒子

秋旱《あきひでり》

残暑が続く立秋後の日照り。

──➡旱《ひでり》(夏)、寒旱《かんひでり》(冬)

秋旱へろつく黍の葉に及ぶ　山口誓子
大樹ばかり皆枯るゝ秋旱かな　大須賀乙字
棘あるは供華とはならず秋旱　大石みち

秋乾く《あきかわく》

秋は空気が乾き、さわやかで日光が強く、もの皆くっきりと見える。「秋渇き」は秋になって食欲が増すことで別。

経文の金色にして秋乾く　富山いづこ
窓枠も出窓も木にて秋乾く　辻　桃子
秋乾く家族のものをたんと干し　如月真菜

爽籟《そうらい》《さうらい》

秋風の爽やかな響きをいう。

爽籟や朝の厩戸を開け放つ　拙　童
爽籟に大安達野をかへりみる　富安風生
爽籟や馬神なるが繕はれ　大久保りん

月白《つきしろ》

──月《つき》の出《で》、月代《つきしろ》、月出《つきい》づる

月が上る直前に東の空が白みわたって見えること。

月代や膝に手を置く宵の宿　芭　蕉
月白の濃くなりまさり月に消ぬ　篠原　梵
月白の山の方へと帰りけり　松尾むかご
月白や船でくぐりし大鳥居　東　あふひ

月《つき》

──有明月《ありあけづき》、月傾《つきかたむ》く、月《つき》の入《いり》、月落《つきお》つ、昼月《ひるづき》、夕月《ゆうづき》、朝月夜《あさづくよ》、夕月夜《ゆうづくよ》、宵月《よいづき》、月夜《つきよ》、月《つき》の輪《わ》、月影《つきかげ》、月《つき》の暈《かさ》、月《つき》の兎《うさぎ》

秋の月のさやけさをめでて、月といえば秋の月をいう。

月天心貧しき町を通りけり　蕪　村
帰るかと問はれ帰ると月の夜　増田真麻
月の夜の平城宮跡インドめき　吉田羽衣

月光《げっこう》《げつくわう》

──月《つき》の光《ひかり》、月明《げつめい》、月明《つきあか》り、ムーンライト

月の光。四季それぞれに趣があるが、さやけく明らかなのは秋。

高嶺はれてうら行く月の光かな　暁　台
よよよよと月の光は机下に来ぬ　川端茅舎
月光やインクのにほひ青々と　山﨑影絵

初月《はつづき》

初月夜《はつづきよ》

陰暦八月の初めごろに見える、三日月より細い月をいう。

初月や向ひに家のなき所　芭蕉

初月夜風流れゆく水の上　大野林火

初月や神谷バーにもちよと寄りて　荻原玲香

三日月《みかづき》

三《み》つ日《か》の月《つき》、新月《しんげつ》、繊月《せんげつ》、月《つき》の眉《まゆ》、眉月《まゆづき》、二日月《ふつかづき》

本来は陰暦八月三日の月のこと。一日の月を新月、二日の月を二日月という。だんだん太って中秋の名月になる。一般に月初めの細い月も三日月と呼んでいる。

三日月にひしひしと物の静まりぬ　千代女

新月や掃き忘れたる萩落葉　飯田蛇笏

三日月やニコライ堂の肩にあり　加藤晃規

待宵《まつよい・まつよひ》

待宵《まつよい》の月《つき》、小望月《こもちづき》、月待《つきま》ち

陰暦八月十四日の月。翌日の名月（望月）を待つ思いがこもる。望月の前夜なので小望月の名がある。

待宵や女主に女客　蕪村

待宵を終に雨来し梢かな　大谷句仏

待宵や文楽人形ぱたと死に　舟まどひ

名月《めいげつ》

明月《めいげつ》、芋名月《いもめいげつ》、月今宵《つきこよい》、望月《もちづき》、満月《まんげつ》、今日《きょう》の月《つき》、望《もち》の夜《よ》

陰暦八月十五日の中秋の満月。新芋を供えてめでるところから芋名月と呼ぶ。

名月や池をめぐりて夜もすがら　芭蕉

名月や畳の上に松の影　其角

満月や気づかぬほどの上り坂　桑原いろ葉

良夜《りょうや・りやうや》

月の明るい夜のこと、とくに十五夜をいう。

お茶の木は一つの花の良夜かな　渡辺水巴

ひらかるゝ窓のひかりし良夜かな　日野草城

素裸を猫に見られし良夜かな　竹村節子

十五夜《じゅうごや・じふごや》

陰暦八月十五日の月。ただ十五夜とだけいってよい。

十五夜の作りすぎたる団子かな　加藤良彦

十五夜のめくる竹取物語　斎藤月子

十五夜のおんぶで帰す預り子　三島ひさの

無月《むげつ》

陰暦八月十五日の月が、雲に隠れて見えないこと。

いくたびも無月の庭に出でにけり　富安風生

笛の音の美しかりし無月かな　高野素十

ほれぼれと遺影見上げて無月かな　北柳あぶみ

雨月《うげつ》

雨名月《あめめいげつ》、雨夜《あまよ》の月《つき》、雨《あめ》の月《つき》

雨のため名月が見られないこと。

葛の葉のかかる荒磯や雨の月　支考

月の雨ふるだけふると降りにけり　久保田万太郎

雨月なり猫の首なる緋ぢりめん　京野菜月

十六夜《いざよい/いざよひ》

十六夜《いざよい》の月《つき》、いざよう月《つき》、十六夜《じゅうろくや》

満月の翌夜、陰暦八月十六日のこと、またはその夜の月。満月より少し遅れて出るので、ためらいながら出る月、いざよう月といわれる。

いざよひや慥《たしか》かに暮るる空の色　去来

十六夜といふ名を持ちて月昇る　星野立子

十六夜の川の向うが在所かな　夏秋明子

立待月《たちまちづき》

立待《たちまち》、十七夜《じゅうしちや》

陰暦八月十七日の月。出る月を立ったまま待つの意。

古き沼立待月を上げにけり　富安風生

立待月咄すほどなくさし亘り　阿波野青畝

立待や厨房はいまいそがしく　辻桃子

居待月《いまちづき/ゐまちづき》

居待《いまち》、座待月《いまちづき》、十八夜《じゅうはちや》

陰暦八月十八日の月。月の出が立待月よりやや遅れるので、座って待つの意。

居待月はなやぎもなく待ちにけり　石田波郷

気の休む居待の空のほの明り　木村遥雲

谷折りの次は山折り居待月　橋本薫

臥待月《ふしまちづき》

臥待《ふしまち》、寝待月《ねまちづき》、寝待《ねまち》

陰暦八月十九日の月。居待月より遅く、寝て待つの意。

又ことし松と寝待ちの月出でぬ　一茶

寝待月灯のいろに似ていでにけり　五十崎古郷

臥待の光ひとすぢ屋根瓦　窪田遊水

更待月《ふけまちづき》

更待《ふけまち》、二十日月《はつかづき》

陰暦八月二十日の月。寝待月よりさらに遅れ、午後十時ごろに出るので更けて待つの意。月はもう半分に欠けている。

更待やキャバレーの灯は宵ながら　石塚友二

更待の門出てゆかれ父の恋　篠原喜々

酔うてまた更待月を見届けず　田村乙女

二十三夜《にじゅうさんや にじふさんや》

二十三夜月《にじゅうさんやづき》、真夜中《まよなか》の月《つき》

陰暦八月二十三日の月で、真夜中に出る。

始発待つ改札口や真夜の月　中川鮮
馬子唄や二十三夜の湯治客　薗部庚申
覚めてもう眠れぬ二十三夜かな　岡田風子

宵闇《よいやみ よひやみ》

月が出るまでの暗さ。中秋の名月以後の月は、どんどん出るのが遅くなるため、月の出を待つ心をこめていう。

よひやみや門に稚き踊り声　太祇
すた〳〵と宵闇かへる家路かな　飯田蛇笏
宵闇の浜になくせしイヤリング　浜田節

十三夜《じゅうさんや じふさんや》

後《のち》の月《つき》、名残月《なごりづき》、後《のち》の名月《めいげつ》、栗名月《くりめいげつ》、豆名月《まめめいげつ》

陰暦九月十三日の月。前月の十五夜に対して「後の月」という。十五夜とあわせて二夜《ふたよ》の月といい、栗や豆を供えて月見をする。

川音の町へ出づるや後の月　千代女
曇りたる後の月なり障子締む　高浜虚子
銀《しろがね》の隙間に少し十三夜　鈴木公明

野分《のわき》

野分波《のわきなみ》、野分雲《のわきぐも》、野分晴《のわきばれ》、夕野分《ゆうのわき》、野分立《のわきた》つ、野《の》わけ

野原を吹きわける秋の強風、台風や嵐を指す。

鳥羽殿へ五六騎いそぐ野分かな　蕪村
大いなるものが過ぎ行く野分かな　高浜虚子
門も鋌もよし野分待つ　山岡蟻人

台風《たいふう》

颱風《たいふう》、台風圏《たいふうけん》、台風《たいふう》の眼《め》、タイフーン

南洋諸島に発生して日本を襲う暴風雨。

台風に吹かれ吹かれつ投函す　石田波郷
台風の目や昼食に半ラーメン　飯田閃朴
台風の真つ只中のけんくわかな　大貫詩雨
台風来濡れし封書のずつしりと　西村小市

鮭颪《さけおろし》

↓鮭《さけ》(動)

鮭を獲るころに吹く強風。みちのく、北海道などの野分。

石を置く板屋しらけつ鮭おろし　松瀬青々
鮭颪じやが芋畑が水びたし　辻桃子
日の丸をかくも激しく鮭颪　こると漣

芋嵐《いもあらし》

↓芋《いも》(植)

里芋の葉を吹き分ける秋の強風。

案山子翁あち見こち見や芋嵐　阿波野青畝
一高へ径の傾く芋嵐　石田波郷
にはとりの爪先き立ち来《く》芋嵐　井上ろびん

黍嵐　きびあらし

黍の葉を吹き返すほどの強い風。

潦《にはたづみ》走るもおなじ黍あらし　山口誓子

黍嵐教師休暇をただ眠る　大野林火

黍嵐豊後街道行きにけり　米田木綿

雁渡　かりわたし

青北風《あおぎた》、新北風《しんぎた》

↓雁寒《かりがねさむ》(時)

陰暦八月、陽暦九、十月ごろの北風。これが吹くと秋らしくなり、この風に乗って雁が渡ってくるという。

尼が崎の城の火見ゆれ雁わたし　松瀬青々

子規庵の蓑笠ゆれぬ雁渡し　長谷川かな女

朱書して冊子小包雁渡　小早川忠義

秋の雨　あきのあめ

秋雨《あきさめ》

秋に降る雨。爽やかなあるいは寂しげな感じ。

馬の子の故郷はなるる秋の雨　一茶

秋雨やほかほか出来し御仏飯　高野素十

秋雨のうちるる桶の豆腐買ふ　波多野爽波

秋霖　しゅうりん　しうりん

秋霖《あきついり》、秋黴雨《あきついり》

↓春霖《しゅんりん》(春)

じとじとと降りつづく秋の長雨。春雨にくらべ、うそ寒く侘しい感がある。

古池にはや憑く鴛鴦や秋霖　松根東洋城

秋霖や佐渡に一人の笛づくり　浜崎素粒子

秋霖や薬袋をささと振り　ささ南風

秋時雨　あきしぐれ

秋《あき》の村雨《むらさめ》

↓時雨《しぐれ》(冬)

晩秋に降る時雨。

秋もはや日和しぐるる飯時分　正岡子規

どの墓や父祖につながる秋時雨　大野林火

秋しぐれほろほろ甘き玉子焼　谷　すみれ

秋陰　しゅういん　しういん

秋曇《あきぐもり》、秋陰《あきかげ》り、秋《あき》の翳《かげ》

↓春蔭《しゅんいん》(春)

秋のどんより曇った天気。秋の陰は秋日にできる物の陰も指す。

もの置けばそこに生れぬ秋の蔭　高浜虚子

庭芝を抉りし径の秋の翳　富安風生

ぽよぽよと太鼓弛みし秋曇　黒木千草

稲妻　いなずま　いなづま

稲光《いなびかり》、稲《いね》つるみ、稲《いね》の殿《との》、いなつるび

秋の夜の稲光。雷鳴は聞こえず雷光がひらめくこともある。稲を実らせると考えて、稲の妻と呼んだ。

いなづまやきのふは東けふは西　其角

稲妻に近くて眠り安からず　夏目漱石

弟が先に逝くとは稲光　西田佐喜

秋の虹

あきのにじ

秋空に立つ虹は、色も淡くはかなく消えていくので哀愁が深い。

↓虹《にじ》(夏)

窓あけて僧に見せけり秋の虹　内藤鳴雪
秋虹をしばらく仰ぐ草刈女　飯田蛇笏
秋の虹そこに立ちしと指しあへり　辻　桃子

秋の夕焼

あきのゆうやけ
あきのゆふやけ

秋は空気が澄み、夕焼が美しい。

秋夕焼《あきゆやけ》、秋入日《あきいりひ》
↓夕焼《ゆうやけ》(夏)

秋夕焼旅愁といはむには淡し　富安風生
すつとんとおのころ島に秋入日　阿部もとみ
秋入日露月の古き文机に　村田清風

霧

きり

空気中の水分が冷えて凝結し、細かな水滴となったもの。秋の晴れた夜や、風のない日に多い。春の霞とともに多く詩歌に詠われてきた。

朝霧《あさぎり》、夕霧《ゆうぎり》、夜霧《よぎり》、狭霧《さぎり》、霧襖《きりぶすま》、霧雨《きりさめ》、濃霧《のうむ》、霧時雨《きりしぐれ》
↓霞《かすみ》(春)、山霧《やまぎり》、海霧《じり》(夏)

ランプ売るひとつランプを霧にともし　安住　敦
霧襖めあての山はその奥に　高橋晴日
山寺の一千段を行けど霧　住友ゆうき

露

つゆ

朝露《あさつゆ》、夜露《よつゆ》、露《つゆ》の玉《たま》、露葎《つゆむぐら》、露霜《つゆじも》、露《つゆ》の宿《やど》、白露《しらつゆ》

地面が冷えて水蒸気が凝結し、水滴となって草や木につく。人生のはかなさにたとえられる。

蔓踏んで一山の露動きけり　原　石鼎
金剛の露ひとつぶや石の上　川端茅舎
いつのまに道分かれ来て露深し　銀河みゆ

露けし

つゆけし

露にぬれていること。露しとどは、露がびっしりとついた状態。

露《つゆ》しとど

露けしや朝草喰ふた馬の鼻　召　波
露けさやこぼれそめたるむかご垣　杉田久女
露けしや黒島教会登り口　佐藤千鶴子

芋の露

いものつゆ

里芋の葉におりた露の玉で、大小の玉が銀色にころころと転がって見飽きない。

↓芋《いも》の葉《は》(植)

芋の露連山影を正しうす　飯田蛇笏
芋の露十歩を行かず芋の露　石川桂郎
芋の露いつたりきたりしてこぼれ　辻　桃子

水澄む《みずすむ／みづすむ》

秋になって透明度が高くなり澄んできた水。川、池、沼、など淡水をいい、海水はいわない。手に触れる水道水も含めてよい。

水澄みて金閣の金さしにけり　阿波野青畝
水澄むやとんばうの影ゆくばかり　星野立子
水澄むや古鏡に花鳥草木紋　板藤くぢら

秋の水《あきのみず／あきのみづ》

秋水《しゅうすい》
↓水澄《みす》む(地)

明るく冷ややかに澄み、清冽な秋の水。

田におちて田を落ち行くや秋の水　蕪村
秋水の汲みしと見えて揺れてをる　京極杞陽
蓮の葉の中にたまりし秋の水　黒木千草

水の秋《みずのあき／みづのあき》

水そのものより、水の澄む秋、全体をとらえた言い方。

澄むもののかぎりつくせり水の秋　猨左
十棹《とさお》とはあらぬ渡しや水の秋　松本たかし
よく掃いて手桶に満たし水の秋　石井みや

秋の川《あきのかわ／あきのかは》

秋江《しゅうこう》、秋《あき》の江《こう》、秋川《あきがわ》

水の澄んだ秋の川。明るく流れる。

秋の河うき世の人に遠ざかる　大魯
秋の川真白な石を拾ひけり　夏目漱石
秋の川丸太引く船ゆるゆると　遠藤明美

秋出水《あきでみず／あきでみづ》

洪水《こうずい》
↓梅雨出水《つゆでみず》(夏)

集中豪雨や台風による秋の洪水や出水。

柵の上に腰掛け居るや秋出水　高浜虚子
門燈の低く灯りぬ秋出水　日野草城
膝までがすぐ腰までに秋出水　木村享史

秋の野《あきのの》

秋郊《しゅうこう》、秋野《あきの》、秋《あき》の原《はら》、野路《のじ》の秋《あき》

秋草の生い茂る野原。

野路の秋我が後ろより人や来る　蕪村
秋の野に鈴鳴らしゆく人見えず　川端康成
小流れに板を渡して秋の野へ　松尾むかご

花野《はなの》

花野原《はなのはら》、花野風《はなのかぜ》、花野道《はなのみち》、花野人《はなのびと》
↓お花畑《はなばたけ》(夏)

秋の草花の咲き満ちた野原。

二里といひ一里ともいふ花野かな　太祇
大いなる雲の出できし花野かな　高野素十
師の庭のここも花野といふべかり　ふく嶋桐里

秋の山《あきのやま》

秋山《しゅうざん》、秋《あき》の峰《みね》、秋嶺《しゅうれい》、山澄《やます》む、山《やま》の秋《あき》

高い山から紅葉が始まり、だんだん里山に下りてくる。また、冬に向かい、だんだん淋しくなってゆく。

秋の山人顕《あらは》れて寒げなり　一茶

信濃路やどこ迄つゞく秋の山　正岡子規

秋の山札所寺まであと百歩　池田麻里々

山粧う《やまよそおう》《やまよそほふ》

粧《よそお》う山《やま》、野山《のやま》の錦《にしき》、紅葉《もみじ》の錦《にしき》、草《くさ》の錦《にしき》

紅葉、黄葉で彩られた野山。

九重を中に野山のにしきかな　蓼太

眼つむれば今日の錦の野山かな　高浜虚子

山の神来てるるらしき山粧ふ　井上雅

秋の田《あきのた》

早稲田《わせだ》、稲田《いなだ》

➡稲《いね》(植)、稲刈《いねかり》(人)

稲がゆたかに実った田。

秋の田の馬の横腹通りけり　兄直

秋の田の只中石の鳥居暮る　山口誓子

秋の田の中の四つ目降りる駅　中西若葉

刈田《かりた》

刈田道《かりたみち》、刈田原《かりたはら》、刈田面《かりたのも》

稲刈りを終え、まだ新しい切株が並んだ田。目前の冬を感じさせる。

去るほどにうちひらきたる刈田かな　鬼貫

道暮れて右も左も刈田かな　日野草城

刈田にて歩き遍路を見送りぬ　田村乙女

穭田《ひつじだ》《ひつぢだ》

穭穂《ひつじほ》

稲を刈り終えた切株から、再び伸びている芽が穭で、一面に穭の出た田。

ひつぢ田の案山子もあちらこちらむき　蕪村

穭田に我家の鶏の遠きかな　高浜虚子

穭田に土の余熱のありにけり　小田切知佐美

秋の海《あきのうみ》

秋《あき》の湖《うみ》、海《うみ》の秋《あき》

秋空の下に広がる澄んだ感じの海。夏の賑わいはなく静かでどこか寂しい。

夕陽に馬洗ひけり秋の海　正岡子規

今立てる一白波や秋の海　京極杞陽

秋の海鳥居の中を流れけり　坊城俊樹

秋の波《あきのなみ》

秋濤《しゅうとう》、秋《あき》の浪《なみ》

夏の波と冬の波浪の中間の、明るく澄んだ秋の波。

榊棄つ葬りのあとの秋の波　山口誓子
秋の浪見て来し下駄を脱ぎちらし　安住敦
流れ着く瓶に届かず秋の波　伊野ゆみこ

盆波《ぼんなみ》

➡盆荒《ぼんあれ》(天)

盆のころの波。台風の影響で大きなうねりになりやすい。

盆波にもの焚く磯を遠目かな　麦村
みづうみのゆきどころなき盆の波　辻桃子
盆波の引いて残りし砂浄土　西川千晶

秋の潮《あきのしお あきのしほ》

秋潮《しゅうちょう》、秋潮《あきしお》

干満の激しい秋の潮。

秋潮に漂ふものも去りゆきし　中村汀女
玉垣の下の秋潮いよよ急　高野素十
秋潮の凪げば色濃き港かな　立松けい

葉月潮《はづきじお》

初潮《はつしお》、望《もち》の潮《しお》

陰暦八月十五日満月の大潮の満潮のことで、望の潮ともいう。初潮は葉月潮がつまった言い方という説もある。

引く波を巻き込みよせて葉月潮　水上黒介
葉月潮濃しよ双眼鏡で見て　梅田朗
焼ソバの看板のこり葉月潮　石坂陽太郎

秋の浜《あきのはま》

秋渚《あきなぎさ》、秋《あき》の浦《うら》、浜《はま》の秋《あき》、磯《いそ》の秋《あき》

秋らしい爽やかな浜辺。にぎやかな夏の浜辺に比べ、人も少なくどこか寂しさがある。

烏賊干して足吹かるるや秋の浜　大橋ごろう
潮垂るるものをひろふや秋の浜　安部元気
釣りズボン干して人めく秋渚　篠原喜々

秋袷

あきあわせ
あきあはせ

後《のち》の袷《あわせ》
⬇袷《あわせ》（夏）

秋冷のころ着る袷。

相撲取のもみ裏染めし秋袷　許六
雨の日の客と出でたつ秋袷　原石鼎
数へ唄数へきつたる秋袷　渡辺はな

新米

しんまい

今年米《ことしまい》、古米《こまい》

今年収穫した米。早いところでは九月ごろ出回り始める。去年の米は古米。

どの家も新米積みて炉火燃えて　高野素十
新米をとぐや乳めくとぎ汁が　辻桃子
大土間に積むや新米四十俵　太田梓

新酒

しんしゅ

新走《あらばしり》、今年酒《ことしざけ》、古酒《こしゅ》、新葡萄酒《しんぶどうしゅ》
⬇年酒《ねんしゅ》（新）

新米で醸した酒。現在は「寒造り」が盛んで、秋に造られることは少ない。新酒ができると、それまでの酒は古酒。

父が酔ひ家の新酒のうれしさに　召波
牛売りし綱肩にあり新酒汲む　西山泊雲
新ワイン注ぐなり津軽びいどろに　赤川蓉

濁酒

にごりさけ

どぶろく、どびろく、濁酒《だくしゅ》

清酒に漉す前の白く濁った酒。昔は自分の家で作って飲んだ。

山里や杉の葉釣りてにごり酒　一茶
老の頬に紅潮《さ》すや濁酒　高浜虚子
どぶろくの匂ひこもれる夜汽車かな　安藤ちさと

温め酒

ぬくめざけ

あたため酒《ざけ》、酒温《さけあたた》む
⬇熱燗《あつかん》（冬）

燗をして温めた酒。昔は陰暦九月九日の重陽の節句の日から、酒を温めて飲むと病気にかからないといわれた。

大祖母やひとりで酒を温むる　中田みづほ
去ぬ土地とおもへば親し温め酒　如月真菜
温め酒せつなきことをおもしろく　平川若菜

猿酒

ましらざけ

猿酒《さるざけ》、猴酒《ましらざけ》

猿が古木の洞などに貯えた木の実が自然発酵してできたとされる酒。

猿酒は夜毎の月に澄みぬらん　佐藤紅緑
一雫走るをなめて猿酒　辻桃子
猿酒に酔ふや猿の顔なせる　水上黒介

新豆腐《しんどうふ》

―― ↓湯豆腐《ゆどうふ》、凍豆腐《しみどうふ》（冬）

秋に新しく穫れた大豆で作った豆腐。

そのかみの恋女房や新豆腐　日野草城

連休も過ぎて三日や新豆腐　石井野里子

土間奥のそこが座敷ぞ新豆腐　宮堂遊朗

薯蕷汁《とろろじる》

―― とろろ、薯汁《いもじる》、麦《むぎ》とろ

擂りおろした自然薯をだし汁でのばしたもの。麦飯によく合う。

薄暮にてとろろの薯を擂りゐたり　山口誓子

五時にもう戸をたて始むとろろ飯　安部元気

播鉢をおさへてをれととろろ汁　堀　睦水

うるか

―― 鱁鮧《うるか》、臓《わた》うるか、苦《にが》うるか、鮎《あゆ》の臓《わた》

鮎の内臓でつくった塩辛。特有の苦みがあり酒の肴。

此の川はうるかの郡みよし野や　言　水

秋を見て箸にうるかの黒きかな　松瀬青々

舌先のしびれしびれしわたうるか　佐藤明彦

鮞《はららご》

―― 筋子《すじこ》、すずこ、イクラ

魚の卵巣。鮭の卵巣を一腹ずつ塩漬けにしたのが筋子、ばらばらにして塩漬けにしたのがイクラ。白飯や握り飯に合う。

ほのぼのとはららご飯に炊きこまれ　大野林火

はららごに飯のいよいよ白かりき　辻　桃子

鮭紅く鱈子筋子も紅く市　安部元気

茸飯《きのこめし》

―― 湿地飯《しめじめし》、松茸飯《まつたけめし》 ↓茸《きのこ》（植）

採れたての茸を炊き込んだ御飯。風味、香りを楽しむ。

平凡な日々のある日のきのこ飯　日野草城

この釜に炊けるかぎりを茸飯　久保のぞみ

松茸を入れ一合の飯炊けり　松本みち

栗飯《くりめし》

―― 栗強飯《くりおこわ》 ↓栗《くり》（植）

栗を炊き込んだ御飯。豊かな秋を感じさせる。

栗めしや根来法師の五器《ごき》折敷《をしき》　蕪　村

栗飯や不動参りの大工連　正岡子規

栗飯に弁当籠の温きこと　國富瑞子

零余子飯《むかごめし》

―― ↓零余子《むかご》（植）

むかごを炊き込んだ飯で、独特のひなびた風味がある。

此の匂ひ蘭にもせうか零余子飯　呉　老

野分あとの腹あたためむぬかご汁　原　石鼎

一合に十個ばかりや零余子飯　荻原玲香

柚味噌《ゆみそ》

柚味噌《ゆずみそ》、柚子味噌《ゆずみそ》、柚釜《ゆがま》、柚味噌釜《ゆみそがま》
➡柚子《ゆず》（植）

柚子の果皮を細かく刻んで味噌、砂糖などと練りあわせたもの。酒の肴にいい。

青き葉をりんと残して柚味噌かな　涼　菟
柚味噌に仏の飯を湯漬かな　高浜虚子
柚味噌して膳賑はしや草の庵　村上鬼城

干柿《ほしがき》

吊《つる》し柿《がき》、ころ柿《がき》、柿吊《かきつる》す、柿簾《かきすだれ》
➡柿《かき》（植）

渋柿の皮をむいて日当たりのよい軒先に干したもの。甘みが増し保存もきく。

釣柿や障子にくるふ夕日影　丈　草
柿吊し終り井水があたたかく　波多野爽波
軒々に干柿下がるお弔ひ　松尾むかご

新蕎麦《しんそば》

走《はし》り蕎麦《そば》
➡蕎麦刈《そばがり》（冬）

まだ十分熟さず、少し青みをおびた蕎麦を刈りとり、その粉でうった蕎麦。

新蕎麦に古蕎麦餘る山家かな　斗　吟
新蕎麦とあらば一合二合では　三村純也
新蕎麦の水滴らせ運び来る　岩田美蜻

衣被《きぬかつぎ》

里芋の子芋を、皮をむかずに茹でたもの。塩や醤油をつけて食べる。十五夜の月見に供える。

たらちねの母と二人や衣被　竹　窓
衣被にも頃あひや撰りて食ぶ　中村汀女
衣被百万石のご城下に　舟　まどひ

菊膾《きくなます》

食用菊の花びらを茹でて、三杯酢やからしなどで和えて食べる。

蝶も来て酢を吸ふ菊の酢合へかな　芭　蕉
唇のつめたさうれし菊膾　松根東洋城
お岩木に一雪来たる菊膾　辻　桃子

夜食《やしょく》

➡夜なべ（人）

夜なべ仕事や勉強のあい間に軽い食事をすること。

友くるや夜食の箸をおろすとき　吉岡禅寺洞
あたたかき夜食の後の部屋覗く　能村登四郎
烏鷺《うろ》の旅盤に夜食のにぎり飯　加藤晃規

秋の燈《あきのひ》

秋燈《しゅうとう》、秋燈《あきともし》

夜の長い実りの秋の灯火。

秋の燈やゆかしき奈良の道具市　蕪　村
秋灯や早く灯せば早く暮れ　富樫風花
鴨川に添ふ店すべて秋灯　宮地きんこ

燈火親しむ

とうかしたしむ
とうくわしたしむ

燈火親《とうかした》し、読書《どくしょ》の秋《あき》、秋燈火《しゅうとうか》

秋は涼しく、夜も長いのでじっくりとした読書に向く。漢詩の「燈火稍《よう》く親しむべく」からきた。

燈火親し草稿の燈にぬくむさへ　大野林火

陶土捏ね灯火親しく練ることも　辻　桃子

秋灯火阿房列車に乗り込みし　栢野木樵

秋団扇

あきうちわ
あきうちは

名残団扇《なごりうちわ》、忘《わす》れ団扇《うちわ》、捨団扇《すてうちわ》、団扇置《うちわお》く

⬇団扇《うちわ》（夏）

秋になってもしまわずに出しっ放しにされている団扇。破れたり傷んでいたりする。

とりあげし秋の団扇におもふこと　久保田万太郎

秋団扇四五本ありて用ふなし　日野草城

本堂の隅に重ねて秋団扇　鈴木　潮

秋扇

あきおうぎ
あきあふぎ

秋扇《しゅうせん》、名残扇《なごりおうぎ》、忘《わす》れ扇《おうぎ》、捨扇《すておうぎ》、扇置《おうぎお》く

⬇扇《おうぎ》（夏）

秋になっても使っている扇。使わぬまましまい忘れているのが忘れ扇、捨扇。

覚書して捨てられぬ扇かな　也　有

紺紙なる金泥の蘭秋扇　高浜虚子

秋扇開きしまゝに貸しくれし　星野立子

その面に恋の句のある秋扇　薗部庚申

秋簾

あきすだれ

簾名残《すだれなごり》、簾《すだれ》の別《わか》れ、簾《すだれ》しまう、簾外《すだれはず》す、簾納《すだれおさ》む、簾《すだれ》とる、葭戸蔵《よしどしま》う

⬇簾《すだれ》（夏）

秋の日差しに照らされている簾。夏の間に使い古し、傷んだりしている。

秋簾訪ひ来し人の声を聞く　橋本多佳子

どの窓も秋の簾となりしかな　西沢　爽

力無き日差し受くるや秋簾　石郷岡芽里

ひと夏の汚れ洗ふや秋簾　中川　鮮

火恋し

ひいこいし
ひいこひし

炬燵欲《こたつほ》し、炉火恋《ろびこい》し、火恋《ひこい》し

肌寒くなって、火を恋しく感じるころ。そろそろ暖房の仕度を始める。

鳩時計ぽぽーと鳴るや火恋し　高幣　和

終電の音のひびけば火恋し　小島愛袈

火恋し他に恋しきものもなく　北柳あぶみ

松手入

まつていれ

⬇剪定《せんてい》（春）

松の古葉を取り去り、余分の芽を剪《き》り、木の形を整えること。庭師に頼むことが多い。

ほと〳〵と落つる葉のあり松手入　高浜虚子

松手入せし家あらん闇にほふ　中村草田男

松手入親方年々髪白く　たなか迪子

冬支度
ふゆじたく

冬仕度《ふゆじたく》

冬を迎えるために、さまざまな準備をすること。

冬を待つ用意かしこし四畳半　正岡子規
この冬をここに越すべき冬支度　富安風生
さあ来いと鍋買つて来る冬仕度　竹村節子

障子洗う
しょうじあらう
しやうじあらふ

障子《しょうじ》貼《は》る
⬇障子《しょうじ》（冬）

冬を迎えるため、障子を洗って貼り替えること。

山川のあをさに洗ふ障子かな　吉岡禅寺洞
洗ひをる障子の下も藻のなびき　大野林火
障子洗ふ公民館の前の川　天野早桃

風炉名残
ふろなごり

⬇風炉茶《ふろちゃ》（夏）

茶道で十月ごろ、風炉を納め、風炉と別れを惜しんで催す茶会。

沸く音の時雨を風炉の名残かな　鳳朗
小蕪《かぶら》の汁も出されて風炉名残　松瀬青々
かな文字を帯にちらして風炉名残　京野菜月

秋耕
しゅうこう
しうかう

秋起《あきお》こし
⬇春耕《しゅんこう》（春）、冬耕《とうこう》（冬）

稲刈りのあと、翌年の作業のため田の土を鋤き起こすこと。

秋耕の終りの鍬は土撫づる　能村登四郎
牛もろとも崖に影して秋耕す　大野林火
秋耕の脚立どすんと下りにけり　藤　なぎさ

案山子
かかし

案山子《かがし》、嗅《かが》し、捨案山子《すてかかし》

稲を啄む鳥を追うため、人の姿に似せた人形を田んぼに立てる。

其許《そこもと》は案山子に似たる和尚かな　夏目漱石
基督のやうに案山子を負ひ来たる　井ケ田杞夏
ほんとうにのうみそないのかかしくん　杉　ひめか

鳴子
なるこ

鳴子縄《なるこなわ》、鳴子守《なるこもり》、引板《ひきいた》、引板《ひた》、鳥威《とりおどし》

紐に引板や空き缶を結びつけて鳴らし、雀などを追い払う仕掛け。鳥威ともいい、きらめく紐や音の出るものを張りめぐらすなどさまざまある。

野ねずみの逃ぐるも見ゆる鳴子かな　召　波
引かで鳴る夜の鳴子の淋しさよ　夏目漱石
空缶のきらきらするが鳴子かな　川野三樹

添水
そうず
そうづ

添水唐臼《そうずからうす》、鹿威《ししおどし》、ばったんこ

溜まった水の重さで竹筒がカタンと音が出るようにした装置。田畑を荒らす鳥獣を追い払うものだったが、現在は、庭園の装飾として見かけることが多い。

ぎいと鳴る三つの添水の遅速かな　河東碧梧桐
ひと呼吸おくれて鳴りし添水かな　山田こと子
次の音心待ちしてばつたんこ　脇坂うたの

威銃《おどしづつ》

稲田を荒らす鳥や獣を追い払うため、カーバイドを爆発させて轟音を出す装置。

威し銃おろかにも二発目をうつ　橋本多佳子
この径を来れば熊除け威銃　安部元気
鹿を追ふ威銃なり雀追ひ　大矢林子

鹿火屋《かびや》

鹿火屋守《かびやもり》

害獣が田畑を荒らすのを防ぐため、銅羅を打ったり火を焚いたりする小屋。その番人が鹿火屋守。

淋しさにまた銅鑼うつや鹿火屋守　原石鼎
燃えいづる鹿火にそれ〴〵うかぶ稲架　皆吉爽雨
夕闇の風しづまるや鹿火屋守　村上咲

鹿垣《ししがき》

猪囲《ししがこい》

猪や鹿の侵入を防ぐため田畑の周りに設けた石垣や柵。山国ではいまも盛んに使われている。

猪垣のむすびめきれて秋の風　暁台
鹿垣を見つつもぞ行く有馬かな　阿波野青畝
猪垣の合ひを抜けてや山の水　松尾むかご

落し水《おとしみず》

田水落す《たみずおとす》
➡田水張る《たみずはる》、田水沸く《たみずわく》(夏)

稲刈りに備えて田の畦を切って田の水を落とし、田を干すこと。

稲の香や束ねて落つる水の音　蓼太
落し水静かに聞けば二つとも　西山泊雲
水落すご苦労さんと婆言ひつ　野賀秋乃夫

稲刈《いねかり》

稲刈機《いねかりき》、コンバイン、稲刈鎌《いねかりがま》
➡刈田《かりた》(地)

実った稲を刈り取ること。かつては一家総出の重労働だったが、いまは農機具であっという間に終わる。

巡礼や稲刈るわざを見て過る　正岡子規
曲家の前稲刈のはじまりぬ　山口青邨
稲刈つて墓はればれとあらはるる　安部元気

稲架《はざ》

稲架掛《はざがけ》、稲架組む《はざくむ》、稲積《にお》、稲塚《ぼっち》、稲塚《いねづか》、掛稲《かけいね》、稲干す《いねほ》

刈り取った稲を懸けて干す道具。何段もの棚を作ったり、畦の立木を利用したり、一本の杭だけだったり、地方によって型が違う。

稲架かけて出雲の国は湖水晴れ　竹下しづの女
稲架組んで水郷の景新なり　高野素十
傍らで地の物売るや稲架を組む　宮原さくら

稲扱《いねこき》

稲打《いねうち》、脱穀《だっこく》

穂から籾を扱き落とすこと。昔は千歯を使った手作業だったが、刈り取りも同時に行うコンバインが普及した。

から〳〵と鳴りをる小夜の稲扱機　高浜虚子
ふくよかな乳に稲扱く力かな　川端茅舎
出払うて居ります裏で脱穀中　秋津美鳥

籾《もみ》

籾磨《もみすり》、籾摺《もみすり》、籾袋《もみぶくろ》、籾埃《もみぼこり》、籾筵《もみむしろ》、籾殻焼《もみがらや》く

脱穀した籾は干して貯え、籾摺をして玄米にする。

摺り溜る籾掻くことや子供の手　芝不器男
籾ぼこり中に母屋も作業場も　二川はなの
籾殻のくすぶりながら燃えにけり　武田多美子

新藁《しんわら》

今年藁《ことしわら》

今年収穫した稲の干した茎葉。

新藁や永劫太き納屋の梁　芝不器男
それぞれの靴に敷きたる今年藁　あべふみ江
一間の土間黒々と今年藁　冨山いづこ

秋収《あきおさめ》《あきをさめ》

秋収《しゅうしゅう》、田仕舞《たじまい》、稲架納《はざおさめ》

収穫の全作業を終えること。新米で餅をつき祝った。

門庭の賑はふ月夜秋をさめ　青木月斗
山国の川魚揚げて秋収　水上黒介
鎌の刃で鍬を洗うて秋収　永山喜楽

稲屑火《いなしび》

稲屑火煙《いなしびけむり》

稲刈り後の稲の屑を燃やす火。

稲屑火や白河あたりにて暮れて　中　小雪
稲屑火の煙の中を五能線　加勢総太郎
やすけしや稲屑火煙低くゆき　笠原風凜

豊年《ほうねん》

豊の秋《とよのあき》、豊作《ほうさく》、出来秋《できあき》

稲の実りがよい年。

豊かなる年の落穂を祝ひけり　河東碧梧桐
豊年の田明り汽車の中までも　中田みづほ
豊年やぶ厚き碗に湯を注ぎ　田代草猫

毛見《けみ》

検見《けみ》、坪刈《つぼがり》

江戸時代、年貢の高を決めるため役人が稲田の出来を調べた。徴税のため、一坪の稲を刈って全体の収量を算出する坪刈りは、現代も行われた。

毛見の衆の舟さし下せ最上川　蕪　村
力なく毛見のすみたる田を眺め　高浜虚子
三吉つあん毛見の顔して通りけり　いさか小夜

種採《たねとり》

種取《たねと》る、種収《たねおさ》む、朝顔《あさがお》の種採《たねとり》
⬇種蒔《たねまき》（春）

翌年蒔く野菜や草花の種を採ること。

台風はきぞに朝顔の種収む　臼田亜浪
枯蔓に残つてゐる種大事　山口青邨
種採るや風船葛ぱんと打ち　荻原玲香

蔓たぐり《つるたぐり》

蔓引《つるひ》く

収穫の終わった瓜や豆類の蔓をたぐり取って、畑を整理すること。

一つ付く瓜も仕舞の蔓たぐり　齋藤耕牛
引きし蔓引きずりまはし火にくべぬ　水上黒介
踏み込んで隣の墓の蔓引けり　澤田佐和

牛蒡引く《ごぼうひく》《ごばうひく》

牛蒡掘《ごぼうほ》る

牛蒡の収穫。根は長さ1mにもなるので、抜くのが大変だが、そのための農機も普及している。

牛蒡掘る黒土鍬にへばりつく　高浜虚子
牛蒡引くやほきりと折れて山にひゞく　後藤夜半
牛蒡引くマラソンの子に声かけて　松尾むかご

菜種蒔く《なたねまく》

⬇菜《な》の花《はな》（春）

九月から十月にかけて、種から油を採る油菜《アブラナ》の種を蒔く。

蝶鳥の夢や見つらん菜種蒔　樗良
出水跡畝なしに菜種振り蒔けり　高田蝶衣
くつきりと狐の跡や菜種蒔く　辻桃子

大根蒔く《だいこんまく》

大根蒔《だいこま》く
⬇大根《だいこん》（冬）

八月下旬から九月上旬に、秋蒔きの大根の種を蒔く。

大根蒔くうしろの山に入る日かな　赤木格堂
大根まく賑やかに地震語りつつ　丸山好枝
起きぬけや白菜を植ゑ大根播き　志鳥つばさ

煙草干《たばこほし》

煙草摘《たばこつ》む、懸煙草《かけたばこ》、今年煙草《ことしたばこ》、新煙草《しんたばこ》
⬇花煙草《はなたばこ》（夏）

煙草の大きな葉を摘み取り、小屋の中などに、縄に下げて干すこと。

たばこ干す寺の座敷に旅寝かな　几董
荒壁に煙草干したる山家かな　水落露石
このあたり茅葺残りたばこ干す　永峰光代

豆引く まめひく

大豆引《だいずひ》く、豆干《まめほ》す、豆打《まめう》つ、豆稲架《まめはざ》、豆殻《まめがら》、豆筵《まめむしろ》
↓大豆《だいず》（植）

実って葉が枯れてきた豆を収穫すること。早生種は盆のころ、晩生種は晩秋に穫る。茎ごと刈り取り、畑に干したり、稲《は》架《ざ》にかけ干したりする。

風北に変り豆引働きぬ　石井露月
豆干すに双手に掬ふ香りかな　齋藤耕牛
ばらばらと豆はじけつつ豆引かれ　綿貫やえこ

渋取 しぶとり

渋搗《しぶつ》く、今年渋《ことししぶ》、新渋《しんしぶ》

青い渋柿をもいで搗き、発酵させて液を搾る。できた渋は、荷造り用の渋紙や漆の下塗りに使った。

新渋の網うちはゆる夕日かな　路通
猿に似るもんぺ穿きけり渋を搗く　河東碧梧桐
新渋や大釜でんと裏庭に　たなか迪子

棉取 わたとり

棉摘《わたつ》む、棉干《わたほ》す、棉打《わたうち》、棉車《わたぐるま》、新棉《しんわた》、今年棉《ことしわた》
↓棉吹《わたふ》く、桃吹《ももふ》く（植）

熟した実が裂けて吹き出した白い繊維を摘み取ること。綿が吹き出すのを棉吹く、桃吹くという。

綿取りや犬を家路に追ひ帰し　蕪村
綿摘みてあとは枯木や綿畠　村上鬼城
棉摘みて縁に出したる糸車　小林綾子

萩刈る はぎかる

萩刈《はぎかり》、萩焚《はぎた》く
↓萩《はぎ》（植）

晩秋、花の終わった萩を刈り取る。刈り取った枝は燃やす。

萩刈りて虫の音細くなりにけり　高浜虚子
北国の一日日和萩を刈る　高野素十
苑の萩刈つて大きく束ねたる　佐藤明彦

木賊刈る とくさかる

砥草《とくさ》

材木などを磨く木賊の茎を刈り取ること。

ものいはぬ男なりけり木賊刈り　蓼太
木賊皆刈られて水の行方かな　高浜虚子
その昔教育長や木賊刈る　上原孝

萱刈る かやかる

茅葺《かやふ》く
↓刈萱《かるかや》（植）

茅葺き屋根や炭俵の材料にする萱を刈り取ること。

萱刈りが下り来て佐渡が見ゆるてう　前田普羅
萱刈の地色広げて刈進む　篠原温亭
灰色の雲重なるや萱を刈る　水原春美

蘆刈る

あしかる

蘆焚《あした》く、蘆火《あしび》、夕葦火《ゆうあしび》、葦舟《あしぶね》、葦火《あしび》

簾や屋根葺きの材料の蘆を刈ること。暖をとるために蘆を燃やす火は蘆火。古くは貧しい家で蘆を焚く竈の火も指した。

また一人遠くの蘆を刈りはじむ　高野素十

美しき芦火一つや暮の原　阿波野青畝

蘆刈るや村一軒の屋根葺屋　深沢のりこ

馬市

うまいち

馬市祭《うまいちまつり》

盆過ぎに北国で行われた農耕馬のせり市。

馬市のブラスバンドが始まりぬ　辻　桃子

一頭に一老添ふや馬の市　三上冬華

博労の金の指輪や馬の市　安部元気

薬掘る

くすりほる

薬草掘《やくそうほ》る、葛掘《くずほ》る、茜掘《あかねほ》る

➡薬狩《くすりがり》(夏)、薬喰《くすりぐい》(冬)

野山で葛や茜など薬草の根を掘り取ること。

薬掘蝮《まむし》も提げてもどりけり　太　祇

茜掘夕日の岡を帰りけり　尾崎紅葉

薬草を掘つてゐたるや伊吹山　豊田のびる

竹伐る

たけきる

➡竹植《たけう》うる日《ひ》(夏)

竹は仲秋のころが最も勢いがよく、この時期に竹を伐ることが多い。

藪中にふはりと竹の伐られけり　永田青嵐

騒ぐ竹この一本を伐らんとす　鈴木六林男

人さらひ出さうな道や竹を伐る　岡田四庵

糸瓜の水

へちまのみず
へちまのみづ

糸瓜水《へちますい》

➡糸瓜《へちま》(植)

切った糸瓜の茎を瓶に差し込んでおくと水がたまる。それを化粧水や咳止め薬として使った。

痰一斗糸瓜の水も間に合はず　正岡子規

貰うてはみたが減らずよ糸瓜水　天野早桃

糸瓜水ペットボトルでとどきけり　清　水　咲

夜なべ

よなべ

➡夜食《やしょく》(人)

八朔や秋彼岸のあと、農家で夜間の藁仕事などをすること。転じて、サラリーマンの残業、主婦の毛糸編みや針仕事も、現代の夜なべといってよい。その後にとる食事が「夜食」。

眠りこけつつ尚止めぬ夜なべかな　高浜虚子

夜なべせる老妻糸を切る歯あり　皆吉爽雨

絡みたる紐解いてゆく夜なべかな　清水雪花

俵編

たわらあみ

米俵編《こめだわらあ》む、炭俵編《すみだわらあ》む
↓藁仕事《わらしごと》(冬)

新藁で俵を編むこと。夜なべ仕事だった。

話すうち一枚出来ぬ俵編　斎藤俳小星
俵編みやめたるままに坐りをり　高野素十
俵編み大いなる手の一家族　水越創泉

夜業

やぎょう
やげふ

夜仕事《よしごと》

工場などで夜遅くまで仕事をすること。

夜業人に調帯《ベルト》たわ〱たわ〱す　阿波野青畝
夜業終へ出づるや金の把手押し　菖蒲あや
昇降機夜業の人を降ろしけり　立松けい

砧

きぬた

砧打《きぬたう》つ、藁砧《わらきぬた》、遠砧《とおきぬた》

麻や楮《こうぞ》を柔らげるために小槌で打つこと。またそのための石や木の台。縄や草履用の藁を打つのが藁砧。冬支度の一つで、侘しい感じがする。

行く舟に遠近《をちこち》かはるきぬたかな　几董
見えてゐて砧の槌のあがりけり　阿波野青畝
入りくみし路地の奥なり砧打つ　増田真麻

下り簗

くだりやな

秋の簗《あきのやな》
↓上り簗《のぼりやな》(春)

産卵のため川を下る落鮎などを捕る仕掛け。

ものの葉に魚のまとふや下り簗　太祇
山河ここに集り来り下り簗　高浜虚子
落ちなんと水盛り上がる下り簗　古木はるか

崩れ簗

くずれやな
くづれやな

↓簗《やな》(夏)

漁期を過ぎて使われなくなり、崩壊した簗。

もの言はでつくろうて去ぬくづれ簗　蕪村
ほつれ簗ピーピーと鳴る川瀬かな　大須賀乙字
草の根の生きてかかりぬ崩れ簗　後藤夜半

鯊釣

はぜつり

鯊舟《はぜぶね》、鯊《はぜ》の竿《さお》、鯊日和《はぜびより》、鯊《はぜ》の秋《あき》、鯊干《はぜほ》す、鯊売《はぜうり》
↓鯊《はぜ》(動)

鯊は河口や海の浅瀬に多く棲み、秋の彼岸ごろからよく釣れだす。

鯊釣の小舟漕ぐなる窓の前　蕪村
鯊釣の見返る空や本願寺　永井荷風
きのふまでよく釣れたにと鯊の舟　中小雪

根釣

ねづり

晩秋、海水温が下がるころ、岩の根についた魚を釣ること。海底の岩礁のことを関東では「ネ」と呼んだ。

ほの〴〵と朝飯匂ふ根釣かな　其角

根釣翁海金剛をまのあたり　阿波野青畝

早暁の佐渡の港の根釣かな　松本正今日

初猟

はつりょう
はつれふ

十一月中旬に、鳥獣の銃猟が解禁されたあとの初めての狩猟。

➡猟名残《りょうなごり》(春)、狩《かり》(冬)

初猟や一水蘆に澄みわたり　高野素十

初猟の即ち坂を下りゆけり　波多野爽波

初猟の宴の絶えて久しかり　住安安子

囮

おとり
をとり

小鳥を誘い寄せて捕まえるために使う鳥。

囮番《おとりばん》、囮守《おとりもり》、囮籠《おとりかご》

うつくしき鶸も囮よ鳴いてゐる　山口青邨

鳴き鳴きて囮は霧につつまれし　大野林火

土葬場に並べ置かれし囮籠　高幣遊太

鳩吹

はとふく

猟人が鹿などを呼び寄せるため、合わせた両手の間を吹いて、鳩の鳴き声に似せた音を出すこと。

鳩笛《はとぶえ》

鳩吹くやおのが頬骨吹き細め　素丸

鳩吹くや夕日に出たる山の墓　飯田蛇笏

鳩吹くやうたた寝せしがばと起き　水木なまこ

休暇明

きゅうかあけ
きうかあけ

学校の夏休みが終わり、秋の授業が始まること。

休暇果《きゅうかは》つ

へとへとになるまで騒ぎ休暇果つ　赤川蓉

白々と海原はあり休暇明　山内深弥

岩手から転校生や休暇明　岡崎ともみ

虫籠

むしかご

鳴く秋の虫を入れる籠。昔は麦藁や竹ひごで作ったが、いまはプラスチック製が多い。夜店には虫売が出た。

虫売《むしうり》、虫籠《むしこ》

➡虫《むし》(動)

虫売も舟に乗りけり隅田川　内藤鳴雪

虫籠に朱の二筋や昼の窓　原石鼎

虫籠に竹のにほひや山の雨　篠原喜々

月見《つきみ》

観月《かんげつ》、月《つき》の座《ざ》、月《つき》の宿《やど》、月《つき》の主《あるじ》、月《つき》の人《ひと》、月《つき》の客《きゃく》、月《つき》の宴《えん》、月見酒《つきみざけ》

陰暦八月十五日の名月を嘆賞すること。芒や団子を供えて月を祀る。そのときの句会や宴会が月の座。

岩鼻やここにもひとり月の客　去来

舟べりに頬杖ついて月見かな　山口青邨

お月見の四角四面のお人かな　藤野チエ

運動会《うんどうかい》《うんどうくわい》

元々は春の季語とされていたが、最近は天候のよい秋に行われることも多い。

運動会少女の腿《もも》の百聖し　秋元不死男

先頭の百足がこけて運動会　加藤良彦

ぐと押して足裏のつぼや運動会　水上黒介

夜学《やがく》

夜学子《やがくし》、夜学校《やがっこう》

学校の夜間部や進学塾、夜のひとり勉強などをいう。

夜学すすむ教師の声の低きまま　高浜虚子

夜学子や鏡花小史を読みおぼえ　久保田万太郎

フラスコの反応すすむ夜学かな　山岡蟻人

菊作り《きくづくり》

菊《きく》の主《あるじ》、菊畑《きくばたけ》、菊師《きくし》
➡菊《きく》（植）

菊を育て、懸崖《けんがい》、福助作りなどさまざまに作ること。

菊畑や隣は紅の摘残り　千代女

吉原に昼見て侘びし作り菊　小沢碧童

淀殿をペンチでねぢる菊師かな　桜庭門九

菊の宿《きくのやど》

菊《きく》の寺《てら》、菊《きく》の庭《にわ》

菊の咲いている宿。寺、庭にもいう。

咲く事もさのみいそがし宿の菊　越人

無遠慮に公家の来ますやきくの宿　几董

予定より早く着きたる菊の宿　渡辺エリナ

菊花展《きくかてん》《きくくわてん》

菊展《きくてん》、懸崖菊《けんがいきく》、厚物咲《あつものざき》、厚物《あつもの》

菊をさまざまに作り、これを見せる催し。

ばくろうの清蔵が菊入賞す　花眼亭椋鳥

菊花展奥へ馬穴の水提げて　田代早苗

待ち合はせここよここよと菊花展　鈴木芝風

菊人形《きくにんぎょう》《きくにんぎやう》

菊の花や葉を衣装にして作った人形。

菊人形たましひのなき匂ひかな　渡辺水巴

怪しさや夕まぐれ来る菊人形　芥川龍之介

この顔を毎年つかひ菊人形　舟まどひ

菊枕《きくまくら》

⬇籠枕《かごまくら》（夏）

干した野菊（イヌギク）の花びらを入れて作った枕。邪気払いの効能があると信じられていた。

此の千代を今日の馳走よ菊枕　季吟

白妙の菊の枕を縫ひ上げし　杉田久女

香はすでに無けれど母の菊枕　西田東風

地芝居《じしばい》《ぢしばゐ》

地狂言《じきょうげん》、村芝居《むらしばい》、地歌舞伎《じかぶき》、盆狂言《ぼんきょうげん》

収穫の終わったあとの秋祭などに、素人が演じる芝居。

地芝居のお軽に用や楽屋口　富安風生

寺の子の僧の役やる村芝居　加藤晃規

梯子持ち捕り方走る村芝居　飯塚千寿

相撲《すもう》《すまふ》

角力《すもう》、相撲取《すもうとり》、辻相撲《つじずもう》、宮相撲《みやずもう》、草相撲《くさずもう》、大相撲《おおずもう》

相撲《すまい》の節会《せちえ》といい、豊凶を占う初秋の宮中行事だった。各地の奉納相撲も秋祭のころが多く、ただ相撲といえば秋の季語。

脱ぎすてて角力になりぬ草の上　太祇

年若く前歯折りたる角力かな　正岡子規

大いなる張り手の音や宮相撲　大橋ごろう

海羸回し《ばいまわし》《ばいまはし》

べい独楽《ごま》、海羸独楽《ばいごま》、海螺独楽《ばいごま》

⬇独楽《こま》（新）

昔は重陽の日の男の子の遊び。巻き貝の殼を半分に切り、中に蠟や鉛を詰めて独楽にした。いまのべいごまは鋳物。

負け海羸に魂入れても一うち　高浜虚子

家々のはざまの海や海羸廻し　富安風生

べい独楽のもんどりうちて座の外へ　鈴木潮

葡萄狩《ぶどうがり》《ぶだうがり》

葡萄園《ぶどうえん》

⬇葡萄《ぶどう》、葡萄棚《ぶどうだな》（植）

葡萄園で葡萄を摘むこと。

山の日の中天に来し葡萄園　山口青邨

濃き秋日葡萄の棚の修理など　道部臥牛

葡萄狩葡萄の影の上歩み　落合緑雨

茸狩《たけがり》

茸狩《きのこがり》、菌狩《きのこがり》、松茸狩《まつたけがり》、茸籠《たけかご》、茸筵《たけむしろ》、茸山《たけやま》

⬇茸《きのこ》（植）

山野に出盛りの茸を採りに行くこと。

茸狩りや頭を挙ぐれば峰の月　蕪村

茸狩のどこから見ても在所の子　矢野みやび

茸狩爺の形見の背負籠《しょいこ》にて　永山喜楽

紅葉狩《もみじがり》《もみぢがり》

紅葉見《もみじみ》、紅葉茶屋《もみじぢゃや》、紅葉山《もみじやま》
⬇紅葉《もみじ》(植)

紅葉の名所を訪ねること。春の桜狩と同じに、古くから定着している行事。

紅葉見や顔ひやひやと風渡る　闌更
伏して見る水の早さや紅葉狩　高浜虚子
人降りてただの舟なり紅葉舟　長谷川ちとせ

秋祭《あきまつり》

在祭《ざいまつり》
⬇祭《まつり》(夏)

田舎の祭は収穫の終わったあとの在祭。都会では秋の好天の下、八幡様や氷川神社の祭がつづく。

老人と子供と多し秋祭　高浜虚子
仕舞屋《しもたや》のけふは餅売る秋祭　ふじわら紅沙
宮入といへど淋しき在祭　如月真菜

芋煮会《いもにかい》

芋煮鍋《いもになべ》、芋煮《いもに》
⬇里芋《さといも》(植)

大きな鍋で採れたての里芋などを煮て、川原で食べる。

月山の見ゆと芋煮てあそびけり　水原秋櫻子
芋がもう煮えたと膝を詰めあひぬ　安部元気
雨粒も入りて芋煮の鍋の中　しの緋路

秋遍路《あきへんろ》

⬇遍路《へんろ》(春)

四国札所八十八か所を秋に巡礼すること、またその人。

人ごみにありてとぼとぼ秋遍路　高浜虚子
秋遍路去りて塔影つゝと伸ぶ　皆吉爽雨
秋遍路かなしきことは言はず去り　今井清子

秋意《しゅうい》《しうい》

秋情《しゅうじょう》、秋《あき》の心《こころ》
⬇春意《しゅんい》(春)

どこか愁いを含んだ秋の気配。秋の趣。秋の風情。

楓より松に秋意や二尊院　波多野爽波
くきくきと佛の彫りも秋意かな　辻　桃子
秋意かなうぐひすの糞顔に塗り　斉藤夕日

秋思《しゅうし》《しうし》

秋のころのもの思い。秋はあわれさ、寂しさを感じやすい。

頬杖に深き秋思の観世音　高橋淡路女
いびつなる物の気になる秋思かな　かすや加津
秋思かな福神漬を噛みつづけ　松本てふこ

硯洗

すずりあらい
すずりあらひ

硯洗《すずりあら》う
⬇初硯《はつすずり》（新）

七夕の前日に、硯や机を洗って習字や習い事などの上達を祈る。京都・北野神社の神事にならった。

十年の硯洗ふこともなかりけり　正岡子規
山水の迅きに洗ふ硯かな　大橋越央子
上達は見えねど硯洗ひけり　堀切玄蕃

七夕

たなばた

彦星《ひこぼし》、牽牛星《けんぎゅうぼし》、機織姫《はたおりひめ》、織女星《しょくじょせい》

陰暦七月七日。中国の牽牛・織女伝説にもとづく乞巧奠《きこうでん》の行事と、日本古来の禊ぎが習合したもの。七夕飾りをし、終われば川や海に流す。

七夕や柱に寄れば月落ちし　白　雄
七夕や母に素直な中学生　波多野爽波
七夕の背中合はせの二人かな　武田　周

星祭

ほしまつり

星合《ほしあい》、星迎《ほしむかえ》、星《ほし》の恋《こい》、星《ほし》の別《わかれ》

七夕のこと。彦星、織姫星の二つの星が年に一度出会うという伝説により星を祭る。

世の中やあかぬ別れは星にさへ　一　茶
彦星のしづまりかへる夕かな　松瀬青々
谷深きこほろぎ橋や星の恋　三宅美也子

七夕竹

たなばたたけ

七夕竹売《たなばたたけうり》、七夕飾《たなばたかざ》り、願《ねがい》の糸《いと》、笹飾《ささかざ》り、七夕流《たなばたなが》し

七夕飾りをつけた笹竹。願いを書いた短冊を下げる。昔は梶の葉に歌などを書いた。

七夕の女竹を伐るや裏の藪　夏目漱石
七夕竹揺れて初めて風を知る　水越創泉
舟町や七夕竿に大漁旗　臼井秀三

真菰馬

まこもうま

草刈馬《くさかりうま》、七夕馬《たなばたうま》
⬇真菰《まこも》、真菰狩《まこもがり》（夏）

真菰を束ねて作った馬の供え物（七夕馬）を七夕の笹に吊るしたりする。盆の精霊迎えのためともいわれる。

孫彦や真菰の馬も並ぶかな　護　物
川までは口縄つけて真菰馬　大竹節子
まこも馬隣の爺に習ひ編み　二川はなの

佞武多

ねぶた

眠流《ねぶりなが》し、七夕《たなばた》の灯籠送《とうろうおくり》、竿灯《かんとう》、金魚《きんぎょ》ねぶた、ねぷた

八月一日から七日まで津軽一円で行われる燈籠送り。青森、弘前、五所川原が有名。盆の眠り流しの一つ。

傭はれて太鼓叩くや佞武多人　佐藤紅緑
ねぶた絵の義経抱かれまだ赤子　辻　桃子
辻に来てぐらりと傾ぐねぷたかな　高橋　涼

原爆忌《げんばくき》

原爆《げんばく》の日《ひ》、広島忌《ひろしまき》、長崎忌《ながさきき》

広島、長崎に原爆が投下された日。広島八月六日、長崎八月九日。平和祈念の催しが行われる。

広島の忌や浮袋砂まぶれ　西東三鬼

脂を出しつづける柱原爆忌　飯田閃朴

いつまでも彼奴は十五や原爆忌　田中吾空

盆用意《ぼんようい》

盆支度《ぼんじたく》、盆前《ぼんまえ》

仏壇や仏具の掃除をしたり盆提灯を出したり、ときには畳を替えたりして盂蘭盆会《うらぼんえ》の準備をすること。

ははき木もそだちとまるや盆用意　道彦

畑のものの庭のもの選り盆仕度　中村ただし

父母の愛でし花選り盆仕度　田口ひいな

草市《くさいち》

草《くさ》の市《いち》、盆市《ぼんいち》、盆《ぼん》の市《いち》

盂蘭盆に使う燈籠やおがら、真菰筵《まこもむしろ》、蓮の葉、鬼灯《ほおづき》、菓子などを売る市。スーパーにできる盆用品のコーナーも、それにあたる。

まづ匂ふ真菰《まこも》むしろや艸の市　白雄

草市に買ひたるもののどれも軽し　安住敦

盆の市二三時間のあきないで　藤なぎさ

盆路《ぼんみち》

精霊路《しょうりょうみち》、路刈《みちか》る、路薙《みちなぎ》

盆前に墓と集落をつなぐ道路を清掃すること。草を刈り精霊の通る路を整えた。

盆路のそれぞと見ゆる岨の雲　水原秋櫻子

盆路に日傘の影を黒々と　辻桃子

盆路を刈りて引きずる蔓青き　石井みや

盆棚《ぼんだな》

魂棚《たまだな》、精霊棚《しょうりょうだな》、先祖棚《せんぞだな》、棚経《たなぎょう》、真菰筵《まこもむしろ》

魂祭に使う棚。新盆のときだけ作る地方もある。

魂棚の見えて淋しき昼寝かな　村上鬼城

盆棚に紙の金魚の泳ぎけり　加藤良彦

盆棚や佛と猫と私と　谷いくこ

盆花《ぼんばな》

精霊花《しょうりょうばな》、お花取《はなとり》、盆花売《ぼんばなうり》

お盆に盆棚や仏壇に供える桔梗、女郎花《おみなえし》などの花。

にぎやかに盆花濡るる嶽のもと　飯田蛇笏

盆花や父の幼名長二郎　小野津弥香

盆花をたんとかかへてつまづきぬ　笠原風凜

茄子の馬《なすびのうま》

――茄子《なす》の牛《うし》、瓜《うり》の馬《うま》、瓜《うり》の牛《うし》

精霊迎えのために、茄子や胡瓜に足をつけて馬や牛を作り、魂棚に供える。

瓜の馬くれろくれろと泣く子かな 一茶

腰病みの母であつたに茄子の馬 植松孫一

茄子の馬今年は翼つけてやり 加藤夢眠

迎鐘《むかえがね・むかへがね》

――六道参《ろくどうまいり》、六道《ろくどう》の花《はな》、槙売《まきうり》

京都・五条の珍皇寺で八月九日と十日、精霊を迎えるために撞く鐘。撞き手の長い行列ができる。

旅人の鳴らして行くや迎ひ鐘 一茶

こん〳〵とごん〳〵とこれ迎鉦 高野素十

おもひきり引いて淋しき迎鐘 梶山一泉

迎火《むかえび・むかへび》

――門火《かどび》、魂迎《たまむかえ》、精霊迎《しょうりょうむかえ》、魂待《たまま》つ、苧殻火《おがらび》、苧殻焚《おがらた》く

盆の十三日の夕刻に、祖霊迎えのため門前で焚く火。おがら(麻の茎)が多いが、北国では樺の木の皮を焚く所もある。

迎火や風に折戸のひとり明く 蓼太

風が吹く仏来給ふけはひあり 高浜虚子

鉄塔に日の残りをり苧殻焚く 猿田白髭

盆《ぼん》

――魂祭《たままつり》、盂蘭盆《うらぼん》、盆会《ぼんえ》

祖先の魂を祀る行事。陰暦七月十三日から十六日まで。いまは陽暦で行う土地と月遅れの八月に行う土地がある。

御仏はさびしき盆とおぼすらん 一茶

旧盆の十六日の海女の墓 京極杞陽

盆布施の今年はちつとはづみけり 藤野靖也

新盆《にいぼん》

――初盆《はつぼん》、新盆《あらぼん》、新盆見舞《にいぼんみまい》、新盆《しんぼん》

前年の盆以後に亡くなった人の家で行う盆の行事。

新盆や田畑ばかりが残りたる 瓜生律子

新盆やおざぶ廊下にはみ出して 毛塚紫蘭

新盆や一山の杉育て逝き 久保のぞみ

生身魂《いきみたま》

――生御魂《いきみたま》、生見玉《いきみたま》、生盆《いきぼん》、生盆《しょうぼん》

お盆の間に、生きている「御魂」、つまり年とった両親、主人、親方などの目上の者の長寿を祈り、供養し、その力を分け与えてもらおうと祝うこと。また、その祝われる長寿者。

生身魂畳の上に杖つかん 亀洞

生身魂七十と申し達者なり 正岡子規

御魂よりみな年上で生身魂 舟まどひ

燈籠《とうろう》

盆提燈《ぼんちょうちん》、高燈籠《たかとうろう》、切子燈籠《きりことうろう》、花燈籠《はなとうろう》、軒燈籠《のきとうろう》、舟燈籠《ふなとうろう》、墓燈籠《はかとうろう》

先祖の霊が迷わずわが家に戻れるよう、盆迎えの目印として灯を入れ、仏間にも置く。

高燈籠滅《き》えなんとするあまたたび　蕪村

畦ゆくや孫の数だけ盆提燈　本間のぎく

家紋には舟の印や盆提燈　関戸このみ

岐阜提灯《ぎふちょうちん／ぎふぢやうちん》

細い骨の上の薄紙に、色とりどりの花鳥草木を描いた岐阜特産の提灯。美しく涼しげで、よく盆提灯に用いる。

まはし見る岐阜提灯の山と川　岸本尚毅

岐阜提灯部屋の一隅照らしけり　永井珠

岐阜提灯点る仏具屋見て通る　小原紀香

施餓鬼《せがき》

施餓鬼寺《せがきでら》、施餓鬼幡《せがきばた》、施餓鬼棚《せがきだな》

盆またはその前後に各地の寺で、親族、縁者のいない無縁の霊をとむらうこと。

餓鬼の食雲もかかるな清見寺　許六

蜩や山の施餓鬼の日盛りに　北原白秋

施餓鬼会の塔婆新しお隣も　柴田けふこ

川施餓鬼《かわせがき／かはせがき》

施餓鬼舟《せがきぶね》、舟施餓鬼《ふなせがき》、水灯会《すいとうえ》

盂蘭盆会に、水死した無縁仏を供養すること。

水なぶる童の手あり施餓鬼舟　山口誓子

水門に流れけはしや川施餓鬼　小早川忠義

施餓鬼舟極楽寺より運ばれ来　北柳あぶみ

墓参《はかまいり／はかまゐり》

墓参《ぼさん》、墓洗《はかあら》う、掃苔《そうたい》、展墓《てんぼ》、墓掃除《はかそうじ》

先祖の墓参りは春の彼岸にも行うが、俳句では墓参といえば、秋の盆の行事を指す。

夕月や涼みがてらの墓参り　一茶

この墓はひれ伏し参るべきなれど　波多野爽波

墓洗ふよいとよやまか聞こえきて　清水えみ

中元《ちゅうげん》

盆礼《ぼんれい》、盆見舞《ぼんみまい》、盆供《ぼんく》

➡歳暮《せいぼ》（冬）

もともとは中国で陰暦七月十五日を意味した言葉。世話になった人に贈答品などを贈る。中元の贈答はそのあらわれ。

盆礼やひろびろとして稲の花　高野素十

盆礼に忍び来しにも似たるかな　高浜虚子

妻逝きて盆礼もまたすたれたり　古林富三郎

盆休《ぼんやすみ》

盆帰省《ぼんきせい》

盆の休暇。この日をめがけて帰省する人が多い。

盆休み無き一灯を点じけり　鈴木真砂女
船降りて口の塩つぱき盆帰省　藤　なぎさ
白黒の写真囲むや盆休　野風さやか

踊《おどり》《をどり》

盆踊《ぼんおどり》、流《なが》し踊《おどり》、ぞめき、盆《ぼん》やつし、精霊踊《しょうりょうおどり》、踊子《おどりこ》、踊《おどり》の輪《わ》、踊唄《おどりうた》、踊笠《おどりがさ》、踊浴衣《おどりゆかた》、踊太鼓《おどりだいこ》

俳句で単に踊といった場合は、盆踊を指す。

四五人に月落ちかかるをどりかな　蕪　村
てのひらをかへせばすゝむ踊かな　阿波野青畝
合掌し終へる毛馬内盆踊　ロバート池田

送り盆《おくりぼん》

裏盆《うらぼん》、終《しま》い盆《ぼん》、盆仕舞《ぼんじまい》、二十日盆《はつかぼん》

盆の十六日、盆棚を片づけ、供え物を茄子や胡瓜の馬とともに海、川に流し、精霊を送る日。

三和土には大靴並び送り盆　梶山一泉
撫でてから叩く木魚や終ひ盆　江田みどり
渋紙に一式くるみ盆仕舞　ふく嶋桐里

送り火《おくりび》

魂送《たまおくり》、精霊火《しょうりょうび》

盆の十六日の夜、祖霊を送るために家の門口や墓などで火を焚くこと。また、その火。

送火の山へのぼるや家の数　丈　草
魂送り極楽丸の帆が戻り　天野早桃
送火の長坂町を戻りけり　古川くるみ

流燈《りゅうとう》

送《おく》り舟《ぶね》、精霊舟《しょうりょうぶね》、燈籠舟《とうろうぶね》、燈籠流《とうろうなが》し、流燈会《りゅうとうえ》、精霊流《しょうりょうなが》し、花舟《はなぶね》、盆舟《ぼんぶね》

盆の十六日の夕方、燈籠を点し、川や海に流し、先祖の霊を送る。盆の供物や飾り物を載せた舟を流す所もある。

流燈の唯白きこそあはれなれ　高浜虚子
流燈や一つにはかにさかのぼる　飯田蛇笏
流燈のゆらりゆらりと波間ゆく　市川耕丹

盆過《ぼんすぎ》

↓松過《まつすぎ》（新）

にぎやかな盆の行事が終わること。急にひっそりした感じになる。

盆過ぎや粉ひき臼にも風のたつ　道　彦
薬にかへる馬糞や盆も過ぎし道　中村草田男
盆過の夜の座敷の広かりき　加藤かづ乃

大文字《だいもんじ》

――施火《せび》、妙法《みょうほう》の火《ひ》、船形《ふながた》の火《ひ》、鳥居形《とりいがた》の火《ひ》、左大《ひだりだい》の火《ひ》

京の都の盆行事。八月十六日の夜、東山の如意ヶ嶽（通称大文字山）に大の字形に送り火が点火される。

山の端に残る暑さや大文字　宋屋

門跡に吾も端居や大文字　河東碧梧桐

大文字京のまなかにゐて見えず　井上ろびん

摂待《せったい》

――門茶《かどちゃ》

陰暦七月中、寺や商家などが門前に湯茶の用意をして、寺参りの人に振る舞った。いまでも冷たい飲み物などを振る舞うところがある。

摂待や茶碗につかる数珠の総　蝶夢

摂待の寺賑はしや松の奥　高浜虚子

摂待の寺にたどりて芭蕉句碑　笛木かりん

解夏《げげ》

――夏明《げあき》、夏書納《げがきおさめ》、送行《そうあん》

陰暦七月十五日に、九十日間の安居があけること。修行した者同士が別れてゆくので送行ともいう。

雲晴れて解夏の鶯きこえけり　河東碧梧桐

母とともに夏書納や長等山　松瀬青々

送行や夜明けの峯の白々と　松澤静聴

閻魔詣《えんまもうで》

――閻魔参《えんままいり》、閻魔祭《えんままつり》

陰暦七月十六日。俗に地獄の釜の蓋が開く日といわれ、閻魔堂にはこんにゃくを供え、香煙を焚く。後の藪入《やぶいり》ともいわれ、帰省したりした。

かねを打つ閻魔祭の裸形あり　吉岡禅寺洞

赤き紐咥へて子喰閻魔とか　山下豊水

閻王のげじげじ眉や黒に金　関みづほ

虫送《むしおくり》

――虫松明《むしたいまつ》、田虫送《たむしおくり》、蛇《じゃ》も蚊《か》も祭《まつり》、実盛祭《さねもりまつり》

稲の害虫を追い払う行事。松明や藁萱の龍蛇をかかげ、畔道を鉦《かね》や太鼓を鳴らし行く。田の害虫は稲株に足をとられて首をかかれた実盛の怨霊とされ実盛祭ともいう。

橋に来て虫送る火のおとろへぬ　青柿

赤米田黒米田なり虫送り　はらてふ古

萱編んで蛇も蚊も祭始まりぬ　佐藤信

終戦記念日《しゅうせんきねんび》

――敗戦《はいせん》の日、終戦日《しゅうせんび》、敗戦忌《はいせんき》

昭和二十年八月十五日、日本は無条件降伏し、太平洋戦争が終わった。この日を記念しさまざまな行事がある。

終戦日妻子入れむと風呂洗ふ　秋元不死男

終戦日冥婚《むかさり》絵馬の色あせて　野村栗子

振りむかず行きし父なり終戦日　山本英雄

地蔵盆

じぞうぼん
ぢざうぼん

地蔵会《じぞうえ》、地蔵参《じぞうまいり》、六地蔵詣《ろくじぞうもうで》

八月二十三日、二十四日の地蔵菩薩の縁日の祭。子どもたちが集まって花を供え、集落を回って菓子を貰ったりする。

地蔵会やちか道を行く祭客　蕪村

地蔵会やあそべあそべと鰐口を　二川はなの

饅頭にこどもあまたや地蔵盆　石川妙

震災記念日

しんさいきねんび

震災忌《しんさいき》

一九二三年（大正十二年）九月一日の関東大震災の日。各地で慰霊祭が行われる防災の日。

わが知れる阿鼻叫喚や震災忌　京極杞陽

震災忌竹藪に寝たことをまた　安部元気

逃げました全焼でした震災忌　さいとう二水

生姜市

しょうがいち
しやうがいち

芝神明祭《しばしんめいまつり》、だらだら祭《まつり》

新生姜を売る市。特に九月十一日から二十一日まで、長期間行われる東京芝大神宮の祭が有名。境内に生姜市が立つ。

だらだらとだらだらまつり秋淋し　久保田万太郎

夕方のいまだ暑くて生姜市　津田久史

境内も生姜にほふや生姜市　片山菜緒

放生会

ほうじょうえ
はうじやうゑ

八幡祭《はちまんまつり》、放《はな》ち鳥《どり》、放《はな》ち亀《がめ》、放生川《ほうじょうがわ》

陰暦八月十五日、仏教の殺生戒にもとづき、捕えていた鳥や魚、亀などの生き物を放す行事。京都・石清水八幡宮の八幡放生会が有名で、現在は九月十五日。

浪黒き鰻十荷《じっか》や放生会　召波

放生会べに紐かけて雀籠　村上鬼城

放たれてまた寄る亀や放生会　辻桃子

敬老の日

けいろうのひ
けいらうのひ

老人《ろうじん》の日《ひ》、敬老会《けいろうかい》

国民の祝日で九月第三週の月曜。年寄りを敬う日。

おもしろくなし敬老の日のテレビ　右城暮石

ハーモニカ吹く時真顔敬老会　藤本則

敬老の日や昭和史を兵として　皆川甲丙

芋茎祭

ずいきまつり
ずゐきまつり

芋茎神輿《ずいきみこし》、瑞饋祭《ずいきまつり》

十月一日から四日間行われる京都・北野天満宮の祭。芋茎やさまざまな野菜で屋根を葺いた神輿が出る。

年々や芋茎祭も雨つかひ　東鳥

今年また芋茎祭に賑はふ灯　梶山一泉

人参も大根も芋茎神輿かな　松田仁昇

重陽

ちょうよう
ちやうやう

重九《ちょうきゅう》、菊《きく》の節句《せっく》、菊《きく》の酒《さけ》、菊《きく》の日《ひ》、菊供養《きくくよう》、小重陽《こちょうよう》

陰暦九月九日。中国の古俗による宮廷行事で、菊供養をしたり菊酒を飲んだりする。九がかさなるので「重九」ともいう。重陽の翌日九月十日が小重陽。

朝露や菊の節句は町中も　太　祇

浅草の姐さん総出菊供養　中　小雪

盃の菊しみじみと苦かりき　永山喜楽

高きに登る

たかきにのぼる

登高《とうこう》

重陽の日に高い山や高い処に登って災厄を祓った中国の古俗。赤い袋に薑《はじかみ》を入れ、菊酒にひたし、「茱萸《ぐみ》の酒」といって飲んだ。

菊の酒醒めて高きに登りけり　闌　更

行く道のままに高きに登りけり　富安風生

登高や七種の薬揃へ持ち　西川千晶

おくんち

くんち、龍踊《じゃおどり》

陰暦九月九日。九州一帯の氏神祭をいう。とくに長崎、唐津が有名。

声あげて山車の通れり眼鏡橋　中島久子

銅鑼鳴ればくんちの山車の走りけり　安藤ちさと

バッテンは英語訛りぞくんち晴　佐藤泰彦

御命講

おめいこう

御影講《おえいこう》、花万燈《はなまんどう》、お会式《えしき》、日蓮忌《にちれんき》、花会式《はなえしき》

十月十三日、日蓮上人の忌日法会。造花で飾った万燈を押し立て、お題目を唱えながらお詣りする。池上本門寺の参拝者が最も多い。

御《お》命《めい》講《こ》や油のやうな酒五升　芭　蕉

紅白の餅の柱やお命講　高浜虚子

山明し花万燈のところだけ　篠原喜々

べったら市

べったらいち

べったら漬《づけ》、浅漬市《あさづけいち》

十月十九日、東京・日本橋の大伝馬町（現在は小伝馬町）で開かれる。麹のべったりついた浅漬け大根（べったら漬）を売る市が立つ。

雨のこるべつたら市の薄れ月　水原秋櫻子

べつたらの三本重く提げ帰る　加藤良彦

もみくちややややべつたら漬の神の前　たなか迪子

鹿の角切

しかのつのきり

鹿寄《しかよせ》、角伐《つのきり》
➡落《おと》し角《つの》（春）、袋角《ふくろつの》（夏）

毎年十月の初旬、奈良・春日神社の鹿の角を切る行事。雄鹿が人や樹木を傷つけるのを防ぐため。

角ぎりや礎のこす鹿の京　鬼　貫

鹿寄せの鹿帰りゆく鳴きながら　高浜虚子

角切や神鹿は息はづませて　辻　由美

時代祭《じだいまつり》

十月二十二日、京都・平安神宮の祭。平安から明治までの風俗行列が練り歩く。

茶道具の一荷も時代祭かな　岸　風三楼

落馬せし時代祭の翁かな　村杉踏青

リボンして時代祭の迷子かな　田代早苗

鞍馬の火祭《くらまのひまつり》

十月二十二日の夜、鞍馬山の由岐(靫)神社の祭。たくさんの松明に火をつけて神輿を渡す。

火祭の闇に高鳴り鞍馬川　宮下翠舟

火の屑を落とし進むや鞍馬祭　中村ふみ

火祭の火の粉吹雪を浴びにけり　塚田紀典

赤い羽根《あかいはね》

――共同募金《きょうどうぼきん》、愛《あい》の羽根《はね》

十月から年末にかけ行われる共同募金。募金した印に赤い羽根をつけてもらう。

駅頭の雨瀧なせり愛の羽根　水原秋櫻子

胸もとに風寄りやすく赤い羽根　赤川　楓

ピンだけが胸に残りて愛の羽根　コスモメルモ

美術展《びじゅってん》

――芸術祭《げいじゅつさい》、日展《にってん》

各種の美術展覧会は秋に行われることが多い。院展、日展、二科展などの名称も季語として使われる。

帝展の上草履まだ新しき　高浜虚子

雨の二科女の首へまつすぐに　秋元不死男

蟷螂の如き裸婦見て二科を出づ　山口青邨

ハロウィーン

――万聖節《ばんせいせつ》

十月三十一日に行われるキリスト教の祭。死者の霊が帰るといわれ、南瓜のお面の仮装やさまざまなイベントが行われる。

面取ればただの男よハロウィーン　あべふみ江

亜米利加の三女来たるやハロウィーン　本間のぎく

マニキュアを紫に変へハロウィーン　佐藤ゆふべ

文化の日《ぶんかのひ》《ぶんくわのひ》

――明治節《めいじせつ》、文化祭《ぶんかさい》

十一月三日。終戦翌年に制定された国民の祝日。新憲法の戦争放棄、文化国家建設を進める狙い。文化勲章の授与、芸術祭などが開かれる。

文化祭紋章の蜂青天に　平畑静塔

ぼそぼそとメロンパン食ひ文化の日　吉田たまこ

日の丸にアイロン当てて文化の日　船田美鈴

宗祇忌《そうぎき》

陰暦七月三十日。室町後期の連歌師、飯尾宗祇の忌日。

宗祇忌や大絵襖に居ながれて　斎藤香村
推敲を元に戻して宗祇の忌　薗部庚申
宗祇忌やかすかに香る和らふそく　難波慶子

鬼貫忌《おにつらき》

陰暦八月二日。元禄の俳人、上島鬼貫の忌日。

鬼貫忌蕉風俗に堕ちにけり　島田五空
によつぽりと月出もしたり鬼貫忌　山本真理
実印のケースゆるぶや鬼貫忌　井ケ田杞夏

世阿弥忌《ぜあみき》

陰暦八月八日。室町期の能役者、能作者。父観阿弥とともに能の大成者。

世阿弥忌の夕月白く上りけり　佐々木不羅
この船であの島へ行く世阿弥の忌　石井みや
世阿弥忌や鼻の欠けたる鬼の面　中小雪

守武忌《もりたけき》

陰暦八月八日。伊勢内宮の禰宜、荒木田守武の忌日。室町末期の俳諧連歌作者で、山崎宗鑑とともに俳諧の祖とされる。

祖《おや》を守り俳諧を守り守武忌　高浜虚子
枕頭に歳時記そろへ守武忌　古林富三郎

太祇忌《たいぎき》

陰暦八月九日。俳人、炭太祇の忌日。江戸中期の俳人。

太祇ここに住めりとぞいふ忌を修す　河東碧梧桐
太祇忌や力強うは詠みつれど　松根東洋城
太祇忌の日の出前てふ菓子の棹　たなか迪子

西鶴忌《さいかくき》

陰暦八月十日。『好色一代男』などの浮世草紙の作者、井原西鶴の忌日。談林派の俳諧師でもあった。

西鶴忌うき世の月のひかりかな　久保田万太郎
今の世も男と女西鶴忌　三宅清三郎
与太者とそば屋で別れ西鶴忌　城野三四郎

定家忌《ていかき》

陰暦八月二十日。平安から鎌倉期の代表的な歌人、藤原定家の忌日。『新古今集』の選者。

定家忌や薄に欠けし月一つ　松瀬青々
定家忌の反故であれどもうつくしく　相沢まゆみ
定家忌の白短冊を配りけり　京野菜月

遊行忌《ゆぎょうき》《ゆぎやうき》

——一遍忌《いっぺんき》

陰暦八月二十二日。遊行上人と称された時宗の開祖、一遍上人の忌日。念仏札を配り、踊念仏で全国を遊行した。

遊行忌やこの夕べよりちる柳　滝沢馬琴
真黒な足の一遍忌なりけり　辻　桃子
遊行忌の一万歩なる万歩計　森　紫香

去来忌《きょらいき》

陰暦九月十日。蕉門十哲の一人、向井去来の忌日。俳論集『去来抄』を著した。庵を落柿舎という。

去来忌やその為人《ひととなり》拝みけり　高浜虚子
去来忌やこの頃藪の露しげく　松根東洋城
去来忌や切先のごと墓石ある　豊田まつり

鬼城忌《きじょうき》《きじやうき》

九月十七日。俳人、村上鬼城の忌日。ホトトギス派の重鎮で、耳聾を克服して句作。

鬼城忌の火種のごとき蜂を見し　宇佐美魚目
鬼城忌の遠きしはぶき地上より　角川源義
鬼城忌を高崎裁判所の前に　湯浅洋子

子規忌《しきき》

——獺祭忌《だっさいき》、糸瓜忌《へちまき》

九月十九日。正岡子規の忌日。「ホトトギス」に拠り写生俳句を提唱。短歌、俳句に革新的業績を残した。

叱られし思ひ出もある子規忌かな　高浜虚子
糸瓜忌や藪蚊の寺に五六人　寒川鼠骨
子規の忌の糸瓜植ゑつぐ人ゐたり　脇坂うたの

賢治忌《けんじき》

九月二十一日。詩人で童話作家、宮沢賢治の忌日。

賢治忌や下の畑に煙立ち　増田真麻
銀河Mに超新星や賢治の忌　飯塚千寿
部屋隅をねずみがちよろと賢治の忌　大島百合

蛇笏忌《だこつき》―山廬忌《さんろき》

十月三日。俳人、飯田蛇笏の忌日。「ホトトギス」の中心作家。「雲母」を創刊。

蛇笏忌の老すこやかに初心なり　松村蒼石

蛇笏忌の連山なれば威儀正し　池田小枝子

芋茎煮て待ちてくれるや蛇笏の忌　高橋みづき

爽波忌《そうはき》

十月十八日。虚子の最後の弟子、俳人、波多野爽波の忌日。「俳句スポーツ説」を唱え、「青」を創刊。

文書いて一日つかふ爽波の忌　辻　桃子

爽波忌や説明文に過ぎぬと評　山口珊瑚

先生の弟子で良かつた爽波の忌　田代早苗

白秋忌《はくしゅうき》

十一月二日。詩人、北原白秋の忌日。詩集『邪宗門』など。

幾年も触れぬオルガン白秋忌　斎藤月子

バイオリン抱へ座るや白秋忌　黒木千草

白秋忌母の唄ひし童唄　牧　やすこ

寝ない子に唄せがまれて白秋忌　音羽紅子

秋の蝶

あきのちょう
あきのてふ

秋蝶《あきちょう》
⬇蝶《ちょう》(春)

初秋には盛んに見かけた蝶も、晩秋にはめっきり減り、飛び方も弱々しくなる。

草臥《くたび》れて土にとまるや秋の蝶　蓼太
牧柵を越えてあまたの秋の蝶　木下夕爾
秋蝶や端切れのごとく飛びくるは　松本てふこ

蜻蛉

とんぼ

蜻蜓《やんま》、鬼蜻蜓《おにやんま》、とんぼう、あきつ、麦藁蜻蛉《むぎわらとんぼ》、塩辛《しおから》とんぼ、精霊《しょうりょう》とんぼ、赤《あか》とんぼ、秋茜《あきあかね》

秋の代表的な虫。夏から晩秋にかけて、いろいろな種類が見られる。

蜻蛉やとりつきかねし草の上　芭蕉
とどまればあたりにふゆる蜻蛉かな　中村汀女
卒塔婆に精霊蜻蛉とまりたる　毛塚紫蘭
信濃路の山門不幸秋茜　松原功仙

蜉蝣

かげろう
かげろふ

正雪蜻蛉《しょうせつとんぼ》
⬇草蜉蝣《くさかげろう》、薄翅蜉蝣《うすばかげろう》(夏)

細く長い尾と美しい透明な翅を持った昆虫。羽化して水辺に群れ、数時間で死ぬ。

かげろふの雨をよこ切る羽風哉　沾風
日々現るるかげろふにして日々消ゆる　安部元気
水の面の蜉蝣に日のこぼれをる　石田一峰

秋の蟬

あきのせみ

秋蟬《あきぜみ》、落蟬《おちぜみ》、死蟬《しにぜみ》、残《のこ》る蟬《せみ》
⬇蟬《せみ》(夏)

秋になってから鳴く蟬。うるさいほど鳴くのさえしみじみとする。

仰のけに落ちて鳴きけり秋のせみ　一茶
鳴きほそりつつ秋の蟬をゝしけれ　高浜虚子
秋蟬の百も二百も当麻寺　さいとう二水

蜩

ひぐらし

かなかな、夕蜩《ゆうひぐらし》、暁蜩《あけひぐらし》

蟬の一種。夕暮れにカナカナ、カナカナとよく通る声で鳴き、暁にも鳴く。

蜩のおどろき啼くや朝ぼらけ　蕪村
蜩や今日もをはらぬ山仕事　原石鼎
蜩やあしたあそぼと声のして　岩崎ふかみ

法師蟬

ほうしぜみ
ほふしぜみ

つくつく法師《ほうし》、おしいつくつく、つくつくし

立秋のころ、ツクツクホーシ、オーシーツクツクと繰り返し、ジーと声を収める。秋遅くまで聞かれる。

今尽きる秋をつくつくほふしかな　一茶
鳴き移り次第に遠し法師蟬　寒川鼠骨
法師蟬さかりの無量光寺かな　西沢爽

虫《むし》

虫《むし》の声《こえ》、虫《むし》の音《ね》、蟲《むし》、虫《むし》の秋《あき》、虫《むし》の夜《よる》、虫《むし》の闇《やみ》
➡虫売《むしうり》（人）

古来、単に虫といえば秋鳴く虫。

萩の根によせて置きあり虫行燈　高浜虚子
虫聞くや庭木にとどく影法師　高野素十
荒々と受話器を置くや虫の闇　土田紫葉
目覚めればただ虫の音の中に居り　東　あふひ

虫時雨《むししぐれ》

蟲《むし》すだく

降るように聞こえるたくさんの虫の声。

湯にひたる背筋にひたと虫時雨　川端茅舎
だん〳〵と星明かに虫しげし　星野立子
二世帯にチャイムニつや虫時雨　熊田のどか

蟋蟀《こおろぎ》《こほろぎ》

つづれさせ、ちちろ虫《むし》、ちちろ

コロコロと澄んだ声で鳴く。えんま蟋蟀、みつかど蟋蟀、おかめ蟋蟀などがある。

こほろぎのこの一徹の貌を見よ　山口青邨
こほろぎやいつもの午後のいつもの椅子　木下夕爾
刈麻を麻《お》床《どこ》に浸しちちろ虫　田村三合

鈴虫《すずむし》

月鈴児《げつれいじ》
➡虫籠《むしかご》（人）

スズムシ科の昆虫。体長約２㎝。触覚が長く、リーンリーンと鈴を振るような美しい声で鳴く。

鈴虫はわれと声はるゆふべかな　貞　室
鈴虫や早寝の老に飼はれつつ　後藤夜半
甕底に上目で見遣る月鈴児　松田かずみ

松虫《まつむし》

金琵琶《きんびわ》、ちんちろりん、青松虫《あおまつむし》

草むらなどでチンチロリンと涼やかに鳴く。樹上でリーリーうるさく鳴く青松虫は外来種で、生息域をどんどん広げている。

松虫のなくや夜食の茶碗五器　許　六
風の音は山のまぼろしちんちろりん　渡辺水巴
松虫に立ち三日月に坐りけり　京極杞陽

邯鄲《かんたん》

草の間でルルルルと美しい声で鳴くその声は秋の虫の中でもとりわけ幽玄で姿も美しい。

夕霧に邯鄲のやむ山の草　飯田蛇笏
ことぎれてなほ邯鄲のうすみどり　富安風生
神の山闇に邯鄲鳴きにけり　佐保田乃布

草雲雀《くさひばり》
――朝鈴《あさすず》

澄んだ声で、フィリリリリと鈴を振るように鳴く。夜明けから朝の涼しいときに鳴くので朝鈴という。

草雲雀かなたのひともたもとほる　大野林火
草ひばり声澄みのぼる峠みち　柴田白葉女
座蒲団を枕折りして草雲雀　岡田四庵

鉦叩《かねたたき》

チンチンチンと、澄んだ声で鳴くが、姿はなかなか見られない。

月出て四方の暗さや鉦叩　川端茅舎
手を出せば雨の降り居り鉦叩　中田みづほ
鉦叩虚子の世さして遠からず　波多野爽波

螽蟖《きりぎりす》
――ぎす、機織《はたおり》

ギィーチョン、チョンギースと鳴き、機織を踏む音に似ている。

むざんやな甲《かぶと》の下のきりぎりす　芭蕉
きりぎりす時を刻みてかぎりなし　中村草田男
きりぎりす鳴くや二間の貸家なる　安部元気

馬追《うまおい》《うまおひ》
――すいっちょん、すいと

スイッーチョンと鳴く。草色で飛蝗《ばった》に似ている。

スイッチョと鳴くはたしかに蓮の中　高浜虚子
馬追の緑逆立つ萩の上　高野素十
馬追に別れる金のなかりけり　井ケ田杞夏

轡虫《くつわむし》
――がちゃがちゃ

騒がしくガチャガチャと鳴く。その音が馬の轡の音に似ているところから。

城内に踏まぬ庭あり轡虫　太祇
松の月暗し〳〵と轡虫　高浜虚子
巻尺は存外長し轡虫　依田小

飛蝗《ばった》
――きちきち、はたはた、精霊飛蝗《しょうりょうばった》、殿様《とのさま》ばった、おんぶばった

バッタ科の昆虫の総称。飛ぶときにキチキチ、ハタハタと翅を鳴らすので「きちきち」「はたはた」ともいわれる。

肩先に泊ってきつちきつちかな　一茶
はたはたや遠く小さき放ち駒　松根東洋城
大小のはたはたのとびちがひけり　波多野爽波

蝗《いなご》
――稲子《いなご》、蝗取《いなごと》り、稲子麿《いなごまろ》

体長約3㎝。水田にたくさん飛ぶ稲の害虫。佃煮にして食べる。

道ばたや蝗つるみす穂のなびき　暁台
ふみ外す蝗の貌の見ゆるかな　高浜虚子
手渡さる蝗の腹のつめたかり　大久保りん

浮塵子 うんか

実盛虫《さねもりむし》、横這《よこばい》、よこぶよ

稲の害虫。大きさは3㎜から5㎜、霞のように群れる。稲株に足をとられて首をかかれた実盛の生まれ変わりといわれる。農業害虫としてヨコバイ類を含めることがある。

浮塵子来て鼓打つなり夜の障子　石塚友二

浮塵子てふその言ひ方のさも憎げ　安部元気

わが稲も実盛虫に喰はれをる　田代早苗

蟷螂 かまきり

蟷螂《とうろう》、いぼむしり、拝《おが》み太郎《たろう》

頭が三角形で、鎌のように鋭い前肢を持ち、獲物を捕る。

蟷螂が片手かけたりつり鐘に　一茶

蟷螂の反りたる姿勢枝先に　星野立子

蟷螂の生まれし村のもの足りな　松尾むかご

茶立虫 ちゃたてむし

小豆洗《あずきあら》い、隠座頭《かくれざとう》

体長2㎜から8㎜ほどの虫。サッサッサッと障子の紙をたたく音が、茶を立てる音や小豆を洗うかすかな音に似ている。

夜ながさや所もかへず茶立て虫　白雄

此部屋に幾年ぶりぞ茶たて虫　中村草田男

この宿の茶立虫にぞとび起きぬ　白川颯々子

放屁虫 へひりむし

亀虫《かめむし》、屁放虫《へこきむし》、三井寺斑猫《みいでらはんみょう》、へっぴり虫《むし》

体長約2㎝、亀虫など、危険を感ずると尻からプッと悪臭のあるガスを出す虫の俗称。へこき虫ともいう。

御仏の鼻の先にて屁ひり虫　一茶

放屁虫あとしざりにも歩むかな　高野素十

一晩を眠れぬ宿の放屁虫　久岡甲水

芋虫 いもむし

青虫《あおむし》、菜虫《なむし》、栗虫《くりむし》、柚子坊《ゆずぼう》

⬇毛虫《けむし》(夏)

蝶や蛾の幼虫の総称。ころころ太って毛がない。柚子坊は揚羽蝶の幼虫。

芋虫は芋のそよぎに見えにけり　太祇

命かけて芋虫憎む女かな　高浜虚子

食ひちぎる葉に柚子坊のまるまると　小田切知佐美

竈馬 いとど

かまどうま、かまど虫《むし》、御竈蟋蟀《おかまこおろぎ》

非常に長い触角と強い後肢を持ち、よく跳ねる。翅がないので鳴かない。

海士の屋は小海老にまじるいとどかな　芭蕉

壁のくづれいとどは髭を振つてをり　臼田亜浪

四肢伸びて湯に溺れしはかまど馬　泉　竹馬

秋蚕
あきご

秋繭《あきまゆ》
⬇蚕《かいこ》(春)、夏蚕《なつご》飼う(夏)

七月下旬以降に飼う蚕。

虫鳴くや渓を隔てて秋蚕の灯　大谷句仏
家々に一人づつ婆秋蚕済む　高野素十
曲家の厩に秋の蚕飼かな　浜崎素粒子

秋の螢
あきのほたる

秋螢《あきぼたる》、残《のこ》る螢《ほたる》、病螢《やみほたる》
⬇螢《ほたる》(夏)

初秋の螢。盛りを過ぎてからの螢だけにあわれ深い。

秋風に歩行《あるい》て逃げる螢かな　一茶
たましひのたとへば秋の螢かな　飯田蛇笏
雪舟は多くのこらず秋螢　田中裕明

秋の蠅
あきのはえ
あきのはへ

残《のこ》る蠅《はえ》
⬇蠅《はえ》(夏)

秋も深まるにつれて元気がなくなり、もっぱら日向を力なく飛ぶ。

草庵の弱りはじめや秋の蠅　丈草
秋の蠅うてば減りたる淋しさよ　高浜虚子
仲秋の金蠅にしてパッと散る　波多野爽波

秋の蚊
あきのか

残《のこ》る蚊《か》、別《わか》れ蚊《か》、蚊《か》の名残《なごり》、溢蚊《あぶれか》
⬇蚊《か》(夏)

やや寒くなるころまで残った蚊。弱々しく、数も少ない。

秋の蚊のよろ〳〵と来て人を刺す　正岡子規
くはれもす八雲旧居の秋の蚊に　高浜虚子
別れ蚊や思はぬところ刺してゆき　藤井なづ菜

秋の蜂
あきのはち

残《のこ》る蜂《はち》
⬇蜂《はち》(春)、冬《ふゆ》の蜂《はち》(冬)

冬眠に入るまで、秋にも活発に飛び回る。

静かさや梅の苔吸ふ秋の蜂　野坡
秋の蜂一寸たりと軒退かず　今井桃青
残る蜂花粉まみれの貌あげて　安藤ちさと

螻蛄鳴く
けらなく

螻蛄《けら》、おけら

体長約3㎝の、蟋蟀《こおろぎ》に似た虫。土中に棲み、ジージーと重い声で鳴く。

螻蛄鳴いてをるや静に力無く　京極杞陽
夜のおけら耳朶を聾するばかりなり　原石鼎
けら鳴くやスィッチ手探りに　草野ぐり

地虫鳴く
じむしなく
ぢむしなく

秋夜、土中で何とも知れない虫が鳴いているのをいう。

地の底に鳴き居る虫や秋の雨　玉虬
地虫きき夜ふけの廈《いへ》をいぶかしむ　石田波郷
地虫鳴くペン先太き父の文　ひろおかいつか

蚯蚓鳴く みみずなく

➡蚯蚓《みみず》（夏）

秋の夜、ジーッと土中から聞こえる音を蚯蚓が鳴くのだとした。実際は螻蛄《けら》の声。滑稽味ある空想的季題の一つ。

蚯蚓鳴く六波羅密寺しんのやみ　川端茅舎
粥炊くに塩ひとつまみ蚯蚓鳴く　白井薔薇
蚯蚓鳴くこの庭石のあたりより　矢口路

蓑虫 みのむし

鬼《おに》の子《こ》、鬼《おに》の捨子《すてご》、みなし子《ご》、蓑虫鳴く《みのむしなく》

蓑蛾の幼虫。体から出す糸で木の葉や小枝をくくって巣を作り、その中に棲むが、古来、秋の淋しさを鳴くかのように詠まれてきた。

蓑虫の音を聞きに来よ草の庵　芭蕉
蓑虫にうすうす目鼻ありにけり　波多野爽波
鬼の子のまとひしものに石の片　増田真麻

稲雀 いなすずめ

入内雀《にゅうないすずめ》

実った稲を啄む雀の群れ。農作物に害を与える。

稲雀ぐわらん〳〵と銅鑼が鳴る　村上鬼城
稲雀大菩薩嶺はひるかすむ　飯田蛇笏
稲雀天皇陛下長靴で　依田小

鵙 もず

百舌鳥《もず》、鵙日和《もずびより》、鵙の早贄《もずのはやにえ》

木のてっぺんなどで、キーッ、キキキキと鋭い声でつづけて鳴く。小鳥や蛙、昆虫などを捕え、木の枝などに刺して蓄える習性があり、これが鵙の早贄。

鵙の来て一荒れ見ゆる野山かな　蓼太
鵙の晴疲れしときはわがままに　星野立子
鵙鳴くや別荘二軒FOR SALE　小野津弥香

鵯 ひよどり

鵯《ひよ》

秋、山から群れなして下りてくる。林や庭先で、南天、八ツ手などの実を好んで啄む。ピーヨ、ピーヨと賑やか。

鵯のこぼし去りぬる実の赤き　蕪村
飛び鳴きの鵯や山川晴るゝ空　松根東洋城
鵯のなきとぶ下の塀大破　高野素十

鶸 ひわ

真鶸《まひわ》

雀より小さい、黄色の鳥、チュイン、チュインと鳴く。

鶸鳴くや杉の梢に日の残り　柏後
砂丘よりかぶさつて来ぬ鶸のむれ　鈴木花蓑
鶸来るやしばし箒に顎のせて　瀬島久子

椋鳥 むくどり

椋《むく》鳥、白頭翁《はくとうおう》

体は灰褐色で、くちばしと脚が黄色。群れをなし、鳴き声がやかましい。椋の実を好む。

椋鳥や枝に来るほど木の葉散る　桃水
あれ程の椋鳥をさまりし一樹かな　松根東洋城
椋鳥や独りでゐたき日もありて　小早川忠義

鵲 かささぎ

かちがらす

北九州にいる天然記念物。頭が白く、尾長に似た留鳥。七夕の夜、天の川に橋をわたすという伝説もある。

かささぎや石を重りの橋も有り　其角
鵲は魂の緒の母の使かな　山口青邨
鵲の鳴くや百済のそのままに　たなか迪子

鶉 うずら うづら

片鶉《かたうずら》、諸鶉《もろうずら》、鶉小屋《うずらごや》

丸々とした鳩より小さめの鳥で、地面を駆ける。茶褐色で黒と白の斑点がある。肉は美味、卵も珍重される。

縫物に針のこぼるる鶉かな　千代女
重なるは親子か雨に鳴く鶉　夏目漱石
子規庵に飼はれし鶉鳴きにけり　永井珠

啄木鳥 きつつき

けらつつき、啄木鳥《けら》、赤《あか》げら、青《あお》げら、小《こ》げら

木の幹をつついて中の虫を食べる。鳩ぐらいの大きさで小げら、赤げら、熊げらなどの総称。

啄木鳥の月に驚く木の間かな　樗堂
啄木鳥や日の円光の梢より　川端茅舎
頭の赤き啄木鳥の来てつつくかな　前壽人

渡り鳥 わたりどり

鳥渡《とりわた》る、鳥《とり》の渡《わた》り

秋、北方から渡ってくる雁《かり》、鴨《かも》、鶫《つぐみ》、鶸《ひわ》など。

木曾川の今こそ光れ渡り鳥　高浜虚子
鳥わたるこきこきこきと罐切れば　秋元不死男
二《ふ》上《たが》山《み》は朝雲ぬぐや鳥渡る　中辻左門

燕帰る つばめかえる つばめかへる

帰燕《きえん》、残《のこ》る燕《つばめ》、秋燕《あきつばめ》、秋燕《しゅうえん》、去《い》ぬ燕《つばめ》
➡燕《つばめ》(春)、燕《つばめ》の子《こ》(夏)

巣を作り子を育てた燕が、九月ごろ、南へ帰る。

落日のなかを燕の帰るかな　蕪村
身をほそめとぶ帰燕あり月の空　川端茅舎
浅間嶺に眼凝らせば秋燕　京極杞陽

海猫帰る《ごめかえる》《ごめかへる》

海猫帰《うみねこかえ》る、残《のこ》る海猫《ごめ》
➡海猫渡《ごめわた》る（春）

産卵・子育てを終えた海猫が、南へ渡ること。

鮫といふ侘しきところ海猫残る　浜崎素粒子
魚増の嫁は出たきり海猫帰る　斎藤月子
海猫帰るふるさとに住む姉一人　奥寺ひろ子

雁来る《かりくる》

雁《がん》、雁《かり》が音《ね》、初雁《はつかり》、雁渡《かりわた》る、雁行《がんこう》、落雁《らくがん》、沼太郎《ぬまたろう》、雁《かり》の棹《さお》、かりがね

十月初旬、北から渡ってくる。整然と棹のように並んだり、鉤形になったりして飛ぶ。これを雁の棹という。

病雁の夜寒に落ちて旅寝かな　芭蕉
湖もこの辺にして雁渡る　高浜虚子
刃物屋に砥石選りをり雁の頃　夏秋明子

鴨来る《かもくる》

初鴨《はつがも》、鴨渡《かもわた》る
➡鴨《かも》（冬）

鴨は晩秋、北方から渡ってくる。その年初めて見た鴨を初鴨。峰すれすれに越すことを尾越《おごし》の鴨という。

初鴨や刈らぬ水田に波を立て　雲道
鴨渡る鍵も小さき旅鞄　中村草田男
封筒のふつくら厚く鴨来る　竹内真実子

鶴来る《つるくる》

鶴渡《つるわた》る
➡鶴《つる》（冬）

十月下旬ごろ、北から渡ってくる。日本に来るのは、丹頂《たんちょう》、真鶴《まなづる》、鍋鶴《なべつる》の三種類。渡来地も限られる。

鶴啼くと三階に敷く褥《しとね》かな　阿波野青畝
丘陵の前鍋鶴のひらひらと　高野素十
鶴来るやベレーを買ふに奮発し　牧やすこ

小鳥来る《ことりくる》

小鳥《ことり》、小鳥渡《ことりわた》る

秋、さまざまな小鳥が、北方から渡ってきたり、山から里に下りてきたりすること。

小鳥来る音うれしさよ板びさし　蕪村
朝鳥の来ればうれしき日和かな　正岡子規
小鳥来る砂に足跡やはらかく　如月真菜
ふるさとに残る縁側小鳥くる　石坂ひさご

色鳥《いろどり》

色鳥来《いろどりく》
➡囀《さえずり》（春）

花鶏《あとり》、頭高《かしらだか》、鴟《しめ》、猿子《ましこ》、仙入《せんにゅう》など、色の美しい小鳥のこと。秋は色を賞で、春は囀りを賞でる。

色鳥のかくれて見えぬ廂かな　高浜虚子
色鳥に乾きてかろし松ふぐり　原石鼎
埋めたる小鳥の墓や色鳥来　髙野虹子

鶫《つぐみ》

十月末、大群で渡ってくる。あまり鳴き声は立てない。

鶫鳴く尾上の松は明けにけり 万子

鶫死して翅拡ぐるに任せたり 山口誓子

鶫来て燻るかまどの煙かな 根岸かなた

連雀《れんじゃく》

緋連雀《ひれんじゃく》、黄連雀《きれんじゃく》

冠毛があり、鈴を振るようにチリチリヒリヒリと鳴く。

連雀やひとりしたゝる松の中 蓼太

緋連雀一斉にたつてもれもなし 阿波野青畝

連雀や裏の牧場の柵の上 増村佳也

鶺鴒《せきれい》

石叩《いしたたき》、黄鶺鴒《きせきれい》、背黒鶺鴒《せぐろせきれい》、白鶺鴒《はくせきれい》

川原などで、長い尾を上下に振っているのが石を叩くように見えるところから石叩ともいう。一年中見かけるが、羽の色が美しく俳句では秋の色鳥の一つとされる。

世の中は鶺鴒の尾のひまもなし 凡兆

石叩とぶ豊年の村の中 波多野爽波

石叩コンクリートを叩きけり 梶川みのり

鴫来る《しぎくる》

田鴫《たしぎ》、磯鴫《いそしぎ》

渡り鳥で、田や沼にいるのは田鴫。浜にいるのは磯鴫。

泥亀の鴫に這ひよる夕かな 其角

鴫立つてあと立つ鷺のさう〴〵し 大須賀乙字

鴫来るや文字のかするる貨物船 安藤ちさと

落鮎《おちあゆ》

鮎落《あゆお》つ、錆鮎《さびあゆ》、下《くだ》り鮎《あゆ》、秋《あき》の鮎《あゆ》

➡鮎《あゆ》(夏)

初秋に産卵した鮎は、川を下りつつ死ぬ、そのころの鮎。消耗して体は黒みを帯び、腹部は褐色を呈するために錆鮎ともいう。

落鮎や日に日に水のすさまじき 千代女

落ち〳〵て鮎は木の葉となりにけり 前田普羅

落鮎を呉るるやこれで終りとて 國分香穂

紅葉鮒《もみじぶな もみぢぶな》

➡春《はる》の鮒《ふな》(春)

晩秋、琵琶湖の源五郎鮒のえらが赤く色づいたものをいう。

あらめ橋かかる所や紅葉鮒 宗因

紅葉鮒そろ〳〵比良の雪嶺かな 松根東洋城

澄むところにも紅葉鮒潜みをり 浜崎素粒子

ままかり

ままかり鮨《すし》

瀬戸内海で獲れる鯯《さっぱ》の酢漬け。隣から飯《まま》を借りるほどうまいというのでこの名がある。

ままかりをとるや青き帆かたむけて　辻　桃子

航跡にままかり舟のあふられて　安部元気

さつぱ舟金毘羅さんをまなかひに　石井みや

鯔

ぼら——鯔《ぼら》、鯔漁《ぼらりょう》、鯔釣《ぼらつり》

沿岸や河口でよく跳ねる。成長に従い呼び名が、洲走《すばしり》、おぼこ、いな、鯔と変わる。特に大きいのはとど。

鯔の飛ぶ夕潮の真ッ平かな　河東碧梧桐

鯔飛んで今は涸れたる真水の井　山口珊瑚

鯔飛ぶや競艇場はいま静か　石井鐐二

鯊

はぜ——沙魚《はぜ》、だぼはぜ、ふるせ、鯊《はぜ》の潮《しお》
⇒鯊釣《はぜつり》（人）

体長約20cm。泥の多い河口や内湾で釣れる。

沙魚飛んで船に飯たくゆふべかな　才　麿

たらたらと洲崎の灯あり鯊の潮　石田波郷

鯊釣や水面に雲の疾く流れ　加々美槐多

鯊買へば先代のこと佃煮屋　小倉わこ

秋鯖

あきさば
⇒鯖《さば》（夏）

夏から出回るが、秋は脂がのっておいしい。

映画はねぞろぞろと皆鯖の漁夫　高野素十

秋鯖を提げてあいつがやつてくる　植松孫一

秋鯖の味付け濃かり港町　遠藤ちこ

鰯

いわし——弱魚《いわし》、真鰯《まいわし》、鰯引《いわしひ》き、鰯網《いわしあみ》、鰯干《いわしほ》し、鰯売《いわしうり》
⇒潤目鰯《うるめいわし》（冬）

近海で獲れるが、とくに秋は味がよい。

海中や鰯貰ひに犬も来る　一　茶

鶏頭にこぼしてゆきし鰯かな　波多野爽波

きよらなり経木ひらけば干鰯　辻　桃子

秋刀魚

さんま——さいら、初秋刀魚《はつさんま》

十月ごろが旬。脂肪が多く塩焼きにして美味。

夕空の土星に秋刀魚焼く匂ひ　川端茅舎

風の日は風吹きすさぶ秋刀魚の値　石田波郷

刃金めく秋刀魚を焼いてをりにけり　松井千里

太刀魚

たちうお
たちうを——たちの魚《うお》、たちいお

体の色が銀色で刀のように細長く、1.5mくらいになる。

たち魚の影やひらりと磯の波　無　諍

太刀魚の小刀ほどが釣られけり　はらてふ古

リュックより太刀魚の尾の出てをりぬ　小川こう

鮭

さけ

初鮭《はつざけ》、鮭漁《さけりょう》、鮭打《さけうち》、鮭網《さけあみ》、鮭上《さけのぼ》る、しゃけ、秋味《あきあじ》

秋、群れをなして故郷の川をさかのぼり、上流で産卵して死ぬ。北海道西岸が多い。

オホーツクの緑の海を鮭上る　高野素十
鮭を捕るつど軋みたり水車簗　大槻独舟
売声のしやがれて鮭の捌かるる　ひらいその

鹿

しか

鹿《しか》の声《こえ》、妻恋《つまこ》う鹿《しか》、鹿《しし》、鹿鳴《しかな》く、鹿《しか》の妻《つま》、鹿笛《しかぶえ》、鹿狩《しかがり》
➡鹿《か》の子《こ》（夏）

晩秋が交尾期で、雄鹿は盛んに鳴く。この妻を恋う声に、古人は秋の深さを感じ取った。

きら〳〵とぬれたる鹿に夕日かな　許六
信号を鹿も一緒に渡りけり　にしな帆波
炭焼場跡に鋭き鹿の声　礒部あかね

猪

いのしし

猪《しし》、瓜坊《うりぼう》、手負猪《ておいじし》、猪罠《ししわな》
➡猪鍋《ししなべ》、牡丹鍋《ぼたんなべ》（冬）

晩秋になると、夜、山から下りてきて、山里の畑などを荒らす。猪鍋を名物とするところもある。

猪の出ることを静かに話しをり　後藤夜半
上流を猪の渉るといふことよ　高野素十
猟犬にしやぶられてゐる猪の骨　佐藤　信

馬肥ゆる

うまこゆる

秋《あき》の駒《こま》

秋になって、馬が肥えてたくましくなること。「天高く馬肥ゆる秋」という。

牧の馬肥えにけり早も雪や来ん　高浜虚子
馬肥ゆるみちのくの旅けふここに　山口青邨
馬肥えて降りたる駅にめし屋なく　亀村唯今

蛇穴に入る

へびあなにいる

秋《あき》の蛇《へび》、蛇穴《へびあな》に、蜥蜴穴《とかげあな》に入《い》る
➡蛇《へび》（夏）

秋の彼岸のころ、蛇や蜥蜴は冬眠のために穴に入るとされている。

穴撰みしてやのろのろ野らの蛇　一　茶
蛇穴や西日さしこむ二三寸　村上鬼城
香港の薬あがなひ蛇穴に　西川千晶

穴惑

あなまどい
あなまどひ

晩秋、冬眠の穴に入らず、徘徊している蛇のこと。

穴惑蘆にからまる日和かな　阿波野青畝
穴まどひ沸かし湯なれどすぐどうぞ　辻　桃子
巡礼のひよいと跨ぐや穴惑　山田こと子

朝顔

あさがお
あさがほ

蕣《あさがお》、牽牛花《けんぎゅうか》
↓昼顔《ひるがお》、夕顔《ゆうがお》(夏)

ヒルガオ科。明け方、漏斗のような花を咲かせ、午前中にしぼむ。現在の季感では夏だが、秋（立秋以降）が本意。

朝がほや一輪深き淵のいろ　蕪村
朝顔の終ひと思へばまた開き　長谷川ちとせ
朝顔や父に届きし女文字　バロン金沢

朝顔の種

あさがおのたね
あさがほのたね

朝顔《あさがお》の実《み》
↓朝顔《あさがお》の種採《たねとり》(人)

小指の頭ほどの実が熟して、自然に裂けて種子をこぼす。

槿《あさがほ》の実をとる人のゆふべかな　才麿
人老ゆる朝顔も実となりにけり　山口青邨
母老いぬまた朝顔の種とつて　岸田寿福

夜顔

よるがお
よるがほ

夜会草《やかいそう》
↓夕顔《ゆうがお》(夏)

多年生の蔓草。朝顔形の純白の花が夕方開き、翌朝しぼむ。ウリ科の夕顔ではない。

月更けて夜会草風にいたみけり　高田蝶衣
夜会草縦真半分なる月が　ひろおかいつか
夜顔の咲く護国寺の坂上がる　ふく嶋桐里

カンナ

カンナ科。燃えるような赤や黄色の花を咲かせる。

カンナ秋幼な馴染が鉄を打つ　三橋鷹女
黄のカンナ見えれば近き我が家かな　正木とと
あぐら組み替へて一手や花カンナ　二川はなの

鳳仙花

ほうせんか
ほうせんくわ

爪紅《つまくれない》、爪紅《つまべに》

赤、白、紫、絞りなど花弁をもみつぶして、爪を染めて遊んだ。実は縦に割れやすく、熟すとはじけて種が飛ぶ。

汲み去つて井辺しづまりぬ鳳仙花　原石鼎
鳳仙花種子にあつまる女の子　浦野晶子
島神の箒の赤し鳳仙花　如月真菜

白粉花

おしろいばな

白粉《おしろい》の花《はな》、夕化粧《ゆうげしょう》、白粉花《おしろい》の実《み》

夕方、よく茂った葉の上に赤、白、黄の花が開き、昼にはしぼむ。黒い種の中に白粉に似た白い胚乳があるので、この名がある。

白粉《おしろい》の花ぬつて見る娘かな　一茶
白粉花吾子は淋しい子かも知れず　波多野爽波
白粉花《おしろい》や辻を曲れば閻魔堂　井上ろびん

鶏頭《けいとう》

鶏頭花《けいとうか》

ヒユ科。花の形が鶏の鶏冠《とさか》に似ている。色は赤、白、黄など。霜の降りるころまで咲きつづける。

鶏頭のさかり過ぎたる鶏冠《とさか》かな　宮原美枝
鶏頭や直立のまま枯れつくし　北島きりは
長雨に鶏頭だけの庭であり　福田今日子

葉鶏頭《はげいとう》

雁来紅《がんらいこう》、かまつか

ヒユ科。高さ1、2m。大きな葉が鮮やかな紅や黄に染まり目立つ。雁が来るころに葉が赤くなるので雁来紅と呼ばれる。

まだ夏の心ならひや葉鶏頭　嵐雪
かくれ住む門に目立つや葉鶏頭　永井荷風
生き生きと雁来紅や無人駅　河田いちご

コスモス

秋桜《あきざくら》

キク科。ピンク、紅、白、淡い黄色などの花が群がり咲き美しい。ふんわりとして一見弱々しい感じだが、成長力が強く、種が飛んで河原などにも生える。

コスモスの花あそびをる虚空かな　高浜虚子
コスモスや茎より素描始めたる　北山日路地
コスモスや茫々生きて残されて　澤田佐和

蘭《らん》

カトレア、デンドロビューム、秋蘭《しゅうらん》
⬇君子蘭《くんしらん》(春)

ラン科の植物の総称。種類はきわめて多い。古くは藤袴を蘭といったため、秋の季語になっている。蘭・竹・梅・菊の気品を賞し四君子という。

もるる香や蘭も覆の紙一重　太祇
蘭の花幽かに揺れて人に見す　西東三鬼
唐風の鉢三十も蘭ひらく　野崎夜子

秋の薔薇《あきのばら》

秋薔薇《あきそうび》
⬇薔薇《ばら》(夏)

薔薇は四季咲くが、秋に咲く薔薇。

秋薔薇や彩を尽して艶ならず　松根東洋城
秋薔薇のテーブル越しのキッスかな　川口未来
煉瓦塀つづく館や秋の薔薇　持主次郎

菊《きく》

白菊《しらぎく》、黄菊《きぎく》、菊盛《きくさか》り、菊《きく》の香《か》
⬇菊人形《きくにんぎょう》(人)

桜と並ぶわが国の代表的な花。観賞用として多く栽培され、大輪から小菊まで、種類は数千にのぼる。

白菊の目に立てて見る塵もなし　芭蕉
丹精の菊みよと垣つくろはず　久保田万太郎
戒名は勇猛院や菊の花　前寿人

残菊《ざんぎく》

残《のこ》り菊《きく》、残《のこ》ん菊《ぎく》、晩菊《ばんぎく》

九月九日の重陽の節句以降の菊のこと。秋もすっかり深まり、あたりが末枯れてから咲くのが晩菊。

谷ふかく残菊匂ふ在所かな　幽軒

残菊や老いての夢は珠のごと　能村登四郎

軒に舟吊り下げてあり残る菊　髙野虹子

秋海棠《しゅうかいどう》《しうかいだう》

↓海棠《かいどう》（春）

大きなハート形の葉に、淡紅色の花がひっそりと垂れて美しい。

秋海棠西瓜の色に咲きにけり　芭蕉

刈り伏せて節々高し秋海棠　原石鼎

秋海棠勝手口から御用聞き　佐久間清観

サフラン

泊夫藍《さふらん》、泊夫藍《さふらん》

アヤメ科。十月ごろ、クロッカスに似た淡紫色の花を開く。赤く、不気味な感じの蕊は、香辛料や薬、染色に使う。

裏庭にサフランあふれ人逝けり　山岡綾穂

泊夫藍や一夜の雨に腐《くだ》ちつつ　倉田多夏志

花ひらく泊夫藍赤き蕊出して　滝沢水仙

紫苑《しおん》《しをん》

鬼《おに》の醜草《しこくさ》

キク科。淡い紫色の野菊に似た花。丈が高く、台風などに大きく揺れる。

棲より四五寸高きしをんかな　一茶

頂きに蟷螂のをる紫苑かな　上野泰

真つ直ぐな鬼の醜草供へけり　袖山篠

弁慶草《べんけいそう》《べんけいさう》

多年草。白緑色の肉厚の葉を持ち、枝先に紅色のぼかしのある白花が群がって咲く。折っても枯れない強さを弁慶になぞらえた。

雨つよし弁慶草も土に伏し　杉田久女

弁慶草出窓の手摺朽ち落ちて　辻桃子

弁慶草肉の厚きをつまみけり　梶川みのり

風船葛《ふうせんかずら》《ふうせんかづら》

風船葛《ふうせんかずら》の実《み》

ムクロジ科の蔓草。ものにからみつき、3mほどに伸びる。風船に似た緑色の実が風に揺れやすくよく目立つ。

窓一つおほひ風船葛かな　武内歳志

昼の酒場《バア》窓に風船かづらゆれ　浜名ちどり

茂りてはうとまる風船葛かな　米本玲子

初紅葉《はつもみじ》《はつもみぢ》

その年初めて目にした紅葉をいう。

山ふさぐこなたおもてや初紅葉　其角

この道のこの枝のみや初紅葉　石川妙

水甕の涸れし後ろに初紅葉　小川邦抹

薄紅葉《うすもみじ》《うすもみぢ》

薄く紅葉し始めた紅葉。

町庭のこころに足るや薄紅葉　太祇

多摩の水すこし激する薄紅葉　山口青邨

盆栽の鉢より溢れ薄紅葉　北山日路地

紅葉《もみじ》《もみぢ》

――紅葉《もみ》いづる、紅葉葉《もみじば》、色葉《いろは》、紅葉《こうよう》

⬇紅葉狩《もみじがり》(人)

落葉樹のほとんどは、秋、紅葉する。とくに楓紅葉をいう。

岩陰に鄙びた唄や紅葉の湯　村上雪男

障子しめて四方の紅葉を感じをり　星野立子

大瀧に至り著きけり紅葉狩　波多野爽波

黄葉《こうよう》《くわうえふ》

――黄葉《もみじ》

銀杏、柳など黄色にかわる葉をいう。

常くらき臭木の葉より黄ばみけり　百合山羽公

黄葉《もみ》づるや駒場キャンパス炊事門　今野ゆきえ

黄葉してジャズの流るる丸太小屋　斉藤夕日

照葉《てりは》

――照紅葉《てりもみじ》

紅葉した木や草の葉が、日の光に美しく照り映えること。

から堀の中に道ある照葉かな　蕪村

かがやける白雲ありて照紅葉　高浜虚子

奥入瀬の流れの上に照紅葉　木村遥雲

桜紅葉《さくらもみじ》《さくらもみぢ》

桜の葉は、ほかの木に先立って紅葉する。

早咲の得手を桜の紅葉かな　丈草

霧に影なげてもみづる桜かな　臼田亜浪

馬屋町に馬なく桜紅葉かな　今泉如雲

蔦紅葉《つたもみじ》《つたもみぢ》

――蔦《つた》、蔦葛《つたかずら》、紅蔦《べにづた》

蔦には一年中青い種類もあるが、秋に紅葉するものはとくに美しい。紅蔦ともいう。

蔦の葉は昔めきたる紅葉かな　芭蕉

引けば寄る蔦や梢のここかしこ　太祇

紅葉は斯くあるべしと蔦葛　赤司広楽

柞紅葉《ははそもみじ》《ははそもみぢ》

――柞原《ははそはら》、柞《ははそ》

里山に多い柞(コナラの古名)の紅葉。

ははそちりて小袖にもろし露泪　貞室

柞もみぢ萎乾き行く山表　存亜

目の下は柞紅葉よりリフトゆく　安斉矢織

柿紅葉

かきもみじ
かきもみぢ

朱色、黄色が入りまじり、散った葉も大きく美しい。

祭にも鐘つく村や柿紅葉　紫暁

柿紅葉山ふところを染めなせり　高浜虚子

柿紅葉いつも空つぽ犬の皿　丸山好枝

錦木

にしきぎ

錦木紅葉《にしきぎもみじ》、鬼箭木紅葉《にしきぎもみじ》

紅葉がきわだって美しい。赤い実が熟して裂け、橙黄色の種が出てくる。枝にヒレがあり、ヒレがないのは小檀《こまゆみ》。

錦木に寄りそひ立てば我ゆかし　高浜虚子

錦木のもの古びたる紅葉かな　後藤夜半

みちのくの門は錦木紅葉かな　辻桃子

紅葉かつ散る

もみじかつちる
もみぢかつちる

色葉散《いろはち》る、色《いろ》ながら散《ち》る
⬇紅葉散《もみじち》る（冬）

紅葉しながら、一方では早くも散っていくこと。

かつ散りて御簾に掃かるる艷《もみじ》かな　其角

紅葉かつ散る何鳥ぞこゑ引くは　佐藤明彦

紅葉かつ散りて円楽逝きにけり　今泉如雲

銀杏散る

いちょうちる
いてふちる

銀杏黄葉《いちょうもみじ》
⬇銀杏落葉《いちょうおちば》（冬）

銀杏の葉が、黄色に染まり、晩秋には一面に散り敷く。

北は黄にいてふぞ見ゆる大徳寺　召波

銀杏ちるまつたゞ中に法科あり　山口青邨

銀杏ちるどれも百円なる市に　森脇裕美

黄落

こうらく
くわうらく

黄落期《こうらくき》

木の葉が黄ばんで落ちること。またその時期。

黄落のつゞくかぎりの街景色　飯田蛇笏

黄落のはじまる城の高さより　野見山ひふみ

黄落の里山ひそと静もれる　吉田たまこ

柳散る

やなぎちる

柳落葉《やなぎおちば》、散《ち》る柳《やなぎ》

柳の葉が散ること。しみじみ秋が感じられる。

庭掃きて出でばや寺に散る柳　芭蕉

柳散り菜屑流るる小川かな　正岡子規

ふところに江戸切絵図や柳散る　加藤郁乎

桐一葉《きりひとは》

一葉《ひとは》落《お》つ、一葉《ひとは》の秋《あき》、桐《きり》の秋《あき》
⬇青桐《あおぎり》（夏）

桐の葉が一枚落ちて秋の訪れを感じること。『淮南子《えなんじ》』の「桐一葉落ちて天下の秋を知る」による。

水の蛛《くも》一葉にちかくおよぎ寄る　其角

桐一葉日当りながら落ちにけり　高浜虚子

夜の湖の暗きを流れ桐一葉　波多野爽波

色変えぬ松《いろかえぬまつ》《いろかへぬまつ》

色変《いろか》えぬ杉《すぎ》

秋、木々が紅葉するなかで松だけは緑のままで色が変わらぬこと。

神代より色替へぬかな松と浪　一茶

城亡びし松美しく色かへず　富安風生

色変へぬ松や皇宮警察車　小野阿以子

木槿《むくげ》

底紅《そこべに》、花木槿《はなむくげ》、きはちす、木槿垣《むくげがき》

アオイ科。密に茂った枝葉に五弁の花をたくさん咲かせる。花の色は赤紫、白、絞りなどさまざま。

道のべの木槿は馬に食はれけり　芭蕉

底紅や俳句に極致茶に極致　阿波野青畝

一日の過ぐる早さや花木槿　菅原よし乃

芙蓉《ふよう》

酔芙蓉《すいふよう》、紅芙蓉《べにふよう》、花芙蓉《はなふよう》

アオイ科の落葉低木。淡い赤や白の気品のある花がふんわりと咲く。白花が夕方紅く変わるのは酔芙蓉。

ほしのかげいだきてふけぬ白芙蓉　青蘿

反橋の小さく見ゆる芙蓉かな　夏目漱石

白芙蓉ま白きままにころと落ち　松本オリエ

臭木の花《くさぎのはな》

常山木《くさぎ》の花《はな》

クマツヅラ科。高さ2mほどの落葉灌木。九月ごろ、ぱらりと五つに分かれた白い花が目立つ。葉や茎に異臭があるので、この名がついた。若芽は食用にする。

逃ぐる子を臭木の花に挟みうち　波多野爽波

湯煙の届くところや花臭木　中村阿昼

花臭木二階の窓を開けたれば　木村伴女

木犀《もくせい》

金木犀《きんもくせい》、銀木犀《ぎんもくせい》

十月ごろ、金木犀はオレンジ色、銀木犀は白い小花をぎっしりつけ、甘い香りが遠くから匂う。

天つつぬけに木犀と豚にほふ　飯田龍太

木犀や戸口にをるはドーベルマン　堀なでしこ

その角を曲がれば匂ひ金木犀　篠田裕司

竹の春《たけのはる》

竹春《ちくしゅん》
↓竹《たけ》の秋《あき》(春)

竹は秋に旺んに成長するので、竹にとっては秋が春、春が秋となる。竹春は陰暦八月の異称。

おのが葉に月おぼろなり竹の春　蕪　村
すぐなると傾げるもあり竹の春　高浜虚子
金明竹銀明竹も竹の春　黒木千草

新松子《しんちぢり》

青松毬《あおまつかさ》、松《まつ》ふぐり、松《まつ》ぼくり

今年できた青い松笠のこと。

かしこまる膝の松子ぞこぼれける　才　麿
新松子亀のとびこむ音のして　前原水緒
ひろひけり十和田湖畔の新松子　中村八重子

木の実《このみ》

木《こ》の実降《みふ》る、木《こ》の実雨《みあめ》、木《こ》の実拾《みひろ》う、木《こ》の実独楽《みごま》

名もない木々の小さな実まで成熟して落ちる。

よろこべばしきりに落つる木の実かな　富安風生
回廊に木の実ひろふも法会かな　笹岡明日香
木の実降る秋風庵に井戸ひとつ　堀内夢子

椿の実《つばきのみ》

椿《つばき》実《み》に
↓椿《つばき》(春)

ころんと丸い。熟すと堅い皮の中から大きな種が二、三個出てくる。種を搾って椿油をとる。

実椿や立つるによわき蜂の針　野　坡
椿の実干し眼福に大雅堂　富安風生
椿実に倹約せよと母の文　高橋らら

橡の実《とちのみ》

栃《とち》の実《み》、橡餅《とちもち》

丸い実が三つに裂け、中に褐色の大きな種がある。澱粉を含んでいるので晒して橡餅や橡団子を作る。

橡の実やいく日ころげて麓まで　一　茶
橡老いてあるほどの実をこぼしけり　前田普羅
橡餅やお茶つこ飲んで行きなんせ　二川はなの

藤の実《ふじのみ》《ふぢのみ》

藤《ふじ》は実《み》に
↓藤《ふじ》(春)

長さ10〜20cmほどの細長く固い莢が下がり、中に豆状の実が入っている。

藤の実に小寒き雨を見る日かな　暁　台
藤は実に家族写真の一人減り　吉田さよこ
藤の実やがつしり支へ石の棚　松本正今日

櫨の実《はぜのみ》

はぜちぎり、櫨《はじ》の実《み》

大豆くらいの大きさで房になる。初め緑、後に黄色に変わり、ろうそくの原料になる。

櫨の実のしづかに枯れてをりにけり　日野草城
櫨熟れて鳥放生に任せたり　石塚友二
櫨の実や槍も穂高もけぶりたる　中小雪

樫の実《かしのみ》

樫の木の実。「ひとつ」にかかる枕詞。

さびしさは橿《かし》の實落る寝覺かな　蘆夕
樫の実の落ちて駆け寄る鶏三羽　村上鬼城
境内に干す座布団に樫の実が　長谷川ちとせ

団栗《どんぐり》

くぬぎの実《み》

小楢、樫などの木の実の総称。

団栗の己が落葉に埋れけり　渡辺水巴
どんぐりに虫うごかないなんでだろ　山口琉空
山城の本丸跡やくぬぎの実　飯塚萬里

椎の実《しいのみ》

落椎《おちしい》、椎《しい》の秋《あき》
➡椎若葉《しいわかば》(夏)

椎の木の実。食べられる。昔は子どものおやつにした。

牛の子よ椎の実蹄《つめ》にはさまらん　白雄
椎の実を拾ひに来るや隣りの子　正岡子規
椎の実やわが家にいまだ小さき子　岸本尚毅

椋の実《むくのみ》

卵状の核果が黒く熟し、甘い。ぱらぱら落ちて椋鳥が好む。

椋の実や一むら鳥のこぼし行く　漢水
椋の実や井戸にさらしの漉し袋　たなか迪子
恐るべき石段見上げ椋ひろふ　川口未来

一位の実《いちいのみ》《いちゐのみ》

あららぎの実《み》、おんこの実《み》、水松《いちい》の実《み》

秋、真っ赤に熟す。甘みがあり食べられるが、種は毒。

一位の実甘し遠嶺の霧を見る　野見山朱鳥
神主は実は忍者よおんこの実　黒岩くに子
鈴生りの生垣なすや一位の実　上原和沙

楝の実《おうちのみ》《あふちのみ》

栴檀《せんだん》の実《み》
➡楝《おうち》の花《はな》(夏)

栴檀の実のこと。晩秋に黄色に熟し、葉が落ちた後も残っている。冬が終わるころ、ばらばらこぼれ敷く。

栴檀の実を喰ひこぼす鵯かな　河東碧梧桐
海荒れに栴檀の実の落ちやまず　山口哲子
読経の合間あひまに楝の実　立松けい

榧の実《かやのみ》

——新榧子《しんかや》

楕円形で中に両端のとがった種があり、食用にしたり油をとったりする。

榧の殻吉野の山の木の実見よ　嵐雪

榧の木に榧の実のつくさびしさよ　北原白秋

榧の実を売る人居りて札所かな　鈴木永寿

榎の実《えのみ ゑのみ》

——榎《えのき》の実《み》

小豆くらいの実が、熟すと橙色になり食べられる。

木にも似ずさてもちひさき榎の実かな　鬼貫

堂守や榎の実踏み行く草ざうり　松瀬青々

夜更かしの静かな音に榎の実落つ　如月真菜

菩提子《ぼだいし》

——菩提樹《ぼだいじゅ》の実《み》

菩提樹の種。褐色で小さく丸い。数珠を作る。

菩提子を拾ひいたゞく朝参り　高田蝶衣

菩提樹の実を拾ひをる女人かな　高浜虚子

菩提子をひろひ波郷の墓の径　国本杏

無患子《むくろじ》

落葉高木ムクロジの実。黄色の実をつけ、中に堅い真っ黒な種が入っている。種は羽根つきの羽子の玉や数珠にする。

無患子をバケツ一杯ひろひけり　白川松応

無患子を羽子の珠とてひろひ呉れ　石田ちづる

無患子の実にちち思ふはは思ふ　小島朋恵

臭木の実《くさぎのみ》

——常山木《くさぎ》の実《み》

晩秋に碧色の実が熟す。実の下に星形の赤紫の萼があってよく目立つ。

常山木の実こぼれ初めけり夜の雨　魯竹

紫の萼そりかへり常山木の實　拓水

岩洞に仏小さく臭木の実　古木はるか

枸杞の実《くこのみ》

——枸杞子《くこし》、枸杞酒《くこしゅ》

ナス科の低木の実。赤い楕円形の小さな実で、甘みがあり、漢方薬や枸杞酒に使われる。

枸杞垣の赤き實に住む小家かな　村上鬼城

枸杞の実の人知れずこそ灯しをり　富安風生

枸杞の実やここもうぢき家が立つ　森隆生

枳殻の実《からたちのみ》

——枳殻《きこく》の実《み》

枝に鋭い棘があり、垣根に植えられ、秋に丸く黄色い実をつける。

枳殻の実のなりなりて傷みけり　川口未来

音もなくからたちの実のころがりぬ　栢野木樵

からたちの実を見ればまたあの唄を　戸田扶葉

瓢の実《ひょんのみ》

——ひょん、蚊母樹《いすのき》の実《み》、瓢《ひょん》の笛《ふえ》

マンサク科の蚊母樹の葉腋にできる鶉卵大の虫こぶ。中の虫が飛び出した殻を子どもが吹き鳴らし、瓢の笛という。

ひょんの実や聖訪はるる片折戸　文川

亡き妻にホーホー鳴らす瓢の笛　赤川誓城

ひょんの実の犬のふぐりのごときかな　高橋羊一

桐の実《きりのみ》

——桐《きり》は実《み》に

5cmほどの卵形の実。翼のある種が入っている。

桐の実やおくの都の家さびて　木下杢太郎

御朱印の又一つ増え桐は実に　難波慶子

桐は実に我が娘にも嫁ぐ日が　松田あや

山椒の実《さんしょうのみ》《さんせうのみ》

——蜀椒《しょくしょう》、実山椒《みざんしょう》

小さい丸い実が紅く熟れ、やがて黒い種を散らす。葉とともに香辛料にする。

山椒をつかみ込んだる小なべかな　一茶

山椒の実水平線がちよと丸く　飯塚千寿

実山椒や上がり框の黒びかり　根岸かなた

紫式部《むらさきしきぶ》

——実紫《みむらさき》、小式部《こしきぶ》の実《み》、白式部《しろしきぶ》

クマツヅラ科。紫色に熟した小さな丸い実が、枝が枝垂れるほどびっしりついて美しい。実の白いのは白式部。

実むらさきゴム輪はつきり飛びにけり　波多野爽波

紫になりかけてゐる式部の実　辻　桃子

小式部に織部写しの小鉢かな　安部蘇葉

七竈《ななかまど》

——七竈《ななかまど》の実《み》

バラ科。紅葉が燃えるように美しい。真っ赤に熟した小さな実が、雪の中に残っているのも美しい。燃えにくく、七度かまどに入れても残るとしてこの名がある。

七竈実に新雪の積もりけり　飛鳥りら

ななかまど色づきゆくや留萌線　大川桃鬼

艶やかに術後の声やななかまど　空野草子

秋―植物

梅擬《うめもどき》

落霜紅《うめもどき》、蔓梅擬《つるうめもどき》、つるもどき

モチノキ科。山に自生する灌木で庭にも植える。葉が落ち、霜が降るころ、実が赤く色づく。

折りくる心こぼさじ梅もどき　蕪村
梅擬どこまで行けど寺の町　富樫風花
たまさかに夫が箒をうめもどき　堀八重

がまずみ

莢蒾《がまずみ》

紫陽花に似た葉で、紅い実がなる。食べると甘酸っぱい。漬物を赤く染めるのにも使う。

出棺にがまずみの実の雫かな　あべふみ江
がまずみや青邨ここに住みゐるしと　ひろおかいつか
がまずみや強力の背に負ぶはれて　水上黒介

木瓜の実《ぼけのみ》

バラ科。榠樝《かりん》に似た小さな黄緑色の実。薬用や木瓜酒に使う。

木瓜の実や事そともなく日の当る　松瀬青々
木瓜の実を離さぬ枝のか細さよ　後藤夜半
木瓜の実やお地蔵さまの耳長く　安部森人

皂莢の実《さいかちのみ》

皂莢《さいかち》、皂角子《さいかち》、さいかし

マメ科の高木で、長さ30㎝ほどの平べったい莢の中に実が入っている。

さいかしや吹きからびたる風の音　呉江
夕風やさいかちの実を吹鳴らす　石井露月
さいかちの実や洋次郎坂といふ　嶋谷香

茱萸《ぐみ》

秋茱萸《あきぐみ》、茱萸酒《ぐみざけ》

甘酸っぱく少し渋みがある。

いそ山や茱萸ひろふ子の袖袂　白雄
ぐみの実や舟着場まで橋長く　長谷川ちとせ
茱萸の実や兄弟多くうまれたる　音羽紅子

茨の実《いばらのみ》

野《の》ばらの実《み》

バラ科。真紅の球形の実が熟し、葉が落ちた後も残る。

茨の実のうましといふにあらねども　宮部寸七翁
懸命に赤くならむと茨の実　右城暮石
みんないいとみすゞの詩なり茨の実　武田みかん

山葡萄《やまぶどう／やまぶだう》

野葡萄《のぶどう》

山に生える葡萄。紅葉が美しく、食べられる。野葡萄は食べられない。

大つぶに降ってやむ雨山ぶだう　皆吉爽雨
山葡萄故山の雲のかぎりなし　木下夕爾
ふるさとの山のぶだうの小粒かな　園田こみち

通草《あけび》

通草垣《あけびがき》

➡通草《あけび》の花《はな》（春）

実は楕円形で長さ約10㎝。紫色に熟すと口が開く。黒い小さな種がたくさんあり、白い果肉が甘く食べられる。

一夜さに棚で口あく木通《あけび》かな　一茶

烏飛んでそこに通草のありにけり　高浜虚子

木曾谷の底なほ深し通草の実　菊地しをん

郁子《むべ》

郁子《うべ》、郁子垣《むべがき》

アケビ科。通草に似ている実は熟しても割れない。果肉は甘い。垣根などに作る。

塗盆に茶屋の女房の郁子をのせ　高浜虚子

郁子垣をはなはだ低く秋の宿　富安風生

すれ違ひざまに耳打ち郁子の実と　砂森すずめ

秋草《あきくさ》

秋《あき》の草《くさ》、色草《いろくさ》、千草《ちぐさ》、八千草《やちぐさ》、草《くさ》の秋《あき》

➡草《くさ》の花《はな》（植）

秋の野原や庭をいろどる、さまざまな草。千種もありそうで八千草という。

名は花にさだまる秋の小草かな　二柳

秋草を活けかへてまた秋草を　山口青邨

木漏れ日のかけらかけらに秋の草　三島ひさの

秋の七草《あきのななくさ》

秋《あき》の七種《ななくさ》の花《はな》

山上憶良の歌による。萩《はぎ》、尾花《おばな》、葛《くず》、撫子《なでしこ》、女郎花《おみなえし》、藤袴《ふじばかま》、朝顔《あさがお》。朝顔は現在の桔梗のこととされる。

七草や露の盛りを星の花　鬼貫

これがこれ秋七草と木札立つ　石居雪明

供へては秋の七草あふれけり　永井珠

撫子《なでしこ》

河原撫子《かわらなでしこ》

30㎝ほどの茎の先に、花弁の縁が細かく裂けた、桃色のやわらかな五弁花をつける。

酔うて寝むなでしこ咲ける石の上　芭蕉

撫子や院の遊女の四人ほど　如月真菜

撫子や四人目やつと女の子　中小雪

桔梗《ききょう》《ききやう》

桔梗《きちこう》、白桔梗《しろききょう》

紫の五弁花が清しく、凜として美しい。白や八重咲きの園芸種もある。

きちかうも見ゆる花屋が持仏堂　蕪村

烈日の美しかりし桔梗かな　中村汀女

白桔梗花のひらけば母おもふ　木村遥雲

藤袴 ふじばかま ふぢばかま

蘭草《らんそう》、香水蘭《こうすいらん》、あららぎ

キク科。高さ1m余り。めだたない淡い紅紫色の小花が房状に咲く。香りがよい。古来歌に詠まれてきた。

何と世を捨てても果てずや藤袴　路通

藤袴この夕ぐれのしめりかな　園女

スコップをざつくり入れて藤袴　山野妙子

女郎花 おみなえし をみなへし

女郎花《じょろうばな》、女郎花《おみなめし》、粟花《あわばな》

1mほどの細い茎に粟つぶほどの蕾をつけ、やがて五弁の黄色の細かい花が傘のように群がり咲く。

手折りてははなはだ長し女郎花　太祇

一抱へ二抱へほど女郎花　辻桃子

口細き花入れに挿し女郎花　坂谷小萩

男郎花 おとこえし をとこへし

男郎花《おとこめし》

オミナエシ科。女郎花によく似て花は白い。丈もやや高く、茎や葉に毛が密集し、全体に女郎花より猛々しい。

暁やしらむといへば男郎花　松根東洋城

小笹吹く風のほとりや男郎花　北原白秋

女郎花みだるる男郎花さらに　堺木熊

葛 くず

真葛《まくず》、真葛原《まくずはら》、葛《くず》かずら、葛《くず》の葉《は》、葛《くず》の花《はな》
➡葛掘《くずほ》る(人)、葛湯《くずゆ》(冬)

マメ科。蔓を伸ばして広がり、地面や木を覆う。花は鮮やかな紅紫色。一面に生い茂った原が真葛原。

ゆら〳〵と野をゆり明す葛の花　至長

あなたなる夜雨の葛のあなたかな　芝不器男

一遍の寺下りくれば真葛原　小田笑

萩 はぎ

白萩《しらはぎ》、萩叢《はぎむら》、萩《はぎ》の宿《やど》、萩散《はぎち》る、こぼれ萩《はぎ》
➡萩刈《はぎか》る(人)、枯萩《かれはぎ》(冬)

マメ科。秋の代表的な花木で、紅紫や白の小ぶりな花が枝垂れるさまが美しい。

浪の間や小貝にまじる萩の塵　芭蕉

高く上げて提灯越ゆる萩むらを　高浜虚子

萩咲いて水面に映る鳳凰堂　西川千晶

芒 すすき

薄《すすき》、尾花《おばな》、花芒《はなすすき》、穂芒《ほすすき》、真赭《ますほ》の芒《すすき》、芒原《すすきはら》
➡枯芒《かれすすき》(冬)

イネ科。動物の尾に似た花穂をつけるので尾花という。穂状に開き、最後は白くなって飛び散る。真赭の芒は、穂がつやつやと赤みを帯びた大きな芒。月見にはかかせない。

山は暮れて野は黄昏の薄かな　蕪村

芋坂の団子に添へて芒の穂　三井ひさし

どこと声ここと答へて芒原　舟まどひ

溝萩
みぞはぎ

千屈菜《みそはぎ》、聖霊花《しょうりょうばな》

ミソハギ科。淡い赤紫の花が穂状に咲く。盆花に使う。

みそ萩や水につければ風の吹く　一　茶

みぞはぎや富士の小川のつめたくて　安部蘇葉

溝萩をたつぷり供へ父母の墓　井手たもつ

水引の花
みずひきのはな
みづひきのはな

水引草《みずひきそう》、白水引《しろみずひき》草、金水引《きんみずひき》草、銀水引《ぎんみずひき》

タデ科。初秋、細長い茎に、祝い袋を結ぶ水引に似た赤い小さな花がびっしりと咲く。白花は銀水引、白水引。金水引は黄色で別種。

木もれ日は移りやすけれ水引草　渡辺水巴

わがままにはびこるばかり水引は　笛木かりん

水引をしごくてのひらこそばゆし　赤川　蓉

龍胆
りんどう
りんだう

笹龍胆《ささりんどう》、蔓龍胆《つるりんどう》、深山龍胆《みやまりんどう》

山野に紫色の筒状の清楚な花をつける。花色の濃いのは濃《こ》龍胆《りんどう》。

りんだうや枯葉がちなる花咲きぬ　蕪　村

龍胆や笑ふ膝もて山下り　高橋晴日

群山の裾のもやひて濃りんだう　柚木ぽぴい

吾亦紅
われもこう
われもかう

吾木香《われもこう》

バラ科。細い枝の先に黒っぽい赤紫色の小花が球状に密生している。野趣がある。

しやんとして千種の中や吾亦紅　路　通

吾も亦紅なりとついと出て　高浜虚子

軍用のヘリに吹かれて吾亦紅　佐藤　信

思草
おもいぐさ
おもひぐさ

南蛮煙管《なんばんぎせる》

高さ約15㎝。パイプのがん首のような淡い紅紫色の筒形花。首を傾けてもの思いにふけっているようにも見えるところから、この名がある。

キャンバスに日溜りありて思ひ草　吉田さよこ

咲くといふものにはあらぬきせる草　森田公司

泊りけり南蛮煙管咲く宿に　落合緑雨

みせばや

玉《たま》の緒《お》

ベンケイソウ科。薄紅色の小さな花をたくさんつけ美しい。「たれに見せばや」の意味から名がついた。

みせばやに凝る千万の霧雫　富安風生

月の友みせばやの花吊る軒に　山口青邨

みせばやをみせばやと指す縁の先　辻　桃子

杜鵑草《ほととぎす》

時鳥草《ほととぎす》、油点草《ほととぎす》

ユリ科。山野に自生し、秋の初め、ホトトギスの羽に似た白に赤紫の斑点のある地味な感じの六弁花が開く。

渓の湯の石段せまし油点草　田中冬二
杜鵑草かたまり咲きてほの暗く　黒川　了

松虫草《まつむしそう》《まつむしさう》

高原に自生し、初秋、茎の頭に青紫色の頭状花が咲く。

草刈られ松虫草の低くあり　松尾むかご
おむすびを懐かしがりて松虫草　竹南寺摩耶
松虫草昼の虫鳴くその中に　小林　薫

釣舟草《つりふねそう》《つりふねさう》

黄釣舟草《きつりふね》

山野に自生し、舟のような形に釣られた赤紫色の花が咲く。黄色のものは黄釣舟草という。

鞍馬より貴船へ抜ける釣舟草　辻　桃子
八ッ橋の角ごとに咲き釣舟草　立松けい
朝湯出てふらりと来れば釣舟草　大野勝山

露草《つゆくさ》

蛍草《ほたるぐさ》、月草《つきくさ》

竹に似た葉をつけ、ひっそりとしたごく小さな青い花が咲く。古名は月草。

月草や澄みきる空を花の色　蓼　太
ことごとくつゆくさ咲きて狐雨　飯田蛇笏
露草や仁徳陵にあるくびれ　井上すずこ

鳥兜《とりかぶと》

鳥頭《とりかぶと》の花《はな》

キンポウゲ科。山野に自生し、濃い紫色の烏帽子状の美しい花が横向きにびっしりと咲く。根は猛毒。

紫の花の乱れやとりかぶと　惟　然
鳥兜花尽さぬに我等去る　橋本多佳子
一輪を金庫の上に鳥兜　山岡蟻人

富士薊《ふじあざみ》

須走牛蒡《すばしりごぼう》

キク科。富士高原に咲く大型の薊に似た紫色の花。根を食べる。

朝霧に岩場削ぎ立つ富士薊　水原秋櫻子
テラスにて飯食ひをれば富士薊　遠藤　芒
富士薊日の暮るるまでまだすこし　梶川みのり

山薊《やまあざみ》

キク科。秋咲く薊。

真薊《まあざみ》、野原薊《のはらあざみ》、山火口薊《やまぼくち》、秋薊《あきあざみ》

⬇薊《あざみ》（夏）

蜂一つ秋の薊にうづくまる　斉藤夕日

山薊ここより先は砂利道で　毛塚紫蘭

登山靴どかどか通る秋薊　遠山青魚

曼珠沙華《まんじゅしゃげ》

ヒガンバナ科。秋の彼岸のころ、畦道や墓地に咲く。30㎝ほどのまっすぐ伸びた茎の頂に、鮮やかな赤い花をつける。毒草。

彼岸花《ひがんばな》、死人花《しびとばな》

此ごろの西日冷《すさま》じ曼珠沙華　蓼太

つきぬけて天上の紺曼珠沙華　山口誓子

空井戸の滑車さびつき彼岸花　大橋とし

蓼の花《たでのはな》

穂状に赤や白の細かい花のような萼が開く。種類が多い。

花蓼《はなたで》、蓼《たで》の穂《ほ》、穂蓼《ほたで》、大犬蓼《おおいぬたで》

三径の十歩に尽きて蓼の花　蕪村

食べてゐる牛の口より蓼の花　高野素十

蓼咲くくやおしろい真白チンドン屋　ますぶち椿子

赤のまま《あかのまま》

タデ科。路傍、原野など至るところにある。小さい犬蓼の別称で粒々の赤い花を赤飯に見たてて子どもが遊んだ。

赤《あか》のまんま、赤飯《あかまんま》

日ねもすの埃のままの赤のまま　高浜虚子

捨て縄を赤のまんまの上にどさ　小川春休

飲みにくき薬になじみ赤のまま　野田美佐子

溝蕎麦《みぞそば》

タデ科。溝のそばなど水辺に多く、牛の額に似た葉で蕎麦の葉にも似ている。八月ごろ、淡紅色の小さい花（じつは萼）が丸く群がり咲く。

牛《うし》の額《ひたい》

溝そばと赤のまんまと咲きうづみ　高浜虚子

みぞそばの水より道にはびこれる　星野立子

みぞそばや白神山を出し流れ　原　静子

茜草《あかね》

アカネ科の蔓性多年草。、棘のある茎がからみつく。根から染料の茜を採る。

茜葛《あかねかずら》、茜蔓《あかねかずら》

⬇薬《くすり》掘《ほ》る、茜《あかね》掘《ほ》る（人）

踏みわけて山おそろしや茜草　久田くに

さりげなくあかね蔓を付けくれし　西沢　爽

あをあをとあかねさすてふ茜草　工藤大樹

背高泡立草《せいたかあわだちそう せいたかあわだちさう》

―泡立草《あわだちそう》

キク科の多年草。荒地などにはびこる帰化植物。高さ1.5～2mの茎の先に、泡立つような黄色の花をつける。

泡立草燃えたつや空軽くなり　中　近江

濁流と背高泡立草夜明け　菅原闊也

滑走路そこに背高泡立草　横山阿弥

野菊《のぎく》

―野紺菊《のこんぎく》、野路菊《のじぎく》、荒地野菊《あれちのぎく》、嫁菜の花《よめなのはな》、野塘蒿《あれちのぎく》

山野に自生する菊の総称。ヨメナの別称。種類が多いが、いずれも山野を美しく彩る。花が紫色のは野紺菊と呼ぶ。

足元に日のおちかかる野菊かな　一　茶

道々の野菊だけれど供へけり　嶋　文之

あの頃のままに野菊の径狭し　池田麻里々

藪枯らし《やぶからし》

―貧乏葛《びんぼうかずら》

ブドウ科。いたるところにはびこり、蔓になって他の植物にからみつく。

藪からし振り捨て難く村に住む　百合山羽公

錆鎌の柄はまだ確か藪からし　井手口俊子

咲きみちてはなやぐときの藪からし　いけだきよし

大文字草《だいもんじそう だいもんじさう》

―大文字草《だいもじそう》、大文字草《だいもじさう》

ユキノシタ科。30㎝ほどの花茎に白い花が咲く。花弁の上三弁が小さく、下二弁が長いので「大」の字に似ている。

釣鐘の大文字草を忘れめや　高浜虚子

この村は聚長《しうちやう》といふ大文字草　窪田　道

大文字草かつては池でありし庭　粕谷真珠

貴船菊《きふねぎく》

―秋明菊《しゅうめいぎく》、秋牡丹《あきぼたん》、草牡丹《くさぼたん》

キンポウゲ科の多年草。十月ごろ、直径5㎝ほどの多数の花びらのある、菊に似た花が咲く。貴船は京都・洛北の地名。

露霜にしうねき深し貴船菊　我　里

菊の香や垣の裾にも貴船菊　水原秋櫻子

尼さまが案内に出られ貴船菊　富山専子

血止草《ちどめくさ》

セリ科の多年草。丸い葉は血止めに効があるとされる。

明方の瀧のよき音血止草　飯田龍太

敷石の隙間すきまに血止草　松尾むかご

あの世からこの世慕ふや血止草　たなか迪子

草の花
くさのはな ── 草花《くさばな》、千草《ちぐさ》の花《はな》

秋に咲くいろいろな草の花をいう。花といえば「春」だが、草の花は「秋」。

草いろいろおのおの花の手柄かな　芭蕉
草の花少しありけば道後なり　正岡子規
汲取りのホース動くや草の花　堀なでしこ

草の穂
くさのほ ── 穂草《ほぐさ》、草《くさ》の絮《わた》、草《くさ》の穂絮《ほわた》、穂絮《ほわた》飛《と》ぶ

秋の穂の草。その穂絮が風にのって飛び散る。

草の穂は雨待宵のきげんかな　一茶
豆腐屋の笊に降りたる草の絮　井ケ田杞夏
草の穂や杖にまかせて八甲田　白戸京香

草の実
くさのみ ── 草《くさ》の実《み》飛《と》ぶ

秋草の実の総称。はじけ飛んだり、鳥などが啄む。

草の実の袖にとりつく別れかな　涼菟
草の実の飛んで出島の漁休み　藤なぎさ
草の実をしごけば遠き野の匂ひ　今井桃青

蓮の実
はすのみ ── 蓮《はす》の実《み》飛《と》ぶ、蓮《はちす》の実《み》

蜂の巣のような台《うてな》の中に種があり、熟れると、孔から抜け水中にこぼれる。

稲妻に負けず実の飛ぶ蓮かな　来山
蓮の実の飛《とぶ》や出離《しゅつり》の一大事　正岡子規
墓口とポプリと蓮の実を売りぬ　小田笑

狗尾草
えのころぐさ
ゑのころぐさ ── 犬子草《えのこぐさ》、猫《ねこ》じゃらし、狗尾草《えのこぐさ》、狗尾草《えのころ》

イネ科。野原や道端にある。仔犬のしっぽのような緑色の穂から、この名がある。猫をじゃらして遊んだりした。

よい秋や犬ころ草もころころと　一茶
お習字の濡れてゐる間のゑのころよ　波多野爽波
狗尾草や慰めに来て大泣きし　宮原美枝

力草
ちからぐさ ── 相撲取草《すもうとりぐさ》、角力草《すもうぐさ》、雄日芝《おひしば》、雌日芝《めひしば》

イネ科。野原や道の辺などに強い茎を立てて叢生する。子どもが花穂を引き合って相撲になぞらえて遊ぶ。

道ほそし相撲とり草の花の露　芭蕉
すまふぐさ足の短き犬と行き　田村三合
三つ編みに編んでありしよ力草　日ノ瀬ひかる

牛膝《いのこずち ゐのこづち》

ヒユ科。60㎝ほどの丈の雑草。道端に生え、花の後に棘のある実がつき、衣類にくっつく。

姿見は裾まで映するゐのこづち　波多野爽波
靴下の中にも一つゐのこづち　藤井たつの
ジーンズの裾のほつれにゐのこづち　中村時人

藪虱《やぶじらみ》

——草虱《くさじらみ》

セリ科。道端に生える。秋、棘のある楕円形のころころとした実がつき、衣類につくとなかなか取れない。

うつむいて草じらみとる袴《はかま》かな　高浜虚子
けふの日の終る着物に草虱　山口誓子
手ごはきは喪服につきし草虱　中小雪

巻耳《おなもみ をなもみ》

キク科。高さ1.5mほどの雑草で、花の後に棘のついた楕円形の実ができ服によくくっつく。小型の「めなもみ」もある。

をなもみや踏み跡のもう消えさうな　隠岐ひろし
をなもみや東京の人足はやき　日野たんぽぽ
をなもみやつけられたこと知らぬまま　鹿島より江

盗人萩《ぬすびとはぎ》

マメ科。丈1mほどの雑草。萩に似た花の後、細かい鉤状の平たい莢ができ、服によくつく。

茨線の奥や盗人萩ばかり　甲斐幸子
寄り道のあかしぞ盗人萩ひしと　岡田朔風
枯れきつた盗人萩がよくついて　緒方智子

数珠玉《じゅずだま》

——ずずだま、ずずこ、とうむぎ

イネ科。高さ1mほど、黍に似た葉をつけ、初秋、実がなり、緑から黒や灰色に変わり、硬くなる。糸を通して数珠にして子どもが遊んだりする。

数珠玉の葉につゝまれてまだ青し　霞人
数珠玉は刈り残されぬ土提の腹　石塚友二
折り持ちしずず玉に声かかりけり　清水初代

鬼灯《ほおずき ほほづき》

——鬼燈《ほおずき》
↓鬼灯市《ほおずきいち》（夏）

ナス科。袋の中に指の頭ぐらいの実がなり、秋に赤く色づく。実の中の種を抜き、口にふくんで鳴らす。

鬼灯や物うちかこつ口のうち　太祇
少年に鬼灯くるる少女かな　高野素十
鬼灯をホといふ口で鳴らしをり　石井渓風

烏瓜《からすうり》

ウリ科。晩秋、卵形の実が熟れて真っ赤や真黄になり、葉を落とした蔓状の茎にぶらさがる。鳥が好んで啄む。

竹籔に人音しけり烏瓜　惟然
つる引けば遥かに遠しからす瓜　抱一
あふぎ見る高さにあまた烏瓜　関根新樹

万年青の実《おもとのみ》

ユリ科。観賞用に栽培される常緑多年草。緑の葉の蔭に、秋に赤い実をつける。

望月の玉とやいはむおもとの子　東走
万年青の実楽しむとなく楽しめる　鈴木花蓑
葬式の留守あづかりぬ万年青の実　小野阿以子

蘆《あし》

葦《よし》、葦《あし》の花《はな》、葦《あし》の穂《ほ》、葦原《あしはら》、葦《あし》の秋《あき》
➡蘆《あし》刈《か》る（人）

イネ科。水辺に群生する。葦・葭とも書き、アシともヨシともいい、茎は簾や葭簀に作る。秋、穂絮が跳ぶ。

蘆の花折りて船出の祓せん　才麿
浦安の子は裸なり蘆の花　高浜虚子
蘆原の終はりて湖のはじまりぬ　土田紫葉

荻《おぎ》《をぎ》

寝覚草《ねざめぐさ》、風聞草《かぜききぐさ》
➡荻《おぎ》の風《かぜ》（天）

イネ科。水辺や湿地に生える背丈ほどの草。芒《すすき》に似ているが、葉にギザギザがない。穂や葉の揺れるのはいかにも晩秋の感じ。

鉢に植ゑてかひなき荻のそよぎかな　来山
月落ちて荻より起る嵐かな　紫暁
乗り越して荻窪駅の荻の風　水上黒介

茅萱《ちがや》

白茅《ちがや》、浅茅《あさじ》、浅茅《あさじ》が原《はら》

イネ科の多年草。茎の高さは60㎝くらい。茎や葉は屋根を葺くのに用いた。古名は茅《かや》。

すご〱と日の入る山の茅萱かな　佐藤紅緑
旅芸人かそけき茅萱噛みにけり　綾野竜
一山の風立つときの茅萱かな　嶋谷扶沙

刈萱《かるかや》

萱《かや》の穂《ほ》
➡萱《かや》刈《か》る（人）

イネ科の多年草。秋、葉のわきから褐色で長い花穂を出す。刈萱とは屋根葺きのため刈る草の総称でもある。

刈萱は淋しけれども何とやら　重頼
金田一耕助潜む刈萱に　田代草猫
萱の穂のいまほどけくる濡れてをる　津久井弥生

蒲の穂《がまのほ》

➡蒲《がま》の穂絮《ほわた》

1mほどの茎の上に20㎝ほどのロウソク状、緑褐色の穂がつく。晩秋、穂絮が飛び散る。

天をとび樋の水をゆく蒲の絮　飯田蛇笏

蒲の穂やまう使はれぬ二番線　今泉如雲

蒲の穂や高層ビルに真向ひて　赤沼てる葉

茗荷の花《みょうがのはな／めうがのはな》

➡茗荷《みょうが》の子《こ》（夏）

ショウガ科。夏の盛りに出た茗荷の子の先端に薄黄色の花をつける。一日でしぼむ。

病人に一と間を貸しぬ花茗荷　星野立子

つぎつぎと茗荷の花の出て白き　高野素十

家守る媼の意気や花茗荷　佐々木紫乃

辣韮の花《らっきょうのはな》

➡辣韮漬《らっきょうづけ》（夏）

ユリ科。種を採るため秋まで植えてある。茎の上に丸く紫色の小花が咲く。

辣韮の花咲く土や農奴葬　飯田蛇笏

電工夫辣韮の花踏んづけし　森田ろ人

辣韮の咲く砂畑や渚まで　平井いまり

蕎麦の花《そばのはな》

➡新蕎麦《しんそば》（人）、蕎麦刈《そばがり》（冬）

タデ科。初秋、白い小花が群がり咲き、畑は一面綿を敷いたようになる。夜目にも仄白い。

蕎麦はまだ花でもてなす山路かな　芭蕉

ほそぼそと起き上りけり蕎麦の花　村上鬼城

うつむいて賢治が来るよ蕎麦の花　神谷つむぎ

薄荷の花《はっかのはな》

➡花薄荷《はなはっか》、ミント

秋、葉のわきに淡い紫色の花がびっしりと咲く。葉と茎には香りがあり薄荷油の原料となる。

薄荷咲くうすむらさきの風匂ふ　今井千鶴子

花薄荷かいではすぐに香を忘れ　如月真菜

花ミント煙草を吸ひに外に出れば　江口秀香

棉吹く《わたふく》

➡桃《もも》吹《ふ》く、棉《わた》の実《み》、棉取《わたとり》（人）、綿入《わたいれ》（冬）

アオイ科の棉の実がはじけ、実から棉がとび出すこと。桃のような形の実なので、桃吹くという。

棉吹くや河内も見ゆる男山　凡兆

表札に太郎左衛門棉吹けり　たなか迪子

桃吹いて茎細きまま折れしまま　篠原喜々

西瓜 すいか

ウリ科。甘く水気が多く夏に好まれる。果肉は赤、黄色、クリーム色などがある。

西瓜独り野分をしらぬ朝かな　素堂

風呂敷のうすくて西瓜まんまるし　右城暮石

年若き露店のあるぢ西瓜売る　とどろき琴

南瓜 かぼちゃ

唐茄子《とうなす》、なんきん、ぼうぶら
⬇冬至南瓜《とうじかぼちゃ》（冬）

ウリ科。世界各地で栽培される野菜。食用のほかに観賞用、飼料用もある。

南瓜や斯くも荒れたる志賀の里　二柳

朝な朝な南瓜を撫しに出るばかり　日野草城

鹿ヶ谷南瓜の凹み深々と　増田真麻

冬瓜 とうがん　とうぐわん

かもうり、冬瓜《とうが》

ウリ科。晩秋になると大きなラグビーボール様の緑色の実がなる。あんかけなどにして食べる。

冬瓜やたがひに変る顔の形　芭蕉

冬瓜と老いて友誼を深めけり　相生垣瓜人

冬瓜の一尺ほどが二十個も　立松けい

糸瓜 へちま

絲瓜《いとうり》、糸瓜棚《へちまだな》
⬇糸瓜水《へちますい》（人）

ウリ科。濃緑色の長い実がぶら下がる。茎からとれる糸瓜水は化粧水や咳の薬に、果肉は水につけて繊維だけを残して乾燥させたあと、浴用の垢すりなどにする。

堂守の植ゑわすれたる糸瓜かな　蕪村

糸瓜とる洗ひざらしの顔をもて　大野朱香

漁師やめ庭に糸瓜をあそばせて　小川春休

瓢箪 ひょうたん　へうたん

瓢《ふくべ》、瓢《ひさご》、瓢棚《ふくべだな》
⬇青瓢《あおふくべ》（夏）

ウリ科の瓢箪の実。熟した果肉を腐らせ、中空にして酒器や炭斗《すみとり》、観賞用の瓢にする。

市中にふくべを植ゑし住まひかな　越人

ふくべ棚ふくべ下りて事もなし　高浜虚子

摑みたくなる瓢箪のくびれかな　志村喜三郎

種瓢 たねふくべ

種瓢《たねひさご》

種を採るため、いつまでも棚におく瓢箪や夕顔など。

誰彼にくれる印や種瓢　高浜虚子

何《い》日《つ》も来る種の瓢の影法師　阿波野青畝

しづけさの種瓢とて言ふべしや　岡田四庵

苦瓜
にがうり

茘枝《れいし》、蔓茘枝《つるれいし》、ゴーヤー
↓瓜《うり》(夏)

ウリ科。いぼにおおわれた胡瓜のような実。若い果皮を食べる。晩秋に裂け、紅い膜に包まれた種子をこぼす。

ゴーヤーのなりすぎたりと呆れもし　梶山一泉
食ひ馴れし揉み苦瓜でありにけり　来住雷子
苦瓜《ゴーヤ》熟れ仔山羊は乳を離されて　はらてふ古

秋茄子
あきなす

秋茄子《あきなすび》、名残茄子《なごりなす》、一口茄子《ひとくちなす》
↓茄子《なす》(夏)

小粒で実がしまっている。「秋茄子は嫁に食わすな」という。

月さすや娵《よめ》にくはさぬ大茄子　一茶
庭畑の秋茄子をもて足れりとす　富安風生
秋茄子や秩父の味噌も底をつき　浜崎素粒子

種茄子
たねなす

種茄子《たねなすび》、種胡瓜《たねきゅうり》

種を採るために、もがずに畑に残しておく茄子、胡瓜。

種胡瓜相憐むや種茄子　高浜虚子
種茄子のこれ以上なく太りたる　福田善道
鶏小舎はとうにからつぽ種茄子　守屋悦生

オクラ

オクラ畑《ばたけ》

アオイ科。細長く、先の尖った五角形の莢を結び、軟莢を食べる。粘りに富み、特有の香味がある。

オクラなる武相困民決起の地　佐藤信
オクラの実クレオパトラの爪ほどに　笠原風凜
きざみては緑の星やオクラの実　菊地れい

生姜
しょうが
しやうが

新生姜《しんしょうが》、葉生姜《はしょうが》、陳生姜《ひねしょうが》、はじかみ
↓生姜湯《しょうがゆ》(冬)

爽やかな辛みが好まれる。新生姜は繊維が柔らかくおいしい。

貧しさや葉生姜多き夜の市　正岡子規
葉生姜やかり〳〵かり〳〵と露の玉　川端茅舎
湖近く住みて生姜を掘りにけり　谷すみれ

馬鈴薯
ばれいしょ

じゃがいも、薯《いも》、男爵薯《だんしゃくいも》
↓新馬鈴薯《しんばれいしょ》(夏)

ナス科。世界各地で広く栽培される主要な食糧。

戦争の話馬鈴薯洗ひつつ　及川水草
馬鈴薯を干す三和土にも廊下にも　久住美雪
茎枯れていよいよ引くか男爵を　高橋涼
十勝晴れ掘りたる薯のころころと　石井鐐二

芋《いも》

芋畑《いもばたけ》、芋掘《いもほり》、芋《いも》の葉《は》、里芋《さといも》
➡衣被《きぬかつぎ》（人）

芋といえば主に里芋を指す。皮のまま茹でたものが衣被。

芋洗ふ女西行ならば歌よまむ　芭蕉
親芋の子芋にさとす章魚のこと　フクスケ
福耳や今年の芋の出来具合　松本正今日

芋茎《ずいき》《ずゐき》

芋《いも》がら、芋茎干《ずいきほ》す

里芋の茎。干して食用にする。

手に長く垂らしずゐきの皮を引く　高野素十
山国の日のつめたさのずゐき干す　長谷川素逝
莫蓙に干す芋茎や少し買ひ受けて　西川千晶

甘藷《かんしょ》

甘藷《いも》、薩摩藷《さつまいも》、藷《いも》、藷掘《いもほり》、干藷《ほしいも》、藷《いも》の秋《あき》
➡焼芋《やきいも》（冬）

ヒルガオ科。江戸時代に琉球、九州を経て伝わり、広く普及した。焼く、煮る、蒸かす、乾燥させるなどさまざまに利用される。

ほつこりとはぜてめでたしふかし甘藷　富安風生
好藷あり好日とこそ言ふべけれ　相生垣瓜人
まだあるぞあるぞあるぞと藷掘れる　安部元気

自然薯《じねんじょ》

山《やま》の芋《いも》、長芋《ながいも》、仏掌芋《つくねいも》、大和芋《やまといも》、とろろ芋《いも》
➡薯蕷汁《とろろじる》（人）

ヤマイモ科。山野の地下に深く長く伸び、蔓をたぐって掘る。とろろ汁にする。栽培種が長芋、仏掌芋、大和芋など。

自然薯の身空ぶる〳〵掘られけり　川端茅舎
自然薯の折れたる先も添へてあり　髙野虹子
かなてこの泥を拭ふや山の芋　亀尾馬空

零余子《むかご》

ぬかご、零余子採《むかごと》り
➡零余子飯《むかごめし》（人）

自然薯や長芋の蔓にできる、小指の先ほどの珠芽《しゅが》。蒸かしたり、飯に炊き込んだりする。

うれしさの箕《み》にあまりたるむかごかな　蕪村
兄弟の酒の肴のむかごかな　西田佐喜
むかご取るお鷹の道の果つるとこ　赤津遊々

貝割菜《かいわりな》《かひわりな》

貝割菜《かいわれな》、かいわれ

大根や蕪の二葉。小さな貝に見立てて名がついた。

雨少しありたることも貝割菜　高野素十
ひらひらと月光ふりぬ貝割菜　川端茅舎
貝割菜《かいわれ》のみどりもすこし夕餉の灯　横山阿弥

間引菜　まびきな

摘菜《つまみな》、抜菜《ぬきな》、虚抜菜《うろぬきな》、菜間引《なまび》く、間引大根《まびきだいこん》、おろぬき、中抜大根《なかぬきだいこん》

大根、蕪などの種は秋の初めに蒔くが、密生して生えるため、一週間か十日おきに間引き、これを食べる。

店先につまみ菜湿る小雨かな　羅蘇山人
間引菜の乾ける土をこぼしけり　永井珠
玄関に抜菜にしては太き菜が　小川邦抹

紫蘇の実　しそのみ

穂紫蘇《ほじそ》
➡紫蘇《しそ》（夏）

長い穂に並んで実がなる。刺身のつまにしたり、醤油で煮て食べる。香りよく、風味がある。

紫蘇の実を鋏《はさみ》の鈴の鳴りて摘む　高浜虚子
紫蘇の実をしごき指先にほひけり　大谷朱門
紫蘇の実や小皿料理の二十皿　木村伴女

唐辛子　とうがらし　たうがらし

蕃椒《とうがらし》、南蕃《なんばん》、鷹の爪《たかのつめ》、ピーマン
➡青唐辛子《あおとうがらし》（夏）

ナス科。秋、実が赤く熟し辛くなる。小型の鷹の爪、大型の八ツ房・獅子唐辛子などがある。甘いのがピーマン。

すりこ木も紅葉しにけり蕃椒　宗因
ベランダの干し唐辛子赤々と　齋藤梨菜
盛籠に赤ピーマンがへた揃へ　山﨑影絵

稲の花　いねのはな

稲咲《いねさ》く、出穂《でほ》、出穂《でほ》の香《か》

稲は二百十日前後に穂が出、間もなく細かい花をつける。出穂は稲穂が出ること。

湖のみづのひくさよ稲の花　士朗
颱風の来るの来ぬのと稲の花　高浜虚子
花嫁の丈高く来る稲の花　いさ桜子

稲　いね

稲穂《いなほ》、稲穂波《いなほなみ》
➡稲刈《いねかり》（人）

穂が熟し、稲田一面に稲穂の波が立つ。

美しき稲の穂並の朝日かな　路通
握り見て心に応ふ稲穂かな　高浜虚子
救急車稲穂の波を泳ぎ来し　松尾むかご

早稲　わせ

中稲《なかて》、晩稲《おくて》、早稲《わせ》の香《か》

早く実る稲。九月には刈り取る。中稲は十月に刈る。

早稲の香や分け入る右は荒磯海　芭蕉
出穂の香や蟹が出てくる物語　波多野爽波
刈り残す晩稲に雨の明るかり　二川はなの

落穂　おちぼ

落穂拾《おちぼひろ》い

稲刈りのあと、田の面や畦道などに落ちている稲穂。

落穂拾ひ日あたる方へあゆみ行く　蕪村
あしあとのそこら数ある落穂かな　召波
沈む日のたまゆら青し落穂狩　芝不器男

玉蜀黍
とうもろこし
たうもろこし

唐黍《とうきび》、もろこし、唐黍畑《とうきびばた》
➡玉蜀黍《とうもろこし》の花《はな》（夏）

イネ科。茹でたり焼いたりするとおいしい。

唐黍をつかみてゆるる大鴉　飯田蛇笏
もろこしを焼くひたすらになつてゐし　中村汀女
もろこしの畑を横切る野猿かな　藤　なぎさ

粟
あわ
あは

粟飯《あわめし》、粟《あわ》の穂《ほ》、粟畑《あわばたけ》、粟引《あわひ》く

イネ科。粒状の黄色い実。昔は貴重な穀物だったが、いまは菓子の材料、小鳥の餌などに使う。

よき家や雀よろこぶ背戸の粟　芭　蕉
来て粟を打ちてすぐ去る女房かな　高浜虚子
粟の穂に韓紅の葉先かな　川端茅舎

枝豆
えだまめ

月見豆《つきみまめ》、大豆《だいず》
➡豆名月《まめめいげつ》（天）

まだ熟さない大豆の、青いものを枝のまま採り、茹でて食べる。名月に供えるので月見豆という。

枝豆や舞子の顔に月上る　高浜虚子
枝豆を食ふや巨人がまた負けし　藤森かずを
頃合に枝豆茹でて寡婦ぐらし　谷　いくこ

隠元豆
いんげんまめ

隠元《いんげん》、鶉豆《うずらまめ》、白隠元《しろいんげん》

白、黒、斑点などのある豆で、きんとんなどにする。

摘み摘みて隠元いまは竔の先　杉田久女
観音寺昼餉隠元胡麻よごし　増村佳也
をばたちは笑ひ上戸や鶉豆　田代早苗

小豆
あずき
あづき

新小豆《しんあずき》、大納言《だいなごん》
➡豆引《まめひ》く（人）

赤飯や和菓子の餡などに広く使われる。

小豆打つ向ふの婆は尚小さし　高野素十
玄関へ小豆干したる中行けり　岡田　龍
干し小豆筵の上に渦巻ける　大橋ごろう

豇豆
ささげ

十六豇豆《じゅうろくささげ》、十八豇豆《じゅうはちささげ》

初秋、細長い莢に、小豆より大粒の豆が、一列に十数個並ぶ。飯に炊きこんだり、煮て食べる。

十七年さゝげは数珠にくり足らず　蕪　村
もてゆけと十六ささげともに捥《も》ぐ　篠原　梵
浜風にささげの殻を吹かせをる　宮城静子

刀豆
なたまめ

鉈豆《なたまめ》、莢豆《さやまめ》

マメ科。蔓性一年草。大きな若い莢を食べる。

婆の手の鉈豆捥ぐに底力　西川千晶
刀豆に小蟻つきたる筵かな　根岸かなた
刀豆の反り大いなる庭の畑　谷本敬子

落花生《らっかせい》《らくわせい》

南京豆《なんきんまめ》、ピーナッツ

マメ科。晩夏に花が咲き、その後土中に莢のついた実を結ぶ。

落花生喰ひつゝ讀むや罪と罰　高浜虚子

落花生火鉢にかざす指が砕く　富安風生

とりたての茹で落花生やめられず　瓜生律子

胡麻《ごま》

胡麻刈《ごまか》る、胡麻干《ごまほ》す、胡麻叩《ごまたた》く、新胡麻《しんごま》、胡麻殻《ごまがら》

➡胡麻《ごま》の花《はな》（夏）

九月ごろ刈り、油を搾る。

割合に小さき播粉木胡麻をすり　高浜虚子

人遠く胡麻にかけたる野良着かな　飯田蛇笏

死ぬことも出来ぬというて胡麻干しぬ　西川千晶

桃の実《もものみ》

毛桃《けもも》、白桃《はくとう》、水蜜桃《すいみつとう》

➡桃《もも》の花《はな》（春）

バラ科。白桃、水蜜桃などは水気が多くて甘く、広く好まれる。

病間や桃食ひながら李画く　正岡子規

送られて来し遺言と桃の箱　薗部庚申

姉ちやんの大好きだつた堅き桃　田中たみ

桃の名は川中島と強さうな　石郷岡芽里

梨《なし》

梨子《なし》、有《あり》の実《み》、二十世紀《にじっせいき》、長十郎《ちょうじゅうろう》、赤梨《あかなし》、青梨《あおなし》

➡梨《なし》の花《はな》（春）

バラ科。さくさくと水気が多く甘い。有の実ともいう。

物干にのびたつ梨の片枝かな　惟然

鰌をこげる娘に梨をはふりやれ　高浜虚子

大き梨供へ太子の二歳像　夏秋明子

洋梨《ようなし》

ラ・フランス、ペアー

外来種の梨。香りが高く、食べごろの果肉はぬるぬるしている。

着きたるは甘く傷みし洋梨で　田中吾空

洋梨をむくにつかまへ所なし　富樫風花

待ちかねし熟れや一気にラ・フランス　中路真由美

山梨《やまなし》

鹿梨《やまなし》

山地に自生し、秋、直径2㎝ほどの紅色または黄色の梨に似た実をつける。盆供にするので精霊梨ともいう。

山梨熟れ穂高雪渓眉の上　飯田蛇笏

山梨のぽつつり落ちて御手洗に　阿部佐登志

山梨の落ちあるを見て見上げをる　水谷正三

柿《かき》

渋柿《しぶがき》、甘柿《あまがき》、柿《かき》の秋《あき》
⬇木守柿《こもりがき》(冬)

カキノキ科。鈴なりの柿は晩秋の風物。収穫のとき全部取らず、一つ木に残しておくのが木守柿。

柿くへば鐘が鳴るなり法隆寺　正岡子規

よろ〳〵と棹がのぼりて柿挟む　高浜虚子

今日も柿むいてをるなり後ろ向き　今井千鶴子

柿ひとつもらひますよと仏壇に　斉藤夕日

熟柿《じゅくし》

柿熟《かきう》る、熟《う》れ柿《がき》

よく熟した柿。

木伝うて穴熊出づる熟柿かな　丈草

日あたりや熟柿の如き心地あり　夏目漱石

二番めの子を宿せしと熟柿かな　高橋三歩

林檎《りんご》

紅玉《こうぎょく》、国光《こっこう》、印度林檎《いんどりんご》
⬇林檎《りんご》の花《はな》(春)

バラ科。明治初期に導入され、青森、長野が主産地。かつては紅玉、いまは「ふじ」など品種が多く、色や大きさもさまざま。

食みかけの林檎に歯当て人を見る　高浜虚子

虚子疎開されたる林檎園案内　千原叡子

蔓割れの尻まで紅き林檎かな　高橋涼

うまさうな林檎をもげと籠持ち来　富樫風花

葡萄《ぶどう》《ぶだう》

黒葡萄《くろぶどう》、葡萄棚《ぶどうだな》
⬇葡萄狩《ぶどうがり》、葡萄園《ぶどうえん》(人)

全国的に生産されるが、甲州、岡山ぶどうが有名。青くて大粒のマスカット、小粒のデラウェアなど種類も多い。アレキサンドリアなどは最高級品。

葡萄の種吐き出して事を決しけり　高浜虚子

葡萄食ふ一語一語の如くにて　中村草田男

裏庭やぶだうの伸びの思ふまま　あべはこべ

栗《くり》

毬栗《いがぐり》、落栗《おちぐり》、虚栗《みなしぐり》、栗拾《くりひろ》い
⬇栗飯《くりめし》(人)

ブナ科。よく知られているのは丹波栗、阿波栗など。栗飯のほか、茹でて食べたり焼いたりする。

茹で栗や胡坐功者なちひさい子　一茶

落ちごろの栗の日蔭を歩くなり　西沢爽

栗一つひろひましたと見せに来し　田中吾空

胡桃《くるみ》

姫胡桃《ひめぐるみ》、鬼胡桃《おにぐるみ》、沢胡桃《さわぐるみ》、新胡桃《しんぐるみ》
⬇青胡桃《あおぐるみ》(夏)

クルミ科。直径3㎝ほどの丸い実。殻は堅いが、割ると、渋皮に包まれた種子は栄養に富み、おいしい。

胡桃の木二本三本あれば川　高野素十

身のどこか欠けし音して胡桃割る　山形龍生

澁澤龍彦の墓に胡桃と桜貝　皆川燈

隧道を出るや瀬音と沢胡桃　小林タロー

柚子《ゆず》

柚《ゆず》
↓柚子湯《ゆずゆ》(冬)

ミカン科。蜜柑に似て酸っぱく、香りがよく、料理に使う。

ものゆかし北の家陰の柚の黄ばみ　蝶夢
柚一木山椒一木尼一人　高野素十
葉の色にもはや紛れず柚子は黄に　久保のぞみ

酢橘《すだち》

臭橙《かぶす》

柚子より小さく、緑色のうちに採って香味料にする。

すだちしぼる手許や阿波の女なる　京極杞陽
庖丁のまへに玉置く酢橘かな　百合山羽公
酢橘五個絞るや夜気の遠くなり　永井珠

九年母《くねんぼ》

柚子に似て、外皮が厚く凸凹で、甘く香りが強い。

九年母や住持おはして早五年　太祇
九年母のたわわな垣や登校道　佐藤紅緑
九年母や土傷つくる馬の蹄《つめ》　山口誓子

朱欒《ざぼん》

うちむらさき、文旦《ぶんたん》
↓朱欒《ざぼん》の花《はな》(夏)

柑橘類の中では一番大きく、四国、九州の名産。生食したり砂糖漬けにする。緑色を帯びた黄色で、紅紫色のものが「うちむらさき」。

朱欒剝くおのれひとりの燈下かな　浜田坡牛
われが来し南の国のザボンかな　高浜虚子
顔ほどの朱欒浮かべる門灯　大橋ごろう

金柑《きんかん》

小型の柑橘類。生で食べるほか、砂糖漬けにして食用や咳止めに用いる。

金かんや南天もきる紙袋《かんぶくろ》　一茶
一本の塀のきんかん数しらず　阿波野青畝
金柑のどつさり熟れて取る気なし　花井洋子

檸檬《れもん》

レモン
↓檸檬《れもん》の花《はな》(夏)

酸味が強く、レモネードや菓子にしたり料理に添える。

いつまでも眺めてるたりレモンの尻　山口青邨
嵐めく夜なり檸檬の黄が累々　楠本憲吉
檸檬の木丈四尺に実が三つ　市川夫子

銀杏《ぎんなん》

銀杏《いちょう》の実《み》、銀杏拾《ぎんなんひろ》う

銀杏の実が熟れて落ちると悪臭があるが、割ると中から緑色のつやつやした銀杏が出てくる。

銀杏を焼きてもてなすまだぬくし 星野立子

銀杏の笊に混じれる松葉かな 小林大山

銀杏や儲け話に生返事 黒田こよみ

棗《なつめ》

棗《なつめ》の実《み》

クロウメモドキ科。夏、淡黄色の花をつけ、秋に長楕円形の果実が黄褐色に熟す。生で食べたり砂糖漬けにしたりする。

よもすがら鼠のかつぐ棗かな 暁台

熟したる棗の下に径を為《な》す 高浜虚子

骨接ぎの門開け放ち棗の実 山口けいこ

榠樝《かりん》《くわりん》

唐梨《からなし》

バラ科。西洋梨のような大型の黄色い実をつける。熟すとよい香りがする。果肉は固く渋く、砂糖漬けなどにする。

風にゆれ汝おろかなる青榠樝 山口青邨

小流れを榠樝二つがせきとめぬ 立松けい

榠樝熟れ共同墓地を買ふといふ 日野たんぽぽ

榲桲《まるめろ》

マルメロ

バラ科の低木。マルメロの名はポルトガル語に由来。黄色で10㎝ほどのやや長楕円の洋梨形。甘いがやや渋く、香気が強い。

世をすねし様にまるめろゆがみしよ 島田五空

山畑の金のまるめろ取りくれし 大久保りん

まるめろやほつたらかしの木にたわわ 坂口芝葉

柘榴《ざくろ》

実柘榴《みざくろ》

ザクロ科。赤く熟し、ひとりでに割れ、赤い種がぎっしり詰まっているのが見える。甘酸っぱいジュースが採れる。

玉と見て蜂の台よ割石榴 来山

石榴裂けどこ歩いても稲荷の朱 波多野爽波

柘榴買ふマリアイザベルホテルにて あべふみ江

無花果《いちじく》

クワ科。イチジクはペルシャ語の中国音訳がなまったもの。花軸の肥大化した花嚢の内側に花をつけて、甘い。

いちじくをもぐ手を伝ふ雨雫 高浜虚子

乳牛に無花果熟るゝ日南かな 飯田蛇笏

いちじくの葉にいちじくを包みくれ 阿部もとみ

青蜜柑
あおみかん
あをみかん

木に青々となっている蜜柑。青いまま売られる蜜柑。

➡蜜柑《みかん》(冬)

たとへむに物なき青き蜜柑売る　相生垣瓜人
青みかんキンキンと子を叱る日の　中村阿昼
青蜜柑どの方位にも山ありて　住友志朗

草紅葉
くさもみじ
くさもみぢ

秋の紅葉したさまざまな野の草。

草《くさ》の紅葉《もみじ》

猫そこにゐて耳動く草紅葉　高浜虚子
一雨に濡れたる草の紅葉かな　日野草城
草紅葉長《なが》生《いき》橋《ばし》といふ渡り　大久保りん

水草紅葉
みずくさもみじ
みづくさもみぢ萍紅葉《うきくさもみじ》、水草紅葉《みくさもみじ》、菱紅葉《ひしもみじ》
紅葉した水草や萍。
水際へびつしり菱の紅葉かな　石井みや
老鴨の足に水草紅葉かな　高杉空彦
水音は萍紅葉あるあたり　ふく嶋桐里

敗荷
やれはす

秋も深まり風などに吹き敗れた蓮の葉。

破蓮《やれはす》、破蓮《やれはちす》
➡枯蓮《かれはす》(冬)

さればこそ賢者は富まず敗《やれ》荷《はちす》　蕪村
破蓮や風来るたびにかさと鳴り　久保のぞみ
破荷や都合によりと書かれあり　藤野靖也

破芭蕉
やればしょう
やればせう

晩秋、大きな芭蕉の葉は風雨に傷んで裂ける。

やれ芭蕉こころ此ほどものぐさき　白雄
絣着ていつまで老いん破芭蕉　原石鼎
はたはたと四五枚重く破芭蕉　宮城静子

末枯
うらがれ

草木の葉が末のほうから枯れ始めること。

末枯《うらが》るる、末枯《すが》れる

末枯に下ろされ立てる子供かな　中村草田男
末枯をきて寿司だねの光りもの　波多野爽波
末枯れて自動ピアノはノクターン　斎藤月子

菱の実
ひしのみ

菱形の実は固く、二個の角があり、食用になる。

菱取《ひしと》る

菱の実と小海老と乾して海士《あま》が家　村上鬼城
菱採りしあたりの水のぐつたりと　波多野爽波
菱採るに四角き舟を出しにけり　山本青彦
呼《よ》人《びと》浦《うら》埋め尽くしたる菱を採る　しみず屯児

茸《きのこ》

菌《きのこ》、木茸《きのたけ》、椎茸《しいたけ》、滑子《なめこ》、湿地《しめじ》、舞茸《まいたけ》、猿《さる》の腰掛《こしかけ》
➡茸狩《たけがり》（人）

種類が多く、色、形、大きさなどさまざま。

霧雨や白き木の子の名は知らず　乙二
爛々と昼の星見え菌生え　高浜虚子
神饌の肉も茸もわが獲物　城野三四郎
あやしげな茸並びし道の駅　伊藤文

松茸《まつたけ》

早松茸《さまつ》、松茸山《まつたけやま》

赤松や栂《つが》の林に自生し、香りがよく、古来珍重される。

松茸や人にとらるゝ鼻の先　去来
松茸や都に近き山の形《なり》　惟然
神棚の店が松茸即売所　安部元気

毒茸《どくきのこ》

毒茸《どくたけ》、月夜茸《つきよたけ》、天狗茸《てんぐたけ》、紅茸《べにたけ》、笑茸《わらいたけ》

有毒なきのこ。食べて死ぬこともある。笑茸は異常な興奮状態になり、笑ったりする。

ころ〳〵ところがる杣《そま》や茸の毒　飯田蛇笏
自らの毒に斃れし茸ならむ　相生垣瓜人
指なめただけで死ぬぞと毒茸　石田一峰

冬

冬《ふゆ》

三冬《さんとう》、九冬《きゅうとう》、玄冬《げんとう》

一年で一番寒く、寒さに耐え、春を待つ季節。途中に新年が来る。立冬（十一月八日ごろ）から立春（二月四日ごろ）の前日までで、陽暦の十一、十二、一月にあたる。

石枯れて水しぼめるや冬もなし　芭蕉

中年や独語おどろく冬の坂　西東三鬼

卒寿などとつくに過ぎてまた冬に　栢野木樵

冬帝《とうてい》

冬将軍《ふゆしょうぐん》
↓炎帝《えんてい》（夏）

古代中国の冬の呼び名。冬将軍とともに、冬の厳しさを人格化した言い方。

冬帝先づ日をなげかけて駒ヶ嶽　高浜虚子

冬帝や夜具の手入れも済まぬのに　小松真帆

冬帝の捕虜となり果て炬燵爺　森嶋伊佐雄

神無月《かんなづき》

時雨月《しぐれづき》、神去月《かみさりづき》、神在月《かみありづき》、神有月《かみありづき》
↓神《かみ》の旅《たび》、神《かみ》の留守《るす》（行）

陰暦十月の異称で、陽暦の十一月ごろ。多くの神々が出雲に旅立ち、神々が留守になるという。出雲では神有月（神在月）という。

けふよりやいろ葉散りぬるかんな月　貞室

空狭き都に住むや神無月　夏目漱石

神無月出雲は雲の混みあへる　湯浅洋子

立冬《りっとう》

冬立《ふゆた》つ、冬《ふゆ》に入《い》る、冬来《ふゆく》る、冬来《ふゆきた》る

二十四節気の一つで、十一月八日ごろ。季節風の第一号が吹き始めるころでもある。

あらたのし冬たつ窓の釜の音　鬼貫

立冬の扉開ければ誰もゐず　田代草猫

立冬や掘れば堆肥に温みあり　加藤良彦

初冬《はつふゆ》

初冬《しょとう》、冬《ふゆ》の始《はじ》め、冬浅《ふゆあさ》し、冬《ふゆ》めく

初冬・仲冬・晩冬に分けた初めの冬。

初冬や日和になりし京はづれ　蕪村

初冬の竹緑なり詩仙堂　内藤鳴雪

初冬のまだまだ採れる吾が畑　岩澤惇子

十一月《じゅういちがつ》《じふいちぐわつ》

月初めは、暦の上で冬に入るが、小春日も多く行楽日和。中旬から冬めいてくる。

日暮れ見ぬ十一月の道の辺に　原石鼎

今日よりは十一月の旅日記　星野立子

十一月好みの紅をつかひ切り　吉田さよこ

冬ざれ《ふゆざれ》

冬《ふゆ》ざるる

草木が枯れ果て、物が荒んで、もの寂しい冬の景色。

冬ざれの厨に赤き蕪かな　正岡子規

冬ざれや群れ飛ぶ鳥の名を知らず　池田麻里々

冬ざれの風によく耐へ松緑　木村遥雲

小春《こはる》

小春日《こはるび》、小春日和《こはるびより》、小春空《こはるぞら》、小春凪《こはるなぎ》、インディアンサマー、小六月《ころくがつ》

陰暦十月、今の十一月ごろのぽかぽか陽気の日和。日だまりでは汗ばむほどで、小六月ともいうが、日陰は寒い。

玉の如き小春日和を授かりし　松本たかし

路地抜けて金春通りへと小春　蘭部庚申

ライダーはみな白髪や小六月　中迫雅子

冬ぬくし《ふゆぬくし》

冬暖《ふゆあたた》か、暖冬《だんとう》

冬なのに暖かな陽気。

冬ぬくし日当りよくて手狭くて　高浜虚子

冬ぬくし海をいだいて三百戸　長谷川素逝

冬ぬくし美智子様にも孫四人　依田小

冬の日《ふゆのひ》

↓冬日《ふゆひ》(天)

冬の一日のこと。冬の太陽は冬日。日差しは弱く寒々として、日本海側は終日寒く、曇っている。

冬の日や茶色の裏は紺の山　夏目漱石

冬の日の三時になりぬ早や悲し　高浜虚子

山羊の目のへの字になるや冬日向　国信　筍

仲冬《ちゅうとう》

冬半《ふゆなか》ば

冬の半ば。

仲冬の水豊かなる池日ざし　志田素琴

仲冬の左目だけがあをき猫　田代草猫

仲冬の壁に古ぶや世界地図　吉田さよこ

小雪《しょうせつ せうせつ》

小雪《しょうせつ》の節《せつ》

二十四節気の一つ。陽暦で十一月二十三日ごろ。少し寒くなり、ところによって少し雪が降る。

小雪や月の夜干の白野菜　細木芒角星

みちのくやけふ小雪の少し雪　辻　桃子

小雪の川に捨て猫三匹も　白戸京香

冬―時候

霜月《しもつき》

―雪待月《ゆきまちづき》、神楽月《かぐらづき》、霜降月《しもふりづき》

陰暦十一月の異称で、陽暦の十二月ごろ。霜の降り始める時期にあたる。

霜月やごとにうとき菊畑　高浜虚子
霜月や軒にかさねし鰻笊　安住敦
霜月や脱ぎし下着にわが温み　志村喜三郎

十二月《じゅうにがつ》《じふにぐわつ》

一年の最後の月。寒さが増し、年は詰まり、忙しい。

十二月上野の北は静かなり　正岡子規
空いてゐる椅子の多しや十二月　高野素十
真つさらな紺の暖簾も十二月　三井ひさし

極月《ごくげつ》

陰暦十二月の異称。いかにも一年の極まるという感じの月。

―臘月《ろうげつ》

極月の三日月寒し葱畑　大谷句仏
極月の折蘆の水の静かかな　富安風生
極月の調度の中に短刀が　神谷つむぎ

大雪《たいせつ》

二十四節気の一つで十二月八日ごろ。

大雪や棕梠葉鋭くひろがりて　紫園芳衛
大雪や大釜いつぱい飯炊いて　松尾むかご
大雪やすとんところぶ葬の使者　いさか小夜

冬至《とうじ》

二十四節気の一つで十二月二十二日ごろ。北半球では一年中で最も日が短い。この日、粥や南瓜、蒟蒻《こんにゃく》などを食べて力をつけ、冬至湯といって柚子湯に入る。

―冬至粥《とうじがゆ》、冬至湯《とうじゆ》、一陽来復《いちようらいふく》、冬至柚子《とうじゆず》、冬至南瓜《とうじかぼちゃ》
➡柚子湯《ゆずゆ》(行)

行く水のゆくにまかせて冬至かな　鳳朗
冬至の日しみじみ親し膝に来る　富安風生
冬至の日縞あるごとくゆれにけり　阿波野青畝

晩冬《ばんとう》

初冬・仲冬・晩冬に分けた晩の冬。

―冬《ふゆ》の末《すえ》、末《すえ》の冬《ふゆ》

晩冬や朱肉の真中黒ずみて　田代草猫
晩冬のトンネル抜けて母の里　森本桂子
神護寺の土器《かはらけ》投げも末の冬　藤野靖也

師走《しわす》《しはす》

陰暦十二月の異称。年の終わりを指す「為果《しは》つ月」が転じて「しはす」。「師が走り回るほど忙しい月」ともいわれるように、あわただしい歳末を思わせる。

旅寝よし宿は師走の夕月夜　芭蕉
大空のあくなく晴れし師走かな　久保田万太郎
一家挙げ師走日曜当番医　雷淑子

年の暮　としのくれ

歳末《さいまつ》、歳晩《さいばん》、年末《ねんまつ》、年《とし》の果《はて》、年《とし》の瀬《せ》、年詰《としつ》まる、年暮《としく》るる

一年も余すところ少ない十二月の中旬から大晦日までをいう。

ともかくもあなたまかせの年の暮　一茶

約束の散骨いまだ年の暮　塚原琢ジロヲ

こんちきしやう佳作どまりや年暮るる　北前力

数え日　かぞえび　かぞへび

日《ひ》を数《かぞ》う

年が押し詰まり、残りの日を数えるほどになったこと。また、その残り少ない日。

数へ日となりたるおでん煮ゆるかな　久保田万太郎

数へ日の煙突が火を吹くことよ　安部元気

数へ日のじたばたするな口利くな　米田木綿

年惜しむ　としおしむ　としをしむ

過ぎ行く一年をふりかえり、惜しむ気持ち。

梟がとしをしむやら竿の先　一茶

年惜しむ心うれひに変りけり　高浜虚子

トンネルのひとつは長く年惜しむ　富樫風花

行く年　ゆくとし

年歩《としあゆ》む、年逝《としゆ》く、年果《としは》つる、流《なが》るる年《とし》

過ぎ行く年をいう。「年歩む」は年を人に見立てたもの。

行く年やもどかしきもの水ばかり　千代女

年を以て巨人としたり歩み去る　高浜虚子

行く年の深川に潮上りくる　城野三四郎

小晦日　こつごもり

大晦日の前日、十二月三十日。

翌《あす》ありとたのむもはかな小晦日　蝶夢

三代で使ふ染付小晦日　田中とこ

物置の奥より返事小晦日　石坂陽太郎

大晦日　おおみそか　おほみそか

大晦日《おおつごもり》、大年《おおどし》、大三十日《おおみそか》

十二月三十一日。一年の最後の日。

漱石が来て虚子が来て大三十日　正岡子規

いささかの借もをかしや大三十日　村上鬼城

大年の大三元を逃したる　こると漣

年の空　としのそら

名残《なごり》の空《そら》

大晦日の空。名残を惜しんで見上げたりする。

年の空五色の幡はもう張られ　辻桃子

年の空針ほどの月消えかかる　黒岩くに子

五百円当りし籤や名残空　落合春野

除夜　じょや　ぢよや

年《とし》の夜《よる》、年夜《としや》

➡年越詣《としこしもうで》(行)

大晦日の夜。

ゆかしやと見れば見えけり除夜の梅　樗良

わが家のいづこか除夜の釘をうつ　山口誓子

年の夜のむらなく髪の染まりけり　伊野ゆみこ

一月《いちがつ　いちぐわつ》

一年最初の月。前半は正月気分が残る。

一月や去年の日記尚机辺　高浜虚子

一月の川一月の谷の中　飯田龍太

一月の日時計や影硬くして　北山日路地

寒の入《かんのいり》

寒中に入ること。一月五日か六日ごろ。

――寒《かん》に入《い》る

うす壁にづんづと寒が入りにけり　一茶

きびきびと応ふる寒に入りにけり　松本たかし

大軍鶏の首高々と寒に入る　山本呆斎

小寒《しょうかん　せうかん》

二十四節気の一つで一月五日か六日ごろ。

小寒や石段下りて小笹原　波多野爽波

小寒の富士小寒の芦の湖に　白井薔薇

小寒や大往生の煙立ち　井上ろびん

大寒《だいかん》

二十四節気の一つで一月二十一日ごろ。一年中で最も寒さが厳しい。

大寒の埃の如く人死ぬる　高浜虚子

大寒やしづかにけむる茶碗蒸　日野草城

大寒の空の固さや伯耆富士　池田麻里々

寒の内《かんのうち》

寒入り（小寒）から寒明け（節分）まで約三十日。一年中で最も寒い。寒入り四日目が寒四郎、九日目が寒九。

――寒《かん》、寒中《かんちゅう》、寒四郎《かんしろう》、寒九《かんく》、寒土用《かんどよう》

干鮭も空也の痩も寒の内　芭蕉

寒の空日々の日のありどころ　高野素十

吾に向く無数の窓の寒の内　舟まどひ

短日《たんじつ》

秋の彼岸以後、日はどんどん短くなり、冬至に最も短くなる。日暮が早く、あわただしい感じ。

――日短《ひみじか》、暮早《くれはや》し、日《ひ》つまる、日短《ひいみじか》

↓日永《ひなが》（春）

日短かやかせぐに追ひつく貧乏神　一茶

日沈む方へ歩きて日短　岸本尚毅

短日のよろめきドラマいいところ　うな浅黄

寒暁《かんぎょう　かんげう》

――冬暁《とうぎょう》、冬暁《ふゆあかつき》、冬《ふゆ》の朝《あさ》

↓春暁《しゅんぎょう》（春）

寒さの厳しい冬の早朝。

寒の暁ツィーンツィーンと子の寝息　中村草田男

寒暁の水に魚の血溶けずあり　小川春休

寒暁や笠雲ふはと大阿蘇に　米田木綿

冬の暮《ふゆのくれ》

冬の夕《ふゆゆう》、寒暮《かんぼ》

冬の寒々とした日暮れ。

あだし野や顧みすれば冬の暮　松根東洋城
冬の暮灯さねば世に無きごとし　野見山朱鳥
冬の暮スーパー横で待つ犬も　清水雪花

冬の夜《ふゆのよ》

寒夜《かんや》、夜半《よわ》の冬《ふゆ》、霜夜《しもよ》

寒くひっそりとした夜。寒夜という響きはより寒そうな感じ。

妻の目や寒夜ベッドの下に寝て　石田波郷
冬の夜の勉強足りず知恵足りず　安部元気
ふゆのよる紗羅のぎょうざはせかい一　しどりさら

寒し《さむし》

寒気《かんき》、寒《さむ》さ
⬇暑《あつ》し（夏）

肌や心に寒さを感じること。

葱白く洗ひたてたる寒さかな　芭蕉
おほかたは寒さのゆゑと帰られし　塚本じゅん菜
楼上の絶景といふ寒さかな　ほりもとちか

冷たし《つめたし》

冷《ひ》え、底冷《そこびえ》、寒冷《かんれい》
⬇冷《ひや》やか（秋）

寒さの中の、とくに即物的な冷えた感じ。

つめたいにつけてもゆかし京の山　鬼貫
手で顔を撫づれば鼻の冷たさよ　高浜虚子
そりそりと魚の腹裂く手の冷た　山本呆斎

凍る《こおる　こほる》

凍《し》む、凍《い》つ、凍結《とうけつ》、冱《い》つ、朝凍《あさじみ》、夕凍《ゆうじみ》、しばれ、凍《しみ》
⬇凍土《とうど》（地）

寒気にあって水分が凝固すること。現実に凍るものだけでなく、心も凍るような感じにも使う。

凍漏のつたはる柱新しき　高野素十
警備兵ひとかたまりに北京凍つ　城野三四郎
柏手の天まで響き凍てきびし　武田みかん

冴ゆる《さゆる》

冴《さ》え、さえざえ、風冴《かぜさ》ゆる、星冴《ほしさ》ゆる、灯冴《ひさ》ゆる、声冴《こえさ》ゆる
⬇冴返《さえかえ》る（春）

寒冷が極まり、空気が澄み切った感じ。

風さえて今朝よりも又山近し　暁台
オリオンの四ッ星冴えて三ッ星も　京極杞陽
千住より百八十里星冴ゆる　今泉如雲

寒波《かんぱ》

寒波来《かんぱく》る

シベリア方面から来る寒気。日本海側では吹雪となる。

寒波急日本は細くなりしまゝ　阿波野青畝
寒波きぬ信濃へつゞく山河澄み　飯田蛇笏
煙突のけぶり直角寒波来る　松並さつき

三寒四温《さんかんしおん》《さんかんしをん》

三日寒さが続いた後、四日ほど暖かさが続く寒暖の周期。

三寒《さんかん》、四温《しおん》、四温日和《しおんびより》

ベッドまで三寒四温の日の届き　大島　節

三寒の四温の千蛸裏返し　松尾むかご

三寒の四温の背中ほぼ湿布　草野ぐり

厳寒《げんかん》

真冬の厳しい寒さ。

厳冬《げんとう》、酷寒《こっかん》、極寒《ごっかん》、寒厳《かんきび》し

厳寒の多少のゆるび夜の豪雨　飯田蛇笏

極寒や寝るほかなくて寝鎮まる　西東三鬼

厳寒や波ぶちあたる航路灯　今井桃青

冬深し《ふゆふかし》

冬のまっさかり。冬たけなわ。

真冬《まふゆ》、冬深《ふゆふか》む、冬《ふゆ》さぶ

扁額に友愛ありと冬深し　長谷川ちとせ

二度聞いてやつと納得冬深し　増田真麻

冬深き南信濃の馬の里　柚木ぽぴい

日脚伸ぶ《ひあしのぶ》

冬至が過ぎると、一日に畳の目一つずつ日脚が伸びるともいわれる。心もち暖かくなってくるような気がする。

汚れたる雪の山家に日脚伸ぶ　高浜虚子

日脚伸ぶ夕空紺をとりもどし　皆吉爽雨

ささくれし賽銭箱や日脚伸ぶ　岩崎金魚

春を待つ《はるをまつ》

寒さの中で、暖かな春を待つ気持ち。

待春《たいしゅん》、春遠《はるとお》し

口明けて春を待つらん犬はりこ　一　茶

地の底に在るもろもろや春を待つ　松本たかし

待春の手乗り文鳥一家かな　田村三合

春隣《はるどなり》

もう春がそこまで来ている感じ。

春近《はるちか》し、春《はる》まぢか、春信《しゅんしん》、春便《はるだよ》り

➡冬隣《ふゆどなり》(秋)

春近く梢つみかゆる菜畑かな　亀　洞

春も亦遠からじとは吾子にも　高野素十

お蚕の養育書とは春隣　三宅美也子

冬尽く《ふゆつく》

長く暗く寒い冬がようやく尽きること。古来日本人は「春惜しむ、秋惜しむ」という想いを本意としてきたが、冬のスポーツなどの盛行で冬を惜しむ気持ちも詠まれるようになった。

冬終《ふゆおわ》る、冬《ふゆ》の果《はて》、冬行《ふゆゆ》く、冬去《ふゆさ》る、冬《ふゆ》の名残《なごり》、冬《ふゆ》の別《わか》れ、冬惜《ふゆおし》む

冬の果蒲団にしづむ夜の疲れ　飯田蛇笏

バラの棘白く三角冬も終る　山口青邨

一局の山場くぐるや冬尽くる　北村しんや

冬日《ふゆひ》

冬の太陽をいう。日差しは弱々しく、座敷の奥に斜めに差し込む。「冬の日」は短い冬の一日を指すこともある。

冬日向《ふゆひなた》、冬日影《ふゆひかげ》
➡冬《ふゆ》の日《ひ》(時)

大空の片隅にある冬日かな　高浜虚子
竹むらに冬日こん〳〵とさす一村　大須賀乙字
手術の眼あけれぱ冬日すべりこむ　宮原美枝

冬の空《ふゆのそら》

太平洋側は晴れ、日本海側は雪という場合が多く、どちらも指す。

寒天《かんてん》、冬天《とうてん》、寒空《さむぞら》、凍空《いてぞら》

歌舞伎座のうしろに住みぬ冬の空　久保田万太郎
冬空をゴム鉄砲で打ちにけり　浜崎素粒子
冬空へ出てはつきりと蚊のかたち　岸本尚毅

冬晴《ふゆばれ》

からりと晴れた冬の日のこと。

冬日和《ふゆびより》、冬《ふゆ》晴《は》るる

家一つ畑七枚冬日和　一茶
冬晴れの晴着の乳を飲んでをる　中村草田男
冬老人鼻より煙出す日和　植松孫一

寒晴《かんばれ》

冬晴よりもさらに寒さの厳しい寒中の晴れ。きーんと寒いが透きとおるように冴える空が見られる。

寒《かん》の晴《はれ》、凍晴《いてばれ》

寒晴の輓馬の耳が窓にある　柏禎
忌へ連れて雲水飄と寒日和　飯田蛇笏
寒晴や若き庭師の金時計　浜田節

冬麗《ふゆうらら》

寒い冬も、時折すっきりと晴れてうららかな日となる。物みなほっこりと冬の日光にほっとしている感じ。つかのまにして寒くなる。

冬麗《ふゆうらら》か、冬麗《とうれい》
➡麗《うらら》か(春)

冬麗ら花は無けれど枝垂梅　高浜虚子
神鶏の金属光り冬麗　岡ともこ
冬麗やころがして選る豆の粒　志村喜三郎

冬旱《ふゆひでり》

寒旱《かんひでり》、冬《ふゆ》の旱《ひでり》
➡旱《ひでり》(夏)、秋旱《あきひでり》(秋)

冬の晴天つづきで、雨が降らないこと。水不足が起きる。

冬旱独語の後は首ふりて　能村登四郎
山深き瀬に沿ふ道の寒旱　飯田蛇笏
真黒な円空仏も寒旱　辻桃子

冬の雲《ふゆのくも》

雪催いの雲もあれば、冬晴れの雲もある。

冬雲《ふゆぐも》、凍雲《いてぐも》、寒雲《かんうん》

冬雲は薄くもならず濃くもならず　高浜虚子

冬雲を映して藺田の広さかな　松根東洋城

日没をうやむやにして冬の雲　大槻独舟

冬入日《ふゆいりひ》

冬の日没。落ちると急に寒さが増すのを感じる。

冬日《ふゆひ》没《い》る、寒没日《かんいりひ》

もう一度稜線照るや寒入日　篠原喜々

冬入日わがデスクまで届きをる　膝舘すみえ

手拭を手早くたたみ冬入日　さとう千鳥

冬夕焼《ふゆゆうやけ》《ふゆゆふやけ》

寒夕焼《かんゆうやけ》、冬茜《ふゆあかね》、冬夕日《ふゆゆうひ》
⬇夕焼《ゆうやけ》(夏)

冬の夕焼。寒空の茜色がとくに色鮮やか。

冬夕焼鴉が落とす紙コップ　湯浅洋子

岩木嶺の肩に収むや寒夕焼　齊藤泥雪

あのあたり黒門町や冬茜　澤田佐和

冬の月《ふゆのつき》

青白く寒々とした寒中の月。三日月から満月までそれぞれ趣があるが、総じて凄みがあり、冴え切った美しさがある。

寒月《かんげつ》、寒三日月《かんみかづき》、月氷《つきこお》る、月凍《つきい》つる、月冴《つきさ》ゆる、凍月《いてづき》
⬇月《つき》(秋)

寒月や僧に行き合ふ橋の上　蕪村

うちあげて津の町急ぐ冬の月　中村吉右衛門

冬月や不良を一人手なづけて　播磨敬子

冬の星《ふゆのほし》

オリオン、すばる、シリウス(天狼)など、寒夜に鋭くまたたく星。

冬銀河《ふゆぎんが》、寒星《かんせい》、寒昴《かんすばる》、荒星《あらぼし》、天狼《てんろう》、オリオン
⬇流星《りゅうせい》、星月夜《ほしづくよ》(秋)

深川へ納め詣や冬の星　武原はん

冬の星らんらんたるを怖れけり　富安風生

オリオンを仰ぎて別る蔵の前　久門南

冬凪《ふゆなぎ》

冬の海は荒れる日が多いが、時にふっと静まって凪ぐこと。

寒凪《かんなぎ》、凍凪《いてなぎ》
⬇朝凪《あさなぎ》、夕凪《ゆうなぎ》(夏)

冬凪や鳶一つ舞ふ浜の空　寒川鼠骨

寒凪の夜の濤一つとどろきぬ　川端茅舎

寒凪や紀州岬のうつすらと　池田麻里々

御講凪
おこうなぎ
おかうなぎ

御講日和《おこうびより》、御講日和《おこうなぎ》
➡報恩講《ほうおんこう》（行）

陰暦十一月二十八日の親鸞忌（御講）のころのおだやかな凪。

門番がたんを切るなり御講日和《なぎ》　一茶

東西の両本願寺御講凪　高浜虚子

御講凪古き御門を見上げけり　石田一峰

神渡
かみわたし

神立風《かみたつかぜ》
➡神《かみ》の旅《たび》（行）

神無月（陰暦十月、陽暦の十一月ごろ）に吹く西風。神々を出雲に旅立たせるように吹くといわれる。

気多《けた》の海日ねもす荒れて神渡し　草風

神渡こぼれ飯粒ひからびて　秋津美鳥

山里の輪郭失せて神渡し　柳瀬姫香

凩
こがらし

木枯《こがらし》

木の葉を吹き落とす強い季節風。冬の初めに吹き、にわかに冬の気配が強まる。

凩の果はありけり海の音　言水

木がらしや目刺にのこる海のいろ　芥川龍之介

凩一号踝を通り過ぎ　平アキ子

寒風
かんぷう

冬《ふゆ》の風《かぜ》

冬に吹く寒々とした風。「冬の風」よりさらに寒く厳しい感じがある。

寒風を来し目に少し涙ため　星野立子

中空に月吹上げよ冬の風　阿部次郎

寒風に逆らふすべもなき暮し　藤本則

北風
きたかぜ

北吹《きたふ》く、大北風《おおきた》、北《きた》ならい、朝北風《あさきた》
➡東風《こち》（春）、南風《みなみ》（夏）

北、西よりの季節風で、身を切られるように冷たく厳しい。

大北風にあらがふ鷹の富士指せり　臼田亜浪

北風や湯薬《ゆやく》の苦さいや増して　小倉わこ

白波にぶち当たるなり北ならひ　亀田宏

空風
からかぜ

空《から》つ風《かぜ》、乾《から》つ風《かぜ》

乾いた強い北風。とくに関東で多くみられ、江戸や上州の名物。

から風の吹きからしたる水田かな　桃隣

胸中に抱く珠あり空ッ風　富安風生

定食はなまづフライぞ空つ風　井ケ田杞夏

北颪《きたおろし》

浅間颪《あさまおろし》、六甲颪《ろっこうおろし》、比叡颪《ひえいおろし》、富士颪《ふじおろし》

冬、山から吹きおろす北寄りの風。赤城颪《あかぎおろし》、筑波颪《つくばおろし》、比叡颪など山の名をつけて呼ばれる。

街道や大樫垣の北おろし　村上鬼城
北おろし一夜吹きても吹きたらず　福田甲子雄
上州子さみいさみいと北おろし　森嶋伊佐雄

たま風《たまかぜ》

べっとう、乾風《あなじ》、たば風《かぜ》

冬、沿岸に吹く北寄りの強烈な暴風。たま風は日本海側、べっとうは東海道沿い、乾風は西日本で使う。

たま風にストーブどつくんどくといふ　松尾むかご
べつとうや死に損ねしと言ひ合うて　安部元気
たま風や豆腐のざるが木の上に　矢花美奈子

隙間風《すきまかぜ》

戸や壁や建具の隙間から入ってくる冷たい風で、膚を刺す。

ほのゆるゝ闇のとばりは隙間風　杉田久女
隙間風さまざまのもの経て来たり　波多野爽波
隙間風すうと海岸診療所　夏秋明子

虎落笛《もがりぶえ》

冬の烈風が、棚や竹垣に吹きつけ、ひゅーひゅーと笛のような音を出す。もの寂しく凄みがある。

虎落笛子供遊べる声消えて　高浜虚子
遠く富士見えてむらさき虎落笛　石居雪明
あやとりを指が忘れて虎落笛　笹岡明日香

初時雨《はつしぐれ》

その冬初めての時雨。さっと降ってはやんでしまう局地的な通り雨で、冬が来たと実感させる侘びしさがある。

旅人と我が名呼ばれん初しぐれ　芭蕉
焼跡の小村すぐるや初しぐれ　高村光太郎
パエリアの焦げ香ばしや初時雨　須藤りんご

時雨《しぐれ》

朝時雨《あさしぐれ》、夕時雨《ゆうしぐれ》、小夜時雨《さよしぐれ》、村時雨《むらしぐれ》、北山時雨《きたやましぐれ》、片時雨《かたしぐれ》、時雨傘《しぐれがさ》
⬇時雨月《しぐれづき》(時)

冬、急にぱらぱらと降って、しばらくして通り過ぎる小雨。

しぐるるや堅田へおりる雁ひとつ　蕪村
天地の間にほろと時雨かな　高浜虚子
しぐるるや泣いてどうなる夜泣石　中島鳥巣

冬の虹《ふゆのにじ》

冬虹《ふゆにじ》
↓虹《にじ》(夏)

冬の時雨のやんだあとなどによく見られる。

冬の虹消えむとしたるとき気づく　安住　敦
冬の虹山頂ホテル夕閉ざす　柴田白葉女
冬の虹戦犯の義兄《あに》逝きにけり　長谷川ちとせ

冬の雨《ふゆのあめ》

冬に降る雨。北国ではめずらしく、多くは霙《みぞれ》や雪になる。

冬の雨火箸をもして遊びけり　一　茶
塀に射す提灯の灯や冬の雨　巌谷小波
冬の雨睫毛に乗せて驢馬寄り来　岡田四庵

寒の雨《かんのあめ》

寒九《かんく》の雨《あめ》

寒中に降る雨。雨の少ない期間なので、寒旱のあとはとくにありがたい感じがある。寒の九日目に降る「寒九の雨」は豊年の兆しとされる。

雁騒ぐ鳥羽の田づらや寒の雨　芭　蕉
寒の雨禊あければ阿弥陀さま　石井みや
寒の雨駄菓子にニッキにほひたる　篠原喜々

霜《しも》

大霜《おおしも》、強霜《つよしも》、朝霜《あさじも》、霜《しも》の戸《と》、霜雫《しもしずく》、初霜《はつしも》、霜晴《しもばれ》、霜日和《しもびより》
↓春《はる》の霜《しも》(春)、霜夜《しもよ》(時)

地表の水蒸気が凍り、地や物に付着したもの。霜が降りた日に晴れ上がるのが霜晴、霜日和。

南天をこぼさぬ霜の静かさよ　正岡子規
よくもまあこんなに寝たり霜の朝　土田紫葉
霜降りる今朝の鉄路の長きこと　三橋浩二

霰《あられ》

初霰《はつあられ》、玉霰《たまあられ》、氷雨《ひさめ》、雪《ゆき》あられ、氷《こおり》あられ
↓春《はる》の霰《あられ》(春)

直径2～5㎜の氷の粒。雪にまじって降ることが多い。氷雨は夏の雹《ひょう》のこともいう。

山風や霰ふき込む馬の耳　大　魯
霰降る離れに電話取りつげば　市川耕丹
夜ふかしの霰に合はすギターかな　矢野　螢

霙《みぞれ》

霙《みぞ》るる、雪《ゆき》まじり
↓春《はる》の霙《みぞれ》(春)

雨と雪がまじって降ること。雨や雪だけ降るより、暗く寒々しい感じがする。

淋しさの底ぬけてふるみぞれかな　丈　草
古障子霙るる音のきこえけり　高浜虚子
信号を待つ間に雨は霙へと　高橋　涼

雪催
ゆきもよい
ゆきもよひ

雪曇《ゆきぐもり》、雪雲《ゆきぐも》

底冷えして、いまにも雪の降りだしそうな空模様。

湯帰りや灯ともしころの雪もよひ　永井荷風

雪もよひ土間に風呂焚く匂ひして　中　小雪

東に満月西は雪催　藤野チエ

雪
ゆき

雪片《せっぺん》、雪空《ゆきぞら》、雪明《ゆきあか》り、雪暗《ゆきぐれ》、小雪《こゆき》、粉雪《こなゆき》、細雪《ささめゆき》、大雪《おおゆき》、水雪《みずゆき》、ざらめ雪《ゆき》、新雪《しんせつ》、積雪《せきせつ》、六花《むつのはな》

➡春《はる》の雪《ゆき》（春）

春の花（桜）、秋の月と並ぶ代表的な季語で、「雪月花《せつげっか》」として古来詩歌に多く詠まれ、傍題も多い。北国では重圧だが、野山を覆って美しい。

是がまあつひの栖《すみか》か雪五尺　一　茶

いくたびも雪の深さを尋ねけり　正岡子規

飢ゑつのる雪後の鳶の舞ふや百　牟田京子

初雪
はつゆき

➡雪《ゆき》の果《はて》（春）

その冬初めて降る雪。

初雪や松にはなくて菊の葉に　北　枝

うしろより初雪降れり夜の町　前田普羅

初雪の降つて枯枝にほひけり　白戸京香

深雪
みゆき

雪深《ゆきふか》し

深く積もり、音を吸い込むような雪。

旅人に我が糧分つ深雪かな　几　董

大声の通り過ぎたる深雪かな　藤本　則

外套の深雪はらうて書肆に入る　淡谷鉄蔵

根雪
ねゆき

深く積もって、雪解けまで残っている雪。

根雪して轍長しよ紺屋町　桜庭門九

足跡に足跡のせて根雪村　阿久津凍河

夜もすがら障子に根雪明りかな　木村遥雲

吹雪
ふぶき

吹雪《ふぶ》く、地吹雪《じふぶき》、雪煙《ゆきけむり》、ブリザード、吹雪溜《ふぶきだま》り

強風にあおられて吹きつける雪。降ってくる雪もあれば、積もった雪が巻き上げられることもある。後者は「地吹雪」ともいう。

橇やがて吹雪の渦に吸はれけり　杉田久女

妻いつもわれに幼し吹雪く夜も　京極杞陽

地吹雪やけむりのやうに人あゆみ　たなか迪子

雪しまき《ゆきしまき》

——しまき、雪《ゆき》しまく

「しまく」は「巻く」の意味で、吹雪が激しく吹き巻くこと。

しまき来る雪のくろみや雲の間　丈草

血の浮きし鮫のむき身や雪しまく　高橋涼

雪しまく愛の讃歌を切々と　椎名こはる

垂り雪《しずりゆき》《しづりゆき》

——雪《ゆき》しづり

木の枝などに積もった雪がどさっと落ちたり、はらはらと散ったりする。

寝て起きぬ戸をこそ繰るやしづり雪　永井荷風

小店にも天守閣にも垂り雪　今泉如雲

杉の枝の雪の垂れば四五度跳ね　ロバート池田

雪女《ゆきおんな》《ゆきをんな》

——雪女郎《ゆきじょろう》、雪鬼《ゆきおに》、雪坊主《ゆきぼうず》、雪《ゆき》の精《せい》

雪深い地方の伝説。これを見たものにはたたりがあるなど、土地によりさまざまな言い伝えがある。

みちのくの雪深ければ雪女郎　山口青邨

雪女郎おそろし父の恋おそろし　中村草田男

蠟燭の周りは暗し雪女　富樫風花

鎌鼬《かまいたち》

——鎌風《かまかぜ》

旋風などの際、空気中に真空を生じ、人体がこれに触れると、鎌で切ったように皮膚が割れて血が出ること。古来、鼬の仕業と信じられていた。

鎌鼬ひとたびは山下りたれど　佐藤明彦

秩父にて一夜泊つるや鎌鼬　近田紀代

サイレンに物見に出るや鎌鼬　ふく嶋桐里

雪晴《ゆきばれ》

——深雪晴《みゆきばれ》

雪がやみ、真っ青に晴れ上がること。目が痛いほど眩しい。

雪晴や湯治の客は山伏と　安部元気

洋裁の針の進むや雪晴るる　深沢豆風

雪晴や漉かれし紙のうすみどり　しの緋路

風花《かざはな》

——吹越《ふっこし》

晴天にちらつく雪。吹越は山の向こう側で降る雪が山を越えて風に流されてきて、ひらひらと舞うこと。

日ねもすの風花淋しからざるや　高浜虚子

風花の一片にして遠ながれ　皆吉爽雨

風花や靖国神社より手紙　田代早苗

冬の雷《ふゆのらい》

冬に鳴る雷。「雪起し」は雪の降りそうなときに鳴る雷。

寒雷《かんらい》、雪起《ゆきおこ》し、雪《ゆき》の雷《らい》

寒雷や肋骨のごと障子ある　臼田亜浪

道のべに潮のしぶきや雪起し　堀なでしこ

荒海や寒雷に雪吹き上がり　丘　めぐみ

鰤起し《ぶりおこし》

鰤の獲れるころに鳴る雷。これが鳴ると豊漁とされる。

⬇鰤《ぶり》(動)

鰤起し番屋の壁に舵輪吊り　齋藤耕牛

一湾の気色立ちをり鰤起し　宮下翠舟

真昼間を起きろ起きろと鰤起し　赤川　蓉

冬霞《ふゆがすみ》

冬の暖かい日の大気中に薄く低くたちこめたもや。

寒霞《かんがすみ》、冬《ふゆ》の靄《もや》、寒靄《かんあい》

⬇霞《かすみ》(春)

冬霞茶の木畑に出て見れば　富安風生

冬の靄クレーンの鉤の巨大のみ　山口青邨

「銀の匙」読みてゆるゆる冬霞　菅　春江

冬の霧《ふゆのきり》

冬に出る霧。都会のスモッグもその一種で、煤煙や車の排気ガスによる。

冬霧《ふゆぎり》、スモッグ、煙霧《えんむ》、寒《かん》の霧《きり》

⬇霧《きり》(秋)

冬霧ゆく船笛やわが在るところ　橋本多佳子

冬霧のはれゆく墓の減りもせず　石田波郷

山の端のそこ冬霧の湧きにけり　三宅美也子

樹氷《じゅひょう》

霧氷の一種で、霧が氷となって木や枝に凍りついたもの。山形・蔵王の樹氷群が有名。

樹氷林《じゅひょうりん》、霧氷《むひょう》、雨氷《うひょう》、木花咲《きばなさ》く、樹氷宿《じゅひょうやど》、木華《きばな》

敲くべき扉はなくて樹氷界　平畑静塔

仰ぎみる髪に樹氷のこぼれけり　越渡あざみ

こぼれたる宿の明りや樹氷林　桑田　碧

ダイヤモンドダスト

空気中の水分が凍り、空中にきらきらと輝き漂う。

氷晶《ひょうしょう》、氷塵《ひょうじん》、霧雪《むせつ》

氷海に来てダイヤモンドダストかな　辻　桃子

ダイヤモンドダストをまとひ登校す　赤川　楓

ダイヤモンドダストの夜と記しけり　加々美きよ女

冬山河《ふゆさんが》

冬らしく蕭条と枯れた山や川や自然の景。

冬景色《ふゆげしき》、冬《ふゆ》の色《いろ》
⬇青山河《あかさんが》（夏）、初山河《はつさんが》（新）

帆かけ舟あれや堅田の冬げしき　其角
二臼を搗き終へ冬の山河かな　安部元気
六畳の窓のむかうの冬山河　高木恵子

冬野《ふゆの》

荒涼と枯れ果てた冬の野原。

冬《ふゆ》の原《はら》、冬《ふゆ》の野《の》、冬野道《ふゆのみち》
⬇夏野《なつの》（夏）

玉川の一筋光る冬野かな　内藤鳴雪
地図片手線路づたひにゆく冬野　難波慶子
冬野来て冬野に消えぬ老遍路　山本呆斎

雪野《ゆきの》

一面に雪の降り積もった原。

雪野原《ゆきのはら》、雪《ゆき》の原《はら》、雪原《せつげん》、雪景色《ゆきげしき》
⬇雪《ゆき》（天）

ながながと川一筋や雪の原　凡兆
汽車全く雪原に入り人黙る　西東三鬼
ワイパーの一掃き丸し雪景色　富樫風花

枯野《かれの》

草木が枯れ果て、寒風が吹き抜ける蕭条とした野。

枯野原《かれのはら》、枯原《かれはら》、枯野宿《かれのやど》、枯野人《かれのびと》

旅に病んで夢は枯野をかけ廻る　芭蕉
遠山に日の当たりたる枯野かな　高浜虚子
三時間半かけて着く枯野かな　杉山美加

枯園《かれその》

芝生や木立などが枯れた公園や庭園。

冬《ふゆ》の園《その》、冬《ふゆ》の庭《にわ》、庭枯《にわか》るる、枯庭《かれにわ》

いたづらに石のみ立てり冬の庭　蝶夢
わが胸をあたたかにして枯るる園　阿部みどり女
遠くまで来てみたものの枯園に　土田紫葉

冬田《ふゆた》

稲を刈り取ったあとの広々とした冬の田。

冬《ふゆ》の田《た》、冬田道《ふゆたみち》、休《やす》め田《だ》、冬田面《ふゆたのも》

雨水も赤くさびゆく冬田かな　太祇
そちこちに風はためける冬田かな　波多野爽波
古里の冬田は海のすぐそこに　丸山長恵

冬の山《ふゆのやま》

低い山では木々の葉が落ちつくし、高山は雪や氷に閉ざされて静まりかえった山。

冬山《ふゆやま》、冬山家《ふゆやまが》、冬山路《ふゆやまじ》、冬嶺《ふゆね》、氷壁《ひょうへき》、寒《かん》の山《やま》
⬇夏《なつ》の山《やま》（夏）

冬山やどこまで登る郵便夫　渡辺水巴
ほうほうとときたま鳴くや寒の山　石川妙
冬山や一椀の白湯にぎりしめ　山田めだか

枯山

かれやま

木々がすっかり枯れ果てた山。

枯木山《かれきやま》、山枯《やまか》れる

枯山にはるか一つの葬を見る　飯田蛇笏
枯山を人ゆく何か光らせて　中川紫石
鈴が鳴り鉦が鳴りして枯木山　井ケ田杞夏

山眠る

やまねむる

もの寂しく、眠るように静まっている冬山の形容。

眠《ねむ》る山《やま》

➡山笑《やまわら》う（春）

重なりて眠れる山は鞍馬かな　高浜虚子
とぢし眼のうらにも山のねむりけり　木下夕爾
日のさせばあたたかさうに山眠る　紺野いつみ

雪山

ゆきやま

雪を冠った山。高山にも低山にもいう。

雪嶺《せつれい》、雪嶺《ゆきね》、雪富士《ゆきふじ》

青天に雪の遠山見へにけり　士朗
美しき雪山の名のシンデレラ　京極杞陽
雪嶺の動く墨絵となりにけり　荻野おさむ

水涸る

みずかる
みづかる

冬、川や沼の水が涸れること。

川涸《かわか》る、沼涸《ぬまか》る、涸池《かれいけ》、涸瀧《かれたき》、涸川《かれがわ》、渇水期《かっすいき》

➡水温《みずぬる》む（春）

大瀧の涸れたる山のさびしさよ　高浜虚子
日あたりに斧研ぐ杣や水涸るゝ　吉岡禅寺洞
泥川のうねりのままに水涸るる　石井みや

冬の水

ふゆのみず
ふゆのみづ

寒中の水は清く、雑菌も少なく、薬になるともいい、酒を作ったりする。とくに寒九日目の水は寒九の水といって効力があるとされた。

寒《かん》の水《みず》、寒九《かんく》の水《みず》、水烟《みずけむ》る

➡春《はる》の水《みず》（春）

冬の水一枝の影も欺かず　中村草田男
御手洗しの石の兎や寒の水　村杉踏青
楮《かず》晒す槽を溢れて寒の水　亀村唯今

冬の川

ふゆのかわ
ふゆのかは

水量が減り細々と流れている川。「川涸るる」は涸れたことに焦点をあてているが、こちらは細くとも流れていることに眼が向いている。

冬河《ふゆがわ》、冬川原《ふゆがわら》、雪《ゆき》の川《かわ》

➡夏《なつ》の川《かわ》（夏）

冬川や筏のすわる草の原　其角
冬川に出て何を見る人の妻　飯田蛇笏
石垣に木箘出でし冬の川　武田多美子

冬の泉

ふゆのいずみ
ふゆのいづみ

冬も湧き出ている泉。

冬泉《ふゆいずみ》、寒泉《かんせん》

➡泉《いずみ》（夏）

冬も湧くたしかな泉夜明け近し　佐藤鬼房
寒泉の老鱒何か与へたき　百合山羽公
寒泉を見てゐる時の無口なる　梶山一泉

冬の海《ふゆのうみ》

冬《ふゆ》の浜《はま》、冬渚《ふゆなぎさ》
⬇夏《なつ》の海《うみ》（夏）

雪が降りこんだり強風に荒波が立っていたりする。また冬日和のおだやかな海もある。

蘆の葉を手より流すや冬の海　其　角
餅なげて舟おろしけり冬の海　寒川鼠骨
バケツ手に人出てきたり冬の浜　永井　珠

寒潮《かんちょう》《かんてう》

冬《ふゆ》の潮《しお》、冬潮《ふゆじお》
⬇春潮《しゅんちょう》（春）

寒々とした冬の潮流や潮の干満をいう。

寒潮の一つの色に湛へたる　高野素十
鵜の下りる寒潮紺を張るところ　皆吉爽雨
寒潮や西の方には朝の月　加藤晃規

冬の波《ふゆのなみ》

冬《ふゆ》の濤《なみ》、冬浪《ふゆなみ》、寒《かん》の波《なみ》、寒濤《かんとう》
⬇夏《なつ》の海《うみ》、土用波《どようなみ》（夏）

季節風が吹き、荒れていることが多い。

寒濤に鴫たちあがる日和かな　飯田蛇笏
冬の波冬の波止場に来て返す　加藤郁乎
冬濤に歌へば演歌とぎれけり　堀なでしこ

波の花《なみのはな》

厳寒の磯にふわふわ漂う石鹸のような泡。プランクトンが荒波に揉まれてできる。能登や佐渡などが有名。本来は白く泡立つ冬波のたとえだった。

故郷は遂に他国か波の華　鈴木真砂女
風吹けば風に流れて波の花　西田友希
打寄せる波とは別れ波の花　三宅美也子

凍土《いてつち》

凍土《とうど》、凍道《いてみち》、凍上《とうじょう》、冱土《いてつち》、土冱《つちい》つる、道冱《みちい》つる
⬇凍解《いてどけ》（春）

凍りついた土。凍上は土が凍って持ち上がること。

凍土につまづきがちの老の冬　高浜虚子
鴉の糞白くくだくる土凍てて　山口青邨
凍土の山門なれば大股に　片岡奈王

霜柱《しもばしら》

霜畳《しもだたみ》
⬇霜《しも》（天）

土中の水分が凍って柱状の結晶になり、地表の土を持ち上げるもの。

落残る赤き木の実や霜柱　永井荷風
霜柱より電柱の立ってあり　依田　小
飛び石の埋れるほどの霜柱　あさみ岬

初氷
はつごおり
はつごほり

⬇薄氷《うすらい》(春)

その年初めて張った氷。

朽《くち》蓮《はす》やよりもうすき初氷　麦水

外湯へと踏み出す段に初氷　飯田閃朴

初氷犬撫でてより登校す　齋藤耕牛

氷
こおり
こほり

厚氷《あつごおり》、結氷《けっぴょう》、氷張《こおりは》る、氷塊《ひょうかい》、影氷《かげこお》る、氷面鏡《ひもかがみ》

⬇氷解《こおりと》く(春)、凍《こお》る(時)

氷面に鏡のように物が映って見えるのが氷面鏡、氷の鏡。氷上を歩いて対岸に渡れるのを氷の橋という。

くらがりの柄杓にさはる氷かな　太祇

水飲むや甕の氷を割りながら　佐藤明彦

厚氷触れるやすつと動きけり　笠原風凜

氷柱
つらら

垂氷《たるひ》、草氷柱《くさつらら》、軒氷柱《のきつらら》、屋根氷柱《やねつらら》

屋根や軒、枝、草、岩などの水の滴りが棒状に氷結したもの。

朝日影さすや氷柱の水車　鬼貫

藁葺の藁の色なる垂氷かな　西川千晶

山水の撥ねたるところ草氷柱　鋼つよし

氷海
ひょうかい

海凍《うみこお》る、海氷《うみこお》る、凍港《とうこう》、氷原《ひょうげん》、氷江《ひょうこう》、氷湖《ひょうこ》、氷盤《ひょうばん》

結氷した海や湖。一面に凍った様子を氷原、氷盤という。

氷海やはやれる橇にたわむところ　山口誓子

氷る濠氷らぬ濠も一つ濠　三橋浩二

邇《に》幣《べ》姫の湖やすべてが凍りつき　投馬三吉

冬の瀧
ふゆのたき

寒《かん》の瀧《たき》

⬇瀧《たき》(夏)

冬季、凍らないで寒々と流れている瀧。

冬瀧のきけば相つぐこだまかな　飯田蛇笏

土産屋はしやもじを売るや冬の瀧　北川麻矢

冬瀧に般若心経勇ましく　斉藤夕日

凍瀧
いてだき

瀧凍《たきこお》る、氷瀑《ひょうばく》

寒中の厚い氷の張った瀧。

氷りたる瀧ひつ提げて山そそる　松本たかし

瀧冱てて制多迦童子ころびをり　阿波野青畝

凍瀧の上やひとすぢ水流れ　鈴木潮

狐火
きつねび

鬼火《おにび》、狐《きつね》の提灯《ちょうちん》

⬇狐《きつね》(動)

冬夜、墓場などで燃える青白い火。燐が燃えるらしい。

狐火やまこと顔にも一くさり　阿波野青畝

狐火の燃えかたなども話されし　月野球

狐火の火で一服をしたなどと　三島ひさの

葬《はふり》終へ狐火あかき野を帰る　横山宵子

冬服 ふゆふく

冬着《ふゆぎ》、冬衣《ふゆごろも》、冬《ふゆ》シャツ、ダウンジャケット、羽毛服《うもうふく》、防寒服《ぼうかんふく》
⬇春服《しゅんぷく》(春)

毛織や羽毛などの暖かい冬の洋服。

冬服の炎のいろを好みけり　岡田みちる
冬服のひとりはみだすエレベータ　丸雅建
冬服のグレンチェックが追ひ越せる　藤野チエ

冬羽織 ふゆばおり

綿入羽織《わたいればおり》
⬇夏羽織《なつばおり》(夏)

冬に着る厚く暖かな羽織。

うれしさや着たり脱いだり冬羽織　村上鬼城
着てたちて羽織のしつけ抜かるなり　山口誓子
子規若く細き縞なる冬羽織　小原紀香

ちゃんちゃんこ

袖無羽織《そでなしばおり》、負真綿《おいまわた》

綿を入れた袖無しの羽織。羽織下や下着の背中に入れる防寒用の真綿を負真綿という。

柔かき黄のちゃんちゃんこ身に合ひて　高野素十
のつけから鯛の掛かりしちやんちやんこ　中島鳥巣
おのおの方湯ざめなさるな負真綿　辻桃子

綿入 わたいれ

布子《ぬのこ》、半纏《はんてん》、ダウンコート

綿をつめた暖かい衣類。現在は軽くて暖かい新素材の合成繊維が増えている。鳥の羽毛を詰めたものはダウンコートと呼ばれる。

木がらしの吹きぬき布子一つかな　一茶
日あたつて来ぬ綿入の膝の上　臼田亜浪
唐《とう》桟《ざん》の綿入買ふや港町　篠原喜々

掻巻 かいまき

夜着《よぎ》、小夜着《こよぎ》、衾《ふすま》

綿入れの掛け布団で着物状の袖がついている。

しつとりと雪もつもるや木綿夜着　許六
掻巻や万巻の書に埋もれて　安部元気
夜着干すや東海道の松の上　増田真麻

蒲団 ふとん

布団《ふとん》、蒲団干《ふとんほ》す、干蒲団《ほしぶとん》、蒲団干《ふとんほ》し
⬇夏蒲団《なつぶとん》(夏)

一年中使うが本来は防寒用だったため、冬の季語になっている。

蒲団着て寝たる姿や東山　嵐雪
寒さうに母の寝たまふ蒲団かな　正岡子規
気がかりな夫婦蒲団やちと触る　北前力

毛布《もうふ》

ケット、膝掛《ひざかけ》、電気毛布《でんきもうふ》

柔らかく暖かな毛織物の寝具。軽くて吸湿性に優れ、暖かな新素材が出回っている。

古毛布膝を包めば背寒し　島田五空

いと古りし毛布なれども手離さず　松本たかし

かつて夫のいまは野菜の古毛布　赤川蓉

褞袍《どてら》

丹前《たんぜん》

大きな袖のついた綿入りの着物。家庭では見かけなくなり、旅館などに多い。

星移り物変りどてら古びけり　日野草城

褞袍きて山賊づらと言はれけり　板藤くぢら

児雷也のごとくに褞袍着て立てり　依田小

ねんねこ

ねんねこ半纏《ばんてん》、子守半纏《こもりばんてん》

子どもをおぶったまま着る綿入れ。

ねんねこに埋めたる頬に櫛落つる　高浜虚子

ねんねこの子が舌出して十二月　安部元気

ねんねこより取り出だしたる財布かな　小早川忠義

着ぶくれ《きぶくれ》

重ね着《かさねぎ》、厚着《あつぎ》

寒さを防ぐため何枚も重ね着ること。もこもことふくれて見える。

着ぶくれて自分の腕と思へざる　渡井加音

着ぶくれて湖までの駅いくつ　高橋らら

着ぶくれて今日は仏の顔であり　藤本則

毛皮《けがわ》《けがは》

毛衣《けごろも》、裘《かわごろも》、皮衣《かわぎぬ》

毛皮製の防寒具や敷物。

美容室せまく毛皮の通りけり　徳永山冬子

流行の毛皮まとふや犬の前　大谷朱門

毛衣を着て野暮くさき人となり　野賀秋乃夫

愛犬の毛皮背に着て干物売り　高橋涼

コート

外套《がいとう》、オーバー

↓春《はる》コート（春）

デザインや丈の長さでいろいろな呼び名がある。

外套と帽子を掛けて我のごと　高浜虚子

外套は錨マークの六つ釦　藤野靖也

残業のコート重たく帰りけり　亀尾馬空

マント ―― とんび、二重回《にじゅうまわ》し、インバネス

袖を通さず、肩からはおる形の防寒具。

背に老いのはやくも二重廻しかな　久保田万太郎
芸人や黒のマントで集まり来　飯田閃朴
蘆花遺す丈たつぷりのインバネス　清水まもる

角巻《かくまき》

毛布のような四角の布を巻きつける雪国の女性の防寒着。

角巻を細き手が出て鉦鳴らす　辻　桃子
真黒な毳立つものを角巻と　板藤くぢら
角巻や隠れ奥社の鈴緒振り　川村廣明

ショール ―― 肩掛《かたかけ》、ストール ➡春《はる》ショール（春）

防寒と装飾を兼ねて肩にはおる布。

身にまとふ黒きショールも古りにけり　杉田久女
借りてきし姉のショールを真知子巻　由紀ねね
卓灯にすこし酔ひをり黒ショール　火山いづみ

マフラー ―― 襟巻《えりまき》、毛皮襟巻《けがわえりまき》、首巻《くびまき》

防寒と装飾をかね、首に巻いたり胸にたらしたりする。

襟巻の狐の顔は別に在り　高浜虚子
襟巻の貂の毛並をそろへやる　篠原喜々
マフラーをロートレックの赤にせし　松原波月

セーター ―― カーディガン

毛糸で編んだ暖かな上着。

セーターの上から触れし力瘤　富樫風花
セーターに獣の匂ひいたしけり　膝舘すみえ
セーターの穴ブローチに隠れたり　天野早桃

股引《ももひき》 ―― パッチ

防寒用のズボン下。かつてはメリヤス、ネル製だったが、現在は伸縮性と保温効果の高い新素材のタイツが主流。

膝形に緩む股引足入るる　山畑禄郎
こつそりと夫の股引はいて来し　前原水緒
股引の逆さ干しかな海光る　菅原閧也

手袋《てぶくろ》 ―― 手套《しゅとう》、ミトン、マフ ➡夏手袋《なつてぶくろ》（夏）

本来防寒のための手袋。

手袋の左許りになりにける　正岡子規
手袋の手をたゞひろげゐる子かな　松根東洋城
手袋の十指それぞれ冷たかり　こると漣

冬帽子《ふゆぼうし》《ふゆばうし》

防寒のためにかぶる。

冬帽《ふゆぼう》、頭巾《ずきん》、冬《ふゆ》の帽子《ぼうし》
↓夏帽子《なつぼうし》（夏）

火酒の頬の赤くやけたり冬帽子　高浜虚子
嬰に買ふ長き耳ある冬帽子　大久保りん
冬帽子駝鳥の羽のついてあり　中島弘実

頬被《ほおかぶり》《ほほかぶり》

防寒のため、頭からすっぽり手拭いなどをかぶること。

頬冠《ほおかむり》

頬被りしつかと覗く噴火口　高野素十
頬被りしてひつそりと刃物売　空野草子
船頭のふつと一息頬被　江頭蓬

耳袋《みみぶくろ》

毛糸や毛皮の耳覆い。

イヤーマフ

聞くまじきことを聞かじと耳袋　富安風生
聴診器持つ手にはづす耳袋　金子伊昔紅
耳袋して聞き耳を立ててをり　富樫風花

マスク

もともとは鼻と口を覆うガーゼだったが、優れた新素材のものが出回っている。風邪を引きやすい冬の季語。他の季節に使うときは「花粉マスク」など別の季語が要る。

↓花粉《かふん》マスク（春）

マスクして我を見る目の遠くより　高浜虚子
その顔にしてそのマスク大きすぎ　辻　桃子
大きめのマスクの顔の眼は貴方　矢野　螢

足袋《たび》

白足袋、黒足袋、色足袋などがある。

色足袋《いろたび》

足袋はいてじつとして居る時雨かな　杉　風
いや巨き足袋ひたひたと本堂を　伊野ゆみこ
足袋干すや川と運河に挟まれて　舟　まどひ

ブーツ

防寒用の長い靴。

毛皮靴《けがわぐつ》

両の手にはいて毛皮のブーツ買ふ　前田風人
一人とて同じブーツのなきホーム　齋藤炉美
足ずぽと入れモンゴルの毛皮靴　金子洒音留

雪靴《ゆきぐつ》

雪用の長靴、ブーツ。昔は藁で作った藁沓を雪沓と呼んだ。

藁沓《わらぐつ》、雪沓《ゆきぐつ》

雪沓を履かんとすれば鼠行く　蕪　村
雪沓やうち揃へぬぐ日高線　飯田蛇笏
銀之助の編みし雪沓ふかふかと　あべふみ江

雪眼鏡《ゆきめがね》

雪眼《ゆきめ》

↓サングラス(夏)

雪の反射で起きる眼の炎症(雪眼)を防ぐためにかけるサングラス。

雪眼鏡みづいろに嶺々沈まする 大野林火

雪眼鏡して雪原に影生まれ 丹野斗星

雪眼鏡はるかに雪崩らしき音 柳葉 秀

毛糸編む《けいとあむ》

毛糸玉《けいとだま》、毛糸《けいと》

編み棒や編み機でセーターやマフラーなどを編む。昔は手作りが多かった。

息つめてつぶやきながら毛糸編む 橋元水流

手の甲の静脈青く毛糸編む 佐野かすみ

あと一目あと一目とて毛糸編む 神田きよ乃

春著縫う《はるぎぬう》《はるぎぬふ》

↓春著《はるぎ》(新)

正月用意に新年の着物を縫うこと。春着とも書く。

待針は花の如しや春着縫ふ 多田菜花

機町に生まれて絹の春著縫ふ 岩田美蜻

縁先に鳥の声して春著縫ふ 山内めぐみ

餅《もち》

もち米を蒸して搗いたもの。四季あるが、正月のために用意することが本意。地域によって丸餅、のし餅などがある。

餅の粉の家内に白きゆふべかな 太 祇

餅板の上に包丁の柄をとんとん 高野素十

これほどの米運びきて餅搗きぬ 住安安子

寒餅《かんもち》

寒中に搗く餅。黴がはえず保存がきくといわれた。

寒餅を搗かん搗かんとおもひつつ 松本たかし

寒餅のとゞきて雪となりにけり 久保田万太郎

ふるさとのなまこ型なる寒の餅 近藤亜紀

水餅《みずもち》《みづもち》

餅《もち》の黴《かび》

黴や干割れを防ぐため寒の水につけておく餅。

水餅や壺中の天地晦冥に 高浜虚子

水餅や裏庭に日のまはりくる 辻 桃子

水餅の終ひの一つの忘れられ たなか迪子

熱燗《あつかん》

燗酒《かんざけ》、焼燗《やきかん》

↓冷酒《ひやざけ》(夏)

酒の燗をとくに熱くつけること。寒夜、その熱さが体にしみる。

熱燗に焼きたる舌を出しけり 高浜虚子

手刀をきり熱燗の一杯目 水木なまこ

熱燗とビスコンティと良かりけり 大谷朱門

鰭酒 ひれざけ

あぶった河豚の鰭に酒をそそいだもの。鰭のかわりに刺身をひと切れ入れたのが身酒。

身酒《みざけ》

↓河豚《ふぐ》（動）

鰭酒のおまけの塩をこぼしたる　高野虹子

鰭酒に若狭の海の早や暮れぬ　佐保田乃布

鰭酒の熱過ぎたるも夜の底　荻原重草

生姜湯 しょうがゆ しやうがゆ

熱い湯にすりおろした生姜を入れ砂糖を加えたもの。体が温まり風邪にきく。湯の代わりに酒を使えば生姜酒。

生姜酒《しょうがざけ》

↓生姜《しょうが》（秋）

圭角を以て聞えぬ生姜酒　高田蝶衣

生姜湯に顔しかめけり風邪の神　高浜虚子

生姜湯や夕日を受けし山見えて　菊地しをん

玉子酒 たまござけ

煮立てた酒に玉子をほぐして入れ、砂糖を加えたもの。滋養があり風邪ぎみのときなどに飲む。

いざ一杯まだきににゆる玉子酒　蕪村

我背子が来べき宵なり玉子酒　尾崎紅葉

酒飲みは嫌ひと母の玉子酒　島織布

寒造 かんづくり

寒中に醸した酒。

↓新酒《しんしゅ》（秋）

並蔵はひびきの灘や寒作り　其角

蔵人の裸足で走る寒造　松原史充鼓

寒造り歯のなき口を引き締めて　山本呆斎

寒玉子 かんたまご

寒中の鶏卵。玉子が貴重なころは、とくに栄養豊かといわれてきた。

寒卵《かんたまご》

苞にする十の命や寒鶏卵　太祇

ぬく飯に落して円か寒玉子　高浜虚子

寒玉子二個飲み瓦職人は　伊藤なづな

崩れんに黄身さからふや寒玉子　清水雪花

葛湯 くずゆ

葛粉に熱湯を注ぎ、砂糖を加えたもの、体が温もる。

風落ちて月現るる葛湯かな　前田普羅

わが息のかゝりて冷めし葛湯かな　萩原麦草

ひと口の葛湯にうごく喉仏　はらてふ古

蕎麦掻 そばがき

蕎麦粉を熱湯でこね、煮汁や餡、醤油などをつけて食べる。

↓新蕎麦《しんそば》（秋）

江戸店や初蕎麦がきに袴客　一茶

綿雲やふるさとごころ蕎麦掻に　矢島無月

蕎麦掻のげんこつほどが出て来たる　小西登子

蕎麦湯《そばゆ》

もともとは蕎麦粉を湯にとき甘くした飲み物。いまは蕎麦の茹でた湯をいうことが多い。

我のみの柴折りくべるそば湯かな　蕪村
姉と居れば母のするよな蕎麦湯かな　大須賀乙字
新顔を紹介しつつ蕎麦湯かな　桜庭門九

夜鷹蕎麦《よたかそば》

夜鳴饂飩《よなきうどん》、夜鳴蕎麦《よなきそば》

夜更けに屋台で商う。湯気の立つ風景は冬らしい。

夜泣うどん聞きつつ独り更けて行く　佐藤紅緑
灯のもとに霧のたまるや夜泣蕎麦　太田鴻村
最終の電車すぎるや夜鷹蕎麦　有山薫糸

鍋焼《なべやき》

鍋焼饂飩《なべやきうどん》

土鍋でぐつぐつ煮えたまま出す饂飩。葱、かまぼこ、鶏肉、玉子などを入れると美味しい。

鍋焼の火をとろくして語るかな　尾崎紅葉
どの卓も鍋焼うどん煮えたぎる　浜崎素粒子
鍋焼の出前箱からふつふつと　斉藤夕日

湯豆腐《ゆどうふ》

➡冷奴《ひややっこ》(夏)

昆布だしに豆腐を入れ、煮ながら食べる。夏の冷奴と並ぶ典型的な冬の豆腐料理。

あつあつの豆腐来にけりしぐれけり　来山
湯豆腐や雪になりつゝ宵の雨　松根東洋城
湯豆腐のをどり出したる白さかな　加藤晃規

焼芋《やきいも》

焼芋屋《やきいもや》、壺焼屋《つぼやきや》、石焼芋《いしやきいも》
➡芋《いも》(秋)

焚火や壺などで焼いたさつまいも。

蓋取れば焼芋満つる浅き鍋　阪本四方太
家までの焼芋二個のぬくさかな　宮川魚板
焼芋に楽屋鏡のくもりけり　白井薔薇

雑炊《ぞうすい》《ざふすい》

おじや、餅雑炊《もちぞうすい》、牡蠣雑炊《かきぞうすい》、蟹雑炊《かにぞうすい》、芋雑炊《いもぞうすい》、韮雑炊《にらぞうすい》

汁に飯を入れてさっと煮る。鉄ちり雑炊、牡蠣雑炊などはぜいたくなもの。

へばりつく冬草の戸や菜雑炊　路通
雑炊といふやおじやといふべきや　辻桃子
蟹雑炊皆が聞き手にまはりたる　木島くにを

鯛焼《たいやき》《たひやき》

小麦粉を鯛の型に焼き、餡などを入れた菓子。

今川焼《いまがわやき》、お焼《やき》

鯛焼のわが掌にをさまりぬ　横山宵子
焼き上がる鯛焼のみなこちら向き　小川春休
鯛焼や北斗七星落ちさうな　辻　桃子

蒸饅頭《むしまんじゅう》《むしまんぢゆう》

蒸した熱々の饅頭で、いろいろな種類がある。

酒饅頭《さかまんじゅう》、肉饅頭《にくまんじゅう》、餡饅頭《あんまんじゅう》

蒸饅頭浪曲なれど母恋ふ声　中村草田男
蒸饅頭買うて帰ると別れしな　ひらいその
肉饅に当りさはりのない返事　池田麻里々

河豚汁《ふぐじる》

河豚汁《ふくとじる》、河豚《ふぐ》ちり、鉄《てつ》ちり、鉄砲鍋《てっぽうなべ》、河豚《ふぐ》の友《とも》
➡河豚《ふぐ》(動)

ふぐの身を入れた汁。

河豚汁に又本草の咄かな　其角
河豚ちりの白子とけゆく雪の夜　橘　棟九郎
弟にも白髪ちらちら河豚汁　谷　三喜

粕汁《かすじる》

酒粕を入れた汁。体が温まる。砂糖を入れると甘酒。もち米と麹で作る甘酒は夏の季語。

酒《さけ》の粕《かす》

呉れたるは新酒にあらず酒の粕　高浜虚子
粕汁に酔ひし瞼や庵の妻　日野草城
甘酒の熱きを吹きて谷保天神　安斎晴々

納豆汁《なっとうじる》

納豆をすりこんだ味噌汁。おふくろの味がある。

納豆汁《なっとじる》

入道のよよとまゐりぬ納豆汁　蕪村
納豆汁杓子に障る物もなし　石井露月
納豆汁姿勢正して三杯目　やまだなつめ

根深汁《ねぶかじる》

葱を実にした味噌汁。

葱汁《ねぎじる》
➡葱《ねぎ》(植)

僕等《しもべら》のよよと盛りけりねぶか汁　召波
葱汁の香に立つ宿の古びかな　宮林釜村
味噌のやや濃きこそよかり根深汁　黒川　了

蕪汁《かぶらじる》

蕪の味噌汁。葉や茎も一緒に切り込んで煮る。

蕪汁《かぶじる》
➡蕪《かぶ》(植)

煮ゆる時蕪汁とぞ匂ひける　高浜虚子
奥人の大飯食ふや蕪汁　大須賀乙字
母酔へばおれと云ふなり蕪汁　板藤くぢら

闇汁《やみじる》

闇鍋《やみなべ》、闇汁会《やみじるえ》、闇夜汁《やみよじる》

持ち寄った材料を暗がりの中で煮込み、何かわからぬまま食べる座興。

闇汁の杓子を逃げしものや何　高浜虚子
闇鍋や向かうの端の人は誰　安部元気
闇汁の目玉らしきが喉とほる　井上　雅

薬喰《くすりぐい・くすりぐひ》

↓薬狩《くすりがり》(夏)、薬掘《くすりほ》る(秋)、猪《いのしし》(秋)

鹿や猪の肉を食べること。昔は獣肉を食べるのを忌み嫌っていたが、一方では体を温め健康増進の効用もあることから、薬と称してひそかに食べた。

行く人を皿で招くや薬喰ひ　一　茶
健啖の己ともなし薬喰　皿井旭川
薬喰とて早々とあつまり来　辻　桃子

鋤焼《すきやき》

牛鍋《ぎゅうなべ》

牛肉を鉄鍋で葱、焼豆腐、しらたきなどとともに煮ながら食べる。鶏すき、魚すき、饂飩すきもある。

鋤焼やくろがねの鍋にほひ立つ　加藤晃規
男らの牛鍋の火の消えさうな　松尾むかご
鋤焼の箸止め恩師のたまはく　吉田金雀児

鮟鱇鍋《あんこうなべ・あんかうなべ》

鮟鱇汁《あんこうじる》
↓鮟鱇《あんこう》(動)

鮟鱇の身は柔軟で粘りが強く異様な形なので、吊るし切りという方法で調理する。ことに肝が美味。

鮟鱇鍋箸もぐら〳〵煮ゆるなり　高浜虚子
鮟鱇鍋ひとの大金懐に　橋本花風
還暦の女形と二人鮟鱇鍋　塚原ジロヲ

牡丹鍋《ぼたんなべ》

猪鍋《ししなべ》、猪肉《ししにく》、山鯨《やまくじら》、紅葉鍋《もみじなべ》、鹿肉《しかにく》、猪宿《ししやと》

猪の肉を野菜と煮込んだ鍋。鹿肉は赤いので紅葉鍋という。

猪鍋の宿や猪皮踏み入りて　藤井なづ菜
掛軸の虎の烱りて牡丹鍋　柳瀬姫香
峠来て女五人のぼたん鍋　伊藤かほ

寄鍋《よせなべ》

ちり鍋《なべ》、鱈《たら》ちり、鴨鍋《かもなべ》、牡蠣鍋《かきなべ》、石狩鍋《いしかりなべ》
↓鱈《たら》(動)、牡蠣《かき》(動)

冬の野菜や肉、魚介類や豆腐などをいろいろと入れた鍋。

寄鍋やたそがれ頃の雪もよひ　杉田久女
牡蠣鍋や昔なごりの川岸に　城野嘉舟
鴨鍋や夜空を汽笛とがりくる　橋本日星女

煮凝 にこごり

凝鮒《こごりぶな》

鯉、鯛、鮃、鰈などの煮魚を汁とともに寒夜に置いておくと、魚も汁も凝りかたまる。寒中の鮒の煮凝はとくに美味。

煮凍や簀子の竹のうす緑　其角

煮凝や色あらはなる芹一片　大谷碧雲居

約束の時間はとうに凝鮒　神谷つむぎ

おでん

関東《かんとう》だき、おでん種《だね》、おでん鍋《なべ》、おでん酒《ざけ》

⬇田楽《でんがく》（春）

はんぺん、蒟蒻《こんにゃく》、豆腐、竹輪《ちくわ》、つみれ、大根などを大切りにしグツグツ煮込んだもの。「でん」は田楽の略。

戸の隅におでんの湯気の曲り消え　高浜虚子

ふつくらと押し合うてをるおでんかな　荻原玲香

光つてるおでんの中のゆで玉子　丸山長恵

風呂吹 ふろふき

風呂吹大根《ふろふきだいこん》

大根や蕪を茹で、練り味噌をとろりとかけて食べる。

風呂吹やつれづれ読んだあくる朝　土卵

風呂吹の一きれづつや四十人　正岡子規

風呂吹や一つ釜なる飯食うて　井上ろびん

キムチ漬 キムチづけ

沈菜《キムチ》

韓国風の漬物。塩漬けの白菜の間に魚介類の塩辛、蒜、唐辛子などをはさむ。真赤でひりひり辛い。冬に漬け込む。

百種《ももくさ》のキムチや喧嘩いきいきと　辻桃子

キムチ売る市の奥なる地蔵かな　田代早苗

キムチ漬甕に真赤な渦巻きて　北山日路地

大根漬 だいこんづけ

たくあん、沢庵漬《たくあんづけ》、新沢庵《しんたくあん》

塩と糠などで漬けた大根の漬物。たくあんは漬物の代表的なもの。

妻と我沢庵五十ばかりかな　島田五空

お内儀の沢庵つけて往生寺　滝沢水仙

沢庵や漬桶干して石干して　北川葉子

切干 きりぼし

切干作《きりぼしつく》る、千切干《せんぎりぼ》し、切干大根《きりぼしだいこん》、割干《わりぼし》

大根を細く切って乾燥させた冬の保存食。

切干の煮ゆる香坐右に針仕事　高浜虚子

切干の屋根に凍てたる山家かな　久保田九品太

切干にたつぷり緑の日向かな　岩本和歌奈

茎漬　くきづけ

茎《くき》の石《いし》、茎《くき》の桶《おけ》、茎《くき》の水《みず》、酸茎《すぐき》、くくづけ

保存食として、大根や蕪の茎（「くく」は古名）、葉を塩漬けにする。酢茎菜を漬け込んだ酸茎は京都の名産。

茎漬や妻なく住むを問ふおうな　太祇
まつさらの茎桶届く勝手口　黒田こよみ
茎漬や母の遺せしサッカリン　あべふみ江

干菜　ほしな

干菜吊《ほしなつ》る、掛菜《かけな》、干菜風呂《ほしなぶろ》、干菜湯《ほしなゆ》、干菜汁《ほしなじる》

大根や蕪の葉を干し、汁の実にする。風呂に入れたのが干菜湯で、体が温まる。

里佗しかけ菜が下のつり階子《はしご》　白雄
峡はるか干菜宿見ゆ猫も居る　富安風生
薬草と干菜めぐらし庫裏の裏　前田祥公

塩鮭　しおさけ　しほざけ

しおじゃけ、新巻《あらまき》、塩引《しおびき》
↓鮭《さけ》（秋）

鮭を塩で保存しやすくしたもの。薄塩で仕立てたものを新巻、塩を濃くしたものが塩引。

塩引や蝦夷の泥まで祝はるる　一茶
新巻は家長の役と卸しけり　岩田美蜻
塩引きの鮭吊りたるや去年の鉤　石井鐐二

海鼠腸　このわた

↓海鼠《なまこ》（動）

海鼠のはらわたの塩辛。

このわたの壺を抱いて啜りけり　島田五空
海鼠腸に丹田の場所教へられ　音羽紅子
海鼠腸を吸うや海鳴聞こえくる　辻由美

霜囲　しもがこい　しもがこひ

霜除《しもよけ》、霜覆《しもおおい》
↓霜《しも》（天）

霜害を防ぐために庭木や草花、野菜、蛇口などに藁や莚《むしろ》、ビニールなどを巻きつけ覆いにしたもの。

母親を霜よけにして寝た子かな　一茶
霜囲して葱の尖つき出たる　大橋惣三郎
霜囲枯れたる笹の風に鳴り　杉田清浪

雪囲　ゆきがこい　ゆきがこひ

雪垣《ゆきがき》、雪除《ゆきよけ》、雪菰《ゆきごも》
↓雪《ゆき》（天）

雪の害を防ぐため、家の周りや庭木を板などで囲う雪国の冬用意の一つ。

雪かこひするやいなやにみそさざい　浪化
御社雪囲ひして雪すくな　高野素十
雪囲ひ二宮金次郎像に　白戸京香

風囲 かぜがこい かぜがこひ

風垣《かぜがき》、風除《かぜよけ》

海辺や山間部で、冬の風を防ぐため家の周りを囲うこと。

風除の砂に埋もれて少し見ゆ　高浜虚子
漁師出て海を見てをり風囲　鎌田車前人
白々と板のやせたる風囲　高橋　涼

雁木 がんぎ

雁木市《がんぎいち》

雪国の商店街などで、雪除の軒を道路の上へ突き出して通路に作ったもの。みちのくでは小店《こみせ》ともいう。

来る人に灯影ふとある雁木かな　高野素十
連なつて風呂へ行きたる雁木かな　水上黒介
屋根雪の崩れて雁木ゆるがせぬ　岩田美蜻

藪巻 やぶまき

菰巻《こもまき》

雪折れ、虫害を防ぐため、竹や低木や植込みを筵や縄でぐるぐる巻きにする。

藪巻きて物言ひ交す隣かな　塘　里
藪巻のもう一巻きに縄足らず　篠原喜々
坂の下遊女の墓と藪巻と　野風さやか

雪吊 ゆきつり

⬇雪吊解く《ゆきつりと》(春)

雪の重みによる低木などの枝折れを防ぐため、あらかじめ針金や縄で枝を吊っておく。

雪吊の松を真中に庭広し　高浜虚子
雪吊の松三本の雨の景　山口青邨
担ぎ来て雪吊る丸太どかと置く　岡田龍子

北窓塞ぐ きたまどふさぐ

北塞ぐ《きたふさ》、北窓閉す《きたまどとざ》、北窓閉じる《きたまどと》
⬇北窓開く《きたまどひら》(春)

寒風を防ぐため、北向きの窓を冬の間塞ぐ。

遠野より北窓塞ぐてふ便り　齋藤梨菜
北窓を塞ぐベニヤにちさき穴　櫻内　朝
コテージの北窓塞ぎ昼餉かな　渡部一穂

目貼 めばり

隙間張《すきまばり》
⬇目貼剝ぐ《めばりは》(春)

冬の隙間風や雪が吹き込むのを防ぐため、窓や戸の隙間にテープや紙を貼ること。

目貼り鳴る夢の中まで汽車の音　田沢凡夢
此の代で此の家も終る目貼かな　梶山一泉
目貼して奥の一間は我が城と　竹岡楓声

冬座敷《ふゆざしき》

⬇夏座敷《なつざしき》（夏）

襖・障子を立て、炬燵を据え、冬の調度を置き、厚い敷物を敷くなどして寒さに備えた座敷。

何なりと薄鍋かけん冬座敷　召　波
雨音と鍋音のして冬座敷　江頭　蓬
置くもののまつたくあらず冬座敷　冬野ひかり

冬構《ふゆがまえ／ふゆがまへ》

風除、霜除、雪囲などをして、冬を迎える用意の済んだ家。

山畑や青みのこして冬構へ　去　来
外風呂へ歩みの板や冬構　佐藤紅緑
冬構廂のやうな爺の眉　船田美鈴

冬館《ふゆやかた》

⬇夏館《なつやかた》（夏）

冬仕度をして窓を固く閉じ、厚いカーテンを下げた、ひっそりとした建物。洋館に似合う感じ。

全燈を灯してみても冬館　小田高弘
古代ローマ風の柱で冬館　黒岩くに子
床石に靴音高き冬館　津島　泉

冬籠《ふゆごもり》

⬇梅雨籠《つゆごもり》（夏）

冬の間、家の中にひき籠りがちになること。とくに雪の多い地方ではこの感が深い。

冬籠りまたよりそはん此の柱　芭　蕉
薪をわるいもうと一人冬籠　正岡子規
冬ごもり夫婦老いては顔も見ず　栢野木樵

冬燈《ふゆともし》

冬灯《ふゆひ》、冬《ふゆ》の灯《ひ》、寒灯《かんとう》

⬇夏燈《なつともし》（夏）

寒々と灯る冬の灯火。家庭、商店、ホテル、外灯などすべてについていう。

冬の灯をはやばや点けてわがひとり　日野草城
みづうみへ高速道の寒灯　田木　順
トンネルに入るや硝子に冬灯　富樫風花

障子《しょうじ／しやうじ》

冬障子《ふゆしょうじ》、明《あか》り障子《しょうじ》、白障子《しろしょうじ》、雪見障子《ゆきみしょうじ》

⬇障子《しょうじ》貼《は》る（秋）

もともとは、光をとり入れるとともに、冬の寒さをしのぐためにたてた建具だったので冬の季語になっている。

美しき鳥来といへど障子内　原　石鼎
たるみなく貼りし障子を入れにけり　高橋晴日
おそるおそる開きて雪見障子かな　白戸京香

襖《ふすま》

絵襖《えぶすま》、大襖《おおぶすま》、冬襖《ふゆぶすま》、襖紙《ふすまがみ》、唐紙《からかみ》、古襖《ふるぶすま》

本来、日本間を仕切り、寒気を防ぐのに用いたので冬の季語。

羯《かつ》南《なん》と子規が話を大襖　長谷川ちとせ

若冲の鶏のまなこや冬襖　竹廣東鶴

ぱと襖開け往診の大せんせ　桑原いろ葉

絨緞《じゅうたん》

緞通《だんつう》、電気《でんき》カーペット、絨毯《じゅうたん》、絨緞出《じゅうたんだ》す

本来は保温のために冬に出す床の敷物。中国風の厚地で高級感のあるものが緞通。

絨毯に椅子の猫足しづみたる　田代草猫

絨緞の花を隠して眠る猫　中川蓬莱

一畳の電気カーペットに二人　大野朱香

屏風《びょうぶ》《びやうぶ》

金屏風《きんびょうぶ》、絵屏風《えびょうぶ》、銀屏風《ぎんびょうぶ》、枕屏風《まくらびょうぶ》、衝立《ついたて》

本来、冬の寒い風をさえぎるための調度。

立ちかかり屏風を倒す女子ども　凡兆

靴はいてから屏風絵を今一度　波多野爽波

屏風絵や匂宮の紅葉狩　牧やすこ

暖房《だんぼう》《だんばう》

暖房車《だんぼうしゃ》、スチーム、煖房《だんぼう》

➡冷房《れいぼう》（夏）

ヒーター、ストーブなど室内を暖める装置。

暖房や肩をかくさぬをとめらと　日野草城

暖房や大いに咲きて桃の花　田村木国

暖房車このほのめきは恋に似て　大久保りん

暖炉《だんろ》

ペチカ、ペーチカ、煖炉《だんろ》、壁炉《へきろ》

壁などに造りつけの炉。

聖母像高し暖炉の火を裾に　中村草田男

壁炉して鯛のポアレを鯛萬で　小林さゆり

暖炉燃ゆガレオン船は瓶の中　黒田こよみ

ストーブ

達磨《だるま》ストーブ、石油《せきゆ》ストーブ、ガスストーブ、電気《でんき》ストーブ

かつては、薪、石炭、コークスなどを使った。いまでは、電気、ガス、灯油が一般的。

ストーヴの小さき煙突小書斎　高浜虚子

ストーヴの石より寒くさめにけり　阿波野青畝

御前に達磨ストーブマリア像　北柳あぶみ

炬燵《こたつ》

切炬燵《きりごたつ》、置炬燵《おきごたつ》、掘炬燵《ほりごたつ》、炬燵出《こたつだ》す

➡炬燵塞《こたつふさ》ぐ（春）

もともとは炉の上にやぐらを置き蒲団をかけて使った。足が下ろせるようにした掘炬燵もある。現在は電気炬燵に。

炬燵の間母中心に父もあり　星野立子

つまんねえをとこを捨てて掘炬燵　田中たみ

炬燵してちんまりとある母の顔　村田沙羅

火鉢《ひばち》

火桶《ひおけ》、長火鉢《ながひばち》、手焙《てあぶり》、手炉《しゅろ》、足焙《あしあぶり》

部屋に置き、手をあぶる暖房の道具。木をくりぬき、内側を銅や真ちゅうで張ったものが火桶。膝にのせて用いた小さな火鉢が手焙。どれも時代おくれの暖房となったが、昔の人の知恵が感じられる。

大寺や主なし火鉢くわんくわんと　一茶

炭ついで座り直せし火鉢かな　伊志井寛

この店の戦火逃れし大火鉢　小林さゆり

炉《ろ》

炉明《ろあかり》、炉火《ろび》、炉縁《ろぶち》、炉の主《ろあるじ》

⬇炉塞《ろふさぎ》(春)

農家の囲炉裏、居酒屋の炉、茶の湯の炉などを指す。

夜を寒み炉にかがむ身や猫ぜなか　季吟

炉に近き窓あり雪の山見ゆる　佐藤紅緑

源やんが話に入り炉火育つ　笹岡明日香

温突《オンドル》

床下の煙道に煙を通して家全体を暖める韓国の床暖房装置。

温突や頬大いなる儒者が窓に　山口誓子

元軍人らしとささやき温突に　井手口俊子

温突や昔ばなしにたぬき出て　河英美

炭《すみ》

炭の香《すみか》、消炭《けしずみ》、備長《びんちょう》、炭売《すみうり》、炭俵《すみだわら》、粉炭《こなずみ》、石炭《せきたん》、木炭《もくたん》、コークス

かつては、暖房に欠かせなかったが、いまは囲炉裏や茶事など楽しみのために使うことが多い。

更くる夜や炭もて炭をくだく音　蓼太

蓄へは軒下にある炭二俵　高浜虚子

しろがねの煎餅缶に消炭を　齋藤炉美

炭焼《すみやき》

炭焼小屋《すみやきごや》、炭竈《すみがま》

木を焼いて炭を作ること。または、作る人。

炭焼に汁たうべてし峰の寺　蕪村

炭焼きの小屋に白粥ふつふつと　辻岡紀川

炭焼のついでに焼きて竹の炭　谷春響

炭斗《すみとり》

炭籠《すみかご》、火消壺《ひけしつぼ》、助炭《じょたん》

小出しの炭を入れておく容器。火のついた炭は火消壺に入れておくと消炭になる。助炭は火もちをよくさせる道具。

すみとりや丸瓢箪の生れつき　貞徳

炭斗の羽箒に来る鼠かな　菅原師竹

炭斗のわきに蜜柑の三つ四つ　安部元気

炭火
すみび

いぶり炭《ずみ》、熾炭《おこりずみ》、尉《じょう》、跳炭《はねずみ》、獣炭《けだものずみ》

熾《おこ》った炭の火。ふわふわした灰は尉という。炭の粉を固めて獣の形に作ったのが獣炭。それで酒を温めて、客をもてなした。

松の木の枝うつりする炭火かな　惟　中

或夜半の炭火かすかにくづれけり　芥川龍之介

鉄瓶にぱちんぱちんと炭火かな　山田こと子

埋火
うずみび
うづみび

火種を絶やさないように、炉や火鉢に埋めた炭火。翌朝の火種にした。

埋火や壁には客の影法師　芭　蕉

埋火や煙管を探る枕もと　寺田寅彦

埋火をささやくやうに熾しけり　ふく嶋桐里

練炭
れんたん

煉炭《れんたん》、豆炭《まめたん》、炭団《たどん》

炭の粉を粘着剤で練り、円筒状に固めた燃料。丸く固めたものが炭団。ちいさいのが豆炭。

練炭や暮しの幅に煮炊して　石塚友二

練炭の火口へ種子を突きおとす　秋元不死男

練炭の穴の一つに炎立つ　安部元気

榾
ほた

ほだ、榾火《ほたび》、榾明《ほたあかり》、榾《ほた》の主《あるじ》、榾《ほた》の宿《やど》

囲炉裏にくべたり、焚火にしたりする木片や枝。根榾は木の根。これらを焚いた火の明かりが榾明。

おとろへや榾折りかねる膝頭　一　茶

大榾にかくれし炉火に手をかざす　前田普羅

榾足すや話のつづき聞きたくて　矢野しげを

懐炉
かいろ
くわいろ

使《つか》い捨《す》てカイロ、懐炉灰《かいろばい》、温石《おんじゃく》

以前は懐炉灰を用いたが、現在は使い捨て型が多い。温石は、手ごろな石を火で暖めて用いた。

三十にして我老いし懐炉かな　正岡子規

懐炉して見るダ・ヴィンチの解剖図　田村三合

講話きく背なの懐炉の効きすぎて　小田たつよ

湯婆
ゆたんぽ

たんぽ、湯湯婆《ゆたんぽ》

熱湯を入れた陶や金属製の容器。寝床を暖めるために使う。

起さるゝ声も嬉しき湯婆かな　支　考

なき母の湯婆やさめて十二年　夏目漱石

湯婆と水枕して逝かれけり　青木五郎

行火 あんか あんくわ

猫行火《ねこあんか》、電気行火《でんきあんか》

昔は木製、土製で炭を使った小型暖房器だったが、現在は電気製品が多い。

酔ふほどに行火のあつき雪夜かな　小杉余子

妻へも這ふ電気行火の赤き紐　細井将人

行火出す楽しきことが来たやうに　坪内れんげ

湯気立 ゆげたて

湯気立《ゆげた》て器《き》、加湿器《かしつき》

空気の乾燥する冬に、室内、病室などで、湿度を保つため、ストーブにやかんなどをかけて湯気を立てる。いまは電気器具の加湿器が多い。

湯気立ててひそかなる夜の移りゆく　清原枴童

湯気たてて起居忘れし如くなり　松本たかし

湯気立ての吐息のごとき真昼かな　成田千恵

焚火 たきび

大焚火《おおたきび》、落葉焚《おちばたき》、焚火跡《たきびあと》

山や畑、野、道路、磯などで、いろいろなものを焚く。焚く場所によって畑焚火、磯焚火など呼び方が変わる。

焚火かなし消えんとすれば育てられ　高浜虚子

とつぷりと後ろ暮れゐし焚火かな　松本たかし

海荒れて致し方なき焚火かな　高橋羊一

火事 かじ くわじ

夜火事《よかじ》、昼火事《ひるかじ》、遠火事《とおかじ》、近火《ちかび》、火事見舞《かじみまい》、消防車《しょうぼうしゃ》、小火《ぼや》

一年中あるが、暖房などで火を使う冬は火災が起きやすいので、冬の季語。

いく度の大火の草津盛衰記　高野素十

火の中に落つ火のぼる火火事の窓　大橋櫻坡子

船火事を沖に眺めて過ぐ一夜　植松孫一

火事雲の海へ海へと流れけり　小川こう

火の番 ひのばん

夜番《よばん》、夜回《よまわ》り、夜警《やけい》、火《ひ》の用心《ようじん》、火《ひ》の番小屋《ばんごや》、寒柝《かんたく》

冬の夜、拍子木(寒柝)を打ち、火の用心や夜番のため町内を回ること。

夜回りのここより戻る地蔵かな　石川桐芽

よべ聞きし寒柝はこの男かと　安部元気

大当りとは夜回りをする役ぞ　谷　いくこ

樏 かんじき

輪樏《わかんじき》、雪下駄《ゆきげた》

雪の上を歩くための木製の道具。下駄に金具の滑り止めをつけたものが雪下駄。

はくころはげにも寒じき雪の中　季　吟

樏をはいて一歩や雪の上　高浜虚子

樏をはき樏につまづけり　富山　砧

橇《そり》

雪や氷の上を滑らせ、人や物を運ぶ乗り物。

馬橇《ばそり》、犬橇《いぬぞり》、荷橇《にぞり》

そり引きや家根から投げるとどけ状　一茶
橇引くやすこしばかりの魚売り　藤本則
子分来てがき大将が橇引かせ　あべふみ江

除雪車《じょせつしゃ》

積雪を除くための車。排雪車ともいう。

ラッセル車《しゃ》

除雪車やきのふの轍壊しゆく　泉風信子
除雪車やパリ解放のごとく来る　ロバート池田
除雪車の吹き上げてゆく今朝の雪　富樫風花

雪搔《ゆきかき》

歩行や車の通行がしやすいように、道路や敷地内の積雪を搔き寄せること。

捨雪《すてゆき》、雪箒《ゆきぼうき》、雪搔《ゆきかき》シャベル

雪搔よ其処らあたりか藪柑子　東舎
起きぬけの忘年の雪搔きにけり　安部元気
誰も来ず何処へも行かず雪搔けり　高橋涼

雪下ろし《ゆきおろし》

屋根に積もった雪を取り除き、下ろすこと。

雪卸《ゆきおろし》

飛びたつは夕山鳥かゆきおろし　白雄
屋根雪をごつそり下ろし眠りけり　市川清峰
雪卸し終へるや雨の降りはじむ　宮堂遊朗

冬耕《とうこう》《とうかう》

冬、固くなっている田畑を耕すこと。雑草を防いだり、春耕を楽にしたりするために行う。

寒耕《かんこう》
⬇春耕《しゅんこう》(春)、秋耕《しゅうこう》(秋)

冬耕の畝長くしてつひに曲る　山口青邨
冬耕の終りて残る太き畦　内館暁青
冬耕の二人離れて畑中に　宗石みずえ

蕎麦刈《そばがり》

晩秋から初冬にかけて、蕎麦を刈り取ること。

蕎麦干《そばほ》す
⬇新蕎麦《しんそば》(秋)

蕎麦刈りて只茶畑となりにけり　高浜虚子
蕎麦刈つて蕎麦の匂ひの中にかな　杉田清浪
蕎麦刈や刈り残されし一握り　志鳥つばさ

大根引く《だいこんひく》

大根を収穫することで、冬に行われる。

大根引《だいこひき》、大根車《だいこぐるま》
⬇大根《だいこん》(植)

鞍壺に小坊主乗るや大根引　芭蕉
負へるだけおもち下され大根引　加藤良彦
仁右衛門はうちの爺様や大根引　加藤かづ乃

大根干す

だいこんほす

大根《だいこん》あらう、懸大根《かけだいこん》、干大根《ほしだいこん》

沢庵漬などにするため、大根を干すこと。竿にぶら下げたり、梯子状に組んだりして干す。

子を負うて大根干し居る女かな　正岡子規
吹かれつつ風に細るや干大根　三吉宗太
海に沿ひ線路つづくや大根干す　富樫風花

菜洗う

なあらう
なあらふ

お菜洗《なあら》い、漬菜《つけな》、菜屑《なくず》

漬物にするため、白菜や杓子菜、高菜などを洗うこと。

朽船をめぐりて菜屑去り難な　高浜虚子
鶏がくるや菜つ葉の洗ひ場に　小山内晴向
にぎやかにお婆ばかりや菜を洗ふ　久住ことみ

蒟蒻掘る

こんにゃくほる

蒟蒻玉《こんにゃくだま》、蒟蒻玉干《こんにゃくだまほ》す、蒟蒻《こんにゃく》すだれ

十月末から十一月初めにかけて、蒟蒻の株茎(蒟蒻玉)を掘ること。農家の軒下にすだれ状に干したものを見掛ける。

三日月に蒟蒻玉を掘る光り　萩原麦草
こんにゃくの白き芋干す海を前　阿部憲三郎
こんにゃく掘るそこらで線路たち消えて　佐藤明彦

蓮根掘る

はすねほる

蓮掘《はすほり》、蓮根《はすね》、蓮根掘《れんこんほり》

➡蓮《はす》(夏)

葉が枯れたあとの蓮根を掘り取ること。

泥水の流れ込みつゝ蓮根掘る　高浜虚子
蓮掘りが手をもておのれの脚を抜く　西東三鬼
こればかりしか掘れぬとて蓮根掘り　松村美喜

車蔵う

くるましまう
くるましまふ

車仕舞《くるましま》う、車棄《くるます》つ

雪が積もって使えなくなった荷車を、解体して折り畳み、納屋の壁に掛けたりしてしまうこと。

熊五郎商店車蔵ひけり　辻　桃子
車仕舞ふいよよ明日は吹雪だと　花田　輝
車蔵ふ漬物桶のその奥に　嶋谷木実女

池普請

いけぶしん

川普請《かわぶしん》

冬の渇水期に、溜め池などのごみ、落葉などをさらって、池を補修すること。

川普請石を投げこむ焚火かな　村上鬼城
千本の杭打ち替へて池普請　為成菖蒲園
中島に大勢渡り池普請　高田真津

杜氏来る

とうじくる

各地の酒造メーカーに、酒造りの技術者の杜氏たちが来ること。十一月の仕込みに来て三月に帰る。

⬇杜氏帰る《とうじかえ》(春)

酒造科を首席で出でし杜氏来る　辻　桃子

杜氏来て蔵に南部の訛かな　藤崎　實

杜氏来てのどならしてふ謡かな　安部元気

味噌搗

みそつき

自家用の味噌作りのため、蒸した大豆に塩と麹を加え、臼で搗いてつぶすこと。本来農家の冬の仕事だった。

味噌作《みそつく》る

味噌搗いて冬の支度を完うす　相島虚吼

味噌釜を干す白鳥の来る夜天　岩木安清

味噌搗くや戸隠山の雪白し　中村雅代

藁仕事

わらしごと

農家が冬ごもりの間に縄を綯ったり藁草履を作ったりすること。

藁打《わらうち》、縄綯《なわな》う、莚織《むしろお》る

⬇俵編《たわらあみ》、藁砧《わらきぬた》(秋)

まだ青き藁もまじりて藁を織る　舟藤青宙

莚織る一筋ごとの藁匂ひ　安福隆詞

なかなかに縄にならない藁を綯ふ　佐藤　信

豆腐凍らす

とうふこおらす
とうふこほらす

豆腐を小さく切って外気にさらし、凍らせたあと乾燥させた保存食品。もと高野山で作ったので高野豆腐ともいう。

高野豆腐《こうやどうふ》、凍豆腐《しみどうふ》、氷豆腐《こおりどうふ》、

氷蒟蒻《こおりこんにゃく》、蒟蒻凍《こんにゃくこお》らす

秩父宿一夜で豆腐凍みわたり　三井穂風

凍豆腐作る駒ヶ岳あふぎつつ　春日光堂

寒中の水深く張り凍豆腐　日野たんぽぽ

寒天作る

かんてんつくる

海藻の天草の煮汁を厳寒の戸外で凍らせ、乾燥させて作る。羊羹やゼリーの材料。

天屋《てんや》、天場《てんば》、寒天干《かんてんほ》す、天草焚《てんぐさた》く、

寒天小屋《かんてんごや》

⬇天草干《てんぐさほ》し(夏)

寒天製す山村磯の香をこめて　鈴木鶉衣

寒天の小屋まで刈田通りけり　辻　由美

荒錆の寒天製す大釜よ　小沢政子

紙漉

かみすき

楮、三椏《みつまた》の皮を水でさらし、大釜で煮て和紙に漉くこと。漉いた紙は板に張って干す。寒中に漉く紙は上質として冬の季語になっている。

楮晒《こうぞさら》す、楮蒸《こうぞむ》す、寒漉《かんすき》、紙干《かみほ》す、紙干場《かみほしば》

樋わかれわかれて紙を漉く窓に　皆吉爽雨

紙漉の水のとろりと裏返る　田木　順

寒漉のしんそこ透けて乾きけり　石井みや

寒肥《かんごえ》

寒肥《かんごや》し、寒肥《かんび》、寒肥打《かんびう》つ

寒中に、樹木や果樹にやる肥料。施すことを寒肥打つともいう。

松の木に寒糞かけて夜の雨 一茶
寒肥を皆やりにけり梅桜 高浜虚子
寒肥を打ち金策に走りけり たなか迪子

網代《あじろ》

網代木《あじろぎ》、網代守《あじろもり》、柴漬《ふしづけ》

入江や瀬に竹や木の杭を網のように張りめぐらし、中に入った魚を獲る漁法。細い木の枝(柴)の束を水中に沈め、そこに集まってくる魚を捕らえるのが柴漬。

魚ぬすむ狐のぞくや網代守 太祇
山下りて里にも逢はず網代かな 松根東洋城
網代木やみづうみに雪ふりかかり 増村いはを

竹瓮《たっぺ》

筌《うえ》

細竹を筒のように編み、水底に沈め、魚が入ると出られなくなるようにした漁具。

数あるも寂しき沖のたつぺかな 稲守
沈みたる竹瓮が濁す水の底 前田普羅
葦の根のあれぞ竹瓮と船頭が 高橋晴日

泥鰌掘る《どじょうほる どぢやうほる》

➡泥鰌鍋《どじょうなべ》(夏)

田や沼の水が涸れたときに、泥の中から冬眠中の泥鰌を掘って捕る。滋養に豊む。

掘られたる泥鰌は桶に泳ぎけり 青木月斗
競艇に負けて泥鰌を掘りにけり 古林富三郎
どぢやうどこどぢやうどぢやうと泥掘つて 内田ゆず

狩《かり》

猟期《りょうき》、狩場《かりば》、猪狩《ししがり》、獣罠《けものわな》、狩の宿《かりのやど》、勢子《せこ》
➡初猟《はつりょう》(秋)、猟名残《りょうなごり》(春)

鳥獣を狩ることで、現在は十月十五日から翌年二月十五日までが猟期。勢子をつれ、猟犬を使った獣猟を夜興引《よこひき》という。

雪ふる夜狩の火見ゆる山手かな 麦蘿
嘴固くとぢしは美しし猟の幸 栗生純夫
段取りを確かめ合うて勢子の衆 岩﨑月兎
野兎追つて勢子が線路を走りけり 大島節
吠えかかる犬にぱーんと鳴呼猟期 篠原喜々

猟人《りょうじん れふじん》

猟夫《さつお》、狩人《かりうど》、猟銃《りょうじゅう》、またぎ

狩猟をするひと、ハンターのこと。

猟人の四五人をりて秘湯かな 前野狼騎
破垣を入りくる猟夫蘆花旧居 皆吉爽雨
熊に勝ちし一つ話や老猟師 大久保りん
庭の火を囲み猟夫の昼餉かな 飯塚萬里

猟犬《りょうけん》《れふけん》

狩《かり》の犬《いぬ》

ポインターやセッターなど猟に用いる犬。

猟犬は主のベレー帽が好き　波多野爽波
猟犬といふもなつこき雑種かな　安部元気
狩人を見上げ猟犬洟垂るる　小沢秋子

鷹狩《たかがり》

鷹匠《たかじょう》、放鷹《ほうよう》、鷹野《たかの》
⬇鷹《たか》（動）

鷹匠が飼いならした鷹を放って鳥を捕らえる狩り。今は宮内省の御猟場で行われる。

鷹がりの上坐下坐や芝つ原　一茶
鷹狩の士を得て城に帰るかな　数藤五城
佐竹殿ここに泊りて鷹狩に　深沢豆風

水洟《みずばな》《みづばな》

水《みず》つ洟《ばな》

冷たい空気に触れると出る水のような鼻汁。

水洟や鼻の先だけ暮れのこる　芥川龍之介
剣玉とめんこに夢中水つ洟　さいとう二水
水洟や空のまなかに月尖り　増田真麻

嚔《くさめ》

くしゃみ、くっさめ、はなひる

冷たい空気の刺激で出やすい。風邪の前兆のこともある。

つゝけさまに嚔して威儀くづれけり　高浜虚子
哲学も科学も寒き嚔かな　寺田寅彦
矍鑠のＡ氏年上我嚔　浅利重信

咳《せき》

しわぶき、咳《せ》く、咳止《せきどめ》

冬は乾燥した寒気によって咳が出やすい。

行く人の咳こぼしつつ遠ざかる　高浜虚子
咳止んでわれ洞然とありにけり　川端茅舎
卓に着くみんなそろつて咳ける　二川はなの

風邪《かぜ》

風邪心地《かぜごこち》、鼻風邪《はなかぜ》、流行性感冒《りゅうこうせいかんぼう》、インフルエンザ、風邪薬《かぜぐすり》
⬇春《はる》の風邪《かぜ》（春）

冬は寒さが厳しく、とくに風邪の季節といえる。

風邪ひくや病めば凡そ大仰に　小杉余子
風邪重く障子の桟の歪みて見ゆ　原月舟
雨戸まだ開がねへんだら風邪だべな　植松孫一

湯ざめ《ゆざめ》

風呂を出てぐずぐずしていると、風呂の温もりがさめ体が冷え、風邪などのもとになる。

いち早くタオルが湯ざめいたしけり　坂口芝葉
傘寿まで湯ざめもせずに参りけり　西川千晶
ガンジーを熱く語りて湯ざめせり　贄川いずみ

息白し《いきしろし》

白息《しらいき》

寒気で、人や動物の吐く息が白く見えること。

白き息はきつゝこちら振返る　中村草田男
白息を小雨の粒のつらぬける　小川春休
おはようという形です白い息　中村ふみ

木の葉髪《このはがみ》

秋から冬にかけ、木の葉が落ちるように髪の毛が抜けること。

櫛の歯をこぼれてかなし木の葉髪　高浜虚子

雑踏に出会へばともに木の葉髪　久保のぞみ

これはもう人事ならず木の葉髪　宮原さくら

肌荒れ《はだあれ》

皹《ひび》、皸《あかぎれ》、あかがり、手足荒《てあしあ》る、皸膏《あかぎれこう》、ひび薬《ぐすり》

皹は寒さで手足の肌が乾燥してできる。皸はざっくり割れて痛い。

皸をかくして母の夜伽かな　一茶

船長や觧に皹の手を垂れて　夏秋明子

皸に血の池軟膏塗り込めぬ　飯塚萬里

手足荒れ四《し》川《せん》公《こん》司《す》の練薬　小倉わこ

霜焼《しもやけ》

凍傷《とうしょう》

➡霜《しも》(天)

寒さで血行が悪くなり、手足、耳たぶなどが赤紫色に腫れ、かゆみや、痛みを伴う。凍傷はそのはげしいもの。

京も終《はて》霜やけ薬貝に盛る　石橋秀野

ストーブにかざし霜焼かゆきこと　小野りえ

日本に帰つてくれば霜焼で　坂本光世

悴む《かじかむ》

悴《かじ》ける、凍《こご》える

寒さで指先や手足がちぢこまってしまうこと。体の状態だけでなく、精神的な意味にも使う。

すぐ泣く子今泣きさうに悴みて　京極杞陽

悴んだ手に悴んだ息かけて　袖山篠

突き出して悴む握り拳かな　瀬戸雅風

懐手《ふところで》

寒さのため、着物の懐に手を入れる仕草。

懐手あたまを刈つて来たばかり　久保田万太郎

路地多き佃島なり懐手　佐久間清観

枯山水荒れに荒れたる懐手　黒木千草

日向ぼこ《ひなたぼこ》

日向《ひなた》ぼっこ、日向《ひなた》ぼこり

冬の日がよくあたる縁側などの日だまりで温もること。

日に酔ひて死にたる如し日向ぼこ　高浜虚子

日向ぼこまだ欲しきもの少しあり　浜崎素粒子

ひなたぼこ流れぬやうに川流れ　山本多岐兵衛

日向ぼこ皺深けれどべつぴんで　往馬空蛸

ボーナス

―賞与《しょうよ》

サラリーマンに支給される給与以外の手当。夏にも出るが年末賞与、暮れのボーナスが本意。

ボーナスに心してあり愉快なり　高浜虚子

賞与出て奢りいささか嵐山　波多野爽波

三年を連続下がる賞与かな　福見一歩

掛乞

かけごい
かけごひ

―掛取《かけとり》

昔の商店は盆と暮に掛け売り決済をした。その代金（付《つけ》）を集めること。また集める人。年末にたまったツケの支払いをすることは、いまでも少なくない。

掛乞や無言でいぬる餅の音　許六

街かげにわれも掛乞の一人なる　原石鼎

掛乞の大きな声で入り来る　安部元気

歳暮

せいぼ

―歳暮返《せいぼがえ》し
⬇中元《ちゅうげん》（秋）

年の暮れの贈物。昔は、塩鮭、塩鰤を贈った。

竈の火歳暮の使ひあたり行く　喜谷六花

御歳暮はいつもこれなる干わかめ　京極光林

お歳暮の配達人や飛んでくる　平岡喜久乃

事納

ことおさめ
ことをさめ

関東では、陰暦十二月八日を指す。二月八日が事始。逆にいう地域もある。農業の神が天に帰る日だとして餅を搗いたり汁を作ったりした。

納め事なくても家根の印かな　一茶

灯ともして下城の人や事納　内藤鳴雪

もち米の袋ひらくや事納　伊東奈々

御用納

ごようおさめ
ごようをさめ

―仕事納《しごとおさめ》、乗馬納《じょうばおさめ》、笑納《わらいおさめ》、納《おさ》め句座《くざ》
⬇仕事始《しごとはじめ》（新）

役所や会社で十二月二十八日ごろに、その年の仕事を終えること。もろもろの行為に「納」をつけ、その年最後のものを示すときにも使う。

古筆も洗ひて御用納かな　山県瓜青

御用納めはやばや消える大路の灯　有井梛々

御用納め帰り仕度の素早かり　立松けい

年用意

としようい

―年設《としもうけ》、春支度《はるじたく》、年取物《としとりもの》

新年を迎えるためのさまざまな準備のこと。

須磨の浦の年取ものや柴一把　芭蕉

山門の梯子二本も年用意　浜田節

ペコちやんを拭ひ銀座の年用意　舟まどひ

畳替《たたみがえ》《たたみがへ》

新年を迎えるため、年末に畳表を替えること。

青桐は柱のごとし畳替　阿波野青畝
大勢が百畳敷の畳替　田代早苗
畳替してオルガンは元の位置　松尾むかご

煤払《すすはらい》《すすはらひ》

煤掃《すすはき》、煤竹《すすだけ》、煤《すす》の日《ひ》、煤湯《すすゆ》

新年を迎えるために家の内外の煤、埃を払い清めること。高い所は煤竹を使う。煤払いを終えた後で入る風呂が煤湯。

煤掃くや硝子戸多きことかこち　星野立子
見つけたる喧嘩の種や煤払　樋口美千代
悠々と煤払ひゆく笹の影　さとう千鳥

煤籠《すすごもり》

煤払いの日、老人、子ども、病人などが邪魔にならないよう別室などに避けること。

とし〴〵や二人の親の煤こもり　米居
老夫婦鼻つき合せ煤ごもり　鈴木花蓑
煤籠干菓子の中に当りくじ　伊野ゆみこ

煤逃《すすにげ》

煤払いの日に、本来やるべき仕事を放り出して、どこかへ逃れること。煤籠より責任逃れの意味合いが強い。

煤逃の神保町に落ちつきぬ　山田こと子
ばつたりと遇ひたる友も煤逃と　吉田小次郎
羊羹を提げ煤逃を戻りけり　荻原玲香

年忘《としわすれ》

忘年会《ぼうねんかい》、忘年《ぼうねん》
➡新年会《しんねんかい》(新)

年の暮れ、親しいものが集まって、その年の労を忘れるための宴会。古代中国に始まるが、現在は会社や仲間で行う。

姥ふえてしかも美女なし年忘　其角
今日のことそこそこにして年忘　高浜虚子
銀座から浅草に出て年忘　いけだきよし

社会鍋《しゃかいなべ》《しやくわいなべ》

慈善鍋《じぜんなべ》

救世軍の年末事業。街頭や駅前に三脚を立て、鍋を吊るして寄付を求め、社会事業にあてる。

来る人に吾は行く人慈善鍋　高浜虚子
四ツに折り縦に入れたり社会鍋　長谷川ちとせ
社会鍋凍てしラッパを鳴らしけり　水上黒介

年の市

としのいち

歳末大売出し《さいまつおおうりだ》、暮市《くれいち》

⬇初市《はついち》（新）

注連飾《しめかざり》、門松《かどまつ》、橙《だいだい》、裏白《うらじろ》、その他、新年のためのさまざまな調度品や食品を売る市。デパートやスーパー、商店街などの歳末売り出しもこれにあたる。

神鳴もさはぐや年の市の音　去来

馬の尻に行きあたりけり年の市　正岡子規

幼子に意味教へつつ暮の市　山本秩恵子

飾売

かざりうり

注連売《しめうり》

⬇飾《かざり》（新）

年の市などで正月の飾りを売ること。

行く人の後ろ見送り飾売　高浜虚子

声太し四天王寺の飾売　藤　なぎさ

炙りたるするめ片手に飾売　中村時人

暦売

こよみうり

暦買《こよみか》う、暦配《こよみくば》り

新しい年の暦（新暦）を売ること。

君が世や寺へも配る伊勢暦　一　茶

暦売南無観音の扉かげ　川端茅舎

日の丸の大きな暦売りにけり　田村三合

古暦

ふるごよみ

暦《こよみ》の果《はて》、暦《こよみ》の終《おわり》

⬇初暦《はつごよみ》（新）

十二月に新しい暦が出て、古くなったその年の暦。

古暦とはいつよりぞ掛けしまま　後藤夜半

古暦几帳面なるむしりあと　三島ひさの

巻かれゆく若尾文子や古暦　斉藤夕日

日記買う

にっきかう
につきかふ

新日記《しんにっき》、古日記《ふるにっき》、日記果《にっきは》つ

⬇日記始《にっきはじめ》（新）

年末、来年の日記を買うこと。本屋に山積みになっていることが多い。

勉めよと日記を買ひて与へけり　高浜虚子

おぞましき塊として日記果つ　藤森かずを

凍道にしたたか転び日記買ふ　竹南寺摩耶

賀状書く

がじょうかく
がじやうかく

⬇賀状《がじょう》（新）

年賀状を書くこと。

みささぎの梢の見ゆる賀状書く　波多野爽波

賀状書きさして庭畑見にゆかれ　石井みや

賀状書く鍋の煮豆の音ききつ　稲葉より恵

餅搗《もちつき》

年が押し詰まると、昔はどこの家でも正月の用意に餅を搗いた。いまでは、餅屋や米屋に頼む。

餅つきや焚火のうつる嫁の貌　召波

餅板の上に包丁の柄をとんとん　高野素十

餅搗や杵の中より虫こぼれ　城野三四郎

餅配《もちくばり》

——配《くば》り餅《もち》

搗きたての餅を、近所や親類に配ること。

我が門へ来さうにしたり配り餅　一茶

溝板を踏んで鳴らして餅配　田代早苗

莚目の残るのし餅配りけり　梅田越前

門松立つ《かどまつたつ》

——松飾《まつかざ》る、松立《まつた》てる、松迎《まつむかえ》、歯朶刈《しだか》る
⬇門松《かどまつ》(新)

暮の二十七、八日ごろ、門に松飾りを立てること。いよいよ新年を迎えるよろこびが濃くなる。

門松の立ち初めしより夜の雨　一茶

人住みて門松立てぬ城の門　高浜虚子

裏山の松を刈り来て松立てぬ　紺野いつみ

注連作り《しめづくり》

穂の出ないうちに刈り取った青い藁を綯《な》って注連縄を作ること。

幣きざむ静かな音も注連作り　高槻青柚子

正座から立て膝となり注連作る　栢野木樵

砧打ちすぎぬやうにと注連作り　小野津弥香

注連飾る《しめかざる》

——一夜飾《いちやかざ》り
⬇注連飾《しめかざり》(新)

門や玄関に注連飾を飾ること。大晦日に飾ることは一夜飾りといって忌まれる。

宵ひそと一夜飾りの幣裁ちぬ　富田木歩

人の息かからぬ高さ注連飾る　赤川楓

注連飾る三本松の別れ塚　原あやめ

年木樵《としきこり》

——年木《としき》、年木積《としきつ》む、年木売《としきうり》

新年に使う薪やさまざまな用途の木を伐り出すこと。

谷越に声かけ合ふや年木樵　太祇

年木樵木の香に染みて飯食へり　前田普羅

青竹のながながしきを年木樵　石井みや

年の米
としのこめ

歳末に正月用に米を搗いたり、買い調えたりすること。

年取米《としとりまい》

年の米とて米櫃をこぼるるも　辻　桃子

年の米蜜柑箱にて送りきし　西村より

母作る今年限りの年の米　小平洋人

年の宿
としのやど

年越しの晩にいる家。自分の家でもいいし、旅先の旅館やホテルでもいい。

年《とし》の家《いえ》、年宿《としやど》

水餅の壺中静けし年の宿　亀　二

乾鮭をなべて持ちけり年の宿　高田蝶衣

しつとりと拭き上げてあり年の宿　成田冬泉

掃納
はきおさめ
はきをさめ

大晦日にする、その年最後の掃除。

年《とし》の塵《ちり》、年《とし》の埃《ほこり》、掃除納《そうじおさめ》
⬇掃初《はきぞめ》(新)

茶袋のこぼれくすべぬ掃納め　富田木歩

掃けばまた塵の出てきて掃納　渡井加音

塵として禿《ち》びし箒も掃納　前　壽人

年守る
としもる

大晦日の夜、徹夜して新年を迎えること。

年守《としまも》る、年送《としおく》る
⬇年籠《としごもり》(行)

年守るや乾鮭の太刀鱈の棒　蕪　村

炬燵の火埋けても熱し年守る　久保田万太郎

風音と鐘の音とあり年守る　糸井潮村

年越蕎麦
としこしそば

細く長くという意味を籠めて、大晦日に食べる蕎麦。

晦日蕎麦《みそかそば》、晦蕎麦《つごもりそば》

それぞれに秘伝のありて晦日蕎麦　中村八重子

鐘搗に出てゆく人と晦日蕎麦　浜　江英治

毎年や老舗の年越蕎麦待つて　川上まさき

年の湯
としのゆ

大晦日の夜の入浴。その年のけがれを洗い流し、さっぱりと新年を迎える気分が籠る。

年湯《としゆ》、年《とし》の垢《あか》
⬇初湯《はつゆ》(新)

年の湯に来て股引の皺のばす　萩原麦草

はるかなる鐘聞きつつに年の湯に　高桑牧生

桃色の乳房しづめて年の湯に　中村倚久子

年の火
としのひ

神社などで大晦日の夜に焚く火。

年の火の吹雪なしたる火の粉かな　辻　桃子

年の火や社の森の黒々と　依井秋蝶

年の火にどんどん人の集まれる　戸田耕人

避寒
ひかん

避寒宿《ひかんやど》、避寒旅行《ひかんりょこう》、避寒地《ひかんち》
⬇避暑《ひしょ》(夏)

寒さを避け暖かい海岸や温泉地へ出かけること。

橙に天照る日ある避寒かな　松本たかし
降り立てば松のにほひや避寒宿　辻　桃子
避寒してまた戻りくる舟指せる　如月真菜

探梅
たんばい

梅探《うめさぐ》る、探梅行《たんばいこう》
⬇梅《うめ》(春)

早咲きの梅をもとめて野山を行くこと。

香を探る梅に蔵見る軒端かな　芭　蕉
探梅の人が覗きて井は古りぬ　前田普羅
探梅や茶店に出され欠け茶碗　宮生經子

寒施行
かんせぎょう
かんせぎやう

野施行《のせぎょう》、穴施行《あなせぎょう》

狐や狸の餌が乏しくなる寒中に、野道や畦に餌を置いてやること。もともとは仏教の施しの一つ。野鳥の餌なども指す。狸などの穴に置くのが穴施行。

だし殻に雪の積もりて寒施行　岩田美蜻
何やらの喰ひかけてあり穴施行　米本玲子
魚の粗ぶちまけゆくや浜施行　安部元気

寒紅
かんべに

丑紅《うしべに》

寒中に作られる口紅。色、質もよいとされた。いまは寒中にさす紅のこともいう。寒中の丑の日がよいとして、この日に買う。

寒紅の口を絞りて舞妓かな　皿井旭川
古妻の寒紅をさす一事かな　日野草城
寒紅をさして小さな意地通す　川端キミ

寒稽古
かんげいこ

⬇稽古始《けいこはじめ》(新)

寒中の寒さに耐え、早朝や夜間の稽古に励むこと。もともとは武道や音曲の修行を指したが、いまは幅広く使う。

渋引きしごと喉強し寒稽古　高浜虚子
寒稽古青き畳に擲たる　日野草城
寒稽古はだかの如き衣裳にて　しの緋路

寒泳
かんえい

寒中水泳《かんちゅうすいえい》
⬇泳《およ》ぎ(夏)

寒中に泳ぎ鍛えること。本来は古式泳法の各流派の寒稽古をいった。

寒泳を上がり焚火に駆けよりぬ　梶山一泉
寒泳の火を噴く島をめざしけり　井手口俊子
寒泳をながめる人の顔白く　岩城晴雨

寒復習
かんざらい　かんざらひ

寒の三十日の間に、歌や朗詠、演奏などの練習をすること。寒中はよく身につくといわれた。

寒《かん》ざらえ、寒習《かんならい》、寒弾《かんびき》

ままつ子や灰にイロハの寒ならひ　一茶
歌口に息吹き込んで寒ざらへ　倉持万千
寒弾や指にくひこむ三の糸　桑原いろ葉

寒声
かんごえ　かんごゑ寒声《かんごえ》つかう
⬇謡初《うたいぞめ》(新)

声を鍛えるため、寒中に朗詠や歌曲の練習、大きな声で経を読んだりすること。

かん声や身をそらし行く橋の上　素丸
橋上や誰が寒声の夜々浅く　松根東洋城
寒声や今は亡き師の舟弁慶　西野風鈴人

寒見舞
かんみまい　かんみまひ

寒中に、知人の安否を見舞うこと。手紙、電話、訪問などのほか、現在はメールでもいい。

⬇水見舞《みずみまい》(秋)

あかときの水で墨する寒見舞　柳瀬姫香
声だけは元気と笑ひ寒見舞　坪内れんげ
角煮饅食へや太れや寒見舞　大津太郎

寒灸
かんきゅう　かんきう

寒中に灸を据えること。よく効くとされる。

寒灸《かんやいと》

風の子や裸で逃げる寒灸　一茶
日灼せし畳の縁《へり》も寒灸　平山悦史
寒灸やひつそり室津鍼灸所　たなか迪子

寒釣
かんづり

寒中に寒さで動きの鈍った鮒や鯉を釣ること。結氷した湖などで氷に穴をあけて釣るのが穴釣。

穴釣《あなづり》
⬇根釣《ねづり》(秋)

寒釣の動かぬ人に近づかず　髙野虹子
穴釣に天ぷら鍋を持参せり　しみず屯児
寒釣や見慣れし人のほつれ帽　桑原かいこ

冬休
ふゆやすみ冬季休暇《とうききゅうか》、冬期休暇《とうききゅうか》
⬇夏休《なつやすみ》(夏)

学校の冬期休暇。十二月二十五日ごろから二週間程度が一般的。夏休みより短いが、正月が入るので楽しい。

鉄棒に雀ふくらむ冬休暇　香取哲郎
冬休みタワシのやうなトンカツも　如月真菜
過去帳の金糸古びぬ冬休　西ふき

夜話《よばなし》

夜咄《よばなし》、炉咄《ろばなし》、夜咄茶事《よばなしちゃじ》

冬の夜、炉辺に集まって、くつろいで話をすること。

持ち寄りしもの炉話もその一つ　後藤夜半
夜咄の笑へば机かたかたと　小川春休
夜話の灰にうづめし蕗四つ　桜庭門九

竹馬《たけうま》

高足《たかあし》

二本の竹の棒に横木をつけ、ここに足をのせ、竹の上部を持って歩く遊び道具。

竹馬の鶏追うて走りけり　赤星水竹居
竹馬で来ても墓みち気味悪く　波多野爽波
竹馬の低馬にしてありにけり　立松けい

雪丸げ《ゆきまろげ》

雪投《ゆきなげ》、雪合戦《ゆきがっせん》、雪礫《ゆきつぶて》、雪玉《ゆきだま》

雪の塊を転がして大きくする遊び。

君火を焚けよきもの見せむ雪まるげ　芭蕉
雪玉の外れしは雪に突きささり　岩田美蜻
手の中に透きとほりゆく雪つぶて　中村阿昼

雪達磨《ゆきだるま》

雪玉をだるまのように大小二つ重ねて目鼻をつける。子どもの遊び。

雪だるまあとは頭をのせるだけ　安部元気
キャンパスの三つ特大雪だるま　須藤りんご
目も口も笑ひつつ解け雪だるま　矢口路

雪兎《ゆきうさぎ》

盆の上に雪で兎の形を作ったもの。南天の実を目、笹の葉を耳にしたりする。

雪うさぎ柔らかづくり固づくり　波多野爽波
仏花より目をもらひけり雪うさぎ　笹岡明日香
たまに降る雪うれしくて雪兎　佐多公子

スキー

ゲレンデ、シュプール、スキー靴《ぐつ》、スキー服《ふく》、スキー帽《ぼう》、スキーヤー

冬季のスポーツ。ゲレンデスキーと山スキーがある。

スキー靴ぬがずにおそき昼餐とる　橋本多佳子
スキー靴大きい順に並べあり　つかさ杏
返り見る吾がシュプールの拙なかり　松尾むかご

スケート

スケート場《じょう》、スケーター、フィギュア

北国では凍った池や湖、都会ではリンクで楽しむ。

スケートの紐むすぶ間も逸りつつ　山口誓子
スケートの左廻りや山囲む　松本たかし
フィギュアのペアに男女の他はなし　中村阿昼

ラグビー
ラガー

ラグビーは一チーム十五人で競う球技。ラガーはラグビーの略称。

ラグビーや敵《かたき》の汗に触れて組む　日野草城

タックルを引きずりラガー五歩六歩　ロバート池田

ラグビーの声を鋭く暮れかかる　安部元気

炉開
ろびらき

⬇炉塞《ろふさぎ》（春）

冬、初めて炉を使うこと。茶道では陰暦十月の亥の日に茶事を行う。茶事にかぎらず、ふつう家の炉を使い始めることとしてもよい。

炉開や火箸にかかる鬼の豆　許　六

炉開やねずみの寝床うづたかく　鶴岡桜実

炉開の内輪の茶事や笑ひ声　雛　あられ

炉開の指骨太でしなやかで　小田切知佐美

口切
くちきり

壺《つぼ》の口切《くちきり》、内口切《ないくちきり》

⬇新茶《しんちゃ》（夏）

新茶を詰めた壺の封を切ること。茶道では、一年で最も晴れやかで重要な行事。

口切りや湯気ただならぬ台所　蕪　村

口切りに残りの菊の蕾かな　松瀬青々

口切の着物や日の目見ず仕舞　伊野ゆみこ

敷松葉
しきまつば

⬇散松葉《ちりまつば》（夏）

茶室や料亭の庭に、霜除けのため松の枯葉を敷きつめること。冬らしい趣がある。

庭石の裾のしめりや敷松葉　高浜虚子

北向の庭にさす日や敷松葉　永井荷風

宗悦が旧居や厚き敷松葉　たなか迪子

温室
おんしつ

花室《はなむろ》、フレーム、ビニールハウス

冬季、寒気や霜から、花や野菜を守り、育成を促すためガラスやビニールを張った施設。

温室を覗く人々腰を折り　加賀谷凡秋

花室や戸口に二つ上草履　岡本松浜

温室に珈琲の実の青々と　大久保りん

神の旅《かみのたび》

神送《かみおくり》、神の留守《かみのるす》、留守神《るすがみ》、留守詣《るすもうで》
➡神無月《かんなづき》(時)

陰暦九月末日、全国の神々は神渡の風に乗って出雲に集まり、諸国の社は神が居なくなるので、神無月とか神の留守とかいう。神送ともいう。出雲に発たない恵比寿神やかまど神は留守神とされた。この月、出雲では神在月《かみありづき》となる。

都出でて神も旅寝の日数かな　芭蕉
魂ぬけの小倉百人神の旅　阿波野青畝
風の名の船三艘や神の旅　辻桃子

神迎《かみむかえ・かみむかへ》

神還《かみかえり》、神返《かみがえし》、神戻《かみもどし》

神が集ってくる出雲で、神を迎えること。また諸国においては、陰暦十月末日に、神々が出雲から留守にしていた社に帰ること。

水浴びて並ぶ烏や神迎へ　一茶
神迎へ垣の手入れもおこたらず　投馬三吉
神迎へ神のお宿の十九舎　丘めぐみ

神在祭《かみありまつり》

神集《かみつどい》、神集《かみあつめ》、神等去出の神事《からさでのしんじ》、加羅佐手祭《からさでまつり》、神在《かみあり》

出雲に集まった諸国の神々を迎えるため、陰暦十月(現在は十一月)に出雲大社や佐太神社で行われる神事。

神在の扁額のちよと曲がりをる　松尾むかご
神在の小さくるます龍蛇神　谷音符
神等去出《からさで》や白米炊いて汁炊いて　谷すみれ

十夜《じゅうや・じふや》

お十夜《じゅうや》、十夜法要《じゅうやほうよう》、十夜粥《じゅうやがゆ》、十夜婆《じゅうやばば》、十夜鉦《じゅうやかね》

陰暦十月五日から十五日朝まで、浄土宗の寺で行われる念仏法要。この夜ふるまうのが十夜粥。露店で売られるのが十夜柿。

下京の果の果にも十夜かな　許六
野の道や十夜戻りの小提灯　正岡子規
お十夜のお椀の数の足らざるよ　白井薔薇

十日夜《とおかんや・とをかんや》

亥の子《いのこ》、亥の日祭《いのひまつり》、玄猪《げんちょ》

陰暦十月十日に行われる催し。子どもは唱え言をしながら藁鉄砲で地面を叩いて遊んだ。同様の行事を西日本では亥の子といい、陰暦十月の最初の亥の日に亥の子餅を搗く。

三か月のをぐらきほどに玄猪かな　其角
故郷の大根うまき亥子かな　正岡子規
酒粕にまぶす砂糖も亥の子かな　山口珊瑚

報恩講《ほうおんこう ほうおんかう》

——親鸞忌《しんらんき》、御正忌《ごしょうき》、お霜月《しもつき》

陰暦十一月二十八日、親鸞上人の忌日。浄土真宗の本山で法会が行われる。末寺や在家が日を繰り上げて行う法要は「御《お》取越《とりこし》」という。

わが代の限りは門徒親鸞忌　大橋櫻坡子
背の丈に余る立花や親鸞忌　袖山篠
報恩講龍笛低く終はりけり　京野菜月

三河の花祭《みかわのはなまつり》

——花宿《はなやど》

十二月から一月にかけ、奥三河の北設楽郡《きたしたらぐん》などで行われる湯立神楽。竈に火を点じて花の舞がある。

灯の点いて暗き三河の花祭　松下藍
花宿の湯立神楽の湯がたぎる　糸井潮村
稚児の出て鬼出て舞庭《まいど》踏み鳴らす　小島季風

夷講《えびすこう えびすかう》

——恵比寿講《えびすこう》、宵夷《よいえびす》

陰暦十月二十日、商家では、商売繁盛を祈願して家内に恵比寿神を祭り、商店街では一週間ほど大売出しも行われる。十九日の晩に祝うのは宵夷。

振売の雁《がん》あはれなりゑびす講　芭蕉
大根干し済めば忽ち夷講　山口青邨
姨捨の僧の痩せたる夷講　冨山いづこ

鞴祭《ふいごまつり》

——鍛冶祭《かじまつり》、稲荷《いなり》の御火焚《おほたき》、蜜柑撒《みかんまき》

陰暦十一月八日、鞴を使う鍛冶屋や工場などで、鞴や火床に注連《しめ》を張って祝う。鞴祭に撒いた蜜柑を食べると風邪をひかぬといわれた。

里並みに籔のかぢ屋も祭かな　一茶
演奏に槌音入る鍛冶祭　齋藤耕牛
鍛冶祭金屋町には鉄にほひ　堀八重

酉の市《とりのいち》

——お酉《とり》さま、一《いち》の酉《とり》、二《に》の酉《とり》、三《さん》の酉《とり》

十一月中の酉の日に、東京・下谷の鷲《おおとり》神社などで行われ、熊手など縁起物を売る。

風おろしくる青空や一の酉　石田波郷
さう言へば思ひ出す人酉の市　小津無三
あれ以来お神籤引かずお酉さま　薗部庚申

熊手《くまで》

——熊手市《くまでいち》

おかめや大判、小判、七福神などをつけた竹製の縁起物、酉の市で売る。

俳諧の慾の飽くなき熊手買ふ　富安風生
仲見世の庇かくすや大熊手　大橋ごろう
あいにくの雨に濡るるも熊手市　梶川みのり

神楽《かぐら》

神遊《かみあそび》、里神楽《さとかぐら》、夜神楽《よかぐら》、湯立神楽《ゆだちかぐら》、霜月神楽《しもつきかぐら》

古代からつづくわが国の神事芸能。最も本格的なものは、十二月中旬に宮中で行われる。民間の神社で行われるのが里神楽。

天離る石見の国の神楽見つ　野見山朱鳥

三日月に強くなり神楽笛　阿波野青畝

女神舞ふ石見神楽の大蛇《おろち》出て　髙野虹子

御火焚《おほたき》

御火焼《おほたき》、おひたき、火焚串《ほたきぐし》

陰暦十一月、社前に火を焚いて祭る京阪地方の冬の行事。民家でも庭火を焚き、供物を献ずる。

お火焚や霜うつくしき京の町　蕪村

お火焚の一炎一煙かな　高野素十

御火焚の切り火たばしりたまひけり　後藤夜半

顔見世《かおみせ／かほみせ》

歌舞伎顔見世《かぶきかおみせ》、顔見世狂言《かおみせきょうげん》

昔は、新しい顔ぶれで行う興行をいった。現在は東京・歌舞伎座では十一月、京都・南座では十二月興行を指す。

顔見世やおとづれはやき京の雪　久保田万太郎

顔見世の楽屋入りまで清水へ　中村吉右衛門

顔見世や桟敷の舞妓ばかり見て　ふく嶋桐里

七五三《しちごさん》

七五三祝《しちごさんいわい》、七五三祝《しめいわい》、千歳飴《ちとせあめ》、髪置《かみおき》、袴着《はかまぎ》、帯解《おびとき》

十一月十五日、男子は三歳、五歳、女子は三歳、七歳を祝う。美しく着飾って神社に詣でる。女子は帯解《おびとき》、男子は袴着《はかまぎ》ともいう。長寿にちなんで千歳飴をなめる。

七五三詣り合はして紋同じ　高浜虚子

母と子とまれに父と子七五三　大橋櫻坡子

ご祈祷のやつと終りて千歳飴　ひらいその

牡丹焚火《ぼたんたきび》

十一月に福島県の須賀川牡丹園で行われる。その年、命の尽きた牡丹の木を焚いて供養する。

その昔の薬用牡丹焚きにけり　前田風人

牡丹焚くかそけき青き炎出て　村山理与

牡丹焚く目の寂《さび》かなり寂さびと　薗部庚申

勤労感謝の日《きんろうかんしゃのひ／きんらうかんしやのひ》

新嘗祭《にいなめさい》

十一月二十三日、国民の祝日。勤労に感謝しあう日。以前は新嘗祭と呼ばれた。

赤福のえろうにぎはふ新嘗祭　辻桃子

日直に当たり勤労感謝の日　清水雪花

風呂掃除これが勤労感謝の日　南洋

秩父の夜祭《ちちぶのよまつり》

―― 夜祭《よまつり》

十二月三日、埼玉県秩父市の秩父神社の例大祭。

山垣の中の秩父や冬祭　一宿
桑枯れて秩父夜祭来りけり　岡田水雲
寒波来る秩父夜祭この日より　井ケ田杞夏

臘八会《ろうはちえ らふはちゑ》

―― 臘八《ろうはつ》、成道会《じょうどうえ》、臘八粥《ろうはちがゆ》

十二月八日、釈迦が悟りを開いた日として修する。

臘八や我と同じく骨と皮　一茶
臘八の聴衆まばらや大伽藍　松本たかし
臘八の堂にこもりしぬくき闇　佐藤信

十二月八日《じゅうにがつようか じふにぐわつやうか》

真珠湾攻撃による日米開戦の日。太平洋戦争の始まり。

十二月八日の顔を洗ひけり　川口未来
十二月八日の朝といふばかり　安部元気
十二月八日の鯉や集結す　吉田小次郎

大根焚《だいこたき》

―― 鳴瀧《なるたき》の大根焚《だいこたき》

十二月九、十日の両日、京都・鳴瀧の了徳寺で、親鸞上人をしのぶ行事。

人の上にいただく膳や大根焚　山本梅史
大根焚箒の首がほと落ちて　辻桃子
大根焚ひと切れなれど味噌熱く　笛木かりん

討入の日《うちいりのひ》

―― 討入《うちいり》、義士会《ぎしかい》、吉良忌《きらき》
➡義士祭《ぎしまつり》（春）

十二月十四日、赤穂義士の討入の日。

松に月義士討入の日なりけり　安住敦
討入のうどんに効かせたる一味　品川雄大
討入の日やまだ止まぬ腹下し　いけだきよし

世田谷襤褸市《せたがやぼろいち》

―― ぼろ市《いち》

十二月十五、十六日。東京・世田谷で開かれる農具市。近年は衣類、雑貨、装飾品、陶磁器、食べ物の露店が多い。一月十五、十六日にも開かれるが、十二月が本意。

襤褸市は曇りて雨の甲斐秩父　尾崎紅葉
ぼろ市の笊を抱へて揉まれをり　鈴木潮
襤褸市やしもたやもまた物ならべ　藤井なづ菜

御祭《おんまつり》

―― 春日若宮御祭《かすがわかみやおんまつり》、掛鳥《かけどり》

十二月十七日。八百年以上つづく奈良・春日大社若宮の祭礼。五百人を超す美々しい行列や芸能、鳥獣奉納の掛鳥など古式床しい祭事が行われる。

僧形のかど〳〵しさよ御祭　松瀬青々
おん祭奈良に奈良漬奈良茶漬　辻桃子
掛鳥や六尺越せる荒《あら》丁《よぼろ》　安部元気

羽子板市《はごいたいち》

↓羽根《はね》つき、羽子板《はごいた》(新)

羽子板を売る年の市。東京は浅草観音、京都では新京極が有名。

うつくしき羽子板市や買はで過ぐ 高浜虚子

羽子板の写楽うつしやわれも欲し 後藤夜半

美男なり羽子板市にすれちがひ 高木かほる

終大師《しまいだいし しまひだいし》

終弘法《しまいこうぼう》、納大師《おさめだいし》、果《はて》の大師《だいし》

十二月二十一日、一年最後の弘法大師の縁日。京都の東寺と川崎大師が有名。

納め大師昨日と過ぎし詣でかな 浅野白山

終弘法丹波黒豆値切りけり 草間時彦

売り叩く納大師の古着かな 梶山一泉

神農祭《しんのうまつり》

神農祭《しんのうさい》、神農《しんのう》の虎《とら》

毎年冬至の日に、大阪・道修町《どしょうまち》の少彦名《すくなひこな》神社などで、医薬の祖神、神農を祭る。笹に神農の虎と呼ぶ張り子の虎を下げた魔除けを配る。

神農を祭り晴耕雨読の徒 山口青邨

神農の虎ほうほうと愛《め》でらるる 後藤夜半

神農祭薬石の効あればこそ 竹廣東鶴

柚子湯《ゆずゆ》

冬至風呂《とうじぶろ》、柚子風呂《ゆずぶろ》

↓柚子《ゆず》(秋)、冬至《とうじ》(時)

無病息災を念じて、冬至の日にわかす柚子入りの風呂。柚子は体が温まり、香りがよく風邪を防ぐ効能がある。

今日はしも柚湯なりける旅の宿 高浜虚子

冬至湯の煙あがるや家の内 前田普羅

柚子湯して大満月を仰ぎけり 岡田四庵

冬安居《ふゆあんご》

雪安居《ゆきあんご》

↓安居《あんご》(夏)

十月から一月にかけて約九十日間、僧や信者が座禅や仏書の研究に専念する修行。雪安居ともいう。夏は安居。

灯の声をたのしむ冬の安居かな 吉田冬葉

百畳に正座してをり雪安居 加畑銀風

數膳も箱膳も積み冬安居 金子洒音留

クリスマス

聖夜《せいや》、聖誕祭《せいたんさい》、降誕祭《こうたんさい》、サンタクロース、クリスマスプレゼント

十二月二十五日、キリスト誕生の日。クリスマスツリーを飾り、カードやプレゼントを贈りあう。

クリスマス会の小さな木椅子にる 石井みや

立つだけの十字架役もクリスマス 飯田閃朴

ホテルからちがうホテルヘクリスマス 山野胡桃

聖樹《せいじゅ》

クリスマスツリー、降誕樹《こうたんじゅ》

樅の木に雪や星を飾り、キリスト誕生を祝う。

クリスマスツリーの雪は異国の雪　京極杞陽
真っ暗になる一瞬も聖樹かな　田代草猫
淋しさの極みに聖樹点りたり　豊田まつり

札納《ふだおさめ》《ふだをさめ》

納札《おさめふだ》

年末に神社や寺へ古いお札を返すこと。

守り札古きはへがれ給ひけり　一茶
伸び上り高く抛《はう》りぬ札納　高浜虚子
一族の産土神に札納　木村芙沙

年越《としこし》

年《とし》を越《こ》す、年取《としとり》、年越詣《としこしもうで》、除夜詣《じょやもうで》
⬇除夜《じょや》(時)

年を越し、新年へ移る大晦日の晩。またそのときの行事。

あてなしに打越す年や雪礫　宗因
年越の金平糖の甘き角　薗部庚申
失せもののもひとつ増えて年越せり　牧やすこ

年籠《としごもり》

⬇年守《としも》る(人)

年越の夜、新年を迎えるため、神社などに参籠すること。新しい年の始めを、寝ないで迎えること。

とかくして又古郷の年籠り　一茶
春届く文したためつとし籠り　几董
湯ぶねより湯の花こぼれ年籠　斎藤月子

除夜の鐘《じょやのかね》《ぢよやのかね》

百八《ひゃくはち》の鐘《かね》

大晦日の夜十二時ちょうどに、各寺院で撞く鐘。百八の煩悩を一つずつ救うという。

除夜の鐘幾谷こゆる雪の闇　飯田蛇笏
除夜の鐘襷《たすき》かけたる背後より　竹下しづの女

雪祭《ゆきまつり》

雪像《せつぞう》、札幌雪祭《さっぽろゆきまつり》

巨大な雪像が並ぶ札幌の行事が有名。暦の上では立春以後で春だが、北国は真冬なので、冬の季語として扱った。

地酒売る声はりあげて雪まつり　大槻独舟
橇にのせ脚立運ぶも雪祭　こると漣
雪像の狼にして透きとほる　辻桃子

寒詣《かんもうで》《かんまうで》

寒参《かんまいり》、寒垢離《かんごり》

寒中に社寺に参詣すること。本来は裸で参ったり瀧に打たれて、寒垢離をしたりする寒行だった。

背低きは女なるべし寒詣　高浜虚子
寒詣かたまりてゆくあはれなり　久保田万太郎
まつすぐに立つや動かず寒詣　安部元気

寒行《かんぎょう》《かんぎやう》

——寒修行《かんしゅぎょう》、寒念仏《かんねぶつ》、寒坊主《かんぼうず》

寒の期間中僧が、太鼓や鉦《かね》を叩き、町中を念仏して歩き修行すること。

細道になり行く声や寒念仏　蕪村

鎌倉はすぐ寝しづまり寒念仏　松本たかし

信号を待つ後ろより寒念仏　堀なでしこ

柊挿す《ひいらぎさす》《ひひらぎさす》

——柊売《ひいらぎうり》、鰯《いわし》の頭挿《かしらさ》す、豆殻挿《まめがらさ》す

節分のとき、焼いた鰯の頭を柊に刺し、豆殻をつけ、厄除けのまじないとして戸口に挿す風習。

柊をさすや築地の崩れまで　蝶夢

参道の柊売の店一軒　井沢うさ子

スーパーで買ひし柊挿しにけり　伊藤賢子

節分《せつぶん》

——節替《せつがわ》り、節分《せちぶん》

冬から春の変わり目。立春の前夜で、二月三日か四日。

節分やつもるにはやき町の雪　久保田万太郎

送らるる節分の夜のよき車　星野立子

魚臭き露店が多し節分会　村田かつら

豆撒《まめまき》

——追儺鬼《ついなおに》、追儺《なやらい》、鬼《おに》やらい、豆打《まめうち》、鬼《おに》の豆《まめ》、鬼打豆《おにうちまめ》、年男《としおとこ》、鬼《おに》は外《そと》、福《ふく》は内《うち》、年《とし》の豆《まめ》

節分の夜の行事。福は内、鬼は外と唱え、豆を撒く。邪鬼を払い、春を迎える意味が込められている。

かくれ家や歯のない口で福は内　一茶

豆まけば生家の庭の暗きこと　塚本じゅん菜

紋付の父の撒きたる鬼の豆　奥出あけみ

厄落《やくおとし》

——厄払《やくはらい》、ふぐり落《おと》し

節分の夜、厄年の人が神社や寺に厄のがれの参詣をすること。その際まじないとして身につけている銭、櫛、褌などを落とす習俗があるが、これをふぐり落しといった。

厄払跡はくまなき月夜かな　蓼太

何物かつまづく辻や厄落し　高浜虚子

上州の強風ふぐり落としけり　田村三合

忌日

達磨忌《だるまき》 ― 少林忌《しょうりんき》、初祖忌《しょそき》

陰暦十月五日。禅宗の始祖、達磨の忌日。面壁九年といわれる少林寺での九年間の座禅で知られる。

達磨忌や寒うなりたる膝がしら　白雄
鳥栖みて木をからしけり少林忌　松瀬青々
達磨忌を勿体なくもごろ寝など　吉田小次郎

芭蕉忌《ばしょうき》《ばせうき》 ― 時雨忌《しぐれき》、桃青忌《とうせいき》、翁忌《おきなき》

陰暦十月十二日。江戸前期の俳人、松尾芭蕉の忌日。享年五十一歳。〈旅人とわが名呼ばれん初時雨〉の句にちなんで時雨忌ともいう。

芭蕉会と申し初めけり像の前　史邦
謹て句に遊ぶなり翁の忌　高浜虚子
芭蕉忌や買うて分厚き時刻表　安部元気

空也忌《くうやき》 ― 空也念仏《くうやねんぶつ》、空也堂踊念仏《くうやどうおどりねんぶつ》、焼香念仏《しょうこうねんぶつ》

陰暦十一月十三日。平安中期、念仏を唱えて諸国を遍歴した空也上人の忌日。京都・六波羅蜜寺にある、口から仏を吐いている像が有名。

空也忌やうやうやうやしげに古瓢　蝶夢
空也忌の虚空を落葉ただよひぬ　石田波郷
空也忌や銀座の最中予約して　杉岡藤花

一茶忌《いっさき》

陰暦十一月十九日。江戸後期の俳人、小林一茶の忌日。独特の庶民的な俳句で、いまも親しまれている。

一茶忌の句会すませて楽屋口　中村吉右衛門
蠅虎《はえとりぐも》一匹一茶忌の障子　いけだきよし
一茶忌や酒が入ると踊る羽目　小川春休

波郷忌《はきょうき》

十一月二十一日。俳人、石田波郷の忌日。清新な青春俳句と療養俳句で知られる。

波郷忌の家にここだの恋椿　角川源義
波郷忌や踏んで木の実の鳴る音も　飯田龍太
波郷忌や砂町銀座ぶらぶらと　中村時人

近松忌《ちかまつき》

陰暦十一月二十二日。浄瑠璃・歌舞伎作家、近松門左衛門の忌日。『曽根崎心中』などが有名。

けふも亦心中ありて近松忌　高浜虚子
近松忌恐れず行けど八卦見は　山口珊瑚
道行の新《さら》を畳紙《たとう》に近松忌　いとう紫

一葉忌《いちようき》《いちえふき》

十一月二十三日。明治時代の女性小説家、樋口一葉の忌日。『たけくらべ』などで知られたが、二十四歳で没。

全集の表紙の一葉一葉忌　富安風生
本名は夏子といひし一葉忌　佐藤明彦
坂道を下れば米屋一葉忌　土田紫葉

憂国忌《ゆうこくき》―三島忌《みしまき》

十一月二十五日。小説家、三島由紀夫の忌日。『仮面の告白』で華々しく登場し多くの作品を残した。一九七〇年、自衛隊駐屯地に立て籠って割腹自決した。

胸像の胸板厚く憂国忌　黒木千草
仰ぎ見る皇帝ダリア憂国忌　西田東風
直《ひた》面《めん》に秘すべき恋や三島の忌　槇　明治

漱石忌《そうせきき》

十二月九日。文学者、夏目漱石の忌日。鷗外と並ぶ近代日本文学の第一人者。

早稲田の夜急にしぐれぬ漱石忌　松根東洋城
悪妻がすこぶる好きに漱石忌　大谷朱門
少しだけ奥歯うづくや漱石忌　由紀ねね
書きて消しさらに削るや漱石忌　永松　史

蕪村忌《ぶそんき》―春星忌《しゅんせいき》

陰暦十二月二十五日。江戸中期の俳人で画家、与謝蕪村の忌日。「芭蕉に返れ」と唱え、中興期俳諧の主導者となった。

晩学の身にのぞみ抱き蕪村の忌　清水まもる
ひとすぢの水脈はるけしや蕪村の忌　矢花美奈子
芝居気の友を囃すも蕪村の忌　野賀秋乃夫

久女忌《ひさじょき》

一月二十一日。俳人、杉田久女の忌日。女流俳人の先駆者。

久女忌や葦からまりし沼の底　白井薔薇
重傷のかさぶたのこる久女の忌　酒井はまなす
久女忌の簞笥の底の晴着かな　船田美鈴

草城忌《そうじょうき》《さうじやうき》

一月二十九日。俳人、日野草城の忌日。

薔薇色のまゝに富士凍て草城忌　西東三鬼
草城の末の弟子われ草城忌　辻　桃子
暮れなづむ朱の雲のあり草城忌　いけだきよし

かじけ猫

かじけねこ

竈猫《かまどねこ》、へっつい猫《ねこ》、炬燵猫《こたつねこ》
⬇恋猫《こいねこ》、春《はる》の猫《ねこ》、子猫《こねこ》(春)

寒さに悴《かじか》んだ猫。炬燵やかまどの灰の上など暖かい所で丸くなっている。

閑居とはへつつひ猫の居るばかり　阿波野青畝
薄目あけ人嫌ひなり炬燵猫　松本たかし
かじけ猫花子といふがいつもそば　木村遥雲

寒犬

かんけん

冬《ふゆ》の犬《いぬ》、雪《ゆき》の犬《いぬ》

真冬の戸外にいて寒そうな犬。

壮行の深《み》雪《ゆき》に犬のみ腰おとし　中村草田男
申し訳ほどな服着て冬の犬　長谷川ちとせ
憎らしきおやぢとるるや寒の犬　うな浅黄

兎

うさぎ

白兎《しろうさぎ》、兎汁《うさぎじる》

一年中いるが、冬に兎狩をし、兎汁を作るところから冬の季語。冬、毛が白く変わる雪兎《ゆきうさぎ》や野兎《のうさぎ》などの野生種のほかに飼兎《かいうさぎ》もいる。

穂すゝきのなみ飛《とび》越ゆる兎かな　大原其戎
衆目を蹴つて脱兎や枯野弾む　中村草田男
大粒の脂のたんと兎汁　岡田風子

羚羊

かもしか

氈鹿《かもしし》、青鹿《あおしし》

険しい山岳地帯にいる特別天然記念物。山羊に似て短い角を持つ。

青鹿の身を揺すりては雪雫　水木なまこ
羚羊に出会ひしことを真つ先に　阿部もとみ
現れて羚羊親子対岸に　住安安子

熊

くま

羆《ひぐま》、白熊《しろくま》、月《つき》の輪熊《わぐま》、熊《くま》の子《こ》
⬇狩《かり》(人)

本州はツキノワグマ、北海道にはヒグマがいる。東北のまたぎは熊の胆を採るため熊猟《くまりょう》、熊狩《くまがり》、熊突《くまつき》、熊打《くまうち》などをした。

熊ゆきぬ神居《かむゐ》のくにへ贄として　山口誓子
餌を欲りて大きな熊となつて立ち　中村汀女
この夜や熊の料理に盛り上り　斉藤夕日

熊穴に入る

くまあなにいる

熊穴《くまあな》に、穴熊《あなぐま》

冬眠のために熊が穴に入ること。また、そのころ。

熊穴に開拓村はひつそりと　久岡甲水
熊穴に入り蕭条たる山家　氏家まもる
熊穴に食後はいつも一眠り　松澤静聴

狐《きつね》

銀狐《ぎんぎつね》、北狐《きたきつね》、寒狐《かんぎつね》、狐罠《きつねわな》

➡狐火《きつねび》(地)

冬に、皮を採るために捕獲したので冬の季語。夜行性でときには人家の鶏を襲う。

すつくと狐すつくと狐日に並ぶ　中村草田男

眼を細めるても視線のある狐　粟津松彩子

信号の雪に立ちをり北狐　辻　桃子

狸《たぬき》

貉《むじな》、狸汁《たぬきじる》、狸罠《たぬきわな》

家近くにも来る。昔は狸罠を仕掛けて狸汁にした。

鞠のごとく狸おちけり射とめたる　原　石鼎

酔うてゆくわれを知りをり狸汁　星野立子

坊守は日暮れ馴染みの狸呼ぶ　森田ろ人

鼬《いたち》

鼬罠《いたちわな》

鼠、野兎、鶏などを襲う。敏捷で小さい割には気が荒い。

替罠を負うてすたすた鼬捕　松藤夏山

鼬出て大石の上にすと乗りぬ　高幣　和

鼬かな月夜の庭をよぎりしは　落合緑雨

冬の鹿《ふゆのしか》

冬鹿《ふゆじか》

鹿は冬になると、斑点のない暗褐色の毛に変わる。

身じろがず見る遠方や冬の鹿　内田暮情

うち臥して冬鹿地より暗き背よ　井沢正江

冬鹿の大鹿なるが寄り来たり　小林綾子

むささび

鼯鼠《むささび》

体長40cmほどのリス科の動物。木の洞に潜み、木から木へ飛ぶ。

むささびに降りやむ雪のなほ散れる　飯田蛇笏

むささびの夜がたりの父わが胸に　佐藤鬼房

むささびの穴そのままに屋根修理　赤津遊々

狼《おおかみ おほかみ》

犬の原種とされ、灰茶色で尾が長い。日本では絶滅した。古くは「おおかみ(大神)」として恐れられ、信仰の対象になった。

狼の声そろふなり雪のくれ　丈　草

狼に墓の樒《しきみ》の乱されし　石井露月

狼は絶滅したと墓守が　山内深弥

冬眠《とうみん》

熊や蛙、蜥蜴《とかげ》、蛇、蝙蝠《こうもり》などが寒い間、食べ物を摂らず、水底や土中の穴などに籠ること。

冬眠の蛇掘りあてでしまひけり　安部元気

冬眠と書かれ蜥蜴のパネルのみ　中山　実

冬眠の亀が逃げたと知らせあり　國分香穂

水鳥《みずとり みづとり》

水禽《すいきん》

鴨、鳰《かいつぶり》など水辺の鳥。秋渡って来て、春帰る。

鳥どもも寝入つてゐるか余吾の海　路　通

水鳥に人とどまればタ日あり　中村汀女

水鳥や池の端より暮れてきし　西　凛女

浮寝鳥《うきねどり》

水に浮きながら眠っているように見える水鳥。

暁の山を越え来てうきね鳥　暁台
つぶらなる氷の上の浮寝鳥　高浜虚子
番ひかとみれば別れて浮寝鳥　田代草猫

鴨《かも》

青頸《あおくび》、真鴨《まがも》、小鴨《こがも》、鴨打《かもうち》
⬇鴨来《かもく》る（秋）

代表的な水鳥。秋から冬にかけて渡って来る。雄のほうが色が美しい。

海暮れて鴨の声ほのかに白し　芭蕉
虚子の鴨立子の鴨と見て立ちぬ　波多野爽波
まどろむや夜鴨の翔る声のして　村井あきつ

鴛鴦《おしどり をしどり》

鴛鴦《おし》、番《つが》い鴛鴦《おし》、離《はな》れ鴛鴦《おし》

小型の水鳥。雄の羽色はことに美しい。雌雄が並んで泳ぐことから夫婦仲のよいことのたとえにもされる。

をし鳥や羽虫取り合ふ觜とはし　蝶夢
鴛鴦の深淵に得し妻なるか　中村草田男
鴛鴦のぴくりともせずよく目立ち　毛塚紫蘭

鳰《かいつぶり》

鳰《にお》、鳰《におどり》、潜《むぐ》り鳥《どり》
⬇鳰《にお》の浮巣《うきす》（夏）

鳩ぐらいの水鳥で、上手にもぐり小魚を捕らえる。淡水に多いが、海にもいる。

声立てて月にしづむかかいつぶり　闌更
鳰がゐて鳰の海とは昔より　高浜虚子
ひきかへす脚のそよぎの見えて鳰　佐藤明彦

千鳥《ちどり》

磯千鳥《いそちどり》、浜千鳥《はまちどり》、浦千鳥《うらちどり》、川千鳥《かわちどり》、夕千鳥《ゆうちどり》、鵆《ちどり》

チドリ科の鳥の総称。国内には十三種類いる。水辺に群れて美しく、声に哀調があり、古くから詩歌に詠まれてきた。

打ちよする浪や千鳥の横ありき　蕪村
上汐の千住を越ゆる千鳥かな　正岡子規
残されし千潟うれしと浜千鳥　来住雷子

都鳥《みやこどり》

百合鷗《ゆりかもめ》

全身白く、嘴と脚が赤い渡り鳥。和歌や物語に登場する。

煤けたる都鳥とぶ隅田川　高浜虚子
昔男ありけりわれ等都鳥　富安風生
船のあと鳴いて追ふなり都鳥　中村時人

冬鷗《ふゆかもめ》

北からの渡り鳥で、港や寒々した河口などに群れ飛ぶ。

熔接の火走る見よや冬鷗　佐藤鬼房
着きたれば日本海の冬鷗　岩城仙太郎
透かし見て石か翡翠か冬鷗　齋藤耕牛

鶴《つる》

丹頂《たんちょう》、丹頂鶴《たんちょうづる》、真鶴《まなづる》、鍋鶴《なべづる》
↓鶴引《つるひ》く(春)、鶴渡《つるわた》る(秋)

「鶴は千年亀は万年」と長寿の動物として喜ばれ、正月の飾り物にした。沼、野、浜などに群棲する冬の姿を賞でて冬季。営巣地は激減した。

ころろころろ田鶴鳴きけふの日も暮るる　山口青邨
すさまじき垂直にして鶴佇てり　齋藤玄
鳥鳴く丹頂ただちに応じけり　佐々木紫乃

凍鶴《いてづる》

霜《しも》の鶴《つる》、鶴凍《つるこお》る

寒さの中で凍てついたように身じろぎもせぬ鶴。

凍鶴を見てきぬ皿に肉赤き　波多野爽波
凍鶴のすつくと立ちて糞りにけり　大石和
凍鶴の羽ばたく一羽その中に　堅香子

白鳥《はくちょう》《はくてう》

スワン、鵠《はくちょう》、鵠《くぐい》、黒鳥《こくちょう》、大鳥《おおとり》
↓白鳥帰《はくちょうかえ》る(春)

カモ科の大型の白い水鳥。冬、シベリアから渡って来て、春に帰る。

白鳥の笛のしらべも聞きたまへ　中田みづほ
白鳥や翼に透けて骨の影　安部元気
空をゆく白鳥の首逞しき　板藤くぢら

寒禽《かんきん》

冬《ふゆ》の鳥《とり》、かじけ鳥《どり》、寒雁《かんがん》、寒鵙《かんもず》、寒鴨《かんがも》、凍鳥《いてどり》

寒さに悴《かじ》けた鳥の総称。

寒禽を捕るや冬樹の雲仄か　飯田蛇笏
寒禽の啄み寄るに順位あり　たなか迪子
寒禽のくはへなほして重く飛び　竹村節子

寒鴉《かんがらす》

寒鴉《かんあ》、冬鴉《ふゆがらす》、凍鴉《いてがらす》
↓初鴉《はつがらす》(新)

寒さの中で荒涼とした感じの鴉。

かわかわと大きくゆるく寒鴉　高浜虚子
寒鴉ついばみながらかあと鳴く　中村汀女
教会の屋根にしづかに寒鴉　石田一峰

寒雀 かんすずめ

冬雀《ふゆすずめ》、凍雀《こごえすずめ》、ふくら雀《すずめ》
⬇初雀《はつすずめ》(新)

寒中の雀。寒気をふせぐため羽毛をふくらませている。

荒庭や桐の実つゝく寒雀　永井荷風
日溜りのふくら雀やかしましき　赤司広楽
塵一つなき旧道や寒雀　林　八呂

鷹 たか

鷹渡《たかわた》る、隼《はやぶさ》、荒鷹《あらだか》
⬇鷹狩《たかがり》(人)

鷲につぐ猛禽。冬、北方から来たり、南方へ渡ったりする。鷹狩に用いる大鷹は留鳥。

鷹一つ見付てうれし伊良古崎　芭　蕉
鷹のつらきびしく老いて哀れなり　村上鬼城
鷹渡るふる里の岬恋しかり　吉田たまこ

梟 ふくろう ふくろふ

木菟《みみずく》、木菟《ずく》
⬇青葉木菟《あおばずく》(夏)

山林に棲み、夜、寂しい声でホーホーと鳴く。一年中いるが、夜の寒々した声から冬の季語。

梟の来ぬ夜も長し猿の声　北　枝
梟淋し人の如くに眠る時　原　石鼎
民宿の枕ごろんと木菟鳴けり　岡　ともこ

三十三才 みそさざい

鷦鷯《みそさざい》

翼の長さ5㎝ほどの小さな鳥。渓流や茂みなどでよく鳴く。

夕暮の篠のそよぎやみそさざい　蓼　太
千朶の動いてゐるは三十三才　高浜虚子
三十三才杜《と》国《こく》の里へ行く浜の　増村佳也
ぶつちやけりやアメ車嫌ひや鷦鷯　飯塚千寿

笹鳴 ささなき

笹子《ささご》、笹子鳴《ささごな》く、冬鶯《ふゆうぐいす》、藪鶯《やぶうぐいす》
⬇鶯《うぐいす》(春)

冬、鶯の子がまだホーホケキョと鳴けず、チャッチャッと小さく鳴くこと。

茶の花や鶯の子のなきならひ　浪　化
笹鳴やあしたといはず今日訪ひぬ　今井つる女
笹子鳴く声のみ聞こゆ小藪かな　藤野靖也
笹鳴や捨田捨畑捨茶畑　二川はなの

鯨 くじら くぢら

初鯨《はつくじら》、勇魚《いさな》、捕鯨《ほげい》、鯨汁《くじらじる》

子を産むため、日本近海には冬から春に現れることが多い。脂がのっていて鯨汁にするので冬の季語。

暁や鯨の吼ゆる霜の海　暁　台
鯨よる浜とよ人もたゞならず　尾崎紅葉
縦横に縄で結はへし鯨肉　小川こう

鮫

さめ ― 鱶《ふか》、わに

猛魚で大きな口を持つ軟骨魚。かまぼこの材料。大きなものが鱶。古名はわに。

かしやくなき市場言葉に鮫長し 桂 樟蹊子
鮫上がり鮫の血色の波寄する 辻 桃子
水揚や最後に鮫を抛り投げ 安部元気

鮪

まぐろ ― しび、鮪船《まぐろぶね》、鮪漁《まぐろりょう》、葱鮪鍋《ねぎまなべ》

大きいものは体長3m、400kgにもなる。本州近海では、冬は脂がのっておいしい。鮪船は南半球まで出掛ける。葱と鮪を煮た汁は葱鮪汁。

鮪またぎ老いのがにまた競りおとす 橋本多佳子
大鮪累々として糶《せり》終る 鈴木真砂女
鮪鍋がたりごとりと窓鳴つて 湯浅洋子

鱈

たら ― 雪魚《たら》、鱈場《たらば》、鱈船《たらぶね》、明太魚《めんたいぎょ》

マダラ、スケトウダラなど。北海道以北の寒い海に棲む。塩蔵した卵巣が鱈子。

薄月の鱈の真白や椀の中 松根東洋城
かもめ連れ鱈船二艘戻り来る 川村澄江
ゆで鱈に生醤油七味父の酒 平野 文

鰤

ぶり ― 寒鰤《かんぶり》、鰤網《ぶりあみ》、初鰤《はつぶり》
➡鰤起《ぶりおこ》し(天)

近海の各地で獲れる。寒鰤は脂がのって美味。成長につれてワカシ、イナダ、ワラサ(関東)、ツバス、ハマチ、メジロ(関西)などと名が変わる。

ほどくとも見えねど鰤の俵縄 惟 然
女あり父は魚津の鰤の漁夫 高野素十
寒鰤の皮剝ぐわざや子に伝へ 柳瀬姫香

寒鯛

かんだい かんだひ ― 甘鯛《あまだい》、舞鯛《ぶだい》、金目鯛《きんめだい》、真鯛《まだい》
➡桜鯛《さくらだい》(春)

冬は脂がのって美味しいため冬の季語としている。

寒鯛の煮凍り箸に挟みけり 原 石鼎
冬の鯛遠き海よりきて紅し 百合山羽公
寒鯛を喰うて残るや顎の骨 中島鳥巣

鮟鱇

あんこう あんかう ― ➡鮟鱇鍋《あんこうなべ》(人)

深海魚。頭と口が大きく偏平で異様。身が軟らかく鮟鱇の吊し切りといってぶら下げて切る。鍋にする。

鮟鱇もわが身の業《ごう》も煮ゆるかな 久保田万太郎
鮟鱇の肝のぷるんとふるへたり 中村ふみ
鮟鱇や岬の村は灯ともせり 白川颯々子

河豚《ふぐ》

ふく、ふぐと、針千本《はりせんぼん》、河豚《ふぐ》の毒《どく》、河豚中《ふぐあた》り、鰒《ふぐ》
↓河豚汁《ふぐじる》、鰭酒《ひれざけ》（人）

十一月から二月までの肉は美味しく、刺身、ちり、汁にして食べる。猛毒で中《あた》るところから鉄砲という。

河豚宿は此許よ此許よと灯りをり　阿波野青畝
河豚喰はぬ我を嘲る女あり　赤星水竹居
河豚鍋や窓開けたれば夜の海　佐藤明彦

潤目鰯《うるめいわし》

潤目《うるめ》、真潤目《まうるめ》
↓鰯《いわし》（秋）、目刺《めざし》（春）

真鰯に似ているが、体に丸みがある。目が大きく、赤く潤んでいる。脂肪が少ないので干物にする。冬によく乾いて、霜の置いたような粉を吹いたものが出る。

火の色の透りそめたる潤目《うるめ》鰯かな　日野草城
マルクスは古典や潤目鰯食ふ　豊田まつり
白粥の湯気ほうと立つうるめかな　篠原喜々

寒鯉《かんごい》《かんごひ》

凍鯉《いてごい》、寒鯉釣《かんごいつり》
↓緋鯉《ひごい》（夏）

寒中の鯉で池底にじっとしている。脂がのって美味。

寒鯉の一擲したる力かな　高浜虚子
寒鯉や丸太のごとく池底に　菅野くに子
寒鯉の黒のあくまで黒々と　黒木千草

寒鮒《かんぶな》

凍鮒《こごりぶな》
↓春の鮒《はるのふな》（春）、濁り鮒《にごりぶな》（夏）

寒中、水底の泥にもぐった鮒。脂がのって美味。

寒鮒や小さなる眼の濡色に　松根東洋城
寒鮒にまじりて由々し手長蝦　前田普羅
寒鮒の小振りもろとも売られけり　齋藤耕牛

氷下魚《こまい》

かんかい、氷下魚汁《こまいじる》、氷下魚釣《こまいつり》

タラ科。北海道では凍った海に穴をあけて網を入れたり、莚小屋を建てて釣ったりする。かんかいはアイヌ語。

氷下魚釣背より下ろせし荷沢山　田村木国
橇行や氷下魚の穴に海溢る　山口誓子
一枚の莚ぬくしよ氷下魚漁　清水晶子

魦《いさざ》

琵琶湖産の鯊《はぜ》の小魚。飴煮が有名。

きらきらと籠の氷や魦うり　鳴泉
由良川もこゝらは海や魦《いさざ》魞《えり》　後藤暮汀
魦とはかそけき味よ湖の国　大川桃鬼

海鼠 なまこ

筒状でぬるぬるした棘皮動物。身はシコシコして美味。内臓が海鼠腸《このわた》。卵巣が海鼠子《くちこ》。

酢海鼠《すなまこ》、海鼠突《なまこつき》
➡海鼠腸《このわた》（人）

思ふことい はぬさまなる生海鼠《なまこ》かな 蕪村
手にとればぶちやうはうなる海鼠かな 高浜虚子
がつくりと酒の弱りし海鼠かな 池 蘭子
海鼠噛みつつ前世をおもひけり 石井鐐二

牡蠣 かき

天然のものは貴重品で、ほとんどは筏での養殖。割って中身を出すのが牡蠣割、牡蠣打。冬、酢などで生牡蠣を食べるのも美味。

牡蠣打《かきうち》、牡蠣《かき》むく、牡蠣割《かきわ》る、牡蠣割女《かきわりめ》、酢牡蠣《すがき》
➡牡蠣雑炊《かきぞうすい》（人）

かきのから藻にすむ虫のやどりかな 惟 中
牡蠣くはすマルセーユまで此処発ちし 京極杞陽
船帰る音を聞き分け牡蠣割女 石坂陽太郎

寒蜆 かんしじみ

寒中の蜆。とくに美味で滋養に富む。

➡蜆汁《しじみじる》（春）、土用蜆《どようしじみ》（夏）

みちのくの果の港や寒蜆 船水以南
口うすくあけて大寒蜆かな 辻 桃子
粒ぞろひ小粒ぞろひや寒蜆 今野 眸

蟹 かに

毛蟹、ずわい蟹（松葉蟹、越前蟹）など、海産の蟹は冬が旬。

ずわい蟹《がに》、松葉蟹《まつばがに》、越前蟹《えちぜんがに》、蟹売《かにうり》、海蟹《うみがに》、鱈場蟹《たらばがに》
➡小蟹《こがに》（夏）

鱈場がに縦歩きして市寒し 投馬三吉
つかみ出す蟹の大きく昼の市 宮原さくら
蟹の上に置かれ走るやたらば蟹 こると 漣

鰰 はたはた

時化《しけ》たとき漁獲も多く、雷が鳴ると水面に浮かぶといわれるため雷魚とも呼ばれる。北日本、ことに秋田産が有名。

鰰漁《はたはたりょう》、鰰売《はたはたうり》、雷魚《かみなりうお》、かみなり魚《うお》、鱩《はたはた》、雷魚《はたはた》

雷魚の青き目玉が火に落ちし 青木月斗
大樽に鰰寿司を仕込む海女 阿部月山子
鰰のなだるるを売り市の角 秋山貴義

残る虫 のこるむし

冬《ふゆ》の虫《むし》、虫老《むしお》ゆ、虫絶《むした》ゆる、すがれ虫《むし》
➡虫《むし》（秋）

冬まで生き残った虫。鳴き声は細くたよりない。

残る虫汲みかへて茶の匂ひなき 石橋秀野
歩き来し残りの虫と思ひつつ 住友志朗
法隆寺までをときをりすがれ虫 ふじわら紅沙

冬の蠅

ふゆのはえ
ふゆのはへ

冬蠅《ふゆばえ》、凍蠅《いてばえ》

⬇蠅《はえ》(夏)

冬まで生き残っていた蠅。

冬の蠅逃がせば猫にとられけり　一　茶

冬の蠅仁王の面を飛びさらず　高浜虚子

たれもゐぬ二階へゆくや冬の蠅　増田真麻

冬の蝶

ふゆのちょう
ふゆのてふ

冬蝶《とうちょう》、凍蝶《いてちょう》、蝶凍《ちょうい》つる

⬇蝶《ちょう》(春)

冬に見かける蝶。凍蝶は凍ったように動かない。

落つる葉に撲《う》たるる冬の胡蝶かな　几　董

冬蝶の今朝まだ生きて天窓に　小沢政子

敷石の一つ一つに凍蝶が　辻　桃子

冬の蜂

ふゆのはち

冬蜂《ふゆばち》、凍蜂《いてばち》

⬇蜂《はち》(春)

蜂は交尾後、雌だけ生き残り冬を越す。動きは鈍い。

冬蜂の死にどころなく歩きけり　村上鬼城

冬の蜂おさえ掃きたる箒かな　高野素十

ワイシャツの真白きに来て凍つる蜂　梶川みのり

冬の蚊

ふゆのか

⬇蚊《か》(夏)

冬まで生き残って、暖かい日に出てくる蚊。

冬の蚊ややうやう飛んで叩かれて　今野ちひろ

冬の蚊や繕ふ網のまだ濡れて　藤崎　暁

日向にてすきとほりをり真冬の蚊　齋藤梨菜

枯蟷螂

かれとうろう
かれたうらう

蟷螂《かまきり》枯《か》る

⬇蟷螂《かまきり》(秋)

体の色が枯葉色に変わった雌の蟷螂。

蟷螂の今は錆びたる姿かな　山口青邨

蟷螂の眼の中までも枯れ尽す　山口誓子

蟷螂の枯れて引きずる赤き糸　しの緋路

綿虫

わたむし

大綿《おおわた》、大綿虫《おおわたむし》、雪螢《ゆきぼたる》、雪虫《ゆきむし》、雪婆《ゆきばんば》、白粉婆《しろこばば》、雪呼婆《ゆきよんば》

初冬のころ、体から白い綿状の分泌物を出し、小さな綿のかたまりのように空中をふわふわと飛ぶ。

牛乳の油つこくて白粉婆　やまだなつめ

綿虫が降り消防署事もなし　小川春休

雪虫や飛行機雲の縦横に　藤本きさら

水仙《すいせん》

水仙《すいせん》の芽《め》、野水仙《のずいせん》
⬇黄水仙《きずいせん》(春)

ヒガンバナ科。花弁は清楚に白く、中心部は黄色。細くまっすぐな葉で香りがよい。暖かい海岸に自生するが園芸品種も多い。

水仙に日のあたるこそさむげなれ　大江丸
水仙や古鏡のごとく花をかかぐ　松本たかし
水仙や小学校の保健室　藤なぎさ

石蕗の花《つわのはな　つはのはな》

石蕗《つわぶき》、いしぶき

キク科。菊に似た黄色い花が冬の日によく映える。葉は蕗に似て厚く光沢がある。

さびしさの眼の行く方や石蕗の花　蓼太
地軸より咲きし色なり石蕗の花　原石鼎
よくよくに人来ぬ家や石蕗の花　椎名こはる

室の花《むろのはな》

室咲《むろざき》、温室《おんしつ》の花《はな》、室《むろ》の梅《うめ》

春に咲く花を温室で冬に咲かせたもの。

おそろしき風に匂ふや室の梅　蝶夢
カタコトとスチームが来る室の花　富安風生
室の花花つけすぎてうつむきし　難波慶子

シクラメン

篝火草《かがりびそう》

篝火のような花。最近はクリスマスから正月用の「年の花」として出回る。球根を放し飼いの豚が食べるので、「豚の饅頭」の名がある。

部屋のことすべて鏡にシクラメン　中村汀女
性格が八百屋お七でシクラメン　京極杞陽
憂きことのほぐれてきたりシクラメン　池田麻里々

ポインセチア

猩々木《しょうじょうぼく》

クリスマスのころ鮮やかな朱紅色になり、師走の街を彩る。花のように見えるのは苞《ほう》。

小書窠もポインセチアを得て聖夜　富安風生
錆色のポインセチアや夕灯　吉田金雀児
数へ日のポインセチアの置き処　板藤くぢら

蝦蛄仙人掌《しゃこさぼてん》

クリスマス・カクタス

茎の形が蝦蛄に似ているサボテン。クリスマスのころ、赤、白、淡紅色などの美しい花をつける。

しやこさぼてん掠乱と垂れ年暮るる　富安風生
クリスマスカクタス今日も逢ひにゆく　桂田亜樹
蝦蛄仙人掌雲の濁りてきたりけり　如月真菜

冬薔薇《ふゆばら》

冬薔薇《ふゆそうび》
⬇薔薇《ばら》(夏)

暖かいところで冬まで残った薔薇。また、冬に咲く薔薇。

冬薔薇石の天使に石の羽根　中村草田男
おほひなる棘もあらはや冬薔薇　竹南寺摩耶
冬薔薇やローランサンのきびしき瞳《め》　バロン金沢

枯菊《かれぎく》

菊枯る《きくか》
⬇菊《きく》(秋)

枯れた菊。焚くとほのかな香りがする。

菊かれてすら〳〵と日の暮るゝなり　布　舟
枯菊やこまかき雨のゆふまぐれ　日野草城
菊枯るる日差やはらか如来様　谷　すみれ

枯芭蕉《かればしょう》《かればせう》

芭蕉枯る《ばしょうか》
⬇芭蕉巻葉《ばしょうまきは》(夏)、破芭蕉《やればしょう》(秋)

芭蕉は高さ5mに達する多年草。冬には茎も大きな葉も枯れてみすぼらしい姿になる。

破芭蕉枯芭蕉とぞ日を経ける　高浜虚子
風さへも関わりもなく枯芭蕉　京極杞陽
芭蕉枯れ支へてをりし芭蕉枯れ　佐藤明彦

枯蓮《かれはす》

蓮枯る《はすか》、蓮《はす》の骨《ほね》、枯蓮《かれはちす》
⬇蓮《はす》(夏)

枯れた蓮。葉は枯れ落ち、茎だけが冷たい水からつきだしているのは、寒々とした光景。

枯蓮や寝つかぬ鴛の古衾　斑　象
蓮の茎傾き合ひて枯れにけり　西山泊雲
人間ドック終へて出づるや蓮の骨　大野朱香

冬菫《ふゆすみれ》

寒菫《かんすみれ》
⬇菫《すみれ》(春)

日当たりのよい野山で、冬に咲いている菫。

わが齢《よわひ》わが愛《かな》しくて冬菫　富安風生
出会ふとはおもはざりしに冬菫　安部元気
冬菫千年据ゑてありし石　矢野　螢

冬珊瑚《ふゆさんご》

玉珊瑚《たまさんご》

小さい球形の実が、冬に赤く熟して目立つ。

冬珊瑚官退けば人も来ず　荻村汀鳳
這ふやうに茶室出づれば冬珊瑚　柳川たもつ
童子には童子の掟冬珊瑚　依田　小

寒菊《かんぎく》

冬菊《ふゆぎく》
⬇菊《きく》(秋)

冬咲きに改良された園芸品種。また晩生種で、寒中まで咲きつづける菊もいう。

寒菊や粉糠のかかる臼の端　芭蕉
寒菊を憐れみよりて剪りにけり　高浜虚子
寒菊や母のお縁に日のすこし　辻桃子

アロエの花《あろえのはな》

花《はな》アロエ

ユリ科の多年草。肉厚の葉の中心に茎が立ち、橙赤色の花をつける。

浜見えて路地にアロエの花盛り　藤本則
鎮魂の海に向かひて花アロエ　浜田節
アロエ咲く蛸ばかり出て蛸飯屋　増田真麻

藪柑子《やぶこうじ》《やぶかうじ》

ヤブコウジ科の常緑の小低木。冬、小豆大の実が赤く熟す。山野に自生、庭園など観賞用に栽培もされる。

冬青き苔の小庭や藪柑子　巌谷小波
炭焼の径消えかけて藪柑子　齋藤那久
倒木の苔むすところ藪柑子　池蘭子

龍の玉《りゅうのたま》

蛇《じゃ》の髭《ひげ》の実《み》、龍《りゅう》の髭《ひげ》の実《み》、はずみ玉《だま》

ユリ科のリュウノヒゲ(ジャノヒゲ)の実。冬も青々とした葉の中に鮮やかな碧色の実が見つかる。子どもがはずませて遊んだ。

龍の玉深く蔵すといふことを　高浜虚子
姉にまた言ひ負かされて龍の玉　中小雪
虚子像の下にひそめる龍の玉　板藤くぢら

冬蕨《ふゆわらび》

寒蕨《かんわらび》
⬇蕨《わらび》(春)

シダの一種で、夏は枯れており、冬に葉が生える。

その他はみな枯れ切つて冬蕨　飯山荻草
ふゆわらび地火炉の灰のしつとりと　辻桃子
その奥にお茶室ありて冬蕨　黒川了

冬草《ふゆくさ》

冬《ふゆ》の草《くさ》、冬青草《ふゆあおくさ》
⬇夏草《なつくさ》(夏)

冬枯の野山や庭に枯れ残ったり、青々と緑を残したりしている草の総称。

鎌倉や冬草青く松緑　高浜虚子
冬草の踏まれながらに青きかな　斎藤俳小星
冬青き草の原爆ドームかな　小林つくし

冬萌

ふゆもえ

冬の日だまりに、青々と萌え出ている草。

➡草萌《くさもえ》(春)

冬萌や五尺の溝はもう跳べぬ　秋元不死男
瑠璃如来お薬師堂の冬萌ゆる　松尾むかご
冬萌の雀の帷子根の固く　清水初代

枯草

かれくさ

枯れ朽ちた草。草枯は景色全体を大づかみにした言葉。枯草は個々の草についていう。

草枯《くさか》る、草枯《くさがれ》、名《な》の草枯《くさか》る、水草枯《みずくさか》る
➡夏草《なつくさ》(夏)

いささかな草も枯れけり石の間　召　波
枯草を一人の幅の径下る　篠原　梵
薬草の枯れていよいよ効きさうな　舟　まどひ

枯芝

かれしば

枯れた芝。寒々しいが、冬日に照らされると明るく暖か。

➡若芝《わかしば》(春)、青芝《あおしば》(夏)

枯芝を見居れば雨の弾きけり　青木月斗
したゝかに日を浴び芝生枯れにけり　高田　保
枯芝にたつぷり冷えて戻りけり　篠原喜々

枯葎

かれむぐら

八重葎や金葎など蔓草の枯れ果てたもの。

➡葎《むぐら》(夏)

あたたかな雨がふるなり枯葎　正岡子規
ものの影ばさと置きたる枯葎　木下夕爾
自販機のうなり立てをり枯葎　加藤ときこ

枯蘆

かれあし

水辺で枯れた蘆。折れ曲がって蕭条とした光景になる。

蘆枯《あしか》る、枯蘆原《かれあしはら》
➡青蘆《あおあし》(夏)

枯芦の日に日に折れて流れけり　闌　更
枯蘆に投網の舟の現れし　高浜虚子
枯れつきし葦原になほ風集ふ　山本呆斎

枯萩

かれはぎ

枯れた萩。葉が落ちて細かい枝だけが目立つ。

萩枯《はぎか》る
➡萩《はぎ》(秋)

枯萩は陸奥紙につつみけり　路　通
枯萩のこんがらがりてよき天気　中田みづほ
枯萩に雀乗つたり潜つたり　坂谷小萩

枯芒

かれすすき芒枯《すすきか》る、枯尾花《かれおばな》、冬芒《ふゆすすき》
➡芒《すすき》(秋)

枯れた芒。河原や野原で風に吹かれる様は、侘しげ。

枯れ枯れて光を放つ尾花かな　几　董
佐渡を見る人来て座る枯芒　前田普羅
踏切のむかうが遠し冬芒　西沢　爽

寒椿《かんつばき》

寒中に咲く椿、または冬に咲く種類の椿。

冬椿《ふゆつばき》、早椿《はやつばき》
⬇椿《つばき》(春)

火のけなき家つんとして冬椿　一茶
海の日に少し焦げたる冬椿　高浜虚子
塵捨てて少し歩くや寒椿　岡ともこ

早梅《そうばい さうばい》

冬のうちに早くも咲きだす梅。

冬《ふゆ》の梅《うめ》、梅早《うめはや》し
⬇梅《うめ》(春)

早梅や御室の里の売屋敷　蕪村
早梅や日はありながら風の中　原石鼎
早梅にをんどりだけの神の鶏　岡ともこ

寒梅《かんばい》

バラ科。寒中に花を開く梅。

寒梅に御前角力の稽古かな　几董
冬梅の既に情を含みをり　高浜虚子
寒梅の仁王堂見て仁王見ず　二川はなの

寒紅梅《かんこうばい》

寒中に咲く梅。寒気の中で紅色がとくにきわだつ。

寒紅梅咲くくぐり戸の半開き　田中吾空
別邸を梅《ばい》荘《さう》と呼び寒紅梅　石川妙
寒紅梅女ばかりとすれ違ひ　音羽紅子

蠟梅《ろうばい らふばい》

ロウバイ科。真冬、黄色い、ろう細工のような小さな光沢のある花が咲く。蘭に似たよい香りがする。

唐梅《からうめ》、南京梅《なんきんばい》

蠟梅や雪うち透かす枝のたけ　芥川龍之介
蠟梅をいけて無骨な床柱　京極杞陽
蠟梅の日にわれて日をあふれしむ　佐藤明彦

寒木瓜《かんぼけ》

バラ科。寒中に咲く木瓜。

⬇木瓜《ぼけ》の花《はな》(春)

心足るひと日寒木瓜もさかりなり　水原秋櫻子
寒木瓜に老二人住み静かなり　宮城静子
寒木瓜や彼女はふつと現れて　松本てふこ

寒牡丹《かんぼたん》

牡丹の変種で、寒中に咲かせるため夏季に花芽を摘んだり、藁囲いしたりする。

冬牡丹《ふゆぼたん》
⬇牡丹《ぼたん》(夏)

ひうひうと風は空ゆく冬ぼたん　鬼貫
積薬の三つある庭や冬牡丹　河東碧梧桐
寒牡丹サーチライトの中にあり　投馬三吉

青木の実《あおきのみ》《あをきのみ》

ミズキ科の低木。冬も緑の葉と楕円形の艶々した紅色の実が、枯木の中で美しく目立つ。

長病のすぐれぬ日あり青木の実　富安風生

雪降りし日も幾度よ青木の実　中村汀女

青木の実乳歯を埋めしこのあたり　天野早桃

茶の花《ちゃのはな》

茶はツバキ科。小春日和のころ、金色の蘂のある白い五弁の花を開く。

茶の花のわづかに黄なる夕べかな　蕪村

茶の花や黄檗山を出でて里余　夏目漱石

茶の咲いて墨の匂へる札所寺　夏秋明子

山茶花《さざんか》《さざんくわ》

ツバキ科。晩秋から冬、椿に似た白、淡紅色の花をつける。花びらがはらはら散る。

山茶花に雨待つこころ小柴垣　泉鏡花

山茶花の一輪ひらき他はいらず　野賀秋乃夫

山茶花の蕾ふとるや書留来《く》　森草二

八手の花《やつでのはな》

八ツ手《やで》の花《はな》、花八つ手《はなやで》

ウコギ科。初冬、白い円錐の花穂を出し、白い花を咲かせる。

本あけしほどのまぶしさ花八つ手　波多野爽波

誰も言はず八手咲きたることなんぞ　山田こと子

花咲いて分子構造めく八手　岸微熱

帰り花《かえりばな》《かへりばな》

戻《もど》り花《はな》、忘《わす》れ花《はな》、狂《くる》い咲《ざき》、二度咲《にどざき》

十一月ごろの暖かい日に、桜・山吹・躑躅《つつじ》などが時ならぬ花を咲かせること。

返り花あからさまなる梢かな　尾崎放哉

真青な葉も二三枚返り花　高野素十

山寺に矮鶏放しあり帰り花　江頭蓬

枇杷の花《びわのはな》《びはのはな》

花枇杷《はなびわ》

➡枇杷《びわ》（夏）

バラ科。黄色みを帯びた小さな目立たない白い五弁の花。

且つ匂ふ庭や一すね枇杷の花　言水

枇杷の花大やうにして淋しけれ　高浜虚子

孝子峠越さば紀の国枇杷咲けり　竹廣東鶴

柊の花《ひいらぎのはな》《ひひらぎのはな》

花柊《はなひいらぎ》

庭、籬《まがき》などにある目立たない白花だが、香りは高い。

柊の花や板戸のすゝけだつ　老鴉

柊の花のともしき深みどり　松本たかし

柊咲くあるかなしかの貯り金　ひろおかいつか

冬桜

ふゆざくら

ヤマザクラの変種。暖かい土地では二月に咲く種類の桜。一般には寒桜という。

寒桜《かんざくら》
➡桜《さくら》(春)

哀れさは殊に桜の冬木立　游刀

山の日は鏡のごとし寒桜　高浜虚子

引出しに母の経本冬桜　谷三喜

侘助

わびすけ

椿の園芸種。一重で、茶人好みのひっそりとした花をつける。

侘助や障子の内の話し声　高浜虚子

侘助に融通きかぬお人かな　梶川みのり

侘助やうんともすんとも言はぬ人　倉持万千

南天の実

なんてんのみ

冬、赤く小さな実がかたまって熟れる。白い実は白南天。

実南天《みなんてん》、白南天《しろなんてん》
➡南天《なんてん》の花《はな》(夏)

南天の実はかたぶきぬ夕日影　其毛

実南天紅葉もして真紅なり　鈴木花蓑

もう真っ赤佛の山の実南天　阿部もとみ

冬青の実

そよごのみ

モチノキ科の常緑低木。冬、葉のつけ根に紅い小さな丸い実が目立つ。

一円玉あげて拝むや冬青の実　安部元気

富士山の鎮まる一日冬青の実　佐保田乃布

別宅の冬青の実とて赫々と　たなか迪子

冬紅葉

ふゆもみじ
ふゆもみぢ

冬に残っている紅葉。枯れの中でひときわあざやか。

残《のこ》る紅葉《もみじ》
➡紅葉《もみじ》(秋)

十分に紅葉の冬となりにけり　暁台

夕映に何の水輪や冬紅葉　渡辺水巴

目の見えぬ母が手を振る冬紅葉　三宅美也子

紅葉散る

もみじちる
もみぢちる

野山を彩った紅葉が散ること。水に浮き、風に吹きだまり、季節の変化を実感させる。

散紅葉《ちりもみじ》、紅葉《もみじ》散《ち》りそむる
➡紅葉《もみじ》かつ散《ち》る(秋)

雲早し水より水に散るもみぢ　紫暁

散紅葉こゝも掃きゐる二尊院　高浜虚子

散るも良き残るなほ良き紅葉かな　村杉踏青

霜枯
しもがれ

霜枯菊《しもがれぎく》
⬇霜《しも》(天)

草花や畑のものが霜によって枯れること。

霜枯の萩をもたげて掃きにけり　高田其月
霜枯や狂女に吠ゆる昼の犬　正岡子規
霜枯のグラバー邸や水ゆたか　このはのぶ

木の葉
このは

木《こ》の葉《は》散《ち》る、木《こ》の葉《は》雨《あめ》、木《こ》の葉《は》時雨《しぐれ》

落葉も枯葉もいう。木の葉雨、木の葉時雨は落ちる音を雨のように感じたもの。

水底の岩に落ちつく木の葉かな　丈草
二三子と木の葉散り飛ぶ坂を行く　高浜虚子
一人居に木の葉時雨のありがたき　柳瀬姫香

落葉
おちば

落葉《らくよう》、落葉時《おちばどき》、落葉山《おちばやま》、落葉箒《おちばぼうき》、落葉掃《おちばは》く、落葉名残《おちばなごり》、落葉籠《おちばかご》
⬇落葉焚《おちばたき》(人)

秋の終わりから冬にかけて落ちる木々の葉。

賽銭を落として払ふ落葉かな　去来
落葉やや深きところが道らしき　高野素十
落葉踏む得体の知れぬものも踏む　草野ぐり

銀杏落葉
いちょうおちば
いてふおちば

⬇銀杏散《いちょうち》る(秋)

木の下に一面に散り敷く黄色の落葉が壮観。

隣る木もなくて銀杏の落葉かな　道彦
化けさうな大銀杏なり銀杏降る　石井みや
道にちり銀杏落葉の流れけり　片桐まりも

柿落葉
かきおちば

柿《かき》の葉《は》散《ち》る
⬇柿《かき》(秋)

オレンジ色や黄色に色づいた大きな葉がばらばらと散る。

畑中は柿一色の落葉かな　士朗
いちまいの柿の落葉にあまねき日　長谷川素逝
馬道を覆ひつくすや柿落葉　依田小

朴落葉
ほおおちば
ほほおちば

朴散《ほおち》る
⬇朴《ほお》の花《はな》(夏)

大きな葉が白茶色に枯れて、ガサリ、ガサリと落ちる。

つく杖の先にささりし朴落葉　高浜虚子
朴落葉いま銀となりうらがへる　山口青邨
朴落葉またぎの小屋に降りつもる　桜庭門九

枯葉 かれは

枝についているものも地上に落ちたものも指す。落ちた葉が雨雪にさらされて朽ちたものが朽葉。

↓朽葉《くちば》 病葉《わくらば》(夏)

夕照にひらつく磯の枯れ葉かな　去来

鉢の木の枯葉うごいて暮れやすき　野田別天楼

枯葉散る枯葉散らしの風が来て　石井渓風

冬木 ふゆき

冬、すっかり葉を落とした木。

冬木立《ふゆこだち》、冬木道《ふゆきみち》、冬木宿《ふゆきやど》

城山や敵の見すかす冬木立　許六

大空にのび傾ける冬木かな　高浜虚子

猪が掘りて傾く冬木あり　浜崎素粒子

枯木 かれき

すっかり葉を落とし、枯れたように見える木。

枯木立《かれこだち》、枯木宿《かれきやど》、枯木星《かれきぼし》

↓木枯《こがらし》(天)

枯木立月光棒のごときかな　川端茅舎

ジェームズとよばれ野猿や枯木宿　斎藤月子

枯れ切つて社の古木Yの字に　吉田金雀児

裸木 はだかぎ

葉がすっかり落ちて裸になった木。

裸木の清々しきも見飽きたり　相生垣瓜人

裸木の森にロダンの地獄門　亀村唯今

裸木や傾ぐ巣箱がそのままに　田村乙女

寒林 かんりん

冬の林、あるいは寒中の寒々とした林。一本の木をいうときは寒木。

寒木《かんぼく》、寒木立《かんこだち》

寒林の一樹といへど重ならず　大野林火

寒林や鶏と鴉の声ばかり　大久保りん

寒林や煙立ちたる一軒家　髙橋一荷

雪折 ゆきおれ ゆきをれ

雪の重みで木の枝や幹が折れること。また、その木や枝。

雪折も聞えてくらき夜なるかな　蕪村

雪折のとどまりがたき硎かな　阿波野青畝

雪折の音や逢瀬に一度きり　波多野爽波

冬枯 ふゆがれ

草木が枯れ尽くし、荒涼とした景。

↓枯《か》る 枯野《かれの》(地)

冬枯や雀のあるく樋の中　太祇

冬枯や渡船に抱く鶏赤し　渡辺水巴

冬枯や指のぶつとき奪衣婆　水原春美

枯蔦

かれつた

蔦《つた》枯《か》る、枯蔓《かれづる》、枯葛《かれかずら》
➡青蔦《あおつた》(夏)、蔦紅葉《つたもみじ》(秋)

葉を落とした蔦。壁や塀に蔓だけが這い縋《すが》っている。

上下の枝引きしめしかれかづら　杉　風
一面に枯蔦からむ仏かな　高浜虚子
蔦枯れて窓の大きな診療所　吉田さよこ

冬柏

ふゆかしわ
ふゆかしは

枯柏《かれかしわ》

葉が褐色に枯れても落ちず、冬木の中で目立つ。

顔寄せて馬が暮れをり枯柏　臼田亜浪
かさかさもがさりがさりも冬柏　市川静窓
柏餅百万個分冬柏　如月真菜

枯桑

かれくわ
かれくは

桑括《くわくく》る、桑枯《くわか》る
➡桑《くわ》(春)

枯れた桑。縄で枝を括り寄せ、縛ったりする。

この辺は蚕の村か桑枯るる　高浜虚子
枯桑に汽車の短き笛一つ　松本たかし
桑括る刀自が一人の仕事なり　本間のぎく

枯芙蓉

かれふよう

芙蓉枯《ふようか》る
➡芙蓉《ふよう》(秋)

花も葉も落ち尽くした芙蓉の木。

芙蓉枯れ枯るるもの枯れつくしたり　富安風生
枯芙蓉影のごとくにありにけり　佐藤明彦

冬木の芽

ふゆきのめ

冬芽《ふゆめ》
➡土用芽《どようめ》(夏)

葉の落ちた枝先に目立つ木々の芽。固い鱗片に覆われ、春の芽吹きに備えて冬を越す。

木々冬芽凍のゆるみに濃紫　前田普羅
雲割れて朴の冬芽に日をこぼす　川端茅舎
水底に砂紋ありけり冬木の芽　藤　なぎさ

白菜

はくさい

山東白菜《さんとうはくさい》(山東菜《さんとうな》)、白菜漬《はくさいづけ》

アブラナ科の野菜。漬物、鍋物、煮つけなど冬の風味に欠かせない。

白菜の山に身を入れ目で数ふ　中村汀女
藁をもて結はれ白菜玉いそぐ　石塚友二
白菜の虫取りに行くところだと　亀村唯今

冬菜

ふゆな

小松菜《こまつな》、野沢菜《のざわな》、油菜《あぶらな》、広島菜《ひろしまな》、日野菜《ひのな》、冬菜畑《ふゆなばた》
➡貝割菜《かいわれな》(秋)

冬季出回る、葉の青々した野菜の総称。霜にあたるとおいしくなる。

桶踏んで冬菜を洗ふ女かな　正岡子規
あつめたる蝶を小粒に冬菜畑　辻　桃子
小松菜の三寸ばかり畝四つ　小野津弥香

ブロッコリー

木立花椰菜《こだちはなやさい》、カリフラワー

キャベツの変種。カリフラワー（花椰菜）に似た形の濃緑色の蕾を食べる。

ブロッコリ選るも茹でるも一家言　如月真菜

理科教師育む木立花椰菜　ますぶち椿子

山裾へブロッコリーの畑抜け　柏木由子

葱《ねぎ》

根深《ねぶか》、冬葱《ふゆねぎ》、葱畑《ねぎばたけ》

➡根深汁《ねぶかじる》（人）

ヒガンバナ科の葉菜。関東では根を深く作るので根深ともいい、太くて白い部分が多い。関西の葱は細くて全体に青く、緑の葉の部分も食べる。

葱買うて枯木の中を帰りけり　蕪村

水のめば葱のにほひや小料亭　芝不器男

まな板に白のこぼれて葱を切る　高木恵子

大根《だいこん》

大根《おおね》、大根《だいこ》、すずしろ

➡大根引《だいこひ》く（人）

アブラナ科。冬の代表的な野菜。和名の「おほね」に大根の字をあて「だいこん」と読まれるようになった。水気が多く甘い青首大根が主流。長大な守口大根や丸い桜島大根など種類が多く、漬物、鍋、おろしなどさまざまに使う。

菊の後大根の外更になし　芭蕉

流れ行く大根の葉の早さかな　高浜虚子

野鼠の齧りし大根甘きこと　山岡蟻人

人参《にんじん》

人参引《にんじんひ》く、胡蘿蔔《にんじん》

セリ科。露地ものは冬に収穫する。

胡蘿蔔赤しわが血まぎれもなき百姓　栗生純夫

この嬰のちよいと三寸人参似　船田美鈴

人参に手出し口出し母さまは　こると漣

蕪《かぶ》

かぶら、蕪菜《かぶらな》、すずな、赤蕪《あかかぶ》、蕪引《かぶらひ》く

➡蕪汁《かぶらじる》（人）

アブラナ科。白く丸く、水気が多い。漬物、煮物などにする。赤いのは赤蕪。

おく霜の一味付けし蕪かな　一茶

窮屈も楽しや蕪のくくられて　高橋らら

百合根《ゆりね》

➡百合《ゆり》（夏）

百合の球根。ほっこりと甘煮して食用。

八雲立つ天保の椀に百合根かな　湯浅洋子

到来の百合根植ゑよか甘煮しよか　森本茉衣

慈姑《くわい くわゐ》

慈姑掘《くわいほ》る

外皮が青磁色でほろ苦い。多くは水田で栽培し、正月用に出荷される。

掘りあてし底の胴木や慈姑掘り　西山泊雲

慈姑掘る門田深きに腰漬けて　石塚友二

慈姑掘り学校が建ち町となり　しの緋路

寒独活
かんうど

寒中にいち早く採って、その香りや風味を楽しむ独活。

⬇冬《ふゆ》の独活《うど》
独活《うど》（春）

寒独活に松葉掃き寄せ囲ふなり　杉田久女
寒独活を提げてきたるが見舞人　黒川了
俎板に余れる寒の独活なりき　山口珊瑚

寒芹
かんぜり

寒中に青々としている芹。

⬇冬《ふゆ》の芹《せり》
芹《せり》（春）

寒芹の根の白々と父の古稀　皆川白陀
胴長に胴のうもれて寒芹田　斉藤夕日
寒芹をたつぷり入れて切りたんぽ　倉持万千

冬苺
ふゆいちご

冬、赤く熟す野生の苺。寒中の温室栽培の苺もいう。

⬇寒苺《かんいちご》
苺《いちご》（夏）

思ひつゝ草にかがめば寒苺　杉田久女
行末に思ふことあり冬苺　荻野おさむ

麦の芽
むぎのめ

針のような緑の芽が、年を越すとぐんぐん伸びる。

⬇麦《むぎ》（夏）

麦生えてよき隠家や畠村　芭蕉
麦の芽の丘の起伏も美まし国　高浜虚子
麦の芽や村の家々見下ろして　安藤ちさと

蜜柑
みかん

ミカン科。林檎と並ぶ代表的な果実。橘は蜜柑に似て甘く酸っぱい。柑子蜜柑は橘の栽培種で甘みがあり酸っぱい。

温州蜜柑《うんしゅうみかん》、紀州蜜柑《きしゅうみかん》、蜜柑山《みかんやま》、蜜柑狩《みかんがり》、柑子蜜柑《こうじみかん》、橘《たちばな》

下積の蜜柑ちひさし年の暮　浪化
難破船よりこぼれ着く蜜柑かな　植松孫一
蜜柑の香させて案内に立ちにけり　富樫風花

木守柿
こもりがき

柿の木に一つだけ実を残すこと。来年もよく実がなるようにというまじないと、冬季に餌のない野鳥のため。柚子や林檎でも見られる。

木守《きまもり》、木守柿《きまもりがき》、木守柚子《こもりゆず》
⬇柿《かき》（秋）

川音の上《かみ》九《く》一《い》色《しき》村や木守柿　佐保田乃布
奈良住みの卒寿の姉や木守柿　住友志朗
どの家も婆さまのこり木守柿　木村遥雲

冬林檎
ふゆりんご

秋に収穫し貯蔵されて、冬に出回る林檎。

⬇林檎《りんご》（秋）

不平あらば壁に擲《なげう》て寒林檎　日野草城
淋しくもないと言へども冬林檎　増村佳也
泣き弥勒様に供へて冬林檎　中村ふみ

新年

新年《しんねん》

年新《としあら》た、年頭《ねんとう》、明《あ》くる年《とし》、年迎《としむか》う、年立《とした》つ、年変《としかわ》る、年《とし》の始《はじめ》

一年の始まり。気分が改まり、見なれた景が新鮮に感じられる。

日と月をかゝげ目出度し明の春　高浜虚子

老い二人ぼそりと生きて年迎ふ　但馬いづし

物忘れ年が明ければ始まりぬ　城野嘉舟

新玉《あらたま》

新玉《あらたま》の年《とし》、改《あらた》まの年《とし》、年改《としあらた》まる

新しい年に改まること。おのずから心も玉のように改まることをいう。

あら玉の馬も泥障《あふり》をしむには　嵐雪

あらたまの九十年の湯香かな　菅春江

新玉の赤きパンツの力買ふ　西川千晶

初春《はつはる》

明《あけ》の春《はる》、今朝《けさ》の春《はる》、新春《しんしゅん》、迎春《げいしゅん》、四方《よも》の春《はる》、千代《ちよ》の春《はる》、今日《きょう》の春《はる》

陰暦では立春と元旦が近かったので、新年を春と呼んだ。その伝統がいまも残り、新年を「新春」と呼び、年賀状に「迎春」と書く。

目出度さもちう位なりおらが春　一茶

はつ春の細き筧をみちびける　後藤夜半

初春の富士を右手に離陸せり　窪田遊水

正月《しょうがつ》《しやうぐわつ》

大正月《おおしょうがつ》、お正月《しょうがつ》、睦月《むつき》

➡寝正月《ねしょうがつ》（人）、旧正月《きゅうしょうがつ》（春）

一月のこと。陰暦では睦月という。松の内は正月気分にあふれているが、ひと月ほぼそっくり寒の季節。

正月の子供に成つてみたきかな　一茶

正月の油を惜しむ宮の巫女　飯田蛇笏

正月の風ある墓に詣でけり　岸本尚毅

去年今年《こぞことし》

去年《こぞ》、今年《ことし》、去年《きょねん》、旧年《きゅうねん》

一夜にして去年から今年へと、年が替わり新年になる。そこに感慨を込めていう言葉。

雲横に去年のことしの花や空　鬼貫

去年今年貫く棒の如きもの　高浜虚子

寄りかかる柱のありて去年今年　藤本則

元日《がんじつ》《ぐわんじつ》

お元日《がんじつ》

一年の最初の日、一月一日。だれもが一つ年をとるという陰暦での習慣は薄れたが、ものみな改まる感じは消えていない。

元日やたたみのうへに米俵　北枝

元日や手を洗ひをる夕ごころ　芥川龍之介

うたた寝の元日もはや暮れにけり　坪内れんげ

元旦《がんたん》《ぐわんたん》 —— 元朝《がんちょう》、歳旦《さいたん》、大旦《おおあした》、大朝《おおあした》、初旦《はつあした》

元日の朝。元は始め、旦は朝のこと。歳旦には、正月三日間の意もある。

大朝むかし吹きにし松の風　鬼　貫
元朝の上野静かに灯残れり　正岡子規
この谷を風のぼりくる大旦　如月真菜

初昔《はつむかし》 —— 宵《よい》の年《とし》

元日になってから、過ぎ去ったばかりの前年をかえりみて、すでに昔となったと思う感じをいう言葉。

高砂や去年を捨てつつ初むかし　鬼　貫
恍として高濤の月はつ昔　飯田蛇笏
父さんの席に兄ゐて初昔　黒木千草

二日《ふつか》

正月二日のこと。まだ元旦のめでたさが尾を引いているが、初荷、書初などが行われる。

正月の二日は遊ぶはじめかな　信　徳
元日の大雪なりし二日かな　高浜虚子
それなりに散らかり初むも二日かな　石井渓風

三日《みっか》 —— 三日早《みっかは》や、三日果《みっかは》つ

正月三日のこと。正月初めの三日間をいうときは三ヶ日という。

人去つて三日の夕浪しづかなり　大江丸
鶏小屋のことにかまけて三日かな　高浜虚子
一人来て二人帰りし三日かな　井ケ田杞夏

三ケ日《さんがにち》

正月初めの三日間をいう。この三日間が最も正月らしい気分にあふれている。

三が日遊びて躍る荷馬かな　木　朶
門さして寺町さみし三ヶ日　村上鬼城
居つづけて洛中にあり三が日　平岡喜久乃

四日《よっか》

正月四日のこと。三ヶ日を休み、この日から仕事を始めることが多い。

正月の四日の月の朧かな　乙　州
夕鴉午後に二た声四日かな　阿部みどり女
綿菓子屋だけ出てゐたる四日かな　山本呆斎

五日《いつか》

正月五日。この日から仕事を始めることも多い。

水仙にかかる埃も五日かな　松本たかし

五日かななめらかにまた速かに　石塚友二

置き去りの重機に人の来し五日　青山カレン

六日《むいか》

六日年《むいかどし》

正月六日のこと。年をとり直す日などといって、昔は大事な節目の一つだった。

一きほひ六日の晩や打薺　鬼貫

六日はや睦月は古りぬ雨と風　渡辺水巴

庫裡口の七草籠も六日かな　たなか迪子

七日《なぬか》

七日《なのか》、七日正月《なぬかしょうがつ》、人日《じんじつ》、人《ひと》の日《ひ》
➡七草粥《ななくさがゆ》（行）、七草爪《ななくさつめ》（人）

正月七日。七草粥を作る。中国では古く「人日」と呼び、人間世界のこの一年の運勢を占う日とされた。

人の日の古きことする伏家《ふせや》かな　蕉雨

何をもて人日の客もてなさん　高浜虚子

人日の一日眼鏡さがしけり　森田遊介

松の内《まつのうち》

松七日《まつなぬか》、松七日《まつなのか》、注連《しめ》の内《うち》

通常は元日から七日までを指す。松飾や注連飾など新年の飾りのある間。

杣が家も油灯すや松の内　莚志

ともづなのつかりし水や松の内　久保田万太郎

伝来の重箱そこに松の内　岡ともこ

松過ぎ《まつすぎ》

松明《まつあけ》、注連明《しめあけ》
➡松納《まつおさめ》（行）

松の内が終わり、門松や飾り、注連縄を取り払ったあとしばらくの間。

松過の又も光陰矢の如く　高浜虚子

松過や供へ林檎にあぶら浮き　高橋涼

松過ぎや英国式の午後のお茶　京野菜月

餅間《もちあい》《もちあひ》

餅中《もちなか》、餅《もち》あわい

餅あわいともいい、鏡開きをした後、次の餅を搗くまでの間。すなわち正月の餅と小正月の餅との間の期間をいう。

餅間の粥一椀をすこやかに　柏谷木実

鍋ひとつこれぞ重ね煮餅間《もちあはひ》　あさみ岬

餅間やチヂミもつ焼すぢ煮込　中島鳥巣

小正月

こしょうがつ
こしやうぐわつ

十五日正月《じゅうごにちしょうがつ》、女正月《おんなしょうがつ》、女正月《めしょうがつ》、望正月《もちしょうがつ》、花正月《はなしょうがつ》
➡小豆粥《あづきがゆ》(行)

正月十五日。公的な元日の大正月に対して、私的な正月を意味した。陰暦では満月にあたり、大正月より古くから豊凶の占いやさまざまな行事が行われた。

松とりて世ごころ楽し小正月　几董
女正月鮫の頭を提げて来し　横山宵子
小正月フルートにつれチェンバロも　矢口路

骨正月

ほねしょうがつ
ほねしやうぐわつ

頭正月《かしらしょうがつ》、二十日正月《はつかしょうがつ》

正月二十日。正月料理の魚を食べ尽くし、残った骨で最後のご馳走を作るころの意味で、稲以外の作物の豊作を祈る行事が行われた。

正月も廿日立ちけり念仏講　紫暁
ものがたき骨正月の老母かな　高浜虚子
骨正月くさやの骨を喉に立て　植松孫一

初空《はつぞら》

初御空《はつみそら》、今朝《けさ》の空《そら》

元日の大空のこと。初御空は天を敬う言い方。

初空や船なき海に日の出る　百池
初空にうかみし富士の美まし国　高浜虚子
支払うて少し残るや初御空　小川邦抹

淑気《しゅくき》

淑気満《しゅくきみ》つ

漢詩からきた言葉で、正月の天地に漂う清くめでたい気配や空気、気分を指す。

いんぎんにことづてたのむ淑気かな　飯田蛇笏
両の手にすつぽり嬰や淑気満つ　依田　小
淑気満つ黒豆のつゆたつぷりと　三宅美也子

初茜《はつあかね》

初茜《はつあかね》さす

初日の出の直前に東の空がほのぼのと赤くなること。

初茜八ッの二岳をまのあたり　梶山一泉
中天に弓月ひとつ初茜　穴山晴峯
日めくりの赤き一の字初茜　松永月海

初東雲《はつしののめ》

初曙《はつあけぼの》

元日の早朝、ほのぼのと明るくなってきた空のこと。雲のことではない。

こもりくのはつ明ぼのに何もかも　素堂
水仙に初しのゝめや洛の水　松瀬青々
初東雲水のおもての蠟のごと　本間のぎく

初明り《はつあかり》

初夜明《はつよあけ》

元日の朝、ほのぼのとさしてくる光。海山どこで拝しても厳かな気分に包まれる。

わが庵の即ち楠の初明り　星野立子
どこもみな一面雪や初明り　住安安子
祠には陶の白狐や初明り　空野草子

初日《はつひ》

初日《はつひ》の出《で》、初日影《はつひかげ》

元旦の日の出、またその光のこと。清々しく厳かな気分になる。

初日影まづ出でたりな生駒山　鬼貫
土蔵からすぢかひにさす初日かな　一茶
初日の出つららつららにきらきらと　黒岩くに子

初晴 はつばれ

元日の晴天。あるいは、新年最初の晴れた空。

初晴や堂縁に見る阿弥陀峯 大谷句仏
初晴のぞくりと寒き日蔭かな 中 小雪
初晴や七福神の土鈴持ち 西田東風

初東風 はつごち

新年最初の東風。春をもたらす風として、「東風凍《いて》を解く」という中国の言葉があるが、実際は冷たい。

↓東風《こち》(春) 節東風《せちごち》

初東風や二日に吹けば月も有り 一 草
初東風の嵯峨や筏《いかだ》の飾《かざり》吹く 大谷句仏
初東風や光はなつは紙吹雪 如月真菜

初凪 はつなぎ

元旦の海が、静かに凪いでいること。

↓朝凪《あさなぎ》、夕凪《ゆうなぎ》(夏)、冬凪《ふゆなぎ》(冬)

初凪や大きな浪のときに来る 高浜虚子
初凪の岩より舟に乗れと云ふ 川端茅舎
初凪や出雲に結ぶ四拍手 田中吾空

御降 おさがり

元日に降る雨や雪は縁起のよいものとして、こう呼んだ。豊穣の兆しと考えられた。

まんべんに御降受ける小家かな 一 茶
おさがりのきこゆるほどとなりにけり 日野草城
御降のおしめりよきと御殿山 長澤ゆふみ

初霞 はつがすみ

新年の山や野にたなびく霞。南国でよく見られる。

↓霞《かすみ》(春) 新霞《にいがすみ》

初霞立つや温泉《ゆ》の湧く谷七つ 内藤鳴雪
初霞川は南へ流れけり 青木月斗
島さして鳥ばらばらと初霞 辻 桃子

初松籟 はつしょうらい

元日、松に吹く風。めでたさを感じ取った。

↓爽籟《そうらい》(秋)

初松籟武蔵野の友数ふべし 石田波郷
海そこに初松籟の松古りし 白川颯々子
初松籟障子にをどる竹の影 伊野ゆみこ

初星 はつぼし

新年の夜空の、光も改まったような星。

星新《ほしあら》た

オリオンの楯新しき年に入る 橋本多佳子
初星や近々とある波の音 石田ゆみ
シリウスのほかに初星なかりけり 安部元気

初景色《はつげしき》

➡春景色《はるげしき》（春）

元日のいかにもめでたい景色。

赤ん坊這ふにまかせて初景色　波多野爽波

娘らの眉うるはしき初景色　如月真菜

金箔をちらす料紙も初景色　佐久間清観

初富士《はつふじ》

初筑波《はつつくば》、初浅間《はつあさま》、初槍《はつやり》ケ岳

➡雪解富士《ゆきげふじ》（夏）

新年に初めて望む富士山。筑波山、浅間山など、それぞれの地域の名山は「初」をつけて詠まれる。

初富士の大きかりける汀かな　富安風生

そばだてるもの初富士となりゆけり　坊城俊樹

車窓から仰ぐ初富士前左　向後きよ女

初比叡《はつひえい》

新年に京都盆地からあおぐ比叡山のこと。東の初富士に対応している。

右に反る厠《かはや》草履《ざうり》や初比叡　波多野爽波

師の墓を立ち去りがたく初比叡　田代早苗

五十年ぶりの戦友初比叡　小野阿以子

若菜野《わかなの》

➡若菜《わかな》（植）、七草《ななくさ》（行）

正月七日に、春の七草の若菜を摘む野のこと。

野に若菜とりてとよめる祝詞かな　高野素十

八十の泳手着て出るや若菜の野　大橋とし

若菜野にどんどの灰の飛んできし　辻　桃子

初山河《はつさんが》

元旦のめでたく厳かな気分に満ちた山や川のこと。

神名火に雲ひとつなき初山河　谷　すみれ

島々のくびれすつきり初山河　江頭　蓬

初山河まづは眼鏡の玉ふきて　梶川みのり

門松《かどまつ》

松飾《まつかざり》、飾松《かざりまつ》、竹飾《たけかざり》、飾竹《かざりたけ》
➡門松立《かどまつた》つ（冬）

正月に門口に立てる一対の松。歳神のよりしろと考えられた。地方により楢・椿・朴《ほお》・榊《さかき》・樒《しきみ》などを立てるところもある。

犬の子やかくれんぼする門の松　一茶
年ごとに門松ちさくいたしけり　ひろおかいつか
門松を立つるやめ組正装で　ふく嶋桐里

飾《かざり》

飾米《かざりごめ》、飾炭《かざりずみ》、飾臼《かざりうす》

注連飾や鏡餅に添えて、海老、橙《だいだい》、蜜柑、歯朶《しだ》、馬尾藻《ほんだわら》、昆布、串柿《くしがき》などを飾る。

つんとしてかざりもせぬやでかい家　一茶
一管の笛にもむすぶ飾りかな　飯田蛇笏
お飾をつけて厩舎の日向かな　こるど漣

飾海老《かざりえび》

伊勢海老《いせえび》、海老飾《えびかざ》る

髭や曲がった姿を長寿の徴《しるし》とみて、鏡餅や輪飾、蓬莱台《ほうらいだい》などの正月飾りにした。祝い料理の際は、伊勢海老という。

門松に夕くれなゐやかざり海老　李呂
暫の顔にも似たりかざり海老　永井荷風
ぴんと張る髭に水引飾り海老　山根恭雄

注連飾《しめかざり》

注連縄《しめなわ》、輪飾《わかざり》、門飾《かどかざり》、掛飾《かけかざり》
➡注連飾《しめかざ》る（冬）

不浄なものを入れない神聖な場所のしるしとして新年、門口や神棚に張った。新藁を綯《な》って作る。近年は輪飾が多い。神社には太い大根注連、細い牛蒡注連もある。

古夜着も今朝畳なすしめ飾　曾良
しめかざりして谷とほき瀑の神　飯田蛇笏
馬の尾をかたどる注連も蹴飛ばし屋　水上黒介

蓬莱《ほうらい》

蓬莱飾《ほうらいかざり》、蓬莱山《ほうらいさん》、蓬莱盆《ほうらいぼん》

三宝に白米を盛り、熨鮑《のしあわび》、搗栗《かちぐり》、昆布、串柿、橙、海老などをのせ、蓬莱山の形を作った正月の飾り物。

御《み》蓬莱夜は薄絹も着せつべし　言水
蓬莱や青き畳は伊勢の海　伊藤松宇
米ばかり盛りて真白き蓬莱盆　永崎菫

鏡餅《かがみもち》

御鏡《おかがみ》、飾餅《かざりもち》、具足餅《ぐそくもち》、鎧餅《よろいもち》、餅鏡《もちかがみ》

鏡のように円い餅。正月に飾るお供え。

かがみ餅蜜柑はうまき時分なり　許六
たつぷりと餅粉まみれや鏡餅　辻桃子
六人の巫女が台車で鏡餅　五十嵐克

若水《わかみず　わかみづ》

初水《はつみず》、若井《わかい》、若潮《わかしお》

元日の朝、年男が井戸や川から汲む水。海から汲むのが若潮。神聖な力を宿すと信じられた。

若水に皺影笑ふあしたかな　杉風

若水にざぶと双手やはしけやし　星野立子

若水の汲めば汲むほど温きかな　佐々木紫乃

初竈《はつかまど》

炊初《たきぞめ》、竈始《かまどはじめ》

新年、初めて竈に火を焚きつけること。初めて煮炊きをすることは炊初、炊始。

初かまど燃え立つ家人起き起くる　岩木躑躅

厨には女三人初竈　皆木あかね

初竈はやも焦がしてしまひけり　篠田麻衣

俎始《まないたはじめ》

庖丁始《ほうちょうはじめ》

新年に初めて俎や庖丁を使うこと。

野の幸をあまた俎始かな　小松真帆

柄をトンと確かめ包丁始かな　白井薔薇

菜の氷切つて俎始かな　秋津美鳥

福沸《ふくわかし》

福鍋《ふくなべ》

若水を沸かすこと。三ヶ日の供え物を炊くのが福鍋。

長閑なる釜の音なり福わかし　白喬

福鍋に入るゝ菜の青よかりけり　井下猴々

祖父の世の茶器を並べて福沸　加勢総太郎

福茶《ふくちゃ》

大福《おおぶく》、大服《おおぶく》、大福茶《おおぶくちゃ》

元日の早朝、若水でいれたお茶に、小梅、結び昆布、山椒、大豆などを入れて、一家揃って飲む。

作る土もわが大服の茶碗かな　信徳

大服をたゞたぷ〳〵と召されしか　高浜虚子

福茶飲む閻魔大王御前に　佐藤信

屠蘇《とそ》

屠蘇祝《とそいわ》う、屠蘇酒《とそざけ》、屠蘇袋《とそぶくろ》

延命長寿を願い、山椒・桔梗・白朮《びゃくじゅつ》・肉桂《にっけい》などを調合して作る薬種で、それを浸した酒のことも指す。

指につくとそも一日匂ひけり　梅室

次の子も屠蘇を綺麗に干すことよ　中村汀女

山の幸海の幸あり屠蘇袋　田中とこ

年酒

ねんしゅ

年酒《としざけ》、年《とし》の酒《さけ》、年始酒《ねんしざけ》
⬇新酒《しんしゅ》（秋）

年の始め、礼者に出す酒。

供部屋がさわぎ勝ちなり年始酒　一茶

蜜柑切りて親しき中の年酒かな　寺野守水老

十分に呆けて老いの年の酒　いけだきよし

雑煮

ぞうに
ざふに

雑煮祝《ぞうにいわ》う、雑煮餅《ぞうにもち》、雑煮椀《ぞうにわん》、雑煮膳《ぞうにぜん》

三ケ日の間食べる晴れの食物。餅、野菜、魚などさまざまなめでたいものを入れた。地域によってそれぞれの味、作り方がある。

脇差を横に廻して雑煮かな　許六

揺らげる歯そのまま大事雑煮食ふ　高浜虚子

雑煮餅二つと決めて古希近く　西田東風

太箸

ふとばし

雑煮箸《ぞうにばし》、祝箸《いわいばし》、柳箸《やなぎばし》、粥《かゆ》の箸《はし》

雑煮を祝うとき、箸が折れないように柳などで作った太い箸。めいめいの名を書いて膳に置く箸袋が箸紙《はしがみ》。

指よりも太き箸もつ童かな　梅珠

太箸のたゞ太々とありぬべし　高浜虚子

箸紙に書かれまことによき名なり　田村三合

太箸や俳号びしと太々と　山岡蟻人

喰積

くいつみ
くひつみ

お節料理《せちりょうり》、食継《くいつぎ》

本来は縁起物の食べ物を盛った盤で、取って食べることはしなかったが、現在は正月のご馳走を詰め合わせた重箱を指す。

ほつほつと喰摘あらす夫婦かな　嵐雪

喰積にとき〴〵動く老の箸　高浜虚子

喰積にはてもさてもや利休栗　百目鬼強

数の子

かずのこ

⬇鰊《にしん》（春）

鰊の卵。子孫繁栄の縁起により正月に食べる。

数の子や世は詞にもいはひあり　都雀

数の子にいとけなき歯を鳴らしけり　田村木国

数の子を噛むつぶつぶとたのしかり　黒田こよみ

田作

たづくり

五万米《ごまめ》、小殿原《ことのばら》、古女《ごまめ》

片口鰯の干したものを砂糖と醤油で煮たもので、お節料理に使う。ごまめともいう。

噛み噛むや歯切れこまかにごまめの香　松根東洋城

田作や箸に触れ合ふ海の色　柴田清風呂

田作の重に混みあふめでたさよ　小林牧庵

結昆布《むすびこんぶ》

――結《むす》びこぶ、睦《むつ》み昆布《こんぶ》

昆布を小さく結んだもの。雑煮や大福茶などに用いる。

杉箸ではさみし結び昆布かな　松瀬青々

から〳〵と正月寒し結昆布　上川井梨葉

結昆布宿のお縁に海見えて　吉井芹香

芋頭《いもがしら》

――八《や》ツ頭《がしら》、頭芋《かしらいも》、芋《いも》の頭《かみ》

里芋の親芋で、雑煮やお節料理に用いる。

去年の春ちひさかりしか芋頭　元　広

芋の頭近《ちか》うと召すや箸の先　尾崎紅葉

ごろごろと重く煮上げて芋頭　飯野千穂

黒豆《くろまめ》

皮の黒い大豆。お節料理に用いる。

ぬばたまの黒豆に海荒るるなり　辻　桃子

ぶきやうで黒豆煮るにたけてをり　桜井かのこ

黒豆や春慶塗の椀の中　冨山いづこ

草石蚕《ちょろぎ》

――ちょうろぎ、甘露子《ちょろぎ》、丁呂喜《ちょろぎ》、長老木《ちょうろぎ》

シソ科の多年草。その巻貝に似た根茎を梅酢で紅色につけ、黒豆に添える。

草石蚕のくびれをたれも見て食ひぬ　佐藤明彦

添へものに徹して紅き草石蚕かな　坂谷小萩

草石蚕買ふ鶴亀ランドマーケット　桑原いろ葉

年賀《ねんが》

――年始《ねんし》、年《とし》の礼《れい》、年始回《ねんしまわ》り、御慶《ぎょけい》、年礼《ねんれい》、参賀《さんが》

三ヶ日に親戚、知人が訪問しあい、あちこち回って新年のあいさつを交わすこと。

年礼や下駄道あちは草履道　一　茶

御佛の灯に申しあふ年賀かな　小松月尚

海風に帽子飛ばさる御慶かな　植松孫一

礼者《れいじゃ》

――賀客《がきゃく》、年賀客《ねんがきゃく》、門礼者《かどれいじゃ》、女礼者《おんなれいじゃ》

年始回りに歩く人のこと。女性の場合は女礼者という。正月四日から三月の節句までに行うものとされていた。

病牀を囲む礼者や五六人　正岡子規

雪掻けば直ちに見ゆる礼者かな　前田普羅

ハンチング帽の跡ある礼者かな　小早川忠義

年玉《としだま》

――お年玉《としだま》

新年を祝って子どもや使用人に与える贈物やお金。神詣《かみもう》での米・餅・薪などを年玉と呼ぶ地域もある。

とし玉のさいそくに来る孫子かな　一　茶

年玉に神のふくらみありにけり　坊城俊樹

乳呑み児に年玉出すや受け取りぬ　舟　まどひ

年賀状　ねんがじょう　ねんがじやう

年賀葉書《ねんがはがき》、賀状《がじょう》、年始状《ねんしじょう》
⬇賀状書《がじょうか》く（冬）

年賀のあいさつを交わしあう書状。郵便局の年賀はがきが一般的。

草の戸に賀状ちらほら目出度さよ　高浜虚子
年賀受け年賀状受け籠りをり　松本たかし
会ひたしと書きし賀状やまた会へず　矢花美奈子

初便　はつだより

新年初めての手紙で、無事を知らせてきたりする場合をいうことが多い。

初便りとは淡々の恋ごころ　山口青邨
ロンドンに赴任の孫や初便　浅利重信
一人だけ残る戦友初だより　皆川甲丙

初電話　はつでんわ

新年初めて電話で話すこと。

初電話巴里《パリ》よりりと聞き椅子を立つ　水原秋櫻子
寝るころといふにあいつの初電話　増田真麻
財布持つて来てくれといふ初電話　音羽紅子

初刷　はつずり

刷初《すりぞめ》、初新聞《はつしんぶん》

新年になって初めての印刷物。とくに新聞の初刷はインクの匂いも真新しく、いかにも正月らしい。

初刷をたたんで渡す膝の上　甲田鐘一路
初刷の雪色を出すインキ練る　渡辺晴胡
どさと来し初刷にして富士の山　河原和子

初写真　はつしゃしん

初写《はつうつ》し

新年初めて撮る写真。一家揃って撮るなどめでたさが感じられる。

雪片の大きくぼやけ初写真　安部元気
初写真蔵の中より返事して　石井みや
背の低きことが悔しや初写真　飯田閃朴

初暦　はつごよみ

暦開《こよみびら》き、新暦《しんごよみ》
⬇古暦《ふるごよみ》、暦売《こよみうり》（冬）

新年の新しい暦を使い始めること、またその暦。日めくりもあるが、現在はカレンダーがほとんど。

身のねがひ言うてあけるや初暦　荷　了
人の手にはや古りそめぬ初暦　正岡子規
初暦数字連なる静けさに　坪内れんげ

日記始《にっきはじめ》

新年に初めて日記をつけること。

初日記《はつにっき》
↓日記買《にっきか》う（冬）

落飾の深窓にしてはつ日記　飯田蛇笏
大雪と書くことたのし初日記　大場香波
歯痛むと書き始めたり初日記　池田舞

初湯《はつゆ》

初風呂《はつぶろ》、若湯《わかゆ》、初湯殿《はつゆどの》、湯殿始《ゆどのはじめ》
↓年の湯《としゆ》（冬）

新年になって初めてわかす風呂。銭湯は元日が休み、二日が初湯のところが多い。これに入ると若返るとして若湯ともいった。

其のかげん産湯の後よ初湯殿　元夢
男湯の初湯に白し女の子　松浦為王
女湯へもう出るぞうと初湯殿　小林タロー

初鏡《はつかがみ》

新年初めて鏡の前に座って化粧すること。また、その鏡のこと。

初化粧《はつげしょう》

梅や紅人のけはひの初鏡　鬼貫
まだ何も映らでありぬ初鏡　高浜虚子
初鏡新調したる眼鏡にて　藤本則

初髪《はつがみ》

新年、初めて髪を結うこと。また瑞々しく結ったその髪。現代では、美容院のブローやセットもそれにあたる。

結初《ゆいぞめ》、初結《はつゆい》、梳初《すきぞめ》
↓髪洗《かみあら》う（夏）

初髪の順番待ちて浅く掛け　長部紅女
初結の髷が三人ともちがふ　小西米太
初髪を留めて大きな髪飾　青山うめ

春著《はるぎ》

新年のために新調した晴着。「春着」とも書く。もちろん洋服にもいう。

正月小袖《しょうがつこそで》、春小袖《はるこそで》、初衣桁《はついこう》、春着《はるぎ》
↓春著縫《はるぎぬ》う（冬）

うき人に蜜柑つぶてや春小袖　銀獅
春著きて夜道はこころもとなかり　後藤夜半
次の間へ春著の帯をひきずりつ　佐保田乃布

初夢《はつゆめ》

初寝覚《はつねざめ》、夢《ゆめ》はじめ、獏枕《ばくまくら》、初枕《はつまくら》

二日の夜から三日の明け方にかけて見る夢。一年間の吉兆を占い、めでたい夢を見れば幸運がもたらされるとされた。

口々に指折る人や夢はじめ　麦人
初夢の扇ひろげしところまで　後藤夜半
初夢は赤き富士のみそれでよし　大利政賢

宝船《たからぶね》

―宝舟《たからぶね》

めでたい初夢を見るため、枕の下に敷いた縁起物。帆を張った船に七福神と宝物が描いてある。

須磨明石みぬ寝心やたから船 嵐雪

遠つ世の浪の音きけ宝舟 渡辺水巴

ひと筆に波を描きて宝船 安部元気

寝正月《ねしょうがつ》《ねしやうぐわつ》

―寝積《いねつ》む

正月に家に籠って年賀にも出ず、寝て過ごすこと。

霞む日も寝正月かよ山の家 一茶

次の間に妻の客あり寝正月 日野草城

雪富士を窓にをろがみ寝正月 青山遅笏

着衣始《きそはじめ》

―著衣始《きそはじめ》

新年の春着を初めて着ること。

母方の紋めづらしやきそ始 山蜂

妻持ちしことも有りしを着衣始 塩原井月

着衣始互ひに帯を結ひ直し 穴山晴峯

縫初《ぬいぞめ》《ぬひぞめ》

―縫始《ぬいはじめ》、初針《はつはり》、針起《はりおこ》し

新年初めて、針を持ってものを縫うこと。和服の裁縫師や紳士服屋の初仕事も指す。

縫ぞめや堺の鋏京の針 高浜虚子

縫始今暖めて来し手かな 中村汀女

初針や絹糸ぴしと張り鳴らし 楡すみこ

掃初《はきぞめ》

―初箒《はつぼうき》、初掃除《はつそうじ》 ➡掃納《はきおさ》め（冬）

新年に初めて掃除をすること。元日は福を掃き出さぬように掃除はせず、二日にするものとされていた。

掃きぞめの箒や土になれ初む 高浜虚子

気づかれぬやうに掃初してゐたり 岡村天錦草

掃初の今年のちりに飴の紙 提也弥子

読初《よみぞめ》

―初草子《はつぞうし》、読書始《どくしょはじめ》、読始《よみはじめ》

新年に初めて本を読むこと。昔は朗々と音読した。

孝経やあけて七つの読みはじめ 隅川

読初のやがて声にす茂吉の歌 沢田幻詩朗

読初の爽波句集に恋の句が 藤なぎさ

書初《かきぞめ》

試筆《しひつ》、吉書《きっしょ》、筆始《ふではじめ》、初筆《はつふで》

正月の二日、新年にふさわしいめでたい文字や言葉を書くこと。ペン字でもいいが墨と筆を使うのが普通。

書初や硯の水も伊勢の海　元夢

一波に消ゆる書初め砂浜に　西東三鬼

たつぷりと吉書の墨を滲ませぬ　佐藤明彦

初硯《はつすずり》

↓硯洗《すずりあらい》（秋）

新春、初めて墨を磨り筆を使うこと。かならずしも書初にかぎらない。

一字づつ氷を出たり初硯　吐月

しづかさの墨する音や初硯　小枝志津子

甲州の雨畑石や初硯　大久保りん

初笑《はつわらい はつわらひ》

笑初《わらいぞめ》、初笑顔《はつえがお》、初靨《はつえくぼ》

正月になって初めて笑うこと。めでたいこととされた。

片乳を握りながらやはつ笑ひ　一茶

初笑深く蔵してほのかなる　高浜虚子

少女らや涙ながして笑初　深沢のりこ

泣初《なきぞめ》

初泣《はつなき》、泣始《なきはじめ》

正月に初めて泣くこと。とくに赤ん坊の泣き声は元気があってめでたい感じもある。

灰に落ちし涙見られし泣初め　阿部みどり女

初泣きははしかの子ども淋しけれ　京極杞陽

長編の映画のはねて泣始　矢野みやび

初喧嘩《はつげんか はつげんくわ》

喧嘩始《けんかはじめ》

その年に初めて喧嘩すること。

初喧嘩正月さまがござるのに　小沢政代

三つ巴になつて男ら初喧嘩　雷　淑子

盤上に飛車角並べ初喧嘩　安達韻颯

姫始《ひめはじめ》

密事始《ひめはじめ》、飛馬始《ひめはじめ》

古くは姫飯《ひめめし》（白飯）を食べ始める日だったなど諸説あるが、現在は新年初めて男女が交わることとされている。

年をとこするはさほ姫はじめかな　慶友

ひめはじめ昔男に腰の物　加藤郁乎

屋根に雪音なく積みて姫始　松澤静聴

初旅《はつたび》

新年初めて旅に出ること。

旅始《たびはじめ》、旅行始《りょこうはじめ》

初旅の列車美々しき世となりし　百合山羽公

初旅の白き船なり初島へ　矢花美奈子

初旅や八《や》ヶ《つ》岳の積雪見むとのみ　谷いくこ

乗初《のりぞめ》

初乗《はつのり》、初電車《はつでんしゃ》、初列車《はつれっしゃ》、初航路《はつこうろ》

新年初めて乗物に乗ること。

浪音の由比ヶ浜より初電車　高浜虚子

初航船ニコライマキーフ灯をともす　山口青邨

初乗りの荒川線や鬼子母神　西田佐喜

初飛行《はつひこう はつひかう》

新年に初めて飛行機に乗ること。

飛行始《ひこうはじめ》

初飛行わが古町をどよもせり　山本梅史

初飛行大日輪を従へぬ　川村十牛

雪富士の輝きけぶり初飛行　坊野幸

仕事始《しごとはじめ》

初仕事《はつしごと》、御用始《ごようはじめ》、事務始《じむはじめ》、火入《ひい》れ始《はじめ》

➡御用納《ごようおさめ》(冬)

新年初めて、各人それぞれの仕事にとりかかること。

一芝居打たねばならぬ初仕事　久門南

地下足袋の硬きこはぜも初仕事　吉田さよこ

燃やしをる仕事始の木つ端かな　小川こう

学校始《がっこうはじめ がくかうはじめ》

正月休みが終わり、小、中学校の授業が始まること。

初授業《はつじゅぎょう》

不登校一人学校始かな　伊東伸介

氷柱持ち学校始めの子供かな　落合春野

初授業平均台に逆立ちし　音羽紅子

新年会《しんねんかい しんねんくわい》

親しい者が新年を祝う集まりで、親類、仲間、勤務先など各種ある。

新年宴会《しんねんえんかい》

酔蟹や新年会の残り酒　正岡子規

この香り夜間飛行や新年会　佐久間清観

新年会どぢやうすくひのえつさつさ　吉田金雀児

初句会《はつくかい はつくくわい》

その年最初の句会のこと。

初運座《はつうんざ》、初披講《はつひこう》、句会始《くかいはじめ》、句座始《くざはじめ》、歳旦開《さいたんびらき》

松とれし町の雨来て初句会　杉田久女

初句会名乗りは気風よくせよと　板藤くぢら

初句座に居並びたるが伊達男　小倉わこ

初市《はついち》
――市始《いちはじめ》、初相場《はつそうば》、初糶《はつせり》、初市場《はついちば》

新年初めて開かれる魚や野菜、花などの市場。ときには高値の御祝儀相場がつき、お祝い気分に包まれる。

初市や海鼠一籠隅にあり　青木月斗
初市の火を吹くゴジラ飴細工　斎藤月子
めだか屋に流木売られ市始　窪田遊水

初荷《はつに》
――初荷馬《はつにうま》、初荷旗《はつにばた》、初荷舟《はつにぶね》

正月二日、得意先からの注文品を賑やかに飾り立てて送り出すこと。かつては馬や舟もあったが、いまはほとんどトラック便。航空便もいう。

うちかすみけりな初荷の馬の鈴　霞城
初荷とて深谷葱とて長き箱　長井恵美
あちこちにゴム長光る初荷かな　平野文

初売《はつうり》
――売初《うりぞめ》、初商《はつあきない》、商始《あきないはじめ》

正月、初めて物を売ること。現在は元日から店を開けているスーパーマーケットもあるがこれも初売という。

売初や町内一の古暖簾　高浜虚子
初売や風船に息入れながら　門井香車
初売やダンスドレスもちらと見て　番匠うかご

福袋《ふくぶくろ》

初売で売る袋づめの商品。何が入っているか解らないが、割安で人気がある。近年は女性のファッション、装飾品、化粧品などの福袋に行列ができる。

福袋福ありさうにふくらめり　篠原喜々
福袋なれば選ぶや大袋　荒木沙絵
福袋買へばすぐにものぞきたく　米本せつ子

福達磨《ふくだるま》
――達磨市《だるまいち》

新年に神棚に飾る達磨やそれを売る市。達磨は片目を入れておき、願いがかなったらもう一つの目を入れる。

大風の森ゆるがせり達磨市　水原秋櫻子
雪原の日矢に盲ひし達磨売り　木内彰志
福達磨だるまに似たる人が買ひ　加藤のぶ

買初《かいぞめ》《かひぞめ》
――初買《はつかい》、買始《かいはじめ》

新年最初の買物。買始ともいう。

命毛《いのちげ》の長さよ筆の買ひはじめ　元夢
買初に雪の山家の絵本かな　泉鏡花
買初のオブラートなり薬のむ　宮堂遊朗

鏡開《かがみびらき》

鏡割《かがみわり》、お供《そな》えくずし

一月十一日、正月の鏡餅を割り、汁粉にして食べる。武道の道場などで見られる。

開かでも割るる日数や鏡餅　似研

傍観す女手に鏡餅割るを　西東三鬼

鏡開き寺の廊下の黒光り　安達祥

機始《はたはじめ》

初機《はつはた》、織始《おりはじめ》

正月最初の機織り。いまは紡績工場などの仕事始も指す。

端山路や曇りて聞ゆ機初め　飯田蛇笏

織初の洩れ灯の濃さも母の里　木場田秀俊

掘割に藺《い》の香ただよふ機始　田代早苗

鍬始《くわはじめ》《くははじめ》

鍬入《くわいれ》、鍬初《くわぞめ》、初田打《はつたうち》、田打正月《たうちしょうがつ》、鋤始《すきはじめ》

本来は正月十一日に行われた農耕の仕事始。鍬を入れる振りをするなど、地域ごとにさまざまな行事がある。

鍬初や牛に祝はす米の食《めし》　馬瓢

鍬初めに出てゐるたつた一人かな　阿波野青畝

瀬戸の島けふもおだやか鍬始　和田木市

山始《やまはじめ》

初山《はつやま》、山初《やまはじめ》、斧始《おのはじめ》、山入《やまい》り、手斧始《ちょうなはじめ》

新年に初めて山に入るときに行う儀式。山の神に注連縄や供物を供えた。林業の仕事始と考えていい。

初山や高く居て樵《こ》る雲どころ　飯田蛇笏

雪融くる苔ぞ楉《しもと》ぞ山始　芝不器男

年輪の紅《くれなゐ》させる斧始　岡田四庵

漁始《りょうはじめ》《れふはじめ》

初漁《はつりょう》、初釣《はつづり》、船起《ふなおこ》し

その年、初めて漁に出たり、釣りをしたりすること。

初漁の出舟ぞ良けれ空の青　正司茂樹

村中の女出てきて漁始　天野野風

賑しき磯のお宮や漁始　大橋ごろう

万歳《まんざい》

三河万歳《みかわまんざい》、万歳太夫《まんざいたゆう》、才蔵《さいぞう》

松の内に二人一組になって家々を回り、千年も万年も栄えるようにと祝いの言葉を述べる門付《かどづ》け芸能。才蔵が鼓を打ち、太夫が扇を手に舞った。

万歳や舞ひをさめたるしたり顔　太祇

万歳の佇み見るは紙芝居　高浜虚子

才蔵のときに出鱈目申しけり　赤川蓉

獅子舞

ししまい
ししまひ

— 太神楽《だいかぐら》、獅子頭《ししがしら》、越後獅子《えちごじし》、角兵衛獅子《かくべえじし》

正月に家々を回る門付けの芸能。獅子頭をかぶって舞う。専門の芸人に代わって地域の人が受け継いでいることが多い。

獅子舞や大口明けて梅の花　一　茶

獅子舞の藪にかくれて現れぬ　高浜虚子

獅子舞に噛まれる頭並べけり　山田小枝

猿回し

さるまわし
さるまはし

— 猿曳《さるひき》、猿使《さるつか》い

太鼓をたたいて猿を踊らせる新年の門付け。一時廃れたが、近年民俗芸能として復活している。

つながるる三尺の世やさるまはし　大江丸

猿廻し去る時雪の戸口かな　原　石鼎

猿廻し来てゐる有馬銀座かな　ほりもとちか

傀儡師

かいらいし
くわいらいし

— 傀儡《かいらい》、木偶回《でくまわ》し、傀儡《くぐつ》まわし、夷《えびす》まわし

春の予祝として人形を舞わせる正月の門付け芸人。専業の芸人は姿を消したが、伝統行事として保存会などが受け継いでいる。

傀儡師日暮れて帰る羅生門　藤野古白

淡路より舟で来るなり傀儡師　田代早苗

女丈夫や二人組なる傀儡師　下泉　紬

懸想文

けそうぶみ
けさうぶみ

— 化粧文《けそうぶみ》

恋文の体裁に作った辻占《つじうら》の一種で、良縁を得る縁起物とされた。元日から十五日まで京都・祇園で売り歩いた。いまは神社で売る。

鶺鴒はむかしむかしやけさう文　蓼　太

加茂川の風に吹かれて懸想文　松下　藍

懸想文やまとことばに誤字一つ　黒川　了

歌留多

かるた

— 骨牌《かるた》、歌《うた》がるた、百人一首《ひゃくにんいっしゅ》、花歌留多《はながるた》、いろは歌留多《かるた》、坊主《ぼうず》めくり

小倉百人一首や、子どものいろはがるたなど正月の遊び。

こぼれたるかるたの歌の見えしかな　後藤夜半

情なく進みし今日の歌留多かな　水上黒介

駄菓子屋に買ひし犬棒かるたかな　石郷岡芽里

双六

すごろく

— 絵双六《えすごろく》、道中双六《どうちゅうすごろく》

振り出しから上がりまで、さいころの目の数ずつ進む、正月の遊び。絵の書いてあるのが絵双六。

ぱり〳〵と付録双六ひろげけり　日野草城

子はひとり双六遊び昼の雪　尾崎光尋

双六やニューヨークにて上りたる　吉田青水

福笑《ふくわらい》《ふくわらひ》

正月遊びの一つ。大きな紙にお多福の顔の輪郭を描き、眉、目、鼻、口の紙片を、目隠しして置いてゆく。とんでもないお多福の顔ができ上がり、笑いころげる。

福笑山茶花散らすごとくなり　中島月笠
福笑妻も座敷の人となり　青木景信
福笑なぜか似てゐし母の顔　大熊山雨

羽根つき《はねつき》

羽子板《はごいた》、羽子《はね》、羽子日和《はねびより》、追羽子《おいばね》、遣羽子《やりばね》
⬇羽子板市《はごいたいち》(冬)

羽子板で羽子を打つ正月の遊び。

新手きて羽子つき上げし軒端かな　太祇
大空に羽子の白妙とゞまれり　高浜虚子
羽子つくや厚き前髪はづみたる　ますぶち椿子

手毬《てまり》

手毬歌《てまりうた》、手毬《てまり》つく

正月の女の子の遊びだった。昔の手毬は五色の絹糸を巻きつけたもの。いまはゴム、樹脂などさまざまある。

傾城のわらべがましき手毬かな　万容
毬の子や唄の中なる京言葉　松根東洋城
手毬唄二十六番まで唄ひ　朱山志乃

独楽《こま》

独楽回《こままわ》し、独楽打《こまう》つ
⬇べい独楽《ごま》(秋)

新年の男の子の遊び。紐をまきつけて打ち合い、勝負を競った。美しい独楽は正月飾りにしたりする。

松かさや廻さばこまに廻るべく　其角
独楽の子をたしなめ羽子《ずぐり》の子をかばふ　富安風生
堅雪の土俵に津軽独楽回しかな　三橋浩二

投扇興《とうせんきょう》

扇投《おうぎな》げ

台の上に建てた飾り物を、離れた所から扇を投げて落とし、その落ち方などで点数を競った正月の遊び。

投扇興末子さかしく笑ひ初む　大谷句仏
判定はしかと安部殿投げ扇　小倉わこ
投扇興夕霧二点にて終はり　甲野弥生

福引《ふくびき》

宝引《ほうびき》

景品が当たる商店街などの売り出しの行事。本来は二人で一つの餅を引っぱり、そのちぎれ方で吉凶を占うものだった。宝引は束ねた糸の端に宝物をつけて引く遊び。

ふく引きの順にあたりてものさびし　大江丸
福引の興まださめず母の居間　高浜虚子
宝引の大きな鯛が当たりけり　辻桃子

稽古始《けいこはじめ》

初稽古《はつげいこ》、初練習《はつざらえ》

新年初めて、柔剣道などの武道、歌舞楽曲などの遊芸、生花などの稽古やお練習《ざらい》をすること。

産土の砂利踏みしめて初練習　藤野靖也

指先に心こめよと初稽古　しの緋路

つきそひの親のふるへる初稽古　芳賀枸杞

泳初《およぎぞめ》

初《はつ》プール、初泳《はつおよぎ》

新年初めて泳ぐこと。スイミングスクールのトレーニング始でもいい。

なめらかなプールの水や泳初　水谷ひとみ

雪の降る街の見えゐて初プール　安井喜谷

飛び込んで水あたたかき初泳　小野田蜻翠

弾初《ひきぞめ》

琴始《ことはじめ》、初弾《はつびき》

新年に、琴、三味線、バイオリン、ギター、ピアノなどを初めて弾くこと。

弾初に指のふとりや琴の爪　佳茗

弾初の灯ともしごろとなりけるや　久保田万太郎

弾初の琴の袋の綾錦　山口ひさみ

舞初《まいぞめ　まひぞめ》

踊初《おどりぞめ》、舞始《まいはじめ》

新年初めて能の仕舞を舞うこと。歌舞伎舞踊では踊初。

舞初やひるがへす袖の鶴に似て　黄山

舞初の衣裳のままで昼餉どき　松原文子

木戸くぐりゆきて地唄の舞始　久保のぞみ

謡初《うたいぞめ　うたひぞめ》

謡始《うたいはじめ》、初謡《はつうたい》

新年初めて、能、狂言、音曲をうたうこと。

この人にこの芸ありて初謡　七々尾葉月

しづしづとまかり出でては初謡　松田一居

謡初深き契りはたのもしと　小林つくし

能始《のうはじめ》

初能《はつのう》、初鼓《はつつづみ》

新年最初の能舞台。めでたい演目を演じる決まりになっている。

白州ある古き舞台の能始　松本たかし

初能や松笠見ゆる橋掛り　佐野青陽人

松羽目の松太々と能始　ふく嶋桐里

初釜《はつがま》

初茶湯《はつちゃのゆ》、初点前《はつてまえ》、点初《たてぞめ》、初手前《はつてまえ》、釜始《かまはじめ》

新年に初めて催す茶の湯。

名水の湧きてあふるる初茶の湯　山口青邨

どつと来て二十二人の釜始　矢野螢

初釜や土間の草履に男物　吉田さよこ

初芝居

はつしばい　はつしばゐ

―初春狂言《はつはるきょうげん》、初狂言《はつきょうげん》、二《に》の替《かわり》、初春芝居《はつはるしばい》

正月に行われる歌舞伎その他のはなやかな芝居興行。劇場も正月らしく美しく飾る。十一月の顔見世の次なので二の替という。

編笠は花にぬぐべし初芝居　言水

眉描いてほのぼのなりぬ初芝居　松瀬青々

柝の音の透きとほりたる初芝居　松丘静吉

初狂言わわしき妻のやるまいぞ　いとう紫

初席

はつせき

―正月寄席《しょうがつよせ》、初高座《はつこうざ》、寄席開《よせびら》き

新年最初の寄席。

初高座何も言はずに笑ふなり　勝田千似

初席に枝雀居らねど笑ふなり　岸本尚毅

笑福亭たまが大とり寄席開き　安部元気

騎初

のりぞめ

―騎馬始《きばはじめ》、馬騎初《うまのりぞめ》、初騎《はつのり》、馬場始《ばばはじめ》

新年に初めて馬に乗ること。

乗初や鐙《あぶみ》にとどく児《ちご》の足　富令

騎馬始掛け声かけて歯の冷た　金子洒音留

騎初の蹄の音の揃ひくる　源周造

弓始

ゆみはじめ

―初弓《はつゆみ》、的始《まとはじめ》、弓場始《ゆばはじめ》、射初《いぞめ》、弓矢始《ゆみやはじめ》

新年、初めて弓を引くこと。

雪掻きて小弓はじめや村すずめ　素丸

弓初め大山祇《おおやまづみ》は雲か丶る　飯田蛇笏

弓始仙台平の袴にて　髙野虹子

弓始三十三間堂浄ら　前田陸

四方拝《しほうはい》

本来は元日の早朝、天皇が皇居で天地四方の神などに豊穣と天下泰平を祈る宮中行事だが、それになぞらえて人々が元朝に、願いを込めて四方を拝することもふくめていう。

四方拝禁裡の垣ぞ拝まるゝ　松瀬青々
四方拝雪にひびきし祝詞かな　山本九曇
もう起きてをらるるけはひ四方拝　増田真麻

初詣《はつもうで》《はつまうで》

初参《はつまいり》、初社《はつやしろ》、初祓《はつはらい》、初卯《はつう》、初薬師《はつやくし》、初金比羅《はつこんぴら》、初弁天《はつべんてん》、初伊勢《はついせ》
➡初大師《はつだいし》(行)

元日に氏神や恵方の神社仏閣に詣でること。大晦日深夜の除夜詣からつづいて参ることも多い。

口開いて矢大臣よし初詣　阿波野青畝
連れはもう焚火のそばに初詣　安部元気
初伊勢の月の暦を買ひにけり　夏秋明子

初護摩《はつごま》

新年、初めて修せられる護摩供《ごまく》の修法。護摩壇の炉に護摩木や供物を投げ入れ、高々と炎が上がる。

初護摩を焚く上堂の太鼓鳴る　立木大泉
僧ひとり立ち上つては護摩焚けり　佐藤明彦
初護摩をたつぷり受けて日本髪　舟まどひ

初神籤《はつみくじ》

初詣のときにひくおみくじ。

ひそかに引きひそかに開く初御籤　山口青邨
信じてはゐぬ顔並び初みくじ　黒田こよみ
吉の字の透けて見えたる初みくじ　阪口桜花

年棚《としだな》

年神《としがみ》、歳神《としがみ》、正月様《しょうがつさま》、歳徳神《としとくじん》、恵方棚《えほうだな》

正月に迎える神（歳徳神）のための祭壇で、その年の恵方に向けて賑やかに飾る。

年神に樽の口ぬく小槌かな　其角
年棚やみあかしあげて神いさむ　村上鬼城
歳徳神塀くりぬきて祀らるる　辻由美

恵方詣《えほうまいり》《ゑはうまゐり》

恵方《えほう》、恵方道《えほうみち》

その年のめでたい方角（恵方）にあたる神社仏閣に詣でて一年の福を祈ること。

知る人の一時に来たり恵方道　雪万
ひとすぢの道をあゆめる恵方かな　阿波野青畝
つらなりて行けばすなはち恵方道　梶川みのり

白朮詣

おけらまいり
をけらまゐり

―白朮火《おけらび》、白朮縄《おけらなわ》、火縄売《ひなわうり》、白朮祭《おけらまつり》、白朮火貰《おけらびもら》い

元日の早暁の京都・祇園、八坂神社の神事。焚かれた白朮火を、銘々火縄に移して持ち帰り、雑煮や大服の火にする。

鳥居出てにはかに暗し火縄振る　日野草城
をけら火のすれちがひざま匂ひけり　安部元気
荒縄をきりりと白朮詣かな　ますぶち椿子

破魔矢

はまや

―破魔弓《はまゆみ》、白破魔矢《しろはまや》

神社の厄除けとして初詣の人に売る矢。弓もある。

子に破魔矢持たせて抱きあげにけり　星野立子
戌破魔矢戻し亥破魔矢持ち帰る　加藤晃規
高々と改札口を出る破魔矢　藤井なづ菜

七福神詣

しちふくじんもうで
しちふくじんまうで

―七福詣《しちふくまいり》、福詣《ふくまいり》、七福神《しちふくじん》

松の内に七福神を祀る寺社を回って福徳を祈ること。東京・谷中が有名で、京都でも行われる。

七福の一福神は鵜を飼ふ　山口青邨
受けて来し七福神や置き並べ　松本たかし
福詣願事なき齢にて　宮川魚板

初閻魔

はつえんま

―初閻魔詣《はつえんまもうで》
➡閻魔詣《えんまもうで》(秋)

正月十六日、閻魔の初縁日。寺では地獄変相図を掛けて拝観させる。

世話人ら雪掻いてをり初閻魔　小林寂無
昼からの雲仙吹雪初閻魔　小原菁々子
押しあへる背なの温みや初閻魔　難波慶子

初観音

はつかんのん
はつくわんのん

正月十八日、観世音菩薩の初縁日。京都の清水寺、東京の浅草寺などが賑わう。

仲見世や初観音の雪の傘　増田龍雨
ふだらくの初観音へ川蒸汽　川端茅舎
へび皮の雪駄ちやらちやら初観音　田口ひいな

初大師

はつだいし

―初弘法《はつこうぼう》

正月二十一日、弘法大師の初縁日。関東の川崎大師、京都・東寺が有名。東寺の縁日はとくに初弘法といわれる。

山門の根深畑や初大師　村上鬼城
初大師まだ九十といふ母と　阿部もとみ
香煙に顔浮き出でし初大師　石坂ひさご

初天神
はつてんじん

宵天神《よいてんじん》
➡鷽替《うそかえ》（行）

正月二十五日、天満宮の初縁日。東京の亀戸天神、京都の北野天満宮、大阪の天満宮、太宰府の天満宮ではさまざまな行事があり賑わう。

雪風や宵天神の橋長く　青木月斗

初天神暁かけて詣で来し　安住敦

のしたてののしいか匂ふ初天神　根岸かなた

初不動
はつふどう

正月二十八日、不動尊の「初会日《え》」。関東の成田や深川、大阪では北野のお不動さんが賑わう。

参詣の早くも群聚初不動　高浜虚子

江戸の大工が参《めえ》りやしたぜ初不動　薗部庚申

八番の印半纏初不動　髙野虹子

初地蔵
はつじぞう
はつぢざう

初稲荷《はついなり》

地蔵菩薩の初縁日で、正月二十四日に行うところが多い。東京・巣鴨のとげぬき地蔵などが賑わう。

我もまた爺の一人や初地蔵　安部元気

黒糖も岩塩も売り初地蔵　小林タロー

願ぎごとのコンと叶へや初稲荷　明石倫子

初勤行
はつごんぎょう
はつごんぎやう

初鐘《はつがね》、初読経《はつどきょう》、初法座《はつほうざ》、初諷経《はつふぎん》

正月になって初めて、寺院や仏前で読経、勤行をすること。

大太鼓打ちて衆僧の初諷《ふ》経《ぎん》　秋田たけを

観音は一寸八分初勤行　佐久間清観

初読経をつさまの耳遠くなり　高橋晴日

松納
まつおさめ
まつをさめ

松取《まつと》る、門松取《かどまつと》る、飾納《かざりおさめ》、飾焚《かざりた》く、注連取《しめと》る、松上《まつあが》り、松送《まつおく》り
➡注連飾《しめかざ》る、松飾《まつかざ》る（冬）

門松を取り払うこと。東京は六日、関西は十四日。

松取りて春まだ浅き大路かな　綺石

柴門に結びし松を納めけり　富安風生

飾焚くところに鹿のあらはれぬ　岸本尚毅

鳥総松
とぶさまつ

留守居松《るすいまつ》

門松の松の一枝を折って、門松を取った跡へ挿したもの。根づくと縁起がよいとされた。

轍あと絶えざる門や鳥総松　高浜虚子

門もなく大百姓の鳥総松　本田あふひ

白砂を敷きし門辺や鳥総松　高山真尾

七種　ななくさ

七草《ななくさ》、若菜《わかな》の日《ひ》、薺打《なずなうち》
➡若菜《わかな》（植）

正月七日、七草を入れた七種粥を食べる。芹《せり》、薺《なずな》、御形《ごぎょう》、蘩蔞《はこべら》、仏《ほとけ》の座《ざ》（田平子《たびらこ》）、菘《すずな》、蘿蔔《すずしろ》を指し、若菜ともいう。

七草の名札新らし雪の中　鈴木花蓑
七草や出店で買ひし黄楊の箸　中村時人
七草を唱へ啜るも卒寿かな　仲條章子

七草粥　ななくさがゆ

七日粥《なのかがゆ》、薺粥《なずながゆ》

七種の若菜を炊きこんだ粥。七草の日に食べる。

淡雪の箸ざはりなり薺粥　素丸
老の箸しづかに薺粥啜る　久保田万太郎
バイキング七草粥もありますと　橋本薫

七草爪　ななくさづめ

菜爪《なづめ》、薺爪《なずなづめ》、六日爪《むいかづめ》、七種爪《ななくさづめ》、七日爪《なのかづめ》

正月七日、初めて爪を切ること。七草を漬けた水に爪をしめらせて切ると風邪をひかないとされたところもある。

薺爪熱き炬燵をそびらかな　増田龍雨
薺爪あとより紅をさしにけり　青木月斗
頑固なる爪は父似や七日爪　小原紀香

鷽替　うそかえ／うそかへ

➡鷽《うそ》（春）

天満宮の神事。大宰府は正月七日。東京・亀戸は正月二十五日。前年のけがれを託した木の鷽を参詣人同士で交換し、参詣人にまぎれた神官の配る金の鷽を得ようとする。

茶屋に待つはゝそはに鷽替へて来し　竹末春野人
娘夫婦来てその母と鷽替に　安住敦
銘一刀なる鷽替の鷽であり　網代草居

十日戎　とおかえびす／とをかえびす

初戎《はつえびす》、宵戎《よいえびす》、初恵比寿《はつえびす》、残《のこ》り戎《えびす》、福笹《ふくざさ》、残《のこ》り福《ふく》

一月十日の戎祭。商人の信仰が篤く、福笹などを売る出店が並ぶ。大阪の今宮戎、兵庫の西宮戎が有名。

福笹をかつげば肩に小判かな　山口青邨
洪庵に恋の歌あり初戎　夏秋明子
初恵比寿近しとはしやぐ女衆　小島愛袈

宝恵籠　ほえかご／ほゑかご

宝恵籠《ほいかご》、戎籠《えびすかご》

大阪・今宮戎神社の十日戎に、舞妓や芸妓が「ホイカゴホイホイ」と囃しながら、駕籠で参詣すること。

浪華津にさくや宝恵籠人の花　松根東洋城
宝恵駕の髷がつくりと下り立ちぬ　後藤夜半
宝恵駕の町衆ほいほいほいほおいとな　高幣遊太

餅花　もちばな

花餅《はなもち》、繭玉《まゆだま》、繭団子《まゆだんご》、団子花《だんごばな》

小正月の飾り物。紅白の小さな餅を柳などの枝に刺し、神棚近くの柱などに飾る。餅花を繭の形に作り七宝、宝船、鯛、千両箱なども吊るしたのが繭玉。

餅花や灯《ともしび》立てて壁の影　其角

餅花を今戸の猫にささげばや　芥川龍之介

繭玉に余呉よりの風来たりけり　前川おとじ

左義長　さぎちょう　さぎちやう

どんど、とんど、吉書揚《きっしょあげ》、どんどん焼《や》き、どんど正月《しょうがつ》、注連《しめ》貰《もらい》

子どもらが松飾りや注連を貰い集めて焼く火祭行事。

どんど焼きどんどと雪の降りにけり　一茶

谷水を撒きてしづむるどんどかな　芝不器男

てつぺんの達磨落ちたるどんど焼　島田万峯

どどどつと吉書の尉や空暗き　五十嵐克

ちやっきらこ

初勢踊《はついせおどり》、左義長踊《さぎちょうおどり》

一月十五日、神奈川県三崎町の海南神社で行われる左義長にちなんだ少女たちの舞い。ちやっきらことは綾竹のこと。

ちやつきらこ扇ひらけば鵯が翔つ　斎藤春楓

娘らの裾の吹かるるちやつきらこ　山本美冬

荒磯の吹き上ぐ波やちやつきらこ　日向葵

出初　でぞめ

消防出初式《しょうぼうでぞめしき》、梯子乗《はしごのり》

新年の消防演習。消防署員や消防団員が消火演習や梯子乗りなどを披露する。

ここに又出初くづれのゐたりけり　高浜虚子

出初式梯子の空の上天気　富安風生

風向きは南南東や出初式　中島葉月

十五日粥　じゅうごにちがゆ　じふごにちがゆ

小豆粥《あずきがゆ》、赤豆粥《あずきがゆ》、望《もち》の粥《かゆ》、粥節供《かゆせっく》

⬇小正月《こしょうがつ》(時)

小正月に食べる、餅を入れた小豆の粥。

小豆粥祝ひ納めて箸白し　渡辺水巴

小豆粥あはや土鍋をあふれんと　辻桃子

おだやかな日やさくさくと小豆粥　日熊ちかを

かまくら

鎌倉祭《かまくらまつり》

秋田県横手市あたりの小正月の行事。雪で室を作り、水神を祀り供物を供え、中で子どもたちが飲食する。

かまくらの雪の祠に幣白し　山口誓子

かまくらに給《た》ぶあつあつの甘酒《あまゆつこ》　石川桂郎

かまくらに供へし蜜柑灯のごとく　内野光子

なまはげ

——あまはげ

小正月に村の若者が鬼の仮装をし、木の出刃包丁を持って家々を回り、子どもをおどし祝言を述べる。酒、肴、餅、銭などを用意して迎える。秋田の男鹿が有名。女鹿周辺ではあまはげという。

なまはげに父の円座の踏まれけり　小原啄葉

なまはげに泣きしが今は力士なり　村上　力

なまはげの顔ぬぐひをり村はづれ　石井渓風

成人の日《せいじんのひ》

——成人式《せいじんしき》

一月の第二月曜日。成人したことを祝う国民の祝日。

爪研いで成人の日の乙女はも　石塚友二

ナマイキな成人の日の妹よ　飛鳥紫苑

成人式少年すでに大工なり　長沢常良

藪入《やぶいり》

——養父入《やぶいり》、里下り《さとくだり》、親見参《おやげんぞ》

一月十六日、使用人が休みをもらい自由に外出し、遊んだり生家に帰ったりすること。最近は正月休みの帰省ともいう。

やぶ入りの寝るやひとりの親の側　太　祇

藪入の二人落ち合ふ渡しかな　正岡子規

生涯の伴侶を定め親見参　森　草二

初場所《はつばしょ》

——一月場所《いちがつばしょ》、正月場所《しょうがつばしょ》、初相撲《はつずもう》

両国国技館で一月に行われる大相撲の興行。

初場所やかの伊之助の白き髭　久保田万太郎

初場所や癖一つなき締にて　市川清峰

初場所の真面目さうなる力士かな　赤川　蓉

夕霧忌《ゆうぎりき》

陰暦正月六日。初め京都・島原、後に大阪・新町の吉田屋の遊女、夕霧太夫の忌日。才色すぐれ絶大な人気を集めた。二十六歳で亡くなり、多くの芝居のモデルとなった。

桜炭ほのぼのとあり夕霧忌　後藤夜半
炭の香のはげしかりけり夕霧忌　日野草城
小面とも童女とも見え夕霧忌　安部元気

良寛忌《りょうかんき》

陰暦正月六日。江戸末期の禅僧で歌人、漢詩人良寛法師の忌日。晩年は故郷の越後・出雲崎に五合庵を結び、「りょうかんさま」と慕われた。

良寛忌降りしといへば雪のこと　齋藤耕牛
金柑の雪より解けて良寛忌　永井東門居
線香は檜のにほひ良寛忌　田口ひいな

義仲忌《よしなかき》

陰暦正月二十日。武将、木曾義仲の忌日。平氏追討の軍を起こし、義経に敗れて戦死した。愛妾、巴御前が菩提を弔った草庵が大津の義仲寺で、追慕した芭蕉の墓がある。

懐に項羽本紀や義仲忌　松瀬青々
倶利伽羅の旧道に住み義仲忌　今村をやま
義仲の忌の義仲寺の寒さかな　辻　桃子

実朝忌《さねともき》

陰暦正月二十七日。鎌倉幕府第三代将軍、源実朝が鶴岡八幡宮で甥の公暁に殺された。雄壮な万葉ぶりの歌人としても優れていた。歌集に『金槐和歌集』がある。

鎌倉右大臣実朝の忌なりけり　尾崎迷堂
鎌倉に実朝忌あり美しき　高浜虚子
今は富士見えぬお庭や実朝忌　ひらいその
竹が竹ゆさりと打つや実朝忌　山田こと子

初声《はつこえ》《はつこゑ》

元日の朝、聞こえてくる雀や鶏、鴉などの身近な鳥の声。飼鳥の声でもよい。

初声の小鳥の舌の細きかな　田村三合
初声やひとすぢ声をこぼしつつ　こると漣
初声や赤き実落とし飛びたてる　ひろおかいつか

初鶏《はつどり》

元日の朝に聞く鶏の声。元気でめでたい感じを愛でた。

初鶏の後の静かや次待てり　丸山好枝
初鶏の声くぐもりし雪の中　岩田美蜻

初雀《はつすずめ》

↓寒雀《かんすずめ》（冬）

元日の早朝に見聞きする雀。見なれた姿や声が新鮮にひびく。

初雀翅《つばさ》ひろげて降りにけり　村上鬼城
初雀ひとつあそべる青木かな　長谷川春草
吹かれつつ連れ飛び行くや初雀　安部元気

初鴉《はつがらす》

初烏《はつがらす》
↓寒烏《かんがらす》（冬）

元日の明け方に鳴く鴉。神鴉といって喜んだ。

吾が心われにある時初がらす　梅室
ばらばらに飛んで向うへ初鴉　高野素十
初烏社の杉で糞《ひ》りにけり　小田笑

初鳩《はつばと》

初鶴《はつづる》、初鷗《はつかもめ》、初鷺《はつさぎ》、初鳥《はつどり》

元日に見かける鳩。また、正月初めて見かけた鳥なら、それぞれに「初」をつけて呼ぶ。

初鳩や東京駅の静かなる　大橋ごろう
初田鶴のただ声のみに明けきらず　速水苔石
初鷺の肩すくめをり雪の潟　嶋　文之
初鳥やひと声鳴いて遠く飛び　髙橋なつ

嫁が君《よめがきみ》

正月三ヶ日の鼠を指す忌み言葉。古く鼠は福の神、大黒様の使いと考え米や餅を供えたりした。

三宝に登りて追はれ嫁が君　高浜虚子
西鶴の染みの草子ぞ嫁が君　石井みや
嫁が君ぬけぬけと閨通りぬけ　いさか小夜
もの陰で話聞きをり嫁が君　辻　桃子

楪《ゆずりは》 ゆづりは

譲《ゆず》り葉《は》、弓弦葉《ゆずるは》

トウダイグサ科の常緑高木。新しい葉が開いた後に古葉が落ちるので「代を譲る」ことにちなんで、正月飾りにする。

楪の茎も紅さすあしたかな　園女

楪の赤き筋こそにじみたれ　高浜虚子

楪や鯉商ひて妻もたず　柚木ぽぴい

橙《だいだい》

代代《だいだい》

ミカン科。果皮はごつごつし実は酸っぱい。呼び名にちなんで代々の字をあて正月飾りとする。

西山の下橙の一樹あり　高浜虚子

橙は実を垂れ時計はカチカチと　中村草田男

橙や硯の海のなみなみと　辻　桃子

裏白《うらじろ》

歯朶《しだ》

➡歯朶刈《しだか》る(冬)

暖地の山野に群落をなして自生する大型のシダ。葉の表面は濃緑、裏が白い。その白さを夫婦共しらがの長寿になぞらえ、注連飾や鏡餅など新年の飾りに使う。

神の灯に焦げたる歯朶の葉先かな　ながし

名こそかはれ江戸の裏白京の歯朶　正岡子規

裏白の日に日に縮む盆の上　酒井はまなす

穂俵《ほだわら》 ほだはら

馬尾藻《ほんだわら》

褐色の海藻。その実が米俵に似ているところから、正月の飾りにする。

穂俵の波にもつれてかたまりぬ　康々

たつぷりと舞扇屋のほんだはら　井ケ田杞夏

穂俵やほんにさびれし町なれど　山川由子

福寿草《ふくじゅそう》 ふくじゆさう

元日草《がんじつそう》

キンポウゲ科。冬の終わりごろ鮮かな黄色い花が咲く。花のない時期だけに珍重され、正月の床飾りにも使う。

朝日さす弓師が店や福寿草　蕪村

日のあたる窓の障子や福寿草　永井荷風

一芽づつ増えて八芽や福寿草　豊田のびる

若菜《わかな》

七草菜《ななくさな》、若菜摘《わかなつみ》、若菜売《わかなうり》

➡七草粥《ななくさがゆ》(行)、若菜野《わかなの》(地)

正月七日の七草粥に入れる春の七草の総称。これを摘むのが若菜摘。芹《せり》、薺《なずな》、御形《ごぎょう》、蘩蔞《はこべら》、仏の座《ほとけざ》(田平子《たびらこ》)、菘《すずな》、蘿蔔《すずしろ》などは春の季語に分類されている。

青し青し若菜は青し雪の原　来山

草の戸に住むうれしさよ若菜摘　杉田久女

湯治場に一声かけて若菜売　高橋　涼

子の日の松《ねのひのまつ》

子日草《ねのひぐさ》、小松引《こまつひき》

正月初めの子の日、野に出て小松を引き、若菜を摘んで祝宴を張る平安貴族の野遊びが始まり。引いて採る松が「子の日の松」。

根づかせて見せばやけふの子の日草　暁台

根の土の奉書にこぼれ子日草　大谷句仏

皇妃皇子皇女の塚や小松引　安部元気

葉牡丹《はぼたん》

アブラナ科。観賞用に改良されたキャベツの一種。白葉牡丹と紅葉牡丹があり、新年の花として用いる。

梅と挿されて葉牡丹低しおのづから　篠原温亭

葉牡丹に大玄関をひらきもし　京極杞陽

葉牡丹や校庭に日の太柱　石田ゆたか

千両《せんりょう》《せんりやう》

草珊瑚《くささんご》、実千両《みせんりょう》、仙蓼《せんりょう》

センリョウ科の常緑の低木。穂状にかたまった実が赤く熟す。赤いもののない冬ざれの中に美しいので正月用に使う。

老いざまのかなしき日なり実千両　草間時彦

ひよどりのやかましきこと実千両　うな浅黄

千両やとんと床踏む男舞　黒田こよみ

万両《まんりょう》《まんりやう》

実万両《みまんりょう》、萬両《まんりょう》

ヤブコウジ科の常緑の低木。深紅色の実が熟して垂れる。実に五枚の萼片が残っているところが千両と異なる。

万両の実は沈み居る苔の中　高浜虚子

万両に日当ることのなかりけり　大橋越央子

万両や焼印押して玉子焼　篠原喜々

季節の分け方と旧暦、新暦（二十四節気と七十二候）

歳時記の季節区分は、古代中国の天文学を踏襲しています。一年三百六十五日を十五～十六日ずつに区切って二十四節気を設け、さらに各節気を五～六日ずつに区切って七十二候を設けました。二十四節気には、立春、春分、啓蟄《けいちつ》、立夏、夏至、大暑《たいしょ》、立秋、秋分、立冬、冬至、大寒《だいかん》など、いまでもよく聞く言葉が並んでいます。七十二候には「魚氷《うおひ》に上《のぼ》る」「半夏生《はんげしょう》ず」などがあります。古代中国の人たちには季節の変化を実感できる言葉だったのでしょうが、日本人にはぴんとこないところがあるので、江戸時代以降、日本風の七十二候もつくられました（四五五ページ）。「気候」という用語は、二十四節気・七十二候を略したものです。

日本では明治五年十二月に、それまで使っていた月の満ち欠けを基準にした「太陰太陽暦《たいいんたいようれき》」（陰暦／旧暦）を、万国共通の「グレゴリオ暦」（陽暦／新暦）に改めました。その結果、立春は二月四日ごろ、立夏は五月六日ごろ、立秋は八月八日ごろ、立冬は十一月八日ごろ。立春から立夏の前日までが春、立夏から立秋の前日までが夏、立秋から立冬の前日までが秋、立冬から立春の前日までが冬となりました。

二十四節気は太陽と地球の位置関係で決まるので、二十四節気の物理的な時期は変わりませんが、それが何月何日になるかは新旧の暦によって変わります。たとえば、旧暦の立春は新暦よりおおむねひと月以上早く、一月初旬。ぴったり一月一日になることもありました。そこから春が始まるので、いまでも新年を「新春《しんしゅん》」「初春《はつはる》」と呼ぶのは、その名残です。

新旧どちらの暦でも、立春は寒さの厳しい時期。「春」の実感には遠いので、新聞やテレビの気象予報は「今日が立春。暦の上では今日から春です」などと言っています。

立春は確かに寒さのさなかですが、実はそのあたりが寒さの底で、薄紙を剝ぐように日差しが和らぎ、日本各地の平均気温は上昇に転じます。寒さの中にいち早く春の訪れを感じとり、立春を春のはじまりとした東洋的な季節区分は、いかにもこまやかで繊細な季節感覚で、歳時記にはそれが生かされています。

ただし混乱もあります。七夕は旧暦七月七日の行事ですが、それを新暦の七月七日に移し替えると、梅雨の季節で天の川は見えません。旧暦なら八月中旬から九月、秋めいて星がよく見える季節です。こうした混乱を避けるには、季節区分にとらわれず、実感を大切に詠むことが大事です。詠んだその句が俳句の約束の中で、春夏秋冬のどの季節にあたるかは、あまり気にしなくていいでしょう。

二十四節気早見表

（日は年によって多少変わります）

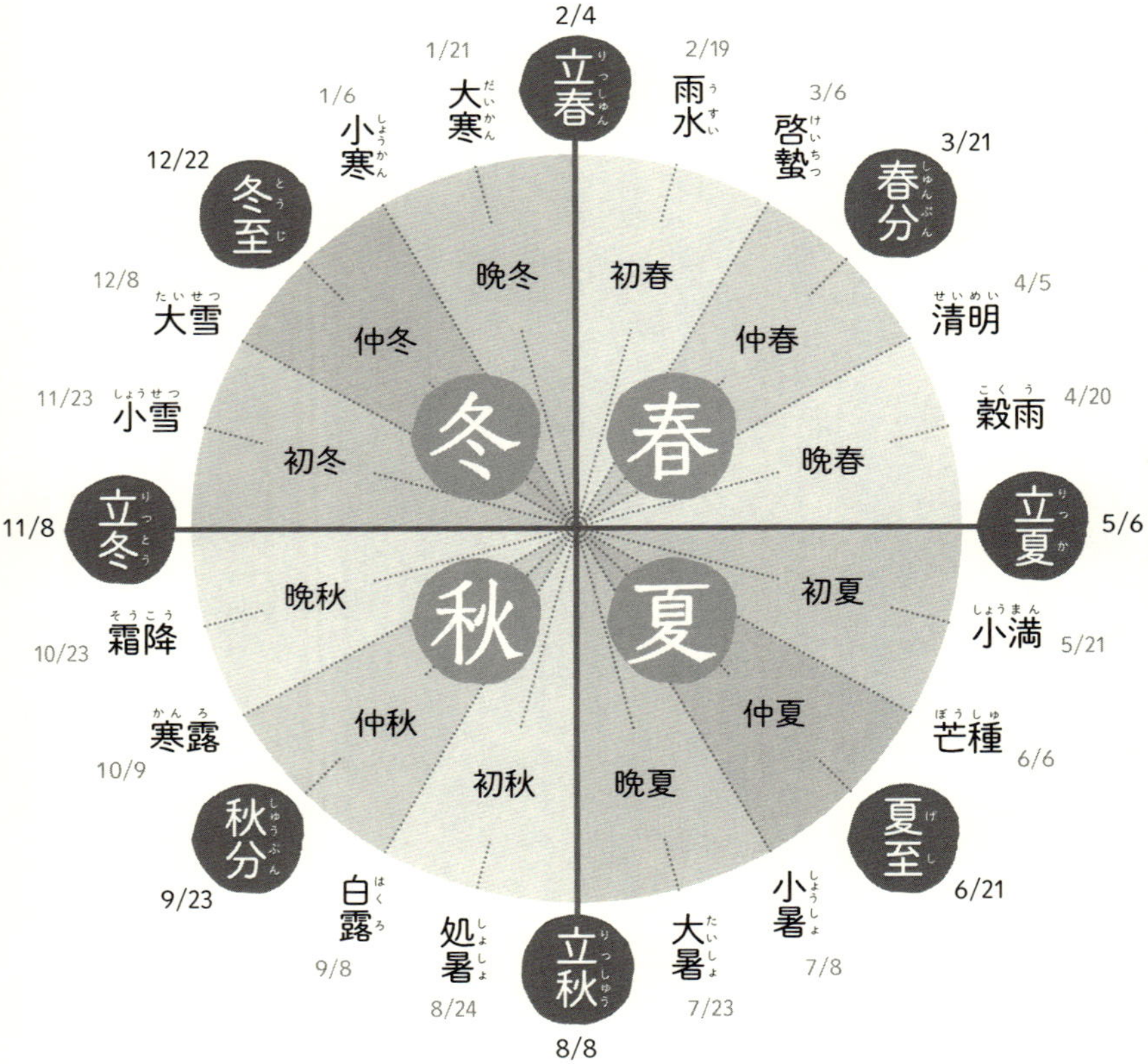

七十二候一覧表（読み方には諸説あります）

季節	節気	候	七十二候〈日本式〉
春	立春	初候	東風凍を解く（はるかぜこおりをとく）
		次候	鶯鳴く（うぐいすなく）
		末候	魚氷を上る（うおこおりをいずる）
	雨水	初候	土脉潤い起こる（つちのしょうううるおいおこる）
		次候	霞始めてたなびく（かすみはじめてたなびく）
		末候	草木萌え動る（そうもくめばえいずる）
	啓蟄	初候	すごもりの虫戸を開く（すごもりのむしとをひらく）
		次候	桃始めてさく（ももはじめてさく）
		末候	菜虫蝶となる（なむしちょうとなる）
	春分	初候	雀始めて巣くう（すずめはじめてすくう）
		次候	桜始めて開く（さくらはじめてひらく）
		末候	雷乃ち声を発す（かみなりすなわちこえをはっす）
	清明	初候	玄鳥至る（つばめいたる）
		次候	鴻雁かえる（こうがんかえる）
		末候	虹始めてあらわる（にじはじめてあらわる）
	穀雨	初候	葭始めて生ず（あしはじめてしょうず）
		次候	霜止で苗出づる（しもやんでなえいづる）
		末候	牡丹華さく（ぼたんはなさく）
夏	立夏	初候	蛙始めて鳴く（かわずはじめてなく）
		次候	蚯蚓出づる（みみずいづる）
		末候	竹笋生ず（たけのこしょうず）
	小満	初候	蚕起きて桑を食む（かいこおきてくわをはむ）
		次候	紅花栄う（べにばなさかう）
		末候	麦秋至る（むぎのときいたる）
	芒種	初候	蟷螂生ず（かまきりしょうず）
		次候	腐れたる草蛍と為る（くされたるくさほたるとなる）
		末候	梅のみ黄ばむ（うめのみきばむ）
	夏至	初候	乃東枯る（なつかれくさかるる）
		次候	菖蒲華さく（あやめはなさく）
		末候	半夏生ず（はんげしょうず）
	小暑	初候	温風至る（あつかぜいたる）
		次候	蓮始めて開く（はすはじめてひらく）
		末候	鷹乃ちわざをならう（たかすなわちわざをならう）
	大暑	初候	桐始めて花を結ぶ（きりはじめてはなをむすぶ）
		次候	土潤いてむし暑し（つちうるおいてむしあつし）
		末候	大雨時々に降る（たいうときどきにふる）

季節	節気	候	七十二候〈日本式〉
秋	立秋	初候	涼風至る（すずかぜいたる）
		次候	寒蟬鳴く（ひぐらしなく）
		末候	深き霧まとう（ふかききりまとう）
	処暑	初候	綿のはなしべ開く（わたのはなしべひらく）
		次候	天地始めてさむし（てんちはじめてさむし）
		末候	禾乃ちみのる（こくものすなわちみのる）
	白露	初候	草露白し（くさつゆしろし）
		次候	鶺鴒鳴く（せきれいなく）
		末候	玄鳥去る（つばめさる）
	秋分	初候	雷乃ち声を収む（かみなりすなわちこえをおさむ）
		次候	虫かくれて戸をふさぐ（むしかくれてとをふさぐ）
		末候	水始めて涸る（みずはじめてかるる）
	寒露	初候	鴻雁来る（こうがんきたる）
		次候	菊花開く（きくのはなひらく）
		末候	蟋蟀戸にあり（きりぎりすとにあり）
	霜降	初候	霜始めて降る（しもはじめてふる）
		次候	小雨ときどきふる（こさめときどきふる）
		末候	楓蔦黄ばむ（もみじつたきばむ）
冬	立冬	初候	山茶始めて開く（つばきはじめてひらく）
		次候	地始めて凍る（ちはじめてこおる）
		末候	金盞香（きんせんかさく）
	小雪	初候	虹かくれて見えず（にじかくれてみえず）
		次候	朔風葉を払う（きたかぜこのはをはらう）
		末候	橘始めて黄ばむ（たちばなはじめてきばむ）
	大雪	初候	閉塞冬となる（そらさむくふゆとなる）
		次候	熊穴にこもる（くまあなにこもる）
		末候	さけの魚群がる（さけのうおむらがる）
	冬至	初候	乃東生ず（なつかれくさしょうず）
		次候	さわしかの角おつる（さわしかのつのおつる）
		末候	雪下りて麦のびる（ゆきわたりてむぎのびる）
	小寒	初候	芹乃ち栄う（せりすなわちさかう）
		次候	泉水温をふくむ（しみずあたたかをふくむ）
		末候	雉始めてなく（きじはじめてなく）
	大寒	初候	蕗の華さく（ふきのはなさく）
		次候	水沢氷つめる（さわみずこおりつめる）
		末候	鶏始めてとやにつく（にわとりはじめてとやにつく）

索引を引きたいけれど漢字が難しくて読めない人のための

字の形や部首から引く 難しい漢字季語

難しい漢字季語の初めの一字の部首から引いてください。
※字の形から見つけやすいように分けているため、一般の漢字辞典とは分け方が異なっているものがあります。

一 ―イチ― 一画

一八（いちはつ）
七竈（ななかまど）
世阿弥忌（ぜあみき）

亻 ―ニンベン― 二画

仏掌芋（つくねいも）
化偸草（えびね）
代掻（しろかき）
仙人掌の花（さぼてんのはな）
佞武多（ねぶた）
侘助（わびすけ）
傀儡（かいらい）
優曇華（うどんげ）
俎始（まないたはじめ）

冫 ―ニスイ― 二画

冷まじ（すさまじ）
冴返る（さえかえる）
凍月（いてづき）
凍解、冴解（いてどけ）
凌霄の花（のうぜんのはな）

八、人 ―ハチ、ヒト― 二画

八朔（はっさく）
公魚（わかさぎ）
公孫樹の花（いちょうのはな）
令法飯（りょうぶめし）
余花（よか）
衾（ふすま）
其角忌（きかくき）

十 ―ジュウ― 二画

十六夜（いざよい）
南瓜（かぼちゃ）

又 ―マタ― 二画

双六（すごろく）
蚤（のみ）

亠 ―ナベブタ― 二画

夜濯（よすすぎ）
夜盗虫（よとう）

厂 ―ガンダレ― 二画

厄落（やくおとし）
厚物咲（あつものざき）
威銃（おどしづつ）
雁木（がんぎ）
雁風呂（がんぶろ）
蜃気楼（しんきろう）

几 ―ツクエ、カゼカンムリ― 二画

凩（こがらし）
凧（いかのぼり／たこ）
鳳仙花（ほうせんか）
鳳梨（あななす）
風信子（ふうしんし）

卩 ―フシヅクリ― 二画

卯浪（うなみ）
卯月曇（うづきぐもり）
卯の花腐し（うのはなくたし）

刀 ―カタナ― 二画

分葱（わけぎ）
刀豆（なたまめ）

子 ―コヘン― 三画

孑孑（ぼうふら）
子の日の松（ねのひのまつ）
子規（ほととぎす）

阝 ―オオザト― 三画

邯鄲（かんたん）
郁子（むべ／うべ）
郭公（かっこう）

阝 ―コザトヘン― 三画

防風（ぼうふう）
阿国忌（おくにき）
陽炎（かげろう）
陶枕（とうちん）

口 ―クチ― 三画

合歓の花（ねむのはな、ねぶのはな）
咳（せき）
囀（さえずり）
啄木鳥（きつつき）
啄木忌（たくぼくき）
喰積（くいつみ）
喇叭水仙（らっぱずいせん）
噴井（ふけい）
嚔（くさめ）
喜雨（きう）
啓蟄（けいちつ）
向日葵（ひまわり）

囗 ―クニガマエ― 三画

四葩（よひら）
団扇（うちわ）
団栗（どんぐり）
囮（おとり）

女 ―オンナ― 三画

女郎花（おみなえし、じょろうばな）
如月（きさらぎ）

广 ―マダレ― 三画

庭石菖（にわぜきしょう）
唐黍（とうきび）
座待月（いまちづき）
鹿火屋（かびや）
鹿尾菜（ひじき）
鹿垣（ししがき）
鹿茸（ろくじょう）

鹿梨（やまなし）

土 ― ツチ ― 三画

土筆（つくし）
土用東風（どようごち）
垢離（こり）
埋火（うずみび）
垂り雪（しずりゆき）

弓 ― ユミ ― 三画

弥生（やよい）
弾初（ひきぞめ）

宀 ― ウカンムリ ― 三画

守宮（やもり）
安良居祭（やすらいまつり）
安居（あんご）
空木の花（うつぎのはな）
空梅雨（からつゆ）
空蟬（うつせみ）
宝恵籠（ほえかご／ほいかご）
案山子（かかし）
寄居虫（ごうな／やどかり）
寒柝（かんたく）
寒靄（かんあい）
寝積む（いねつむ）
富貴草（ふっきそう）
蜜柑（みかん）
竈馬（いとど／かまどうま）

彳 ― ギョウニンベン ― 三画

行火（あんか）
御忌（ぎょき）
御来光（ごらいこう）
御身拭（おみぬぐい）
御命講（おめいこう）
御柱（おんばしら）
御降（おさがり）
御影供（みえいく／みえく）
御器嚙（ごきぶり）
御講凪（おこうなぎ）
御火焚（おほたき）
鵆（ちどり）
黴（かび）

扌 ― テヘン ― 三画

手套（しゅとう）
抱卵期（ほうらんき）
掛乞（かけごい）
捩花（ねじばな）
接骨木の花（にわとこのはな）
摂待（せったい）
搗布（かじめ）
撫子（なでしこ）
掻巻（かいまき）
撒水車（さんすいしゃ）
擬宝珠（ぎぼうし）

氵 ― サンズイ ― 三画

汗疹（あせも）
江籬（おごのり）
沙魚（はぜ）
沙羅の花（さらのはな）
沢瀉（おもだか）
沈丁花（じんちょうげ）
沈菜（キムチ）
泥鰌掘る（どじょうほる）
河鹿（かじか）
河骨（こうほね）
河豚（ふぐ）
河童忌（かっぱき）
注連飾（しめかざり）
沫雪（あわゆき）
油天草（ほととぎす）
波斯菊（はるしゃぎく）
泊夫藍、泊夫藍（さふらん）
浅蜊（あさり）
海棠（かいどう）
海桐の花（とべらのはな）
海紅豆（かいこうず）
海髪（うご）
海雲、海蘊（もずく）
海胆、海栗（うに）
海苔（のり）
海鞘（ほや）
海月（くらげ）
海鼠（なまこ）
海鰻（あなご）
海酸漿（うみほおずき）
海霧（じり）
海猫（ごめ／うみねこ）
海羸回し（ばいまわし）
海鼠腸（このわた）
洗膾（あらい）
浜木綿（はまゆう）
涅槃（ねはん）
浪速踊（なにわおどり）
流鏑馬（やぶさめ）
浮塵子（うんか）
淑気（しゅくき）
清明（せいめい）
渓蓀（あやめ）
添水（そうず）
渋取（しぶとり）
満天星の花（どうだんのはな）
温突（おんどる）
湯婆（たんぽ／ゆたんぽ）
溝浚（みぞさらえ）
溝萩（みぞはぎ）
滑子（なめこ）
漸寒（ややさむ）
漱石忌（そうせきき）
潤目鰯（うるめいわし）

犭 ― ケモノヘン ― 三画

狗尾草（えのころぐさ）
独活（うど）
独楽（こま）
猪（しし／いのしし）
猪威（ししおどし）
猩々木（しょうじょうぼく）
猟人（りょうじん）
猿酒、猴酒（ましらざけ）
獺魚を祭る（かわうそうおをまつる）
獺祭（おそまつり）

三 ― サン ― 三画

三十三才（みそさざい）
三伏（さんぷく）
三椏の花（みつまたのはな）

万 ― マン ― 三画

万年青の実（おもとのみ）
万緑（ばんりょく）

不 ― フ ― 三画

不如帰（ほととぎす）
不器男忌（ふきおき）

尸 ― シカバネ ― 三画

居待月（いまちづき）
屠蘇（とそ）

巾 ― ハバ ― 三画

布袋草（ほていそう）
帚木（ははきぎ）
常山木の花（くさぎのはな）
帷子（かたびら）
幟（のぼり）
幮（かや）

辶 ― シンニョウ ― 三画

迎鐘（むかえがね）
送行（そうあん）
追儺鬼（ついなおに）
連翹（れんぎょう）
通草（あけび）
遅日（ちじつ）
遊行忌（ゆぎょうき）
遍路（へんろ）

山 ― ヤマ ― 三画

山背風（やませ）
山茶花（さざんか）
山桜桃（ゆすらうめ）
山蚕（やまこ）
山葵（わさび）
山茱萸の花（さんしゅゆのはな）
山椒魚（さんしょううお）
山棟蛇（やまかがし）
山樝子の花（さんざしのはな）

上 ― ウエ ― 三画

上布（じょうふ）
上蔟（じょうぞく）

小 ― ショウ ― 三画

小晦日（こつごもり）
小綬鶏（こじゅけい）
小粉団の花（こでまりのはな）

大 ― ダイ ― 三画

大晦日（おおつごもり／おおみそか）
大雪（たいせつ）
大蒜（にんにく）
天牛（かみきり／てんぎゅう）
天瓜粉（てんかふん）
天蛾（すずめが）
天繭（やままゆ）
夾竹桃（きょうちくとう）
夷講（えびすこう）

久 ― キュウ ― 三画

灸花（やいとばな）
螽蟖（きりぎりす）

艹 ― クサカンムリ ― 三画

芒（すすき）
芋茎（ずいき）
芋殻火（おがらび）
芍薬（しゃくやく）
芥子（けし）
芥菜（からしな）
芭蕉（ばしょう）
花月夜（はなづきよ）
花石斑魚（はなうぐい）
花魁草（おいらんそう）
芙蓉（ふよう）
苦潮（にがしお）
苗代（なわしろ）
苗行灯（なえあんどん）
茅舎忌（ぼうしゃき）
茅の輪（ちのわ）
茅花流し（つばなながし）
茅萱（ちがや）
茄子（なす／なすび）
苧環の花（おだまきのはな）
茉莉花（まつりか）
苜蓿の花（うまごやしのはな）
茜草（あかね）
茱萸（ぐみ）
茘枝（れいし）
草石蚕（ちょろぎ）
茗荷（みょうが）
莢蒾（がまずみ）
茣蓙（ござ）
荻（おぎ）
華鬘草（けまんそう）
葵祭（あおいまつり）
葵鬘（あおいかずら）
著衣始（きそはじめ）
著莪（しゃが）
菩提樹の花（ぼだいじゅのはな）
萍（うきくさ）
菖蒲（しょうぶ／あやめ）
葭戸（よしど）
葭切（よしきり）
葭簀（よしず）
剪定（せんてい）
菫（すみれ）
落霜紅（うめもどき）
菱紅葉（ひしもみじ）
葎（むぐら）
韮（にら／みら）
菰巻（こもまき）
萱刈る（かやかる）
萱草（かんぞう）
蒼朮を焼く（そうじゅつをやく）
蒜（にんにく）
葫（にんにく）
菌（きのこ）
葡萄（ぶどう）
葛（くず）
葱（ねぎ）
蒟蒻掘る（こんにゃくほる）
蒲の穂（がまのほ）
蒲公英（たんぽぽ）
蒲団（ふとん）
蓑虫（みのむし）
蓼の花（たでのはな）
蓴（ぬなわ）
蓴菜（じゅんさい／ぬなわ）
蕪（かぶら／かぶ）
蓬（よもぎ）
蓬萊（ほうらい）
薺の花（なずなのはな）
薬降る（くすりふる）
薬玉（くすだま）
薪能（たきぎのう）
蕃茄（とまと）
蟇（ひきがえる）
蕎麦（そば）
薄氷（うすらい）
薄暑（はくしょ）
薄荷の花（はっかのはな）
薯汁（いもじる）

薯蕷汁（とろろじる）
蕨（わらび）
蕗（ふき）
蕺菜（どくだみ）
繭（まゆ）
薇（ぜんまい）
薔薇（ばら／そうび）
薊（あざみ）
蕣（あさがお）
藪柑子（やぶこうじ）
藪虱（やぶじらみ）
藜（あかざ）
藺（い）
蘆（あし／よし）
藻刈（もかり）
蘖（ひこばえ）
蘇枋（すおう）
蘂、蕊（しべ）
蘩蔞（はこべら）

日—ヒ—四画

早乙女（さおとめ）
早苗饗（さなぶり）
早松茸（さまつ）
旱（ひでり）
春日祭（かすがまつり）
晒布（さらし）
晒鯨（さらしくじら）
時雨（しぐれ）
時鳥（ほととぎす）
曼珠沙華（まんじゅしゃげ）
暑気払（しょきばらい）
暖簾（のれん）
曝書（ばくしょ）

月—ツキ—四画

月白（つきしろ）
肌脱（はだぬぎ）
望潮（しおまねき）
望の潮（もちのしお）
膾（なます）
朧月（おぼろづき）

水—ミズ—四画

水口祭（みなくちまつり）
水中り（みずあたり）
水母（くらげ）
水貝（みずがい）
水松（いちい）
水洟（みずはな）
水馬（あめんぼう）
水澄（みずすまし）
水雲（もずく）
水絡繰（みずからくり）
水無月（みなづき）
水鶏（くいな）

火—ヒ—四画

灼くる（やくる）
炎帝（えんてい）
炉塞（ろふさぎ）
炭斗（すみとり）
炬燵（こたつ）
焚火（たきび）
焙炉（ほいろ）
煤籠（すすごもり）
熾炭（おこりずみ）

灬—レッカ—四画

黒南風（くろはえ）
無月（むげつ）
無花果（いちじく）
無患子（むくろじ）
熊谷草（くまがいそう）
燕子花（かきつばた）

心—ココロ—四画

心太（ところてん）
忍冬の花（すいかずらのはな）
慈姑（くわい）
悴む（かじかむ）

五—ゴ—四画

五加木（うこぎ）
五月雨（さみだれ）
五月闇（さつきやみ）
五月蠅（さばえ）
吾亦紅、吾木香（われもこう）

毛—ケ—四画

毛見（けみ）
毬栗（いがぐり）

攵—ボクヅクリ—四画

放生会（ほうじょうえ）
放屁虫（へひりむし）
数珠玉（じゅずだま／ずずだま）

牛—ウシ—四画

牛膝（いのこずち）
牛蒡引く（ごぼうひく）
牡丹（ぼたん）
牡蠣（かき）

犬—イヌ—四画

犬子草（えのこぐさ）
獣交る（けものさかる）

王—オウ—四画

玉蜀黍（とうもろこし）
玫瑰（はまなす）
斑雪（はだれ）
斑猫（はんみょう）
瑞饋祭（ずいきまつり）

木—キ—四画

木菟（みみずく）
木五倍子の花（きぶしのはな）
木瓜（ぼけ）
木槿（むくげ）
木賊狩る（とくさかる）
木樵（きこり）
杜氏帰る（とうじかえる）
杜鵑（とけん／ほととぎす）
杜鵑花（さつき）
杜鵑草（ほととぎす）
杜若（かきつばた）
柘榴（ざくろ）
杏（あんず）
李（すもも）
松魚（かつお）
枇杷（びわ）
栄螺（さざえ）
柊の花（ひいらぎのはな）
枸杞の実（くこのみ）
枸橘（からたち）
枳殻（からたち）

柴漬(ふしづけ)
柳絮(りゅうじょ)
桔梗(ききょう/きちこう)
栴檀(せんだん)
梅擬(うめもどき)
桃葉湯(とうようとう)
桜鯎(さくらうぐい)
梔子の花(くちなしのはな)
梯梧の花(でいごのはな)
棕櫚(しゅろ/すろ)
棉(わた)
梟(ふくろう)
椋鳥(むくどり/むく)
楓の花(かえでのはな)
楝の実(おうちのみ)
楮晒す(こうぞさらす)
楉(すわえ)
榠櫨(かりん)
楪(ゆずりは)
楤の芽(たらのめ)
楊梅(やまもも)
槐の花(えんじゅのはな)
榎の実(えのみ/えのきのみ)
榾(ほだ)
樏(かんじき)
榧の実(かやのみ)
榲桲(まるめろ)
樟若葉(くすわかば)
橅若葉(ぶなわかば)
柞(ははそ)
樝子(しどみ)
樗(おうち)
欅若葉(けやきわかば)
機始(はたはじめ)
橇(そり)

橙(だいだい)
樒の花(しきみのはな)
橡の実(とちのみ)
檸檬(れもん)
櫨の実(はぜのみ)
鬱金香(うっこんこう)

止―トメ―四画

歩荷(ぼっか)
歯朶(しだ)

未、末―ミ、スエ―五画

未央柳(びようやなぎ)
末枯(うらがれ)
末黒の芒(すぐろのすすき)

立―タツ―五画

立待月(たちまちづき)
立浪草(たつなみそう)
章魚(たこ)
端午(たんご)
端居(はしい)
競馬(くらべうま)

目―メ―五画

真菰(まこも)
着衣始(きそはじめ)
睡蓮(すいれん)

石―イシ―五画

石蓴(あおさ)
石蕗(つわぶき/つわ)
石榴の花(ざくろのはな)
石鹸玉(しゃぼんだま)
砧(きぬた)

破魔矢(はまや)
硯洗(すずりあらい)

田―タ―五画

田楽(でんがく)
男郎花(おとこえし/おとこめし)

疒―ヤマイダレ―五画

疾風(はやて)
病葉(わくらば)

白―シロ―五画

白子干(しらすぼし)
白粉花(おしろいばな/おしろい)
白朮詣(おけらまいり)
白南風(しろはえ)
皀莢、皀角子(さいかち)
皐月(さつき)
兜虫(かぶとむし)

ネ―シメスヘン―五画

祇園祭(ぎおんまつり)
祇王忌(ぎおうき)
神楽(かぐら)
神等去出(からさで)

禾―ノギ―五画

和布(わかめ)
和蘭芥子(おらんだがらし)
秋刀魚(さんま)
秋蚕(あきご)
秋闌くる(あきたくる)
秋黴雨(あきついり)
稲扱(いねこき)
稲屑火(いなしび)

稲架(はざ)
稲塚(ぼっち)
稲積(にお)
穂絮飛ぶ(ほわたとぶ)
穀象(こくぞう)
穭田(ひつじだ)

古―フル―五画

古女(ごまめ)
胡蝶蘭(こちょうらん)
胡麻(ごま)
胡瓜揉(きゅうりもみ)
胡葱(あさつき)
胡桃(くるみ)

甘―アマイ―五画

甘露子(ちょろぎ)
甜瓜(まくわうり)

半―ハン―五画

半巾(はんけち)
半夏生(はんげしょう)
半纏(はんてん)

冬―フユ―五画

冬瓜(とうがん)
冬青の実(そよごのみ)

氷―コオリ―五画

氷下魚(こまい)
氷柱(つらら)
氷室(ひむろ)
氷面鏡(ひもかがみ)
氷菓(ひょうか)
氷塊(ひょうかい)

皮—カワ—五画

皸（あかぎれ／あかがり）
皹（ひび）

生—ウマレル—五画

生姜湯（しょうがゆ）
生身魂（いきみたま）

衣—コロモ—六画

衣被（きぬかつぎ）
衣紋竹（えもんだけ）
衣魚（しみ）
初東雲（はつしののめ）
初靨（はつえくぼ）
袷（あわせ）
裘（かわごろも）
褞袍（どてら）
襖（ふすま）
襤褸市（ぼろいち）

瓜—ウリ—六画

西瓜（すいか）
冬瓜（とうがん）
糸瓜（へちま）
南瓜（かぼちゃ）
胡瓜（きゅうり）
甜瓜（まくわうり）
越瓜（しろうり）
瓢（ふくべ／ひさご）
瓢の実（ひょんのみ）
瓢簞（ひょうたん）
瓢蟲（てんとうむし）

竹—タケ—六画

竹瓮（たっぺ）
竹婦人（ちくふじん）
竹牀几（たけしょうぎ）
竿灯（かんとう）
筍（たけのこ）
筒鳥（つつどり）
筵（むしろ）
箱眼鏡（はこめがね）
篝火草（かがりびそう）
篠の子（すずのこ）
簗守（やなもり）
簟（たかむしろ）
簾（すだれ）
籐寝椅子（とうねいす）
籠枕（かごまくら）

米—コメヘン—六画

籾（もみ）
料峭（りょうしょう）
粽（ちまき）

糸—イト—六画

糸瓜（へちま）
紅蜀葵（こうしょっき）
紙魚（しみ）
紙鳶（いかのぼり）
納涼（すずみ）
紗（しゃ）
細螺（きさ）
紫蘇（しそ）
紫陽花（あじさい）
紫蘭（しらん）
紫雲英（げんげ）
紫荊（はなずおう）
紫丁香花（むらさきはしどい）
絨緞（じゅうたん）
継子の尻拭い（ままこのしりぬぐい）
絽（ろ）
網代（あじろ）

羊—ヒツジ—六画

羊蹄の花（ぎしぎしのはな）
羚羊（かもしか）

羽—ハネ—六画

翁草（おきなぐさ）
翡翠（かわせみ／ひすい）

虍—トラカンムリ—六画

虎杖（いたどり）
虎耳草（ゆきのした）
虎魚（おこぜ）
虎落笛（もがりぶえ）
虚子忌（きょしき）
虚抜菜（うろぬきな）
虚栗（みなしぐり）

虫—ムシ—六画

蚤（のみ）
蚊母樹の実（いすきのみ）
蚊帳（かや）
蛇の目草（じゃのめそう）
蚰蜒（げじげじ）
蚯蚓（みみず）
蛞蝓（なめくじ）
蛆（うじ）
蚶（きさ）
蛇笏忌（だこつき）
蛭蓆（ひるむしろ）
蛾（が）
蜉蝣（かげろう）
蜆（しじみ）
蛤（はまぐり）
蛸（たこ）
蜘蛛（くも）
蜥蜴（とかげ）
蜻蛉（とんぼ）
蜻蜓（やんま）
蜷（にな／みな）
蜩（ひぐらし）
蝗（いなご）
蝌蚪（かと）
蝸牛（かたつむり）
蝙蝠（こうもり／かわほり）
蝮（まむし）
蝦蛄（しゃこ）
蝦蟇（がま）
蝦夷菊（えぞぎく）
蝦蛄仙人掌（しゃこさぼてん）
螻蛄（けら）
蟋蟀（こおろぎ）
蟻（あり）
蟷螂（とうろう／かまきり）
蠛蠓（まくなぎ／めまとい）
蠅虎（はえとりぐも）
蜈蚣（むかで）
蠟梅（ろうばい）
蟾（ひき）
蜃気楼（しんきろう）
蟲払い（むしはらい）
螽蟖（きりぎりす）
蟹（かに）
蚕飼（こがい）

蚕豆（そらまめ）
螢袋（ほたるぶくろ）

百—ヒャク—六画

百千鳥（ももちどり）
百閒忌（ひゃくけんき）
百足虫、百足（むかで）
百日紅（さるすべり／ひゃくじつこう）

自—ミズカラ—六画

自然薯（じねんじょ）
臭木の花（くさぎのはな）
臭橙（かぶす）

豆—マメ—七画

豇豆（ささげ）
豌豆（えんどう）

言—ゴンベン—七画

討入の日（うちいりのひ）
誘蛾燈（ゆうがとう）
諸鬘（もろかずら）
謡初（うたいぞめ）

酉—トリヘン—七画

酢漿の花（かたばみのはな）
酢橘（すだち）
酸茎（すぐき）
酸漿市（ほおずきいち）

豸—ムジナヘン—七画

貉（むじな）
貌鳥（かおどり）

貝—カイ—七画

貝寄風（かいよせ）
敗荷（やれはす）
罌粟（けし）

走—ハシル—七画

越瓜（しろうり）
走馬燈（そうまとう）

足—アシ—七画

跣足（はだし）
躑躅（つつじ）

身—ミ—七画

身に入む（みにしむ）
射干（ひおうぎ）
射干玉（ぬばたま）

辛—カライ—七画

辛夷（こぶし）
辣韮（らっきょう）

金—カネ—八画

金亀子（こがねむし）
金雀枝（えにしだ）
金縷梅（まんさく）
金盞花（きんせんか）
金瘡小草（きらんそう）
釣忍（つりしのぶ）
釣瓶落し（つるべおとし）
鉈豆（なたまめ）
鉄漿付蜻蛉（かねつけとんぼ）
鉄漿蜻蛉（おはぐろとんぼ）
鉦叩（かねたたき）

銀杏（ぎんなん／いちょう）
鋤焼（すきやき）
鍬始（くわはじめ）
鎌鼬（かまいたち）

雨—アメ—八画

雨乞（あまごい）
雨月（うげつ）
雪代（ゆきしろ）
雪洞（ぼんぼり）
雪魚（たら）
雪解（ゆきげ）
雲母虫（きららむし）
雲雀（ひばり）
零余子（むかご／ぬかご）
雹（ひょう）
雷魚（はたはた）
霙（みぞれ）
霜降（そうこう）
霰（あられ）
霾（つちふる）
霾天（ばいてん）
霾晦（よなぐもり）

青—アオ—八画

青葉木菟（あおばずく）
青饅（あおぬた）

革—カワヘン—九画

靫草（うつぼぐさ）
鞦韆（ふらここ／しゅうせん）
鞴祭（ふいごまつり）

食—ショクヘン—九画

飯蛸（いいだこ）
飯饐ゆ（めしすゆ）
飯匙倩（はぶ）

県—アガタ—九画

懸崖菊（けんがいぎく）
懸想文（けそうぶみ）

単—タン—九画

単（ひとえ）
単衣（ひとえ）

馬—ウマ—十画

馬酔木の花（あしびのはな）
馬刀貝、馬蛤貝（まてがい）
馬陸（やすで）
騎初（のりぞめ）
驟雨（しゅうう）

鬼—オニ—十画

鬼灯（ほおずき）
鬼城忌（きじょうき）
鬼箭木紅葉（にしきぎもみじ）
魂祭（たままつり）

夏—ナツ—十画

夏至（げし）
夏花（げばな）
夏書（げがき）
夏蚕（なつご）
夏暁（なつあけ）
夏越（なごし）

烏—カラス—十画

烏賊（いか）
烏瓜（からすうり）

鳥の豌豆(からすのえんどう)

魚 ―ウオ― 十一画

魚簗(やな)
魞挿す(えりさす)
魦(いさざ)
鮓(すし)
鮎(あゆ)
鮊子(いかなご)
鮑(あわび)
鮭颪(さけおろし)
鮠(はや)
鮪(まぐろ)
鮫(さめ)
鮟鱇(あんこう)
鯨(くじら)
鮞(はららご)
鯊(はぜ)
鯵(あじ)
鯰(なまず)
鰈(かれい)
鰊(にしん)
鰤(ぶり)
鰡、鯔(ぼら)
鱈(たら)
鰯(いわし)
鰹(かつお)
鱚(きす)
鱏(えい)
鱒(ます)
鱧(はも)
鰭酒(ひれざけ)
鱁鮧(うるか)
鰰、鱩(はたはた)

鳥 ―トリ― 十一画

鳥交る(とりさかる)
鳥総松(とぶさまつ)
鳰(かいつぶり／にお／におどり)
鳶尾草(いちはつ)
鴨川踊(かもがわおどり)
鴨足草(ゆきのした)
鴉(からす)
鷦鷯(みそさざい)
鴛鴦(おし)
鴫来る(しぎくる)
鵜飼(うかい)
鵙(もず)
鵯(ひよどり／ひよ)
鵲(かささぎ)
鶉(うずら)
鶏皮(そぞろさむ)
鶏頭(けいとう)
鶫(つぐみ)
鶺鴒(せきれい)
鶸(ひわ)
鷭(ばん)
鷗外忌(おうがいき)
鷺(さぎ)
鷺草(さぎそう)
鷽(うそ)
鶯(うぐいす)

爽 ―ソウ― 十一画

爽波忌(そうはき)
爽涼(そうりょう)
爽籟(そうらい)

黄 ―キ― 十一画

黄菅(きすげ)
黄落(こうらく)

黍 ―キビ― 十二画

黍嵐(きびあらし)
黐(もち)

鼠 ―ネズミ― 十三画

鼬(いたち)
鼯鼠(むささび)

龍 ―リュウ― 十六画

龍胆(りんどう)
龍淵に潜む(りゅうふちにひそむ)
龍田姫(たつたひめ)

そのほかの難読季語

千屈菜(みそはぎ)
片蔭(かたかげ)
壬生念仏(みぶねんぶつ)
文月(ふづき)
勿忘草(わすれなぐさ)
左義長(さぎちょう)
去年今年(こぞことし)
母衣蚊帳(ほろがや)
北颪(きたおろし)
西瓜(すいか)
朱欒(ざぼん)
老鶯(ろうおう)
赤楝蛇(やまかがし)
車前草の花(おおばこのはな)
更待月(ふけまちづき)
盂蘭盆(うらぼん)
長閑(のどか)
東風(こち)
乗込鮒(のっこみぶな)
巻耳(おなもみ)
重陽(ちょうよう)
臥待月(ふしまちづき)
泰山木の花(たいさんぼくのはな)
飛蝗(ばった)
野蒜(のびる)
乾風(あなじ)
骨牌(かるた)
業平忌(なりひらき)
棗(なつめ)
鼓虫(まいまい)
解夏(げげ)
聖霊会(しょうりょうえ)
新松子(しんちぢり)
歌留多(かるた)
麨(はったい)
閻魔詣(えんまもうで)
羅(うすもの)
轡虫(くつわむし)

総索引

現代仮名づかいで五十音順に配列しています。
太字は主題季語を示しています。

あ

アイスキャンディー　夏 一五三
アイスクリーム　夏 一五三
あいのはね（愛の羽根）　秋 二九〇
あいゆかた（藍浴衣）　夏 一四六
あおあし（青蘆）　夏 二三三
あおあし（青葦）　夏 二三三
あおあしはら（青蘆原）　夏 二三三
あおあらし（青嵐）　夏 一三三
あおい（葵）　夏 二四一
あおいかずら（葵鬘）　夏 一八四
あおいまつり（葵祭）　夏 一八四
あおうめ（青梅）　夏 二三六
あおかえで（青楓）　夏 二二一
あおがえる（青蛙）　夏 一九一
あおがき（青柿）　夏 二三六
あおかび（青黴）　夏 二二六
あおがや（青蚊帳）　夏 一五五
あおぎす（青鱚）　夏 二〇〇
あおぎた（青北風）　秋 二六二
あおきのみ（青木の実）　冬 四一二
あおきふむ（青き踏む）　春 六六
あおぎり（青桐）　夏 二二三
あおぎり（梧桐）　夏 二二三
あおくさ（青草）　夏 二二三
あおくび（青頸）　冬 四〇〇
あおくるみ（青胡桃）　夏 二三七
あおげら（青げら）　秋 三〇〇
あおごけ（青苔）　夏 二二五
あおごち（青東風）　夏 一三七
あおさ（石蓴）　春 一二二
あおさぎ（青鷺）　夏 一九六
あおさぎ（蒼鷺）　夏 一九六
あおさじる（石蓴汁）　春 一二二
あおさんが（青山河）　夏 一四〇
あおしぐれ（青時雨）　夏 一三四
あおしし（青鹿）　冬 三九八
あおじそ（青紫蘇）　夏 二三四
あおしだ（青歯朶）　夏 二二四
あおしば（青芝）　夏 二二三
あおすすき（青芒）　夏 二三九
あおすすき（青薄）　夏 二三九
あおすだれ（青簾）　夏 一五八
あおた（青田）　夏 一四三
あおだいしょう（青大将）　夏 一九二
あおたかぜ（青田風）　夏 一四三
あおたなみ（青田波）　夏 一四三
あおたみち（青田道）　夏 一四三
あおづた（青蔦）　夏 二二三
あおつゆ（青梅雨）　夏 一三五
あおとうがらし（青唐辛子）　夏 二四六
あおとうがらし（青蕃椒）　夏 二四六
あおとかげ（青蜥蜴）　夏 一九二
あおなし（青梨）　秋 三三二
あおぬた（青饅）　春 五四
あおね（青嶺）　夏 一四〇
あおの（青野）　夏 一四〇
あおば（青葉）　夏 二二三
あおばえ（蒼蠅）　夏 二〇六
あおはぎ（青萩）　夏 二三九
あおばざむ（青葉寒）　夏 二二三
あおばじお（青葉潮）　夏 一四二
あおばしぐれ（青葉時雨）　夏 一三四
あおばしょう（青芭蕉）　夏 二二三
あおばずく（青葉木菟）　夏 一九四
あおばびえ（青葉冷）　夏 二二三
あおばやま（青葉山）　夏 二二三
あおばやみ（青葉闇）　夏 二二四
あおびわ（青枇杷）　夏 二三六
あおふくべ（青瓢）　夏 二四六
あおぶどう（青葡萄）　夏 二三七
あおべら（青べら）　夏 二〇〇
あおほおずき（青鬼灯）　夏 二四六
あおまつかさ（青松毬）　秋 三二一
あおまつむし（青松虫）　秋 二九五
あおみかん（青蜜柑）　秋 三三五
あおみどろ（青みどろ）　夏 二二五
あおみなづき（青水無月）　夏 一二七
あおむぎ（青麦）　春 一二二
あおむし（青虫）　秋 二九七
あおやなぎ（青柳）　春 一二三
あおりんご（青林檎）　夏 二三七
あかいはね（赤い羽根）　秋 二九〇
あかえい（赤鱏）　夏 二〇〇
あかがい（赤貝）　春 九二
あかかぶ（赤蕪）　冬 四一七
あかがり　冬 三七九
あかぎれ（皸）　冬 三七九
あかぎれこう（皸膏）　冬 三七九
あかげら（赤げら）　秋 三〇〇
あかざ（藜）　夏 二三九
あかざのつえ（藜の杖）　夏 二三九
アカシアのはな（アカシアの花）　夏 二一八
あかじそ（赤紫蘇）　夏 二三四
あかつめくさ（赤詰草）　春 一〇四
あかとんぼ（赤とんぼ）　秋 二九四
あかなし（赤梨）　秋 三三二
あかなす（赤茄子）　夏 二三三
あかね（茜草）　秋 三三〇
あかねかずら（茜葛）　秋 三三〇
あかねかずら（茜蔓）　秋 三三〇
あかねほる（茜掘る）　秋 二七六
あかのまま（赤のまま）　秋 三三〇
あかのまんま（赤のまんま）　秋 三三〇
あかはら（赤腹）　春 九〇
あかはら（赤腹）　夏 一九二
あかふじ（赤富士）　夏 一四〇
あかべら（赤べら）　夏 二〇〇
あかまむし（赤まむし）　夏 一九三
あかまんま（赤飯）　秋 三三〇
あかめばる（赤めばる）　春 八九
あがり（上簇）　夏 一七六
あかりしょうじ（明り障子）　冬 三六九
あき（秋）　秋 二四八
あきあかね（秋茜）　秋 二九四
あきあさし（秋浅し）　秋 二四九
あきあざみ（秋薊）　秋 三三〇

あきあじ（秋味） 秋三〇四
あきあつし（秋暑し） 秋二四九
あきあわせ（秋袷） 秋二六七
あきいりひ（秋入日） 秋二六三
あきうちわ（秋団扇） 秋二七〇
あきうらら（秋麗） 秋二五一
あきおうぎ（秋扇） 秋二七〇
あきおこし（秋起こし） 秋二七一
あきおさめ（秋収） 秋二七三
あきおしむ（秋惜しむ） 秋二五五
あきかげり（秋陰り） 秋二六二
あきかぜ（秋風） 秋二五六
あきかぜづき（秋風月） 秋二四九
あきがわ（秋川） 秋二六四
あきかわく（秋乾く） 秋二五八
あきくさ（秋草） 秋三一六
あきぐち（秋口） 秋二四九
あきぐみ（秋茱萸） 秋三一五
あきぐも（秋雲） 秋二五八
あきぐもり（秋曇） 秋二六二
あきくる（秋来る） 秋二四八
あきくるる（秋暮るる） 秋二五五
あきげしき（秋景色） 秋二五一
あきご（秋蚕） 秋二九八
あきこき（晶子忌） 夏一八八
あきざくら（秋桜） 秋三〇六
あきさば（秋鯖） 秋三〇三
あきさぶ（秋さぶ） 秋二五四
あきさむ（秋寒） 秋二五三
あきさめ（秋雨） 秋二六二
あきしお（秋潮） 秋二六六
あきしぐれ（秋時雨） 秋二六二
あきすぐ（秋過ぐ） 秋二五五
あきすずし（秋涼し） 秋二四九
あきすだれ（秋簾） 秋二七〇
あきすむ（秋澄む） 秋二五一
あきぜみ（秋蟬） 秋二九四
あきそうび（秋薔薇） 秋三〇六
あきぞら（秋空） 秋二五七
あきたかし（秋高し） 秋二五七
あきたくる（秋闌くる） 秋二五四
あきたつ（秋立つ） 秋二四八
あきちかし（秋近し） 夏一三二
あきちょう（秋蝶） 秋二九四
あきつ 秋二九四
あきついり（秋霖） 秋二六二
あきついり（秋黴雨） 秋二六二
あきづく（秋づく） 秋二四九
あきつばめ（秋燕） 秋三〇〇
あきでみず（秋出水） 秋二六四
あきどなり（秋隣） 夏一三二
あきともし（秋燈） 秋二六九
あきないはじめ（商始） 新四三六
あきなかば（秋半ば） 秋二五〇
あきなぎさ（秋渚） 秋二六六
あきなす（秋茄子） 秋三一七
あきなすび（秋茄子） 秋三一七
あきにいる（秋に入る） 秋二四八
あきの（秋野） 秋二六四
あきのあさ（秋の朝） 秋二五二
あきのあめ（秋の雨） 秋二六二
あきのあゆ（秋の鮎） 秋三〇二
あきのいろ（秋の色） 秋二五一
あきのうみ（秋の海） 秋二六五
あきのうみ（秋の湖） 秋二六五
あきのうら（秋の浦） 秋二六六
あきのおと（秋の音） 秋二五六
あきのか（秋の蚊） 秋二九八
あきのかげ（秋の翳） 秋二六二
あきのかぜ（秋の風） 秋二五六
あきのかわ（秋の川） 秋二六四
あきのくさ（秋の草） 秋三一六
あきのくも（秋の雲） 秋二五八
あきのくれ（秋の暮） 秋二五二
あきのこう（秋の江） 秋二六四
あきのこえ（秋の声） 秋二五六
あきのこころ（秋の心） 秋二八一
あきのこま（秋の駒） 秋三〇四
あきのしお（秋の潮） 秋二六六
あきのせみ（秋の蟬） 秋二九四
あきのそら（秋の空） 秋二五七
あきのた（秋の田） 秋二六五
あきのちょう（秋の蝶） 秋二九四
あきのなごり（秋の名残） 秋二五五
あきのななくさ（秋の七草） 秋三一六
あきのななくさのはな
（秋の七種の花） 秋三一六
あきのなみ（秋の波） 秋二六六
あきのなみ（秋の浪） 秋二六六
あきのにじ（秋の虹） 秋二六三
あきのの（秋の野） 秋二六四
あきのはえ（秋の蠅） 秋二九八
あきのはち（秋の蜂） 秋二九八
あきのはつかぜ（秋の初風） 秋二五六
あきのはて（秋の果） 秋二五五
あきのはま（秋の浜） 秋二六六
あきのはら（秋の原） 秋二六四
あきのばら（秋の薔薇） 秋三〇六
あきのひ（秋の日） 秋二五七
あきのひ（秋の燈） 秋二六九
あきのひる（秋の昼） 秋二五二
あきのへび（秋の蛇） 秋三〇四
あきのほし（秋の星） 秋二五六
あきのほたる（秋の螢） 秋二九八
あきのみず（秋の水） 秋二六四
あきのみね（秋の峰） 秋二六五
あきのむらさめ（秋の村雨） 秋二六二
あきのやな（秋の簗） 秋二七七
あきのやま（秋の山） 秋二六五
あきのゆう（秋の夕） 秋二五二
あきのゆうぐれ（秋の夕暮） 秋二五二
あきのゆうやけ（秋の夕焼） 秋二六三
あきのよ（秋の夜） 秋二五三
あきのよあけ（秋の夜明） 秋二五二
あきのよい（秋の宵） 秋二五三
あきのよる（秋の夜） 秋二五三
あきはじめ（秋初め） 秋二四九
あきはるる（秋晴るる） 秋二五七
あきばれ（秋晴） 秋二五七
あきび（秋日） 秋二五七
あきひかげ（秋日影） 秋二五七
あきひがん（秋彼岸） 秋二五二
あきひでり（秋旱） 秋二五八
あきひなた（秋日向） 秋二五七
あきびより（秋日和） 秋二五七
あきふかし（秋深し） 秋二五四
あきふくる（秋更くる） 秋二五四
あきへんろ（秋遍路） 秋一八一

あつくるし(暑苦し) 夏 一二九
あつごおり(厚氷) 冬 三五六
あつし(暑し) 夏 一二九
あつし(熱し) 夏 一三〇
あっぱっぱ 夏 一四六
アッパッパー 夏 一四六
あつもの(厚物) 秋 二七九
あつものざき(厚物咲) 秋 二七九
あとさりむし(あとさり虫) 夏 二〇八
あなぐま(穴熊) 冬 三九八
あなご(穴子) 夏 二〇〇
あなご(海鰻) 夏 二〇〇
あなごずし(穴子鮨) 夏 二〇〇
あなごつり(穴子釣) 夏 二〇〇
あなじ(乾風) 冬 三四八
あなせぎょう(穴施行) 冬 三八五
あなづり(穴釣) 冬 三八六
あななす(鳳梨) 夏 二三七
あなまどい(穴惑) 秋 三〇四
アネモネ 春 一一五
あぶ(虻) 春 八四
あぶらぜみ(油蟬) 夏 二〇五
あぶらでり(油照) 夏 一三七
あぶらな(油菜) 冬 四一六
あぶらむし(油虫) 夏 二一〇
アフリカせんぼんやり(アフリカ千本槍) 夏 二二六
あぶれか(溢蚊) 秋 二九八
あま(海女) 春 六四
あま(海人) 春 六四
あまがえる(雨蛙) 夏 一九一
あまがき(甘柿) 秋 三三二
あまごい(雨乞) 夏 一七八
あまだい(甘鯛) 冬 四〇三
あまちゃ(甘茶) 春 七五
あまちゃでら(甘茶寺) 春 七五
あまちゃぶつ(甘茶仏) 春 七五
あまつばめ(雨燕) 夏 一九五
あまなつ(甘夏) 夏 二三四
あまのがわ(天の川) 秋 二五六
あまのふえ(海女の笛) 春 六四
あまはげ 新 四四七
あまよのつき(雨夜の月) 秋 二六〇
あまよろこび(雨喜び) 夏 一七八
あまりなえ(余り苗) 夏 一七四
アマリリス 夏 二二六
あみど(網戸) 夏 一五八
あめいわい(雨祝) 夏 一七八
あめのつき(雨の月) 秋 二六〇
あめます(あめ鱒) 春 九一
あめめいげつ(雨名月) 秋 二六〇
あめやすみ(雨休み) 夏 一七八
あめゆ(飴湯) 夏 一五二
アメリカヤマボウシ 夏 二一九
アメリカン・チェリー 夏 二三四
あめんぼ 夏 二〇五
あめんぼう(水馬) 夏 二〇五
あやめ(渓蓀) 夏 二一八
あやめくさ(あやめ草) 夏 二一八
あやめざけ(菖蒲酒) 夏 一八一
あゆ(鮎) 夏 一九八
あゆおつ(鮎落つ) 秋 三〇二
あゆかいきん(鮎解禁) 夏 一七八
あゆくみ(鮎汲) 春 九一
あゆさし(鮎刺) 夏 一九五
あゆつり(鮎釣) 夏 一七八
あゆのこ(鮎の子) 春 九一
あゆのさお(鮎の竿) 夏 一七八
あゆのやど(鮎の宿) 夏 一七八
あゆのわた(鮎の臓) 秋 二六八
あゆほうりゅう(鮎放流) 春 九一
あゆりょう(鮎漁) 夏 一七八
あらい(洗膾) 夏 一四八
あらいがみ(洗い髪) 夏 一七一
あらいごい(洗鯉) 夏 一四八
あらう(荒鵜) 夏 一七九
あらだか(荒鷹) 冬 四〇二
あらたま(新玉) 新 四二〇
あらたまのとし(新玉の年) 新 四二〇
あらたまのとし(改まの年) 新 四二〇
あらはえ(荒南風) 夏 一三三
あらばしり(新走) 秋 二六七
あらぼし(荒星) 冬 三四六
あらぼん(新盆) 秋 二八四
あらまき(新巻) 冬 三六七
あらめ(荒布) 春 一二二
あらめがり(荒布刈) 春 一二二
あらめぶね(荒布舟) 春 一二二
あららぎ 秋 三二七
あららぎのみ(あららぎの実) 秋 三二二
あられ(霰) 冬 三四九
あり(蟻) 夏 二〇七
ありあけづき(有明月) 秋 二五八
ありあなをでる(蟻穴を出る) 春 八三
ありいづ(蟻出づ) 春 八三
ありじごく(蟻地獄) 夏 二〇八
ありづか(蟻塚) 夏 二〇七
ありのとう(蟻の塔) 夏 二〇七
ありのみ(有の実) 秋 三二二
ありのみち(蟻の道) 夏 二〇七
ありのれつ(蟻の列) 夏 二〇七
あれちのぎく(荒地野菊) 秋 三三二
あれちのぎく(野塘蒿) 秋 三三二
アロエのはな(アロエの花) 冬 四〇九
アロハシャツ 夏 一四六
あわ(粟) 秋 三三〇
あわせ(袷) 夏 一四四
あわだちそう(泡立草) 秋 三三二
あわのほ(粟の穂) 秋 三三〇
あわばたけ(粟畑) 秋 三三〇
あわばな(粟花) 秋 三一七
あわび(鮑) 夏 二〇一
あわひく(粟引く) 秋 三三〇
あわびとり(鮑取) 夏 二〇一
あわめし(粟飯) 秋 三三〇
あわもり(泡盛) 夏 一五二
あわゆき(淡雪) 春 四一
あわゆき(沫雪) 春 四一
あんか(行火) 冬 三七三
あんご(安居) 夏 一八六
あんこう(鮟鱇) 冬 四〇三
あんこうじる(鮟鱇汁) 冬 三六五
あんこうなべ(鮟鱇鍋) 冬 三六五
あんず(杏) 夏 二三五
あんず(杏子) 夏 二三五
あんずのはな(杏の花) 春 一一〇
あんずのはな(杏子の花) 春 一一〇
あんまんじゅう(餡饅頭) 冬 三六四

あんみつ（餡蜜豆） 夏 一五三

い

い（藺） 夏 二三三
イースター 春 七四
イースターエッグ 春 七四
いいだこ（飯蛸） 春 九一
いえばえ（家蠅） 夏 二〇六
いか 春 六八
いか（烏賊） 夏 二〇一
いかいちょう（居開帳） 春 七四
いがぐり（毬栗） 秋 三三二
いかづち 夏 一三七
いかつり（烏賊釣） 夏 一七九
いかなご（鮊子） 春 八九
いかなごほす（鮊子干す） 春 八九
いかのすみ（烏賊の墨） 夏 二〇一
いかのぼり（凧） 春 六八
いかのぼり（紙鳶） 春 六八
いかび（烏賊火） 夏 一七九
いかぶね（烏賊舟） 夏 一七九
いかほす（烏賊干す） 夏 一七九
いかる（藺刈る） 夏 二三三
いきしろし（息白し） 冬 三七八
いきぼん（生盆） 秋 二八四
いきみたま（生身魂） 秋 二八四
いきみたま（生御魂） 秋 二八四
いきみたま（生見玉） 秋 二八四
いぐさ（藺草） 夏 二三三
イクラ 秋 二六八
いけすぶね（生簀船） 夏 一六八
いけぶしん（池普請） 冬 三七五
いさざ（魦） 冬 四〇四
いさな（勇魚） 冬 四〇二
いざぶとん（藺座布団） 夏 一五六
いざよい（十六夜） 秋 二六〇
いざよいのつき（十六夜の月） 秋 二六〇
いざようつき（いざよう月） 秋 二六〇
いさりび（漁火） 夏 一六八
いしかりなべ（石狩鍋） 冬 三六五
いしたたき（石叩） 秋 三〇二
いしぶき 冬 四〇七
いしゃいらず（医者いらず） 夏 二三一
いしやきいも（石焼芋） 冬 三六三
いしょうくらべ（衣裳競べ） 春 七九
いすのきのみ（蚊母樹の実） 秋 三二四
いずみ（泉） 夏 一四一
いずみがわ（泉川） 夏 一四一
いずみどの（泉殿） 夏 一五五
いせえび（伊勢海老） 新 四二七
いせまいり（伊勢参） 春 六八
いせもうで（伊勢詣） 春 六八
いそあそび（磯遊） 春 六五
いそがに（磯蟹） 夏 二〇二
いそかまど（磯竈） 春 六四
いそぎんちゃく（磯巾着） 春 九三
いそしぎ（磯鴫） 秋 三〇二
いそたきび（磯焚火） 春 六四
いそちどり（磯千鳥） 冬 四〇〇
いそど（磯人） 春 六四
いそな（磯菜） 春 六五
いそなげき（磯嘆き） 春 六四
いそなつみ（磯菜摘） 春 六五
いそのあき（磯の秋） 秋 二六六
いそのくちあけ（磯の口開） 春 六四
いそびらき（磯開） 春 六四
いそぶえ（磯笛） 春 六四
いそまつり（磯祭） 春 六五
いぞめ（射初） 新 四四一
いだ（藺田） 夏 二三三
いたち（鼬） 冬 三九九
いたちわな（鼬罠） 冬 三九九
いたどり（虎杖） 春 一〇二
いたどりのはな（虎杖の花） 夏 二三八
いちいのみ（一位の実） 秋 三三二
いちいのみ（水松の実） 秋 三三二
いちがつ（一月） 冬 三四二
いちがつばしょ（一月場所） 新 四四七
いちげ（一夏） 夏 一八六
いちげそう（一華草） 春 一〇五
いちご（苺） 夏 二三五
いちごつみ（苺摘） 夏 二三五
いちごのはな（苺の花） 春 一一七
いちごミルク（苺ミルク） 夏 二三五
いちじく（無花果） 秋 三三四
いちねんせい（一年生） 春 五一
いちのうま（一の午） 春 七〇
いちのとり（一の酉） 冬 三九〇
いちはじめ（市始） 新 四三六
いちはつ（一八） 夏 二二二
いちはつ（鳶尾草） 夏 二二二
いちばんぐさ（一番草） 夏 一七七
いちばんちゃ（一番茶） 春 六三
いちやかざり（一夜飾り） 冬 三八三
いちやかんじょ（一夜官女） 春 七一
いちょうおちば（銀杏落葉） 冬 四一四
いちようき（一葉忌） 冬 三九七
いちょうちる（銀杏散る） 秋 三〇九
いちょうのはな（銀杏の花） 春 一一一
いちょうのはな（公孫樹の花） 春 一一一
いちょうのみ（銀杏の実） 秋 三三四
いちょうもみじ（銀杏黄葉） 秋 三〇九
いちようらいふく（一陽来復） 冬 三四〇
いちりんそう（一輪草） 春 一〇五
いつ（凍つ） 冬 三四三
いつ（冱つ） 冬 三四三
いつか（五日） 新 四二二
いっさき（一茶忌） 冬 三九六
いっときじょうろう（一時上臈） 春 七一
いっぺんき（一遍忌） 秋 二九二
いてかえる（凍返る） 春 四七
いてかえる（冱返る） 春 四七
いてがらす（凍鴉） 冬 四〇一
いてぐも（凍雲） 冬 三四六
いてごい（凍鯉） 冬 四〇四
いてぞら（凍空） 冬 三四五
いてだき（凍瀧） 冬 三五六
いてちょう（凍蝶） 冬 四〇六
いてづき（凍月） 冬 三四六
いてつち（凍土） 冬 三五五
いてつち（冱土） 冬 三五五
いてづる（凍鶴） 冬 四〇一
いてどけ（凍解） 春 四六
いてどけ（冱解） 春 四六
いてどり（凍鳥） 冬 四〇一
いてなぎ（凍凪） 冬 三四六
いてばえ（凍蝿） 冬 四〇六

いてばち(凍蜂)　冬四〇六
いてばれ(凍晴)　冬三四五
いてみち(凍道)　冬三五五
いてゆるむ(凍ゆるむ)　春　四六
いとうり(絲瓜)　秋三一六
いどがえ(井戸替)　夏一六二
いとくりそう(糸繰草)　春一一六
いとざくら(糸桜)　春　九九
いどさらえ(井戸浚)　夏一六二
いとど(竈馬)　秋二九七
いととり(糸取)　夏一七七
いととりめ(糸取女)　夏一七七
いととんぼ(糸蜻蛉)　夏二〇六
いとねぎ(糸葱)　春一二〇
いとひき(糸引)　夏一七七
いとみみず(糸蚯蚓)　夏二〇九
いとやなぎ(糸柳)　春一一三
いとゆう(糸遊)　春　四二
いとらん(糸蘭)　夏二四一
いなご(蝗)　秋二九六
いなご(稲子)　秋二九六
いなごとり(蝗取り)　秋二九六
いなごまろ(稲子麿)　秋二九六
いなしび(稲屑火)　秋二七三
いなしびげむり(稲屑火煙)　秋二七三
いなすずめ(稲雀)　秋二九九
いなずま(稲妻)　秋二六二
いなだ(稲田)　秋二六五
いなつるび　秋二六五
いなびかり(稲光)　秋二六二
いなほ(稲穂)　秋三一九
いなほなみ(稲穂波)　秋三一九

いなり(居なり)　春　六九
いなりずし(稲荷鮓)　夏一四八
いなりのおほたき
(稲荷の御火焚)　冬三九〇
いぬさかる(犬交る)　春　八二
いぬぞり(犬橇)　冬三七四
いぬつばめ(去ぬ燕)　秋三〇〇
いぬのこ(犬の仔)　春　八二
いぬのみ(犬蚤)　夏二一〇
いぬふぐり　春一〇二
いね(稲)　秋三一九
いねうち(稲打)　秋二七三
いねかり(稲刈)　秋二七二
いねかりがま(稲刈鎌)　秋二七二
いねかりき(稲刈機)　秋二七二
いねこき(稲扱)　秋二七三
いねさく(稲咲く)　秋三一九
いねづか(稲塚)　秋二七二
いねつむ(寝積む)　新四三三
いねつるみ(稲つるみ)　秋二六二
いねのとの(稲の殿)　秋二六二
いねのはな(稲の花)　秋三一九
いねほす(稲干す)　秋二七二
いのこ(亥の子)　冬三八九
いのこずち(牛膝)　秋三三三
いのしし(猪)　秋三〇四
いのはな(藺の花)　夏二三三
いのひまつり(亥の日祭)　冬三八九
いばらのはな(茨の花)　夏二二二
いばらのみ(茨の実)　秋三三五
いぶりずみ(いぶり炭)　冬三七二
いぼがえる　夏一九二

いぼむしり　秋二九七
いまがわやき(今川焼)　冬三六四
いまち(居待)　秋二六〇
いまちづき(居待月)　秋二六〇
いまちづき(座待月)　秋二六〇
いまみやまつり(今宮祭)　春　七六
いみずぬるむ(井水温む)　春　四九
いも(薯)　秋三一七
いも(芋)　秋三一八
いも(甘藷)　秋三一八
いも(藷)　秋三一八
いもあらし(芋嵐)　秋二六一
いもうう(芋植う)　春　六一
いもがしら(芋頭)　新四三〇
いもがら(芋がら)　秋三一八
いもさす(藷挿す)　夏一七三
いもじる(薯汁)　秋二六八
いもぞうすい(芋雑炊)　冬三六三
いもに(芋煮)　秋二八一
いもにかい(芋煮会)　秋二八一
いもになべ(芋煮鍋)　秋二八一
いものあき(芋の秋)　秋二五五
いものあき(藷の秋)　秋三一八
いものかみ(芋の頭)　新四三〇
いものつゆ(芋の露)　秋二六三
いものは(芋の葉)　秋三一八
いもばたけ(芋畑)　秋三一八
いもぼう(芋棒)　春　五四
いもほり(芋掘)　秋三一八
いもほり(藷掘)　秋三一八
いもむし(芋虫)　秋二九七
いもめいげつ(芋名月)　秋二五九

いもり(蠑螈)　夏一九二
いもり(井守)　夏一九二
イヤーマフ　冬三六〇
いよかん(伊予柑)　春一一二
いりひがん(入り彼岸)　春　三三
いろかえぬすぎ(色変えぬ杉)　秋三一〇
いろかえぬまつ(色変えぬ松)　秋三一〇
いろくさ(色草)　秋三一六
いろたび(色足袋)　冬三六〇
いろどり(色鳥)　秋三〇一
いろどりく(色鳥来)　秋三〇一
いろながらちる(色ながら散る)　秋三〇九
いろなきかぜ(色なき風)　秋二五六
いろは(色葉)　秋三〇八
いろはがるた(いろは歌留多)　新四三八
いろはちる(色葉散る)　秋三〇九
いわいばし(祝箸)　新四二九
いわし(鰯)　秋三〇三
いわし(弱魚)　秋三〇三
いわしあみ(鰯網)　秋三〇三
いわしうり(鰯売)　秋三〇三
いわしぐも(鰯雲)　秋二五八
いわしのかしらさす
(鰯の頭挿す)　冬三九五
いわしひき(鰯引き)　秋三〇三
いわしほし(鰯干し)　秋三〇三
いわしみず(岩清水)　夏一四一
いわつばめ(岩燕)　春　八六
いわな(岩魚)　夏一九八
いわな(巌魚)　夏一九八
いわなぐし(岩魚串)　夏一九八
いわなとり(岩魚取)　夏一九八

いわのり（岩海苔）　春　一二二
いんげん（隠元）　秋　三三〇
いんげんまめ（隠元豆）　秋　三三〇
インディアンサマー　冬　三三九
いんどりんご（印度林檎）　秋　三三二
インバネス　冬　三五九
インフルエンザ　冬　三七八

う

う（鵜）　夏　一九七
うあんご（雨安居）　夏　一八六
ういてこい（浮いてこい）　夏　一六七
うえ（筌）　冬　三七七
うえきいち（植木市）　春　六一
ウエストンさい（ウエストン祭）　夏　一八四
うえた（植田）　夏　一四二
うえめ（植女）　夏　一七四
うおじま（魚島）　春　八九
うおじまどき（魚島時）　春　八九
うおはひに（魚は氷に）　春　三二
うおひにのぼる（魚氷に上る）　春　三二
うかい（鵜飼）　夏　一七九
うかがり（鵜篝）　夏　一七九
うかご（鵜籠）　夏　一七九
うかれねこ（浮かれ猫）　春　八二
うがわ（鵜川）　夏　一七九
うきくさ（萍）　夏　二三五
うきくさおう（萍生う）　春　一〇七
うきくさのはな（浮草の花）　夏　二三五
うきくさもみじ（萍紅葉）　秋　三三五
うきごおり（浮氷）　春　四六

うきす（浮巣）　夏　一九六
うきにんぎょう（浮人形）　夏　一六七
うきねどり（浮寝鳥）　冬　四〇〇
うきは（浮葉）　夏　二二四
うきぶくろ（浮袋）　夏　一六三
うきわ（浮輪）　夏　一六三
うぐいす（鶯）　春　八五
うぐいすあわせ（鶯合）　春　八五
うぐいすな（鶯菜）　春　一一八
うぐいすのおとしぶみ（鶯の落し文）　夏　二〇五
うぐいすのたにわたり（鶯の谷渡り）　春　八五
うぐいすもち（鶯餅）　春　五五
うげつ（雨月）　秋　二六〇
うご（海髪）　春　一二二
うこぎ（五加木）　春　九六
うこぎ（五加）　春　九六
うこぎつむ（五加摘む）　春　九六
うこぎめし（五加飯）　春　九六
うこんざくら（鬱金桜）　春　九八
うさぎ（兎）　冬　三九八
うさぎじる（兎汁）　冬　三九八
うじ（蛆）　夏　二〇七
うしあぶ（牛虻）　春　八四
うしがえる（牛蛙）　春　八三
うじきんとき（宇治金時）　夏　一五三
うしのひたい（牛の額）　秋　三三〇
うしべに（丑紅）　冬　三八五
うじむし（蛆虫）　夏　二〇七
うしょう（鵜匠）　夏　一七九
うすい（雨水）　春　三二

うすがすみ（薄霞）　春　四二
うすぎぬ（薄衣）　夏　一四五
うすこうばい（薄紅梅）　春　九四
うすごおり（薄氷）　春　四八
うすごろも（薄衣）　夏　一四五
うすさむ（薄寒）　秋　二五四
うずしお（渦潮）　春　六六
うすばかげろう（薄翅蜉蝣）　夏　二〇八
うずみび（埋火）　冬　三七二
うずむし（渦虫）　夏　二〇五
うすもの（羅）　夏　一四五
うすもの（薄物）　夏　一四五
うすもみじ（薄紅葉）　秋　三〇八
うずら（鶉）　秋　三〇〇
うずらごや（鶉小屋）　秋　三〇〇
うすらさむ（うすら寒）　秋　二五四
うすらひ（薄氷）　春　四八
うずらまめ（鶉豆）　秋　三三〇
うそ（鷽）　春　八五
うそかえ（鷽替）　新　四四五
うそさむ（うそ寒）　秋　二五四
うたいぞめ（謡初）　新　四四〇
うたいはじめ（謡始）　新　四四〇
うたがるた（歌がるた）　新　四三八
うちいり（討入）　冬　三九二
うちいりのひ（討入の日）　冬　三九二
うちみず（打水）　夏　一六一
うちむらさき　秋　三三三
うちわ（団扇）　夏　一五九
うちわおく（団扇置く）　秋　二七〇
うちわかけ（団扇掛）　夏　一五九
うづかい（鵜遣）　夏　一七九

うづき（卯月）　夏　一二四
うづきぐもり（卯月曇）　夏　一三三
うづきじん（卯月尽）　夏　一二四
うづきなみ（卯月浪）　夏　一四二
うづきの（卯月野）　夏　一四〇
うつぎのはな（空木の花）　夏　二一八
うっこんこう（鬱金香）　春　一一四
うつせみ（空蝉）　夏　二〇六
うつぼぐさ（靫草）　夏　二三二
うど（独活）　春　一一九
うどのはな（独活の花）　夏　二三八
うどほる（独活掘る）　春　一一九
うどんげ（優曇華）　夏　二〇八
うなぎのひ（鰻の日）　夏　一四九
うなぎめし（鰻飯）　夏　一四九
うなみ（卯浪）　夏　一四二
うなみさなみ（卯浪皐浪）　夏　一四二
うに（海胆）　春　九三
うに（海栗）　春　九三
うにのとげ（海胆の棘）　春　九三
うのはな（卯の花）　夏　二一八
うのはなくたし（卯の花腐し）　夏　一三三
うのはなくだし（卯の花降し）　夏　一三三
うのはなぐもり（卯の花曇）　夏　一三三
うのはなづき（卯の花月）　夏　一二四
うのはなづきよ（卯の花月夜）　夏　一二八
うばたま　夏　一三三
うばたま（烏羽玉）　夏　一三三
うばゆり（姥百合）　夏　二二八
うひょう（雨氷）　冬　三五二
うぶね（鵜舟）　夏　一七九
うべ（郁子）　秋　三一六

うべのはな（うべの花）　春　一一二
うまいち（馬市）　秋　二七六
うまいちまつり（馬市祭）　秋　二七六
うまおい（馬追）　秋　二九六
うまごやし（馬肥）　春　一〇四
うまごやしのはな（苜蓿の花）　春　一〇四
うまこゆる（馬肥ゆる）　秋　三〇四
うまのあしがた（馬の脚形）　春　一一七
うまのこ（馬の仔）　春　八二
うまのりぞめ（馬騎初）　新　四四一
うまやだし（厩出し）　春　六二
うみう（海鵜）　夏　一九七
うみがに（海蟹）　冬　四〇五
うみぎり（海霧）　夏　一三八
うみこおる（海凍る）　冬　三五六
うみこおる（海氷る）　冬　三五六
うみにな（海蜷）　春　九三
うみねこ（海猫）　夏　一九五
うみねこかえる（海猫帰る）　秋　三〇一
うみねこわたる（海猫渡る）　春　八七
うみのあき（海の秋）　秋　二六五
うみのいえ（海の家）　夏　一六三
うみびらき（海開）　夏　一八四
うみびらき（湖開）　夏　一八四
うみほおずき（海酸漿）　夏　二〇一
うめ（梅）　春　九四
うめさぐる（梅探る）　冬　三八五
うめしゅ（梅酒）　夏　一五一
うめしゅつく（梅酒漬く）　夏　一五一
うめつく（梅漬く）　夏　一五一
うめづけ（梅漬）　夏　一五一
うめのあめ（梅の雨）　夏　一三五
うめのみ（梅の実）　夏　二三六
うめはやし（梅早し）　冬　四一一
うめぼし（梅干）　夏　一五一
うめほす（梅干す）　夏　一五一
うめみ（梅見）　春　六六
うめむしろ（梅筵）　夏　一五一
うめもどき（梅擬）　秋　三一五
うめもどき（落霜紅）　秋　三一五
うもうふく（羽毛服）　冬　三五七
うらがるる（末枯るる）　秋　三三五
うらがれ（末枯）　秋　三三五
うらしまそう（浦島草）　夏　二三一
うらじろ（裏白）　新　四五〇
うらちどり（浦千鳥）　冬　四〇〇
うらぼん（盂蘭盆）　秋　二八四
うらぼん（裏盆）　秋　二八六
うらら　春　三五
うららか（麗か）　春　三五
うり（瓜）　夏　二三三
うりずん　夏　一二五
うりづけ（瓜漬）　夏　一五〇
うりなえ（瓜苗）　夏　二一六
うりのうし（瓜の牛）　秋　二八四
うりのうま（瓜の馬）　秋　二八四
うりのはな（瓜の花）　夏　二一七
うりぞめ（売初）　新　四三六
うりばたけ（瓜畑）　夏　二三三
うりひやす（瓜冷す）　夏　一五〇
うりぼう（瓜坊）　秋　三〇四
うりもみ（瓜揉）　夏　一五〇
うるか　秋　二六八
うるか（鱁鮧）　秋　二六八
うるめ（潤目）　冬　四〇四
うるめいわし（潤目鰯）　冬　四〇四
うれがき（熟れ柿）　秋　三三二
うろこぐも（鱗雲）　秋　二五八
うろぬきな（虚抜菜）　秋　三三九
うんか（浮塵子）　秋　二九七
うんかい（雲海）　夏　一三九
うんしゅうみかん（温州蜜柑）　冬　四一八
うんどうかい（運動会）　秋　二七九

え

えい（鱝）　夏　二〇〇
えいじつ（永日）　春　三五
エイプリル・フール　春　七四
えうちわ（絵団扇）　夏　一五九
えおうぎ（絵扇）　夏　一五九
えきり（疫痢）　夏　一七三
えござ（絵茣蓙）　夏　一五六
えごのはな（えごの花）　夏　二一九
えすごろく（絵双六）　新　四三八
えぞぎく（蝦夷菊）　夏　二四二
えぞぎく（翠菊）　夏　二四二
えだかわず（枝蛙）　夏　一九一
えだこ（絵凧）　春　六八
えだはらう（枝払う）　夏　一七五
えだまめ（枝豆）　秋　三三〇
えちごじし（越後獅子）　新　四三八
えちぜんがに（越前蟹）　冬　四〇五
えにしだ（金雀枝）　夏　二一一
えのきのみ（榎の実）　秋　三三三
えのこぐさ（犬子草）　秋　三三三
えのこぐさ（狗尾草）　秋　三三三
えのころ（狗尾草）　秋　三三三
えのころぐさ（狗尾草）　秋　三三三
えのころやなぎ（えのころ柳）　春　九五
えのみ（榎の実）　秋　三三三
えひがさ（絵日傘）　夏　一四七
えびかざる（海老飾る）　新　四二七
えびすかご（戎籠）　新　四四五
えびすこう（夷講）　冬　三九〇
えびすこう（恵比寿講）　冬　三九〇
えびすまわし（夷まわし）　新　四三八
えびね（化偸草）　春　一〇六
えびねらん（海老根蘭）　春　一〇六
えびょうぶ（絵屏風）　冬　三七〇
えぶすま（絵襖）　冬　三七〇
えぶみ（絵踏）　春　七〇
えほう（恵方）　新　四四二
えほうだな（恵方棚）　新　四四二
えほうまいり（恵方詣）　新　四四二
えほうみち（恵方道）　新　四四二
えむしろ（絵筵）　夏　一五六
えもんだけ（衣紋竹）　夏　一六一
エリカ　春　一〇九
えりさす（魞挿す）　春　六三
えりす（魞簀）　春　六三
えりば（魞場）　春　六三
えりまき（襟巻）　冬　三五九
えんえい（遠泳）　夏　一六三
えんざ（円座）　夏　一五七
エンジェルストランペット　夏　二四一
えんじゅのはな（槐の花）　夏　二二〇
えんしょ（炎暑）　夏　一二九

えんそく（遠足） 春 六五
えんそくし（遠足子） 春 六五
えんちゅう（炎昼） 夏 二一八
えんてい（炎帝） 夏 二一四
えんてん（炎天） 夏 二三六
えんどう（豌豆） 夏 二三二
えんどうのはな（豌豆の花） 春 一一七
えんねつ（炎熱） 夏 二一九
えんぷう（炎風） 夏 二三七
えんままいり（閻魔参） 秋 二八七
えんままつり（閻魔祭） 秋 二八七
えんまもうで（閻魔詣） 秋 二八七
えんむ（煙霧） 冬 三五二
えんらい（遠雷） 夏 二三七

お

おいうぐいす（老鶯） 夏 一九四
おいばね（追羽子） 新 四三九
おいまわた（負真綿） 冬 三五七
おいらんそう（花魁草） 夏 二四二
おうがいき（鴎外忌） 夏 一九〇
おうぎ（扇） 夏 一五九
おうぎおく（扇置く） 秋 二七〇
おうぎなげ（扇投げ） 新 四三九
おうごんしゅうかん（黄金週間） 春 七七
おうしょっき（黄蜀葵） 夏 二四一
おうちのはな（樗の花） 夏 二一八
おうちのみ（楝の実） 秋 三三一
おうとう（桜桃） 夏 二三四
おうとうき（桜桃忌） 夏 一八九
おうとうのはな（桜桃の花） 春 一一一
おうばい（黄梅） 春 九四
おえいこう（御影講） 秋 二八九
おえしき（お会式） 秋 二八九
おおあさ（大麻） 夏 二一七
おおあさね（大朝寝） 春 六八
おおあした（大旦） 新 四二一
おおあした（大朝） 新 四二一
おおいぬたで（大犬蓼） 秋 三三〇
おおいぬのふぐり 春 一〇二
おおかみ（狼） 冬 三九九
おおきた（大北風） 冬 三四七
おおしも（大霜） 冬 三四九
おおしょうがつ（大正月） 新 四二〇
おおずもう（大相撲） 秋 二八〇
おおたきび（大焚火） 冬 三七三
おおつごもり（大晦日） 冬 三四一
オーデコロン 夏 一七一
おおどし（大年） 冬 三四一
おおとり（大鳥） 冬 四〇一
おおにしび（大西日） 夏 二三七
おおね（大根） 冬 四一七
オーバー 冬 三五八
おおばこずもう（車前草相撲） 夏 二二九
おおばこのはな（車前草の花） 夏 二二九
おおはらえ（大祓） 夏 一八七
おおひでり（大旱） 夏 二三六
おおぶく（大福） 新 四二八
おおぶく（大服） 新 四二八
おおぶくちゃ（大福茶） 新 四二八
おおぶすま（大襖） 冬 三七〇
おおまつよいぐさ（大待宵草） 夏 二三八
おおみそか（大晦日） 冬 三四一
おおみそか（大三十日） 冬 三四一
おおみなみ（大南風） 夏 二三三
おおむぎ（大麦） 夏 二一六
おおゆうやけ（大夕焼） 夏 二三六
おおゆき（大雪） 冬 三五〇
おおよしきり（大葭切） 夏 一九五
おおるり（大瑠璃） 夏 一九七
おおわた（大綿） 冬 四〇六
おおわたむし（大綿虫） 冬 四〇六
おかがみ（御鏡） 新 四二七
おかげまいり（お陰参） 春 六八
おかまこおろぎ（御竈蟋蟀） 秋 二九七
おがみたろう（拝み太郎） 秋 二九七
おがらたく（苧殻焚く） 秋 二八四
おがらび（苧殻火） 秋 二八四
おがんじつ（お元日） 新 四二〇
おぎ（荻） 秋 三三四
おきごたつ（置炬燵） 冬 三七〇
オキザリス 春 一一五
おきなき（翁忌） 冬 三九六
おきなぐさ（翁草） 春 一〇六
おぎのかぜ（荻の風） 秋 二五六
おきなます（沖膾） 夏 一六八
おぎのこえ（荻の声） 秋 二五六
おぎふく（荻吹く） 秋 二五六
おぎょう（御行） 春 一〇二
おくて（晩稲） 秋 三三九
おくにき（阿国忌） 春 八一
おくにき（阿國忌） 春 八一
オクラ 秋 三三七
オクラばたけ（オクラ畑） 秋 三三七
おくりづゆ（送り梅雨） 夏 一三五
おくりび（送り火） 秋 二八六
おくりぶね（送り舟） 秋 二八六
おくりぼん（送り盆） 秋 二八六
おくんち 秋 二八九
おけら 秋 二九八
おけらなわ（白朮縄） 新 四四三
おけらび（白朮火） 新 四四三
おけらびもらい（白朮火貰い） 新 四四三
おけらまいり（白朮詣） 新 四四三
おけらまつり（白朮祭） 新 四四三
おご（海髪） 春 一二二
おこうなぎ（御講凪） 冬 三四七
おこうなぎ（御講日和） 冬 三四七
おこうびより（御講日和） 冬 三四七
おこしえ（起し絵） 夏 一六六
おこぜ（虎魚） 夏 二〇〇
おごのり（江籬） 春 一二二
おこりずみ（熾炭） 冬 三七二
おさがり（御降） 新 四二五
おさめくざ（納め句座） 冬 三八〇
おさめだいし（納大師） 冬 三九三
おさめふだ（納札） 冬 三九四
おし（鴛鴦） 冬 四〇〇
おしいつくつく 秋 二九四
おしぜみ（唖蟬） 夏 二〇五
おしどり（鴛鴦） 冬 四〇〇
おしもつき（お霜月） 冬 三九〇
おじや 冬 三六三
おじゅうや（お十夜） 冬 三八九
おしょうがつ（お正月） 新 四二〇
おしろいのはな（白粉の花） 秋 三〇五

おしろいのみ（白粉花の実）秋 三〇五
おしろいばな（白粉花） 秋 三〇五
おせちりょうり（お節料理）新 四二九
おそあき（晩秋）秋 二五五
おそきひ（遅き日）春 三五
おそざくら（遅桜） 春 一〇〇
おそなえくずし（お供えくずし）新 四三七
おそのまつり（獺の祭）春 三三
おそまつり（獺祭）春 三三
おたうえ（御田植）夏 一八二
おだまきのはな（苧環の花） 春 一一六
おたまじゃくし 春 八三
おたまじゃくし（お玉杓子）春 八三
おちあゆ（落鮎） 秋 三〇二
おちぐり（落栗）秋 三三二
おちしい（落椎）秋 三三二
おちぜみ（落蟬）秋 二九四
おちつばき（落椿） 春 九八
おちば（落葉） 冬 四一四
おちばかご（落葉籠）冬 四一四
おちばたき（落葉焚）冬 三七三
おちばどき（落葉時）冬 四一四
おちばなごり（落葉名残）冬 四一四
おちばはく（落葉掃く）冬 四一四
おちばぼうき（落葉箒）冬 四一四
おちばやま（落葉山）冬 四一四
おちぼ（落穂） 秋 三一九
おちぼひろい（落穂拾い）秋 三一九
おでん 冬 三六六
おでんざけ（おでん酒）冬 三六六
おでんだね（おでん種）冬 三六六
おでんなべ（おでん鍋）冬 三六六
おとこえし（男郎花） 秋 三一七
おとこめし（男郎花）秋 三一七
おとしだま（お年玉）新 四三〇
おどしづつ（威銃） 秋 二七二
おとしづの（落し角） 春 八二
おとしぶみ（落し文） 夏 二〇五
おとしみず（落し水） 秋 二七二
おとめつばき（乙女椿）春 九八
おとり（囮） 秋 二七八
おどり（踊） 秋 二八六
おどりうた（踊唄）秋 二八六
おとりかご（囮籠）秋 二七八
おどりがさ（踊笠）秋 二八六
おどりこ（踊子）秋 二八六
おどりこそう 夏 二三三
おどりこそう（踊子草） 夏 二三三
おとりさま（お酉さま）冬 三九〇
おどりそう（踊草）夏 二三三
おどりぞめ（踊初）新 四四〇
おどりだいこ（踊太鼓）秋 二八六
おどりのわ（踊の輪）秋 二八六
おどりばな（踊花）夏 二三三
おとりばん（囮番）秋 二七八
おとりもり（囮守）秋 二七八
おどりゆかた（踊浴衣）秋 二八六
おなあらい（お菜洗い）冬 三七五
おなもみ（巻耳） 秋 三三三
おにうちまめ（鬼打豆）冬 三九五
おにおこぜ（鬼虎魚）夏 二〇〇
おにぐるみ（鬼胡桃）秋 三三二
おにつらき（鬼貫忌） 秋 二九一
おにのこ（鬼の子）秋 二九九
おにのしこくさ（鬼の醜草）秋 三〇七
おにのすてご（鬼の捨子）秋 二九九
おにのまめ（鬼の豆）冬 三九五
おにはそと（鬼は外）冬 三九五
おにび（鬼火）冬 三五六
おにやらい（鬼やらい）冬 三九五
おにやんま（鬼蜻蜓）秋 二九四
おにゆり（鬼百合）夏 二二八
おにわらび（鬼蕨）春 一〇五
おねはん（お涅槃）春 七一
おののこまちき（小野小町忌）春 八〇
おのはじめ（斧始）新 四三七
おはぐろ 夏 二〇六
おはぐろとんぼ（鉄漿蜻蛉）夏 二〇六
おばな（尾花）秋 三一七
おはなとり（お花取）秋 二八三
おはなばたけ（お花畑） 夏 一四〇
おひしば（雄日芝）秋 三三二
おひたき 冬 三九一
おびとき（帯解）冬 三九一
おほたき（御火焚） 冬 三九一
おほたき（御火焼）冬 三九一
おぼろ（朧） 春 四三
おぼろづき（朧月） 春 四三
おぼろづきよ（朧月夜）春 四三
おぼろよ（朧夜）春 四三
おみずとり（お水取り） 春 七三
おみなえし（女郎花） 秋 三一七
おみなめし（女郎花）秋 三一七
おみぬぐい（御身拭） 春 七六
おむろもうで（御室詣）春 七八
おめいこう（御命講） 秋 二八九
おもいぐさ（思草） 秋 三一八
おもだか（沢瀉） 夏 二二四
おもとのみ（万年青の実） 秋 三二四
おやがらす（親鴉）夏 一九四
おやき（お焼）冬 三六四
おやげんぞ（親見参）新 四四七
おやじか（親鹿）夏 一九一
おやすずめ（親雀）春 八八
おやつばめ（親燕）夏 一九四
おやねこ（親猫）春 八二
おやまやき（お山焼）春 五九
およぎ（泳ぎ） 夏 一六三
およぎご（泳ぎ子）夏 一六三
およぎぞめ（泳初） 新 四四〇
おらんだあやめ（和蘭あやめ）夏 二二六
おらんだがらし（和蘭芥子）春 一二〇
おらんだせきちく（和蘭石竹）夏 二二六
おらんだみずあおい（和蘭水葵）夏 二二四
オリオン 冬 三四六
おりはじめ（織始）新 四三七
オレンジのはな（オレンジの花）夏 二二〇
おろぬき 秋 三一九
おんこのみ（おんこの実）秋 三三二
おんしつ（温室） 冬 三八八
おんしつのはな（温室の花）冬 四〇七
おんじゃく（温石）冬 三七二
おんしょう（温床）春 六一
おんだ（御田）夏 一八二
おんだまつり（御田祭）夏 一八二
オンドル（温突） 冬 三七一

おんなしょうがつ(女正月) 新 四二三
おんなれいじゃ(女礼者) 新 四三〇
おんばこ 夏 二二九
おんばしら(御柱) 夏 一八五
おんばしらまつり(御柱祭) 夏 一八五
おんぶばった 秋 二九六
おんまつり(御祭) 冬 三九二

か

か(蚊) 夏 二〇七
が(蛾) 夏 二〇三
カーディガン 冬 三五九
カーニバル 春 七四
カーネーション 夏 二二六
ガーベラ 夏 二二六
かいきんシャツ(開襟シャツ) 夏 一四六
かいこ(蚕) 春 八四
かいこうず(海紅豆) 夏 二四四
かいこうず(海豇豆) 夏 二四四
かいこのあがり(蚕のあがり) 夏 一七六
かいこまめ(かいこ豆) 夏 二三二
かいざんさい(開山祭) 夏 一八四
かいし(海市) 春 四二
かいすいぎ(海水着) 夏 一四七
かいすいパンツ(海水パンツ) 夏 一四七
かいすいぼう(海水帽) 夏 一四七
かいすいよく(海水浴) 夏 一六三
がいそう(艾草) 春 一〇二
かいぞめ(買初) 新 四三六
かいちょう(開帳) 春 七四
かいつぶり(鳰) 冬 四〇〇
かいどう(海棠) 春 一〇九
がいとう(外套) 冬 三五八
かいのはな(貝の華) 春 七六
かいはじめ(買始) 新 四三六
かいびな(貝雛) 春 七二
かいひろい(貝拾い) 春 六五
かいまき(掻巻) 冬 三五七
かいや(飼屋) 春 六三
かいよせ(貝寄風) 春 四〇
かいよせ(貝寄) 春 四〇
かいらい(傀儡) 新 四三八
かいらいし(傀儡師) 新 四三八
かいろ(懐炉) 冬 三七二
かいろばい(懐炉灰) 冬 三七二
かいわりな(貝割菜) 秋 三一八
かいわれ 秋 三一八
かいわれな(貝割菜) 秋 三一八
かえでさく(楓咲く) 春 一一一
かえでのはな(楓の花) 春 一一一
かえでわかば(楓若葉) 夏 二一二
かえりばな(帰り花) 冬 四一二
かえる(蛙) 春 八三
かえるうまる(蛙生る) 春 八三
かえるかも(帰る鴨) 春 八七
かえるご(蛙子) 春 八三
かえるつる(帰る鶴) 春 八七
かえるとり(帰る鳥) 春 八七
かえるば 夏 二二九
かおどり(貌鳥) 春 八五
かおみせ(顔見世) 冬 三九一
かおみせきょうげん(顔見世狂言) 冬 三九一
かかし(案山子) 秋 二七一
かがし(案山子) 秋 二七一
かがし(嗅し) 秋 二七一
かがみびらき(鏡開) 新 四二七
かがみもち(鏡餅) 新 四二七
かがみわり(鏡割) 新 四二七
かかりだこ(懸かり凧) 春 六八
かがりびそう(篝火草) 冬 四〇七
ががんぼ 夏 二〇七
かき(柿) 秋 三三二
かき(牡蠣) 冬 四〇五
かきうち(牡蠣打) 冬 四〇五
かきうる(柿熟る) 秋 三三二
かきおちば(柿落葉) 冬 四一四
がきき(我鬼忌) 夏 一九〇
かきこうざ(夏期講座) 夏 一六三
かきごおり(かき氷) 夏 一五三
かきすだれ(柿簾) 秋 二六九
かきぞうすい(牡蠣雑炊) 冬 三六三
かきぞめ(書初) 新 四三四
かきだいがく(夏期大学) 夏 一六三
かきつくろう(垣繕う) 春 五八
かきつばた(杜若) 夏 二三二
かきつばた(燕子花) 夏 二三二
かきつるす(柿吊す) 秋 二六九
かきていれ(垣手入) 春 五八
かきどおし(垣通) 春 一〇四
かきなべ(牡蠣鍋) 冬 三六五
かきのあき(柿の秋) 秋 三三二
かきのはずし(柿の葉鮓) 夏 一四八
かきのはちる(柿の葉散る) 冬 四一四
かきのはな(柿の花) 夏 二二九
かきむく(牡蠣むく) 冬 四〇五
かきもみじ(柿紅葉) 秋 三〇九
がきゃく(賀客) 新 四三〇
かきわかば(柿若葉) 夏 二一二
かきわりめ(牡蠣割女) 冬 四〇五
かきわる(牡蠣割る) 冬 四〇五
がくあじさい(額紫陽花) 夏 二二八
かくいどり(蚊喰鳥) 夏 一九一
がくのはな(額の花) 夏 二二八
かくべえじし(角兵衛獅子) 新 四三八
かくまき(角巻) 冬 三五九
かぐら(神楽) 冬 三九一
かぐらづき(神楽月) 冬 三四〇
かくらん(霍乱) 夏 一七二
かくれざとう(隠座頭) 秋 二九七
かけいね(掛稲) 秋 二七二
かけかざり(掛飾) 新 四二七
かけごい(掛乞) 冬 三八〇
かけこう(掛香) 夏 一八二
かげこおる(影氷る) 冬 三五六
かけだいこん(懸大根) 冬 三七五
かけたばこ(懸煙草) 秋 二七四
かけどり(賭鶏) 春 七三
かけどり(掛取) 冬 三八〇
かけどり(掛鳥) 冬 三九二
かけな(掛菜) 冬 三六七
かげまつり(陰祭) 夏 一八三
かげろう(陽炎) 春 四二
かげろう(蜉蝣) 秋 二九四
かげろひ 春 四二
かごまくら(籠枕) 夏 一五七
かざぐるま(風車) 春 六七

かざぐるまうり（風車売） 春 六七
かささぎ（鵲） 秋 三〇〇
かざとおし 夏 一六二
かさねぎ（重ね着） 冬 三五八
かざはな（風花） 冬 三五一
かざり（飾） 新 四一七
かざりうす（飾臼） 新 四一七
かざりうり（飾売） 冬 三八二
かざりえび（飾海老） 新 四一七
かざりおさめ（飾納） 新 四四四
かざりごめ（飾米） 新 四一七
かざりずみ（飾炭） 新 四一七
かざりたく（飾焚く） 新 四四四
かざりたけ（飾竹） 新 四一七
かざりまつ（飾松） 新 四一七
かざりもち（飾餅） 新 四一七
かじ（火事） 冬 三七三
かしおちば（樫落葉） 夏 二一五
かじか（河鹿） 夏 一九一
かじかがえる（河鹿蛙） 夏 一九一
かじかぶえ（河鹿笛） 夏 一九一
かじかむ（悴む） 冬 三七九
かじかやど（河鹿宿） 夏 一九一
かじけどり（かじけ鳥） 冬 四〇一
かじけねこ（かじけ猫） 冬 三九八
かじける（悴ける） 冬 三七九
かしつき（加湿器） 冬 三七三
かしのはな（樫の花） 夏 二二〇
かしのみ（樫の実） 秋 三一二
かしボート（貸しボート） 夏 一六四
かじまつり（鍛冶祭） 冬 三九〇
かじみまい（火事見舞） 冬 三七三
かじめ（搗布） 春 一一二
がじょう（賀状） 新 四三三
がじょうかく（賀状書く） 冬 三八二
かしらいも（頭芋） 新 四三〇
かしらしょうがつ（頭正月） 新 四二三
かしわもち（柏餅） 夏 一八二
ガス 夏 一三八
かすがまつり（春日祭） 春 七三
かすがわかみやおんまつり（春日若宮御祭） 冬 三九二
かすじる（粕汁） 冬 三六四
ガスストーブ 冬 三七〇
かずのこ（数の子） 新 四二九
かすみ（霞） 春 四二
かぜ（風邪） 冬 三七八
かぜあおし（風青し） 夏 一三三
かぜいれ（風入れ） 夏 一六二
かぜかおる（風薫る） 夏 一三三
かぜがき（風垣） 冬 三六八
かぜがこい（風囲） 冬 三六八
かぜききぐさ（風聞草） 秋 三一四
かぜぐすり（風邪薬） 冬 三七八
かぜごこち（風邪心地） 冬 三七八
かぜさゆる（風冴ゆる） 冬 三四三
かぜしす（風死す） 夏 一三九
かぜとおす（風通す） 夏 一六二
かぜとおり（風通り） 夏 一六二
かぜのあき（風の秋） 秋 二五六
かぜひかる（風光る） 春 四一
かぜよけ（風除） 冬 三六八
かぞえび（数え日） 冬 三四一
かたうずら（片鶉） 秋 三〇〇
かたかけ（肩掛） 冬 三五九
かたかげ（片蔭） 夏 一三七
かたかげり（片かげり） 夏 一三七
かたかごのはな（堅香子の花） 春 一〇五
かたくりのはな（片栗の花） 春 一〇五
かたしぐれ（片時雨） 冬 三四八
かたしろながす（形代流す） 夏 一八七
かたつぶり 夏 二〇九
かたつむり（蝸牛） 夏 二〇九
かたはだぬぎ（片肌脱） 夏 一七〇
かたばみのはな（酢漿の花） 夏 二二九
かたびら（帷子） 夏 一四五
かちうま（勝馬） 夏 一八四
かちがらす 秋 三〇〇
かちどり（勝鶏） 春 七三
がちゃがちゃ 秋 二九六
かちわり 夏 一五三
かつお（鰹） 夏 一九九
かつおづり（鰹釣） 夏 一九九
かつおぶしつくる（鰹節つくる） 夏 一四八
かつおぶね（鰹船） 夏 一九九
かっこう（郭公） 夏 一九三
がっこうはじめ（学校始） 新 四三五
かっすいき（渇水期） 冬 三五四
カットグラス 夏 一六〇
かっぱき（河童忌） 夏 一九〇
かと（蝌蚪） 春 八三
かどかざり（門飾） 新 四二七
かどすずみ（門涼み） 夏 一六八
かどちゃ（門茶） 秋 二八七
かとのひも（蝌蚪の紐） 春 八三
かどび（門火） 秋 二八四
かどまつ（門松） 新 四二七
かどまつたつ（門松立つ） 冬 三八三
かどまつとる（門松取る） 新 四四四
かどやなぎ（門柳） 春 一一三
かとりせんこう（蚊取線香） 夏 一五五
カトレア 秋 三〇六
かどれいじゃ（門礼者） 新 四三〇
かとんぼ（蚊蜻蛉） 夏 二〇七
かなかな 秋 二九四
かなぶん 夏 二〇四
かなむぐら（金葎） 夏 二三九
かに（蟹） 冬 四〇五
かにうり（蟹売） 冬 四〇五
かにぞうすい（蟹雑炊） 冬 三六三
かにのこ（蟹の子） 夏 二〇二
かねかすむ（鐘霞む） 春 四二
かねくよう（鐘供養） 春 七七
かねすずし（鐘涼し） 夏 一三〇
かねたたき（鉦叩） 秋 二九六
かねつけとんぼ（鉄漿付蜻蛉） 夏 二〇六
かのうば（蚊の姥） 夏 二〇七
かのこ（鹿の子） 夏 一九一
かのこえ（蚊の声） 夏 二〇七
かのなごり（蚊の名残） 秋 二九八
かばしら（蚊柱） 夏 二〇七
かび（蚊火） 夏 一五五
かび（黴） 夏 二二六
かびけむり（黴けむり） 夏 二二六
かびのか（黴の香） 夏 二二六
かびのやど（蚊火の宿） 夏 一五五
かびや（鹿火屋） 秋 二七二

かびやもり(鹿火屋守) 秋 二七二
かびる(黴びる) 夏 二二六
かぶ(蕪) 冬 四一七
かふうき(荷風忌) 春 八一
かぶきかおみせ
(歌舞伎顔見世) 冬 三九一
かぶじる(蕪汁) 冬 三六四
かぶす(臭橙) 秋 三三三
かぶとにんぎょう(兜人形) 夏 一八一
かぶとむし(兜虫) 夏 二〇四
かぶとむし(甲虫) 夏 二〇四
かぶら 冬 四一七
かぶらじる(蕪汁) 冬 三六四
かぶらな(蕪菜) 冬 四一七
かぶらひく(蕪引く) 冬 四一七
かふんしょう(花粉症) 春 五二
かふんマスク(花粉マスク) 春 五二
かぼちゃ(南瓜) 秋 三三六
かぼちゃのはな(南瓜の花) 夏 二一七
がま(蝦蟇) 夏 一九二
かまいたち(鎌鼬) 冬 三五一
かまいどき(かまい時) 春 八二
かまかぜ(鎌風) 冬 三五一
がまがえる 夏 一九二
かまきり(鎌切) 夏 二〇六
かまきり(蟷螂) 秋 二九七
かまきりかる(蟷螂枯る) 冬 四〇六
かまくら 新 四四六
かまくらまつり(鎌倉祭) 新 四四六
かますじゃこ 春 八九
がまずみ 秋 三二五
がまずみ(莢蒾) 秋 三二五

かまつか 秋 三〇六
かまどうま 秋 二九七
かまどねこ(竈猫) 冬 三九八
かまどはじめ(竈始) 新 四二八
かまどむし(かまど虫) 秋 二九七
がまのほ(蒲の穂) 秋 三三五
がまのほわた(蒲の穂絮) 秋 三三五
かまはじめ(釜始) 新 四四〇
がまむしろ(蒲筵) 夏 一五八
かみあそび(神遊) 冬 三九一
かみあつめ(神集) 冬 三八九
かみあらう(髪洗う) 夏 一七一
かみあり(神在) 冬 三八九
かみありづき(神在月) 冬 三三八
かみありづき(神有月) 冬 三三八
かみありまつり(神在祭) 冬 三八九
かみおき(髪置) 冬 三九一
かみおくり(神送) 冬 三八九
かみがえし(神返) 冬 三八九
かみかえり(神還) 冬 三八九
かみきり(天牛) 夏 二〇四
かみきりむし(髪切虫) 夏 二〇四
かみさりづき(神去月) 冬 三三八
かみすき(紙漉) 冬 三七六
かみたつかぜ(神立風) 冬 三四七
かみつどい(神集) 冬 三八九
かみなり(雷) 夏 一三七
かみなり(神鳴り) 夏 一三七
かみなりうお(かみなり魚) 冬 四〇五
かみなりうお(雷魚) 冬 四〇五
かみのたび(神の旅) 冬 三八九
かみのむし(紙の虫) 夏 二一〇

かみのるす(神の留守) 冬 三八九
かみびな(紙雛) 春 七二
かみふうせん(紙風船) 春 六七
かみほしば(紙干場) 冬 三七六
かみほす(紙干す) 冬 三七六
かみむかえ(神迎) 冬 三八九
かみもどし(神戻) 冬 三八九
かみら 春 一一九
かみわたし(神渡) 冬 三四七
かめなく(亀鳴く) 春 八三
かめのかんきん(亀の看経) 春 八三
かめのこ(亀の子) 夏 一九一
かめむし(亀虫) 秋 二九七
かも(鴨) 冬 四〇〇
かもあおい(賀茂葵) 夏 一八四
かもうち(鴨打) 冬 四〇〇
かもうり 秋 三三六
かもかえる(鴨帰る) 春 八七
かもがわおどり(鴨川踊) 夏 一八三
かもくる(鴨来る) 秋 三〇一
かもしか(羚羊) 冬 三九八
かもしし(氈鹿) 冬 三九八
かもなべ(鴨鍋) 冬 三六五
かものけいば(賀茂の競馬) 夏 一八四
かものこ(鴨の子) 夏 一九六
かもひく(鴨引く) 春 八七
かもまつり(賀茂祭) 夏 一八四
かもめき(鷗忌) 春 八一
かもわたる(鴨渡る) 秋 三〇一
かや(蚊帳) 夏 一五五
かや(幮) 夏 一五五
かやかる(萱刈る) 秋 二七五

かやつりぐさ(蚊帳吊草) 夏 二三八
かやのほ(萱の穂) 秋 三三四
かやのみ(榧の実) 秋 三三三
かやふく(茅葺く) 秋 二七五
かやりび(蚊遣火) 夏 一五五
かやりぶた(蚊遣豚) 夏 一五五
かゆせっく(粥節供) 新 四四六
かゆのはし(粥の箸) 新 四二九
かようねこ(通う猫) 春 八二
からうめ(唐梅) 冬 四一一
からかぜ(空風) 冬 三四七
からかみ(唐紙) 冬 三七〇
からさでのしんじ
(神等去出の神事) 冬 三八九
からさでまつり(加羅佐手祭) 冬 三八九
からしな(芥菜) 春 一一九
からすうり(烏瓜) 秋 三一四
からすうりのはな(烏瓜の花) 夏 二四〇
からすちょう(烏蝶) 夏 二〇三
からすのえんどう(烏野豌豆) 春 一〇三
からすのこ(鴉の子) 夏 一九四
からすのこわかれ(鴉の子別れ) 夏 一九四
からすのす(鴉の巣) 春 八八
からたちのはな(枸橘の花) 春 一一一
からたちのみ(枳殻の実) 秋 三一四
からっかぜ(空っ風) 冬 三四七
からっかぜ(乾っ風) 冬 三四七
からつゆ(空梅雨) 夏 一三六
からなし(唐梨) 秋 三三四
カラント 夏 二三六
かり(狩) 冬 三七七
かりうど(狩人) 冬 三七七

かりかえる（雁帰る）　春　八七
かりがね　秋　三〇一
かりがね（雁が音）　秋　三〇一
かりがねざむ（雁寒）　秋　二五四
かりくづき（雁来月）　秋　二四九
かりくよう（雁供養）　春　六九
かりくる（雁来る）　秋　三〇一
かりた（刈田）　秋　二六五
かりたのも（刈田面）　秋　二六五
かりたはら（刈田原）　秋　二六五
かりたみち（刈田道）　秋　二六五
かりのいぬ（狩の犬）　冬　三七八
かりのさお（雁の棹）　秋　三〇一
かりのやど（狩の宿）　冬　三七七
かりば（狩場）　冬　三七七
カリフラワー　冬　四一七
かりほし（刈干）　夏　一七六
かりもくず（刈藻屑）　夏　一七七
かりわたし（雁渡）　秋　二六二
かりわたる（雁渡る）　秋　三〇一
かりん（榠樝）　秋　三三四
かる（枯る）　冬　四一五
かるがも（軽鴨）　夏　一九六
かるかや（刈萱）　秋　三一四
かるた（歌留多）　新　四三八
かるた（骨牌）　新　四三八
かるのこ（かるの子）　夏　一九六
かれあし（枯蘆）　冬　四一〇
かれあしはら（枯蘆原）　冬　四一〇
かれい　夏　一五一
かれいい（乾飯）　夏　一五一
かれいけ（涸池）　冬　三五四
かれいほす（鰈干す）　春　五四
かれおばな（枯尾花）　冬　四一〇
かれかしわ（枯柏）　冬　四一六
かれかずら（枯葛）　冬　四一六
かれがわ（涸川）　冬　三五四
かれき（枯木）　冬　四一五
かれぎく（枯菊）　冬　四〇八
かれきぼし（枯木星）　冬　四一五
かれきやど（枯木宿）　冬　四一五
かれきやま（枯木山）　冬　三五四
かれくさ（枯草）　冬　四一〇
かれくわ（枯桑）　冬　四一六
かれこだち（枯木立）　冬　四一五
かれしば（枯芝）　冬　四一〇
かれすすき（枯芒）　冬　四一〇
かれその（枯園）　冬　三五三
かれたき（涸瀧）　冬　三五四
かれつた（枯蔦）　冬　四一六
かれづる（枯蔓）　冬　四一六
かれとうろう（枯蟷螂）　冬　四〇六
かれにわ（枯庭）　冬　三五三
かれの（枯野）　冬　三五三
かれのはら（枯野原）　冬　三五三
かれのびと（枯野人）　冬　三五三
かれのやど（枯野宿）　冬　三五三
かれは（枯葉）　冬　四一五
かれはぎ（枯萩）　冬　四一〇
かればしょう（枯芭蕉）　冬　四〇八
かれはす（枯蓮）　冬　四〇八
かれはちす（枯蓮）　冬　四〇八
かれはら（枯原）　冬　三五三
かれふよう（枯芙蓉）　冬　四一六
かれむぐら（枯葎）　冬　四一〇
かれやま（枯山）　冬　三五四
かわあそび（川遊び）　夏　一六六
かわうそうおをまつる（獺魚を祭る）　春　三三
かわがに（川蟹）　夏　二〇二
かわがらす（川烏）　夏　一九六
かわかる（川涸る）　冬　三五四
かわぎぬ（皮衣）　冬　三五八
かわぐも（川蜘蛛）　夏　二〇五
かわごろも（裘）　冬　三五八
かわざぶとん（革座布団）　夏　一五六
かわず　春　八三
かわすずみ（川涼み）　夏　一六八
かわずのこ（蛙の子）　春　八三
かわずのめかりどき（蛙の目借時）　春　三七
かわせがき（川施餓鬼）　秋　二八五
かわせみ（翡翠）　夏　一九五
かわちどり（川千鳥）　冬　四〇〇
かわとんぼ（川蜻蛉）　夏　二〇六
かわにな（川蜷）　春　九三
かわばたやなぎ（川端柳）　春　一一三
かわびらき（川開）　夏　一八五
かわぶしん（川普請）　冬　三七五
かわほね（河骨）　夏　二二四
かわほり　夏　一九一
かわやしろ（川社）　夏　一八七
かわらなでしこ（河原撫子）　秋　三一六
かん（寒）　冬　三四二
がん（雁）　秋　三〇一
かんあ（寒鴉）　冬　四〇一
かんあい（寒靄）　冬　三五二
かんあけ（寒明）　春　三〇
かんあける（寒明ける）　春　三〇
かんいちご（寒苺）　冬　四一八
かんいりひ（寒没日）　冬　三四六
かんうど（寒独活）　冬　四一八
かんうん（寒雲）　冬　三四六
かんえい（寒泳）　冬　三八五
かんおう（観桜）　春　六六
かんかい　冬　四〇四
かんがすみ（寒霞）　冬　三五二
かんがも（寒鴨）　冬　四〇一
かんがらす（寒鴉）　冬　四〇一
かんがん（寒雁）　冬　四〇一
かんかんぼう（かんかん帽）　夏　一四七
かんき（寒気）　冬　三四三
がんぎ（雁木）　冬　三六八
がんぎいち（雁木市）　冬　三六八
かんぎく（寒菊）　冬　四〇九
かんぎつね（寒狐）　冬　三九九
かんきびし（寒厳し）　冬　三四四
かんきゅう（寒灸）　冬　三八六
かんぎょう（寒暁）　冬　三四二
かんぎょう（寒行）　冬　三九五
かんきん（寒禽）　冬　四〇一
かんく（寒九）　冬　三四二
かんくのあめ（寒九の雨）　冬　三四九
かんくのみず（寒九の水）　冬　三五四
かんげいこ（寒稽古）　冬　三八五
かんげつ（観月）　秋　二七九
かんげつ（寒月）　冬　三四六
かんけん（寒犬）　冬　三九八

かんごい（寒鯉） 冬 四〇四
かんごいつり（寒鯉釣） 冬 四〇四
かんこう（寒耕） 冬 三七四
がんこう（雁行） 秋 三〇一
かんこうばい（寒紅梅） 冬 四一一
かんごえ（寒肥） 冬 三七七
かんごえ（寒声） 冬 三八六
かんごえつかう（寒声つかう） 冬 三八六
かんこだち（寒木立） 冬 四一五
かんこどり（閑古鳥） 夏 一九三
かんごやし（寒肥し） 冬 三七七
かんごり（寒垢離） 冬 三九四
かんざくら（寒桜） 冬 四一三
かんざけ（燗酒） 冬 三六一
かんざらい（寒復習） 冬 三八六
かんざらえ（寒ざらえ） 冬 三八六
かんじき（樏） 冬 三七三
かんしじみ（寒蜆） 冬 四〇五
がんじつ（元日） 新 四二〇
がんじつそう（元日草） 新 四五〇
かんしゅぎょう（寒修行） 冬 三九五
かんしょ（甘藷） 秋 三三八
かんしろう（寒四郎） 冬 三四二
がんじんき（鑑真忌） 夏 一八九
かんすき（寒漉） 冬 三七六
かんすぐ（寒過ぐ） 春 三〇
かんすずめ（寒雀） 冬 四〇二
かんすばる（寒昴） 冬 三四六
かんすみれ（寒菫） 冬 四〇八
かんせい（寒星） 冬 三四六
かんせぎょう（寒施行） 冬 三八五
かんぜり（寒芹） 冬 四一八

かんせん（寒泉） 冬 三五四
かんぞうのはな（萱草の花） 夏 二三八
かんぞうのめ（萱草の芽） 春 九七
かんだい（寒鯛） 冬 四〇三
かんたく（寒柝） 冬 三七三
かんたまご（寒玉子） 冬 三六二
かんたまご（寒卵） 冬 三六二
かんだまつり（神田祭） 夏 一八五
かんたん（邯鄲） 秋 二九五
がんたん（元旦） 新 四二一
かんたんふく（簡単服） 夏 一四六
かんちゅう（寒中） 冬 三四二
かんちゅうすいえい（寒中水泳） 冬 三八五
かんちょう（観潮） 春 六六
かんちょう（寒潮） 冬 三五五
がんちょう（元朝） 新 四二一
かんちょうせん（観潮船） 春 六六
かんづくり（寒造） 冬 三六二
かんつばき（寒椿） 冬 四一一
かんづり（寒釣） 冬 三八六
かんてん（旱天） 夏 一三六
かんてん（寒天） 冬 三四五
かんてんごや（寒天小屋） 冬 三七六
かんてんつくる（寒天作る） 冬 三七六
かんてんほす（寒天干す） 冬 三七六
かんとう（竿灯） 秋 二八二
かんとう（寒濤） 冬 三五五
かんとう（寒灯） 冬 三六九
かんとうだき（関東だき） 冬 三六六
かんどよう（寒土用） 冬 三四二
カンナ 秋 三〇五

かんなぎ（寒凪） 冬 三四六
かんなづき（神無月） 冬 三三八
かんならい（寒習） 冬 三八六
かんにいる（寒に入る） 冬 三四二
かんねぶつ（寒念仏） 冬 三九五
かんのあけ（寒の明け） 春 三〇
かんのあめ（寒の雨） 冬 三四九
かんのいり（寒の入） 冬 三四二
かんのうち（寒の内） 冬 三四二
かんのきり（寒の霧） 冬 三五二
かんのたき（寒の瀧） 冬 三五六
かんのなみ（寒の波） 冬 三五五
かんのはれ（寒の晴） 冬 三四五
かんのみず（寒の水） 冬 三五四
かんのもどり（寒の戻り） 春 三三
かんのやま（寒の山） 冬 三五三
かんぱ（寒波） 冬 三四三
かんばい（観梅） 春 六六
かんばい（寒梅） 冬 四一一
かんぱくる（寒波来る） 冬 三四三
カンパニュラ 夏 二四〇
カンパネルラ 夏 二四〇
かんばれ（寒晴） 冬 三四五
かんぴ（寒肥） 冬 三七七
かんぴうつ（寒肥打つ） 冬 三七七
かんびき（寒弾） 冬 三八六
かんひでり（寒旱） 冬 三四五
かんぷう（乾風） 夏 一三七
かんぷう（寒風） 冬 三四七
かんぶつえ（灌仏会） 春 七五
かんぶな（寒鮒） 冬 四〇四
かんぶり（寒鰤） 冬 四〇三

がんぶろ（雁風呂） 春 六九
かんべに（寒紅） 冬 三八五
かんぼ（寒暮） 冬 三四三
かんぼうず（寒坊主） 冬 三九五
かんぼく（寒木） 冬 四一五
かんぼけ（寒木瓜） 冬 四一一
かんぼたん（寒牡丹） 冬 四一一
かんまいり（寒参） 冬 三九四
かんみかづき（寒三日月） 冬 三四六
かんみまい（寒見舞） 冬 三八六
かんもうで（寒詣） 冬 三九四
かんもず（寒鵙） 冬 四〇一
かんもち（寒餅） 冬 三六一
かんや（寒夜） 冬 三四三
かんやいと（寒灸） 冬 三八六
かんゆうやけ（寒夕焼） 冬 三四六
かんらい（寒雷） 冬 三五二
がんらいこう（雁来紅） 秋 三〇六
かんらん（甘藍） 夏 二三三
かんりん（寒林） 冬 四一五
かんれい（寒冷） 冬 三四三
かんろ（寒露） 秋 二五二
かんわらび（寒蕨） 冬 四〇九

き

きあげは（黄揚羽） 夏 二〇三
きあやめ（黄あやめ） 夏 二一八
きいちご（木苺） 夏 二三五
きいちごのはな（木苺の花） 春 一一二
きう（喜雨） 夏 一三八
きう（祈雨） 夏 一七八

きうきょう（祈雨経） 夏 一七八
きうやすみ（喜雨休み） 夏 一七八
きえん（帰燕） 秋 三〇〇
ぎおうき（祇王忌） 春 七九
ぎおんえ（祇園会） 夏 一八五
ぎおんばやし（祇園囃） 夏 一八五
ぎおんまつり（祇園祭） 夏 一八五
きかくき（其角忌） 春 七九
きかたびら（黄帷子） 夏 一四五
きがん（帰雁） 春 八七
きぎく（黄菊） 秋 三〇六
きぎす 春 八六
ききちゃ（利茶） 春 六三
ききょう（桔梗） 秋 三一六
きく（菊） 秋 三〇六
きくかてん（菊花展） 秋 二七九
きくかる（菊枯る） 冬 四〇八
きくくよう（菊供養） 秋 二八九
きくさかり（菊盛り） 秋 三〇六
きくし（菊師） 秋 二七九
きくづき（菊月） 秋 二五〇
きくづくり（菊作り） 秋 二七九
きくてん（菊展） 秋 二七九
きくな（菊菜） 春 一一九
きくなます（菊膾） 秋 二六九
きくにんぎょう（菊人形） 秋 二七九
きくねわけ（菊根分） 春 六二
きくのあき（菊の秋） 秋 二五〇
きくのあるじ（菊の主） 秋 二七九
きくのか（菊の香） 秋 三〇六
きくのさけ（菊の酒） 秋 二八九
きくのせっく（菊の節句） 秋 二八九
きくのてら（菊の寺） 秋 二七九
きくのにわ（菊の庭） 秋 二七九
きくのひ（菊の日） 秋 二八九
きくのやど（菊の宿） 秋 二七九
きくばたけ（菊畑） 秋 二七九
きくびより（菊日和） 秋 二五七
きくまくら（菊枕） 秋 二八〇
きけまん（黄華鬘） 春 一〇六
きげんせつ（紀元節） 春 七〇
きこくのはな（枳殻の花） 春 一一一
きこくのみ（枳殻の実） 秋 三一四
きさ（蚶） 春 九二
きさご（細螺） 春 九三
きさめ（樹雨） 夏 一三四
きさらぎ（如月） 春 三一
きさらぎ（衣更着） 春 三一
きじ（雉） 春 八六
きじ（雉子） 春 八六
ぎしかい（義士会） 冬 三九二
ぎしぎしのはな（羊蹄の花） 夏 二二九
ぎしさい（義士祭） 春 七五
ぎしまつり（義士祭） 春 七五
きしゃご 春 九三
きしゅうみかん（紀州蜜柑） 冬 四一八
きじょうき（鬼城忌） 秋 二九二
きす（鱚） 夏 二〇〇
ぎす 秋 二九六
きずいせん（黄水仙） 春 一一四
きすげ（黄萱） 夏 二三八
きすご 夏 二〇〇
きすつり（鱚釣） 夏 二〇〇
きせい（帰省） 夏 一六三
きせいし（帰省子） 夏 一六三
きせきれい（黄鶺鴒） 秋 三〇二
きそいうま（競馬） 夏 一八四
きそはじめ（着衣始） 新 四三三
きそはじめ（著衣始） 新 四三三
きたおろし（北颪） 冬 三四八
きたかぜ（北風） 冬 三四七
きたきつね（北狐） 冬 三九九
きたならい（北ならい） 冬 三四七
きたひらく（北開く） 春 五七
きたふく（北吹く） 冬 三四七
きたふさぐ（北塞ぐ） 冬 三六八
きたまどとざす（北窓閉す） 冬 三六八
きたまどとじる（北窓閉じる） 冬 三六八
きたまどひらく（北窓開く） 春 五七
きたまどふさぐ（北窓塞ぐ） 冬 三六八
きたやましぐれ（北山時雨） 冬 三四八
きちきち 秋 二九六
きちこう（桔梗） 秋 三一六
きちじそう（吉字草） 夏 二三〇
きっしょ（吉書） 新 四三四
きっしょあげ（吉書揚） 新 四四六
きつつき（啄木鳥） 秋 三〇〇
きつね（狐） 冬 三九九
きつねのかさ（狐の傘） 夏 二三二
きつねのちょうちん（狐の提灯） 冬 三五六
きつねのてぶくろ 夏 二二七
きつねのぼたん（狐の牡丹） 春 一一七
きつねび（狐火） 冬 三五六
きつねわな（狐罠） 冬 三九九
きつりふね（黄釣舟草） 秋 三一九
きぬうちわ（絹団扇） 夏 一五九
きぬかつぎ（衣被） 秋 二六九
きぬさや（絹莢） 夏 二二三
きぬた（砧） 秋 二七七
きぬたうつ（砧打つ） 秋 二七七
きぬの（生布） 夏 一四五
きのえだはらう（木の枝払う） 夏 一七五
きのこ（茸） 秋 三三六
きのこ（菌） 秋 三三六
きのこがり（茸狩） 秋 二八〇
きのこがり（菌狩） 秋 二八〇
きのこめし（茸飯） 秋 二六八
きのたけ（木茸） 秋 三三六
きのねあく（木の根開く） 春 四七
きのねあく（木の根明く） 春 四七
きのはな（木の花） 夏 二二〇
きのめ（木の芽） 春 九五
きのめあえ（木の芽和） 春 五四
きのめでんがく（木の芽田楽） 春 五四
きのめに（木の芽煮） 春 五四
きはちす 秋 三一〇
きばな（木華） 冬 三五二
きばなさく（木花咲く） 冬 三五二
きばはじめ（騎馬始） 新 四四一
きびあらし（黍嵐） 秋 二六二
きぶくれ（着ぶくれ） 冬 三五八
きぶし（木付子） 春 九五
きぶしのはな（木五倍子の花） 春 九五
ぎふちょうちん（岐阜提灯） 秋 二八五
きふねぎく（貴船菊） 秋 三二一
ぎぼうし（擬宝珠） 夏 二二九
きまもり（木守） 冬 四一八
きまもりがき（木守柿） 冬 四一八

きみかげそう（君影草） 夏 二二二
キムチ（沈菜） 冬 三六六
キムチづけ（キムチ漬） 冬 三六六
キャベツ 夏 二三二
キャベツばたけ（キャベツ畑） 夏 二三二
ギヤマン 夏 一六〇
キャンプ 夏 一六五
キャンプファイヤー 夏 一六五
きゅうかあけ（休暇明） 秋 二七八
きゅうかはつ（休暇果つ） 秋 二七八
きゅうしょう（旧正） 春 三二
きゅうしょうがつ（旧正月） 春 三二
きゅうだい（及第） 春 五一
きゅうとう（九冬） 冬 三三八
ぎゅうなべ（牛鍋） 冬 三六五
きゅうねん（旧年） 新 四二〇
ぎゅうばあらう（牛馬洗う） 夏 一七七
ぎゅうばひやす（牛馬冷す） 夏 一七七
きゅうり（胡瓜） 夏 二三三
きゅうりづけ（胡瓜漬） 夏 一五〇
きゅうりなえ（胡瓜苗） 夏 二二六
きゅうりのはな（胡瓜の花） 夏 二二七
きゅうりもみ（胡瓜揉） 夏 一五〇
きょうえい（競泳） 夏 一六三
きょうかぞん（杏花村） 春 一一〇
ぎょうぎょうし（行々子） 夏 一九五
ぎょうずい（行水） 夏 一七一
きょうそう（競漕） 春 六八
きょうちくとう（夾竹桃） 夏 二四三
きょうどうぼきん（共同募金） 秋 二九〇
きょうな（京菜） 春 一一八
きょうのあき（今日の秋） 秋 二四八

きょうのつき（今日の月） 秋 二五九
きょうのはる（今日の春） 新 四二〇
ぎょき（御忌） 春 七九
ぎょきこそで（御忌小袖） 春 七九
きょくすい（曲水） 春 七二
きょくすいのえん（曲水の宴） 春 七二
ぎょけい（御慶） 新 四三〇
きょしき（虚子忌） 春 八一
きょねん（去年） 新 四二〇
きょらいき（去来忌） 秋 二九二
きらき（吉良忌） 冬 三九二
きららむし（雲母虫） 夏 二一〇
きらんそう（金瘡小草） 春 一〇四
きり（霧） 秋 二六三
きりぎりす（螽蟖） 秋 二九六
きりこ（切子） 夏 一六〇
きりごたつ（切炬燵） 冬 三七〇
きりこどうろう（切子燈籠） 秋 二八五
きりさめ（霧雨） 秋 二六三
きりしぐれ（霧時雨） 秋 二六三
きりしま（霧島） 春 一一〇
きりのあき（桐の秋） 秋 三一〇
きりのはな（桐の花） 夏 二一八
きりのみ（桐の実） 秋 三一四
きりはみに（桐は実に） 秋 三一四
きりひとは（桐一葉） 秋 三一〇
きりぶすま（霧襖） 秋 二六三
きりぼし（切干） 冬 三六六
きりぼしだいこん（切干大根） 冬 三六六
きりぼしつくる（切干作る） 冬 三六六
きりむぎ（切麦） 夏 一四九
きれんじゃく（黄連雀） 秋 三〇二

ぎんが（銀河） 秋 二五六
きんかん（金柑） 秋 三三三
ぎんかん（銀漢） 秋 二五六
きんかんのはな（金柑の花） 夏 二二〇
ぎんぎつね（銀狐） 冬 三九九
きんぎょ（金魚） 夏 一九九
きんぎょうり（金魚売） 夏 一九九
きんぎょくとう（金玉糖） 夏 一五四
きんぎょすくい（金魚掬い） 夏 一六六
きんぎょそう（金魚草） 夏 二四二
きんぎょだ（金魚田） 夏 一九九
きんぎょだま（金魚玉） 夏 一六六
きんぎょつり（金魚釣） 夏 一六六
きんぎょねぶた（金魚ねぶた） 秋 二八二
きんぎょばち（金魚鉢） 夏 一六六
きんぎょや（金魚屋） 夏 一九九
きんぎんか（金銀花） 夏 二四〇
きんけむし（金毛虫） 夏 二〇三
きんしゅう（金秋） 秋 二四八
きんせんか（金盞花） 春 一一六
きんたろうはらがけ（金太郎腹掛） 夏 一四六
ぎんなん（銀杏） 秋 三三四
ぎんなんひろう（銀杏拾う） 秋 三三四
きんばえ（金蠅） 夏 二〇六
きんびょうぶ（金屏風） 冬 三七〇
ぎんびょうぶ（銀屏風） 冬 三七〇
きんびわ（金琵琶） 秋 二九五
きんぷう（金風） 秋 二五六
きんぽうげ（金鳳花） 春 一一七
きんみずひき（金水引草） 秋 三一八
ぎんみずひき（銀水引） 秋 三一八

きんめだい（金目鯛） 冬 四〇三
きんめばる（金めばる） 春 八九
きんもくせい（金木犀） 秋 三一〇
ぎんもくせい（銀木犀） 秋 三一〇
ぎんようアカシア（銀葉アカシア） 春 一〇九
きんろうかんしゃのひ（勤労感謝の日） 冬 三九一

く

くいつぎ（食継） 新 四二九
くいつみ（喰積） 新 四二九
くいな（水鶏） 夏 一九六
くいなたたく（水鶏たたく） 夏 一九六
くいなぶえ（水鶏笛） 夏 一九六
くうかいき（空海忌） 春 七八
グーズベリー 夏 二三六
くうやき（空也忌） 冬 三九六
くうやどうおどりねんぶつ（空也堂踊念仏） 冬 三九六
くうやねんぶつ（空也念仏） 冬 三九六
クーラー 夏 一五九
くかいはじめ（句会始） 新 四三五
くがつ（九月） 秋 二四九
くがつじん（九月尽） 秋 二五〇
くがつはつ（九月果つ） 秋 二五〇
くきづけ（茎漬） 冬 三六七
くきのいし（茎の石） 冬 三六七
くきのおけ（茎の桶） 冬 三六七
くきのみず（茎の水） 冬 三六七
くぐい（鵠） 冬 四〇一

くくたち（茎立） 春 一一九
くくづけ 冬 三六七
くぐつまわし（傀儡まわし） 新 四三八
くこし（枸杞子） 秋 三三三
くこしゅ（枸杞酒） 秋 三三三
くこのみ（枸杞の実） 秋 三三三
くさあおむ（草青む） 春 一〇〇
くさいきれ（草いきれ） 夏 二一三
くさいち（草市） 秋 二八三
くさおぼろ（草朧） 春 四三
くさかげろう（草蜉蝣） 夏 二〇八
くさかすむ（草霞む） 春 四二
くさかり（草刈） 夏 一七六
くさかりうま（草刈馬） 秋 二八二
くさかりかご（草刈籠） 夏 一七六
くさかりがま（草刈鎌） 夏 一七六
くさかりき（草刈機） 夏 一七六
くさかりめ（草刈女） 夏 一七六
くさかる（草枯る） 冬 四一〇
くさがれ（草枯） 冬 四一〇
くさかんばし（草芳し） 春 一〇〇
くさぎのはな（臭木の花） 秋 三一〇
くさぎのはな（常山木の花） 秋 三一〇
くさぎのみ（臭木の実） 秋 三三三
くさぎのみ（常山木の実） 秋 三三三
くさきょうちくとう（草夾竹桃） 夏 二四二
くささんご（草珊瑚） 新 四五一
くさしげる（草茂る） 夏 二一四
くさしみず（草清水） 夏 一四一
くさじらみ（草虱） 秋 三三三
くさずもう（草相撲） 秋 二八〇

くさそてつ（草蘇鉄） 春 一〇五
くさつむ（草摘む） 春 六四
くさつらら（草氷柱） 冬 三五六
くさとり（草取） 夏 一七六
くさのあき（草の秋） 秋 三一六
くさのいき（草の息） 夏 二一三
くさのいきれ（草のいきれ） 夏 二一三
くさのいち（草の市） 秋 二八三
くさのにしき（草の錦） 秋 二六五
くさのはな（草の花） 秋 三三二
くさのほ（草の穂） 秋 三三二
くさのほわた（草の穂絮） 秋 三三二
くさのみ（草の実） 秋 三三二
くさのみとぶ（草の実飛ぶ） 秋 三三二
くさのめ（草の芽） 春 九六
くさのもち（草の餅） 春 五五
くさのもみじ（草の紅葉） 秋 三三五
くさのわた（草の絮） 秋 三三二
くざはじめ（句座始） 新 四三五
くさばな（草花） 秋 三三二
くさひき（草引き） 夏 一七六
くさひばり（草雲雀） 秋 二九六
くさぶえ（草笛） 夏 一六九
くさぼけ（草木瓜） 春 一〇七
くさほす（草干す） 夏 一七六
くさぼたん（草牡丹） 秋 三三二
くさむしり（草むしり） 夏 一七六
くさめ（嚔） 冬 三七八
くさもえ（草萌） 春 一〇〇
くさもち（草餅） 春 五五
くさもみじ（草紅葉） 秋 三三五
くさや（草矢） 夏 一六九

くさやく（草焼く） 春 五九
くさわかば（草若葉） 春 一〇一
くじゃくそう（孔雀草） 夏 二四二
くしゃみ 冬 三七八
くじら（鯨） 冬 四〇二
くじらじる（鯨汁） 冬 四〇二
くず（葛） 秋 三一七
くずかずら（葛かずら） 秋 三一七
くずきり（葛切） 夏 一五四
くずざくら（葛桜） 夏 一五四
くすさん（樟蚕） 夏 一七七
くすだま（薬玉） 夏 一八二
くずのは（葛の葉） 秋 三一七
くずのはな（葛の花） 秋 三一七
くずほる（葛掘る） 秋 二七六
くずまゆ（屑繭） 夏 一七七
くずまんじゅう（葛饅頭） 夏 一五四
くずもち（葛餅） 夏 一五四
くずゆ（葛湯） 冬 三六二
くすりがり（薬狩） 夏 一八二
くすりぐい（薬喰） 冬 三六五
くすりのひ（薬の日） 夏 一八二
くすりふる（薬降る） 夏 一三四
くすりほる（薬掘る） 秋 二七六
くずれやな（崩れ簗） 秋 二七七
くすわかば（樟若葉） 夏 二二二
ぐそくもち（具足餅） 新 四二七
くそばえ（糞蠅） 夏 二〇六
くだりあゆ（下り鮎） 秋 三〇二
くだりやな（下り簗） 秋 二七七
くちあけまつり（口明祭） 春 六四
くちきり（口切） 冬 三八八

くちなしのはな（梔子の花） 夏 二三〇
くちなわ 夏 一九二
くちなわいちご（蛇苺） 夏 二三五
くちは（朽葉） 冬 四一五
くっさめ 冬 三七八
グッピー 夏 一九九
くつわむし（轡虫） 秋 二九六
くぬぎのみ（くぬぎの実） 秋 三一二
くねんぼ（九年母） 秋 三三三
くばりもち（配り餅） 冬 三八三
ぐびじんそう（虞美人草） 夏 二二七
くびまき（首巻） 冬 二五九
くま（熊） 冬 三九八
くまあなに（熊穴に） 冬 三九八
くまあなにいる（熊穴に入る） 冬 三九八
くまあなをでる（熊穴を出る） 春 八三
くまいづ（熊出づ） 春 八三
くまがいそう（熊谷草） 春 一〇七
くまで（熊手） 冬 三九〇
くまでいち（熊手市） 冬 三九〇
くまのこ（熊の子） 冬 三九八
くまばち（熊蜂） 春 八四
ぐみ（茱萸） 秋 三一五
ぐみざけ（茱萸酒） 秋 三一五
くも（蜘蛛） 夏 二〇八
くものい（蜘蛛の囲） 夏 二〇八
くものこ（蜘蛛の子） 夏 二〇八
くものみね（雲の峰） 夏 一三二
くらげ（海月） 夏 二〇二
くらげ（水母） 夏 二〇二
グラジオラス 夏 二二六
くらべうま（競馬） 夏 一八四

くらまのひまつり（鞍馬の火祭） 秋 二九〇
くり（栗） 秋 三三二
クリームソーダ 夏 一五二
くりおこわ（栗強飯） 秋 二六八
クリスマス 冬 三九三
クリスマス・カクタス 冬 四〇七
クリスマスツリー 冬 三九四
クリスマスプレゼント 冬 三九三
くりのはな（栗の花） 夏 二一二
くりひろい（栗拾い） 秋 三三二
くりむし（栗虫） 秋 二九七
くりめいげつ（栗名月） 秋 二六一
くりめし（栗飯） 秋 二六八
グリンピース 夏 二三二
くるいざき（狂い咲） 冬 四二二
くるましまう（車蔵う） 冬 三七五
くるましまう（車仕舞う） 冬 三七五
くるますつ（車棄つ） 冬 三七五
くるみ（胡桃） 秋 三三二
くるみのはな（胡桃の花） 夏 二二〇
くれいち（暮市） 冬 三八二
くれおそし（暮遅し） 春 三五
くれかねる（暮かねる） 春 三五
クレソン 春 一二〇
くれのあき（暮の秋） 秋 二五五
くれのはる（暮の春） 春 三八
くれはやし（暮早し） 冬 三四二
クレマチス 夏 二二八
くろあげは（黒揚羽） 夏 二〇三
くろあり（黒蟻） 夏 二〇七
クローバー 春 一〇四

クロール 夏 一六三
くろだい（黒鯛） 夏 一九九
くろだいづり（黒鯛釣） 夏 一九九
クロッカス 春 一一四
くろはえ（黒南風） 夏 一三四
くろばえ（黒南風） 夏 一三四
くろビール（黒ビール） 夏 一五一
くろぶどう（黒葡萄） 秋 三三二
くろほ（黒穂） 夏 二一六
くろまむし（黒まむし） 夏 一九三
くろまめ（黒豆） 新 四三〇
くろめ（黒布） 春 一二二
くろめばる（黒めばる） 春 八九
くわ（桑） 春 一一三
くわい（慈姑） 冬 四一七
くわいちご（桑苺） 夏 二三五
くわいほる（慈姑掘る） 冬 四一七
くわいれ（鍬入） 新 四三七
くわかご（桑籠） 春 六三
くわがたむし（鍬形虫） 夏 二〇四
くわかる（桑枯る） 冬 四一六
くわくくる（桑括る） 冬 四一六
くわぞめ（鍬初） 新 四三七
くわつみ（桑摘） 春 六三
くわのはな（桑の花） 春 一一三
くわのみ（桑の実） 夏 二三五
くわのめ（桑の芽） 春 一一三
くわはじめ（鍬始） 新 四三七
くわばたけ（桑畑） 春 一一三
くんしらん（君子蘭） 春 一一五
くんち 秋 二八九
くんぷう（薫風） 夏 一三三

け

げあき（夏明） 秋 二八七
けいこはじめ（稽古始） 新 四四〇
げいじゅつさい（芸術祭） 秋 二九〇
げいしゅん（迎春） 新 四二〇
げいしゅんか（迎春花） 春 九四
けいだん（軽暖） 夏 一二五
けいちつ（啓蟄） 春 三三
けいと（毛糸） 冬 三六一
けいとあむ（毛糸編む） 冬 三六一
けいとう（鶏頭） 秋 三〇六
けいとうか（鶏頭花） 秋 三〇六
けいとだま（毛糸玉） 冬 三六一
けいら（軽羅） 夏 一四五
けいろうかい（敬老会） 秋 二八八
けいろうのひ（敬老の日） 秋 二八八
げがき（夏書） 夏 一八六
げがきおさめ（夏書納） 秋 二八七
けがわ（毛皮） 冬 三五八
けがわえりまき（毛皮襟巻） 冬 三五九
けがわぐつ（毛皮靴） 冬 三六〇
げぎょう（夏行） 夏 一八六
げぎょう（夏経） 夏 一八六
げげ（解夏） 秋 二八七
げごもり（夏籠） 夏 一八六
けごろも（毛衣） 冬 三五八
けさのあき（今朝の秋） 秋 二四八
けさのそら（今朝の空） 新 四二四
けさのなつ（今朝の夏） 夏 一二四
けさのはる（今朝の春） 新 四二〇

げし（夏至） 夏 一二七
げじ 夏 二〇九
げじげじ（蚰蜒） 夏 二〇九
けしずみ（消炭） 冬 三七一
けしのはな（罌粟の花） 夏 二一七
けしのはな（芥子の花） 夏 二一七
けしのみ（罌粟の実） 夏 二一七
けしぼうず（罌粟坊主） 夏 二一七
けずりひ（削氷） 夏 一五三
けそうぶみ（懸想文） 新 四三八
けそうぶみ（化粧文） 新 四三八
げだち（夏断） 夏 一八六
けだものずみ（獣炭） 冬 三七二
げっかびじん（月下美人） 夏 二四〇
げっこう（月光） 秋 二五八
ケット 冬 三五八
けっぴょう（結氷） 冬 三五六
げつめい（月明） 秋 二五八
げつれいじ（月鈴児） 秋 二九五
げのいり（夏の入り） 夏 一八六
げのはじめ（夏の始） 夏 一八六
げばな（夏花） 夏 一八六
げばなかご（夏花籠） 夏 一八六
げばなつみ（夏花摘） 夏 一八六
げひゃくにち（夏百日） 夏 一八六
けまん 春 一〇六
けまんそう（華鬘草） 春 一〇六
けみ（毛見） 秋 二七三
けみ（検見） 秋 二七三
けむし（毛虫） 夏 二〇三
けむし（毛蟲） 夏 二〇三
けむしやく（毛虫焼く） 夏 二〇三

けものさかる（獣交る） 春 八二
けものつるむ（獣つるむ） 春 八二
けものわな（獣罠） 冬 三七七
けもも（毛桃） 秋 三三二
けやきわかば（欅若葉） 夏 二二二
けら（螻蛄） 秋 二九八
けら（啄木鳥） 秋 三〇〇
けらつつき 秋 三〇〇
けらなく（螻蛄鳴く） 秋 二九八
ゲレンデ 冬 三八七
けんがいぎく（懸崖菊） 秋 二七九
けんかはじめ（喧嘩始） 新 四三四
げんかん（厳寒） 冬 三四四
けんぎゅうか（牽牛花） 秋 三〇五
けんぎゅうぼし（牽牛星） 秋 二八二
げんげ（紫雲英） 春 一〇四
げんげた（げんげ田） 春 一〇四
げんげつむ（げんげ摘む） 春 一〇四
げんげん 春 一〇四
けんこくきねんのひ（建国記念の日） 春 七〇
けんこくのひ（建国の日） 春 七〇
げんごろう（源五郎） 夏 二〇五
げんごろうむし（源五郎虫） 夏 二〇五
けんじき（賢治忌） 秋 二九二
げんじぼたる（源氏螢） 夏 二〇三
げんじむし（源氏虫） 夏 二〇四
げんちょ（玄猪） 冬 三八九
げんとう（玄冬） 冬 三三八
げんとう（厳冬） 冬 三四四
げんのしょうこ（現の証拠） 夏 二三一
げんばくき（原爆忌） 秋 二八三
げんばくのひ（原爆の日） 秋 二八三

こ

こ（蚕） 春 八四
こあじ（小鯵） 夏 一九九
こあじさし（小鯵刺） 夏 一九五
こあゆ（小鮎） 春 九一
ごいさぎ（五位鷺） 夏 一九六
こいすずし（鯉涼し） 夏 一九八
こいねこ（恋猫） 春 八二
こいのぼり（鯉幟） 夏 一八〇
こうえつき（光悦忌） 春 七九
ごうかく（合格） 春 五一
こうぎょ（香魚） 夏 一九八
こうぎょく（紅玉） 秋 三三二
こうさ（黄砂） 春 四二
こうさ（黄沙） 春 四二
こうしば 春 一一二
こうじみかん（柑子蜜柑） 冬 四一八
こうしょっき（紅蜀葵） 夏 二四一
こうじん（黄塵） 春 四二
こうじん（耕人） 春 六〇
こうすい（香水） 夏 一七一
こうずい（洪水） 秋 二六四
こうすいらん（香水蘭） 秋 三一七
こうぞさらす（楮晒す） 冬 三七六
こうぞむす（楮蒸す） 冬 三七六
こうたんさい（降誕祭） 冬 三九三
こうたんじゅ（降誕樹） 冬 三九四
ごうな（寄居虫） 春 九三
ごうなうり（ごうな売） 春 九三
こうなご 春 八九
こうばい（紅梅） 春 九四
こうぼうき（弘法忌） 春 七八
こうほね（河骨） 夏 二二四
こうま（仔馬） 春 八二
こうもり（蝙蝠） 夏 一九一
こうやどうふ（高野豆腐） 冬 三七六
こうよう（黄葉） 秋 三〇八
こうよう（紅葉） 秋 三〇八
こうらく（黄落） 秋 三〇九
こうらくき（黄落期） 秋 三〇九
ごうりき（強力） 夏 一六四
こうりんき（光琳忌） 夏 一八九
こえさゆる（声冴ゆる） 冬 三四三
コークス 冬 三七一
コート 冬 三五八
ゴーヤー 秋 三二七
コーラ 夏 一五二
こおり（氷） 冬 三五六
こおりあられ（氷あられ） 冬 三四九
こおりいちご（氷いちご） 夏 一五三
こおりこんにゃく（氷蒟蒻） 冬 三七六
こおりどうふ（氷豆腐） 冬 三七六
こおりとく（氷解く） 春 四六
こおりばた（氷旗） 夏 一五三
こおりはる（氷張る） 冬 三五六
こおりみず（氷水） 夏 一五三
こおりみせ（氷店） 夏 一五三
こおりや（氷屋） 夏 一五三
こおる（凍る） 冬 三四三
ゴールデンウィーク 春 七七
こおろぎ（蟋蟀） 秋 二九五
こがい（蚕飼） 春 六三
ごがつ（五月） 夏 一二四
ごがついつか（五月五日） 夏 一八〇
ごがつにんぎょう（五月人形） 夏 一八一
ごがつのせっく（五月の節句） 夏 一八〇
ごがつばしょ（五月場所） 夏 一八三
こがに（小蟹） 夏 二〇二
こがねむし（金亀子） 夏 二〇四
こがねむし（小金蟲） 夏 二〇四
こかまきり（子蟷螂） 夏 二〇六
こがめ（子亀） 夏 一九一
こがも（小鴨） 冬 四〇〇
こがら（小雀） 夏 一九七
こがらし（凩） 冬 三四七
こがらし（木枯） 冬 三四七
こがらす（子鴉） 夏 一九四
ごきかぶり（御器かぶり） 夏 二一〇
ごきぶり（御器噛） 夏 二一〇
ごぎょう（御行） 春 一〇二
こくう（穀雨） 春 三八
ごくげつ（極月） 冬 三四〇
こくしょ（酷暑） 夏 一三〇
ごくしょ（極暑） 夏 一三〇
ごくすい（曲水） 春 七二
こくぞう（穀象） 夏 二一〇
こくぞうむし（穀象虫） 夏 二一〇
こくちょう（黒鳥） 冬 四〇一
こぐらし（木暗し） 夏 二一四
こけあおし（苔青し） 夏 二二五
こけしげる（苔茂る） 夏 二二五
こけしたたり（苔滴り） 夏 一四〇
こけしみず（苔清水） 夏 一四一

こけのはな（苔の花） 夏 二二五
こげら（小げら） 秋 三〇〇
こごえすずめ（凍雀） 冬 四〇二
こごえる（凍える） 冬 三七九
こごみ 春 一〇五
こごみがり（こごみ狩） 春 一〇五
こごめさくら（小米桜） 春 一〇八
こごめばな（小米花） 春 一〇八
こごりぶな（凝鮒） 冬 三六六
こごりぶな（凍鮒） 冬 四〇四
こさ（胡砂） 春 四二
こじか（小鹿） 夏 一九一
こしきぶのみ（小式部の実） 秋 三一四
こしたやみ（木下闇） 夏 二二四
こしゅ（古酒） 秋 二六七
ごじゅうから（五十雀） 夏 一九七
こじゅけい（小綬鶏） 春 八六
こしょうがつ（小正月） 新 四二三
ごしょうき（御正忌） 冬 三九〇
ごすい（午睡） 夏 一七〇
こすずめ（子雀） 春 八八
コスモス 秋 三〇六
こぞ（去年） 新 四二〇
こぞことし（去年今年） 新 四二〇
こだちはなやさい（木立花椰菜） 冬 四一七
こたつ（炬燵） 冬 三七〇
こたつだす（炬燵出す） 冬 三七〇
こたつとる（炬燵とる） 春 五七
こたつねこ（炬燵猫） 冬 三九八
こたつのなごり（炬燵の名残） 春 五七
こたつふさぐ（炬燵塞ぐ） 春 五七
こたつほし（炬燵欲し） 秋 二七〇
こち（東風） 春 三九
こちゃ（古茶） 夏 一四七
こちょう（胡蝶） 春 八四
こちょうよう（小重陽） 秋 二八九
こっかん（酷寒） 冬 三四四
ごっかん（極寒） 冬 三四四
こっこう（国光） 秋 三三二
こつごもり（小晦日） 冬 三四一
こつばめ（子燕） 夏 一九四
こでまりのはな（小粉団の花） 春 一〇八
ごとう（梧桐） 夏 二二三
ことおさめ（事納） 冬 三八〇
ことし（今年） 新 四二〇
ことしざけ（今年酒） 秋 二六七
ことししぶ（今年渋） 秋 二七五
ことしだけ（今年竹） 夏 二一六
ことしたばこ（今年煙草） 秋 二七四
ことしまい（今年米） 秋 二六七
ことしむぎ（今年麦） 夏 二一六
ことしわた（今年棉） 秋 二七五
ことしわら（今年藁） 秋 二七三
ことのばら（小殿原） 新 四二九
ことはじめ（琴始） 新 四四〇
ことひきどり（琴弾鳥） 春 八五
こどものひ（こどもの日） 夏 一八〇
ことり（小鳥） 秋 三〇一
ことりくる（小鳥来る） 秋 三〇一
ことりわたる（小鳥渡る） 秋 三〇一
こなずみ（粉炭） 冬 三七一
こなゆき（粉雪） 冬 三五〇
こねこ（子猫） 春 八二
このくれ（木の暗） 夏 二二四
このは（木の葉） 冬 四一四
このはあめ（木の葉雨） 冬 四一四
このはがみ（木の葉髪） 冬 三七九
このはしぐれ（木の葉時雨） 冬 四一四
このはちる（木の葉散る） 冬 四一四
このみ（木の実） 秋 三一一
このみあめ（木の実雨） 秋 三一一
このみごま（木の実独楽） 秋 三一一
このみひろう（木の実拾う） 秋 三一一
このみふる（木の実降る） 秋 三一一
このめ（木の芽） 春 九五
このめあめ（木の芽雨） 春 九五
このめかぜ（木の芽風） 春 九五
このめどき（木の芽時） 春 三四
このめばれ（木の芽晴） 春 九五
このめやま（木の芽山） 春 九五
このわた（海鼠腸） 冬 三六七
こはる（小春） 冬 三三九
こはるぞら（小春空） 冬 三三九
こはるなぎ（小春凪） 冬 三三九
こはるび（小春日） 冬 三三九
こはるびより（小春日和） 冬 三三九
こばんそう（小判草） 夏 二三〇
こぶし（辛夷） 春 九八
ごぼうひく（牛蒡引く） 秋 二七四
ごぼうほる（牛蒡掘る） 秋 二七四
こぼれはぎ（こぼれ萩） 秋 三一七
こま（独楽） 新 四三九
ごま（胡麻） 秋 三三二
こまい（古米） 秋 二六七
こまい（氷下魚） 冬 四〇四
こまいじる（氷下魚汁） 冬 四〇四
こまいづり（氷下魚釣） 冬 四〇四
こまうつ（独楽打つ） 新 四三九
こまがえるくさ（こまがえる草） 春 一〇一
ごまがら（胡麻殻） 秋 三三二
ごまかる（胡麻刈る） 秋 三三二
ごまたたく（胡麻叩く） 秋 三三二
こまちき（小町忌） 春 八〇
こまつな（小松菜） 冬 四一六
こまつひき（小松引） 新 四五一
こまどり（駒鳥） 夏 一九七
ごまのはな（胡麻の花） 夏 二四五
ごまほす（胡麻干す） 秋 三三二
こままわし（独楽回し） 新 四三九
ごまめ（古女） 新 四二九
ごまめ（五万米） 新 四二九
ごみなまず（ごみ鯰） 夏 一九八
こむぎ（小麦） 夏 二一六
ゴムふうせん（ゴム風船） 春 六七
ごめ 夏 一九五
ごめかえる（海猫帰る） 秋 三〇一
ごめくる（ごめ来る） 春 八七
こめだわらあむ（米俵編む） 秋 二七七
こめのむし（米の虫） 夏 二二〇
こめやなぎ（米柳） 春 一〇八
ごめわたる（海猫渡る） 春 八七
ごめわたる（ごめ渡る） 春 八七
ごもくずし（五目鮓） 夏 一四八
こもちづき（小望月） 秋 二五九
こもまき（菰巻） 冬 三六八
こもりがき（木守柿） 冬 四一八

こもりはんてん(子守半纏)　冬　三五八
こもりゆず(木守柚子)　冬　四一八
こや(蚕屋)　春　六三
こやまぶき(濃山吹)　春　一一〇
こゆき(小雪)　冬　三五〇
ごようおさめ(御用納)　冬　三八〇
ごようはじめ(御用始)　新　四三五
こよぎ(小夜着)　冬　三五七
こよみうり(暦売)　冬　三八二
こよみかう(暦買う)　冬　三八二
こよみくばり(暦配り)　冬　三八二
こよみのおわり(暦の終)　冬　三八二
こよみのはて(暦の果)　冬　三八二
こよみびらき(暦開き)　新　四三一
ごらいこう(御来光)　夏　一三九
ごらいごう(御来迎)　夏　一三九
ころがき(ころ柿)　秋　二六九
ころくがつ(小六月)　冬　三三九
ころもかう(衣更う)　夏　一四四
ころもがえ(更衣)　夏　一四四
こんちゅうさいしゅう(昆虫採集)　夏　一六五
こんにゃくこおらす(蒟蒻凍らす)　冬　三七六
こんにゃくすだれ(蒟蒻すだれ)　冬　三七五
こんにゃくだま(蒟蒻玉)　冬　三七五
こんにゃくだまほす(蒟蒻玉干す)　冬　三七五
こんにゃくほる(蒟蒻掘る)　冬　三七五
コンバイン　秋　二七二
こんぶほし(昆布干し)　夏　一七九

さ

サーファー　夏　一六四
サーフィン　夏　一六四
サーフボード　夏　一六四
さいかくき(西鶴忌)　秋　二九一
さいかし　秋　三一五
さいかち(皀莢)　秋　三一五
さいかち(皀角子)　秋　三一五
さいかちのみ(皀莢の実)　秋　三一五
さいぎょうき(西行忌)　春　七九
ざいごき(在五忌)　夏　一八九
さいぞう(才蔵)　新　四三七
サイダー　夏　一五二
さいたん(歳旦)　新　四二一
さいたんびらき(歳旦開)　新　四三五
サイネリア　春　一一四
さいばん(歳晩)　冬　三四一
さいまつ(歳末)　冬　三四一
さいまつおおうりだし(歳末大売出し)　冬　三八二
ざいまつり(在祭)　秋　二八一
さいら　秋　三〇三
さえ(冴え)　冬　三四三
さえかえる(冴返る)　春　三二
さえざえ　冬　三四三
さえずり(囀)　春　八八
さえずる(囀る)　春　八八
さおとめ(早乙女)　夏　一七四
さおひめ(佐保姫)　春　三二
さかきのはな(榊の花)　夏　二二〇
さかずきながし(盃流し)　春　七二
さかまんじゅう(酒饅頭)　冬　三六四
さぎそう(鷺草)　夏　二二七
さぎちょう(左義長)　新　四四六
さぎちょうおどり(左義長踊)　新　四四六
さぎり(狭霧)　秋　二六三
さくたろうき(朔太郎忌)　夏　一八八
さくら(桜)　春　九八
さくらあめ(桜雨)　春　四四
さくらいか(桜烏賊)　春　九一
さくらうぐい(桜鯎)　春　九〇
さくらがい(桜貝)　春　九二
さくらがさね(桜襲)　春　五三
さくらがり(桜狩)　春　六六
さくらぐもり(桜曇)　春　四四
さくらごち(桜東風)　春　三九
さくらしべ(桜蘂)　春　一〇〇
さくらしべふる(桜蘂降る)　春　一〇〇
さくらぜんせん(桜前線)　春　三六
さくらそう(桜草)　春　一一五
さくらだい(桜鯛)　春　八九
さくらづけ(桜漬)　春　五三
さくらどき(桜時)　春　三六
さくらのみ(桜の実)　夏　二一一
さくらはみ(桜は実)　夏　二一一
さくらびと(桜人)　春　六六
さくらます(桜鱒)　春　九一
さくらもち(桜餅)　春　五六
さくらもみじ(桜紅葉)　秋　三〇八
さくらもり(桜守)　春　六七
さくらやま(桜山)　春　九八
さくらゆ(桜湯)　春　五三
さくらわかば(桜若葉)　夏　二一一
さくらんぼ　夏　二三四
さくらんぼう　夏　二三四
さくらんぼのはな(桜ん坊の花)　春　一一一
さくらんぼのはな(さくらんぼの花)　春　一一一
ざくろ(柘榴)　秋　三三四
ざくろのはな(石榴の花)　夏　二二二
さけ(鮭)　秋　三〇四
さけあたたむ(酒温む)　秋　二六七
さけあみ(鮭網)　秋　三〇四
さけうち(鮭打)　秋　三〇四
さけおろし(鮭颪)　秋　二六一
さけのかす(酒の粕)　冬　三六四
さけのぼる(鮭上る)　秋　三〇四
さけりょう(鮭漁)　秋　三〇四
さざえ(栄螺)　春　九二
さざえのつぼやき(栄螺の壺焼)　春　九二
ささおきる(笹起きる)　春　四七
ささかざり(笹飾り)　秋　二八二
ささげ(豇豆)　秋　三三〇
ささご(笹子)　冬　四〇二
ささごなく(笹子鳴く)　冬　四〇二
ささちまき(笹粽)　夏　一八二
ささちる(笹散る)　夏　二一六
ささなき(笹鳴)　冬　四〇二
ささのあき(笹の秋)　春　一一三
ささのこ(笹の子)　夏　二一五
ささめゆき(細雪)　冬　三五〇

ささりんどう(笹龍胆) 秋 三一八
さざんか(山茶花) 冬 四一二
さしき(挿木) 春 六一
さしもぐさ(さしも草) 春 一〇二
ざぜんそう(座禅草) 春 一〇七
さちおき(左千夫忌) 夏 一九〇
さつお(猟夫) 冬 三七七
さつき(皐月) 夏 一一五
さつき(杜鵑花) 夏 二一七
さつきあめ(五月雨) 夏 一三五
さつきがわ(五月川) 夏 一四一
さつきごい(五月鯉) 夏 一八〇
さつきぞら(五月空) 夏 一三五
さつきだ(五月田) 夏 一四二
さつきなみ(皐月浪) 夏 一四二
さつきの(五月野) 夏 一四〇
さつきのたま(五月の玉) 夏 一八二
さつきばれ(五月晴) 夏 一三五
さつきふじ(五月富士) 夏 一四〇
さつきふじ(皐月富士) 夏 一四〇
さつきめ(五月女) 夏 一七四
さつきやみ(五月闇) 夏 一三五
さっぽろゆきまつり(札幌雪祭) 冬 三九四
さつまいも(薩摩藷) 秋 三一八
さといも(里芋) 秋 三一八
さとうみず(砂糖水) 夏 一七二
さとかぐら(里神楽) 冬 三九一
さとくだり(里下り) 新 四四七
さなえ(早苗) 夏 二一六
さなえかご(早苗籠) 夏 二一六
さなえだ(早苗田) 夏 一四二

さなえづき(早苗月) 夏 一二五
さなぶり(早苗饗) 夏 一七四
さねともき(実朝忌) 新 四四八
さねもりまつり(実盛祭) 秋 二八七
さねもりむし(実盛虫) 秋 二九七
さのぼり 夏 一七四
さば(鯖) 夏 一九九
さばえ(五月蠅) 夏 二〇六
さばぐも(鯖雲) 秋 二五八
さばび(鯖火) 夏 一九九
さばぶね(鯖船) 夏 一九九
さびあゆ(錆鮎) 秋 三〇二
サフラン 秋 三〇七
さふらん(洎夫藍) 秋 三〇七
さふらん(泊夫藍) 秋 三〇七
さぼてんのはな(仙人掌の花) 夏 二四〇
ざぼん(朱欒) 秋 三三三
ざぼんのはな(朱欒の花) 夏 二二〇
サマースクール 夏 一六三
サマードレス 夏 一四四
さまつ(早松茸) 秋 三三六
さみせんぐさ(三味線草) 春 一〇一
さみだる 夏 一三五
さみだれ(五月雨) 夏 一三五
さみだれがさ(五月雨傘) 夏 一三五
さみだれがみ(五月雨髪) 夏 一三五
さみだれづき(五月雨月) 夏 一二五
さみだれはぎ(さみだれ萩) 夏 二三九
さむさ(寒さ) 冬 三四三
さむし(寒し) 冬 三四三
さむぞら(寒空) 冬 三四五

さめ(鮫) 冬 四〇三
さやえんどう(莢豌豆) 夏 二三二
さやか 秋 二五一
さやけし 秋 二五一
さやまめ(莢豆) 秋 三三〇
さゆる(冴ゆる) 冬 三四三
さよしぐれ(小夜時雨) 冬 三四八
さらさぼけ(更紗木瓜) 春 一〇七
さらし(晒布) 夏 一四五
さらしい(晒井) 夏 一六二
さらしくじら(晒鯨) 夏 一四八
サラダな(サラダ菜) 春 一一九
さらのはな(沙羅の花) 夏 二一二
ざらめゆき(ざらめ雪) 冬 三五〇
ざりがに(ざり蟹) 夏 二〇二
さるざけ(猿酒) 秋 二六七
さるすべり(百日紅) 夏 二四三
さるつかい(猿使い) 新 四三八
さるのこしかけ(猿の腰掛) 秋 三三六
サルビア 夏 二四三
さるひき(猿曳) 新 四三八
さるまつり(申祭) 春 七三
さるまわし(猿回し) 新 四三八
さわがに(沢蟹) 夏 二〇二
さわぐるみ(沢胡桃) 秋 三三三
さわやか(爽やか) 秋 二五一
さわらび(早蕨) 春 一〇五
さんうき(傘雨忌) 夏 一八八
サンオイル 夏 一七〇
ざんおう(残鶯) 夏 一九四
さんか(三夏) 夏 一二四
さんが(参賀) 新 四三〇

ざんか(残花) 春 一〇〇
さんがつ(三月) 春 三三
さんがつじん(三月尽) 春 三八
さんがつだいこん(三月大根) 春 一一八
さんがつな(三月菜) 春 一一八
さんがつみかん(三月蜜柑) 春 一一二
さんがにち(三ヶ日) 新 四二一
さんかん(三寒) 冬 三四四
さんかんしおん(三寒四温) 冬 三四四
さんきき(三鬼忌) 春 八〇
ざんぎく(残菊) 秋 三〇七
サングラス 夏 一四七
さんざしのはな(山樝子の花) 春 一一二
さんしきすみれ(三色菫) 春 一一四
さんじゃくね(三尺寝) 夏 一七〇
さんじゃまつり(三社祭) 夏 一八五
さんしゅう(三秋) 秋 二四八
さんしゅゆのはな(山茱萸の花) 春 九五
さんしゅん(三春) 春 三〇
ざんしょ(残暑) 秋 二四九
さんしょううお(山椒魚) 夏 一九二
さんしょうのみ(山椒の実) 秋 三二四
さんしょくい(山椒喰) 春 八六
さんしょくすみれ(三色菫) 春 一一四
さんしょのきのめ(山椒の木の芽) 春 九五
さんしょのめ(山椒の芽) 春 九五
さんすいしゃ(撒水車) 夏 一六一
ざんせつ(残雪) 春 四七
さんそう(山荘) 夏 一六二
サンタクロース 冬 三九三

さんとう（三冬）　冬　三三八
さんとうな（山東菜）　冬　四一六
さんとうはくさい（山東白菜）　冬　四一六
さんのうま（三の午）　春　七〇
さんのうまつり（山王祭）　夏　一八五
さんのとり（三の酉）　冬　三九〇
さんばいまつり（さんばい祭）　春　七七
さんばんぐさ（三番草）　夏　一七七
さんぷく（三伏）　夏　一二九
さんぽうかん（三宝柑）　春　一二二
さんま（秋刀魚）　秋　三〇三
さんろき（山蘆忌）　秋　二九三

し

しいおちば（椎落葉）　夏　一二五
しいたけ（椎茸）　秋　三三六
しいのあき（椎の秋）　秋　三三二
しいのはな（椎の花）　夏　二二〇
しいのみ（椎の実）　秋　三三二
しいわかば（椎若葉）　夏　二二二
しおからとんぼ（塩辛とんぼ）　秋　二九四
しおさけ（塩鮭）　冬　三六七
しおじゃけ　冬　三六七
しおひ（潮干、汐干）　春　五〇
しおひがい（潮干貝）　春　六五
しおひかご（汐干籠）　春　六五
しおひがた（潮干潟）　春　五〇
しおひがた（汐干潟）　春　五〇
しおひがり（潮干狩）　春　六五
しおひがり（汐干狩）　春　六五
しおびき（塩引）　冬　三六七
しおまねき（望潮）　春　九三
しおまねき（汐まねき）　春　九三
しおやけ（潮焼）　夏　一七〇
しおん（紫苑）　秋　三〇七
しおん（四温）　冬　三四四
しおんびより（四温日和）　冬　三四四
しか（鹿）　秋　三〇四
しかがり（鹿狩）　秋　三〇四
しかけはなび（仕掛花火）　夏　一六八
しがつ（四月）　春　三四
しがつくる（四月来る）　春　三四
しがつじん（四月尽）　春　三八
しがつばか（四月馬鹿）　春　七四
しかなく（鹿鳴く）　秋　三〇四
しかにく（鹿肉）　冬　三六五
しかのこ（鹿の子）　夏　一九一
しかのこえ（鹿の声）　秋　三〇四
しかのつのおつ（鹿の角落つ）　春　八二
しかのつのきり（鹿の角切）　秋　二八九
しかのつま（鹿の妻）　秋　三〇四
しかのわかづの（鹿の若角）　夏　一九一
しかぶえ（鹿笛）　秋　三〇四
じかぶき（地歌舞伎）　秋　二八〇
しかよせ（鹿寄）　秋　二八九
しきき（子規忌）　秋　二九二
しぎくる（鴫来る）　秋　三〇二
ジギタリス　夏　二二七
ジギタリスのはな（ジギタリスの花）　夏　二二七
しきまつば（敷松葉）　冬　三八八
しきみのはな（樒の花）　春　一二二
しぎやき（鴫焼）　夏　一五〇
じきょうげん（地狂言）　秋　二八〇
シクラメン　冬　四〇七
しぐれ（時雨）　冬　三四八
しぐれがさ（時雨傘）　冬　三四八
しぐれき（時雨忌）　冬　三九六
しぐれづき（時雨月）　冬　三三八
しげり（茂）　夏　二一四
しげりやま（茂山）　夏　二一四
じごくのかまのふた（地獄の釜の蓋）　春　一〇四
しごとおさめ（仕事納）　冬　三八〇
しごとはじめ（仕事始）　新　四三五
しし（鹿）　秋　三〇四
しし（猪）　秋　三〇四
ししうどのはな（獅子独活の花）　夏　二三八
ししおどし（鹿威）　秋　二七一
ししがき（鹿垣）　秋　二七一
ししがこい（猪囲）　秋　二七一
ししがしら（獅子頭）　新　四三八
ししがり（猪狩）　冬　三七七
ししとう（獅子唐）　夏　二四六
ししなべ（猪鍋）　冬　三六五
ししにく（猪肉）　冬　三六五
じしばい（地芝居）　秋　二八〇
ししまい（獅子舞）　新　四三八
しじみ（蜆）　春　九二
しじみうり（蜆売）　春　五五
しじみかき（蜆掻）　春　五五
しじみじる（蜆汁）　春　五五
しじみとり（蜆取）　春　五五
しじみぶね（蜆舟）　春　五五
しじみほり（蜆掘り）　春　五五
ししやど（猪宿）　冬　三六五
しじゅうから（四十雀）　夏　一九七
じしょう（時生）　春　一三三
ししわな（猪罠）　秋　三〇四
じぜんなべ（慈善鍋）　冬　三五一
しずりゆき（垂り雪）　冬　三八一
しそ（紫蘇）　夏　二三四
じぞうえ（地蔵会）　秋　二八八
じぞうぼん（地蔵盆）　秋　二八八
じぞうまいり（地蔵参）　秋　二八八
しそのみ（紫蘇の実）　秋　三一九
しだ（歯朶）　新　四五〇
じだいまつり（時代祭）　秋　二九〇
したがり（下刈）　夏　一七六
しだかる（歯朶刈る）　冬　三八三
したたり（滴り）　夏　一四〇
したたる（滴る）　夏　一四〇
したびえ（下冷）　秋　二五三
したもえ（下萌）　春　一〇〇
したやみ（下闇）　夏　二二四
しだれざくら（枝垂桜）　春　九九
しだれやなぎ（枝垂柳）　春　一一三
しだわかば（歯朶若葉）　夏　二二四
しちがつ（七月）　夏　一二七
しちがつばしょ（七月場所）　夏　一八三
しちごさん（七五三）　冬　三九一
しちごさんいわい（七五三祝）　冬　三九一
しちふくじん（七福神）　新　四四三
しちふくじんもうで（七福神詣）　新　四四三
しちふくまいり（七福詣）　新　四四三

しちへんげ（七変化）夏 二二八
シッカロール 夏 一七一
しどみのはな（樝子の花）春 一〇七
シトロン 夏 一五二
しにぜみ（死蝉）秋 二九四
シネラリア 春 一一四
じねんじょ（自然薯） 秋 三二八
しばあおむ（芝青む）春 一〇一
しばかり（芝刈） 夏 一七六
しばかりき（芝刈機）夏 一七六
しばざくら（芝桜） 春 一一六
しばしんめいまつり（芝神明祭）秋 二八八
しばのう（芝能）夏 一八二
しばび（芝火）春 五九
しばもゆる（芝萌ゆる）春 一〇一
しばやき（芝焼） 春 五九
しばれ 冬 三四三
しび 冬 四〇三
じひしんちょう（慈悲心鳥）夏 一九四
しひつ（試筆）新 四三四
しびとばな（死人花）秋 三二〇
しぶうちわ（渋団扇）夏 一五九
しぶがき（渋柿）秋 三三二
しぶつく（渋搗く）秋 二七五
しぶとり（渋取） 秋 二七五
じふぶき（地吹雪）冬 三五〇
しほうはい（四方拝） 新 四四二
しまいこうぼう（終弘法）冬 三九三
しまいだいし（終大師） 冬 三九三
しまいひがん（終い彼岸）春 三三
しまいぼん（終い盆）秋 二八六

しまか（縞蚊）夏 二〇七
しまき 冬 三五一
しまとかげ（縞蜥蜴）夏 一九二
しまへび（縞蛇）夏 一九二
しまみみず（縞蚯蚓）夏 二〇九
しまんろくせんにち（四万六千日） 夏 一八六
しみ（紙魚） 夏 二一〇
しみ（衣魚）夏 二一〇
しみ（凍）冬 三四三
しみず（清水） 夏 一四一
しみずぢゃや（清水茶屋）夏 一四一
しみどうふ（凍豆腐）冬 三七六
しむ（凍む）冬 三四三
じむぐり（地潜り）夏 一九二
じむしあなをでる（地虫穴を出る） 春 八二
じむしいづ（地虫出づ）春 八二
じむしなく（地虫鳴く） 秋 二九八
じむはじめ（事務始）新 四三五
しめあけ（注連明）新 四二二
しめいわい（七五三祝）冬 三九一
しめうり（注連売）冬 三八二
しめかざり（注連飾） 新 四二七
しめかざる（注連飾る） 冬 三八三
しめじ（湿地）秋 三三六
しめじめし（湿地飯）秋 二六八
しめづくり（注連作り） 冬 三八三
しめとる（注連取る）新 四四四
しめなわ（注連縄）新 四二七
しめのうち（注連の内）新 四二二
しめもらい（注連貰）新 四四六

しも（霜） 冬 三四九
しもおおい（霜覆）冬 三六七
しもがこい（霜囲） 冬 三六七
しもがれ（霜枯） 冬 四一四
しもがれぎく（霜枯菊）冬 四一四
しもくすべ（霜くすべ） 春 六二
しもくれん（紫木蓮）春 一〇八
しもしずく（霜雫）冬 三四九
しもだたみ（霜畳）冬 三五五
しもつき（霜月） 冬 三四〇
しもつきかぐら（霜月神楽）冬 三九一
しものつる（霜の鶴）冬 四〇一
しものと（霜の戸）冬 三四九
しもばしら（霜柱） 冬 三五五
しもばれ（霜晴）冬 三四九
しもびより（霜日和）冬 三四九
しもふりづき（霜降月）冬 三四〇
しもやけ（霜焼） 冬 三七九
しもよ（霜夜）冬 三四三
しもよけ（霜除）冬 三六七
しもよけとく（霜除解く）春 五八
しゃ（紗）夏 一四五
シャーベット 夏 一五三
じゃおどり（龍踊）秋 二八九
しゃが（著莪） 夏 二二三
しゃが（胡蝶花）夏 二二三
しゃかいなべ（社会鍋） 冬 三八一
じゃがいも 秋 三一七
じゃがいものはな（馬鈴薯の花）夏 二二七
じゃがたらのはな（じゃがたらの花）夏 二二七

しゃくとりむし（尺取虫） 夏 二〇三
しゃくとりむし（尺蠖虫）夏 二〇三
しゃくやく（芍薬） 夏 二二七
しゃけ 秋 三〇四
しゃこ（蝦蛄） 夏 二〇一
しゃこさぼてん（蝦蛄仙人掌） 冬 四〇七
ジャスミンのはな（ジャスミンの花）夏 二二〇
しゃにくさい（謝肉祭） 春 七四
しゃにち（社日）春 三四
じゃのひげのみ（蛇の髭の実）冬 四〇九
じゃのめそう（蛇の目草） 夏 二四二
しゃぼんだま（石鹸玉） 春 六七
じゃもかもまつり（蛇も蚊も祭）秋 二八七
しゃらのはな（沙羅の花） 夏 二一二
しゅうい（秋意） 秋 二八一
じゅういち（十一） 夏 一九四
じゅういちがつ（十一月） 冬 三三八
しゅういん（秋陰） 秋 二六二
しゅうう（驟雨） 夏 一三八
しゅううん（秋雲）秋 二五八
しゅうえん（秋燕）秋 三〇〇
しゅうかいどう（秋海棠） 秋 三〇七
じゅうがつ（十月） 秋 二五〇
しゅうき（秋気） 秋 二五一
しゅうきすむ（秋気澄む）秋 二五一
しゅうぎょう（秋暁）秋 二五二
しゅうこう（秋光）秋 二五一
しゅうこう（秋江）秋 二六四
しゅうこう（秋郊）秋 二六四
しゅうこう（秋耕） 秋 二七一
じゅうごにちがゆ（十五日粥） 新 四四六

じゅうごにちしょうがつ(十五日正月) 新 四三
しゅうざん(秋山) 秋 二六五
じゅうごや(十五夜) 秋 二五九
じゅうさんまいり(十三詣) 春 七六
じゅうさんや(十三夜) 秋 二六一
しゅうし(秋思) 秋 二八一
しゅうじき(修司忌) 春 八一
じゅうしちや(十七夜) 秋 二六〇
しゅうしゅう(秋収) 秋 二七三
しゅうしょ(秋暑) 秋 二四九
しゅうじょう(秋情) 秋 二八一
しゅうしょく(秋色) 秋 二五一
しゅうすい(秋水) 秋 二六四
しゅうせい(秋声) 秋 二五六
しゅうせん(鞦韆) 春 六八
しゅうせん(秋扇) 秋 二七〇
しゅうせんきねんび(終戦記念日) 秋 二八七
しゅうせんび(終戦日) 秋 二八七
じゅうたん(絨緞) 冬 三七〇
じゅうたん(絨毯) 冬 三七〇
じゅうたんだす(絨緞出す) 冬 三七〇
しゅうちょう(秋潮) 秋 二六六
しゅうてん(秋天) 秋 二五七
しゅうとう(秋濤) 秋 二六六
しゅうとう(秋燈) 秋 二六九
しゅうとうか(秋燈火) 秋 二七〇
じゅうにがつ(十二月) 冬 三四〇
じゅうにがつようか(十二月八日) 冬 三九二
じゅうにひとえ(十二単) 春 一一六

じゅうはちささげ(十八豇豆) 秋 三三〇
じゅうはちや(十八夜) 秋 二六〇
しゅうふう(秋風) 秋 二五六
しゅうぶん(秋分) 秋 二五一
しゅうぶんのひ(秋分の日) 秋 二五一
しゅうめいぎく(秋明菊) 秋 三三一
しゅうや(秋夜) 秋 二五三
じゅうや(十夜) 冬 三八九
じゅうやかね(十夜鉦) 冬 三八九
じゅうやがゆ(十夜粥) 冬 三八九
じゅうやく(十薬) 夏 二三一
じゅうやばば(十夜婆) 冬 三八九
じゅうやほうよう(十夜法要) 冬 三八九
しゅうらん(秋蘭) 秋 三〇六
しゅうりょう(秋涼) 秋 二四九
しゅうりん(秋霖) 秋 二六二
しゅうれい(秋麗) 秋 二五一
しゅうれい(秋冷) 秋 二五三
しゅうれい(秋嶺) 秋 二六五
じゅうろくささげ(十六豇豆) 秋 三三〇
じゅうろくや(十六夜) 秋 二六〇
しゅか(朱夏) 夏 一一四
しゅか(首夏) 夏 一一五
しゅくき(淑気) 新 四一四
しゅくきみつ(淑気満つ) 新 四一四
じゅくし(熟柿) 秋 三三一
じゅけん(受験) 春 五一
じゅけんし(受験子) 春 五一
じゅけんせい(受験生) 春 五一
じゅけんやど(受験宿) 春 五一
じゅずこ(数珠子) 春 八三
じゅずだま(数珠玉) 秋 三三三

しゅとう(手套) 冬 三五九
しゅにえ(修二会) 春 七三
じゅひょう(樹氷) 冬 三五二
じゅひょうやど(樹氷宿) 冬 三五二
じゅひょうりん(樹氷林) 冬 三五二
シュプール 冬 三八七
しゅろ(手炉) 冬 三七一
しゅろのはな(棕櫚の花) 夏 二一八
しゅんい(春意) 春 六六
しゅんいん(春陰) 春 四五
しゅんうん(春雲) 春 三九
しゅんえん(春苑) 春 五〇
しゅんえん(春怨) 春 六九
しゅんかん(春寒) 春 三二
しゅんかんりょうしょう(春寒料峭) 春 三二
しゅんぎく(春菊) 春 一一九
しゅんきゅう(春窮) 春 六九
しゅんきょう(春興) 春 六六
しゅんぎょう(春暁) 春 三五
しゅんきん(春禽) 春 八五
しゅんくう(春空) 春 三九
しゅんけい(春景) 春 三九
しゅんげつ(春月) 春 四三
しゅんこう(春光) 春 三九
しゅんこう(春江) 春 四八
しゅんこう(春郊) 春 四九
しゅんこう(春耕) 春 六〇
じゅんさい(蓴菜) 夏 二二五
じゅんさいおう(蓴菜生う) 春 一〇七
しゅんさん(春霰) 春 四一
しゅんざん(春山) 春 四八

しゅんじつ(春日) 春 三九
しゅんじつちち(春日遅々) 春 三五
しゅんしゃ(春社) 春 三四
しゅんしゅう(春愁) 春 六九
しゅんじゅん(春筍) 春 一一八
しゅんしょう(春宵) 春 三六
しゅんじょう(春情) 春 六六
しゅんしょく(春色) 春 三九
しゅんしん(春信) 冬 三四四
しゅんじん(春塵) 春 四二
しゅんすい(春水) 春 四九
しゅんせい(春星) 春 四三
しゅんせいき(春星忌) 冬 三九七
しゅんせき(春夕) 春 三六
しゅんせつ(春節) 春 三二
しゅんせつ(春雪) 春 四一
しゅんせつさい(春節祭) 春 三二
しゅんせん(春蟬) 春 八五
しゅんそう(春装) 春 五三
しゅんそう(春草) 春 一〇〇
しゅんだん(春暖) 春 三四
しゅんちゅう(春昼) 春 三五
しゅんちょう(春潮) 春 五〇
しゅんでい(春泥) 春 四九
しゅんてん(春天) 春 三九
しゅんとう(春濤) 春 五〇
しゅんとう(春闘) 春 五二
しゅんとう(春燈) 春 五六
しゅんぷう(春風) 春 四〇
しゅんぷく(春服) 春 五三
しゅんぶん(春分) 春 三三
しゅんぶんのひ(春分の日) 春 三三

しゅんぼ（春暮） 春 三六
しゅんみん（春眠） 春 六九
しゅんらい（春雷） 春 四五
しゅんらん（春蘭） 春 一〇五
しゅんりん（春霖） 春 四四
しゅんれい（春嶺） 春 四八
じょう（尉） 冬 三七二
しょうが（生姜） 秋 三一七
しょうがいち（生姜市） 秋 二八八
しょうがざけ（生姜酒） 冬 三六二
しょうがつ（正月） 新 四二〇
しょうがつこそで（正月小袖） 新 四三一
しょうがつさま（正月様） 新 四四一
しょうがつばしょ（正月場所） 新 四四七
しょうがつよせ（正月寄席） 新 四四一
しょうがゆ（生姜湯） 冬 三六二
しょうかん（小寒） 冬 三四二
しょうこうねんぶつ（焼香念仏） 冬 三九六
しょうじ（障子） 冬 三六九
しょうじあらう（障子洗う） 秋 二七一
しょうじはる（障子貼る） 秋 二七一
しょうしょ（小暑） 夏 一一七
しょうじょうぼく（猩々木） 冬 四〇七
しょうせつ（小雪） 冬 三三九
しょうせつとんぼ（正雪蜻蛉） 秋 二九四
しょうせつのせつ（小雪の節） 冬 三三九
じょうぞく（上簇） 夏 一七六
じょうぞくいわい（上簇祝） 夏 一七六
しょうちゅう（焼酎） 夏 一五二
じょうどうえ（成道会） 冬 三九二
しょうのうぶね（樟脳舟） 夏 一六七
じょうばおさめ（乗馬納） 冬 三八〇

しょうびん 夏 一九五
しょうぶ（菖蒲） 夏 二二二
じょうふ（上布） 夏 一四五
しょうぶいけ（菖蒲池） 夏 二二二
しょうぶえん（菖蒲園） 夏 二二二
しょうぶざけ（菖蒲酒） 夏 一八一
しょうぶさす（菖蒲挿す） 夏 一八一
しょうぶだ（菖蒲田） 夏 二二二
しょうぶねわけ（菖蒲根分） 春 六二
しょうぶのせっく（菖蒲の節句） 夏 一八〇
しょうぶのひ（菖蒲の日） 夏 一八〇
しょうぶのめ（菖蒲の芽） 春 九七
しょうぶふく（菖蒲葺く） 夏 一八一
しょうぶゆ（菖蒲湯） 夏 一八一
しょうぼうしゃ（消防車） 冬 三七三
しょうぼうでぞめしき（消防出初式） 新 四四六
しょうぼん（生盆） 秋 二八四
しょうまん（小満） 夏 一二五
しょうよ（賞与） 冬 三八〇
しょうりょうえ（聖霊会） 春 七六
しょうりょうおどり（精霊踊） 秋 二八六
しょうりょうだな（精霊棚） 秋 二八三
しょうりょうとんぼ（精霊とんぼ） 秋 二九四
しょうりょうながし（精霊流し） 秋 二八六
しょうりょうばった（精霊飛蝗） 秋 二九六
しょうりょうばな（精霊花） 秋 二八三
しょうりょうばな（聖霊花） 秋 三一八

しょうりょうび（精霊火） 秋 二八六
しょうりょうぶね（精霊舟） 秋 二八六
しょうりょうみち（精霊路） 秋 二八三
しょうりょうむかえ（精霊迎） 秋 二八四
しょうりんき（少林忌） 冬 三九六
しょうろ（松露） 春 一二二
じょうろ（如雨露） 夏 一六六
しょうろかく（松露掻く） 春 一二二
しょうろほる（松露掘る） 春 一二二
しょうわのひ（昭和の日） 春 七七
ショートパンツ 夏 一四六
ショール 冬 三五九
しょか（初夏） 夏 一二五
しょかつさい（諸葛菜） 春 一一七
しょき（暑気） 夏 一二九
しょきあたり（暑気中り） 夏 一七三
しょきくだし（暑気下し） 夏 一六七
しょきばらい（暑気払） 夏 一六七
じょくしょ（溽暑） 夏 一三〇
しょくしょう（蜀椒） 秋 三一四
しょくじょせい（織女星） 秋 二八二
しょくぶつさいしゅう（植物採集） 夏 一六五
しょしゅう（初秋） 秋 二四九
しょしゅん（初春） 春 三〇
しょしょ（処暑） 秋 二四八
じょせつしゃ（除雪車） 冬 三七四
じょそう（除草） 夏 一七六
じょそうざい（除草剤） 夏 一七六
しょそき（初祖忌） 冬 三九六
じょたん（助炭） 冬 三七一
しょちゅう（暑中） 夏 一二九

しょちゅうきゅうか（暑中休暇） 夏 一六二
しょちゅうみまい（暑中見舞） 夏 一六二
しょとう（初冬） 冬 三三八
じょや（除夜） 冬 三四一
じょやのかね（除夜の鐘） 冬 三九四
じょやもうで（除夜詣） 冬 三九四
しょりょう（初涼） 秋 二四九
じょろ（如露） 夏 一六六
じょろうぐも（女郎蜘蛛） 夏 二〇八
じょろうばな（女郎花） 秋 三一七
しょをさらす（書を曝す） 夏 一六二
しらいき（白息） 冬 三七八
しらうお（白魚） 春 九〇
しらうめ（白梅） 春 九四
しらお 春 九〇
しらおあみ（白魚網） 春 九〇
しらおくむ（白魚汲む） 春 九〇
しらおぶね（白魚舟） 春 九〇
しらかばのはな（白樺の花） 夏 二二〇
しらぎく（白菊） 秋 三〇六
しらさぎ（白鷺） 夏 一九六
しらす（白子） 春 五五
しらすぼし（白子干） 春 五五
しらすほす（白子干す） 春 五五
しらすりょう（白子漁） 春 五五
しらたま（白玉） 夏 一五三
しらつゆ（白露） 秋 二六三
しらはえ（白南風） 夏 一三四
しらはぎ（白萩） 秋 三一七
しらゆり（白百合） 夏 二二八
しらん（紫蘭） 夏 二二二

じり（海霧） 夏 一三八
しろあり（白蟻） 夏 二〇八
しろいんげん（白隠元） 秋 三三〇
しろうさぎ（白兎） 冬 三九八
じろうしゅ（治聾酒） 春 三四
しろうま（代馬） 夏 一七四
しろうり（越瓜） 夏 二三三
しろお 春 九〇
しろかき（代掻） 夏 一七四
しろがさね（白重） 夏 一四五
しろがすり（白絣） 夏 一四五
しろかたびら（白帷子） 夏 一四五
しろききょう（白桔梗） 秋 三一六
しろぎす（白鱚） 夏 二〇〇
しろぐつ（白靴） 夏 一四四
しろくま（白熊） 冬 三九八
しろこばば（白粉婆） 冬 四〇六
しろざけ（白酒） 春 七二
しろさるすべり（百日白） 夏 二四三
しろじ（白地） 夏 一四五
しろしきぶ（白式部） 秋 三二四
しろシャツ（白シャツ） 夏 一四六
しろしょうじ（白障子） 冬 三六九
しろた（代田） 夏 一七四
しろつばき（白椿） 春 九八
しろつめくさ（白詰草） 春 一〇四
しろなんてん（白南天） 冬 四一三
しろはえ（白南風） 夏 一三四
しろはまや（白破魔矢） 新 四四三
しろふく（白服） 夏 一四四
しろふじ（白藤） 春 一一〇
しろぼけ（白木瓜） 春 一〇七
しろまゆ（白繭） 夏 一七七
しろみずひき（白水引草） 秋 三一八
しろやまぶき（白山吹） 春 一一〇
しわす（師走） 冬 三四〇
しわぶき 冬 三七八
しんあずき（新小豆） 秋 三三〇
しんいと（新糸） 夏 一七七
しんいも（新藷） 夏 二四六
しんいも（新甘藷） 夏 二四六
しんおうき（晋翁忌） 春 七九
しんかや（新榧子） 秋 三一三
しんぎた（新北風） 秋 二六二
しんきょうし（新教師） 春 五一
しんきろう（蜃気楼） 春 四二
しんぐるみ（新胡桃） 秋 三三二
しんげつ（新月） 秋 二五九
しんこくき（申告期） 春 五二
しんごま（新胡麻） 秋 三三三
しんごよみ（新暦） 新 四三二
しんさいき（震災忌） 秋 二八八
しんさいきねんび（震災記念日） 秋 二八八
しんざん（新参） 春 六九
じんじつ（人日） 新 四二二
しんしぶ（新渋） 秋 二七五
しんしゃいん（新社員） 春 五一
しんじゃが（新馬鈴薯） 夏 二三三
しんじゃがいも（新馬鈴薯） 夏 二三三
しんしゅ（新酒） 秋 二六七
しんじゅ（新樹） 夏 二一二
しんしゅう（新秋） 秋 二四九
しんしゅう（深秋） 秋 二五四
しんじゅびえ（新樹冷） 夏 二一二
しんしゅん（新春） 新 四二〇
しんしょうが（新生姜） 秋 三三七
しんせつ（新雪） 冬 三五〇
しんそば（新蕎麦） 秋 二六九
しんたくあん（新沢庵） 冬 三六六
しんたばこ（新煙草） 秋 二七四
しんちぢり（新松子） 秋 三二一
しんちゃ（新茶） 夏 一四七
じんちょうげ（沈丁花） 春 九八
しんどうふ（新豆腐） 秋 二六八
しんないながし（新内流し） 夏 一六五
しんにっき（新日記） 冬 三八二
しんにゅうせい（新入生） 春 五一
しんねん（新年） 新 四二〇
しんねんえんかい（新年宴会） 新 四三五
しんねんかい（新年会） 新 四三五
しんのうさい（神農祭） 冬 三九三
しんのうのとら（神農の虎） 冬 三九三
しんのうまつり（神農祭） 冬 三九三
しんばれいしょ（新馬鈴薯） 夏 二三三
しんぶし（新節） 夏 一四八
しんぶどうしゅ（新葡萄酒） 秋 二六七
じんべ（甚平） 夏 一四六
じんべい（甚平） 夏 一四六
じんべえ（甚兵衛） 夏 一四六
しんぼん（新盆） 秋 二八四
しんまい（新米） 秋 二六七
しんまゆ（新繭） 夏 一七七
しんまわた（新真綿） 夏 一七七
しんむぎ（新麦） 夏 一五四
しんらんき（親鸞忌） 冬 三九〇
しんりょう（新涼） 秋 二四九
しんりょく（新緑） 夏 二一二
しんわかめ（新和布） 春 一二二
しんわた（新綿） 秋 二七五
しんわら（新藁） 秋 二七三

す

すあし（素足） 夏 一六九
すあわせ（素袷） 夏 一四四
スイートピー 春 一一五
スヰートピー 春 一一五
すいか（水禍） 夏 一四一
すいか（西瓜） 秋 三三六
すいがい（水害） 夏 一四一
すいかずらのはな（忍冬の花） 夏 二四〇
すいかのはな（西瓜の花） 夏 二一七
ずいき（芋茎） 秋 三三八
ずいきほす（芋茎干す） 秋 三三八
ずいきまつり（芋茎祭） 秋 二八八
ずいきまつり（瑞饋祭） 秋 二八八
ずいきみこし（芋茎神輿） 秋 二八八
すいきん（水禽） 冬 三九九
すいすい 春 一〇三
すいせん（水仙） 冬 四〇七
すいせんのう（水仙翁） 夏 二三三
すいせんのう（酔仙翁草） 夏 二三三
すいせんのめ（水仙の芽） 冬 四〇七
すいちゅうか（水中花） 夏 一六七
すいちゅうめがね（水中眼鏡） 夏 一七九
すいっちょん 秋 二九六
すいと 秋 二九六

すいとうえ（水灯会） 秋 二八五
すいば（酸葉） 春 一〇三
すいばん（水盤） 夏 一六〇
すいふよう（酔芙蓉） 秋 三一〇
すいみつとう（水蜜桃） 秋 三三一
すいれん（睡蓮） 夏 二二四
すいろん（水論） 夏 一七八
すえのあき（末の秋） 秋 二五五
すえのふゆ（末の冬） 冬 三四〇
すえめし（饐え飯） 夏 一五〇
すおうのはな（蘇枋の花） 春 一〇八
すがき（酢牡蠣） 冬 四〇五
すかご（巣籠） 春 八八
すかしゆり（透百合） 夏 二二八
すがぬき（菅貫） 夏 一八七
すがぬき（菅抜） 夏 一八七
すがる 春 八四
すがれむし（すがれ虫） 冬 四〇五
すがれる（末枯れる） 秋 三三五
すかんぽ 春 一〇三
スキー 冬 三八七
スキーぐつ（スキー靴） 冬 三八七
スキーふく（スキー服） 冬 三八七
スキーぼう（スキー帽） 冬 三八七
スキーヤー 冬 三八七
すぎおちば（杉落葉） 夏 二二五
すぎかふん（杉花粉） 春 一〇七
すぎかふんしょう（杉花粉症） 春 五二
すきぞめ（梳初） 新 四三二
すぎな（杉菜） 春 一〇四
すぎのはな（杉の花） 春 一〇七
すきはじめ（鋤始） 新 四三七

すきまかぜ（隙間風） 冬 三四八
すきまばり（隙間張） 冬 三六八
すきやき（鋤焼） 冬 三六五
ずきん（頭巾） 冬 三六〇
ずく（木菟） 冬 四〇二
すぐき（酸茎） 冬 三六七
すぐり 夏 二三六
すぐろ 春 九七
すぐろの（末黒野） 春 四八
すぐろのすすき（末黒の芒） 春 九七
スケーター 冬 三八七
スケート 冬 三八七
スケートじょう（スケート場） 冬 三八七
スコール 夏 一三八
すごろく（双六） 新 四三八
すさまじ（冷まじ） 秋 二五四
すし（鮓） 夏 一四八
すし（鮨） 夏 一四八
すしおけ（鮓桶） 夏 一四八
すじこ（筋子） 秋 二六八
すすき（芒） 秋 三一七
すすき（薄） 秋 三一七
すすきかる（芒枯る） 冬 四一〇
すすきしげる（芒茂る） 夏 二三九
すすきはら（芒原） 秋 三一七
すずこ 秋 二六八
ずずこ 秋 三三三
すすごもり（煤籠） 冬 三八一
すずし（涼し） 夏 一三〇
すずしろ 冬 四一七
すずしろのはな（すずしろの花） 春 一一七

すすだけ（煤竹） 冬 三八一
ずずだま 秋 三三三
すずな 冬 四一七
すすにげ（煤逃） 冬 三八一
すずのこ（篠の子） 夏 二一五
すすのひ（煤の日） 冬 三八一
すすはき（煤掃） 冬 三八一
すすはらい（煤払） 冬 三八一
すずみ（納涼） 夏 一六八
すずみだい（涼み台） 夏 一六八
すずみぶね（納涼舟） 夏 一六八
すずみゆか（納涼床） 夏 一六八
すずむし（鈴虫） 秋 二九五
すずめが（天蛾） 夏 二〇三
すずめがくれ（雀隠れ） 春 一〇一
すずめのえんどう（雀野豌豆） 春 一〇三
すずめのこ（雀の子） 春 八八
すずめのす（雀の巣） 春 八八
すずめのてっぽう（雀の鉄砲） 春 一〇三
すずめのひな（雀の雛） 春 八八
すずめはまぐりとなる（雀蛤となる） 秋 二五一
すすゆ（煤湯） 冬 三八一
すずらん（鈴蘭） 夏 二二二
すずりあらい（硯洗） 秋 二八二
すずりあらう（硯洗う） 秋 二八二
すずろさむ（すずろ寒） 秋 二五三
すだち（酢橘） 秋 三三三
すだれ（簾） 夏 一五八
すだれおさむ（簾納む） 秋 二七〇
すだれしまう（簾しまう） 秋 二七〇
すだれとる（簾とる） 秋 二七〇

すだれなごり（簾名残） 秋 二七〇
すだれのわかれ（簾の別れ） 秋 二七〇
すだれはずす（簾外す） 秋 二七〇
スチーム 冬 三七〇
すてうちわ（捨団扇） 秋 二七〇
すておうぎ（捨扇） 秋 二七〇
すてかかし（捨案山子） 秋 二七一
すててこ 夏 一四六
すてなえ（捨苗） 夏 一七四
すてびな（捨雛） 春 七二
すてゆき（捨雪） 冬 三七四
すど（簀戸） 夏 一五八
ストーブ 冬 三七〇
ストーブしまう 春 五七
ストール 冬 三五九
ストロー 夏 一七五
すなひがさ（砂日傘） 夏 一六四
すなまこ（酢海鼠） 冬 四〇五
すばこ（巣箱） 春 八九
すばしりごぼう（須走牛蒡） 秋 三一九
すはまそう（州浜草） 春 九六
すみ（炭） 冬 三七一
すみうり（炭売） 冬 三七一
すみかご（炭籠） 冬 三七一
すみがま（炭竈） 冬 三七一
すみだわら（炭俵） 冬 三七一
すみだわらあむ（炭俵編む） 秋 二七七
すみとり（炭斗） 冬 三七一
すみのか（炭の香） 冬 三七一
すみび（炭火） 冬 三七一
すみやき（炭焼） 冬 三七一
すみやきごや（炭焼小屋） 冬 三七一

すみれ（菫） 春 一〇三
すみれぐさ（菫草） 春 一〇三
すもう（相撲） 秋 二八〇
すもう（角力） 秋 二八〇
すもうぐさ（角力草） 秋 三三二
すもうとり（相撲取） 秋 二八〇
すもうとりぐさ（相撲取草） 秋 三三二
スモッグ 冬 三五二
すもも（李） 夏 二三五
すもも（李子） 夏 二三五
すもものはな（李の花） 春 一一一
すりぞめ（刷初） 新 四三二
するめいか（するめ烏賊） 夏 二〇一
すろ（棕櫚） 夏 二一八
ずわいがに（ずわい蟹） 冬 四〇五
すわえきる（楉切る） 春 六二
スワン 冬 四〇一
すんとりむし（寸取蟲） 夏 二〇三

せ

ぜあみき（世阿弥忌） 秋 二九一
せいか（盛夏） 夏 一二八
せいごがつ（聖五月） 夏 一二四
せいじちん（青磁枕） 夏 一五七
せいじゅ（聖樹） 冬 三九四
せいじんしき（成人式） 新 四四七
せいじんのひ（成人の日） 新 四四七
せいたかあわだちそう（背高泡立草） 秋 三三二
せいたんさい（聖誕祭） 冬 三九三
せいちゃ（製茶） 春 六三
せいぼ（歳暮） 冬 三八〇
せいぼがえし（歳暮返し） 冬 三八〇
せいぼづき（聖母月） 夏 一二四
せいめい（清明） 春 三七
せいや（聖夜） 冬 三九三
せいよううど（西洋独活） 春 一二〇
せいようすぐり（西洋すぐり） 夏 二三六
せいようみざくらのはな（西洋実桜の花） 春 一一一
せいらん（青嵐） 夏 一三三
せいわ（清和） 夏 一二四
セージ 夏 二四三
セーター 冬 三五九
せおよぎ（背泳） 夏 一六三
せがき（施餓鬼） 秋 二八五
せがきだな（施餓鬼棚） 秋 二八五
せがきでら（施餓鬼寺） 秋 二八五
せがきばた（施餓鬼幡） 秋 二八五
せがきぶね（施餓鬼舟） 秋 二八五
せき（咳） 冬 三七八
せきしゅん（惜春） 春 三八
せきせつ（積雪） 冬 三五〇
せきたん（石炭） 冬 三七一
せきちく（石竹） 夏 二二六
せきどめ（咳止） 冬 三七八
せきゆストーブ（石油ストーブ） 冬 三七〇
せきらんうん（積乱雲） 夏 一三三
せきり（赤痢） 夏 一七三
せきれい（鶺鴒） 秋 三〇二
せく（咳く） 冬 三七八
せぐろせきれい（背黒鶺鴒） 秋 三〇二
せこ（勢子） 冬 三七七
ぜぜがい（ぜぜ貝） 春 九三
せたがやぼろいち（世田谷襤褸市） 冬 三九二
せだしじみ（瀬田蜆） 春 九二
せちごち（節東風） 新 四二五
せちぶん（節分） 冬 三九五
せつがわり（節替り） 冬 三九五
せっけい（雪渓） 夏 一四〇
せつげん（雪原） 冬 三五三
せつぞう（雪像） 冬 三九四
せったい（摂待） 秋 二八七
せつぶん（節分） 冬 三九五
せっぺん（雪片） 冬 三五〇
せつれい（雪嶺） 冬 三五四
ぜにあおい（銭葵） 夏 二四一
ぜにがめ（銭亀） 夏 一九一
せび（施火） 秋 二八七
せみ（蟬） 夏 二〇五
せみうまる（蟬生る） 夏 二〇五
せみしぐれ（蟬時雨） 夏 二〇五
せみとり（蟬取） 夏 二〇五
せみのあな（蟬の穴） 夏 二〇五
せみのから（蟬の殻） 夏 二〇六
せみのぬけがら（蟬の脱殻） 夏 二〇六
せみまるき（蟬丸忌） 夏 一八九
せり（芹） 春 一〇一
せりつみ（芹摘） 春 一〇一
セル 夏 一四四
せんぎりぼし（千切干し） 冬 三六六
せんげつ（繊月） 秋 二五九
せんこうはなび（線香花火） 夏 一六八
せんし（剪枝） 春 六二
せんしゅん（浅春） 春 三二
せんす（扇子） 夏 一五九
せんぞだな（先祖棚） 秋 二八三
せんだんのはな（栴檀の花） 夏 二一八
せんだんのみ（栴檀の実） 秋 三一二
せんてい（剪定） 春 六二
せんていえ（先帝会） 春 七七
せんていさい（先帝祭） 春 七七
せんにちこう（千日紅） 夏 二四三
せんにちそう（千日草） 夏 二四三
せんぷうき（扇風機） 夏 一五九
ぜんまい（薇） 春 一〇五
せんりょう（千両） 新 四五一
せんりょう（仙蓼） 新 四五一

そ

そいねかご（添寝籠） 夏 一五七
そうあん（送行） 秋 二八七
そうき（爽気） 秋 二五一
そうぎき（宗祇忌） 秋 二九一
そうこう（霜降） 秋 二五一
そうじおさめ（掃除納） 冬 三八四
そうじゅつをやく（蒼朮を焼く） 夏 一五五
そうしゅん（早春） 春 三〇
そうじょうき（草城忌） 冬 三九七
そうず（添水） 秋 二七一
ぞうすい（雑炊） 冬 三六三
そうずからうす（添水唐臼） 秋 二七一
そうせきき（漱石忌） 冬 三九七

そうせつ（爽節） 秋 二四八
そうたい（掃苔） 秋 二八五
そうとめ 夏 一七四
ぞうに（雑煮） 新 四二九
ぞうにいわう（雑煮祝う） 新 四二九
ぞうにぜん（雑煮膳） 新 四二九
ぞうにばし（雑煮箸） 新 四二九
ぞうにもち（雑煮餅） 新 四二九
ぞうにわん（雑煮椀） 新 四二九
そうばい（早梅） 冬 四一一
そうはき（爽波忌） 秋 二九三
ぞうはなむし（象鼻虫） 夏 二二〇
そうび 夏 二一一
そうぶざけ（菖蒲酒） 夏 一八一
そうぶゆ（菖蒲湯） 夏 一八一
そうまとう（走馬燈） 夏 一六七
そうめんうり（そうめん瓜） 夏 二三三
そうらい（爽籟） 秋 二五八
ソーダすい（ソーダ水） 夏 一五二
そこびえ（底冷） 冬 三四三
そこべに（底紅） 秋 三二〇
そぞろさむ（そぞろ寒） 秋 二五三
そぞろさむ（鶏皮） 秋 二五三
そつえん（卒園） 春 五一
そつぎょう（卒業） 春 五一
そつぎょうし（卒業子） 春 五一
そつぎょうしき（卒業式） 春 五一
そつぎょうしけん（卒業試験） 春 五一
そつぎょうせい（卒業生） 春 五一
そでなしばおり（袖無羽織） 冬 三五七
そとね（外寝） 夏 一七〇
そばがき（蕎麦掻） 冬 三六二
そばがり（蕎麦刈） 冬 三七四
そばのはな（蕎麦の花） 秋 三三五
そばほす（蕎麦干す） 冬 三七四
そばゆ（蕎麦湯） 冬 三六三
そふう（素風） 秋 二五六
ソフトクリーム 夏 一五三
そめかたびら（染帷子） 夏 一四五
ぞめき 秋 二八六
そめたまご（染卵） 春 七四
そよごのみ（冬青の実） 冬 四一三
そらたかし（空高し） 秋 二五七
そらまめ（蚕豆） 夏 二三三
そらまめのはな（蚕豆の花） 春 一一八
そり（橇） 冬 三七四

た

ダービー 夏 一八四
たあるじ（田主） 夏 一七四
だいかぐら（太神楽） 新 四三八
だいかん（大寒） 冬 三四二
たいぎき（太祇忌） 秋 一九一
だいこ（大根） 冬 四一七
だいこぐるま（大根車） 冬 三七四
だいこたき（大根焚） 冬 三九二
だいこひき（大根引） 冬 三七四
だいこまく（大根蒔く） 秋 二七四
だいこん（大根） 冬 四一七
だいこんあらう（大根あらう） 冬 三七五
だいこんづけ（大根漬） 冬 三六六
だいこんのはな（大根の花） 春 一一七
だいこんひく（大根引く） 冬 三七四
だいこんほす（大根干す） 冬 三七五
だいこんまく（大根蒔く） 秋 二七四
たいさんぼくのはな（泰山木の花） 夏 二一九
たいしえ（太子会） 春 七六
たいしき（太子忌） 春 七六
だいしき（大師忌） 春 七八
たいしゅん（待春） 春 五一
だいしけん（大試験） 冬 三四四
たいしょ（大暑） 夏 二一九
だいず（大豆） 秋 三三〇
だいずひく（大豆引く） 秋 二七五
だいずまく（大豆蒔く） 夏 一七三
たいせつ（大雪） 冬 三四〇
だいだい（橙） 新 四五〇
だいだい（代代） 新 四五〇
だいだいのはな（橙の花） 夏 二二〇
たいつりそう（鯛釣草） 春 一〇六
たいとう（駘蕩） 春 三五
だいなごん（大納言） 秋 三三〇
たいふう（台風） 秋 二六一
たいふう（颱風） 秋 二六一
たいふうけん（台風圏） 秋 二六一
たいふうのめ（台風の眼） 秋 二六一
タイフーン 秋 二六一
だいもじ（大文字草） 秋 三三一
だいもじそう（大文字草） 秋 三三一
だいもんじ（大文字） 秋 二八七
だいもんじそう（大文字草） 秋 三三一
たいやき（鯛焼） 冬 三六四
ダイヤモンドダスト 冬 三五二
だいらいう（大雷雨） 夏 一三八
だいりびな（内裏雛） 春 七二
たうえ（田植） 夏 一七四
たうえうた（田植唄） 夏 一七四
たうえき（田植機） 夏 一七四
たうえざむ（田植寒） 夏 二二六
たうえじまい（田植仕舞） 夏 一七四
たうえしゅう（田植衆） 夏 一七四
たうえどき（田植時） 夏 二二六
たうち（田打） 春 六一
たうちしょうがつ（田打正月） 新 四三七
たうちめ（田打女） 春 六一
たうど（田人） 夏 一七四
ダウンコート 冬 三五七
ダウンジャケット 冬 三五七
タオルケット 夏 一五六
たか（鷹） 冬 四〇二
たかあし（高足） 冬 三八七
たかうな（笋） 夏 二二五
たがえし（耕） 春 六〇
たかおさんおんなもうで（高雄山女詣） 春 七八
たかかしてはととなる（鷹化して鳩となる） 春 三三
たかがり（鷹狩） 冬 三七八
たがき（田掻き） 夏 一七四
たかきにのぼる（高きに登る） 秋 二八九
たかこき（多佳子忌） 夏 一八八
たかしき（たかし忌） 夏 一八八
たかじょう（鷹匠） 冬 三七八
たかとうろう（高燈籠） 秋 二八五
たかの（鷹野） 冬 三七八
たかのつめ（鷹の爪） 秋 三三九

たかはとに(鷹鳩に) 春 三三
たかばな(高花) 春 七五
たがやし 夏 一五八
たかむしろ(簟) 春 六〇
たからぶね(宝船) 新 四三三
たからぶね(宝舟) 新 四三三
たかわたる(鷹渡る) 冬 四〇二
たかんな 夏 二二五
たき(瀧) 夏 一四一
たき(瀑) 夏 一四一
だきかご(抱籠) 夏 一五七
たきぎのう(薪能) 夏 一八二
たきぎょう(瀧行) 夏 一六七
たきこおる(瀧凍る) 冬 三五六
たきごり(瀧垢離) 夏 一六七
たきじき(多喜二忌) 春 八〇
たきしぶき(瀧しぶき) 夏 一四一
たきぞめ(炊初) 新 四二八
たきぢゃや(瀧茶屋) 夏 一四一
たきつぼ(瀧壺) 夏 一四一
たきどの(瀧殿) 夏 一五五
たきび(焚火) 冬 三七三
たきびあと(焚火跡) 冬 三七三
たきみち(瀧道) 夏 一四一
たくあん 冬 三六六
たくあんづけ(沢庵漬) 冬 三六六
たくさとり(田草取) 夏 一七七
たくさひき(田草引) 夏 一七七
だくしゅ(濁酒) 秋 二六七
たくぼくき(啄木忌) 春 八一
たけううるひ(竹植うる日) 夏 一八三
たけうま(竹馬) 冬 三八七
たけおちば(竹落葉) 夏 二二六
たけかご(茸籠) 秋 二八〇
たけかざり(竹飾) 新 四二七
たけがり(茸狩) 秋 二八〇
たけかわ(竹皮) 夏 二二五
たけかわをぬぐ(竹皮を脱ぐ) 夏 二二五
たけきる(竹伐る) 秋 二七六
たけしょうぎ(竹牀几) 夏 一六一
たけちる(竹散る) 夏 二二六
たけにぐさ(竹煮草) 夏 二三九
たけのあき(竹の秋) 春 一一三
たけのかわちる(竹の皮散る) 夏 二二五
たけのこ(筍) 夏 二二五
たけのこ(竹の子) 夏 二二五
たけのこづゆ(筍梅雨) 夏 一三三
たけのこながし(筍流し) 夏 一三三
たけのこめし(筍飯) 夏 一四七
たけのはる(竹の春) 秋 三一一
たけむしろ(茸筵) 秋 二八〇
たけやま(茸山) 秋 二八〇
たこ(凧) 春 六八
たこ(章魚) 夏 二〇一
たこ(蛸) 夏 二〇一
たこあげ(凧揚げ) 春 六八
たこがっせん(凧合戦) 春 六八
だこつき(蛇笏忌) 秋 二九三
たこつぼ(章魚壺) 夏 二〇一
だざいき(太宰忌) 夏 一八九
だし(山車) 夏 一八三
たしぎ(田鴫) 秋 三〇二
たじまい(田仕舞) 秋 二七三
たずのはな(たずの花) 春 一一二
たぜり(田芹) 春 一〇一
たたみがえ(畳替) 冬 三八一
たちあおい(立葵) 夏 二四一
たちいお 秋 三〇三
たちうお(太刀魚) 秋 三〇三
たちのうお(たちの魚) 秋 三〇三
たちばな(橘) 冬 四一八
たちばなのはな(橘の花) 夏 二三〇
たちびな(立雛) 春 七二
たちまち(立待) 秋 二六〇
たちまちづき(立待月) 秋 二六〇
ダチュラのはな(ダチュラの花) 夏 二四一
たつおき(辰雄忌) 夏 一八八
たづくり(田作) 新 四二九
たつこき(立子忌) 春 八〇
だっこく(脱穀) 秋 二七三
だっさい(獺祭) 春 三三
だっさいき(獺祭忌) 秋 二九二
たつじき(達治忌) 春 八一
たつたひめ(龍田姫) 秋 二五四
たつなみそう(立浪草) 夏 二三〇
たっぺ(竹瓮) 冬 三七七
たてぞめ(点初) 新 四四〇
たでのはな(蓼の花) 秋 三一〇
たでのほ(蓼の穂) 秋 三一〇
たてばんこ(立版古) 夏 一六六
たどん(炭団) 冬 三七二
たないけ(種池) 春 六〇
たながすみ(棚霞) 春 四二
たなぎょう(棚経) 秋 二八三
たなばた(七夕) 秋 二八二
たなばたうま(七夕馬) 秋 二八二
たなばたかざり(七夕飾り) 秋 二八二
たなばたたけ(七夕竹) 秋 二八二
たなばたたけうり(七夕竹売) 秋 二八二
たなばたづき(七夕月) 秋 二四八
たなばたながし(七夕流し) 秋 二八二
たなばたのとうろうおくり(七夕の灯籠送) 秋 二八二
たにざきき(谷崎忌) 夏 一九〇
たにわかば(谷若葉) 夏 一二二
たぬき(狸) 冬 三九九
たぬきじる(狸汁) 冬 三九九
たぬきわな(狸罠) 冬 三九九
たねい(種井) 春 六〇
たねいも(種芋) 春 六一
たねうり(種売) 春 六〇
たねえらみ(種選) 春 六〇
たねえり(種選) 春 六〇
たねおさむ(種収む) 秋 二七四
たねおろし(種降し) 春 六〇
たねかかし(種案山子) 春 六〇
たねきゅうり(種胡瓜) 秋 三一七
たねだわら(種俵) 春 六〇
たねつけ(種付け) 春 八二
たねどこ(種床) 春 六一
たねとり(種採) 秋 二七四
たねとる(種取る) 秋 二七四
たねなす(種茄子) 秋 三一七
たねなすび(種茄子) 秋 三一七
たねひさご(種瓢) 秋 三一六
たねひたし(種浸し) 春 六〇
たねふくべ(種瓢) 秋 三一六

たねぶくろ(種袋)　春　六〇
たねまき(種蒔)　春　六〇
たねもの(種物)　春　六〇
たねものや(種物屋)　春　六〇
たばかぜ(たば風)　冬　三四八
たばこつむ(煙草摘む)　秋　二七四
たばこのはな(煙草の花)　夏　二四五
たばこほし(煙草干)　秋　二七四
たび(足袋)　冬　三六〇
たびはじめ(旅始)　新　四三五
だぼはぜ　秋　三〇三
たまあられ(玉霰)　冬　三四九
たまおくり(魂送)　秋　二八六
たまかぜ(たま風)　冬　三四八
たまござけ(玉子酒)　冬　三六二
たまさんご(玉珊瑚)　冬　四〇八
たまだな(魂棚)　秋　二八三
たまぢしゃ(玉ぢしゃ)　春　一一九
たまつり(田祭)　春　七七
たまとくばしょう
　(玉解く芭蕉)　夏　二一三
たまな(球菜)　夏　二三二
たまなえ(玉苗)　夏　二一六
たまねぎ(玉葱)　夏　二三四
たまのあせ(玉の汗)　夏　一六九
たまのお(玉の緒)　秋　三一八
たままくばしょう
　(玉巻く芭蕉)　夏　二一三
たままつ(魂待つ)　秋　二八四
たままつり(魂祭)　秋　二八四
たままゆ(玉繭)　夏　一七七
たまむかえ(魂迎)　秋　二八四

たまむし(玉虫)　夏　二〇四
たまむし(玉蟲)　夏　二〇四
たみずおとす(田水落す)　秋　二七二
たみずはる(田水張る)　夏　一七四
たみずわく(田水沸く)　夏　一四三
たむしおくり(田虫送)　秋　二八七
たら(鱈)　冬　四〇三
たら(雪魚)　冬　四〇三
だらだらまつり(だらだら祭)　秋　二八八
たらちり(鱈ちり)　冬　三六五
たらつむ(楤摘む)　春　九六
たらのめ(楤の芽)　春　九六
たらのめ(多羅の芽)　春　九六
たらば(鱈場)　冬　四〇三
たらばがに(鱈場蟹)　冬　四〇五
たらぶね(鱈船)　冬　四〇三
たらほす(鱈干す)　春　五四
たらめ(たら芽)　春　九六
ダリア　夏　二四二
たるひ(垂氷)　冬　三五六
だるまいち(達磨市)　新　四三六
だるまき(達磨忌)　冬　三九六
だるまストーブ
　(達磨ストーブ)　冬　三七〇
たわらあみ(俵編)　秋　二七七
たわらむぎ(俵麦)　夏　二三〇
タンクトップ　夏　一四六
たんご(端午)　夏　一八〇
だんごばな(団子花)　春　一〇八
だんごばな(団子花)　新　四四六
たんじつ(短日)　冬　三四二
だんしゃくいも(男爵薯)　秋　三一七

たんじょうえ(誕生会)　春　七五
たんじょうぶつ(誕生仏)　春　七五
だんじり　夏　一八三
たんぜん(丹前)　冬　三五八
たんちょう(丹頂)　冬　四〇一
たんちょうづる(丹頂鶴)　冬　四〇一
だんつう(緞通)　冬　三七〇
だんとう(暖冬)　冬　三三九
たんばい(探梅)　冬　三八五
たんばいこう(探梅行)　冬　三八五
たんぽ　冬　三七二
だんぼう(暖房)　冬　三七〇
だんぼう(煖房)　冬　三七〇
だんぼうしゃ(暖房車)　冬　三七〇
たんぽぽ(蒲公英)　春　一〇三
たんぽぽ　春　一〇三
たんぽぽのわた(蒲公英の絮)　春　一〇三
だんろ(暖炉)　冬　三七〇
だんろ(煖炉)　冬　三七〇
だんろふさぐ(暖炉塞ぐ)　春　五八

ち

ちあゆ(稚鮎)　春　九一
ちえもうで(知恵詣)　春　七六
ちえもらい(知恵貰い)　春　七六
ちがい(血貝)　春　九二
ちかび(近火)　冬　三七三
ちかまつき(近松忌)　冬　三九六
ちがや(茅萱)　秋　三二四
ちがや(白茅)　秋　三二四
ちからぐさ(力草)　秋　三三二

ちぐさ(千種)　秋　三二六
ちぐさのはな(千草の花)　秋　三三二
ちくしゅう(竹秋)　春　一一三
ちくしゅん(竹春)　秋　三三一
ちくすいじつ(竹酔日)　夏　一八三
ちくふじん(竹婦人)　夏　一五七
ちくふじん(竹夫人)　夏　一五七
ちじつ(遅日)　春　三五
ちしゃ(萵苣)　春　一一九
ちしゃのき(ちしゃの木)　夏　二二九
ちちのひ(父の日)　夏　一八〇
ちちぶのよまつり
　(秩父の夜祭)　冬　三九二
ちぢみふ(縮布)　夏　一四五
ちちろ　秋　二九五
ちちろむし(ちちろ虫)　秋　二九五
ちとせあめ(千歳飴)　冬　三九一
ちどめぐさ(血止草)　秋　三三二
ちどり(千鳥)　冬　四〇〇
ちどり(鵆)　冬　四〇〇
ちぬ(黒鯛)　夏　一九九
ちのわ(茅の輪)　夏　一八七
ちのわくぐり(茅の輪くぐり)　夏　一八七
ちまき(粽)　夏　一八二
ちまき(茅巻)　夏　一八二
ちまきぐさ(粽草)　夏　二三三
ちまきとく(粽解く)　夏　一八二
ちまきゆう(粽結う)　夏　一八二
ちゃけむし(茶毛虫)　夏　二〇三
ちゃたてむし(茶立虫)　秋　二九七
ちやっきらこ　新　四四六
ちゃづくり(茶づくり)　春　六三

ちゃつみ（茶摘） 春 六三
ちゃつみうた（茶摘唄） 春 六三
ちゃつみかご（茶摘籠） 春 六三
ちゃつみがさ（茶摘笠） 春 六三
ちゃつみどき（茶摘時） 春 六三
ちゃつみめ（茶摘女） 春 六三
ちゃのはな（茶の花） 冬 四一二
ちゃもみ（茶揉み） 春 六三
ちゃやまどき（茶山時） 春 六三
ちゃんちゃんこ 冬 三五七
ちゅうか（仲夏） 夏 一二六
ちゅうげん（中元） 秋 二八五
ちゅうしゅう（仲秋） 秋 二五〇
ちゅうとう（仲冬） 冬 三三九
ちゅうにち（中日） 春 一三
チューリップ 春 一一四
ちょう（蝶） 春 八四
ちょういつる（蝶凍つる） 冬 四〇六
ちょううまる（蝶生る） 春 八三
ちょうきゅう（重九） 秋 二八九
ちょうじ（丁字） 春 九八
ちょうじゅうろう（長十郎） 秋 三三一
ちょうせんあさがお（朝鮮朝顔） 夏 二四一
ちょうちょ（蝶々） 春 八四
ちょうちんばな（提灯花） 夏 二四〇
ちょうなはじめ（手斧始） 新 四三七
ちょうよう（重陽） 秋 二八九
ちょうろぎ 新 四三〇
ちょうろぎ（長老木） 新 四三〇
ちよのはる（千代の春） 新 四二〇
ちょろぎ（草石蚕） 新 四三〇
ちょろぎ（甘露子） 新 四三〇
ちょろぎ（丁呂喜） 新 四三〇
ちりなべ（ちり鍋） 冬 三六五
ちりまつば（散松葉） 夏 二二五
ちりめんじゃこ（ちりめん雑魚） 春 五五
ちりもみじ（散紅葉） 冬 四一三
ちるさくら（散る桜） 春 一〇〇
ちるやなぎ（散る柳） 秋 三〇九
ちんじゅき（椿寿忌） 春 八一
ちんちょう（沈丁） 春 九八
ぢんちょう（沈丁） 春 九八
ちんちろりん 秋 二九五

つ

ついたて（衝立） 冬 三七〇
ついなおに（追儺鬼） 冬 三九五
ついり（梅雨入） 夏 一二六
つがいおし（番い鴛鴦） 冬 四〇〇
つかいすてカイロ（使い捨てカイロ） 冬 三七二
つかれう（疲鵜） 夏 一七九
つき（月） 秋 二五八
つきあかり（月明り） 秋 二五八
つきいつる（月凍つる） 冬 三四六
つきいづる（月出づる） 秋 二五八
つきおつ（月落つ） 秋 二五八
つきおぼろ（月朧） 春 四三
つきかげ（月影） 秋 二五八
つきかたむく（月傾く） 秋 二五八
つぎき（接木） 春 六二
つきくさ（月草） 秋 三一九
つきこおる（月氷る） 冬 三四六
つきこよい（月今宵） 秋 二五九
つきさゆる（月冴ゆる） 冬 三四六
つきしろ（月白） 秋 二五八
つきしろ（月代） 秋 二五八
つきすずし（月涼し） 夏 一三二
つきのあるじ（月の主） 秋 二七九
つきのいり（月の入） 秋 二五八
つきのうさぎ（月の兎） 秋 二五八
つきのえん（月の宴） 秋 二七九
つきのかさ（月の暈） 秋 二五八
つきのきゃく（月の客） 秋 二七九
つきのざ（月の座） 秋 二七九
つきので（月の出） 秋 二五八
つきのひかり（月の光） 秋 二五八
つきのひと（月の人） 秋 二七九
つきのまゆ（月の眉） 秋 二五九
つきのやど（月の宿） 秋 二七九
つきのわ（月の輪） 秋 二五八
つきのわぐま（月の輪熊） 冬 三九八
つきまち（月待ち） 秋 二五九
つきみ（月見） 秋 二七九
つきみざけ（月見酒） 秋 二七九
つきみそう（月見草） 夏 二三八
つきみづき（月見月） 秋 二四九
つきみまめ（月見豆） 秋 三三〇
つきよ（月夜） 秋 二五八
つきよたけ（月夜茸） 秋 三三六
つくし（土筆） 春 一〇四
つくしつむ（土筆摘む） 春 一〇四
つくしの（土筆野） 春 一〇四
つくしんぼう（土筆坊） 春 一〇四
つくつくし 秋 二九四
つくづくし 春 一〇四
つくつくほうし（つくつく法師） 秋 二九四
つくねいも（仏掌芋） 秋 三二八
つぐみ（鶫） 秋 三〇二
つくりあめ（作り雨） 夏 一六〇
つくりだき（作り瀧） 夏 一六〇
つけな（漬菜） 冬 三七五
つごもりそば（晦蕎麦） 冬 三八四
つじずもう（辻相撲） 秋 二八〇
つた（蔦） 秋 三〇八
つたあおし（蔦青し） 夏 二二三
つたかずら（蔦葛） 秋 三〇八
つたかる（蔦枯る） 冬 四一六
つたしげる（蔦繁る） 夏 二二三
つたもみじ（蔦紅葉） 秋 三〇八
つたわかば（蔦若葉） 夏 二二三
つちいつる（土冱つる） 冬 三五五
つちぐもり 春 四二
つちにおう（土匂う） 春 四九
つちのはる（土の春） 春 四九
つちふる（霾） 春 四二
つつじ（躑躅） 春 一一〇
つつどり（筒鳥） 夏 一九三
つづみぐさ（鼓草） 春 一〇三
つづれさせ 秋 二九五
つのきり（角伐） 秋 二八九
つのぐむあし（角組む蘆） 春 九七
つばき（椿） 春 九八
つばきのみ（椿の実） 秋 三三一
つばきみに（椿実に） 秋 三三一
つばきもち（椿餅） 春 五五

つばくら（燕） 春 八六
つばくらめ（燕） 春 八六
つばくろ（燕） 春 八六
つばながし（茅花流し） 夏 一三三
つばめ（燕） 春 八六
つばめ（乙鳥） 春 八六
つばめうお（つばめ魚） 夏 一九九
つばめかえる（燕帰る） 秋 三〇〇
つばめくる（燕来る） 春 八六
つばめのこ（燕の子） 夏 一九四
つばめのす（燕の巣） 春 八八
つぶ 春 九二
つぶうに（粒雲丹） 春 九三
つぼがり（坪刈） 秋 二七三
つぼのくちきり（壺の口切） 冬 三八八
つぼやきや（壺焼屋） 冬 三六三
つまくれない（爪紅） 秋 三〇五
つまこうしか（妻恋う鹿） 秋 三〇四
つまべに（爪紅） 秋 三〇五
つまみな（摘菜） 秋 三一九
つみくさ（摘草） 春 六四
つめたし（冷たし） 冬 三四三
つゆ（梅雨） 夏 一三五
つゆ（露） 秋 二六三
つゆあがり（梅雨あがり） 夏 一二七
つゆあけ（梅雨明） 夏 一二七
つゆあな（梅雨穴） 夏 一四一
つゆかみなり（梅雨雷） 夏 一三六
つゆがわ（梅雨川） 夏 一四一
つゆきのこ（梅雨茸） 夏 一三五
つゆきのこ（梅雨菌） 夏 一三五
つゆくさ（露草） 秋 三一九

つゆぐも（梅雨雲） 夏 一三五
つゆけし（露けし） 秋 二六三
つゆごもり（梅雨籠） 夏 一六二
つゆざむ（梅雨寒） 夏 一二六
つゆしとど（露しとど） 秋 二六三
つゆじめり（梅雨じめり） 夏 一三五
つゆじも（露霜） 秋 二六三
つゆすずし（露涼し） 夏 一三八
つゆぞら（梅雨空） 夏 一三五
つゆだけ（梅雨茸） 夏 一二五
つゆづき（梅雨月） 夏 一三一
つゆづきよ（梅雨月夜） 夏 一三一
つゆでみず（梅雨出水） 夏 一四一
つゆなまず（梅雨鯰） 夏 一九八
つゆにいる（梅雨に入る） 夏 一二六
つゆのたま（露の玉） 秋 二六三
つゆのちょう（梅雨の蝶） 夏 二〇二
つゆのつき（梅雨の月） 夏 一三一
つゆのはしり（梅雨の走り） 夏 一二五
つゆのほし（梅雨の星） 夏 一三一
つゆのやど（露の宿） 秋 二六三
つゆのらい（梅雨の雷） 夏 一三六
つゆばれ（梅雨晴） 夏 一三五
つゆはれま（梅雨晴間） 夏 一三五
つゆびえ（梅雨冷） 夏 一二六
つゆぼし（梅雨星） 夏 一三一
つゆむぐら（露葎） 秋 二六三
つゆやみ（梅雨闇） 夏 一三五
つゆゆやけ（梅雨夕焼） 夏 一三六
つゆらい（梅雨雷） 夏 一三六
つよごち（強東風） 春 三九
つよしも（強霜） 冬 三四九

つらら（氷柱） 冬 三五六
つりがねそう（釣鐘草） 夏 二四〇
つりがま（釣釜） 春 五八
つりしのぶ（釣忍） 夏 一六〇
つりどこ（吊床） 夏 一六〇
つりふねそう（釣舟草） 秋 三一九
つりぼり（釣堀） 夏 一六六
つる（鶴） 冬 四〇一
つるうめもどき（蔓梅擬） 秋 三一五
つるかえる（鶴帰る） 春 八七
つるくる（鶴来る） 秋 三〇一
つるこおる（鶴凍る） 冬 四〇一
つるしがき（吊し柿） 秋 二六九
つるたぐり（蔓たぐり） 秋 二七四
つるのまい（鶴の舞） 春 八八
つるばら（蔓薔薇） 夏 二一一
つるひく（鶴引く） 春 八七
つるひく（蔓引く） 秋 二七四
つるべおとし（釣瓶落し） 秋 二五三
つるもどき 秋 三一五
つるりんどう（蔓龍胆） 秋 三一八
つるれいし（蔓茘枝） 秋 三一七
つるわたる（鶴渡る） 秋 三〇一
つわのはな（石蕗の花） 冬 四〇七
つわぶき（石蕗） 冬 四〇七

て

てあしある（手足荒る） 冬 三七九
てあぶり（手焙） 冬 三七一
ティーシャツ（Tシャツ） 夏 一四六
ていかき（定家忌） 秋 二九二

でいごのはな（梯梧の花） 夏 二四四
デージー 春 一一六
ておいじし（手負猪） 秋 三〇四
でかいちょう（出開帳） 春 七四
でがわり（出替） 春 六九
できあき（出来秋） 秋 二七三
でぐまりょう（出熊猟） 春 八三
でくまわし（木偶回し） 新 四三八
でこぽん 春 一二一
でぞめ（出初） 新 四四六
てっせん 夏 二一八
てっせんか（鉄線花） 夏 二一八
てっちり（鉄ちり） 冬 三六四
てっぽうなべ（鉄砲鍋） 冬 三六四
てっぽうゆり（鉄砲百合） 夏 二二八
ででむし（でで虫） 夏 二〇九
てはなび（手花火） 夏 一六八
てぶくろ（手袋） 冬 三五九
でべら 春 五四
でほ（出穂） 秋 三一九
でほのか（出穂の香） 秋 三一九
てまり（手毬） 新 四三九
てまりうた（手毬歌） 新 四三九
てまりつく（手毬つく） 新 四三九
でみず（出水） 夏 一四一
でみずがわ（出水川） 夏 一四一
でめきん（出目金） 夏 一九九
テラス 夏 一五五
てりは（照葉） 秋 三〇八
てりもみじ（照紅葉） 秋 三〇八
でんがく（田楽） 春 五四
でんがくやき（田楽焼） 春 五四

てんかふん(天瓜粉) 夏 一七一
でんきあんか(電気行火) 冬 三七三
でんきカーペット(電気カーペット) 冬 三七〇
でんきストーブ(電気ストーブ) 冬 三七〇
でんきもうふ(電気毛布) 冬 三五八
てんぎゅう(天牛) 夏 二〇四
てんぐさたく(天草焚く) 冬 三七六
てんぐさとり(天草採り) 夏 一七九
てんぐさほし(天草干し) 夏 一七九
てんぐたけ(天狗茸) 秋 三三六
てんしうお(天使魚) 夏 一九九
てんじんまつり(天神祭) 夏 一八五
てんたかし(天高し) 秋 二五七
でんでんむし 夏 二〇九
テント 夏 一六五
てんとうばな(天道花) 春 七五
てんとうむし(天道虫) 夏 二〇四
てんとうむし(瓢蟲) 夏 二〇四
てんとむし 夏 二〇四
デンドロビューム 秋 三〇六
てんば(天場) 冬 三七六
てんぼ(展墓) 秋 二八五
てんまつり(天満祭) 夏 一八五
てんや(天屋) 冬 三七六
てんろう(天狼) 冬 三四六

と

とういす(籐椅子) 夏 一五七
とうが(灯蛾) 夏 二〇三
とうが(冬瓜) 秋 三三六
とうかしたし(燈火親し) 秋 二七〇
とうかしたしむ(燈火親しむ) 秋 二七〇
とうがらし(蕃椒) 秋 三三九
とうがらし(唐辛子) 秋 三三九
とうがん(冬瓜) 秋 三三六
とうききゅうか(冬季休暇) 冬 三八六
とうききゅうか(冬期休暇) 冬 三八六
とうきび(唐黍) 秋 三三〇
とうきびのはな(唐黍の花) 夏 二四四
とうきびばた(唐黍畑) 秋 三三〇
とうぎょ(闘魚) 夏 一九九
とうぎょう(冬暁) 冬 三四二
とうきょうゆうしゅんきょうそう(東京優駿競走) 夏 一八四
とうけい(闘鶏) 春 七三
とうけつ(凍結) 冬 三四三
とうこう(登高) 秋 二八九
とうこう(凍港) 冬 三五六
とうこう(冬耕) 冬 三七四
とうじ(冬至) 冬 三四〇
とうじかえる(杜氏帰る) 春 六九
とうじかぼちゃ(冬至南瓜) 冬 三四〇
とうじがゆ(冬至粥) 冬 三四〇
とうじくる(杜氏来る) 冬 三七六
とうじぶろ(冬至風呂) 冬 三九三
とうしみとんぼ(とうしみ蜻蛉) 夏 二〇六
とうじゆ(冬至湯) 冬 三四〇
とうじゆず(冬至柚子) 冬 三四〇
とうしょう(凍傷) 冬 三七九
とうじょう(凍上) 冬 三五五
とうしんそう(灯心草) 夏 二二三
とうしんとんぼ(灯心蜻蛉) 夏 二〇六
とうすみとんぼ(とうすみ蜻蛉) 夏 二〇六
とうせい(踏青) 春 六六
とうせいき(桃青忌) 冬 三九六
とうせんきょう(投扇興) 新 四三九
どうだんつつじ(満天星躑躅) 春 一一〇
どうだんのはな(満天星の花) 春 一一〇
どうちゅうすごろく(道中双六) 新 四三八
とうちょう(冬蝶) 冬 四〇六
とうちん(陶枕) 夏 一五七
とうてい(冬帝) 冬 三三八
とうてん(冬天) 冬 三四五
とうど(凍土) 冬 三五五
とうなす(唐茄子) 秋 三三六
とうなすのはな(とうなすの花) 夏 二二七
とうねいす(籐寝椅子) 夏 一五七
とうふこおらす(豆腐凍らす) 冬 三七六
とうまくら(籐枕) 夏 一五七
どうみょうじ(道明寺) 夏 一五一
とうみん(冬眠) 冬 三九九
とうむぎ 秋 三三三
とうむしろ(籐筵) 夏 一五八
とうもろこし(玉蜀黍) 秋 三三〇
とうもろこしのはな(玉唐黍の花) 夏 二四四
とうようとう(桃葉湯) 夏 一七一
とうれい(冬麗) 冬 三四五
とうろう(燈籠) 秋 二八五
とうろう(蟷螂) 秋 二九七
とうろううまる(蟷螂生る) 夏 二〇六
とうろうながし(燈籠流し) 秋 二八六
とうろうぶね(燈籠舟) 秋 二八六
とおかえびす(十日戎) 新 四四五
とおかじ(遠火事) 冬 三七三
とおがすみ(遠霞) 春 四二
とおかわず(遠蛙) 春 八三
とおかんや(十日夜) 冬 三八九
とおきぬた(遠砧) 秋 二七七
とおしがも(通し鴨) 夏 一九六
とおはなび(遠花火) 夏 一六八
とおりあめ(通り雨) 夏 一三八
とかげ(蜥蜴) 夏 一九二
とかげあなにいる(蜥蜴穴に入る) 秋 三〇四
とかげあなをでる(蜥蜴穴を出る) 春 八三
とかげいづ(蜥蜴出づ) 春 八三
ときわぎおちば(常磐木落葉) 夏 二一五
どくが(毒蛾) 夏 二〇三
どくぐも(毒蜘蛛) 夏 二〇八
どくきのこ(毒茸) 秋 三三六
とくさ(砥草) 秋 二七五
とくさかる(木賊刈る) 秋 二七五
どくしょのあき(読書の秋) 秋 二七〇
どくしょはじめ(読書始) 新 四三三
どくたけ(毒茸) 秋 三三六
どくだみ(蕺菜) 夏 二三二
どくだみのはな(どくだみの花) 夏 二三二
どくへび(毒蛇) 夏 一九二

とけいそう(時計草) 夏 二二八
とけん(杜鵑) 夏 一九三
とこなつづき(常夏月) 夏 一二七
ところてん(心太) 夏 一五三
ところてんつき(心太突き) 夏 一五三
とさみずき(土佐水木) 春 一〇九
とざん(登山) 夏 一六四
とざんぐち(登山口) 夏 一六四
とざんぐつ(登山靴) 夏 一六四
とざんちず(登山地図) 夏 一六四
とざんぼう(登山帽) 夏 一六四
とじ(杜氏) 春 六九
としあゆむ(年歩む) 冬 三四一
としあらた(年新た) 新 四二〇
としあらたまる(年改まる) 新 四二〇
としおくる(年送る) 冬 三八四
としおしむ(年惜しむ) 冬 三四一
としおとこ(年男) 冬 三九五
としがみ(年神) 新 四四二
としがみ(歳神) 新 四四二
としかわる(年変る) 新 四二〇
としき(年木) 冬 三八三
としきうり(年木売) 冬 三八三
としきこり(年木樵) 冬 三八三
としきつむ(年木積む) 冬 三八三
としくるる(年暮るる) 冬 三四一
としこし(年越) 冬 三九四
としこしそば(年越蕎麦) 冬 三八四
としこしもうで(年越詣) 冬 三九四
としごもり(年籠) 冬 三九四
としざけ(年酒) 新 四二九
としたつ(年立つ) 新 四二〇

としだな(年棚) 新 四四二
としだま(年玉) 新 四三〇
としつまる(年詰まる) 冬 三四一
としとくじん(歳徳神) 新 四四二
としとり(年取) 冬 三九四
としとりまい(年取米) 冬 三八四
としとりもの(年取物) 冬 三八〇
としのあか(年の垢) 冬 三八四
としのいえ(年の家) 冬 三八四
としのいち(年の市) 冬 三八二
としのくれ(年の暮) 冬 三四一
としのこめ(年の米) 冬 三八四
としのさけ(年の酒) 新 四二九
としのせ(年の瀬) 冬 三四一
としのそら(年の空) 冬 三四一
としのちり(年の塵) 冬 三八四
としのはじめ(年の始) 新 四二〇
としのはて(年の果) 冬 三四一
としのひ(年の火) 冬 三八四
としのほこり(年の埃) 冬 三八四
としのまめ(年の豆) 冬 三九五
としのやど(年の宿) 冬 三八四
としのゆ(年の湯) 冬 三八四
としのよる(年の夜) 冬 三四一
としのれい(年の礼) 新 四三〇
としはつる(年果つる) 冬 三四一
としまもる(年守る) 冬 三八四
としむかう(年迎う) 新 四二〇
としもうけ(年設) 冬 三八〇
としもる(年守る) 冬 三八四
としや(年夜) 冬 三四一
としやど(年宿) 冬 三八四

としゆ(年湯) 冬 三八四
としゆく(年逝く) 冬 三四一
としようい(年用意) 冬 三八〇
どじょうじる(泥鰌汁) 夏 一四九
どじょうなべ(泥鰌鍋) 夏 一四九
どじょうほる(泥鰌掘る) 冬 三七七
としわすれ(年忘) 冬 三八一
としをこす(年を越す) 冬 三九四
とそ(屠蘇) 新 四二八
とそいわう(屠蘇祝う) 新 四二八
とそざけ(屠蘇酒) 新 四二八
とそぶくろ(屠蘇袋) 新 四二八
とちのはな(栃の花) 夏 二二〇
とちのみ(橡の実) 秋 三三一
とちのみ(栃の実) 秋 三三一
とちもち(橡餅) 秋 三三一
どてやく(土手焼く) 春 五九
どてら(褞袍) 冬 三五八
とのさまばった(殿様ばった) 秋 二九六
とびうお(飛魚) 夏 一九九
とびのうお(とびの魚) 夏 一九九
どびろく 秋 二六七
とぶさまつ(鳥総松) 新 四四四
どぶろく 秋 二六七
とべらのはな(海桐の花) 夏 二二二
トマト 夏 二三三
とまと(蕃茄) 夏 二三三
トマトのはな(トマトの花) 夏 二二六
どよう(土用) 夏 一二九
どようあい(土用あい) 夏 一三七
どようあけ(土用明) 夏 一二九

どよういり(土用入) 夏 一二九
どよううなぎ(土用鰻) 夏 一四九
どようきゅう(土用灸) 夏 一七三
どようごち(土用東風) 夏 一三七
どようしじみ(土用蜆) 夏 一四九
どようしじみじる(土用蜆汁) 夏 一四九
どようしばい(土用芝居) 夏 一六五
どようたろう(土用太郎) 夏 一二九
どようでり(土用照) 夏 一二九
どようなみ(土用浪) 夏 一四二
どようぼし(土用干) 夏 一六一
どようみまい(土用見舞) 夏 一六二
どようめ(土用芽) 夏 二四六
どようもぐさ(土用艾) 夏 一七三
とよのあき(豊の秋) 秋 二七三
とらがあめ(虎が雨) 夏 一三四
とらがなみだあめ(虎が涙雨) 夏 一三四
とりあわせ(鶏合) 春 七三
とりいがたのひ(鳥居形の火) 秋 二八七
とりおどし(鳥威) 秋 二七一
とりかえる(鳥帰る) 春 八七
とりかぜ(鳥風) 春 四四
とりかぶと(鳥兜) 秋 三一九
とりかぶとのはな(鳥頭の花) 秋 三一九
とりくもに(鳥雲に) 春 八八
とりくもにいる(鳥雲に入る) 春 八八
とりぐもり(鳥曇) 春 四四
とりさかる(鳥交る) 春 八八
とりつるむ(鳥つるむ) 春 八八
とりのいち(酉の市) 冬 三九〇

とりのこい（鳥の恋） 春 八八
とりのす（鳥の巣） 春 八八
とりのたまご（鳥の卵） 春 八八
とりのひな（鳥の雛） 春 八八
とりのわたり（鳥の渡り） 秋 三〇〇
とりひく（鳥引く） 春 八七
とりわたる（鳥渡る） 秋 三〇〇
どろやなぎ（泥柳） 春 一一三
とろろ 秋 二六八
とろろいも（とろろ芋） 秋 三一八
とろろじる（薯蕷汁） 秋 二六八
どんぐり（団栗） 秋 三一二
どんたく 春 七八
どんど 新 四四六
とんど 新 四四六
どんどこぶね（どんどこ船） 夏 一八四
どんどしょうがつ（どんど正月） 新 四四六
どんどんやき（どんどん焼き） 新 四四六
とんび 冬 三五九
とんぼ（蜻蛉） 秋 二九四
とんぼう 秋 二九四
とんぼうまる（蜻蛉生る） 夏 二〇六
とんぼのこ（蜻蛉の子） 夏 二〇六

な

なあらう（菜洗う） 冬 三七五
ないくちきり（内口切） 冬 三八八
ナイター 夏 一六九
ナイトゲーム 夏 一六九
なえあんどん（苗行灯） 春 六一
なえうう（苗植う） 夏 一七三
なえうり（苗売） 夏 一七三
なえぎいち（苗木市） 春 六一
なえぎうう（苗木植う） 春 六一
なえしょうじ（苗障子） 春 六一
なえしろだ（苗代田） 春 六一
なえだ（苗田） 春 六一
なえどこ（苗床） 春 六一
なえばこ（苗箱） 春 六一
なえふだ（苗札） 春 六一
なえもの（苗物） 夏 二一六
ながいも（長芋） 秋 三一八
ながきひ（永き日） 春 三五
ながきよ（長き夜） 秋 二五三
ながさきき（長崎忌） 秋 二八三
ながし（流し） 夏 一六五
ながしおどり（流し踊） 秋 二八六
ながしそうめん（流し素麺） 夏 一四九
ながしびな（流し雛） 春 七二
ながつき（長月） 秋 二五〇
なかて（中稲） 秋 三一九
なかぬきだいこん（中抜大根） 秋 三一九
ながひばち（長火鉢） 冬 三七一
ながむし（長虫） 夏 一九二
ながら（菜殻） 夏 一七三
ながらし（菜辛子） 春 一一九
ながらび（菜殻火） 夏 一七三
ながらみ 春 九三
ながるるとし（流るる年） 冬 三四一
ながれぼし（流れ星） 秋 二五七
なきぞめ（泣初） 新 四三四
なきはじめ（泣始） 新 四三四
なぐさのめ（名草の芽） 春 九六
なくず（菜屑） 冬 三七五
なごし（夏越） 夏 一八七
なごしのはらえ（夏越の祓） 夏 一八七
なごやばしょ（名古屋場所） 夏 一八三
なごりうちわ（名残団扇） 秋 二七〇
なごりおうぎ（名残扇） 秋 二七〇
なごりつき（名残月） 秋 二六一
なごりなす（名残茄子） 秋 三二七
なごりのかり（名残の雁） 春 八七
なごりのさくら（名残の桜） 春 一〇〇
なごりのそら（名残の空） 冬 三四一
なごりのゆき（名残の雪） 春 四一
なごりみかん（名残蜜柑） 春 一二一
なごりゆき（名残雪） 春 四一
なし（梨） 秋 三三一
なし（梨子） 秋 三三一
なしのはな（梨の花） 春 一一〇
なす（茄子） 夏 二三三
なすじる（茄子汁） 夏 一五〇
なずなうち（薺打） 新 四四五
なすなえ（茄子苗） 夏 二一六
なすなえうう（茄子苗植う） 夏 一七三
なずながゆ（薺粥） 新 四四五
なずなつみ（薺摘） 春 一〇一
なずなづめ（薺爪） 新 四四五
なずなのはな（薺の花） 春 一〇一
なすのうし（茄子の牛） 秋 二八四
なすのはな（茄子の花） 夏 二一六
なすび 夏 二三三
なすびづけ（茄子漬） 夏 一五〇
なすびのうま（茄子の馬） 秋 二八四
なすびのはな（なすびの花） 夏 二一六
なすりょうり（茄子料理） 夏 一五〇
なたねがり（菜種刈） 夏 一七三
なたねづゆ（菜種梅雨） 春 四四
なたねのはな（菜種の花） 春 一一七
なたねほす（菜種干す） 夏 一七三
なたねまく（菜種蒔く） 秋 二七四
なたねやく（菜種焼く） 夏 一七三
なたまめ（刀豆） 秋 三三〇
なたまめ（鉈豆） 秋 三三〇
なだれ（雪崩） 春 四六
なつ（夏） 夏 一二四
なつあけ（夏暁） 夏 一二八
なつあざみ（夏薊） 夏 二三〇
なつあらし（夏嵐） 夏 一三三
なつうぐいす（夏鶯） 夏 一九四
なつうみ（夏海） 夏 一四二
なつえり（夏衿） 夏 一四四
なつおしむ（夏惜しむ） 夏 一三〇
なつおちば（夏落葉） 夏 二二五
なつおび（夏帯） 夏 一四五
なつおわる（夏終る） 夏 一三〇
なつかぐら（夏神楽） 夏 一八七
なつがけ（夏掛） 夏 一五六
なつかぜ（夏風邪） 夏 一七二
なつがも（夏鴨） 夏 一九六
なつがわ（夏川） 夏 一四一
なつがわ（夏河） 夏 一四一
なつかん（夏柑） 夏 二三四
なつき（夏木） 夏 二二四
なつぎく（夏菊） 夏 二四一
なつきざす（夏兆す） 夏 一二四

なつきょうげん（夏狂言） 夏 一六五
なつぎり（夏霧） 夏 一三八
なつくさ（夏草） 夏 二二三
なつぐも（夏雲） 夏 一三二
なつくる（夏来る） 夏 一二四
なつごおり（夏氷） 夏 一五三
なつごかう（夏蚕飼う） 夏 一七六
なつこかげ（夏木蔭） 夏 二二四
なつこだち（夏木立） 夏 二二四
なつごろも（夏衣） 夏 一四四
なつさかん（夏旺ん） 夏 一二八
なつざしき（夏座敷） 夏 一五四
なつさぶ 夏 一二二
なつざぶとん（夏座布団） 夏 一五六
なつさむし（夏寒し） 夏 一三〇
なつじお（夏潮） 夏 一四二
なつしば（夏芝） 夏 二二三
なつしばい（夏芝居） 夏 一六五
なつシャツ（夏シャツ） 夏 一四六
なつしゅとう（夏手套） 夏 一四六
なつぞら（夏空） 夏 一三二
なつだいこん（夏大根） 夏 二三三
なつだいだい（夏橙） 夏 二三四
なつたつ（夏立つ） 夏 一二四
なつたび（夏足袋） 夏 一四五
なつちかし（夏近し） 春 三八
なつちゃのゆ（夏茶の湯） 夏 一六一
なつちゃわん（夏茶碗） 夏 一六一
なつちょう（夏蝶） 夏 二〇二
なつつばき（夏椿） 夏 二二一
なつつばめ（夏燕） 夏 一九五
なつてぶくろ（夏手袋） 夏 一四六
なつでみず（夏出水） 夏 一四一
なっとうじる（納豆汁） 冬 三六四
なっとじる（納豆汁） 冬 三六四
なつどなり（夏隣） 春 三八
なつともし（夏燈） 夏 一五四
なつなかば（夏半ば） 夏 一二六
なつにいる（夏に入る） 夏 一二四
なつね（夏嶺） 夏 一四〇
なつねぎ（夏葱） 夏 二三四
なつの（夏野） 夏 一四〇
なつのあさ（夏の朝） 夏 一二八
なつのあめ（夏の雨） 夏 一三四
なつのうみ（夏の海） 夏 一四二
なつのかぜ（夏の風邪） 夏 一七二
なつのかわ（夏の川） 夏 一四一
なつのくも（夏の雲） 夏 一三二
なつのくれ（夏の暮） 夏 一二八
なつのしお（夏の潮） 夏 一四二
なつのすえ（夏の末） 夏 一三一
なつのそら（夏の空） 夏 一三二
なつのちょう（夏の蝶） 夏 二〇二
なつのつき（夏の月） 夏 一三二
なつのつゆ（夏の露） 夏 一三八
なつのてん（夏の天） 夏 一三二
なつのなみ（夏の波） 夏 一四二
なつのはて（夏の果） 夏 一三〇
なつのはら（夏野原） 夏 一四〇
なつのひ（夏の日） 夏 一三二
なつのひ（夏の燈） 夏 一五四
なつのひる（夏の昼） 夏 一二八
なつのひる（夏の午） 夏 一二八
なつのやま（夏の山） 夏 一四〇
なつのゆう（夏の夕） 夏 一二八
なつのよ（夏の夜） 夏 一二八
なつのよあけ（夏の夜明） 夏 一二八
なつのよい（夏の宵） 夏 一二八
なつのれん（夏暖簾） 夏 一五八
なつのわかれ（夏の別れ） 夏 一三〇
なつば（夏場） 夏 一二四
なつばおり（夏羽織） 夏 一四五
なつばかま（夏袴） 夏 一四五
なつはぎ（夏萩） 夏 二三九
なつはじめ（夏始） 夏 一二五
なつばしょ（夏場所） 夏 一八三
なつはて（夏果） 夏 一三〇
なつばて（夏ばて） 夏 一七三
なつはらえ（夏祓） 夏 一八七
なつひ（夏日） 夏 一三二
なつび（夏日） 夏 一三二
なつふかし（夏深し） 夏 一三一
なつふかむ（夏深む） 夏 一三一
なつふく（夏服） 夏 一四四
なつふじ（夏富士） 夏 一四〇
なつぶすま（夏衾） 夏 一五六
なつぶとん（夏蒲団） 夏 一五六
なつぼう（夏帽） 夏 一四七
なつぼうし（夏帽子） 夏 一四七
なつまけ（夏負け） 夏 一七三
なつみかん（夏蜜柑） 夏 二三四
なつみまい（夏見舞） 夏 一六二
なつむし（夏虫） 夏 二〇三
なつめ（棗） 秋 三三四
なづめ（菜爪） 新 四四五
なつめく（夏めく） 夏 一二四
なつめのみ（棗の実） 秋 三三四
なつやかた（夏館） 夏 一五四
なつやかた（夏邸） 夏 一五四
なつやすみ（夏休） 夏 一六二
なつやせ（夏痩） 夏 一七三
なつやま（夏山） 夏 一四〇
なつやまが（夏山家） 夏 一四〇
なつゆく（夏行く） 夏 一三〇
なつよもぎ（夏蓬） 夏 二二九
なつりょうり（夏料理） 夏 一四八
なつろ（夏炉） 夏 一五四
なつわらび（夏蕨） 夏 二二五
なでしこ（撫子） 秋 三二六
なでもの（撫物） 夏 一八七
ななかまど（七竈） 秋 三三四
ななかまどのみ（七竈の実） 秋 三三四
ななくさ（七種） 新 四四五
ななくさ（七草） 新 四四五
ななくさがゆ（七草粥） 新 四四五
ななくさづめ（七草爪） 新 四四五
ななくさづめ（七種爪） 新 四四五
ななくさな（七草菜） 新 四五〇
なにわおどり（浪花踊） 春 七三
なぬか（七日） 新 四二二
なぬかしょうがつ（七日正月） 新 四二二
なのか（七日） 新 四二二
なのかがゆ（七日粥） 新 四四五
なのかづめ（七日爪） 新 四四五
なのくさかる（名の草枯る） 冬 四一〇
なのはな（菜の花） 春 一一七
なのはなあかり（菜の花明り） 春 一一七
なのはなづくよ（菜の花月夜） 春 一一七

なべづる（鍋鶴）冬 四〇一
なべやき（鍋焼）冬 三六三
なべやきうどん（鍋焼饂飩）冬 三六三
なまこ（海鼠）冬 四〇五
なまこつき（海鼠突）冬 四〇五
なまず（鯰）夏 一九八
なまはげ 新 四四七
なまビール（生ビール）夏 一五一
なまびく（菜間引く）秋 三一九
なまり 夏 一四八
なまりぶし（生節）夏 一四八
なみのはな（波の花）冬 三五五
なみのり（波乗り）夏 一六四
なむし（菜虫）秋 二九七
なめくじ（蛞蝓）夏 二〇九
なめくじら 夏 二〇九
なめくじり 夏 二〇九
なめこ（滑子）秋 三三六
なめし（菜飯）春 五六
なめしちゃや（菜飯茶屋）春 五六
なやらい（追儺）冬 三九五
ならのやまやき（奈良の山焼）春 五九
なりひらき（業平忌）夏 一八九
なりひらしじみ（業平蜆）春 九二
なるかみ（鳴神）夏 一三七
なるこ（鳴子）秋 二七一
なるこなわ（鳴子縄）秋 二七一
なるこもり（鳴子守）秋 二七一
なるたきのだいこたき（鳴瀧の大根焚）冬 三九二
なれずし（馴鮓）夏 一四八
なわしろ（苗代）春 六一
なわしろざむ（苗代寒）夏 二二五
なわしろまつり（苗代祭）春 七七
なわなう（縄綯う）冬 三七六
なんきん 秋 三二六
なんきんばい（南京梅）冬 四一一
なんきんまめ（南京豆）秋 三三一
なんてんのはな（南天の花）夏 二二〇
なんてんのみ（南天の実）冬 四一三
なんばん（南蕃）秋 三一九
なんばんぎせる（南蛮煙管）秋 三一八
なんばんのはな（なんばんの花）夏 二四四
なんぷう（南風）夏 一一三

に

にいがすみ（新霞）新 四二五
にいなめさい（新嘗祭）冬 三九一
にいぼん（新盆）秋 二八四
にいぼんみまい（新盆見舞）秋 二八四
にお（稲積）秋 二七二
にお（鳰）冬 四〇〇
におどり（鳰）冬 四〇〇
におのうきす（鳰の浮巣）夏 一九六
にがうり（苦瓜）秋 三一七
にがうるか（苦うるか）秋 二六八
にがしお（苦潮）夏 一四二
にがつ（二月）春 三〇
にがつじん（二月尽）春 三一
にがつつく（二月尽く）春 三一
にがつはつ（二月果つ）春 三一
にがつれいじゃ（二月礼者）春 七〇
にぎりずし（握鮓）夏 一四八
にくまんじゅう（肉饅頭）冬 三六四
にげみず（逃水）春 五〇
にこごり（煮凝）冬 三六六
にごりさけ（濁酒）秋 二六七
にごりぶな（濁り鮒）夏 一九七
にじ（虹）夏 一三五
にしきぎ（錦木）秋 三〇九
にしきぎもみじ（錦木紅葉）秋 三〇九
にしきぎもみじ（鬼箭木紅葉）秋 三〇九
にしきごい（錦鯉）夏 一九八
にじっせいき（二十世紀）秋 三三二
にしび（西日）夏 一三七
にじます（虹鱒）春 九一
にじゅうさんや（二十三夜）秋 二六一
にじゅうさんやづき（二十三夜月）秋 二六一
にじゅうまわし（二重回し）冬 三五九
にしん（鰊）春 八九
にしん（春告魚）春 八九
にしんくき（鰊群来）春 八九
にしんぐもり（鰊曇）春 四五
にしんぞら（鰊空）春 八九
にしんほす（鰊干す）春 八九
にしんりょう（鰊漁）春 八九
にぞり（荷橇）冬 三七四
にちにちそう（日日草）夏 二四三
にちりんそう（日輪草）夏 二四一
にちれんき（日蓮忌）秋 二八九
にっきかう（日記買う）冬 三八二
ニッキすい（ニッキ水）夏 一五二
にっきはじめ（日記始）新 四三二
にっきはつ（日記果つ）冬 三八二
にっしゃびょう（日射病）夏 一七二
にってん（日展）秋 二九〇
にどざき（二度咲）冬 四一二
にな（蜷）春 九三
になのみち（蜷の道）春 九三
にのうま（二の午）春 七〇
にのかわり（二の替）新 四四一
にのとり（二の酉）冬 三九〇
にばんぐさ（二番草）夏 一七七
にばんこ（二番蚕）夏 一七六
にひゃくとおか（二百十日）秋 二五〇
にひゃくはつか（二百二十日）秋 二五〇
にほんダービー（日本ダービー）夏 一八四
にゅうえんじ（入園児）春 五一
にゅうがく（入学）春 五一
にゅうがくし（入学子）春 五一
にゅうがくしけん（入学試験）春 五一
にゅうどうぐも（入道雲）夏 一三一
にゅうないすずめ（入内雀）秋 二九九
にゅうばい（入梅）夏 一二六
にら（韮）春 一一九
にらぞうすい（韮雑炊）冬 三六三
にらのはな（韮の花）夏 二四五
にりんそう（二輪草）春 一〇五
にわかるる（庭枯るる）冬 三五三
にわすずし（庭涼し）夏 一三〇
にわぜきしょう（庭石菖）夏 二三〇
にわとこのはな（接骨木の花）春 一一二
にわはなび（庭花火）夏 一六八
にんじん（人参）冬 四一七

にんじん（胡蘿蔔） 冬 四一七
にんじんひく（人参引く） 冬 四一七
にんどう（忍冬） 夏 二四〇
にんにく（蒜） 夏 二三二
にんにく（大蒜） 夏 二三二
にんにく（葫） 夏 二三二

ぬ

ぬいぞめ（縫初） 新 四三三
ぬいはじめ（縫始） 新 四三三
ぬかか（糠蚊） 夏 二〇七
ぬかご 秋 三三八
ぬきな（抜菜） 秋 三三九
ぬくし（温し） 春 三四
ぬくめざけ（温め酒） 秋 二六七
ぬけまいり（抜参） 春 六八
ぬすびとはぎ（盗人萩） 秋 三三三
ぬなわおう（蓴生う） 春 一〇七
ぬなわとる（蓴採る） 夏 二三五
ぬなわのはな（蓴の花） 夏 二三五
ぬのこ（布子） 冬 三五七
ぬばたま（射干玉） 夏 二二二
ぬまかる（沼涸る） 冬 三五四
ぬまたろう（沼太郎） 秋 三〇一
ぬりあぜ（塗畦） 春 六一

ね

ねあけ（根開） 春 四七
ネーブル 春 一二二
ねがいのいと（願の糸） 秋 二八二
ねぎ（葱） 冬 四一七
ねぎじる（葱汁） 冬 三六四
ねぎのぎぼ（葱の擬宝） 春 一二〇
ねぎのはな（葱の花） 春 一二〇
ねぎばたけ（葱畑） 冬 四一七
ねぎぼうず（葱坊主） 春 一二〇
ねぎまなべ（葱鮪鍋） 冬 四〇三
ねきりむし（根切虫） 夏 二〇三
ねこあんか（猫行火） 冬 三七三
ねござ（寝茣蓙） 夏 一五七
ねこさかる（猫さかる） 春 八二
ねこじゃらし（猫じゃらし） 秋 三三二
ねこのおや（猫の親） 春 八二
ねこのかれ（猫の彼） 春 八二
ねこのこ（猫の子） 春 八二
ねこのこい（猫の恋） 春 八二
ねこのつま（猫の夫） 春 八二
ねこのつま（猫の妻） 春 八二
ねこのみ（猫蚤） 夏 二一〇
ねこやなぎ（猫柳） 春 九五
ねざめぐさ（寝覚草） 秋 三三四
ねざめづき（寝覚月） 秋 二五〇
ねじばな（捩花） 夏 二三〇
ねじゃか（寝釈迦） 春 七一
ねしょうがつ（寝正月） 新 四三三
ねじろぐさ（根白草） 春 一〇一
ねずみはなび（鼠花火） 夏 一六八
ねぜり（根芹） 春 一〇一
ねっさ（熱砂） 夏 一三〇
ねっしゃびょう（熱射病） 夏 一七二
ねったいぎょ（熱帯魚） 夏 一九九
ねったいや（熱帯夜） 夏 一三〇
ねっぷう（熱風） 夏 一三七
ねづり（根釣） 秋 二七八
ねなしぐさ（根無草） 夏 二三五
ねのひぐさ（子日草） 新 四五一
ねのひのまつ（子の日の松） 新 四五一
ねはんえ（涅槃会） 春 七一
ねはんず（涅槃図） 春 七一
ねはんぞう（涅槃像） 春 七一
ねはんでら（涅槃寺） 春 七一
ねはんにし（涅槃西風） 春 三九
ねびえ（寝冷） 夏 一七二
ねびえご（寝冷子） 夏 一七二
ねびえしらず（寝冷知らず） 夏 一四六
ねびらき（根開） 春 四七
ねぶか（根深） 冬 四一七
ねぶかじる（根深汁） 冬 三六四
ねぶた（佞武多） 秋 二八二
ねぶた 秋 二八二
ねぶのはな（合歓の花） 夏 二三二
ねぶりながし（眠流し） 秋 二八二
ねまがりだけ（根曲竹） 夏 二三五
ねまち（寝待） 秋 二六〇
ねまちづき（寝待月） 秋 二六〇
ねみつば（根三葉） 春 一一九
ねむしろ（寝筵） 夏 一五七
ねむのはな（合歓の花） 夏 二三二
ねむるやま（眠る山） 冬 三五四
ねゆき（根雪） 冬 三五〇
ねわけ（根分） 春 六二
ねんが（年賀） 新 四三〇
ねんがきゃく（年賀客） 新 四三〇
ねんがじょう（年賀状） 新 四三二
ねんがはがき（年賀葉書） 新 四三二
ねんぎょ（年魚） 夏 一九八
ねんし（年始） 新 四三〇
ねんしざけ（年始酒） 新 四二九
ねんしじょう（年始状） 新 四三二
ねんしまわり（年始回り） 新 四三〇
ねんしゅ（年酒） 新 四二九
ねんとう（年頭） 新 四二〇
ねんねこ 冬 三五八
ねんねこばんてん（ねんねこ半纏） 冬 三五八
ねんまつ（年末） 冬 三四一
ねんれい（年礼） 新 四三〇

の

のあそび（野遊） 春 六五
のあやめ（野渓蓀） 夏 二一八
のいばらのはな（野茨の花） 夏 二二二
のうおとこ（農男） 春 四七
のうかがり（能篝） 夏 一八二
のうぐいち（農具市） 春 五九
のうぜいき（納税期） 春 五二
のうぜん（凌霄） 夏 二四四
のうぜんかずら（凌霄葛） 夏 二四四
のうぜんのはな（凌霄の花） 夏 二四四
のうとり（農鳥） 春 四七
のうはじめ（能始） 新 四四〇
のうむ（濃霧） 秋 二六三
のうめ（野梅） 春 九四
のうりょう（納涼） 夏 一六八
のがけ（野がけ） 春 六五

のかんぞう（野萱草） 夏 二三八
のぎく（野菊） 秋 三三二
のきしのぶ（軒忍） 夏 一六〇
のきしょうぶ（軒菖蒲） 夏 一八一
のきつらら（軒氷柱） 冬 三五六
のきとうろう（軒燈籠） 秋 二八五
のげしのはな（野罌粟の花） 夏 二二七
のこりえびす（残り戎） 新 四四五
のこりがも（残り鴨） 春 八八
のこりぎく（残り菊） 秋 三〇七
のこりふく（残り福） 新 四四五
のこるあつさ（残る暑さ） 秋 二四九
のこるか（残る蚊） 秋 二九八
のこるかも（残る鴨） 春 八八
のこるかり（残る雁） 春 八七
のこるごめ（残る海猫） 秋 三〇一
のこるさむさ（残る寒さ） 春 三二
のこるせみ（残る蟬） 秋 二九四
のこるつばめ（残る燕） 秋 三〇〇
のこるはえ（残る蠅） 秋 二九八
のこるはくちょう（残る白鳥） 春 八七
のこるはち（残る蜂） 秋 二九八
のこるはな（残る花） 春 一〇〇
のこるほたる（残る螢） 秋 二九八
のこるむし（残る虫） 冬 四〇五
のこるもみじ（残る紅葉） 冬 四一三
のこるゆき（残る雪） 春 四七
のこんぎく（残ん菊） 秋 三〇七
のこんぎく（野紺菊） 秋 三三一
のざわな（野沢菜） 冬 四一六
のじぎく（野路菊） 秋 三三一
のじのあき（野路の秋） 秋 二六四

のずいせん（野水仙） 冬 四〇七
のせぎょう（野施行） 冬 三八五
のちのあわせ（後の袷） 秋 二六七
のちのつき（後の月） 秋 二六一
のちのひがん（後の彼岸） 秋 二五二
のちのめいげつ（後の名月） 秋 二六一
のっこみぶな（乗込鮒） 春 九〇
のどか（長閑） 春 三五
のどろか（閑か） 春 三五
のはらあざみ（野原薊） 秋 三三〇
のばらのみ（野ばらの実） 秋 三一五
のび（野火） 春 五九
のびる（野蒜） 春 一〇三
のびるひく（野蒜引く） 春 一〇三
のぶどう（野葡萄） 秋 三三五
のぶながき（信長忌） 夏 一八九
のぼり（幟） 夏 一八〇
のぼりあゆ（上り鮎） 春 九一
のぼりいち（幟市） 夏 一八〇
のぼりざお（幟竿） 夏 一八〇
のぼりだな（幟店） 夏 一八〇
のぼります（上り鱒） 春 九一
のぼりみせ（幟店） 夏 一八〇
のぼりやな（上り簗） 春 六四
のみ（蚤） 夏 二一〇
のみとりこ（蚤取粉） 夏 一五五
のやき（野焼） 春 五九
のやまのにしき（野山の錦） 秋 二六五
のり（海苔） 春 一二二
のりかく（海苔掻く） 春 一二二
のりぞめ（乗初） 新 四三五
のりぞめ（騎初） 新 四四一

のりぶね（海苔舟） 春 一二二
のりほし（海苔干） 春 一二二
のわき（野分） 秋 二六一
のわきぐも（野分雲） 秋 二六一
のわきたつ（野分立つ） 秋 二六一
のわきなみ（野分波） 秋 二六一
のわきばれ（野分晴） 秋 二六一
のわけ（野わけ） 秋 二六一

は

はあり（羽蟻） 夏 二〇八
はあり（飛蟻） 夏 二〇八
ばいう（梅雨） 夏 一三五
ばいう（黴雨） 夏 一三五
ばいえん（梅園） 春 六六
ばいかも（梅花藻） 夏 二二三
ばいごま（海贏独楽） 秋 二八〇
ばいごま（海螺独楽） 秋 二八〇
ばいしゅ（梅酒） 夏 一五一
はいせんき（敗戦忌） 秋 二八七
はいせんのひ（敗戦の日） 秋 二八七
ばいてん（霾天） 春 四二
パイナップル 夏 二三七
ハイビスカス 夏 二四四
ばいまわし（海贏回し） 秋 二八〇
ばいりん（梅霖） 夏 一三五
はえ（鮠） 春 九〇
はえ（南風） 夏 一三三
はえ（蠅） 夏 二〇六
はえいらず（蠅入らず） 夏 一五六
はえうち（蠅打） 夏 一五六

はえうまる（蠅生る） 春 八四
はえたたき（蠅叩） 夏 一五六
はえちょう（蠅帳） 夏 一五六
はえとりがみ（蠅取紙） 夏 一五六
はえとりき（蠅取器） 夏 一五六
はえとりぐも（蠅虎） 夏 二〇九
はえとりぐも（蠅取蜘蛛） 夏 二〇九
はえとりびん（蠅取瓶） 夏 一五六
はえとりリボン（蠅取リボン） 夏 一五六
はえのこ（蠅の子） 春 八四
はえよけ（蠅除） 夏 一五六
はかあらう（墓洗う） 秋 二八五
はかそうじ（墓掃除） 秋 二八五
はかとうろう（墓燈籠） 秋 二八五
はかまいり（墓参） 秋 二八五
はかまぎ（袴着） 冬 三九一
はぎ（萩） 秋 三一七
はきおさめ（掃納） 冬 三八四
はぎかり（萩刈） 秋 二七五
はぎかる（萩刈る） 秋 二七五
はぎかる（萩枯る） 冬 四一〇
はきぞめ（掃初） 新 四三三
はぎたく（萩焚く） 秋 二七五
はぎちる（萩散る） 秋 三一七
はぎねわけ（萩根分） 春 六二
はぎのやど（萩の宿） 秋 三一七
はぎむら（萩叢） 秋 三一七
はきょうき（波郷忌） 冬 三九六
はくう（白雨） 夏 一三八
はくさい（白菜） 冬 四一六
はくさいづけ（白菜漬） 冬 四一六
ばくしゅう（麦秋） 夏 一二六

はくしゅうき（白秋忌） 秋 二九三
はくしょ（薄暑） 夏 一二五
ばくしょ（曝書） 夏 一六二
はくせきれい（白鶺鴒） 秋 三〇二
はくせん（白扇） 夏 一五九
はくちょう（白鳥） 冬 四〇一
はくちょう（鵠） 冬 四〇一
はくちょうかえる（白鳥帰る） 春 八七
はくてい（白帝） 秋 二四八
はくとう（白桃） 秋 三三一
はくとうおう（白頭翁） 秋 三〇〇
ばくふ（瀑布） 春 九四
はくばい（白梅） 夏 一四一
はくぼたん（白牡丹） 夏 一二一
ばくまくら（獏枕） 新 四三二
はくもくれん（白木蓮） 春 一〇八
はくや（白夜） 夏 一二九
はくれん（白木蓮） 春 一〇八
はくろ（白露） 秋 二五〇
はげいとう（葉鶏頭） 秋 三〇六
はごいた（羽子板） 新 四三九
はごいたいち（羽子板市） 冬 三九三
はこずし（箱鮓） 夏 一四八
はこづり（箱釣） 夏 一六六
はこにわ（箱庭） 夏 一六〇
はこべら（蘩蔞） 春 一〇一
はこめがね（箱眼鏡） 夏 一七九
はざ（稲架） 秋 二七二
はざおさめ（稲架納） 秋 二七三
はざがけ（稲架掛） 秋 二七二
はざくむ（稲架組む） 秋 二七二
はざくら（葉桜） 夏 一二一

はしい（端居） 夏 一七一
はじかみ 秋 三一七
はじきまめ（はじき豆） 夏 一二三
はしごのり（梯子乗） 新 四四六
はしすずみ（橋涼み） 夏 一六八
はじのみ（櫨の実） 秋 三三二
はしょうが（葉生姜） 秋 三一七
ばしょうかる（芭蕉枯る） 冬 四〇八
ばしょうき（芭蕉忌） 冬 三九六
ばしょうふ（芭蕉布） 夏 一四五
ばしょうまきば（芭蕉巻葉） 夏 一二三
はしりいも（走り藷） 夏 二四六
はしりそば（走り蕎麦） 秋 二六九
はしりちゃ（走り茶） 夏 一四七
はしりづゆ（走梅雨） 夏 一三五
はす（蓮） 夏 一二四
はすいけ（蓮池） 夏 一二四
ハスカップ 夏 一二六
はすかる（蓮枯る） 冬 四〇八
はすね（蓮根） 冬 三七五
はすねほる（蓮根掘る） 冬 三七五
はすのうきは（蓮の浮葉） 夏 一二四
はすのはな（蓮の花） 夏 一二四
はすのほね（蓮の骨） 冬 四〇八
はすのみ（蓮の実） 秋 三三二
はすのみとぶ（蓮の実飛ぶ） 秋 三三二
はすほり（蓮掘） 冬 三七五
はすまきは（蓮巻葉） 夏 一二四
はずみだま（はずみ玉） 冬 四〇九
はすみぢゃや（蓮見茶屋） 夏 一二四
はぜ（鯊） 秋 三〇三
はぜ（沙魚） 秋 三〇三

はぜうり（鯊売） 秋 二七七
はぜちぎり 秋 三一二
はぜつり（鯊釣） 秋 二七七
はぜのあき（鯊の秋） 秋 二七七
はぜのさお（鯊の竿） 秋 二七七
はぜのしお（鯊の潮） 秋 三〇三
はぜのみ（櫨の実） 秋 三一二
はぜびより（鯊日和） 秋 二七七
はぜぶね（鯊舟） 秋 二七七
はぜほす（鯊干す） 秋 二七七
ばそり（馬橇） 冬 三七四
はた 春 六八
はだあれ（肌荒れ） 冬 三七九
はたうち（畑打） 春 六〇
はたうつ（畑打つ） 春 六〇
はたおり（機織） 秋 二九六
はたおりひめ（機織姫） 秋 二八二
はだか（裸） 夏 一六九
はだかぎ（裸木） 冬 四一五
はだかご（裸子） 夏 一六九
はださむ（肌寒） 秋 二五三
はだし（跣足） 夏 一六九
はたたがみ 夏 一三七
はだぬぎ（肌脱） 夏 一七〇
はたはじめ（機始） 新 四三七
はたはた 秋 二九六
はたはた（鰰） 冬 四〇五
はたはた（雷魚） 冬 四〇五
はたはた（鱩） 冬 四〇五
はたはたうり（鰰売） 冬 四〇五
はたはたりょう（鰰漁） 冬 四〇五
バタフライ 夏 一六三

はたやき（畑焼） 春 五九
はだらゆき（はだら雪） 春 四七
はだれ（斑雪） 春 四七
はだれの（斑雪野） 春 四七
はだれやま（斑雪山） 春 四七
はたんきょう（巴旦杏） 夏 二三五
はち（蜂） 春 八四
はちかい（蜂飼） 春 八四
はちがつ（八月） 秋 二四八
はちがつじん（八月尽） 秋 二四九
はちくのこ（淡竹の子） 夏 二二五
はちじゅうはちや（八十八夜） 春 三七
はちす 夏 二二四
はちすのみ（蓮の実） 秋 三三二
はちのうめ（鉢の梅） 春 九四
はちのこ（蜂の子） 春 八四
はちのす（蜂の巣） 春 八四
はちのはこ（蜂の箱） 春 八四
はちまんまつり（八幡祭） 秋 二八八
はつあかね（初茜） 新 四二四
はつあかねさす（初茜さす） 新 四二四
はつあかり（初明り） 新 四二四
はつあき（初秋） 秋 二四九
はつあきない（初商） 新 四三六
はつあけぼの（初曙） 新 四二四
はつあさま（初浅間） 新 四二六
はつあした（初旦） 新 四二二
はつあらし（初嵐） 秋 二五六
はつあられ（初霰） 冬 三四九
はつあわせ（初袷） 夏 一四四
はついこう（初衣桁） 新 四三二
はついせ（初伊勢） 新 四四二

はついせおどり（初勢踊） 新 四四六
はついち（初市） 春 六四
はついちば（初市場） 新 四三六
はついなり（初稲荷） 新 四四四
はつう（初卯） 新 四四二
はつうたい（初謡） 新 四四〇
はつうつし（初写し） 新 四三二
はつうま（初午） 春 七〇
はつうまもうで（初午詣） 春 七〇
はつうり（初瓜） 夏 二二三
はつうり（初売） 新 四三六
はつうんざ（初運座） 新 四三五
はつえがお（初笑顔） 新 四三四
はつえくぼ（初靨） 新 四三四
はつえびす（初戎） 新 四四五
はつえびす（初恵比寿） 新 四四五
はつえんま（初閻魔） 新 四四三
はつえんまもうで（初閻魔詣） 新 四四三
はつおよぎ（初泳） 新 四四〇
はつか（初蚊） 春 八四
はつかい（初買） 新 四三六
はつかがみ（初鏡） 新 四三二
はつかじか（初河鹿） 夏 一九一
はつかしょうがつ（二十日正月） 新 四二三
はつがすみ（初霞） 新 四二五
はつがつお（初鰹） 夏 一九九
はつがつお（初松魚） 夏 一九九
はつかづき（二十日月） 秋 二六〇
はつがね（初鐘） 新 四四四
はっかのはな（薄荷の花） 秋 三三五
はつかぼん（二十日盆） 秋 二八六
はつがま（初釜） 新 四四〇
はつかまど（初竈） 新 四二八
はつがみ（初髪） 新 四三二
はつがも（初鴨） 秋 三〇一
はつかもめ（初鷗） 新 四四九
はつがらす（初鴉） 新 四四九
はつがらす（初烏） 新 四四九
はつかり（初雁） 秋 三〇一
はつかわず（初蛙） 春 八三
はつかんのん（初観音） 新 四四三
はづき（葉月） 秋 二四九
はづきじお（葉月潮） 秋 二六六
はつきょうげん（初狂言） 新 四四一
はつくかい（初句会） 新 四三五
はつくじら（初鯨） 冬 四〇二
はつげいこ（初稽古） 新 四四〇
はつげしき（初景色） 新 四二六
はつげしょう（初化粧） 新 四三二
はつげんか（初喧嘩） 新 四三四
はつこうざ（初高座） 新 四四一
はつこうぼう（初弘法） 新 四四三
はつこうろ（初航路） 新 四三五
はつこえ（初声） 新 四四九
はつごおり（初氷） 冬 三五六
はつごち（初東風） 新 四二五
はつごま（初護摩） 新 四四二
はつごよみ（初暦） 新 四三二
はつごんぎょう（初勤行） 新 四四四
はつこんぴら（初金比羅） 新 四四二
はつさぎ（初鷺） 新 四四九
はっさく（八朔） 秋 二四九
はっさくかん（八朔柑） 春 一一二
はっさくぼん（八朔盆） 秋 二四九
はつざくら（初桜） 春 九九
はつざけ（初鮭） 秋 三〇四
はつざらえ（初練習） 新 四四〇
はつさんが（初山河） 新 四二六
はつさんま（初秋刀魚） 秋 三〇三
はつしお（初潮） 秋 二六六
はつしぐれ（初時雨） 冬 三四八
はつしごと（初仕事） 新 四三五
はつじぞう（初地蔵） 新 四四四
はつしののめ（初東雲） 新 四二四
はつしばい（初芝居） 新 四四一
はつしも（初霜） 冬 三四九
はつしゃしん（初写真） 新 四三二
はつじゅぎょう（初授業） 新 四三五
はつしょうらい（初松籟） 新 四二五
はつしんぶん（初新聞） 新 四三二
はつすずめ（初雀） 新 四四九
はつすずり（初硯） 新 四三四
はつずもう（初相撲） 新 四四七
はつずり（初刷） 新 四三二
はつせき（初席） 新 四四一
はつぜみ（初蟬） 夏 二〇五
はつせり（初糶） 新 四三六
はつそうじ（初掃除） 新 四三三
はつぞうし（初草子） 新 四三三
はつそうば（初相場） 新 四三六
はつぞら（初空） 新 四二四
ばった（飛蝗） 秋 二九六
はったい（麨） 夏 一五四
はつだいし（初大師） 新 四四三
はつたうち（初田打） 新 四三七
はつたび（初旅） 新 四三五
はつだより（初便） 新 四三二
ばったんこ 秋 二七一
パッチ 冬 三五九
はつちゃのゆ（初茶湯） 新 四四〇
はつちょう（初蝶） 春 八三
はつちょうらい（初蝶来） 春 八三
はつづき（初月） 秋 二五九
はつづきよ（初月夜） 秋 二五九
はつつくば（初筑波） 新 四二六
はつつづみ（初鼓） 新 四四〇
はつつばめ（初燕） 春 八六
はつづり（初釣） 新 四三七
はつづる（初鶴） 新 四四九
はつてまえ（初点前） 新 四四〇
はつてまえ（初手前） 新 四四〇
はつでんしゃ（初電車） 新 四三五
はつてんじん（初天神） 新 四四四
はつでんわ（初電話） 新 四三二
はつどきょう（初読経） 新 四四四
はつどり（初鶏） 新 四四九
はつどり（初鳥） 新 四四九
はつなき（初泣） 新 四三四
はつなぎ（初凪） 新 四二五
はつなつ（初夏） 夏 一一五
はつに（初荷） 新 四三六
はつにうま（初荷馬） 新 四三六
はつにじ（初虹） 春 四五
はつにっき（初日記） 新 四三二
はつにばた（初荷旗） 新 四三六
はつにぶね（初荷舟） 新 四三六
はつね（初音） 春 八五

はつねざめ（初寝覚） 新 四三二
はつのう（初能） 新 四四〇
はつのり（初乗） 新 四三五
はつのり（初騎） 新 四四一
はつばしょ（初場所） 新 四四七
はつはた（初機） 新 四三七
はつばと（初鳩） 新 四四九
はつはな（初花） 春 九九
はつはらい（初祓） 新 四四二
はつはり（初針） 新 四三三
はつはる（初春） 新 四二〇
はつはるきょうげん（初春狂言） 新 四四一
はつはるしばい（初春芝居） 新 四四一
はつばれ（初晴） 新 四二五
はつひ（初日） 新 四二四
はつひえい（初比叡） 新 四二六
はつひかげ（初日影） 新 四二四
はつびき（初弾） 新 四四〇
はつひこう（初飛行） 新 四三五
はつひこう（初披講） 新 四三五
はつひので（初日の出） 新 四二四
はつひばり（初雲雀） 春 八六
はつプール（初プール） 新 四四〇
はつふぎん（初諷経） 新 四四四
はつふじ（初富士） 新 四二六
はつふで（初筆） 新 四三四
はつふどう（初不動） 新 四四四
はつぶな（初鮒） 春 九〇
はつふゆ（初冬） 冬 三三八
はつぶり（初鰤） 冬 四〇三
はつふろ（初風炉） 夏 一六一
はつぶろ（初風呂） 新 四三一

はつべんてん（初弁天） 新 四四二
はつぼうき（初箒） 新 四三三
はつほうざ（初法座） 新 四四四
はつぼし（初星） 新 四二五
はつぼたる（初螢） 夏 二〇三
はつぼん（初盆） 秋 二八四
はつまいり（初参） 新 四四二
はつまくら（初枕） 新 四三一
はつみくじ（初神籤） 新 四四二
はつみず（初水） 新 四二八
はつみそら（初御空） 新 四二四
はつむかし（初昔） 新 四二一
はつもうで（初詣） 新 四四二
はつもみじ（初紅葉） 秋 三〇八
はつもろこ（初諸子） 春 九〇
はつやくし（初薬師） 新 四四二
はつやしろ（初社） 新 四四二
はつやま（初山） 新 四三七
はつやり（初槍ヶ岳） 新 四二六
はつゆ（初湯） 新 四三一
はつゆい（初結） 新 四三二
はつゆき（初雪） 冬 三五〇
はつゆどの（初湯殿） 新 四三一
はつゆみ（初弓） 新 四四一
はつゆめ（初夢） 新 四三二
はつよあけ（初夜明） 新 四二四
はつらい（初雷） 春 四二
はつりょう（初猟） 秋 二七八
はつりょう（初漁） 新 四三七
はつれっしゃ（初列車） 新 四三五
はつわらい（初笑） 新 四三四
はてのだいし（果の大師） 冬 三九三

はとぶえ（鳩笛） 秋 二七八
はとふく（鳩吹） 秋 二七八
はな（花） 春 九九
はなあおい（花葵） 夏 二四一
はなあしび（花馬酔木） 春 一〇九
はなあぶ（花虻） 春 八四
はなあやめ（花渓蓀） 夏 二一八
はなアロエ（花アロエ） 冬 四〇九
はなあんず（花杏） 春 一一〇
はないか（花烏賊） 春 九一
はないかだ（花筏） 春 一〇〇
はないちげ 春 一一五
はないちご（花苺） 春 一一七
はないばら（花茨） 夏 二二二
はなうぐい（花石斑魚） 春 九〇
はなうつぎ（花空木） 夏 二一八
はなうど（花独活） 夏 二三八
はなうばら（花うばら） 夏 二二二
はなえしき（花会式） 秋 二八九
はなえんどう（花豌豆） 春 一一七
はなおうち（花楝） 夏 二一八
はなおどり（花踊） 春 七六
はながい（花貝） 春 九二
はなかえで（花楓） 春 一一一
はなかがり（花篝） 春 六七
はなかぜ（鼻風邪） 冬 三七八
はなかぼちゃ（花南瓜） 夏 二一七
はながるた（花歌留多） 新 四三八
はなぎぼし（花擬宝珠） 夏 二二九
はなぎり（花桐） 夏 二一八
はなくず（花屑） 春 一〇〇
はなくちなし（花山梔子） 夏 二二〇

はなぐもり（花曇） 春 四四
はなぐり（花栗） 夏 二一二
はなくわい（花慈姑） 夏 二二四
はなごおり（花氷） 夏 一五九
はなござ（花茣蓙） 夏 一五六
はなこぶし（花辛夷） 春 九八
はなごろも（花衣） 春 五三
はなざかり（花盛） 春 九九
はなざくろ（花石榴） 夏 二一二
はなしきみ（花しきみ） 春 一一二
はなしょうがつ（花正月） 新 四二三
はなしょうぶ（花菖蒲） 夏 二三二
はなずおう（紫荊） 春 一〇八
はなすぎ（花過ぎ） 春 三七
はなすすき（花芒） 秋 三一七
はなすもも（花李） 春 一一一
はなたうえ（花田植） 夏 一八二
はなたうし（花田牛） 夏 一八二
はなたちばな（花橘） 夏 二三〇
はなたで（花蓼） 秋 三三〇
はなだね（花種） 春 六〇
はなだねまく（花種蒔く） 春 六〇
はなたばこ（花煙草） 夏 二四五
はなちがめ（放ち亀） 秋 二八八
はなちどり（放ち鳥） 秋 二八八
はなちる（花散る） 春 一〇〇
はなづかれ（花疲れ） 春 六七
はなづきよ（花月夜） 春 九九
はなとうろう（花燈籠） 秋 二八五
はなどき（花時） 春 三六
はなとべら（花海桐） 夏 二二二
はなとり（花鳥） 春 八五

はなな（花菜） 春 一一七
バナナ 夏 二三七
はななあめ（花菜雨） 春 四四
はななし（花梨） 春 一一〇
はななずな（花薺） 春 一〇一
はななすび（花茄子） 夏 二一六
はななづけ（花菜漬） 春 五三
はなにとり（花に鳥） 春 八五
はなにら（花韮） 夏 二四五
はなねむ（花合歓） 夏 二三二
はなの（花野） 秋 二六四
はなのあに（花の兄） 春 九四
はなのあめ（花の雨） 春 四四
はなのあるじ（花の主） 春 六七
はなのかげ（花の蔭） 春 九九
はなのかぜ（花野風） 秋 二六四
はなのくも（花の雲） 春 九九
はなのそで（花の袖） 春 五三
はなのちり（花の塵） 春 一〇〇
はなのとう（花の塔） 春 七五
はなのはら（花野原） 秋 二六四
はなのひえ（花の冷） 春 三六
はなのびと（花野人） 秋 二六四
はなのまく（花の幕） 春 六七
はなのみ（花榲） 春 一一二
はなのみち（花野道） 秋 二六四
はなはっか（花薄荷） 秋 三三五
はなははに（花は葉に） 夏 二二一
はなび（花火） 夏 一六八
はなひいらぎ（花柊） 冬 四一二
はなびえ（花冷） 春 三六
はなびくず（花火屑） 夏 一六八
はなひさご（花瓢） 夏 二四五
はなびと（花人） 春 六六
はなびぶね（花火舟） 夏 一六八
はなびら（花片） 春 九九
はなひる 冬 三七八
はなびわ（花枇杷） 冬 四一二
はなぶね（花舟） 秋 二八六
はなふぶき（花吹雪） 春 一〇〇
はなふよう（花芙蓉） 秋 三一〇
はなぼこり（花埃） 春 九九
はなぼんぼり（花雪洞） 春 六七
はなまつり（花祭） 春 七五
パナマぼう（パナマ帽） 夏 一四七
はなまんどう（花万燈） 秋 二八九
はなみ（花見） 春 六六
はなみござ（花見茣蓙） 春 六七
はなみずき（花水木） 夏 二一九
はなみだい（花見鯛） 春 八九
はなみぢゃや（茶見茶屋） 春 六六
はなみづかれ（花見疲れ） 春 六七
はなみづき（花見月） 春 三三
はなみどう（花御堂） 春 七五
はなみびと（花見人） 春 六六
はなみぶね（花見舟） 春 六六
はなみべんとう（花見弁当） 春 六六
はなミモザ（花ミモザ） 春 一〇九
はなむくげ（花木槿） 秋 三一〇
はなむしろ（花筵） 春 六七
はなむろ（花室） 冬 三八八
はなもち（花餅） 新 四四六
はなもり（花守） 春 六七
はなやつで（花八つ手） 冬 四一二
はなやど（花宿） 冬 三九〇
はなりんご（花林檎） 春 二一一
はなれう（離れ鵜） 夏 一七九
はなれおし（離れ鴛鴦） 冬 四〇〇
はぬけがも（羽抜鴨） 夏 一九三
はぬけどり（羽抜鶏） 夏 一九三
はぬけどり（羽抜鳥） 夏 一九三
はね（羽子） 新 四三九
はねずみ（跳炭） 冬 三七二
はねつき（羽根つき） 新 四三九
はねびより（羽子日和） 新 四三九
ははきぎ（帚木） 夏 二四二
ははこぐさ（母子草） 春 一〇二
ははそ（柞） 秋 三〇八
ははそはら（柞原） 秋 三〇八
ははそもみじ（柞紅葉） 秋 三〇八
ははのひ（母の日） 夏 一八〇
ばばはじめ（馬場始） 新 四四一
はぶ（飯匙倩） 夏 一九二
はぼたん（葉牡丹） 新 四五一
はまおもと（浜万年青） 夏 二四四
はまぐり（蛤） 春 九一
はまぐりじる（蛤汁） 春 九一
はますい（蛤吸） 春 九一
はまちどり（浜千鳥） 冬 四〇〇
はまつゆ（蛤つゆ） 春 九一
はまなし（浜梨） 夏 二四四
はまなす（玫瑰） 夏 二四四
はまにがな 春 一二一
はまのあき（浜の秋） 秋 二六六
はまひがさ（浜日傘） 夏 一六四
はまひるがお（浜昼顔） 夏 二三九
はまぼうふう（浜防風） 春 一二一
はまや（破魔矢） 新 四四三
はまゆう（浜木綿） 夏 二四四
はまゆみ（破魔弓） 新 四四三
はむし（羽虫） 夏 二〇八
はも（鱧） 夏 二〇〇
はもずし（鱧鮨） 夏 二〇〇
はものかわ（鱧の皮） 夏 二〇〇
はや（鮠） 春 九〇
はや 春 九〇
はやつばき（早椿） 冬 四一一
はやぶさ（隼） 冬 四〇二
ばら（薔薇） 夏 二一一
はらあて（腹当） 夏 一四六
ばらずし（ばら鮓） 夏 一四八
パラソル 夏 一四七
ばらのめ（薔薇の芽） 春 九七
はらまき（腹巻） 夏 一四六
はらみうま（孕馬） 春 八二
はらみどり（孕鳥） 春 八八
はらみねこ（孕猫） 春 八二
はららご（鮞） 秋 二六八
パリーさい（巴里祭） 夏 一八六
はりえんじゅのはな（針槐の花） 夏 二一八
はりおこし（針起し） 新 四三三
はりおさめ（針納め） 春 七〇
はりくよう（針供養） 春 七〇
パリさい（巴里祭） 夏 一八六
はりせんぼん（針千本） 冬 四〇四
はりまつり（針祭） 春 七〇
はりまつる（針祀る） 春 七〇
はる（春） 春 三〇

はるあさし（春浅し） 春 三
はるあつし（春暑し） 春 三八
はるあらし（春嵐） 春 四〇
はるあれ（春荒） 春 四〇
はるあわせ（春袷） 春 五二
はるいちばん（春一番） 春 四〇
はるいりひ（春入日） 春 三九
はるうごく（春動く） 春 三三
はるうれい（春愁い） 春 六九
はるおしむ（春惜む） 春 三八
はるおちば（春落葉） 春 一二四
はるおわる（春終る） 春 三四
はるか（春蚊） 春 八四
はるかぜ（春風） 春 四〇
はるぎ（春著） 新 四三二
はるぎ（春着） 新 四三二
はるきざす（春きざす） 春 三二
はるぎぬう（春著縫う） 冬 三六一
はるぐも（春雲） 春 三九
はるくる（春来る） 春 三〇
はるくるる（春暮るる） 春 三八
はるげしき（春景色） 春 三九
はるこ（春蚕） 春 八四
はるこ（春子） 春 一一八
はるコート（春コート） 春 五三
はるこがねばな（春黄金花） 春 九五
はるこそで（春小袖） 新 四三二
はるごたつ（春炬燵） 春 五七
バルコニー 夏 一五五
はるさき（春さき） 春 三〇
はるざきサフラン
（春咲きサフラン） 春 一二四

はるさむ（春寒） 春 三二
はるさめ（春雨） 春 四四
はるしいたけ（春椎茸） 春 一一八
はるしぐれ（春時雨） 春 四四
はるじたく（春支度） 冬 三八〇
はるしも（春霜） 春 四一
はるしゃぎく（波斯菊） 夏 二四二
はるしょうじ（春障子） 春 五六
はるショール（春ショール） 春 五二
はるストーブ（春ストーブ） 春 五七
はるぜみ（春蟬） 春 八五
はるた（春田） 春 四九
はるだいこん（春大根） 春 一一八
はるたうち（春田打） 春 六〇
はるたく（春闌く） 春 三七
はるたけなわ（春闌） 春 三七
はるたつ（春立つ） 春 三〇
はるたのし（春愉し） 春 六六
はるだより（春便り） 冬 三四四
はるだんろ（春暖爐） 春 五七
はるちかし（春近し） 冬 三四四
はるつく（春尽く） 春 三八
はるでみず（春出水） 春 四六
はるとおし（春遠し） 冬 三四四
はるどなり（春隣） 冬 三四四
はるともし（春燈） 春 五六
はるな（春菜） 春 一一八
はるならい（春北風） 春 四〇
はるにばん（春二番） 春 四〇
はるの（春野） 春 四九
はるのあかつき（春の暁） 春 三五
はるのあめ（春の雨） 春 四四

はるのあられ（春の霰） 春 四一
はるのいそ（春の磯） 春 五〇
はるのいろ（春の色） 春 三九
はるのうみ（春の海） 春 五〇
はるのえん（春の園） 春 五〇
はるのか（春の蚊） 春 八四
はるのかぜ（春の風） 春 四〇
はるのかぜ（春の風邪） 春 五二
はるのかも（春の鴨） 春 八八
はるのかり（春の雁） 春 八七
はるのかわ（春の川） 春 四八
はるのくさ（春の草） 春 一〇〇
はるのくも（春の雲） 春 三九
はるのくれ（春の暮） 春 三六
はるのこおり（春の氷） 春 四八
はるのしお（春の潮） 春 五〇
はるのしば（春の芝） 春 一〇一
はるのしも（春の霜） 春 四一
はるのしゅうう（春の驟雨） 春 四四
はるのしょく（春の燭） 春 五六
はるのせみ（春の蟬） 春 八五
はるのその（春の園） 春 五〇
はるのそら（春の空） 春 三九
はるのた（春の田） 春 四九
はるのたけのこ（春の筍） 春 一一八
はるのちり（春の塵） 春 四二
はるのつき（春の月） 春 四三
はるのつち（春の土） 春 四九
はるのとり（春の鳥） 春 八五
はるのどろ（春の泥） 春 四九
はるのなぎさ（春の渚） 春 五〇
はるのなごり（春の名残） 春 三八

はるのなみ（春の波） 春 五〇
はるのなみ（春の浪） 春 五〇
はるのにじ（春の虹） 春 四五
はるのにわ（春の庭） 春 五〇
はるのねこ（春の猫） 春 八二
はるのの（春の野） 春 四九
はるのはえ（春の蠅） 春 八四
はるのはて（春の果） 春 三八
はるのはま（春の浜） 春 五〇
はるのひ（春の日） 春 三九
はるのひ（春の灯） 春 五六
はるのひる（春の昼） 春 三五
はるのふく（春の服） 春 五三
はるのふな（春の鮒） 春 九〇
はるのほし（春の星） 春 四三
はるのみず（春の水） 春 四九
はるのみぞれ（春の霙） 春 四一
はるのやま（春の山） 春 四八
はるのやみ（春の闇） 春 四三
はるのゆうべ（春の夕） 春 三六
はるのゆうやけ（春の夕焼） 春 四三
はるのゆき（春の雪） 春 四一
はるのゆめ（春の夢） 春 六九
はるのよ（春の夜） 春 三六
はるのよい（春の宵） 春 三六
はるのよる（春の夜） 春 三六
はるのらい（春の雷） 春 四五
はるのろ（春の炉） 春 五七
はるはあけぼの（春は曙） 春 三五
はるはやて（春疾風） 春 四〇
はるひ（春日） 春 三九
はるひおけ（春火桶） 春 五七

はるひかげ（春日影） 春 三九
はるひがさ（春日傘） 春 五三
はるひばち（春火鉢） 春 五七
はるふかし（春深し） 春 三七
はるふかむ（春深む） 春 三七
はるぶなつり（春鮒釣） 春 九〇
はるぼうし（春帽子） 春 五二
はるぼこり（春埃） 春 四二
はるまぢか（春まぢか） 冬 三四四
はるまつり（春祭） 春 七四
はるみかん（春蜜柑） 春 一二二
はるみぞれ（春霙） 春 四一
はるめく（春めく） 春 三二
はるやすみ（春休） 春 五一
はるゆうべ（春夕） 春 三六
はるゆやけ（春夕焼） 春 四三
はるをまつ（春を待つ） 冬 三四四
ばれいしょ（馬鈴薯） 秋 三一七
ばれいしょのはな（馬鈴薯の花） 夏 二二七
バレンタインチョコ 春 七一
バレンタインデー 春 七一
バレンタインのひ
（バレンタインの日） 春 七一
ハロウィーン 秋 二九〇
ばん（鷭） 夏 一九六
ばんか（晩夏） 夏 一三一
ばんかこう（晩夏光） 夏 一三一
ハンカチ 夏 一四七
ハンカチーフ 夏 一四七
バンガロー 夏 一六五
ばんぎく（晩菊） 秋 三〇七
ばんぐせつ（万愚節） 春 七四

はんげ（半夏） 夏 一二七
はんげあめ（半夏雨） 夏 一三四
はんげしょう（半夏生） 夏 一二七
はんげそう（半夏草） 夏 一二六
はんけち（手巾） 夏 一四七
はんざき 夏 一九二
パンジー 春 一一四
ばんしゅう（晩秋） 秋 二五五
ばんしゅん（晩春） 春 三四
ばんすずし（晩涼し） 夏 一三〇
はんズボン（半ズボン） 夏 一四六
ばんせいせつ（万聖節） 秋 二九〇
はんせんぎ（半仙戯） 春 六八
はんてん（半纏） 冬 三五七
ばんとう（晩冬） 冬 三四〇
ばんのわらい（鷭の笑い） 夏 一九六
はんみょう（斑猫） 夏 二〇四
ハンモック 夏 一六〇
ばんりょく（万緑） 夏 二二四

ひ

ひあしのぶ（日脚伸ぶ） 冬 三四四
ひいかづち（日雷） 夏 一三八
ひいこいし（火恋し） 秋 二七〇
ヒース 春 一〇九
ビーチコート 夏 一四七
ビーチパラソル 夏 一六四
びいどろ 夏 一六〇
ひいながし（日永し） 春 三五
ピーナッツ 秋 三三一
ピーマン 秋 三一九

ひいみじか（日短） 冬 三四二
ひいらぎうり（柊売） 冬 三九五
ひいらぎさす（柊挿す） 冬 三九五
ひいらぎのはな（柊の花） 冬 四一二
ビール（麦酒） 夏 一五一
ひいれはじめ（火入れ始） 新 四三五
ひえ（冷え） 冬 三四三
ひえいおろし（比叡颪） 冬 三四八
ひおうぎ（射干） 夏 二三二
ひおうぎ（檜扇） 夏 二三二
ひおおい（日覆） 夏 一五八
ひおくり（日送り） 春 七三
ひおけ（火桶） 冬 三七一
ひおぼろ（灯朧） 春 四三
ひか（飛花） 春 一〇〇
ひが（火蛾） 夏 二〇三
ひかげ（日陰） 夏 一三七
ひかげゆき（日陰雪） 春 四七
ひがさ（日傘） 夏 一四七
ひがた（干潟） 春 五〇
ひかみなり（日雷） 夏 一三八
ひがら（日雀） 夏 一九七
ひからかさ（日傘） 夏 一四七
ひかん（避寒） 冬 三八五
ひがん（彼岸） 春 三三
ひがんえ（彼岸会） 春 七三
ひがんこう（彼岸講） 春 七三
ひかんざくら（緋寒桜） 春 九九
ひがんざくら（彼岸桜） 春 九九
ひがんざむ（彼岸寒） 春 三三
ひがんじお（彼岸潮） 春 五〇
ひかんち（避寒地） 冬 三八五

ひがんでら（彼岸寺） 春 七三
ひがんにし（彼岸西風） 春 三九
ひがんばな（彼岸花） 秋 三三〇
ひがんまいり（彼岸参） 春 七三
ひかんやど（避寒宿） 冬 三八五
ひかんりょこう（避寒旅行） 冬 三八五
ひき（蟇） 夏 一九二
ひき（蟾） 夏 一九二
ひきいた（引板） 秋 二七一
ひきがえる（蟇） 夏 一九二
ひきがも（引鴨） 春 八七
ひきぞめ（弾初） 新 四四〇
ひきづる（引鶴） 春 八七
ひきどり（引鳥） 春 八七
ひきやま（曳山） 夏 一八三
ひくいな（緋水鶏） 夏 一九六
ひぐま（羆） 冬 三九八
ひぐらし（蜩） 秋 二九四
ひぐるま（日車） 夏 二四一
ひぐれきゅう（日暮急） 秋 二五三
ひけしつぼ（火消壺） 冬 三七一
ひごい（緋鯉） 夏 一九八
ひこいし（火恋し） 秋 二七〇
ひこうはじめ（飛行始） 新 四三五
ひこばえ（蘖） 春 一一三
ひこばゆる 春 一一三
ひこぼし（彦星） 秋 二八二
ひざかけ（膝掛） 冬 三五八
ひざかり（日盛） 夏 一三六
ひさご（瓢） 秋 三三六
ひさごなえ（瓢苗） 夏 二一六
ひさごのはな（瓢の花） 夏 二四五

ひさじょき（久女忌） 冬 三九七
ひさめ（氷雨） 冬 三四九
ひさゆる（灯冴ゆる） 冬 三四三
ひじき（鹿尾菜） 春 一二三
ひじきがり（ひじき刈） 春 一二三
ひじきほす（ひじき干す） 春 一二三
ひしとる（菱取る） 秋 三三五
ひしのはな（菱の花） 夏 二三三
ひしのみ（菱の実） 秋 三三五
ひしもち（菱餅） 春 七二
ひしもみじ（菱紅葉） 秋 三三五
びじゅつてん（美術展） 秋 二九〇
ひしょ（避暑） 夏 一六二
ひしょきゃく（避暑客） 夏 一六二
ひしょち（避暑地） 夏 一六二
ひしょなごり（避暑名残） 夏 一六二
ひしょのやど（避暑の宿） 夏 一六二
ひすい（翡翠） 夏 一九五
ひた（引板） 秋 二七一
ひだら（干鱈） 春 五四
ひだりだいのひ（左大の火） 秋 二八七
ひつじかる（羊刈る） 春 六二
ひつじくさ（未草） 夏 二二四
ひつじぐも（羊雲） 秋 二五八
ひつじだ（穭田） 秋 二六五
ひつじのけかる（羊の毛刈る） 春 六二
ひつじほ（穭穂） 秋 二六五
ひつまる（日つまる） 冬 三四二
ひでり（旱） 夏 一三六
ひでりぐさ（旱草） 夏 一三六
ひでりぐも（旱雲） 夏 一三六
ひでりそう（日照草） 夏 二四一

ひでりぞら（旱空） 夏 一三六
ひでりだ（旱田） 夏 一三六
ひでりづき（旱月） 夏 一三六
ひでりつゆ（旱梅雨） 夏 一三六
ひでりばた（旱畑） 夏 一三六
ひでりぼし（旱星） 夏 一三六
ひとえ（単衣） 夏 一四四
ひとえおび（単帯） 夏 一四五
ひとえたび（単足袋） 夏 一四五
ひとえばおり（単羽織） 夏 一四五
ひとえばかま（単袴） 夏 一四五
ひとえもの（単物） 夏 一四四
ひとくちなす（一口茄子） 秋 三一七
ひとつば（一つ葉） 夏 二一四
ひとのひ（人の日） 新 四二一
ひとはおつ（一葉落つ） 秋 三一〇
ひとはのあき（一葉の秋） 秋 三一〇
ひとまるき（人丸忌） 春 八〇
ひとまろき（人麿忌） 春 八〇
ひとりが（火取蛾） 夏 二〇三
ひとりしずか（一人静） 春 一〇六
ひとりむし（火取虫） 夏 二〇三
ひとりむし（灯取虫） 夏 二〇三
ひな（雛） 春 七二
ひなあそび（雛遊） 春 七一
ひなあられ（雛あられ） 春 七二
ひないち（雛市） 春 七一
ひなおくり（雛送り） 春 七二
ひなおさめ（雛納） 春 七二
ひなが（日永） 春 三五
ひなかざる（雛飾る） 春 七二
ひながし（雛菓子） 春 七二

ひなぎく（雛菊） 春 一一六
ひなげし（雛罌粟） 夏 二三七
ひなだな（雛店） 春 七二
ひなたぼこ（日向ぼこ） 冬 三七九
ひなたぼこり（日向ぼこり） 冬 三七九
ひなたぼっこ（日向ぼっこ） 冬 三七九
ひなたみず（日向水） 夏 一七〇
ひなだん（雛段） 春 七二
ひなどうぐ（雛道具） 春 七二
ひなながし（雛流し） 春 七二
ひなにんぎょう（雛人形） 春 七二
ひなのえん（雛の宴） 春 七一
ひなのきゃく（雛の客） 春 七二
ひなのさけ（雛の酒） 春 七一
ひなのせっく（雛の節句） 春 七二
ひなのま（雛の間） 春 七一
ひなのやど（雛の宿） 春 七一
ひなまつり（雛祭） 春 七一
ひなわうり（火縄売） 新 四四三
ビニールハウス 冬 三八八
ひねしょうが（陳生姜） 秋 三一七
ひのさかり（日の盛り） 夏 一三六
ひのな（日野菜） 冬 四一六
ひのばん（火の番） 冬 三七三
ひのばんごや（火の番小屋） 冬 三七三
ひのようじん（火の用心） 冬 三七三
ひばち（火鉢） 冬 三七一
ひばり（雲雀） 春 八六
ひばりかご（雲雀籠） 春 八六
ひばりぶえ（雲雀笛） 春 八六
ひび（皹） 冬 三七九
ひびぐすり（ひび薬） 冬 三七九

ひひな 春 七二
ひぼけ（緋木瓜） 春 一〇七
ひまわり（向日葵） 夏 二四一
ひみじか（日短） 冬 三四二
ひむかえ（日迎） 春 七三
ひむし（灯虫） 夏 二〇三
ひむろ（氷室） 夏 一六一
ひむろもり（氷室守） 夏 一六一
ひむろやま（氷室山） 夏 一六一
ひめぐるみ（姫胡桃） 秋 三三一
ひめしゃが（姫著莪） 夏 二三三
ひめじょおん（姫女苑） 夏 二三九
ひめだか（緋目高） 夏 一九八
ひめはじめ（姫始） 新 四三四
ひめはじめ（密事始） 新 四三四
ひめはじめ（飛馬始） 新 四三四
ひめます（姫鱒） 春 九一
ひめゆり（姫百合） 夏 二二八
ひもかがみ（氷面鏡） 冬 三五六
ひもも（緋桃） 春 一〇八
ビヤガーデン 夏 一五一
ひゃくけんき（百閒忌） 春 八一
ひゃくじつこう（百日紅） 夏 二四三
ひゃくじつはく（百日白） 夏 二四三
ひゃくにちそう（百日草） 夏 二四三
ひゃくにんいっしゅ（百人一首） 新 四三八
ひゃくはちのかね（百八の鐘） 冬 三九四
びゃくや（白夜） 夏 一二九
ひやけ（日焼） 夏 一七〇
ひやけご（日焼子） 夏 一七〇
ひやけどめ（日焼止め） 夏 一七〇
ひやざけ（冷酒） 夏 一五一

ひやしあめ（冷し飴） 夏 一五二
ひやしいぬ（冷し犬） 夏 一七七
ひやしうし（冷し牛） 夏 一七七
ひやしうま（冷し馬） 夏 一七七
ひやしうり（冷し瓜） 夏 一五〇
ひやしざけ（冷し酒） 夏 一五一
ひやしすいか（冷し西瓜） 夏 一五〇
ひやしスープ（冷しスープ） 夏 一五〇
ひやしそば（冷しそば） 夏 一四九
ひやしちゅうか（冷し中華） 夏 一四九
ひやしメロン（冷しメロン） 夏 一五〇
ひやじる（冷汁） 夏 一五〇
ヒヤシンス 春 一一四
ひやそうめん（冷索麺） 夏 一四九
ひやそうめん（冷素麺） 夏 一四九
ひやどうふ（冷豆腐） 夏 一四九
ひやひや 秋 二五三
ひやみずうり（冷水売） 夏 一七二
ひやむぎ（冷麦） 夏 一四九
ひややか（冷やか） 秋 二五三
ひややっこ（冷奴） 夏 一四九
ひゅうがみずき（日向水木） 春 一〇九
ひゆる（冷ゆる） 秋 二五三
ひよ（鵯） 秋 二九九
ひょう（雹） 夏 一三四
ひょうか（氷菓） 夏 一五三
ひょうが（氷河） 夏 一四〇
ひょうかい（氷塊） 冬 三五六
ひょうかい（氷海） 冬 三五六
ひょうげん（氷原） 冬 三五六
ひょうこ（氷湖） 冬 三五六
ひょうこう（氷江） 冬 三五六
ひょうしょう（氷晶） 冬 三五二
ひょうじん（氷塵） 冬 三五二
ひょうたん（瓢簞） 秋 三一六
ひょうたんのはな（瓢簞の花） 夏 二四五
ひょうちゅう（氷柱） 夏 一五九
ひょうばく（氷瀑） 冬 三五六
ひょうばん（氷盤） 冬 三五六
びょうぶ（屏風） 冬 三七〇
びょうぶまつり（屏風祭） 夏 一八五
ひょうへき（氷壁） 冬 三五三
びょうやなぎ（未央柳） 夏 二二〇
びようやなぎ（美容柳） 夏 二二〇
ひよけ（日除） 夏 一五八
ひよこ 春 八八
ひよこぐさ（ひよこ草） 春 一〇一
ひよどり（鵯） 秋 二九九
ひょん 秋 三一四
ひょんのふえ（瓢の笛） 秋 三一四
ひょんのみ（瓢の実） 秋 三一四
ひらおよぎ（平泳） 夏 一六三
ひらはっこう（比良八荒） 春 四〇
ひらはっこうのあれ（比良八講の荒れ） 春 四〇
ひるがお（昼顔） 夏 二三九
ひるかじ（昼火事） 冬 三七三
ひるがすみ（昼霞） 春 四二
ひるかわず（昼蛙） 春 八三
ひるづき（昼月） 秋 二五八
ひるね（昼寝） 夏 一七〇
ひるねおき（昼寝起） 夏 一七〇
ひるねざめ（昼寝覚） 夏 一七〇
ひるねびと（昼寝人） 夏 一七〇
ひるねむら（昼寝村） 夏 一七〇
ひるはなび（昼花火） 夏 一六八
ひるむしろ（蛭蓆） 夏 二二五
ひるも（蛭藻） 夏 二二五
ひれざけ（鰭酒） 冬 三六二
ひれんじゃく（緋連雀） 秋 三〇二
ひろしまき（広島忌） 秋 二八三
ひろしまな（広島菜） 冬 四一六
ひわ（鶸） 秋 二九九
びわ（枇杷） 夏 二三六
びわのはな（枇杷の花） 冬 四一二
びわのみ（枇杷の実） 夏 二三六
びわようとう（枇杷葉湯） 夏 一七一
ひをかぞう（日を数う） 冬 三四一
びんちょう（備長） 冬 三七一
びんぼうかずら（貧乏葛） 秋 三二二

ふ

フィギュア 冬 三八七
ふいごまつり（鞴祭） 冬 三九〇
ふうしんし（風信子） 春 一一四
ふうせん（風船） 春 六七
ふうせんうり（風船売） 春 六七
ふうせんかずら（風船葛） 秋 三〇七
ふうせんかずらのみ（風船葛の実） 秋 三〇七
ブーツ 冬 三六〇
ふうりん（風鈴） 夏 一五九
ふうりんうり（風鈴売） 夏 一五九
ふうりんそう（風鈴草） 夏 二四〇
プール 夏 一六三
ふうろそう（風露草） 夏 二三一
ふか（鱶） 冬 四〇三
ふき（蕗） 夏 二二五
ふきい（噴井） 夏 一四一
ふきおき（不器男忌） 春 八〇
ふきがり（蕗刈り） 夏 二二五
ふきかえ（葺替） 春 五八
ふきながし（吹流し） 夏 一八一
ふきのあめ（蕗の雨） 夏 二二五
ふきのしゅうとめ（蕗の姑） 春 九七
ふきのとう（蕗の薹） 春 九七
ふきのは（蕗の葉） 夏 二二五
ふきのめ（蕗の芽） 春 九七
ふきみそ（蕗味噌） 春 五三
ふく 冬 四〇四
ふぐ（河豚） 冬 四〇四
ふぐ（鰒） 冬 四〇四
ふぐあたり（河豚中り） 冬 四〇四
ぶぐかざる（武具飾る） 夏 一八一
ふぐくよう（河豚供養） 春 七四
ふくざさ（福笹） 新 四四五
ふくじゅそう（福寿草） 新 四五〇
ふぐじる（河豚汁） 冬 三六四
ふくだるま（福達磨） 新 四三六
ふくちゃ（福茶） 新 四二八
ふぐちり（河豚ちり） 冬 三六四
ふぐと 冬 四〇四
ふくとじる（河豚汁） 冬 三六四
ふくなべ（福鍋） 新 四二八
ふぐのどく（河豚の毒） 冬 四〇四
ふぐのとも（河豚の友） 冬 三六四
ふくはうち（福は内） 冬 三九五

ふくびき（福引） 新 四三九
ふくぶくろ（福袋） 新 四三六
ふくべ（瓢） 秋 三三六
ふくべだな（瓢棚） 秋 三三六
ふくべのはな（ふくべの花） 夏 二四五
ふくまいり（福詣） 新 四四三
ふくらすずめ（ふくら雀） 冬 四〇二
ふぐりおとし（ふぐり落し） 冬 三九五
ふくろう（梟） 冬 四〇二
ふくろかけ（袋掛） 夏 一七五
ふくろぐも（袋蜘蛛） 夏 二〇八
ふくろづの（袋角） 夏 一九一
ふくわかし（福沸） 新 四二八
ふくわらい（福笑） 新 四三九
ふけい（噴井） 夏 一四一
ふけまち（更待） 秋 二六〇
ふけまちづき（更待月） 秋 二六〇
ふじ（藤） 春 一一〇
ふじあざみ（富士薊） 秋 三三九
ふじおろし（富士颪） 冬 三四八
ふじだな（藤棚） 春 一一〇
ふしづけ（柴漬） 冬 三七七
ふじなみ（藤浪） 春 一一〇
ふじのみ（藤の実） 秋 三三一
ふじのやど（藤の宿） 春 一一〇
ふじのやまびらき（富士の山開） 夏 一八四
ふじばかま（藤袴） 秋 三三七
ふじはみに（藤は実に） 秋 三三一
ふじふさ（藤房） 春 一一〇
ふしまち（臥待） 秋 二六〇
ふしまちづき（臥待月） 秋 二六〇

ふじもうで（富士詣） 夏 一八四
ふすま（衾） 冬 三五七
ふすま（襖） 冬 三七〇
ふすまがみ（襖紙） 冬 三七〇
ふすまとる（襖取る） 夏 一六二
ふそうか（扶桑花） 夏 二四四
ぶそんき（蕪村忌） 冬 三九七
ぶだい（舞鯛） 冬 四〇三
ふだおさめ（札納） 冬 三九四
ふたりしずか（二人静） 春 一〇六
ふつか（二日） 新 四二一
ぶっかきごおり（ぶっかき氷） 夏 一五三
ふつかきゅう（二日灸） 春 七〇
ふつかづき（二日月） 秋 二五九
ふっかつさい（復活祭） 春 七四
ふつかやいと（二日やいと） 春 七〇
ふづき（文月） 秋 二四八
ふっきそう（富貴草） 夏 二三〇
ふっこし（吹越） 冬 三五一
ぶっしょうえ（仏生会） 春 七五
ぶっそうげ（仏桑花） 夏 二四四
ふではじめ（筆始） 新 四三四
ふとい（太藺） 夏 二二三
ぶどう（葡萄） 秋 三三二
ぶどうえん（葡萄園） 秋 二八〇
ぶどうがり（葡萄狩） 秋 二八〇
ぶどうだな（葡萄棚） 秋 三三二
ふところで（懐手） 冬 三七九
ふとばし（太箸） 新 四二九
ふとん（蒲団） 冬 三五七
ふとん（布団） 冬 三五七
ふとんほし（蒲団干し） 冬 三五七

ふとんほす（蒲団干す） 冬 三五七
ふなあそび（舟遊び） 夏 一六四
ふなおこし（船起し） 新 四三七
ふながたのひ（船形の火） 秋 二八七
ふなずし（鮒鮓） 夏 一四八
ふなせがき（舟施餓鬼） 秋 二八五
ふなとうろう（舟燈籠） 秋 二八五
ふなとぎょ（船渡御） 夏 一八三
ふななます（鮒膾） 春 九〇
ふなまつり（船祭） 夏 一八五
ふなむし（舟虫） 夏 二〇二
ふなむし（船蟲） 夏 二〇二
ふなゆさん（舟遊山） 夏 一六四
ふなりょうり（船料理） 夏 一六八
ぶなわかば（橅若葉） 夏 二二二
ふねいけす（船生洲） 夏 一六八
ふぶき（吹雪） 冬 三五〇
ふぶきだまり（吹雪溜り） 冬 三五〇
ふぶく（吹雪く） 冬 三五〇
ふふどり（ふふ鳥） 夏 一九三
ふみえ（踏絵） 春 七〇
ふみこき（芙美子忌） 夏 一九〇
ふみづき（文月） 秋 二四八
ふゆ（冬） 冬 三三八
ふゆあおくさ（冬青草） 冬 四〇九
ふゆあかつき（冬暁） 冬 三四二
ふゆあかね（冬茜） 冬 三四六
ふゆあさし（冬浅し） 冬 三三八
ふゆあたたか（冬暖か） 冬 三三九
ふゆあんご（冬安居） 冬 三九三
ふゆいずみ（冬泉） 冬 三五四
ふゆいちご（冬苺） 冬 四一八

ふゆいりひ（冬入日） 冬 三四六
ふゆうぐいす（冬鶯） 冬 四〇二
ふゆうらら（冬麗） 冬 三四五
ふゆうららか（冬麗か） 冬 三四五
ふゆおしむ（冬惜む） 冬 三四四
ふゆおわる（冬終る） 冬 三四四
ふゆかしわ（冬柏） 冬 四一六
ふゆがすみ（冬霞） 冬 三五二
ふゆがまえ（冬構） 冬 三六九
ふゆかもめ（冬鷗） 冬 四〇一
ふゆがらす（冬鴉） 冬 四〇一
ふゆがれ（冬枯） 冬 四一五
ふゆがわ（冬河） 冬 三五四
ふゆがわら（冬川原） 冬 三五四
ふゆき（冬木） 冬 四一五
ふゆぎ（冬着） 冬 三五七
ふゆぎく（冬菊） 冬 四〇九
ふゆきたる（冬来る） 冬 三三八
ふゆきのめ（冬木の芽） 冬 四一六
ふゆきみち（冬木道） 冬 四一五
ふゆきやど（冬木宿） 冬 四一五
ふゆぎり（冬霧） 冬 三五二
ふゆぎんが（冬銀河） 冬 三四六
ふゆくさ（冬草） 冬 四〇九
ふゆぐも（冬雲） 冬 三四六
ふゆくる（冬来る） 冬 三三八
ふゆげしき（冬景色） 冬 三五三
ふゆこだち（冬木立） 冬 四一五
ふゆごもり（冬籠） 冬 三六九
ふゆごろも（冬衣） 冬 三五七
ふゆざくら（冬桜） 冬 四一三
ふゆざしき（冬座敷） 冬 三六九

ふゆさぶ(冬さぶ) 冬 三四四
ふゆさる(冬去る) 冬 三四四
ふゆざるる(冬ざるる) 冬 三三九
ふゆざれ(冬ざれ) 冬 三三九
ふゆさんが(冬山河) 冬 三五三
ふゆさんご(冬珊瑚) 冬 四〇八
ふゆじお(冬潮) 冬 三五五
ふゆじか(冬鹿) 冬 三九九
ふゆじたく(冬支度) 秋 二七一
ふゆじたく(冬仕度) 秋 二七一
ふゆシャツ(冬シャツ) 冬 三五七
ふゆしょうぐん(冬将軍) 冬 三三八
ふゆしょうじ(冬障子) 冬 三六九
ふゆすすき(冬芒) 冬 四一〇
ふゆすずめ(冬雀) 冬 四〇二
ふゆすみれ(冬菫) 冬 四〇八
ふゆそうび(冬薔薇) 冬 四〇八
ふゆた(冬田) 冬 三五三
ふゆたつ(冬立つ) 冬 三三八
ふゆたのも(冬田面) 冬 三五三
ふゆたみち(冬田道) 冬 三五三
ふゆちかし(冬近し) 秋 二五五
ふゆつく(冬尽く) 冬 三四四
ふゆつばき(冬椿) 冬 四一一
ふゆどなり(冬隣) 秋 二五五
ふゆともし(冬燈) 冬 三六九
ふゆな(冬菜) 冬 四一六
ふゆなかば(冬半ば) 冬 三三九
ふゆなぎ(冬凪) 冬 三四六
ふゆなぎさ(冬渚) 冬 三五五
ふゆなばた(冬菜畑) 冬 四一六
ふゆなみ(冬浪) 冬 三五五
ふゆにいる(冬に入る) 冬 三三八
ふゆにじ(冬虹) 冬 三四九
ふゆぬくし(冬ぬくし) 冬 三三九
ふゆね(冬嶺) 冬 三五三
ふゆねぎ(冬葱) 冬 四一七
ふゆの(冬野) 冬 三五三
ふゆのあさ(冬の朝) 冬 三四二
ふゆのあめ(冬の雨) 冬 三四九
ふゆのいずみ(冬の泉) 冬 三五四
ふゆのいぬ(冬の犬) 冬 三九八
ふゆのいろ(冬の色) 冬 三五三
ふゆのうど(冬の独活) 冬 四一八
ふゆのうみ(冬の海) 冬 三五五
ふゆのうめ(冬の梅) 冬 四一一
ふゆのか(冬の蚊) 冬 四〇六
ふゆのかぜ(冬の風) 冬 三四七
ふゆのかわ(冬の川) 冬 三五四
ふゆのきり(冬の霧) 冬 三五二
ふゆのくさ(冬の草) 冬 四〇九
ふゆのくも(冬の雲) 冬 三四六
ふゆのくれ(冬の暮) 冬 三四三
ふゆのしお(冬の潮) 冬 三五五
ふゆのしか(冬の鹿) 冬 三九九
ふゆのすえ(冬の末) 冬 三四〇
ふゆのせり(冬の芹) 冬 四一八
ふゆのその(冬の園) 冬 三五三
ふゆのそら(冬の空) 冬 三四五
ふゆのた(冬の田) 冬 三五三
ふゆのたき(冬の瀧) 冬 三五六
ふゆのちょう(冬の蝶) 冬 四〇六
ふゆのつき(冬の月) 冬 三四六
ふゆのとり(冬の鳥) 冬 四〇一
ふゆのなごり(冬の名残) 冬 三四四
ふゆのなみ(冬の波) 冬 三五五
ふゆのなみ(冬の濤) 冬 三五五
ふゆのにじ(冬の虹) 冬 三四九
ふゆのにわ(冬の庭) 冬 三五三
ふゆのの(冬の野) 冬 三五三
ふゆのはえ(冬の蠅) 冬 四〇六
ふゆのはじめ(冬の始め) 冬 三三八
ふゆのはち(冬の蜂) 冬 四〇六
ふゆのはて(冬の果) 冬 三四四
ふゆのはま(冬の浜) 冬 三五五
ふゆのはら(冬の原) 冬 三五三
ふゆのひ(冬の日) 冬 三三九
ふゆのひ(冬の灯) 冬 三六九
ふゆのひでり(冬の旱) 冬 三四五
ふゆのぼうし(冬の帽子) 冬 三六〇
ふゆのほし(冬の星) 冬 三四六
ふゆのみず(冬の水) 冬 三五四
ふゆのみち(冬野道) 冬 三五三
ふゆのむし(冬の虫) 冬 四〇五
ふゆのもや(冬の靄) 冬 三五二
ふゆのやま(冬の山) 冬 三五三
ふゆのゆう(冬の夕) 冬 三四三
ふゆのよ(冬の夜) 冬 三四三
ふゆのらい(冬の雷) 冬 三五二
ふゆのわかれ(冬の別れ) 冬 三四四
ふゆばえ(冬蠅) 冬 四〇六
ふゆばおり(冬羽織) 冬 三五七
ふゆばち(冬蜂) 冬 四〇六
ふゆばら(冬薔薇) 冬 四〇八
ふゆはるる(冬晴るる) 冬 三四五
ふゆばれ(冬晴) 冬 三四五
ふゆび(冬日) 冬 三四五
ふゆび(冬灯) 冬 三六九
ふゆひいる(冬日没る) 冬 三四六
ふゆひかげ(冬日影) 冬 三四五
ふゆひでり(冬旱) 冬 三四五
ふゆひなた(冬日向) 冬 三四五
ふゆびより(冬日和) 冬 三四五
ふゆふかし(冬深し) 冬 三四四
ふゆふかむ(冬深む) 冬 三四四
ふゆふく(冬服) 冬 三五七
ふゆぶすま(冬襖) 冬 三七〇
ふゆぼう(冬帽) 冬 三六〇
ふゆぼうし(冬帽子) 冬 三六〇
ふゆぼたん(冬牡丹) 冬 四一一
ふゆめ(冬芽) 冬 四一六
ふゆめく(冬めく) 冬 三三八
ふゆもえ(冬萌) 冬 四一〇
ふゆもみじ(冬紅葉) 冬 四一三
ふゆやかた(冬館) 冬 三六九
ふゆやすみ(冬休) 冬 三八六
ふゆやま(冬山) 冬 三五三
ふゆやまが(冬山家) 冬 三五三
ふゆやまじ(冬山路) 冬 三五三
ふゆゆうひ(冬夕日) 冬 三四六
ふゆゆうやけ(冬夕焼) 冬 三四六
ふゆゆく(冬行く) 冬 三四四
ふゆりんご(冬林檎) 冬 四一八
ふゆわらび(冬蕨) 冬 四〇九
ふよう(芙蓉) 秋 三一〇
ふようかる(芙蓉枯る) 冬 四一六
ふらここ 春 六八
ぶらんこ 春 六八

フランネルそう（フランネル草） 夏 一二三
ぶり（鰤） 冬 四〇三
ぶりあみ（鰤網） 冬 四〇三
フリージア 春 一一五
ぶりおこし（鰤起し） 冬 三五二
ブリザード 冬 三五〇
プリムラ 春 一一五
ふるあわせ（古袷） 夏 一四四
ふるうちわ（古団扇） 夏 一五九
ふるおうぎ（古扇） 夏 一五九
ふるがや（古蚊帳） 夏 一五五
ふるくさ（古草） 春 一〇一
ふるごよみ（古暦） 冬 三八二
ふるす（古巣） 春 八八
ふるせ 秋 三〇三
ふるにっき（古日記） 冬 三八二
ふるびな（古雛） 春 七二
ふるぶすま（古襖） 冬 三七〇
ふるまいみず（振舞水） 夏 一七二
フレーム 冬 三八八
ふろちゃ（風炉茶） 夏 一六一
ブロッケン 夏 一三九
ブロッコリー 冬 四一七
ふろてまえ（風炉手前） 夏 一六一
ふろなごり（風炉名残） 秋 二七一
ふろふき（風呂吹） 冬 三六六
ふろふきだいこん（風呂吹大根） 冬 三六六
ぶんかさい（文化祭） 秋 二九〇
ぶんかのひ（文化の日） 秋 二九〇
ふんすい（噴水） 夏 一六一
ぶんたん（文旦） 秋 三三三
ぶんたんのはな（文旦の花） 夏 二二〇
ぶんぶん 夏 二〇四

へ

ペアー 秋 三三二
へいけぼたる（平家蛍） 夏 二〇三
べいごま（べい独楽） 秋 二八〇
ペーチカ 冬 三七〇
へきろ（壁炉） 冬 三七〇
へくそかずら（屁糞葛） 夏 二四〇
へこきむし（屁放虫） 秋 二九七
ペチカ 冬 三七〇
へちま（糸瓜） 秋 三三六
へちまき（糸瓜忌） 秋 二九二
へちますい（糸瓜水） 秋 二七六
へちまだな（糸瓜棚） 秋 三三六
へちまなえ（糸瓜苗） 夏 二二六
へちまのはな（糸瓜の花） 夏 二四五
へちまのみず（糸瓜の水） 秋 二七六
べったらいち（べったら市） 秋 二八九
べったらづけ（べったら漬） 秋 二八九
へっついねこ（へっつい猫） 冬 三九八
べっとう 冬 三四八
へっぴりむし（へっぴり虫） 秋 二九七
べにがい（紅貝） 春 九二
べにしだれ（紅枝垂） 春 九九
べにたけ（紅茸） 秋 三三六
べにづた（紅蔦） 秋 三〇八
べにつばき（紅椿） 春 九八
べにばなおきなぐさ（紅花翁草） 春 一一五
べにふよう（紅芙蓉） 秋 三一〇
へび（蛇） 夏 一九二
へびあなに（蛇穴に） 秋 三〇四
へびあなにいる（蛇穴に入る） 秋 三〇四
へびいづ（蛇出づ） 春 八二
へびあなをでる（蛇穴を出る） 春 八二
へびいちご（蛇苺） 夏 二三五
へびいちごのはな（蛇苺の花） 春 一一七
ベビーパウダー 夏 一七一
へびきぬをぬぐ（蛇衣を脱ぐ） 夏 一九三
へびのから（蛇の殻） 夏 一九三
へびのころも（蛇の衣） 夏 一九三
へびのまくら（蛇の枕） 夏 二二三
へびのもぬけ（蛇の脱） 夏 一九三
へひりむし（放屁虫） 秋 二九七
べら 夏 二〇〇
べらづり（べら釣） 夏 二〇〇
ベランダ 夏 一五五
べんけいそう（弁慶草） 秋 三〇七
べんとうはじめ（弁当始） 春 七九
ぺんぺんぐさ（ぺんぺん草） 春 一〇一
へんろ（遍路） 春 六八
へんろみち（遍路道） 春 六八
へんろやど（遍路宿） 春 六八

ほ

ほいかご（宝恵籠） 新 四四五
ほいろ（焙炉） 春 六三
ポインセチア 冬 四〇七
ほうおんこう（報恩講） 冬 三九〇
ぼうかんふく（防寒服） 冬 三五七
ほうきぐさ（箒草） 夏 二四二
ほうきぐさ（帚草） 夏 二四二
ほうこぐさ 春 一〇二
ほうさく（豊作） 秋 二七三
ほうしぜみ（法師蟬） 秋 二九四
ぼうしゃき（茅舎忌） 夏 一九〇
ぼうしゅ（芒種） 夏 一二六
ほうじょうえ（放生会） 秋 二八八
ほうじょうがわ（放生川） 秋 二八八
ぼうずめくり（坊主めくり） 新 四三八
ほうせんか（鳳仙花） 秋 三〇五
ほうそう（芳草） 春 一〇〇
ぼうだら（棒鱈） 春 五四
ほうたる 夏 二〇三
ぼうたん 夏 二一一
ほうちょうはじめ（庖丁始） 新 四二八
ほうねん（豊年） 秋 二七三
ぼうねん（忘年） 冬 三八一
ぼうねんかい（忘年会） 冬 三八一
ほうねんき（法然忌） 春 七九
ほうびき（宝引） 新 四三九
ぼうふう（防風） 春 一一二
ぼうふうほる（防風掘る） 春 一一二
ぼうふら（孑孑） 夏 二〇七
ぼうぶら 秋 三三六
ぼうふり 夏 二〇七
ぼうふりむし（棒振虫） 夏 二〇七
ほうよう（放鷹） 冬 三七八
ほうらい（蓬莱） 新 四二七
ほうらいかざり（蓬莱飾） 新 四二七
ほうらいさん（蓬莱山） 新 四二七

ほうらいぼん(蓬莱盆) 新 四二七
ほうらんき(抱卵期) 春 三七
ほえかご(宝恵籠) 新 四四五
ほおおちば(朴落葉) 冬 四一四
ほおかぶり(頬被) 冬 三六〇
ほおかむり(頬冠) 冬 三六〇
ほおざし(頬刺) 春 五四
ほおじろ(頬白) 春 八六
ほおずき(鬼灯) 秋 三三三
ほおずき(鬼燈) 秋 三三三
ほおずきいち(鬼灯市) 夏 一八六
ほおずきいち(酸漿市) 夏 一八六
ほおちる(朴散る) 冬 四一四
ボート 夏 一六四
ボートレース 春 六八
ボーナス 冬 三八〇
ほおのはな(朴の花) 夏 二一九
ほぐさ(穂草) 秋 三三二
ほくり 春 一〇五
ほくろ 春 一〇五
ほげい(捕鯨) 冬 四〇二
ぼけのはな(木瓜の花) 春 一〇七
ぼけのみ(木瓜の実) 秋 三三五
ほこたて(鉾立) 夏 一八五
ほこながし(鉾流し) 夏 一八五
ほこばやし(鉾囃) 夏 一八五
ほこまつり(鉾祭) 夏 一八五
ぼさん(墓参) 秋 二八五
ほしあい(星合) 秋 二八二
ほしあかり(星明かり) 秋 二五六
ほしあらた(星新た) 新 四二五
ほしいい(干飯) 夏 一五一
ほしいも(干藷) 秋 三三八
ほしうめ(干梅) 夏 一五一
ほしがき(干柿) 秋 二六九
ほしがれい(干鰈) 春 五四
ほしくさ(干草) 夏 一七六
ほしさゆる(星冴ゆる) 冬 三四三
ほしぜんまい(干薇) 春 一〇五
ほじそ(穂紫蘇) 秋 三一九
ほしだいこん(干大根) 冬 三七五
ほしだら(乾鱈) 春 五四
ほしづきよ(星月夜) 秋 二五六
ほしづくよ(星月夜) 秋 二五六
ほしとぶ(星飛ぶ) 秋 二五七
ほしな(干菜) 冬 三六七
ほしながる(星流る) 秋 二五七
ほしなじる(干菜汁) 冬 三六七
ほしなつる(干菜吊る) 冬 三六七
ほしなぶろ(干菜風呂) 冬 三六七
ほしなゆ(干菜湯) 冬 三六七
ほしのこい(星の恋) 秋 二八二
ほしのわかれ(星の別) 秋 二八二
ほしぶとん(干蒲団) 冬 三五七
ほしまつり(星祭) 秋 二八二
ほしむかえ(星迎) 秋 二八二
ぼしゅう(暮秋) 秋 二五五
ぼしゅん(暮春) 春 三八
ほしわらび(干蕨) 春 一〇五
ほすすき(穂芒) 秋 三一七
ほた(榾) 冬 三七二
ほだ 冬 三七二
ほたあかり(榾明) 冬 三七二
ぼだいし(菩提子) 秋 三三三
ぼだいじゅのはな(菩提樹の花) 夏 二二〇
ぼだいじゅのみ(菩提樹の実) 秋 三三三
ほたきぐし(火焚串) 冬 三九一
ほたで(穂蓼) 秋 三三〇
ほたてがい(帆立貝) 夏 二〇一
ほたのあるじ(榾の主) 冬 三七二
ほたのやど(榾の宿) 冬 三七二
ほたび(榾火) 冬 三七二
ほたる(蛍) 夏 二〇三
ほたるいか(蛍烏賊) 春 九一
ほたるがり(蛍狩) 夏 一六九
ほたるぐさ(蛍草) 秋 三一九
ほたるねぎ(蛍葱) 夏 一六九
ほたるび(蛍火) 夏 二〇三
ほたるぶくろ(蛍袋) 夏 二四〇
ほたるぼうき(蛍箒) 夏 一六九
ほたるみ(蛍見) 夏 一六九
ほだわら(穂俵) 新 四五〇
ぼたん(牡丹) 夏 二一一
ぼたんえん(牡丹園) 夏 二一一
ぼたんき(牡丹忌) 夏 一八八
ぼたんきょう(牡丹杏) 夏 二三五
ぼたんたきび(牡丹焚火) 冬 三九一
ぼたんなべ(牡丹鍋) 冬 三六五
ぼたんのめ(牡丹の芽) 春 九七
ぼたんゆき(牡丹雪) 春 四一
ほちゅうあみ(捕虫網) 夏 一六五
ほちゅうもう(捕虫網) 夏 一六五
ぼっか(歩荷) 夏 一六四
ぼっち(稲塚) 秋 二七二
ほていあおい(布袋葵) 夏 二二四
ほていそう(布袋草) 夏 二二四
ほていそうのはな(布袋草の花) 夏 二二四
ほとけのざ(仏の座) 春 一〇二
ほととぎす(時鳥) 夏 一九三
ほととぎす(子規) 夏 一九三
ほととぎす(不如帰) 夏 一九三
ほととぎす(杜鵑草) 秋 三一九
ほととぎす(時鳥草) 秋 三一九
ほととぎす(油点草) 秋 三一九
ほととぎすのおとしぶみ(時鳥の落し文) 夏 二〇五
ほねしょうがつ(骨正月) 新 四二三
ポピー 夏 二二七
ほむぎ(穂麦) 夏 二一六
ほや(海鞘) 夏 二〇二
ぼや(小火) 冬 三七三
ぼら(鯔) 秋 三〇三
ぼら(鯔) 秋 三〇三
ぼらつり(鯔釣) 秋 三〇三
ぼらりょう(鯔漁) 秋 三〇三
ほりごたつ(掘炬燵) 冬 三七〇
ぼろいち(ぼろ市) 冬 三九二
ほろがや(母衣蚊帳) 夏 一五五
ほわたとぶ(穂絮飛ぶ) 秋 三三二
ぼん(盆) 秋 二八四
ぼんあれ(盆荒) 秋 二五七
ぼんいち(盆市) 秋 二八三
ぼんえ(盆会) 秋 二八四
ぼんおどり(盆踊) 秋 二八六
ぼんきせい(盆帰省) 秋 二八六
ぼんきた(盆北風) 秋 二五七
ぼんきょうげん(盆狂言) 秋 二八〇

ぼんく(盆供) 秋 二八五
ぼんごち(盆東風) 秋 二五七
ぼんじたく(盆支度) 秋 二八三
ぼんじまい(盆仕舞) 秋 二八六
ぼんしゅう(盆秋) 秋 二四九
ぼんすぎ(盆過) 秋 二八六
ぼんだな(盆棚) 秋 二八三
ほんだわら(馬尾藻) 新 四五〇
ぼんちょうちん(盆提燈) 秋 二八五
ぼんなみ(盆波) 秋 二六六
ぼんのいち(盆の市) 秋 二八三
ぼんのかぜ(盆の風) 秋 二五七
ぼんのつき(盆の月) 秋 二五七
ぼんばい(盆梅) 春 九四
ぼんばな(盆花) 秋 二八三
ぼんばなうり(盆花売) 秋 二八三
ぼんぶね(盆舟) 秋 二八六
ポンポンダリア 夏 二四二
ぼんぼんどり(ぼんぼん鳥) 夏 一九三
ぼんまえ(盆前) 秋 二八三
ほんます(本鱒) 春 九一
ぼんみち(盆路) 秋 二八三
ぼんみまい(盆見舞) 秋 二八五
ぼんやすみ(盆休) 秋 二八六
ぼんやつし(盆やつし) 秋 二八六
ぼんようい(盆用意) 秋 二八三
ぼんれい(盆礼) 秋 二八五

ま

マーガレット 夏 二二六
まあざみ(真薊) 秋 三三〇
まあじ(真鯵) 夏 一九九
まいぞめ(舞初) 新 四四〇
まいたけ(舞茸) 秋 三三六
まいはじめ(舞始) 新 四四〇
まいまい(鼓虫) 夏 二〇五
まいまいむし(まいまい虫) 夏 二〇五
まいわし(真鰯) 秋 三〇三
まうるめ(真潤目) 冬 四〇四
まえづゆ(前梅雨) 夏 一三五
まがも(真鴨) 冬 四〇〇
まきうり(槇売) 秋 二八四
まぎす(真鱚) 夏 二〇〇
まきびらき(牧開) 春 六二
まくず(真葛) 秋 三一七
まくずはら(真葛原) 秋 三一七
まくなぎ(蠛蠓) 夏 二〇七
まくらびょうぶ(枕屏風) 冬 三七〇
まぐろ(鮪) 冬 四〇三
まぐろぶね(鮪船) 冬 四〇三
まぐろりょう(鮪漁) 冬 四〇三
まくわ(真瓜) 夏 二三三
まくわうり(甜瓜) 夏 二三三
まくわうり(真桑瓜) 夏 二三三
まけうま(負馬) 夏 一八四
まけどり(負鶏) 春 七三
まごたろうむし(孫太郎虫) 夏 二一〇
まこも(真菰) 夏 二三三
まこもうま(真菰馬) 秋 二八二
まこもがり(真菰刈) 夏 二三三
まこもむしろ(真菰筵) 秋 二八三
まじ 夏 一三三
ましじみ(真蜆) 春 九二
ましらざけ(猿酒) 秋 二六七
ましらざけ(猴酒) 秋 二六七
ます(鱒) 春 九一
ますいけ(鱒池) 春 九一
マスク 冬 三六〇
マスクメロン 夏 二三七
ますほのすすき(真赭の芒) 秋 三一七
まぜ 夏 一三三
まだい(真鯛) 冬 四〇三
またぎ 冬 三七七
まだこ(真蛸) 夏 二〇一
まつあがり(松上り) 新 四四四
まつあけ(松明) 新 四二二
まついか 春 九一
まつおくり(松送り) 新 四四四
まつおさめ(松納) 新 四四四
まつおちば(松落葉) 夏 二一五
まつかざり(松飾) 新 四二七
まつかざる(松飾る) 冬 三八三
まつけむし(松毛虫) 夏 二〇三
まつすぎ(松過ぎ) 新 四二二
まつぜみ(松蟬) 春 八五
まつたけ(松茸) 秋 三三六
まつたけがり(松茸狩) 秋 二八〇
まつたけめし(松茸飯) 秋 二六八
まつたけやま(松茸山) 秋 三三六
まつたてる(松立てる) 冬 三八三
まつていれ(松手入) 秋 二七〇
まつとる(松取る) 新 四四四
まつなぬか(松七日) 新 四二二
まつなのか(松七日) 新 四二二
まつのうち(松の内) 新 四二二
まつのしん(松の芯) 春 一一三
まつのはな(松の花) 春 一一三
まつのみどり(松の緑) 春 一一三
まつばうど(松葉独活) 春 一二〇
まつばがに(松葉蟹) 冬 四〇五
まつばぼたん(松葉牡丹) 夏 二四一
まつふぐり(松ふぐり) 秋 三二一
まつぼくり(松ぼくり) 秋 三二一
まつむかえ(松迎) 冬 三八三
まつむし(松虫) 秋 二九五
まつむしそう(松虫草) 秋 三一九
まつよい(待宵) 秋 二五九
まつよいぐさ(待宵草) 夏 二三八
まつよいのつき(待宵の月) 秋 二五九
まつり(祭) 夏 一八三
まつりか(茉莉花) 夏 二三〇
まつりぎぬ(祭衣) 夏 一八三
まつりだいこ(祭太鼓) 夏 一八三
まつりちょうちん(祭提灯) 夏 一八三
まつりはも(祭鱧) 夏 二〇〇
まつりぶえ(祭笛) 夏 一八三
まて(馬刀) 春 九二
まてがい(馬刀貝) 春 九二
まてがい(馬蛤貝) 春 九二
まてつき(馬刀突) 春 九二
まてほり(馬刀掘) 春 九二
まとはじめ(的始) 新 四四一
まないたはじめ(俎始) 新 四二八
まなつ(真夏) 夏 一二八
まなづる(真鶴) 冬 四〇一
まびきだいこん(間引大根) 秋 三一九
まびきな(間引菜) 秋 三一九

まひわ（真鶸） 秋 二九九
マフ 冬 三五九
まふゆ（真冬） 冬 三四四
マフラー 冬 三五九
まほや（真海鞘） 夏 二〇二
ままかり 秋 三〇二
ままかりすし（ままかり鮨） 秋 三〇二
まむし（蝮） 夏 一九三
まむし（蝮蛇） 夏 一九三
まむしぐさ（蝮草） 春 一〇六
まむしざけ（蝮酒） 夏 一九三
まむしとり（蝮捕） 夏 一九三
まめうち（豆打） 冬 三九五
まめうつ（豆打つ） 秋 二七五
まめがら（豆殻） 秋 二七五
まめがらさす（豆殻挿す） 冬 三九五
まめたん（豆炭） 冬 三七二
まめのつる（豆の蔓） 春 一一七
まめのはな（豆の花） 春 一一七
まめはざ（豆稲架） 秋 二七五
まめひく（豆引く） 秋 二七五
まめほす（豆干す） 秋 二七五
まめまき（豆蒔き） 夏 一七三
まめまき（豆撒） 冬 三九五
まめむしろ（豆筵） 秋 二七五
まめめいげつ（豆名月） 秋 二六一
まめめし（豆飯） 夏 一四八
まやだし（まや出し） 春 六二
まゆ（繭） 夏 一七七
まゆいち（繭市） 夏 一七七
まゆがい（繭買） 夏 一七七
まゆかき（繭掻） 夏 一七七

まゆだま（繭玉） 新 四四六
まゆだんご（繭団子） 新 四四六
まゆづき（眉月） 秋 二五九
まゆほす（繭干す） 夏 一七七
まよなかのつき（真夜中の月） 秋 二六一
まるめろ（榲桲） 秋 三三四
マルメロ 秋 三三四
まわりどうろう（回り燈籠） 夏 一六七
まんげつ（満月） 秋 二五九
まんざい（万歳） 新 四三七
まんざいたゆう（万歳太夫） 新 四三七
まんさく（金縷梅） 春 九四
まんじゅしゃげ（曼珠沙華） 秋 三一〇
まんだらげ（曼荼羅華） 夏 二四一
まんたろうき（万太郎忌） 夏 一八八
マント 冬 三五九
まんりょう（万両） 新 四五一
まんりょう（萬両） 新 四五一

み

みいでらはんみょう（三井寺斑猫） 秋 二九七
みうめ（実梅） 夏 二三六
みえいく（御影供） 春 七八
みえく 春 七八
みかづき（三日月） 秋 二五九
みかわのはなまつり（三河の花祭） 冬 三九〇
みかわまんざい（三河万歳） 新 四三七
みかん（蜜柑） 冬 四一八
みかんがり（蜜柑狩） 冬 四一八

みかんのはな（蜜柑の花） 夏 二二〇
みかんまき（蜜柑撒） 冬 三九〇
みかんやま（蜜柑山） 冬 四一八
みくさおう（水草生う） 春 一〇七
みくさのはな（水草の花） 夏 二二三
みくさもみじ（水草紅葉） 秋 三三五
みこし（神輿） 夏 一八三
みこしかき（神輿舁） 夏 一八三
みこしぐさ（神輿草） 夏 三三一
みこしとぎょ（神輿渡御） 夏 一八三
みざくら（実桜） 夏 二一一
みざくろ（実柘榴） 秋 三三四
みざけ（身酒） 冬 三六二
みざんしょう（実山椒） 秋 三二四
みじかよ（短夜） 夏 一二八
みしまき（三島忌） 冬 三九七
みずあそび（水遊び） 夏 一六六
みずあたり（水中り） 夏 一七三
みずあらそい（水争い） 夏 一七八
みずいくさ（水戦） 夏 一六六
みずうちわ（水団扇） 夏 一五九
みずうつ（水打つ） 夏 一六一
みずうり（水売） 夏 一七二
みずがい（水貝） 夏 一四八
みずかげろう（水陽炎） 春 四二
みずかたき（水敵） 夏 一七八
みずからくり（水からくり） 夏 一六七
みずからくり（水絡繰） 夏 一六七
みずかる（水涸る） 冬 三五四
みずぎ（水着） 夏 一四七
みずきょうげん（水狂言） 夏 一六五
みずくさ（水草） 春 一〇七

みずくさかる（水草枯る） 冬 四一〇
みずくさのはな（水草の花） 夏 二二三
みずくさもみじ（水草紅葉） 秋 三三五
みずけむる（水烟る） 冬 三五四
みずげんか（水喧嘩） 夏 一七八
みずすまし 夏 二〇五
みずすまし（水澄） 夏 二〇五
みずすむ（水澄む） 秋 二六四
みずぜり（水芹） 春 一〇一
みずた（水田） 夏 一七四
みずだこ（水蛸） 夏 二〇一
みずっぱな（水っ洟） 冬 三七八
みずでっぽう（水鉄砲） 夏 一六六
みずとり（水鳥） 冬 三九九
みずどりのす（水鳥の巣） 夏 一九六
みずな（水菜） 春 一一八
みずぬすむ（水盗む） 夏 一七八
みずぬるむ（水温む） 春 四九
みずのあき（水の秋） 秋 二六四
みずのはる（水の春） 春 四九
みずばしょう（水芭蕉） 夏 二三三
みずばな（水洟） 冬 三七八
みずはも（水鱧） 夏 一四八
みずばん（水番） 夏 一七八
みずばんごや（水番小屋） 夏 一七八
みずひきそう（水引草） 秋 三一八
みずひきのはな（水引の花） 秋 三一八
みずまく（水撒く） 夏 一六一
みずまもる（水守る） 夏 一七八
みすみそう（三角草） 春 九六
みずみまい（水見舞） 夏 一四一

みずむし（水虫） 夏 一七二
みずもち（水餅） 冬 三六一
みずゆき（水雪） 冬 三五〇
みずようかん（水羊羹） 夏 一五四
みせばや 秋 三一八
みせんりょう（実千両） 新 四五一
みそかそば（晦日蕎麦） 冬 三八四
みそぎ 夏 一八七
みそさざい（三十三才） 冬 四〇二
みそさざい（鷦鷯） 冬 四〇二
みぞさらえ（溝浚） 夏 一七四
みぞそば（溝蕎麦） 秋 三三〇
みそだま（味噌玉） 春 五六
みそつき（味噌搗） 冬 三七六
みそつくる（味噌作る） 冬 三七六
みそはぎ（千屈菜） 秋 三一八
みぞはぎ（溝萩） 秋 三一八
みそまめにる（味噌豆煮る） 春 五六
みぞるる（霙るる） 冬 三四九
みぞれ（霙） 冬 三四九
みちいつる（道冱つる） 冬 三五五
みちおしえ（道教え） 夏 二〇四
みちかる（路刈る） 秋 二八三
みちしるべ（道しるべ） 夏 二〇四
みちなぎ（路薙） 秋 二八三
みっか（三日） 新 四二一
みっかのつき（三ッ日の月） 秋 二五九
みっかはつ（三日果つ） 新 四二一
みっかはや（三日早や） 新 四二一
みつば 春 一一九
みつばあけび（三葉通草） 春 一二一
みつばぜり（三葉芹） 春 一一九

みつばち（蜜蜂） 春 八四
みつまたのはな（三椏の花） 春 九八
みつまめ（蜜豆） 夏 一五三
みどり 夏 一一一
みどりさす（緑さす） 夏 一一一
みどりたつ（緑立つ） 春 一一三
みどりつむ（緑摘む） 春 一一三
みどりのひ（みどりの日） 春 七七
ミトン 冬 三五九
みな 春 九三
みなくちまつり（水口祭） 春 七七
みなしぐり（虚栗） 秋 三三一
みなしご（みなし子） 秋 二九九
みなづき（水無月） 夏 一二七
みなづきはらえ（水無月祓） 夏 一八七
みなづきはらえ（六月祓） 夏 一八七
みなみ（南風） 夏 一三三
みなみかぜ（南風） 夏 一三三
みなんてん（実南天） 冬 四一三
みにしむ（身に入む） 秋 二五四
ミニトマト 夏 一三三
みねぐも（峰雲） 夏 一三一
みのむし（蓑虫） 秋 二九九
みのむしなく（蓑虫鳴く） 秋 二九九
みばしょう（実芭蕉） 夏 二三七
みぶきょうげん（壬生狂言） 春 七六
みぶねんぶつ（壬生念仏） 春 七六
みぶのかね（壬生の鉦） 春 七六
みぶまつり（壬生祭） 春 七六
みまんりょう（実万両） 新 四五一
みみず（蚯蚓） 夏 二〇九
みみずく（木菟） 冬 四〇二

みみずなく（蚯蚓鳴く） 秋 二九九
みみぶくろ（耳袋） 冬 三六〇
みむらさき（実紫） 秋 三三四
ミモザ 春 一〇九
ミモザのはな（ミモザの花） 夏 二一八
みやこおどり（都踊） 春 七六
みやこどり（都鳥） 冬 四〇〇
みやこわすれ（都忘れ） 春 一一六
みやこをどり（都をどり） 春 七六
みやずもう（宮相撲） 秋 二八〇
みやまおだまき（深山苧環） 春 一一六
みやまりんどう（深山龍胆） 秋 三一八
みゆき（深雪） 冬 三五〇
みゆきばれ（深雪晴） 冬 三五一
みょうがじる（茗荷汁） 夏 二三四
みょうがたけ（茗荷竹） 春 一一〇
みょうがのこ（茗荷の子） 夏 二三四
みょうがのはな（茗荷の花） 秋 三三五
みょうほうのひ（妙法の火） 秋 二八七
みら 春 一一九
ミント 秋 三三五
みんみんぜみ（みんみん蟬） 夏 二〇五

む

むいか（六日） 新 四二二
むいかづめ（六日爪） 新 四四五
むいかどし（六日年） 新 四二二
ムーンライト 秋 二五八
むかえがね（迎鐘） 秋 二八四
むかえづゆ（迎え梅雨） 夏 一三五
むかえび（迎火） 秋 二八四

むかご（零余子） 秋 三三八
むかごとり（零余子採り） 秋 三三八
むかごめし（零余子飯） 秋 二六八
むかで（百足虫） 夏 二〇九
むかで（百足） 夏 二〇九
むかで（蜈蚣） 夏 二〇九
むぎ（麦） 夏 二二六
むぎあおむ（麦青む） 春 一一一
むぎあき（麦秋） 夏 二二六
むぎうち（麦打） 夏 一七五
むぎうらし（麦熟らし） 夏 一九五
むぎから（麦殻） 夏 一七五
むぎかり（麦刈） 夏 一七五
むぎぐるま（麦車） 夏 一七五
むぎこうせん（麦香煎） 夏 一五四
むぎこがし（麦こがし） 夏 一五四
むぎこき（麦扱） 夏 一七五
むぎちゃ（麦茶） 夏 一五二
むぎとろ（麦とろ） 秋 二六八
むぎのあき（麦の秋） 夏 二二六
むぎのほ（麦の穂） 夏 二二六
むぎのめ（麦の芽） 冬 四一八
むぎぶえ（麦笛） 夏 一六九
むぎふみ（麦踏） 春 五九
むぎほこり（麦埃） 夏 一七五
むぎめし（麦飯） 夏 一四八
むぎやき（麦焼） 夏 一七五
むぎゆ（麦湯） 夏 一五二
むぎわら（麦藁） 夏 一七五
むぎわらうま（麦藁馬） 夏 一七五
むぎわらかご（麦藁籠） 夏 一七五
むぎわらとんぼ（麦藁蜻蛉） 秋 二九四

むぎわらぼうし（麦藁帽子） 夏 一四七
むく（椋鳥） 秋 三〇〇
むくげ（木槿） 秋 三一〇
むくげがき（木槿垣） 秋 三一〇
むくどり（椋鳥） 秋 三〇〇
むくのみ（椋の実） 秋 三一二
むぐら（葎） 夏 二三九
むぐりどり（潜り鳥） 冬 四〇〇
むくろじ（無患子） 秋 三一三
むげつ（無月） 秋 二五九
むこぎ 春 九六
むささび 冬 三九九
むささび（鼯鼠） 冬 三九九
むし（虫） 秋 二九五
むし（蟲） 秋 二九五
むしあつい（蒸暑い） 夏 一二九
むしうり（虫売） 秋 二七八
むしおくり（虫送） 秋 二八七
むしおゆ（虫老ゆ） 冬 四〇五
むしかがり（虫篝） 夏 一七八
むしかご（虫籠） 秋 二七八
むしがれい（蒸鰈） 春 五四
むしくいば（虫喰葉） 夏 二四六
むしこ（虫籠） 秋 二七八
むしさされ（虫刺され） 夏 一五五
むししぐれ（虫時雨） 秋 二九五
むしすだく（蟲すだく） 秋 二九五
むしたいまつ（虫松明） 秋 二八七
むしだし（虫出） 春 四二
むしだしのらい（虫出の雷） 春 四二
むしたゆる（虫絶ゆる） 冬 四〇五
むじな（貉） 冬 三九九

むしのあき（虫の秋） 秋 二九五
むしのこえ（虫の声） 秋 二九五
むしのね（虫の音） 秋 二九五
むしのやみ（虫の闇） 秋 二九五
むしのよる（虫の夜） 秋 二九五
むしはらい（蟲払い） 夏 一六一
むしぼし（虫干） 夏 一六一
むしまんじゅう（蒸饅頭） 冬 三六四
むしゃにんぎょう（武者人形） 夏 一八一
むしろおる（莚織る） 冬 三七六
むすびこぶ（結びこぶ） 新 四三〇
むすびこんぶ（結昆布） 新 四三〇
むすびば（結葉） 夏 二一四
むせつ（霧雪） 冬 三五二
むつき（睦月） 新 四二〇
むつのはな（六花） 冬 三五〇
むつみこんぶ（睦み昆布） 新 四三〇
むてき（霧笛） 夏 一三八
むひょう（霧氷） 冬 三五二
むべ（郁子） 秋 三一六
むべがき（郁子垣） 秋 三一六
むべのはな（郁子の花） 春 一一二
むらさきけまん（紫華鬘） 春 一〇六
むらさきしきぶ（紫式部） 秋 三一四
むらさきしじみ（紫蜆） 春 九二
むらさきはしどい（紫丁香花） 春 一〇九
むらしぐれ（村時雨） 冬 三四八
むらしばい（村芝居） 秋 二八〇
むろあじ（室鯵） 夏 一九九
むろざき（室咲） 冬 四〇七
むろのうめ（室の梅） 冬 四〇七
むろのはな（室の花） 冬 四〇七

め

めいげつ（名月） 秋 二五九
めいげつ（明月） 秋 二五九
めいげつそう（明月草） 夏 二三八
めいじせつ（明治節） 秋 二九〇
めうど（芽独活） 春 一一九
メーストーム 夏 一三三
メーデー 春 七八
メーデーか（メーデー歌） 春 七八
めかりどき（目借時） 春 三七
めかりぶね（和布刈舟） 春 六四
めざさ（芽笹） 夏 二一五
めざし（目刺） 春 五四
めさんしょ（芽山椒） 春 九五
めしざる（飯笊） 夏 一五一
めしすゆ（飯饐ゆ） 夏 一五〇
めしのあせ（飯の汗） 夏 一五〇
めしょうがつ（女正月） 新 四二三
めじろ（目白） 夏 一九七
めだか（目高） 夏 一九八
めだち（芽立ち） 春 九五
めばり（目貼） 冬 三六八
めばりはぐ（目貼剝ぐ） 春 五七
めばる（眼張） 春 八九
めばるせん（目張船） 春 八九
めひしば（雌日芝） 秋 三一二
めぶく（芽吹く） 春 九五
めまとい 夏 二〇七
メロン 夏 二三七
めんたいぎょ（明太魚） 冬 四〇三
めんようのけかる（緬羊の毛刈る） 春 六二

も

もうこかぜ（蒙古風） 春 四二
もうふ（毛布） 冬 三五八
モーターボート 夏 一六四
もかり（藻刈） 夏 一七七
もかりがま（藻刈鎌） 夏 一七七
もかりざお（藻刈棹） 夏 一七七
もがりぶえ（虎落笛） 冬 三四八
もかりぶね（藻刈船） 夏 一七七
もぐさ（艾） 春 一〇二
もくしゅんぎく（木春菊） 夏 二二六
もくせい（木犀） 秋 三一〇
もくたん（木炭） 冬 三七一
もぐり（潜り） 夏 一六三
もくれん（木蓮） 春 一〇八
もじずり 夏 二三〇
もじずりそう（文字摺草） 夏 二三〇
もず（鵙） 秋 一九九
もず（百舌鳥） 秋 一九九
もずく（海雲） 春 一二二
もずく（水雲） 春 一二二
もずく（海蘊） 春 一二二
もずくうり（海雲売） 春 一二二
もずくかご（海雲籠） 春 一二二
もずくとり（海雲採） 春 一二二
もずのはやにえ（鵙の早贄） 秋 一九九
もずびより（鵙日和） 秋 一九九
もだたみ（藻畳） 夏 二二五

もち（餅） 冬 三六一
もちあい（餅間） 新 四二三
もちあわい（餅あわい） 新 四二三
もちかがみ（餅鏡） 新 四二七
もちくさ（餅草） 春 一〇二
もちくばり（餅配） 冬 三八三
もちしょうがつ（望正月） 新 四二三
もちぞうすい（餅雑炊） 冬 三六三
もちつき（餅搗） 冬 三八三
もちづき（望月） 秋 二五九
もちなか（餅中） 新 四二三
もちのかび（餅の黴） 冬 三六一
もちのかゆ（望の粥） 新 四四六
もちのしお（望の潮） 秋 二六六
もちのはな（黐の花） 夏 二二〇
もちのよ（望の夜） 秋 二五九
もちばな（餅花） 新 四四六
もどりづゆ（戻り梅雨） 夏 一三五
もどりばな（戻り花） 冬 四二二
ものだね（物種） 春 六〇
もののめ（ものの芽） 春 九五
ものはな（藻の花） 夏 二二三
ものめ（物芽） 春 九五
もみ（籾） 秋 二七三
もみいづる（紅葉いづる） 秋 三〇八
もみえり（籾選） 春 六〇
もみおろす（籾おろす） 春 六〇
もみがらやく（籾殻焼く） 秋 二七三
もみじ（紅葉） 秋 三〇八
もみじ（黄葉） 秋 三〇八
もみじあおい（紅葉葵） 夏 二四一
もみじかつちる（紅葉かつ散る） 秋 三〇九
もみじがり（紅葉狩） 秋 二八一
もみじぢゃや（紅葉茶屋） 秋 二八一
もみじちる（紅葉散る） 冬 四一三
もみじちりそむる（紅葉散りそむる） 冬 四一三
もみじなべ（紅葉鍋） 冬 三六五
もみじのにしき（紅葉の錦） 秋 二六五
もみじば（紅葉葉） 秋 三〇八
もみじぶな（紅葉鮒） 秋 三〇二
もみじみ（紅葉見） 秋 二八一
もみじやま（紅葉山） 秋 二八一
もみすり（籾磨） 秋 二七三
もみすり（籾摺） 秋 二七三
もみつける（籾浸ける） 春 六〇
もみぶくろ（籾袋） 秋 二七三
もみぼこり（籾埃） 秋 二七三
もみまく（籾蒔く） 春 六〇
もみむしろ（籾筵） 秋 二七三
ももちどり（百千鳥） 春 八五
もものさけ（桃の酒） 春 七二
もものせっく（桃の節句） 春 七一
もものはな（桃の花） 春 一〇八
もものひ（桃の日） 春 七一
もものみ（桃の実） 秋 二三二
ももひき（股引） 冬 三五九
ももふく（桃吹く） 秋 三三五
もやしうど（もやし独活） 春 一一九
もゆる（炎ゆる） 夏 一三〇
もりたけき（守武忌） 秋 一九一
もろうずら（諸鶉） 秋 三〇〇
もろかずら（諸鬘） 夏 一八四
もろこ（諸子） 春 九〇
もろこ（柳諸子） 春 九〇
もろこざかな（諸子魚） 春 九〇
もろこし 秋 三三〇
もろこづり（諸子釣） 春 九〇
もろはだぬぎ（諸肌脱） 夏 一七〇
もんしろちょう（紋白蝶） 春 八四

や

やいとばな（灸花） 夏 二四〇
やえい（野営） 夏 一六五
やえざくら（八重桜） 春 九九
やえつばき（八重椿） 春 九八
やえむぐら（八重葎） 夏 二三九
やえやまぶき（八重山吹） 春 一一〇
やかいそう（夜会草） 秋 三〇五
やがく（夜学） 秋 二七九
やがくし（夜学子） 秋 二七九
やがっこう（夜学校） 秋 二七九
やきあなご（焼穴子） 夏 二〇〇
やきいも（焼芋） 冬 三六三
やきいもや（焼芋屋） 冬 三六三
やきかん（焼燗） 冬 三六一
やきさざえ（焼栄螺） 春 九二
やきなす（焼茄子） 夏 一五〇
やきの（焼野） 春 五九
やきはたつくる（焼畑つくる） 春 五九
やきはまぐり（焼蛤） 春 九一
やぎょう（夜業） 秋 二七七
やくおとし（厄落） 冬 三九五
やくそうつみ（薬草摘） 夏 一八二
やくそうほる（薬草掘る） 秋 二七六
やくはらい（厄払） 冬 三九五
やくる（灼くる） 夏 一三〇
やぐるま（矢車） 夏 一八一
やぐるまぎく（矢車菊） 夏 二二七
やぐるまそう（矢車草） 夏 二二七
やけい（夜警） 冬 三七三
やけいわ（灼岩） 夏 一三〇
やけの（焼野） 春 四八
やけやま（焼山） 春 五九
やご 夏 二〇六
やこうちゅう（夜光虫） 夏 二〇二
やさいたねまく（野菜種蒔く） 春 六〇
やしょく（夜食） 秋 二六九
やすで（馬陸） 夏 二〇九
やすめだ（休め田） 冬 三五三
やすらいまつり（安良居祭） 春 七六
やちぐさ（八千草） 秋 三一六
やつがしら（八ツ頭） 新 四三〇
やつでのはな（八手の花） 冬 四一二
やつでのはな（八ツ手の花） 冬 四一二
やとう 夏 二〇三
やどかり（宿借） 春 九三
やな（魚簗） 夏 一七九
やなかける（魚簗掛ける） 夏 一七九
やながわなべ（柳川鍋） 夏 一四九
やなぎ（柳） 春 一一三
やなぎおちば（柳落葉） 秋 三〇九
やなぎちる（柳散る） 秋 三〇九
やなぎのいと（柳の糸） 春 一一三
やなぎのはな（柳の花） 春 一一三
やなぎのめ（柳の芽） 春 九六

やなぎのわた(柳の絮) 春 一一三
やなぎはえ(柳鮠) 春 九〇
やなぎばし(柳箸) 新 四二九
やなせ(簗瀬) 夏 一七九
やなばん(魚簗番) 夏 一七九
やなもり(簗守) 夏 一七九
やねがえ(屋根替) 春 五八
やねつくろう(屋根繕う) 春 五八
やねつらら(屋根氷柱) 冬 三五六
やねなだれ(屋根雪崩) 春 四六
やねふく(屋根葺く) 春 五八
やばい(野梅) 春 九四
やぶいり(藪入) 新 四四七
やぶいり(養父入) 新 四四七
やぶうぐいす(藪鶯) 冬 四〇二
やぶか(藪蚊) 夏 二〇七
やぶからし(藪枯らし) 秋 三三二
やぶこうじ(藪柑子) 冬 四〇九
やぶじらみ(藪虱) 秋 三三三
やぶつばき(藪椿) 春 九八
やぶまき(藪巻) 冬 三六八
やぶれがさ(破れ傘) 夏 二三二
やまあざみ(山薊) 秋 三三〇
やまあそび(山遊) 春 六五
やまあり(山蟻) 夏 二〇七
やまいり(山入り) 新 四三七
やまうど(山独活) 春 一一九
やまがいこ(山蚕) 夏 一七七
やまかがし(山棟蛇) 夏 一九二
やまがさ(山笠) 夏 一八三
やまがに(山蟹) 夏 二〇二
やまがら(山雀) 夏 一九七

やまかれる(山枯れる) 冬 三五四
やまぎり(山霧) 夏 一三八
やまくじら(山鯨) 冬 三六五
やまぐわ(山桑) 春 一一三
やまこ(山蚕) 夏 一七七
やまごや(山小屋) 夏 一六四
やまざくら(山桜) 春 九九
やまさめる(山覚める) 春 四八
やましたたり(山滴り) 夏 一四〇
やましみず(山清水) 夏 一四一
やますむ(山澄む) 秋 二六五
やませ(山背風) 夏 一三七
やまぢさ(山苣) 夏 二二九
やまつつじ(山躑躅) 春 一一〇
やまつばき(山椿) 春 九八
やまといも(大和芋) 秋 三二八
やまどり(山鳥) 春 八六
やまなし(山梨) 秋 三三二
やまなし(鹿梨) 秋 三三二
やまねむる(山眠る) 冬 三五四
やまのあき(山の秋) 秋 二六五
やまのいも(山の芋) 秋 三二八
やまはじめ(山始) 新 四三七
やまはじめ(山初) 新 四三七
やまび(山火) 春 五九
やまびらき(山開) 夏 一八四
やまびる(山蒜) 春 一〇三
やまぶき(山吹) 春 一一〇
やまふじ(山藤) 春 一一〇
やまぶどう(山葡萄) 秋 三三五
やまぼうしのはな(山法師の花) 夏 二一九
やまぼくち(山火口薊) 秋 三三〇

やまほととぎす(山時鳥) 夏 一九三
やままゆ(山繭) 夏 一七七
やままゆ(天蚕) 夏 一七七
やまめ(山女) 夏 一九八
やまめ(山女魚) 夏 一九八
やまめぐし(山女串) 夏 一九八
やまめつり(山女釣) 夏 一九八
やまもも(楊梅) 夏 二三六
やまやき(山焼) 春 五九
やまゆり(山百合) 夏 二二八
やまよそおう(山粧う) 秋 二六五
やまわかば(山若葉) 夏 二二二
やまわらう(山笑う) 春 四八
やみじる(闇汁) 冬 三六五
やみじるえ(闇汁会) 冬 三六五
やみなべ(闇鍋) 冬 三六五
やみほたる(病螢) 秋 二九八
やみよじる(闇夜汁) 冬 三六五
やもり(守宮) 夏 一九二
ややさむ(漸寒) 秋 二五三
ややさむし(やや寒し) 秋 二五三
やよい(弥生) 春 三三
やよいじん(弥生尽) 春 三八
やよいの(弥生野) 春 四九
やよいふじ(弥生富士) 春 四八
やりいか(やり烏賊) 夏 二〇一
やりばね(遣羽子) 新 四三九
やればしょう(破芭蕉) 秋 三三五
やれはす(敗荷) 秋 三三五
やれはす(破蓮) 秋 三三五
やれはちす(破蓮) 秋 三三五
やんま(蜻蜓) 秋 二九四

ゆ

ゆいぞめ(結初) 新 四三二
ゆうあじ(夕鯵) 夏 一九九
ゆうあしび(夕葦火) 秋 二七六
ゆうがお(夕顔) 夏 二四五
ゆうがおだな(夕顔棚) 夏 二四五
ゆうがおのはな(夕顔の花) 夏 二四五
ゆうがおべっとう(夕顔別当) 夏 二〇三
ゆうかじか(夕河鹿) 夏 一九一
ゆうがすみ(夕霞) 春 四二
ゆうがとう(誘蛾燈) 夏 一七八
ゆうかわず(夕蛙) 春 八三
ゆうぎり(夕霧) 秋 二六三
ゆうぎりき(夕霧忌) 新 四四八
ゆうげしょう(夕化粧) 秋 三〇五
ゆうこくき(憂国忌) 冬 三九七
ゆうごち(夕東風) 春 三九
ゆうざくら(夕桜) 春 九九
ゆうしぐれ(夕時雨) 冬 三四八
ゆうじみ(夕凍) 冬 三四三
ゆうすげ(夕菅) 夏 二三八
ゆうすずし(夕涼し) 夏 一三〇
ゆうすずみ(夕涼み) 夏 一六八
ゆうせん(遊船) 夏 一六四
ゆうだち(夕立) 夏 一三八
ゆうちどり(夕千鳥) 冬 四〇〇
ゆうづき(夕月) 秋 二五八
ゆうづくよ(夕月夜) 秋 二五八
ゆうつばめ(夕燕) 春 八六
ゆうながし(夕永し) 春 三五

ゆうなぎ(夕凪) 夏 一三九
ゆうにじ(夕虹) 夏 一三五
ゆうのわき(夕野分) 秋 二六一
ゆうはしい(夕端居) 夏 一七一
ゆうひぐらし(夕蜩) 秋 二九四
ゆうやけ(夕焼) 夏 一三六
ゆうやけぐも(夕焼雲) 夏 一三六
ゆか(川床) 夏 一六八
ゆか(床) 夏 一六八
ゆかすずみ(川床涼み) 夏 一六八
ゆかすずみ(床涼み) 夏 一六八
ゆかた(浴衣) 夏 一四六
ゆかたがけ(浴衣掛) 夏 一四六
ゆかたびら(湯帷子) 夏 一四六
ゆがま(柚釜) 秋 二六九
ゆき(雪) 冬 三五〇
ゆきあかり(雪明り) 冬 三五〇
ゆきあられ(雪あられ) 冬 三四九
ゆきあんご(雪安居) 冬 三九三
ゆきうさぎ(雪兎) 冬 三八七
ゆきおこし(雪起し) 冬 三五二
ゆきおに(雪鬼) 冬 三五一
ゆきおれ(雪折) 冬 四一五
ゆきおろし(雪下ろし) 冬 三七四
ゆきおろし(雪卸) 冬 三七四
ゆきおんな(雪女) 冬 三五一
ゆきかき(雪掻) 冬 三七四
ゆきがき(雪垣) 冬 三六七
ゆきかきシャベル(雪掻シャベル) 冬 三七四
ゆきがこい(雪囲) 冬 三六七
ゆきがこいとく(雪囲解く) 春 五八

ゆきがた(雪形) 春 四七
ゆきがっせん(雪合戦) 冬 三八七
ゆききり(雪切) 春 五八
ゆきぐつ(雪靴) 冬 三六〇
ゆきぐつ(雪沓) 冬 三六〇
ゆきぐも(雪雲) 冬 三五〇
ゆきぐもり(雪曇) 冬 三五〇
ゆきぐれ(雪暗) 冬 三五〇
ゆきげ(雪消) 春 四六
ゆきげ(雪解) 春 四六
ゆきげかぜ(雪解風) 春 四六
ゆきげがわ(雪解川) 春 四六
ゆきげしき(雪景色) 冬 三五三
ゆきげしずく(雪解雫) 春 四六
ゆきげた(雪下駄) 冬 三七三
ゆきげふじ(雪解富士) 夏 一四〇
ゆきげみず(雪解水) 春 四六
ゆきけむり(雪煙) 冬 三五〇
ゆきごも(雪菰) 冬 三六七
ゆきしづり(雪しづり) 冬 三五一
ゆきしまき(雪しまき) 冬 三五一
ゆきしまく(雪しまく) 冬 三五一
ゆきじょろう(雪女郎) 冬 三五一
ゆきじる(雪汁) 春 四六
ゆきしろ(雪代) 春 四六
ゆきしろみず(雪代水) 春 四六
ゆきぞら(雪空) 冬 三五〇
ゆきだま(雪玉) 冬 三八七
ゆきだるま(雪達磨) 冬 三八七
ゆきつぶて(雪礫) 冬 三八七
ゆきつり(雪吊) 冬 三六八
ゆきつりとく(雪吊解く) 春 五八

ゆきどけ(雪解) 春 四六
ゆきなげ(雪投) 冬 三八七
ゆきにごり(雪濁) 春 四六
ゆきね(雪嶺) 冬 三五四
ゆきの(雪野) 冬 三五三
ゆきのいぬ(雪の犬) 冬 三九八
ゆきのかわ(雪の川) 冬 三五四
ゆきのした(雪の下) 夏 二二八
ゆきのした(虎耳草) 夏 二二八
ゆきのした(鴨足草) 夏 二二八
ゆきのせい(雪の精) 冬 三五一
ゆきのはて(雪の果) 春 四一
ゆきのはら(雪野原) 冬 三五三
ゆきのはら(雪の原) 冬 三五三
ゆきのひま(雪のひま) 春 四七
ゆきのらい(雪の雷) 冬 三五二
ゆきのわかれ(雪の別れ) 春 四一
ゆきばれ(雪晴) 冬 三五一
ゆきばんば(雪婆) 冬 四〇六
ゆきふかし(雪深し) 冬 三五〇
ゆきふじ(雪富士) 冬 三五四
ゆきぼうき(雪箒) 冬 三七四
ゆきぼうず(雪坊主) 冬 三五一
ゆきぼたる(雪螢) 冬 四〇六
ゆきま(雪間) 春 四七
ゆきまぐさ(雪間草) 春 九六
ゆきまじり(雪まじり) 冬 三四九
ゆきまちづき(雪待月) 冬 三四〇
ゆきまつり(雪祭) 冬 三九四
ゆきまろげ(雪丸げ) 冬 三八七
ゆきみしょうじ(雪見障子) 冬 三六九
ゆきむし(雪虫) 冬 四〇六

ゆきめ(雪眼) 冬 三六一
ゆきめがね(雪眼鏡) 冬 三六一
ゆきもよい(雪催) 冬 三五〇
ゆきやなぎ(雪柳) 春 一〇八
ゆきやま(雪山) 冬 三五四
ゆぎょうき(遊行忌) 秋 二九二
ゆきよけ(雪除) 冬 三六七
ゆきよけとる(雪除取る) 春 五八
ゆきよんば(雪呼婆) 冬 四〇六
ゆきわり(雪割) 春 五八
ゆきわりそう(雪割草) 春 九六
ゆくあき(行く秋) 秋 二五五
ゆくあき(行秋) 秋 二五五
ゆくかも(行く鴨) 春 八七
ゆくかり(行く雁) 春 八七
ゆくとし(行く年) 冬 三四一
ゆくはる(行く春) 春 三八
ゆげたて(湯気立) 冬 三七三
ゆげたてき(湯気立て器) 冬 三七三
ゆざめ(湯ざめ) 冬 三七八
ゆず(柚子) 秋 三三三
ゆず(柚) 秋 三三三
ゆずのはな(柚子の花) 夏 二二〇
ゆずぶろ(柚子風呂) 冬 三九三
ゆずぼう(柚子坊) 秋 二九七
ゆずみそ(柚味噌) 秋 二六九
ゆずみそ(柚子味噌) 秋 二六九
ゆずゆ(柚子湯) 冬 三九三
ゆすら 夏 二三六
ゆすらうめ(山桜桃) 夏 二三六
ゆずりは(楪) 新 四五〇
ゆずりは(譲り葉) 新 四五〇

ゆずるは(弓弦葉) 新 四五〇
ゆだち(夕立) 夏 一三八
ゆだちかぐら(湯立神楽) 冬 三九一
ゆだちかぜ(夕立風) 夏 一三八
ゆだちぐも(夕立雲) 夏 一三八
ゆだちばれ(夕立晴) 夏 一三八
ゆたんぽ(湯婆) 冬 三七二
ゆたんぽ(湯湯婆) 冬 三七二
ゆばはじめ(弓場始) 新 四四一
ユッカのはな(ユッカの花) 夏 二四一
ゆどうふ(湯豆腐) 冬 三六三
ゆどのはじめ(湯殿始) 新 四三二
ゆみそ(柚味噌) 秋 二六九
ゆみそがま(柚味噌釜) 秋 二六九
ゆみはじめ(弓始) 新 四四一
ゆみやはじめ(弓矢始) 新 四四一
ゆめはじめ(夢はじめ) 新 四三二
ゆり(百合) 夏 二二八
ゆりかもめ(百合鷗) 冬 四〇〇
ゆりね(百合根) 冬 四一七

よ

よいえびす(宵夷) 冬 三九〇
よいえびす(宵戎) 新 四四五
よいかざり(宵飾り) 夏 一八五
よいさむ(宵寒) 秋 二五四
よいづき(宵月) 秋 二五八
よいてんじん(宵天神) 新 四四四
よいのあき(宵の秋) 秋 二五三
よいのとし(宵の年) 新 四二一
よいのはる(宵の春) 春 三六
よいまつり(宵祭) 夏 一八四
よいみや(宵宮) 夏 一八四
よいやま(宵山) 夏 一八五
よいやみ(宵闇) 秋 二六一
ようかてん(養花天) 春 四五
ようきひざくら(楊貴妃桜) 春 九八
ようさん(養蚕) 春 六三
ようしゅん(陽春) 春 三〇
ようぜり(洋芹) 春 一二〇
ようなし(洋梨) 秋 三三二
ようやくさむし(漸く寒し) 秋 二五三
よか(余花) 夏 一一一
よかぐら(夜神楽) 冬 三九一
よかじ(夜火事) 冬 三七三
よかのやど(余花の宿) 夏 一一一
よかん(余寒) 春 一三
よぎ(夜着) 冬 三五七
よぎり(夜霧) 秋 二六三
よくぶつ(浴仏) 春 七五
よこばい(横這) 秋 二九七
よこぶよ 秋 二九七
よざくら(夜桜) 春 九九
よさむ(夜寒) 秋 二五四
よさむさ(夜寒さ) 秋 二五四
よし(葦) 秋 三二四
よしきり(葭切) 夏 一九五
よしごと(夜仕事) 秋 二七七
よししょうじ(葭障子) 夏 一五八
よしず(葭簀) 夏 一五八
よしずちゃや(葭簀茶屋) 夏 一五八
よしずばり(葭簀張) 夏 一五八
よしど(葭戸) 夏 一五八
よしどしまう(葭戸蔵う) 秋 二七〇
よしなかき(義仲忌) 新 四四八
よしびょうぶ(葭屏風) 夏 一五八
よすずみ(夜涼み) 夏 一七二
よすすぎ(夜濯) 夏 一六八
よせなべ(寄鍋) 冬 三六五
よせびらき(寄席開き) 新 四四一
よぜみ(夜蟬) 夏 二〇五
よそおうやま(粧う山) 秋 二六五
よたかそば(夜鷹蕎麦) 冬 三六三
よたき(夜焚) 夏 一六八
よだち 夏 一三八
よっか(四日) 新 四二一
ヨット 夏 一六四
ヨットパーカー 夏 一六四
よつゆ(夜露) 秋 二六三
よづり(夜釣) 夏 一六八
よづりび(夜釣火) 夏 一六八
よづりぶね(夜釣舟) 夏 一六八
よとう(夜盗虫) 夏 二〇三
よとうむし(夜盗虫) 夏 二〇三
よなが(夜長) 秋 二五三
よながびと(夜長人) 秋 二五三
よなきうどん(夜鳴饂飩) 冬 三六三
よなきそば(夜鳴蕎麦) 冬 三六三
よなぐもり(霾晦) 春 四一
よなべ(夜なべ) 秋 二七六
よなぼこり 春 四一
よなむし(よな虫) 夏 二一〇
よのあき(夜の秋) 夏 一三一
よのさくら(夜の桜) 春 九九
よばいぼし(夜這星) 秋 二五七
よばなし(夜話) 冬 三八七
よばなし(夜咄) 冬 三八七
よばなしちゃじ(夜咄茶事) 冬 三八七
よばん(夜番) 冬 三七三
よひら(四葩) 夏 二二八
よぶこどり(呼子鳥) 春 八五
よぶり(夜振) 夏 一六八
よぶりび(夜振火) 夏 一六八
よぼし(夜干) 夏 一七二
よまつり(夜祭) 冬 三九二
よまわり(夜回り) 冬 三七三
よみずばん(夜水番) 夏 一七八
よみせ(夜店) 夏 一六五
よみぞめ(読初) 新 四三三
よみはじめ(読始) 新 四三三
よみや(夜宮) 夏 一八四
よめがきみ(嫁が君) 新 四四九
よめがはぎ 春 一〇二
よめな(嫁菜) 春 一〇二
よめなのはな(嫁菜の花) 秋 三三二
よもぎ(蓬) 春 一〇二
よもぎう(蓬生) 春 一〇二
よもぎたく(蓬長く) 夏 二一九
よもぎつむ(蓬摘む) 春 一〇二
よもぎふく(蓬葺く) 夏 一八一
よもぎもち(蓬餅) 春 五五
よものはる(四方の春) 新 四二〇
よるがお(夜顔) 秋 三〇五
よるのあき(夜の秋) 夏 一三一
よろいかざる(鎧飾る) 夏 一八一
よろいもち(鎧餅) 新 四二七
よわのあき(夜半の秋) 秋 二五三

よわのなつ(夜半の夏) 夏 一二八
よわのはる(夜半の春) 春 三六
よわのふゆ(夜半の冬) 冬 三四三

ら

らい(雷) 夏 一三七
らいう(雷雨) 夏 一三八
らいうん(雷雲) 夏 一三二
らいちょう(雷鳥) 夏 一九四
らいめい(雷鳴) 夏 一三七
ライラック 春 一〇九
ラガー 冬 三八八
らくがん(落雁) 秋 三〇一
らくだい(落第) 春 五一
ラグビー 冬 三八八
らくよう(落葉) 冬 四一四
らしん(裸身) 夏 一六九
らっか(落花) 春 一〇〇
らっかせい(落花生) 秋 三三三
らっきょう(辣韮) 夏 二三三
らっきょうづけ(辣韮漬) 夏 二三三
らっきょうのはな(辣韮の花) 秋 三三五
ラッセルしゃ(ラッセル車) 冬 三七四
らっぱずいせん(喇叭水仙) 春 二一四
ラ・フランス 秋 三三三
ラムネ 夏 一五二
らん(蘭) 秋 三〇六
らんそう(蘭草) 秋 三二七
らんちゅう(蘭鋳) 夏 一九九
らんとう(蘭湯) 夏 一八一

り

りか(梨花) 春 一二〇
りきゅうき(利休忌) 春 七九
りっか(立夏) 夏 一二四
りっしゅう(立秋) 秋 二四八
りっしゅん(立春) 春 三〇
りっしゅんだいきち(立春大吉) 春 三〇
りっとう(立冬) 冬 三三八
りゅうきん(琉金) 夏 一九九
りゅうこうせいかんぼう(流行性感冒) 冬 三七八
りゅうじょ(柳絮) 春 一一三
りゅうじょとぶ(柳絮飛ぶ) 春 一一三
りゅうせい(流星) 秋 二五七
りゅうてんに(龍天に) 春 三四
りゅうてんにのぼる(龍天に昇る) 春 三四
りゅうとう(流燈) 秋 二八六
りゅうとうえ(流燈会) 秋 二八六
りゅうのすけき(龍之介忌) 夏 一九〇
りゅうのたま(龍の玉) 冬 四〇九
りゅうのひげのみ(龍の髭の実) 冬 四〇九
りゅうひょう(流氷) 春 四六
りゅうひょうき(流氷期) 春 四六
りゅうふちに(龍淵に) 秋 二五二
りゅうふちにひそむ(龍淵に潜む) 秋 二五二
りょうあらた(涼新た) 秋 二四九
りょうかんき(良寛忌) 新 四四八
りょうき(猟期) 冬 三七七
りょうきおわる(猟期終る) 春 六三
りょうけん(猟犬) 冬 三七八
りょうごくのはなび(両国の花火) 夏 一八五
りょうじゅう(猟銃) 冬 三七七
りょうしょう(料峭) 春 三二
りょうじん(猟人) 冬 三七七
りょうなごり(猟名残) 春 六三
りょうはじめ(漁始) 新 四三七
りょうふう(涼風) 夏 一三七
りょうぶちゃ(令法茶) 春 五六
りょうぶつみ(令法摘) 春 五六
りょうぶめし(令法飯) 春 五六
りょうや(良夜) 秋 二五九
りょくいん(緑蔭) 夏 二一四
りょくう(緑雨) 夏 一二二
りょこうはじめ(旅行始) 新 四三五
リラ 春 一〇九
りんかいがっこう(臨海学校) 夏 一六三
りんかんがっこう(林間学校) 夏 一六三
りんご(林檎) 秋 三三二
りんごのはな(林檎の花) 春 一一一
りんどう(龍胆) 秋 三一八

る

るすいまつ(留守居松) 新 四四四
るすがみ(留守神) 冬 三八九
るすもうで(留守詣) 冬 三八九
るりとかげ(瑠璃蜥蜴) 夏 一九二

れ

れいか(冷夏) 夏 一三〇
れいがい(冷害) 夏 一三〇
れいし(茘枝) 秋 三一七
れいじつ(麗日) 春 三五
れいじゃ(礼者) 新 四三〇
れいしゅ(冷酒) 夏 一五一
れいぞうこ(冷蔵庫) 夏 一六〇
れいぼう(冷房) 夏 一五九
れいぼうしゃ(冷房車) 夏 一五九
れいめん(冷麺) 夏 一四九
レース 夏 一四四
レースてぶくろ(レース手袋) 夏 一四六
レガッタ 春 六八
レタス 春 一一九
れもん(檸檬) 秋 三三三
レモン 秋 三三三
レモンすい(レモン水) 夏 一五二
レモンスカッシュ 夏 一五二
れもんのはな(檸檬の花) 夏 二二〇
れんぎょう(連翹) 春 一〇八
れんげ 春 一〇四
れんげそう(蓮華草) 春 一〇四
れんこんほり(蓮根掘) 冬 三七五
れんじゃく(連雀) 秋 三〇二
れんたん(練炭) 冬 三七二
れんたん(煉炭) 冬 三七二
れんにょき(蓮如忌) 春 八一

ろ

ろ（絽）　夏　一四五
ろ（炉）　冬　三七一
ろあかり（炉明）　冬　三七一
ろうおう（老鶯）　夏　一九四
ろうげつ（臘月）　冬　三四〇
ろうじんのひ（老人の日）　秋　二八八
ろうどうさい（労働祭）　春　七八
ろうばい（蠟梅）　冬　四一一
ろうはちえ（臘八会）　冬　三九二
ろうはちがゆ（臘八粥）　冬　三九二
ろうはつ（臘八）　冬　三九二
ろくがつ（六月）　夏　一二五
ろくじぞうもうで（六地蔵詣）　秋　二八八
ろくじょう（鹿茸）　夏　一九一
ろくどうのはな（六道の花）　秋　二八四
ろくどうまいり（六道参）　秋　二八四
ろくろぎ　夏　二一九
ろだい（露台）　夏　一五五
ろっこうおろし（六甲颪）　冬　三四八
ろのあるじ（炉の主）　冬　三七一
ろのなごり（炉の名残）　春　五八
ろばおり（絽羽織）　夏　一四五
ろばなし（炉咄）　冬　三八七
ろはんき（露伴忌）　夏　一九〇
ろび（炉火）　冬　三七一
ろびこいし（炉火恋し）　秋　二七〇
ろびらき（炉開）　冬　三八八
ろふさぎ（炉塞）　春　五八
ろぶち（炉縁）　冬　三七一

わ

わかあゆ（若鮎）　春　九一
わかい（若井）　新　四二八
わかかえで（若楓）　夏　二二二
わかくさ（若草）　春　一〇一
わかさぎ（公魚）　春　九〇
わかさぎつり（公魚釣）　春　九〇
わかさぎぶね（公魚舟）　春　九〇
わかざり（輪飾）　新　四二七
わかしお（若潮）　新　四二八
わかしば（若芝）　春　一〇一
わかたけ（若竹）　夏　二二六
わかな（若菜）　新　四五〇
わかなうり（若菜売）　新　四五〇
わかなつ（若夏）　夏　一二五
わかなつみ（若菜摘）　新　四五〇
わかなの（若菜野）　新　四二六
わかなのひ（若菜の日）　新　四四五
わかば（若葉）　夏　二二二
わかばあめ（若葉雨）　夏　二二二
わかばかぜ（若葉風）　夏　二二二
わかばばれ（若葉晴）　夏　二二二
わかばびえ（若葉冷）　夏　二二二
わかまつ（若松）　春　一二三
わかみず（若水）　新　四二八
わかめ（和布）　春　一二二
わかめ（若布）　春　一二二
わかめうり（若布売）　春　六四
わかめがり（和布刈）　春　六四
わかめほす（若布干す）　春　六四
わかめほす（和布干す）　春　六四
わかゆ（若湯）　新　四三二
わかれか（別れ蚊）　秋　二九八
わかれしも（別れ霜）　春　四一
わかんじき（輪樏）　冬　三七三
わきん（和金）　夏　一九九
わくらば（病葉）　夏　二四六
わけぎ（分葱）　春　一二〇
わさび（山葵）　春　一二〇
わさびさわ（山葵沢）　春　一二〇
わさびだ（山葵田）　春　一二〇
わさびづけ（山葵漬）　春　一二〇
わすれうちわ（忘れ団扇）　秋　二七〇
わすれおうぎ（忘れ扇）　秋　二七〇
わすれぐさ（忘れ草）　夏　二三八
わすれづの（忘れ角）　春　八二
わすれなぐさ（勿忘草）　春　一一六
わすればな（忘れ花）　冬　四一二
わすれゆき（忘れ雪）　春　四一
わせ（早稲）　秋　三一九
わせだ（早稲田）　秋　二六五
わせのか（早稲の香）　秋　三一九
わせりんご（早生林檎）　夏　二三七
わたいれ（綿入）　冬　三五七
わたいればおり（綿入羽織）　冬　三五七
わたうち（綿打）　秋　二七五
わたうるか（臓うるか）　秋　二六八
わたぐるま（綿車）　秋　二七五
わたつむ（棉摘む）　秋　二七五
わたとり（棉取）　秋　二七五
わたのはな（棉の花）　夏　二一七
わたのみ（棉の実）　秋　三三五
わたふく（棉吹く）　秋　三三五
わたほす（棉干す）　秋　二七五
わたむし（綿虫）　冬　四〇六
わたゆき（綿雪）　春　四一
わたりどり（渡り鳥）　秋　三〇〇
わに　冬　四〇三
わびすけ（侘助）　冬　四一三
わらいおさめ（笑納）　冬　三八〇
わらいぞめ（笑初）　新　四三四
わらいたけ（笑茸）　秋　三三六
わらうち（藁打）　冬　三七六
わらきぬた（藁砧）　秋　二七七
わらぐつ（藁沓）　冬　三六〇
わらしごと（藁仕事）　冬　三七六
わらび（蕨）　春　一〇五
わらびあえ（蕨和）　春　六五
わらびがり（蕨狩）　春　六五
わらびて（蕨手）　春　一〇五
わりぼし（割干）　冬　三六六
われもこう（吾亦紅）　秋　三一八
われもこう（吾木香）　秋　三一八

著者

辻　桃子（つじ　ももこ）

1945年、横浜に生まれ、東京で育つ。1987年、月刊俳句誌『童子』を創刊、主宰。第1回資生堂花椿賞、第5回加藤郁乎賞、手島右卿特別賞受賞。著書に『いちばんわかりやすい俳句歳時記』シリーズ、『まいにちの季語』、『やさしい俳句入門 17音で世界が変わる！ 心がおどる！』（すべて安部元気と共著・主婦の友社）、『毎日が新鮮に! 俳句入門 ちょっとそこまで おでかけ俳句』（如月真菜と共著・主婦の友社）など。句集や連載も多数。日本伝統俳句協会理事。NHK「俳句王国」主宰、日本現代詩歌文学館理事なども務める。

安部元気（あべ　げんき）

1943年、旧満州に生まれ、島根県で育つ。元朝日新聞記者。『童子』大賞受賞。『童子』副主宰。NHK文化センター（弘前市）俳句講師のほか、首都圏16か所で「一からはじめる俳句講座」「やさしい句会」を主宰。第13回加藤郁乎賞、文學の森賞大賞受賞。著書多数。

【童子吟社】〒186-0001　東京都国立市北1-1-7-103（FAX042-571-4666）
http://doujiginsha.web.fc2.com

装丁／南 彩乃（細山田デザイン事務所）
本文デザイン／金沢ありさ（プランビーデザイン）
装画／北原明日香
校正／北原千鶴子
DTP／ローヤル企画
まとめ／中山幸子
編集担当／松本可絵（主婦の友社）

※本書は『いちばんわかりやすい俳句歳時記』（2012年刊）に新規内容を加え、再編集したものです。

増補版《ぞうほばん》 いちばんわかりやすい 俳句歳時記《はいくさいじき》

著　者　辻《つじ》　桃子《ももこ》
　　　　安部《あべ》元気《げんき》

発行者　丹羽良治

発行所　株式会社主婦の友社
〒141-0021 東京都品川区上大崎 3-1-1 目黒セントラルスクエア
電話 03-5280-7537（内容・不良品等のお問い合わせ）
049-259-1236（販売）

印刷所　大日本印刷株式会社

© MOMOKO TSUJI, GENKI ABE 2016　Printed in Japan　ISBN978-4-07-418432-3

ね－073118